DONGSUH MYSTERY BOOKS 103

CELLE QUI N'ÉTAIT PLUS
악마 같은 여자

삐에르 부알로·또마 나르스잭/양원달 옮김

동서문화사

옮긴이 양원달(梁元達)
일본 니혼대 경제과 졸업. 도쿄 아테네 프랑세 수료. 서울대·외국어대·서라벌예대 교수 역임. 지은책 수필집《13월》옮긴책《모파상중단편선집》플로베르《보바리부인》《살랑보》사르트르《존재와 무》등이 있다.

DONGSUH MYSTERY BOOKS 103
악마 같은 여자
삐에르 부알로·또마 나르스잭 지음/양원달 옮김
초판 발행/1977년 12월 1일
중판 발행/2003년 8월 1일
발행인 고정일/발행처 동서문화사
창업 1956. 12. 12. 등록 16-345(윤)
서울강남구신사동540-22 ☎546-0331~6 (FAX) 545-0331
www.epascal.co.kr

*

이 책의 출판권은 동서문화사(동판)가 소유합니다.
의장권 제호권 편집권은 저작권 법에 의해 보호를 받는 출판물이므로
무단전재와 무단복제를 금합니다.

편찬·필름·제작 일체 「동판」 자본으로 이루어짐에 따라
출판권 소유권자 「동판」에서 제조출판판매 세무일체를 전담합니다.
사업자등록번호 211-90-02201
ISBN 89-497-0188-X 04860
ISBN 89-497-0081-6 (세트)

악마 같은 여자
차례

악마 같은 여자─삐에르 부알로·또마 나르스잭
   악마 같은 여자……11
   에필로그……172

사형대의 엘리베이터─노엘 칼레프
   사형대의 엘리베이터……179

불가사의한 수수께끼와 공포의 지그재그……417

등장인물

페르낭 라비넬 세일즈맨
미레이유 라비넬의 아내
뤼세느 모가르 의학박사. 페르낭의 정부(情婦)
제르망 미레이유의 오빠
마르뜨 제르망의 아내

악마 같은 여자

1

"페르낭, 제발 가만히 좀 있어요."

페르낭 라비넬은 창문 앞에서 걸음을 멈추고 커튼을 걷었다. 안개가 짙어지고 있는 것 같았다. 선창가를 비치는 등불 주위는 노랗게, 가로등 밑은 초록에 가까운 빛으로 보였다. 안개는 소용돌이를 치며 무거운 연기가 되어 부푸는가 하면, 먼지 같은 물이 되고 가느다란 비가 되어 한 방울 한 방울 허공에 떠서 반짝였다. 듬성한 안개 저편에 스물랑 호의 뱃머리가 흐릿하게 보였다. 현창에는 불이 켜져 있었다. 가만히 서 있으니, 라비넬의 귀에 사이를 두고 레코드 음악이 들려 왔다. 곡마다 3분쯤 되어 끝나기 때문에 레코드라는 것을 알 수 있었다. 짧은 침묵. 레코드 판을 뒤집는 시간. 그리고 다시 음악이 시작되었다. 저 화물선에서 들려 오는 것이다.

"위험한데! 미레이유가 여기 들어오는 것을 저 배 친구들이 보게 되면 말이야!" 라비넬이 말했다.

"괜찮아요! 그 사람, 조심성이 대단해요……. 그리고 선원들은 외국 사람들인데 무슨 말을 할 수 있겠어요?" 뤼세느가 말했다.
 그는 소매 끝을 뒤집어 입김으로 흐려진 유리창을 닦았다. 그의 눈은 좁은 마당의 울타리 위를 지나, 왼쪽으로 점묘화 같은 파르스름한 빛과 눈에 선 별자리 같은 빨강과 초록의 광휘를 보았다. 파르스름한 빛은 조그만 톱니바퀴와 흡사했으며, 교회 안쪽에 있는 큼직한 촛불 같았다. 빨강과 초록의 광휘는 반딧불처럼 인광을 내고 있는 듯이 보인다. 라비넬은 곡선을 그리고 있는 케 드 라 포스, 라브르스 구역의 신호기와 건널목의 신호등, 밤이면 켜져서 운반교 접근 금지를 나타내는 쇠사슬에 매달린 각등, 칸탈 호며 카사르 호며 스물랑 호의 선등이 있는 곳을 쉽게 알 수 있었다. 오른쪽으로는 에르네스뜨 르노 강변이 길게 뻗어 나가 있었다. 가로등의 불빛은 선로에 파랗게 되비치고, 젖은 보도를 드러내고 있었다. 스물랑 호의 뱃머리에서는 빈 왈츠의 레코드를 걸고 있었다.
 "아마도 동네 밖까지는 반드시 택시로 올 거예요."
 뤼세느가 말했다.
 라비넬은 커튼을 놓고 돌아보았다.
 "그 여자는 대단한 절약가란 말이야." 그는 중얼거렸다.
 다시 조용해졌다. 라비넬은 다시 걸어다니기 시작했다. 창문에서 문간까지 열 한 걸음. 뤼세느는 손톱을 닦고 있었다. 그리고 이따금 손을 천장의 전등 쪽으로 쳐들고, 무언가 아주 값진 것처럼 천천히 돌리며 들여다보곤 했다. 그녀는 외투를 입은 채였으나 라비넬에게는 우겨서 칼라와 넥타이를 끄르고 실내복을 입고 슬리퍼를 신게 했다.
 "당신은 방금 막 돌아온 것처럼 해야 하는 거예요. 지쳐서 식사 전에 잠시 쉬고 있는 체하란 말이에요, 아시겠어요?"
 그는 모두 알고 있었다. 지나칠 만큼 잘 알고 있어서, 속으로는 자포자기 같은 편안한 기분마저 느끼고 있었다. 준비는 뤼세느가 다 해 주었다. 그가 찬장에서 테이블보를 꺼내려고 하자, 그녀는 시키는 버릇이 든, 쉰 목소리로 마구 말했다.

"안돼요, 그런 걸 꺼내면. 당신은 집에 돌아와서 아무도 없으면 유포만 깔고 대강대강 식사를 하잖아요?"

그녀는 이미 자기 손으로 손수 라비넬의 식탁 준비를 다 해 놓고 있었다. 종이에 둘둘 만 햄이 포도주 병과 유리 주전자 사이에 아무렇게나 던져져 있었다. 치즈 깡통 위에는 오렌지가 놓여 있었다.

'아름다운 정물이군' 하고 그는 생각했다. 그리고 오랫동안 얼어붙은 듯이 꼼짝도 하지 않았다. 아무것도 할 수가 없었으며, 두 손에는 끈끈하게 땀이 배어 있었다.

뤼세느가 말했다.

"뭔가 미흡해. 가만 있자, 당신은 옷도 갈아입었고…… 지금부터 막 식사를 하려는 참이고…… 당신밖에 아무도 없고…… 라디오도 없고…… 아아, 알았다! 오늘 밤에는 주문서를 훑어보는 거예요. 언제나 그렇게 하잖아요!"

"하지만, 실은……."

"당신 가방, 이리 줘요!"

그녀는 테이블 한모퉁이에 타이프된 서류를 흩어 놓았다. 편지지 위쪽에는 릴 낚싯줄과 오구(어구의 하나)가 두 자루의 칼처럼 엇갈려 있었다. 블라슈 르유에데 상회——빠리 마장따 거리 145번지.

그때가 9시 20분이었다. 8시부터 지금까지 두 사람이 한 일을 라비넬은 하나도 빠짐없이 기억하고 있었다. 먼저 욕실을 살펴보고, 모든 것이 제대로 되어 있으며 아무런 고장도 일어날 염려가 없다는 것을 확인했다. 페르낭은 욕조에 물을 가득 채우고 싶었으나 뤼세느가 반대했다.

"그래, 생각해 봐요, 그 사람은 모두 보고 싶어서 오는 거예요. 물이 차 있으면 이상하게 생각해요……."

두 사람은 하마터면 입씨름을 벌일 뻔했다. 뤼세느는 시무룩해졌다. 냉정한 성질이었으나, 역시 신경이 날카로워진 것을 알 수 있었다.

"마치 자기 아내에 대해서 아무것도 모르는 것 같잖아요, 5년이나 같이 살고서도, 페르낭."

그러나 잘 안다고 해봐야 그저 그런 정도의 것이다. 아내! 남자는 식사 시간에 아내와 만난다. 아내와 함께 잔다. 일요일마다 영화관에 데리고 간다. 교외에 조그만 집을 살 작정으로 절약을 한다. 안녕, 페르낭! 잘 자요, 미레이유! 미레이유의 입술은 신선하고, 목덜미에 조그만 적갈색 점이 있다. 그것은 안을 때만 눈에 띈다. 두 팔에 안으면 몸이 가볍다. 좀 너무 여위었지만, 건강하고 신경질적이다. 얌전한 여자지만, 시시한 여자이기도 하다. 왜 결혼했을까! 나도 나이를 먹는다. 곧 33살이 된다. 호텔 숙박과 싸구려 음식점과 정가 판매도 이제 지긋지긋하다. 세일즈맨이란 서글픈 직업이다. 한 주일에 나흘이나 집을 비워야 하니 말이다. 토요일이면 앙기앙에 있는 조그만 집에 돌아와서 한시름 놓는다. 미레이유는 부엌에서 바느질을 하고 있다.

문간에서 창문까지 열 한 걸음. 금빛 원반 같은 스물랑 호의 현창 세 개가 조금씩 낮아져 갔다. 썰물이다. 샹뜨네에서 온 화물 열차가 천천히 지나갔다. 차바퀴가 포인트에서 삐걱거렸다. 화물 열차의 지붕이 조용히 미끄러져서, 신호기를 지나 뿌연 빗속으로 사라져 갔다. 차장이 타고 있는 뒷머리는 낡은 독일식 차량이었으며, 완충기 위에 빨간 테일램프가 켜져 있었다. 레코드 음악이 다시 들려 왔다.

9시 15분 전, 두 사람은 코냑을 조금 마시고 힘을 내었다. 그리고 라비넬은 구두를 벗고, 앞자락에 파이프 불을 떨어뜨려서 구멍이 난 헌 실내복으로 갈아입었다. 뤼세느는 식사 준비를 했다. 이제 두 사람에게는 화젯거리가 없었다. 레느 행 전차가 9시 17분에 지나갔다. 가지런한 불빛이 식당 천장을 스쳐 갔다. 우렁찬 차바퀴 소리가 오래도록 뚜렷이 들려 왔다.

빠리 행 기차는 10시 31분이라야 도착한다. 아직 한 시간이나 있다! 뤼세느는 조용히 손톱을 다듬고 있었다. 맨틀피스 위에서 자명종이 바쁘게 똑딱거리고 있다. 이따금 그 리듬은 난조가 되어 고장이라도 난 것처럼 되지만 곧 다시 조금 다른 소리를 내면서 똑딱거리기 시작했다. 두 사람은 눈을 들어 서로 쳐다보았다. 라비넬은 주머니에서 두 손을 빼내 뒷짐을 지고 방 안을 계속 빙빙 돌았다. 그의 마음 속에는 얼음같고 음울한 얼굴, 여느 때와 다른 뤼세느의 영상이 있었다. 두 사람은 지금부터 어처구니없는 짓을 하려 하고 있는 것이다. 어처구니없는 짓! …… 차라리 뤼세느의 편지가 배달되지 않았으면 좋으련만…… 미레이유가 차라리 앓아 누워 있으면 좋으련만…….

라비넬은 쓰러지듯 뤼세느 곁에 있는 의자에 앉았다.

"나는 이제 싫증이 났어."

"무서워졌나요?"

그는 곧 응수했다.

"무서워, 무섭다구! 당신과 같아."

"형편없군."

"다만 이렇게 기다리고 있는 게 싫단 말이야. 몸 안이 후끈하게 달아오르는걸."

그녀는 딱딱하고 익숙한 동작으로 그의 손목을 잡아 보고 입술을 삐죽이 내밀었다.

그는 말했다.

"뭐야, 그건? 내가 병이 났나 살펴보는 거지? 대개는 녹초가 되고 말걸."

"이제 시간이 다 됐어요."

그녀는 일어서서 천천히 외투의 단추를 끼우고, 목덜미에서 짧게 깎은 밤색 고수머리에 대강 빗질을 했다.

"어떻게 할 참이야?" 라비넬이 더듬거리면서 물었다.

"나가겠어요."

"안돼!"

"뭐예요, 용기를 내요. 뭘 그렇게 두려워해요?"

이렇게 하여 끝없는 말다툼이 시작되는 것이다. 아아! 그는 이제 뤼세느의 주장을 다 외고 있었다. 날마다 그 주장의 하나하나를 묵살하기도 하고 잘 조사해 보기도 했다. 꽤나 망설인 끝에 결심하지 않았던가. 그의 머리에 다시 부엌에 있는 미레이유의 모습이 떠올라 왔다. 그녀는 다림질도 하고 때로는 냄비의 소스에 양념을 하기도 했다. 그는 참으로 교묘하게 거짓말을 꾸며 댈 수 있었다! 거의 자연스러우리만큼 할 수 있었다.

"옛 전우인 글라데르를 우연히 만났지. 언젠가 이야기했지, 왜…… 생명보험회사에 있는데, 꽤 재미가 좋은 모양이야."

미레이유는 속바지를 다리고 있었다. 다리미의 뜨거운 끝이 미끄러지듯 단추 사이로 들어가서 하얀 자국을 남겼다. 거기서 가볍게 김이 올랐다.

"전부터 나더러 생명보험에 들라고 열심히 권해 온 친구야. 그래, 처음에는 나도 어느 쪽이냐 하면 반신반의했어. 보험회사 외판원이 어떤 자들인지 알고 있거든. 그들은 무엇보다도 자기들의 수당에 관심을 두고 있단 말이야. 하기는 당연한 일이지! 하지만 그래도 생각해 보면……."

그녀는 다리미를 내려놓고 플러그를 뽑았다.

"나 같은 직업은 뒤에 남는 연금도 없어. 또 1년 내내 돌아다니는 일이 많아서 갑자기 사고라도 난다면…… 그땐 당신은 어떻게 되지? 집에 돈은 없고 말이야…… 글라데르가 계획을 짜 주더군. 보험료도 별로 많지 않고 아주 유리한 거야…… 내가 없어지면…… 그래! 사람이란 언제 죽을지도 알 수가 없거든. 당신 손에 2백만 프랑이 굴러들어 온다구."

그래, 그것은 사랑의 표시라는 것이다. 미레이유는 은근히 놀랐다. '당신은 참으로 좋은 분이에요, 페르낭!'

그 뒤에 어려운 일이 하나 남아 있었다. 같은 보험에, 그가 수령인이 되는 미레이유의 보험에 서명을 시키는 일이었다. 이 미묘한 문제에 대해 어떻게 얘기하면 좋을까? 그러나 1주일 뒤에 가엾은 미레이유는 자진하여 말을 꺼냈던 것이다……

"여보! 저도 보험에 들고 싶어요! 당신 말처럼 언제 죽을지 모르잖아요…… 당신이 하녀도 없이 혼자 남게 되잖아요!"

그는 반대했다. 빼놓을 수 없는 연극이었다. 물론 그녀는 계약했다. 그 뒤 벌써 2년 남짓이 지났다.

2년! 당장 자살하여 보험료를 타먹는 것을 막기 위해 보험회사는 2년의 유예기간을 두고 있다. 말하자면 뤼세느는 그만큼 계획적이었던 것이다. 보험회사 조사원이 어떤 결론을 내릴지 알 수 없는 일이다. 그러나 2년 이상이 지났으니, 보험 회사도 도저히 지불을 거절할 수는 없다…….

그밖에 세밀한 점까지 모두 신중히 계획되어 있었다. 2년이면 생각할 시간은 충분하다. 옳고 그름을 검토할 여유가 있다. 그렇다, 무엇이 염려된단 말인가.

10시.

이번에는 라비넬이 일어서서 창가의 뤼세느에게로 다가갔다. 거리에는 사람 그림자 하나 없고, 불이 켜져 있었다. 그는 정부의 팔 밑으로 손을 밀어넣었다.
"나한테는 짐이 무거워. 초조해진단 말이야. 생각해 보면……."
"생각하지 말아요."
두 사람은 가만히 붙어서 있었다. 두 사람의 어깨 위에는 집 안의 큰 침묵이 있고 등에는 자명종의 열띤 소리가 있었다. 스물랑 호의 현창은 하얀 달처럼 흔들거리면서 차츰 창백해져 갔다. 안개는 더 짙어지고 있었다. 레코드 음악도 가냘퍼져서 전화의 콧소리처럼 들렸다. 라비넬은 자기가 살아 있는지 어떤지 알 수 없는 기분이었다. 그는 어릴 때 저승이란 이런 것인 줄 알고 있었다. 안개 속에서 오래 기다리는 이 상태. 무섭고 긴 기다림이었다. 두 눈을 감았다. 쉴새없이 아래로 떨어지는 감각이었다. 어지럽고 무서웠으나, 기분좋기도 했다. 어머니가 그의 몸을 흔들면서 말한다.
'뭘 하고 있니, 멍청하게?'
"놀고 있는 거야."
그는 당황하여 번쩍 눈을 떴다. 희미하게 나쁜 짓을 했다는 느낌이 들었다. 그 훨씬 뒤의 첫 영성체(領聖體) 때, 쥐소므 신부가 물었다. 나쁜 일을 생각한 적은 없느냐? 마음에 거리끼는 행위는 없었느냐? 그는 금방 그 안개 놀이를 생각했다. 그렇다, 그것은 확실히 부정한 짓, 금지된 일이었다. 그러나 그는 결코 놀이를 그만두지 않았다. 시간이 갈수록 그 놀이는 더 완성된 것이 되었다. 라비넬은 자기 몸이 보이지 않게 되고, 구름처럼 증발하는 느낌이 들었다. 이를테면 아버지를 매장하던 날, 그날은 굉장히 짙게 안개가 낀 날이었다. 영구차가 무언가 끈적하고 두꺼운 공간을 흔들리지도 않고 떠내려가는 난파선이 되었나 싶을 만큼 짙은 안개였다…… 아버지는 또 하나의 세계에 아직도 살아 있었다…… 슬프지도 즐겁지도 않았다…… 커다란 평화…… 출입금지가 되어 있는 어느 경계의 저쪽편.
"10시 20분이에요."
"그래?"
라비넬은 희미한 조명과 빈약한 가구가 놓인 방에 있는 자기를 깨달았다. 바로 옆에 검은 외투를 입은 여자가 서 있다가 주머니에서 병을 하나 꺼냈다. 뤼세느! 미레이유! 그는 깊숙이 숨을 들이마시고 다시 살아 있는 인간이 되었다.
"자, 페르낭! 힘을 내요. 주전자 뚜껑을 열어요."
어린애에게 하는 말투였다. 그것이 그가 좋아하는 점이었다. 뤼세느 모가르 박사. 그는 다시 기묘한 생각에 잠겼다. 박사가 내 여자인 것이다. 그것은 믿기 어려운, 터무니없는 일처럼 여겨질 때가 곧잘 있었다. 뤼세느는 병에 든 것을 주전자에 남김없이 쏟고 조금 흔들었다.
"맡아 봐요, 조금도 냄새가 없잖아요?"
라비넬은 주전자에 코를 대보았다. 과연 아무 냄새도 없었다. 그는 물었다.
"약은 틀림없이 너무 세지 않겠지?"
뤼세느는 어깨를 움찔해 보였다.
"이 물을 다 마신다면 어떻게 될지 모르겠어요. 그래도 아마 괜찮을 거예요. 하지만 그 사람은 한두 잔만 마실 거예요. 효력은 굉장해요! 금방 잠들어요, 틀림없이."
"그리고 해부해도 약을 먹은 흔적은 없고……."
"독약이 아니에요, 페르낭. 수면제라구요. 금방 소화돼요……."
'자, 테이블에 앉아요!'
"이제 조금만 기다리면 되겠군."
두 사람은 동시에 시계를 보았다. 10시 25분. 빠리 행 기차가 글랑

블로토우로를 통과하고 있을 때이다. 5분만 있으면 빠리~오를레앙 선의 낭뜨 역에 닿는다. 미레이유는 걸음이 빠르다. 20분도 걸리지 않겠지……. 꼬메르스 광장까지 전차를 타고 오면 더 빠르다.

라비넬은 의자에 앉아 햄에 감긴 종이를 벗겼다. 병든 장미 같은 고기 빛깔에 속이 메스꺼워졌다. 뤼세느는 포도주를 따르고 주위를 한 번 살펴보더니 만족해 하는 것 같았다.

"그럼, 모두 맡기겠어요. 시작이에요. 당황하지 말아요. 자연스럽게 행동하는 거예요. 그러면 모든 일이 잘될 거예요."

그녀는 라비넬의 어깨에 두 손을 얹고 재빨리 그의 이마에 입을 맞추고는, 문을 열기 전에 다시 한 번 그를 가만히 바라보았다. 그는 햄을 한 조각 잘라 먹기 시작했다. 뤼세느가 나가는 소리는 들리지 않았으나, 일종의 고요에서 자기가 혼자 있다는 것을 알고 속으로 불안을 느끼기 시작했다. 여느 때에 늘 하는 대로 하자, 빵을 자르고 유포 위를 나이프 끝으로 톡톡 치면서 행진곡을 흥얼거리자, 멍청하게 타이프된 서류를 들여다보고 있자 하고 생각했으나 헛일이었다.

    뤽소르 릴(10) …… 30,000프랑
    솔로뉴 형 장화(20켤레) …… 31,500프랑
    플렉소르 낚싯대—릴 식(6) …… 22,300프랑

한 입도 삼킬 수가 없었다. 멀리서 기적 소리가 들렸다. 샹뜨네 근처 같았다. 라 방데 다리 방향인지도 모른다. 이 안개로는 똑똑히 알 수가 없겠지. 달아나 버릴까? 뤼세느가 정거장 근처 어디에서 감시하고 있을 것이다. 이제는 늦었다. 미레이유는 살아날 수 없다. 모두 2백만 프랑 때문이다! 내 돈으로 앙띠브에 정주하고 싶다는 뤼세느의 야심을 만족시켜 주기 위해서이다. 가옥의 청사진은 이미 되어 있다. 그녀는 사업가 같은 두뇌를 갖고 있다. 초고성능의 색인 카드 상자 같은 머리다. 모든 계획이 그녀의 머릿속에 나무랄 데 없이 말끔하게 정돈되어 있다. 실수는 털끝만큼도 없다. 눈을 가늘게 뜨고 나직한 소리로 말한다. '조심해요! 틀리면 안돼요!' 그러면 건반이 움직이고 제동기가 움직여서 완전한 정답이 나온다. 그런데 나는……계산서에 머리를 쑤셔박고 몇 시간이나 서류를 고르고 분류하고 하지만, 누가 탄약포를 주문하고, 누가 일본제 대나무 낚싯대를 원했는지 알 수가 없다. 이 일에 싫증이 나 있었다. 머지않아 앙띠브에…….

라비넬은 반짝이는 주전자를 가만히 바라보았다. 그것을 통하여 일그러진 빵 조각이 보였다. 해면 같았다…… 앙띠브! 멋있는 상점…… 진열장에는 해중 수렵용 압착공기총, 수중 안경, 마스크, 간편한 잠수복…… 돈 많은 아마추어 손님들…… 바로 앞은 바다, 태양…… 유쾌하고 한가한 일만 생각하고 있을 뿐 얼굴을 붉히지 않아도 되는 생활. 로아르 강의 안개, 빌레느 강의 안개여, 안녕. 안개 놀이여, 안녕! 다른 인간이 되는 것이다. 뤼세느가 약속해 주었다. 미래가 수정 구슬 속에 보인다. 플란넬 바지에 라꼬스뜨 와이셔츠를 입은 자기 모습이 눈에 떠올랐다. 햇빛에 그을린 얼굴, 인기 있는 라비넬……

열차의 기적 소리가 거의 창문 바로 밑에서 들렸다. 라비넬은 눈을 비비고 창가에 다가서서, 커튼 한쪽 끝을 들어 보았다. 5분 동안 멎은 뒤 르동으로 향하는 빠리~칸페르의 열차가 틀림없다. 미레이유는 둑 위에 크고 밝은 직사각형 선이 되어 달리고 있는 저 불켜진 차량들 가운데 어느 하나를 타고 오는 것이다. 빈 객차가 몇 칸이나 있었다. 레이스 커튼, 유리창, 좌석 위에 붙여 놓은 사진이 보였다. 식사를 하고 있는 선원들로 가득한 객차도 있었다. 미레이유와는 아무 관계 없는 사람들의 얼굴이 이 세상의 것이 아닌 양 연거푸 지나갔다.

마지막 객차에는 한 남자가 얼굴에 접은 신문을 덮고 자고 있었다. 맨 뒤쪽 화차가 사라지자 라비넬은 스물랑 호 끝에서 들려 오던 음악이 그친 것을 알았다. 이제 현창이 어디 있는지 알 수 없었다. 미레이유는 아마 그리 머지않은 곳에서 인기척 없는 거리를 혼자 하이힐을 신고 총총걸음으로 걸어오고 있을 것이다. 핸드백에 권총을 넣어 가지고 있을까? 그가 출장갈 때 언제나 그녀에게 맡겨 놓았던 그 권총을? 그러나 그녀는 사용법을 모른다. 사용할 까닭도 없다. 라비넬은 주전자의 목을 쥐고 전등에 비추어 보았다. 물은 맑았다. 약의 침전은 없었다. 손가락을 물에 적셔 혓바닥에 대보았다. 무언가 희미한 맛이 있었다. 아주 가벼운 맛이다! 미리 알고 있어야만 느낄 수 있다⋯⋯.

10시 40분.

라비넬은 간신히 햄을 서너 조각 먹었다. 이제 이렇게 된 이상 우물쭈물해 봐야 소용없는 일이다. 미레이유는 그가 테이블 모서리에 혼자 앉아 지쳐서 시무룩한 얼굴로 식사를 하고 있는 곳에 불쑥 모습을 나타낼 것이다.

갑자기 보도에서 발소리가 들렸다. 잘못 들을 까닭이 없다. 그녀의 발소리는 거의 들리지 않을 정도이다. 그래도 그는 많은 발소리 속에서 그것을 분간할 수가 있다. 타이트 스커트로 무릎 둘레를 꽉 죄고 있어서 폴짝폴짝 뛰는 듯한 걸음걸이다. 울타리가 삐걱거리는 것 같았다. 그리고 정적. 미레이유는 발끝으로 살금살금 마당을 가로질러 문의 손잡이를 돌렸다. 라비넬은 식사하는 것을 잊고 있었다. 또 햄을 한 조각 집었다. 저도 모르게 차츰 의자에 앉아 있는 자세가 기울어졌다. 뒤쪽 문이 무서웠다. 미레이유는 아마 문 앞에 서서 귀를 갖다대고 안을 살피고 있을 것이다. 라비넬은 가볍게 기침을 하고는, 글라스의 가장자리에 포도주 병 목을 부딪쳐서 딸가닥 소리를 내기도 하고 서류를 뒤적거리기도 했다. 키스 소리가 날 때 들어와서 현장을 잡을 생각인지도 모르기 때문이다……

그녀가 거칠게 문을 열었다. 그는 돌아다보았다.

"당신이야?"

단추를 끄른 여행용 외투 밑에 감청색 옷을 입고 있었다. 남자아이처럼 홀쭉한 몸집이다. M.R.이라는 머리글자를 새긴 큼직한 검은 핸드백을 옆에 끼고, 가느다란 손가락에 장갑을 꼭 쥐고 있다. 남편의 얼굴은 보지 않고 찬장, 의자, 닫힌 창문, 식탁, 치즈 깡통 위에 잘 얹혀 있는 오렌지, 주전자 같은 것을 가만히 살펴보았다. 그리고 두 걸음 앞으로 나와서 거미줄처럼 물방울이 매달려 있는 모자의 베일을 들었다.

"어디 있어요? 네, 그 사람은 어디 있지요?"

라비넬은 놀라는 체하며 천천히 일어섰다.

"누구 말이야?"

"그 여자 말이에요. 다 알고 있어요. 거짓말해도 소용없어요."

그는 기계적으로 의자를 슬쩍 앞으로 밀었다. 그리고 등을 조금 굽히고는 어이없는 듯이 이마를 찌푸리고 손바닥을 밖으로 돌려 두 손을 흔들면서 정신없이 말했다.

"아니, 이봐, 미레이유…… 대체 왜 그래? 그게 무슨 말이야?"

미레이유는 의자에 쓰러지듯이 앉아 구부린 팔에 얼굴을 묻었다. 햄 접시에 머리칼이 닿았다. 그리고 훌쩍훌쩍 울기 시작했다. 허를 찔린 라비넬은 정말로 놀라 그녀의 어깨를 가볍게 두드렸다.

"자, 진정하라구, 응! 그 여자가 누구야? 당신한테 거짓말을 하고 있는 줄 아는 모양이군. 여보! 얼굴을 들어요. 그래! 좋아. 나중에 이야기해, 그럼."

그는 미레이유를 일으켜 허리를 잡고 종종걸음으로 끌고 갔다. 그녀는 그의 가슴에 얼굴을 묻고 울었다.
 "잘 살펴보라구, 무서울 건 없으니까."
 발로 문을 밀고, 손으로 더듬어 스위치를 넣었다. 꺼림칙한 애정 같은 것을 느끼면서 그는 열심히 지껄였다.
 "이 방을 보라구, 응? 침대와 옷장뿐이잖아. 침대 밑이나 옷장 밑에나 아무도 숨어 있지 않아, 냄새를 맡아 봐요, 숨을 한껏 들이마셔 보라구. 더 세게, 파이프 냄새지? 자기 전에 한 대 피웠으니까. 향수 냄새가 나는 것 같거든 가봐, 욕실에 말이야, 그리고 부엌에도 가 보고."
 그는 장난삼아 쥐가 들어가지 못하게 해 놓은 찬장까지 열어 보였다. 미레이유는 눈물에 젖은 눈을 깜박거리면서 미소짓기 시작했다. 그는 그녀를 자기 쪽으로 돌려 귓가에다 입을 대고 속삭였다.
 "응, 이제 알았지? 당신은 귀여워! 질투해 준다는 건 그다지 나쁜 기분이 아니거든, 하지만, 11월에 멀리 여기까지 찾아오다니! 무슨 굉장한 소리라도 들었나?"
 두 사람은 식탁으로 돌아갔다.
 "아참, 차고를 안 보여 줬군!"
 "아무리 아첨해도 소용없어요."
 미레이유는 중얼거렸다. 그리고 다시 눈물을 글썽거렸다.
 "자, 그 굉장한 얘기 좀 들려 주지그래…… 전기 스토브를 켜는 동안, 그 소파에 앉아요. 어때, 지치지 않았어? 아마 녹초가 됐을 거야! 푹 쉬어요."
 그는 전기 스토브를 미레이유의 발 가까이에 밀어 넣고, 모자를 벗겨 주고는 소파의 팔걸이에 걸터앉았다.
 "익명으로 편지라도 왔었나?"
 "익명이 아니에요! 뤼세느의 편지예요."

"뤼세느? 지금 갖고 있어?"
"있어요."
그녀는 핸드백을 열어 봉투를 꺼냈다.
그는 미레이유의 손에서 그것을 낚아챘다.
"틀림없는 뤼세느의 필적인데, 이거 놀랐는걸!"
"그래요! 그 사람은 천연덕스럽게 서명을 했어요."
그는 읽는 체했다. 그저께 뤼세느가 자기 앞에서 쓴 석 장의 편지를 모조리 다 외고 있다.

……리요네 회사의 타이피스트로 아주 젊은 빨강 머리의 여자를, 바깥양반은 밤마다 집 안에 끌어들이고 있어요. 알려 드리는 것을 오랫동안 망설였습니다만…….

라비넬은 주먹을 휘두르며 이리저리 돌아다녔다.
"어이없는 일이야! 뤼세느는 아마 별안간 머리가 돌았나 보군."
그는 자연스러운 행위처럼 슬쩍 편지를 자기 주머니에 집어넣고 자명종을 보았다.
"오늘은 늦었어. 수요일이니까 병원에 있기는 있을 텐데…… 체! 당장 흑백을 가려서 내 기어코 혼을 내줄 테다, 뤼세느."
갑자기 그는 걸음을 멈추고, 알 수 없다는 듯이 두 팔을 벌렸다.
"우리의 친구라고 자칭하는 그 여자가 왜 그랬지? 왜 그랬을까? ……."
그는 잔에 포도주를 부어 단숨에 들이켰다.
"같이 먹겠어? 도무지 알 수가 없군 그래, 뤼세느는……."
"안 먹겠어요."
"그럼, 포도주나 좀 마시지그래?"

"싫어요, 물이나 한 컵 주세요."
"그러지."
그는 떨지 않고 주전자를 들어 글라스에 남실남실 부어 미레이유 옆에 놓았다.
"누군가가 그 여자의 필적과 서명을 흉내내어 쓴 게 아닐까?"
"그렇지는 않아요! 내가 잘 아는걸요. 이 편지지도 그렇고! 우체통에 넣은 것은 여기예요. 소인을 보세요. 낭뜨잖아요. 어제 보낸 거예요. 4시 배달편에 받았지요. 그래요! 너무해요!"
그녀는 볼에 손수건을 갖다대고 글라스로 손을 뻗었다.
"네! 그래서 부랴부랴 달려온 거예요."
"난 정말 기뻐."
라비넬은 상냥하게 미레이유의 머리를 쓰다듬으며 속삭였다.
"결국 뤼세느는 아마 질투를 한 걸 거야. 우리 두 사람이 너무 사이가 좋아서 말야. 남의 행복을 배아파하는 사람도 있거든. 그 여자가 뭘 생각하고 있는지 알 수 있어야지. 그렇잖아? 3년 전에는 정말 당신 병 치료를 잘 해줬었지. 그래! 그건 정말 헌신적이었어. 당신의 목숨을 구해 준 은인이라고 해도 과언이 아니지. 그렇잖아! 아무튼 이제 끝난 줄 알았으니까. 하지만 사람의 목숨을 구하는 건 그 여자의 직업이잖아. 마침 때 맞춰서 왔을 뿐인 거야. 티푸스라고 해서 걸리면 다 죽는 병은 아니거든."
"하지만 무척 친절했어요. 병원 구급차로 빠리까지 데려다 준걸요."
"그건 그래! 하지만 그때부터 우리 사이를 갈라 놓을 마음을 먹은 게 아닐까? 지금 가만히 생각해 보면 그 여자가 나한테 접근해 온 적이 있었거든. 너무 자주 그 여자와 만나게 돼서 놀랐을 정도니까. 이봐, 미레이유, 뤼세느는 나한테 반했을까?"

처음으로 미레이유의 얼굴이 밝아졌다.
"당신한테? 얼빠진 분이네! 뭘 생각하고 계시는 거예요?"
그녀는 조금씩 물을 다 마시고 빈 글라스를 밀어 놓았다. 그리고 라비넬이 새파래진 얼굴로 눈을 번들거리고 있는 것을 보고 그의 손을 잡으면서 말했다.
"화내지 마세요, 여보! 당신이 화낼 말을 했군요. 이번엔 내가!"

2

"오빠한테 말하지는 않았겠지?"
"그럼요! 그런 일, 창피하잖아요. 그리고 간신히 시간을 맞춰서 정거장에 달려갔는걸요."
"그러면 당신이 여기 온 건 아무도 모르는 셈이군."
"네, 알리고 싶지 않았어요."
라비넬은 주전자에 손을 뻗었다.
"더 마시겠어?"
그는 천천히 글라스를 채우고, 테이블 위에 흩어져 있는 타이프된 서류를 긁어모았다. 블라슈 르류에데 상회. 문득 그는 무언가 생각하는 표정이 되었다.
"그러나 달리 설명할 도리가 없단 말이야. 뤼세느는 우리 사이를 갈라 놓으려고 그러는 거야. 당신도 기억하고 있겠지. 바로 1년 전에 빠리에 나와서 미리 그 준비를 했던 거야. 그때 호텔이나 병원에서 묵을 생각이었다면, 그렇게 할 수도 있었지. 그런데 그렇게 하지 않았거든. 꼭 우리 집에서 하숙을 하려 했어."
"그만큼 내 병치료를 해줬으니, 집에 부르지 않을 수 없었잖아요!"
"그렇기는 해. 하지만 왜 그 뒤에 아주 눌러앉아 버렸지? 하마터면 우리 살림살이 지시까지 할 판이었단 말이야. 당신은 하녀처럼 얌전하게 그 여자의 말을 듣게 되었잖아."

"어머나! 심한 말씀을 다 하시네. 당신도 마구 부려먹던데요, 뭘?"

"그래도 그 여자한테 진수성찬을 대접해 준 건 내가 아니야."

"그야 그렇죠. 하지만 당신은 그 여자의 편지까지 타이프해 주었잖아요."

"참 이상한 여자야. 그 사람은 이런 편지를 보내고, 대체 어떻게 할 작정일까? 당신이 당장 달려올 것을 잘 알고 있었을 텐데…… 그리고 내가 혼자 있는 데에 당신이 나타날 것도 잘 알고 있었을 거란 말이야. 그렇다면 한때 불쑥 생긴 마음으로 저지른 일일까?"

미레이유는 어지러워지기 시작한 것 같았다. 라비넬은 서늘한 기쁨을 느꼈다. 그녀가 늘 뤼세느의 편을 드는 것이 그는 못마땅했던 것이다.

"왜요? 왜 그러세요? 그 여자는 역시 좋은 사람이에요."

미레이유가 나직이 말했다.

"좋은 사람! 당신은 그 여자를 몰라."

"당신만큼은 알고 있어요."

"내 참! 나는 그 여자가 일하는 것을 본 적이 있어. 여기서 말이야, 그 여자의 직장에서. 당신은 몰라! 그 간호사들! 그 여자가 간호사들을 어떻게 부리는지 알면 아마 놀랄걸!"

"그럴까요?"

그녀는 일어섰으나 소파에서 떠나지 못했다. 다시 쓰러지듯이 앉아 이마에 손등을 댔다.

"왜 그래?"

"아무것도 아니에요! 좀 어지러워요."

"너무 고단한가 보군. 또 병이라도 나면……. 당신 뒷바라지를 하는 것은 뤼세느가 아니야."

그녀는 하품을 하고 힘없이 머리를 쓸어올렸다.

"좀 부축해 줘요, 부탁이에요. 누워야겠어요. 갑자기 졸음이 오네요. 졸려요."

그는 그녀의 옆구리를 안았다. 미레이유는 앞으로 엎어질 듯이 테이블 끝을 잡았다.

"가엾게도! 이런 변을 당하다니!"

침실 쪽으로 질질 끌 듯이 하여 데리고 갔다. 미레이유의 두 다리는 꼬이고 힘이 전혀 없었다. 나무토막을 끼워맞춘 바닥을 끌려가는 바람에 한쪽 신이 벗겨졌다. 라비넬은 간신히 그녀를 침대에 뉘었다. 창백한 얼굴로 숨도 겨우 쉬는 것 같았다.

"내 생각이 틀렸었나 봐……."

"요즈음 제르망이나 마르뜨를 만날 약속을 했나?"

라비넬이 물었다.

"아니오. 다음 주일까지는 만나지 않아요."

그는 아내의 다리에 이불을 덮어 주었다. 미레이유의 눈이 가만히 그를 응시하고 있었다. 별안간 그 눈에 불안한 빛이 떠올랐다. 눈 속에 하나의 생각이 희미하게 모습을 나타냈다가 막 사라져 가는 것을 알 수 있었다.

"페르낭!"

"응? 자구려, 좀 자라구."

"……그 글라스……."

이제 연극을 할 수고도 필요없어졌다. 라비넬은 침대에서 물러섰다. 애원하는 듯한 눈이 그를 쫓았다.

"자라니까!" 그는 소리쳤다.

미레이유의 속눈썹이 한두 번 깜박거렸다. 동공에는 조그만 빛의 점밖에 없었다. 그 빛이 꺼지고 천천히 눈이 감겼다. 라비넬은 살에 묻은 거미줄을 문지르듯이 재빨리 그녀의 얼굴을 쓸어내렸다. 미레이유는 움직이지 않았다. 루즈를 칠한 입술 사이로 진주빛 이빨이 보이기 시작했다.

라비넬은 침실에서 나와 손으로 더듬어 현관으로 나갔다. 조금 현기증이 났다. 망막에서 미레이유의 눈의 영상이 떠나지 않았다. 반짝이는가 하면 다시 흐려지는 노란 영상이 악몽 속의 나비처럼 그가 가는 곳마다 떠다녔다.

세 걸음쯤 성큼 뛰어 마당을 가로지르자 그는 미레이유가 반쯤 열어 놓은 울타리 문을 당기며 조그맣게 불렀다.

"뤼세느!"

그녀가 나무 그늘에서 곧 나왔다.

"됐어! 끝났어." 그가 말했다.

그녀가 앞장서서 집 안으로 들어갔다.

"욕조를 부탁해요."

그러나 그는 뒤따라 방에 들어가서 바닥에 떨어진 구두를 집어 맨틀피스 위에 얹어 놓고, 거기에 기대지 않을 수 없었다. 뤼세느는 눈까풀을 번갈아 뒤집어 보고 있었다. 허연 안구가 보였다. 눈동자는 움직이지 않고, 허연 막 위에 붓으로 그려 놓은 것 같았다. 라비넬은 마음이 끌려 얼굴을 돌릴 수 없었다. 뤼세느의 동작 하나하나가 그의 기억에 콕콕 박혀서, 그 자리에 무거운 먹물을 새기는 것처럼 여겨졌다. 잡지에서 약을 쓰는 범죄의 르쁘르따쥬며 기사를 읽은 적이 있다. 만일 경찰이…… 그는 떨려서 두 손을 꼭 쥐었다. 그리고 애원하는 듯한 자신의 동작에 움찔 놀라 그 손을 뒤로 돌렸다. 뤼세느는 주의깊게 미레이유의 맥을 살폈다. 마디가 진 긴 손가락 두 개가, 길바닥에 나가서 먹이에 덤벼드는 재빠른 짐승처럼 흰 손목 주위를 기었다. 손가락의 움직임이 멎어 하나가 되었다. 뤼세느는 꼼짝도 않고 지시했다.
"욕조, 빨리."
그것은 의사의 목소리였다. 단호한 판단을 내리는 데 익숙한 좀 메마른 목소리였다. 라비넬이 어쩌다가 심장이 좀 이상하다고 호소하면, 걱정없어요 하고 안심시켜 주던 그 목소리였다. 그는 다리를 끌듯이 하여 욕실로 가서 꼭지를 틀었다. 물이 힘차게 요란스러운 소리를 내며 욕조 바닥에서 튀었다. 그러다가 걱정이 되어 꼭지를 반쯤 다시 돌렸다.
"왜 그래요? 어디가 고장 났나요?" 뤼세느가 소리쳤다.
라비넬이 잠자코 있으니 뤼세느는 문간에까지 왔다.
"소리가 나서 말이야. 미레이유가 깨어날지도 모르잖아."
그녀는 대답도 않고 경멸의 빛을 띠면서 먼저 냉수 꼭지를, 이어 온수 꼭지를 틀었다. 그리고는 침실로 돌아갔다. 냉수와 온수가 서서히 욕조를 채워 갔다. 거품이 이는 물은 연초록빛을 띠었으며, 표면에 느릿하게 김이 떠올랐다. 그리고 흰 법랑질 욕조 안쪽과 벽과 유리창에 서로 겹친 잔잔한 물방울이 동그랗게 매달렸다. 김으로 흐려진 거울은 라비넬의 모호하게 분간할 수 없는 실루엣을 비추고 있을 뿐이었다. 그는 정말로 목욕물을 살피듯이 물에 손을 넣어 보았다. 그리고 후딱 몸을 일으켰다. 관자놀이가 욱신거리기 시작했다. 현실이 다시 그를 친 것이다. 말하자면 그것은 진실로 '일격'이라는 말에 알맞는 것이었다. 주먹의 일격인 동시에 빛의 일격이었다. 그는 자기가 무엇을 하고 있는지 깨닫고 발 끝에서 머리 끝까지 떨었다. 다행히도 이 일격은 오래 가지 않았다. 라비넬은 자신을 죄인이라고 생각하는 것을 금방 그만두었다. 미레이유는 수면제를 먹은 것이다. 욕조에는 더운 물이 가득차 있다. 죄가 될만한 일은 아무것도 하지 않았다. 무서울 것은 아무것도 없다. 나는 글라스에 물을 따랐고, 아내를 침실로 데리고 갔다. 언제나 하는 일이다. 미레이유는 말하자면 자기 자신의 실수로, 경솔에서 생긴 일종의 경련 같은 병으로 죽는 것이다. 누구의 책임도 아니다. 아무도 이 가엾은 미레이유를 미워하지 않았다. 참으로 얌전한 여자니까. 그러나 침실에 돌아가 보니, 그것은 하나의 괴이한 꿈이었다. 자기가 꿈을 꾸고 있는지 어떤지 이제 잘 알 수가 없었다. 아니, 꿈이 아니다. 물은 둔한 소리를 내며 욕조에 떨어지고 있다. 미레이유의 몸은 여전히 침대에 누워 있다. 맨틀피스에는 구두 한 짝이 놓여 있다. 뤼세느는 침착하게 미레이유의 핸드백을 살펴보고 있었다.

"이봐!" 라비넬이 불렀다.

"차표를 찾는 중이에요." 뤼세느가 설명했다. "왕복 차표를 샀는지도 모르잖아요. 앞뒤가 빈틈없이 맞도록 해 놔야지. 내 편지는? 당신이 가졌어요?"

"응, 내 주머니에 있어."

"태워 버려요, 당장! 당신은 잘 잊어 버리니까. 그 옆 테이블에 있는 재떨이에다 태워요."

라비넬은 라이터 불을 봉투 끝에 갖다댔다. 불꽃이 손가락을 태우게 될 때까지 놓지 않았다. 새까매진 종이가 재떨이 안에서 또아리를 틀며 휘고, 톱니 같은 가장자리를 빨간 불의 선이 움직여 갔다.

"이 사람, 아무한테도 여기 온다는 이야기 안했겠지요?"

"안했대."

"제르망한테도?"

"응."

"저 구두 집어 줘요."

그는 맨틀피스 위의 구두를 집었다. 오열 같은 것이 목구멍을 메웠다.
뤼세느는 서투르게 미레이유의 발에 구두를 신기며 말했다.
"목욕물이 이제 다 찼을 거예요."
라비넬은 이제 몽유병자 같은 걸음걸이였다. 두 개의 꼭지를 잠그니 갑자기 조용해지고 마음이 무거웠다. 잔잔하게 흔들거리는 물에 그의 일그러진 얼굴이 비쳤다. 벗어진 대머리, 진하고 더부룩한 붉은 빛에 가까운 눈썹. 코 밑에 솔처럼 나 있는 기묘한 모양의 코밑수염. 정력적인, 야수적이라고 할 만한 남자의 얼굴. 오랜 세월 사람들을 속이고 또 속아 온 평범한 얼굴. 그러나 뤼세느는 한 번도 속지 않은 얼굴이었다.
"얼른 해요." 그녀가 말했다.
그는 깜짝 놀라 침대로 돌아갔다. 뤼세느는 미레이유의 윗몸을 일으켜 외투를 벗기고 있었다. 미레이유의 머리가 두 어깨 사이에 거꾸로 매달려 흔들렸다.
"잡아요."
라비넬이 이를 악물고 잡고 있는 동안에 뤼세느는 코트의 소매를 쑥 뽑았다.
"똑바로 세워요!"
라비넬은 아내를 안아일으켰다. 그것은 사랑의 포옹 그대로의 포즈였다. 소름이 쭉 끼쳤다. 그리고 베개 옆에 미레이유를 내려놓고는 두 손의 땀을 닦으며 뜨거운 숨을 내쉬었다. 뤼세느는 곱게 외투를 개어서 들고 미레이유의 모자가 놓여 있는 식당으로 갔다. 라비넬은 의자에 앉지 않을 수 없었다. 드디어 그때가 온 것이다. 이미 '아직 그만둘 시간은 있다. 중지할 시간은 있다!'고 생각할 힘도 없었다. 이 생각이 몇 번이나 그의 마음에 떠올라 이때까지 그를 지탱해 주었었다. 마음 속으로 어쩌면 마지막 순간에…… 하고 생각하고 있었던 것이다. 그는 언제나 무슨 일의 시작을 자꾸만 뒤로 미루는 사람이었다. 말하자면, 머릿속에서 생각하고 있는 한 사건이란 유동적이어서 안심이기 때문이다. 그런 경우에는 사람이 사건을 지배하고 있는 셈이다. 사건은 현실의 것이 아니다. 지금은 사건이 바로 현실이 되어 있었다. 뤼세느가 돌아와서 라비넬의 손을 만졌다.

"잘 안되는군." 그는 나직이 말했다. "하지만 될 수 있는 데까지 해보지."

"그럼, 내가 어깨를 들게요. 당신은 다리를 들어 주면 돼요."

이렇게 되면 자존심이랄까, 남자의 오기 문제였다. 라비넬은 결심했다. 그는 미레이유의 복사뼈에 손가락을 둘렀다. 어이없는 말이 머릿속에서 들렸다. '이제 당신은 감각이 없어, 가엾은 미레이유…… 이봐, 하는 수가 없었다구. 맹세코 말하지만, 당신이 미워서가 아니야. 나도 병자란 말이야. 곧 죽을지도 몰라. 심장병으로 말이야.' 그는 울고 싶었다. 뤼세느가 발뒤꿈치로 욕실문을 밀었다. 그녀는 늘 환자를 운반하고 있어서 남자처럼 힘이 세었다.

"그 끝에 기대 놔요. 거기, 됐어요. 이제 맡겨 둬요."

라비넬은 너무 황급히 뒤로 물러서는 바람에, 세면대 위의 선반에 팔꿈치가 부딪쳐서 하마터면 양치질하는 컵을 떨어뜨릴 뻔했다. 뤼세느는 먼저 미레이유의 다리를 누르고 이어 몸 전체를 살며시 욕조에 담갔다. 물이 튀어 타일 바닥에 떨어졌다.

"자!" 뤼세느가 말했다. "어서 서둘러야 해요. 장작받이를 갖다 주지 않겠어요? 식당에 있는 것 말이에요."

라비넬은 물러나왔다. '이제 끝장이다, 끝장이다, 미레이유는 죽었다.' 이런 말이 머릿속에 울렸다. 이제 똑바로 걸을 수가 없었다. 식당에서 포도주를 한 잔 가득 마셨다. 열차의 기적 소리가 창 밑에서 들려 왔다. 레느 행 보통 열차 같았다. 장작받이에는 그을음이 약간 묻어 있었다. 닦아야 할까? 하기야 아무도 눈치챌 염려는 없다.

 장작받이를 들고 방구석에 와서 욕실에는 들어가지 않았다. 뤼세느는 욕조 위에 윗몸을 굽히고 있었다. 왼팔은 물 속에 넣고 있어서 보이지 않았다.

 "거기 내려놔요." 그녀가 명령했다.

 라비넬은 그녀의 목소리를 알아들을 수가 없었다. 장작받이를 욕실 입구에 내던졌다. 뤼세느는 자세를 낮추어 빈 손으로 장작받이를 하나씩 집었다. 성가신 일이지만, 그녀는 무슨 일이고 소용없는 짓은 하지 않았다. 장작받이를 얹어서 욕조 바닥의 시체를 눌러 두려는 것이었다. 라비넬은 비틀비틀 침대로 돌아가서 베개에 머리를 묻고 가슴을 도려내는 듯한 슬픔에 몸을 내맡겼다. 눈 앞에 지난날의 갖가지 영상이 떠올랐다. 앙기앙의 조그만 집을 봤을 때의 미레이유——'방에도 전화를 놓도록 해요, 네?' 라이트반 겸용 자동차를 샀을 때 손뼉을 치며 좋아한 미레이유——'안에서 잘 수도 있겠어요, 이렇게 넓은걸요.' 그밖에 조금 흐려진 온갖 이미지. 앙띠브의 모터보트, 꽃이 만발한 마당, 종려나무…….

 뤼세느는 세면대에 물을 받고 있었다. 오 드 꼴로뉴의 조그만 병이 부딪치는 소리가 났다. 수술 뒤처럼 알뜰히 손과 팔을 씻고 있는 것이다. 뤼세느 역시 무서운 것이다! 하기야 이론이라는 것은 깨끗하다. 그녀는 사람의 목숨 따위는 경시하는 체하고, 자기의 흔들리지 않는 의견을 자랑한다. 목적은 수단을 가리지 않는다. 그렇다, 확실히 그렇다. 그러나 죽음이 그 자리에 있을 때, 비록 기분좋은 죽음이라도, 그녀가 말하는 안락사라 할지라도 사람은 태연스레 행동하지는 못하는 법이다. 그렇다, 뤼세느가 장작받이를 집어들 때의 그 불안하고 겁먹은 눈을 그는 결코 잊지 못할 것이다. 라비넬의 마음을 가라앉히는 그 눈. 지금 두 사람은 공범이다. 그녀는 이제 그를 떼어놓을 수 없다. 몇 달만 지나면 두 사람은 결혼한다. 하기야 아직 여러 가지 문제는 있겠지만. 두 사람 사이에 정해 놓은 일은 아무것도 없었다.

라비넬은 눈을 문질렀다. 몹시 눈물을 흘린 것을 깨닫고 깜짝 놀란 것이다. 그는 침대에 걸터앉았다.

"뤼세느?"

"왜 그래요?"

그녀는 평소의 목소리로 돌아와 있었다. 지금 분을 바르고 루즈를 칠하는 중이겠구나 하고 생각했다.

"오늘 밤 안으로 처리해 버리면 어떨까?"

갑자기 그녀가 화장실에서 나왔다. 손에는 루즈를 들고 있었다.

"들어내 버리지그래?" 라비넬은 계속해서 말했다.

"무슨 말을 하는 거예요! 돌았어요? 이런 계획은 공연히 자꾸 바꾸는 게 아니에요."

"일이 바빠서, 빨리 끝내고 싶어서 그러는 거야."

뤼세느는 욕조를 마지막으로 한 번 들여다보고는 전깃불을 끄고 조용히 문을 닫았다.

"당신 알리바이는 어떡하죠? 경찰에선 반드시 당신한테 혐의를 둘 거예요. 생명보험회사는 더할 거구. 오늘 밤과 내일 모레까지 증인이 당신을 목격해야 해요."

"걱정없어." 그는 무거운 입을 열고 대답했다.

"자, 여보! 이제 힘드는 일은 끝났어요. 이젠 겁날 것 없어요."

그녀는 그의 볼을 쓰다듬었다. 그 손가락에서 오 드 꼴로뉴의 향내가 났다. 그는 뤼세느의 어깨를 붙잡고 일어섰다.

"그렇군. 그럼, 금요일까지 안 만나는 거지?"

"어마! 말귀를 잘 알아들으시네. 나는 병원 일이 있잖아요. 그런데, 어디서 만나지요? 어쨌거나 여기선 안되겠죠?"
"물론이지! 말이나 되나."
그는 거의 외치듯이 말했다.
"아시죠, 당분간은 둘이 함께 있는 것이 남의 눈에 띄면 곤란해요. 하찮은 일로 자신을 위험하게 만드는 건 어리석은 짓이에요."
"그럼, 모레 8시면?"
"8시, 릴 글로리에뜨 선창가에서. 준비는 약속한 대로예요. 오늘 밤같이 어두우면 좋겠는데."
그녀는 라비넬의 구두와 넥타이를 찾아서 입는 것을 도와 주었다.
"지금부터 이틀 동안 어떻게 하겠어요, 페르낭?"
"글쎄."
"이 근처에 돌아봐야 할 단골 손님이 아직 있지요?"
"응, 그야 언제든지 있지."
"가방은 자동차에 있어요? 면도칼은? 칫솔은?"
"아, 다 있어."
"그럼, 가요! 나는 꼬메르스 광장에서 내려 줘요."
 그녀는 침착하게 문을 닫고 울타리 문의 열쇠를 두 번 돌렸다. 라비넬은 차고를 열러 갔다. 거리의 등불이 천을 덮어 놓은 것처럼 켜져 있었다. 안개의 감촉이 미지근했다. 차가 진창길을 지나가고 있는 것 같았다. 어느 해변 쪽에서 자동차가 한 대 돌아나왔다. 엔진 상태가 좋지 않은 디젤 차였다. 뤼세느는 라이트반의 라비넬 옆에 탔다. 그는 신경질적으로 바쁘게 움직였다. 대강의 눈어림으로 차를 길가에 세워 놓고, 차고의 문을 밀어 힘들여 자물쇠를 채웠다. 그리고 고개를 들어 집을 쳐다보고 웃옷 깃을 세웠다.
"떠난다!"

차는 부드러운 안개를 헤치고 천천히 나아갔다. 안개는 누르스름한 막처럼 펼쳐져서, 클리너가 움직이고 있는데도 앞유리에 찐득하게 들러붙었다. 객차를 달지 않은 기관차와 엇갈리어 지나갔다. 그것은 안개 속에 선로와 전철기가 번쩍거리는 밝은 길을 훤하게 드러내면서 금방 보이지 않게 되었다.

"남의 눈에 띄지 않는 데서 내리겠어요." 뤼세느가 소곤거렸다.

빨간 신호로 거래처의 건물 위치를 알았다. 동시에 꼬메르스 광장 주위에 늘어서 있는 전차의 불빛이 보였다.

"여기서 내려 줘요."

그녀는 허리를 굽혀 라비넬의 관자놀이에 입을 맞추었다.

"경솔한 짓을 하면 안돼요. 마음을 잘 가라앉히도록 해요. 부득이 그렇게 해야 했던 거예요."

자동차 문을 쾅 닫고 그녀는 잿빛 벽 속으로 들어갔다. 걸어가는 모습 뒤에 안개가 천천히 소용돌이쳤다. 라비넬은 혼자 남아 진동하고 있는 핸들 위에 두 손을 얹었다. 이 안개가 아마…… 아니다! 그것은 우연한 사건이 아니다. 이 안개는 어김없는 의미를 갖고 있다. 그, 라비넬은 여기 이 금속 상자 속에 있다. 마지막 심판을 받는 방의 입구 같은……. 라비넬, 가엾은 호인, 속속들이 나쁜 놈은 아니다. 시무룩하고 눈썹이 진한 그의 얼굴이 보였다. 페르낭 라비넬. 장님처럼 두 손을 앞으로 내밀고 인생을 걸어가고 있다. 언제나 안개다! 몇몇 실루엣이 간신히 보인다. 착각하기 쉬운 실루엣 미레이유……. 태양은 결코 뜨지 않을 것이다. 그럴 것이라고 그는 생각했다. 국경 없는 안개의 나라에서 달아날 수도 없을 것 같다. 괴로워하는 마음. 유령! 이런 생각이 라비넬의 머리에 떠오른 것은 이것이 처음이 아니다. 결국 나는 유령에 지나지 않는 것일까?

그는 차를 굴려 먼저 광장을 한 바퀴 돌았다. 다방 유리창 안에 그림자가 몇 개나 보였다. 코, 큼직한 파이프, 갑자기 커져서 깨진 별 모양처럼 되는 벌린 손, 그리고 등불, 많은 등불…… 라비넬은 등불을 보고 싶었다. 별안간 주체하기 어렵도록 커진 자루 같은 자기 몸을 빛으로 가득 채우고 싶었다. 비어 홀 '동굴' 앞에서 차를 세워 놓고, 몸집이 큰 젊은 금발 여자의 뒤를 따라 회전문으로 뛰어들어갔다. 젊은 여자가 미소를 지었다. 홀 안에는 또 다른 안개가 있었다. 파이프와 시가의 연기다. 얼굴과 얼굴 사이에서 솟아오르고, 웨이터가 쟁반에 얹어 나르는 술병에도 엉기어 있었다. 눈이 부르고 손가락이 소리를 내고 있었다.

"이봐, 피르망, 내 술은?"

카운터와 테이블에 화폐 소리가 울리고, 금전 등록기가 손님이 주문을 외치는 소음 속에서 철거덕거리며 숫자를 찍었다.

"나는 3점이야, 3점!"

당구대에서는 공이 굴러 조용한 소리를 내면서 부딪치고 있었다. 소음! 인생의 소음. 라비넬은 구석에 있는 테이블에 가서 쓰러지듯이 앉아 후유 숨을 내쉬었다.

'제기랄' 하고 그는 생각했다.

그는 테이블에 두 손을 얹었다. 네모난 재떨이가 있고, 네 개의 옆면에 Byrrh(키나를 넣은 쓴 포도주)라는 갈색 글자를 읽을 수 있었다. 튼튼하게 만든 재떨이였다. 손으로 만지니 기분이 좋았다.

"뭘 드시렵니까?"

웨이터가 다소곳하게 친밀감을 보이며 고개를 숙였다. 라비넬은 크게 숨을 한 번 들이마셨다.

"폰스를 줘, 피르망, 고급 폰스야!"

"알겠습니다."

라비넬은 이날 밤의 일을, 그 집의 일을 차츰 잊어 갔다. 몸에 또

열이 났다. 향기좋은 담배를 피웠다. 웨이터가 자기도 마시고 싶은 얼굴로 조심스레 얼른 폰스를 만들었다. 설탕, 럼주. 이어 술을 탔다. 공기 속에서 자연히 생긴 것 같은 불꽃이 액체의 표면에서 흔들거렸다. 불꽃은 처음에는 파랗게, 이어 오렌지 빛이 되어 떨면서 조그만 꼬리를 끌었다. 눈빛이 밝아졌다. 라비넬은 어릴 때 오래도록 지켜본 적이 있었다. 달력이 생각났다. 푸른 파도가 밀려오는 금빛 물가에서 한덩어리의 이국풍 나무 아래 흑인 여자가 무릎을 꿇고 앉은 그림이 있었다. 폰스의 불꽃 속에는 그와 마찬가지로 뜨거운 기운이 있었다. 그리고 꿀꺽꿀꺽 이 술을 들이키니 몸 안에 금빛 흐름 같은 것이, 고요한 태양 같은 것이 흘러들어가 근심과 불안과 고뇌를 쫓아내 버렸다. '나도 남의 눈치를 보지 않고 떳떳하고 강하게 살 권리가 있다.' 그는 오랫동안 목을 죄던 것에서 해방된 기분이 들었다. 처음으로 그는 마음놓고 또 하나의 라비넬을 보았다. 거울 속에 얼굴이 비치고 있는 또 하나의 라비넬. 38살. 벌써 늙은이 같은 얼굴이지만, 진짜 인생은 지금부터다. 그도 옛날에는 흑인 여자와 푸른 바다를 바라보던 소년이었다. 그러나 아직 너무 늦지는 않다.

"피르망! 한 잔 더 줘! 그리고 기차 시간표 좀 빌려 줘."

"알겠습니다."

라비넬은 주머니에서 엽서를 꺼냈다. 미레이유에게 엽서를 보내는 착안을 한 것은 물론 뤼세느였다.

'토요일 아침에는 돌아갈 참이오.'

그는 만년필을 흔들었다. 웨이터가 왔다.

"오늘 며칠이지?"

"저어 4일입니다."

"4일, 그래! 4일이지. 오늘 하루 종일 수없이 4일을 썼으면서…… 우표 없나?"

시간표는 손때가 꾀죄죄하게 묻었고, 네 귀퉁이에는 얼룩이 져 있었다. 하기야 라비넬은 그런 자질구레한 일에는 예사였다. 빠리~리옹~지중해선을 찾아보았다. 두 사람의 출발점은 물론 빠리다. 그것도 기차로! 라이트반과는 이제 작별이다! 그는 손가락이 더듬어 가는 이름에 넋을 잃었다. 디종, 리옹, 로느 강변의 모든 도시…… 제35열차——리비에라 급행——1, 2등——앙띠브 도착 7시 44분——리비에라 급행처럼 반티밀까지 달리는 급행 이외에 모다느를 거쳐 직접 이탈리아까지 가는 급행도 있다. 식당차가 딸린 열차가 있는가 하면 침대차, 파랗고 긴 침대차가 붙은 열차도 있다. 자신이 내뿜는 담배 연기 속에서 그것이 보이는 듯한 기분이 들었다. 그는 열차의 조용한 진동, 승강구의 밤을 상상했다. 밝고 별이 총총히 빛나고 있는 밤, 서로의 얼굴까지 볼 수 있는 밤…….

알코올이 그의 입 가득히 달콤한 맛을 빚어 주었다. 머릿속에는 여행을 할 때의 소음같은 것이 있었다. 회전문이 빛의 꽃다발을 돌리고 있었다.

"문을 닫을 시간입니다."

이번에는 라비넬이 지폐를 테이블에 던질 차례가 되었다. 거스름돈은 받지 않았다. 순식간에 그는 피르망한테서 떠나, 카운터의 여자한테서 떠나, 과거에서 떠났다. 문이 그를 물어 보도에 내동댕이쳤다. 그는 잠시 망설이며 벽에 기댔다. 갖가지 생각이 흐려 있었다. 아무 까닭도 없이 한 마디 말이 입술에 떠올랐다——티퍼래리(Tipperary, 아일랜드의 주 이름. 또는 제1차 대전 중 영국 병사들이 애창한 It's longway to Tipperary로 시작되는 행진곡). 티퍼래리가 무슨 뜻인지는 알 수가 없었다. 그는 나른하게 빙그레 웃었다.

3

앞으로 하루 반! 앞으로 하루! 그리고 지금 라비넬은 지나가는 한 시간 한 시간을 세고 있었다. 이런 식으로 기다린다는 것은 아마 무서울 것이라고 생각한 적이 있었다. 그런데 달랐다. 무섭지 않았다. 그러나 어느 의미에서는 무서운 것보다 더 나빴다. 기다린다는 것은 끝이 없고 음산한 것이다. 시간에 시도 분도 초도 없어져 버린다. 징역 5년의 죄수는 그 처음에 이와 같은 느낌을 가질 것이다. 무기수는……

라비넬은 썩은 것에 들끓는 파리처럼 끈질기게 따라다니는 이 생각을 뿌리쳤다.

그는 술을 마셨다. 사람들의 눈에 띄는 곳에 나가기 위해서가 아니었다. 취하기 위해서가 아니었다. 다만 생활의 리듬을 바꾸기 위해서였다. 꼬냑을 두 잔 마시는 동안에 무척 긴 시간이 어느새 지나 버리는 일이 흔히 있다. 여러 가지 자질구레한 일을 생각하기 때문이다. 이를테면 전날 밤에 묵어야만 했던 호텔, 조잡한 침대, 맛없는 커피, 끊임없이 드나드는 사람들, 기적을 울리는 열차. 그는 낭뜨를 떠나서 르동, 앙스니를 한 바퀴 돌아야 했다. 그러나 떠날 수가 없었다. 아마도 눈을 뜨면 흥이 깨질 만큼 이상하게 머리가 예민했기 때문인지도 모른다. 좋은 일이 있는지 없는지 생각해 본다. 첫째 도저히 있을 것 같지가 않아서, 한번 해보자는 생각이 전혀 일어나지 않는다. 10시 가까이가 되자 별안간 자신이 생겼다. 그것은 괴이한 의혹의 마음을 비추어 희망의 마음으로 바꾸는 새로운 빛 같은 것이었다. 그래서 힘차게 까페 프랑세의 문을 밀었다. 친구들이 몇몇 앉아 있었다. 여기는 언제 와 봐도 몇 사람이 알코올을 탄 커피를 마시고 있었다.

"여어, 페르낭!"

"왜 그래! 안색이 좋지 않은걸!"

그는 친구들 사이에 앉아 미소를 짓지 않으면 안되었다. 다행히도 준비해 간 첫 번째 구실을 곧이들어 주었다. 거짓말은 참으로 하기 쉬웠다. 이빨이 아픈데 치료비에 곤란을 겪고 있다는 말만으로 충분했다. 따미제가 말했다.
"나도 작년에 어금니가 아파서 말이야, 그게 그냥 아팠더라면 아마 지금쯤 물에 뛰어들어가서 죽었을걸. 굉장히 아프더군!"
이런 회고담도 정말 우스꽝스러운 것이다. 이쪽은 시치미를 떼고 듣고 있다. 나는 이빨이 아픈 거야, 하고 내 자신에게 말한다. 그러면 정말로 이가 아픈 것처럼 모든 일이 진행되어 간다. 언젠가 그날 밤, 미레이유에게도…… 언젠가 그날 밤이라고? 아아! 어젯밤이 아닌가. 나는 거짓말쟁이일까? 아니다! 더 복잡한 일이다. 배우처럼 갑자기 다른 인생의 인간이 되어 버린 것이다. 배우는 일단 막이 내리면 자기의 배역에서 떠난다. 그런데 어느 쪽이 현실의 자기이고 어느 쪽이 연극인지 스스로 알 수 없는 사람도 있는 법이다.
"이봐, 라비넬, 이번에 발매하기 시작한 로또르라는 릴 줄은 어떤 거야?《낚시 도해》에서 봤는데."
"나쁘지 않아. 특히 바다 낚시에 알맞지."
11월의 오전, 안개 속에 태양은 허옇고 보도는 젖어 있었다. 이따금 까페에서 비스듬한 방향으로 전차가 돌아갔다. 그러면 차바퀴가 선로에서 삐걱거리고 날카롭게 긴 소리를 냈지만, 불쾌할 정도는 아니었다.
"집엔 별일 없나?"
"잘 지내고 있네."
이번에도 거짓말을 한 것은 아니다. 1인 2역은 좀 현기증이 난다!
"인생이란 우스운 거야." 베르이유가 말했다. "언제나 여행을 다니는 직업이라! 자네는 빠리 지구를 담당하고 싶다는 생각을 해본 적이 없나?"
"없는데. 첫째, 빠리 지구는 오래 영업을 한 외판원들의 영역이고 말이야. 게다가 이쪽이 훨씬 장사가 잘 되거든."
 "나는 언제나 생각한다네." 따미제가 말했다. "자네가 왜 이런 직업을 택했을까 하고……. 그만큼 많이 배웠는데!"
 그리고 그는 베르이유에게 라비넬은 법률에 밝다고 설명했다. 자기도 아직 잘 알 수 없는 것을 어떻게 그들에게 이해시켜야 하는가? 물의 매혹…….
 "아직도 아픈가?" 베르이유가 나직이 물었다.
 "응, 이따금."
 물의 매혹, 그리고 시(詩). 그렇다, 그것은 일종의 시다. 니스를 칠한 복잡미묘한 낚시 도구. 낚시는 어딘가 옛된 데가 있다. 소년 시절 그대로의 감상(感傷)이 있다. 그러나 그것을 버릴 필요가 있을까? 와이셔츠나 넥타이를 팔고, 두 단골 손님 사이에 끼어 천천히 끈기 있게 절망적으로 알코올을 마시는 베르이유 같은 인간이 되기 위해서 얼마나 많은 사람들이 눈에 보이지 않는 사슬에 묶여 개집을 떠나지 못하고 있는 것일까! 나는 놈들을 조금은 경멸해도 된다. 왜냐하면 나는 유랑자라는 가장 강한 집단에 속해 있기 때문이고, 보잘 것 없는 일을 악착같이 하고 있기 때문이며, 판매대에 낚싯 바늘이며 파리낚시와 '미끼'라는 교묘한 이름의 현란한 가짜 금속 먹이를 늘어놓고 꿈을 팔기 때문이다. 확실히 누구나가 직업을 갖고 있듯이 이것도 하나의 직업이다! 그러나 그저 직업이라는 것만은 아니다. 이 직업은 그림이나 문학과 일맥 상통하는 데가 있다. 설명하기가 좀 어렵지만. 낚시란 일종의 도피다. 그러나 대체 무엇에서 도피하는가? 그것이야말로 문제인 것이다.
 라비넬은 움찔 놀랐다. 9시 30분. 간밤의 기억을 이것저것 더듬고부터 45분이 지나 있었다.
 "이봐! 한 잔 더!"

까페에서의 에피소드 뒤에 무슨 일이 일어났던가? 그는 뻬르미르 다리 옆에 사는 르 플랑을 찾아갔다. 르 플랑은 오리 사냥에 쓰는 총을 세 자루 주문했다. 이발사도 끼어서 함께 이야기를 나누었다. 이 사람은 월요일마다 뻬를랑 강에서 큼직한 강꼬치고기를 낚는다. 파리 낚시로 낚는 황어(黃魚) 이야기가 나왔다. 이발사는 파리낚시는 믿을 수가 없다고 말한다. 자고(鷓鴣) 털로 만드는 히치콕 식 파리낚시가 아니면 그를 납득시킬 수가 없다. 라비넬은 프랑스, 아니 아마도 유럽의 어느 누구도 흉내낼 수 없는 파리낚시를 만들 줄 안다. 왼손에 낚싯바늘을 쥐는 데에 요령이 있다. 특히 바늘의 축(軸) 주위에 깃털을 매고, 깃털 하나하나의 털을 부풀려서 매듭을 만드는 데에 요령이 있다. 니스를 조금 칠하는 것쯤은 누구나 한다. 그러나 가느다란 털을 세우고, 빳빳한 가시를 달고 촉각을 만들어서 파리낚시를 살아 있는 것처럼 보이게 하고 색조를 선택하는 일은 모두 솜씨의 문제다. 오목한 손바닥에 파리낚시를 얹으면 그것은 윙윙거리며 떤다. 살짝 불어주면 날아갈 것만 같다. 그만큼 진짜 파리 같아서 손바닥의 이 털이 송송한 파리낚시를 보고 있으면 기분이 나빠진다. 탁 때려 죽이고 싶어진다.

"그렇소!" 이발사가 말했다.

르 플랑은 주먹을 쥔 손을 휙 움직여서 두 주먹을 포개는 시늉을 했다. 낚싯대가 둥그렇게 휘었다. 그는 낚싯대에 걸린 물고기가 깊은 물 속에서 이리저리 움직이고 있는 것처럼 팔을 떨어 보였다.

"황어는 콱 물었을 때 놓아 줘야 합니다. 그런 다음 당기는 겁니다. 살짝 말이죠!"

왼손은 오구를 재빨리 쥐고 낚아올린 물고기 밑에 갖다댔다. 르 플랑은 요령을 알고 있다. 시간이 흘러갔다. 오후, 영화. 밤, 영화. 그리고 또 다른 호텔. 아주 조용한 호텔. 따라다니는 미레이유의 모습.

욕조의 미레이유가 아니라 앙기앙의 미레이유다. 아주 건강하고, 근심거리를 다 털어놓고 싶어지는 미레이유다. '당신이 내 입장이라면 어떻게 하지?' 고맙게도 나는 역시 그녀를 사랑하고 있다——기보다 주저주저 사랑하기 시작하고 있다는 것을 알았다. 그러나 그로테스크하지 않은가! 사랑하자는 생각을 하면 할수록 야비한 일이다. 그런데…….

"이게 누구야! 라비넬이잖아?"

"응?"

남자 두 사람이 그의 테이블 앞에 서 있었다. 까디우와 또 한 사람, 키가 크고 재킷을 손에 든 여윈 남자로, 눈 깊숙이에서 그를 응시하고 있었다. 마치…….

"소개하지, 라르망자 군이야." 까디우가 말했다.

라르망자! 옛날, 검은 가운을 입고 그에게 문제를 설명해 주던 소년 라르망자라면 그도 잘 안다. 두 사람은 서로 가만히 쳐다보았다. 먼저 라르망자가 손을 내밀었다.

"페르낭! 이거 놀랍군. 25년 만이 아닌가!"

까디우는 손뼉을 쳐서 주문했다.

"꼬냑 석 잔!"

잠시 아무래도 서먹한 시간이 흘렀다. 매부리코에 차가운 눈을 가진 이 사나이가 라르망자인가?

"무슨 일을 하나?" 라비넬이 물었다.

"건축가야. 자네는?"

"세일즈맨이지."

이 대답으로 두 사람 사이에 금방 거리가 생겼다. 라르망자는 몸을 굽혀 까디우에게 설명했다.

"우리는 블레스뜨 학교의 동창이야. 함께 졸업 시험에 패스했지.

무척 오래된 이야기지만."

그는 꼬냑 잔을 들고 들여다보다가 다시 라비넬을 돌아보며 말했다.

"부모님께서는 안녕하신가?"

"돌아가셨어."

라르망자는 한숨을 쉬고 까다우에게 설명했다.

"이 친구의 부친은 고등학교 선생님이셨지. 아직도 기억하지만 언제나 우산과 가방을 들고 다니셨어. 좀처럼 웃지 않으시는 선생님이기도 했고."

그렇다, 아버지는 좀처럼 웃지 않았다. 결핵을 앓고 있었다. 그러나 라르망자에게 그런 말을 할 것까지는 없다. 언제나 검은 옷을 입고 있어서, 고등학교 학생들이 정어리라는 별명으로 부른 이 아버지에 대해서는 더 이야기하지 않기로 하자. 라비넬이 공부를 싫어하게 된 것은 실로 아버지 때문이다. 아버지는 언제나 이렇게 말씀하셨다.

"내가 없었어봐라. 너한테 애비가 없었어봐라."

말하자면 열심히 공부해야 한다는 것이었다. 식사 때도 아버지는 먹는 손을 멈추고 라비넬 집안 특유의 짙은 눈썹 아래로 아들을 훑어보며 묻는 것이었다. "페르낭, 캄포 포르미오 조약은 언제였지? 부탄 가스의 화학방정식은? 라틴어의 시제의 일치는?" 꼼꼼하고 세심하며 무엇이나 카드에 기입하는 타입의 사람이었다. 아버지에겐 지리란 도시의 리스트이고, 역사란 날짜의 리스트이고, 인체란 뼈와 신경 명칭의 리스트였다. 라비넬은 대학 입학 시험을 생각하면 지금도 식은땀이 난다. 그리고 몽마(夢魔)의 조각처럼 이따금 기묘한 말이 무심코 기억에 되살아난다. '쁘앙뜨 아 삐뜨르…… 탄산 석회질…… 단자엽 식물…….' 정어리의 아들이라는 것이 유쾌할 까닭은 없었다. 만일 내가 늘 아버지의 죽음을 빌고 있었으며 다가오는 죽음의 조짐을 죄다 지켜보고 있었다고 고백한다면 라르망자는 뭐라고 할까? 그렇다! 라비넬은 그 병을 소상히 알고 있었다. 입가에 묻은 소량의 거품이 무엇인지, 왜 밤에는 꼭 밭은 기침을 하는 것인지 알고 있었다. 결핵 환자의 아들이 어떤 것인지도 잘 알고 있었다. 언제나 건강에 조심하고, 열이 있고 없고와 환절기에 조심한다. 어머니는 입버릇처럼 "우리 집에는 장수하는 사람이 없다"고 말하고 있었다. 그런 집 아들이었으므로, 꽤 나이를 먹었는데도 고아라는 느낌이 들었었다. 지금도 고아 같은 데가 있다. 무언가 쾌활해질 수 없는 것이 속에 있는 것이다. 문이 쾅 닫히면 반드시 움찔 놀라고 느닷없이 누가 불러도 깜짝깜짝 놀란다. 그는 또 갑자기 여러 가지 질문을 받는 것을 두려워했다. 확실히 이제는 캄포 포르미오 조약이 언제냐고 묻는 사람은 없었다. 그렇다고 무뚝뚝하게 있는 것도 싫었고, 중요한 것을 잊어 버리는 것이 무서웠다. 실제로 그는 자기의 전화 번호라든가 자동차 번호 같은 것을 곧잘 잊었다. 언젠가는 자기 이름마저 잊어버릴지도 모른다. 아들도 남편도 아니고 아무것도 아닌 것이 되어 버리는 것이다. 군중 속의 단순한 한 남자. 그러나 그렇게 되면 행복할지도 모른다. '금지된 쾌락'이라는 것인지도 모른다.

"에스빠뇰 곶을 자주 산책했었는데, 기억하나?"

라비넬은 천천히 현실의 표면으로 떠올라 왔다. 아아! 확실히 라르망자다.

"그때 나도 라비넬을 알았더라면 좋았을걸. 아마 건달이었을 거야, 그렇지?"

까디우가 말했다.

"건달?"

라르망자와 라비넬은 서로 얼굴을 쳐다보았다. 그리고 동시에 미소를 지었다. 두 사람 사이에 갓 조인한 밀약 같은 미소였다. 말하자면 까디우는 절대로 알 수 없는 것이다…….

"건달이라면, 글쎄, 뭐 그런 거지" 하고 라르망자는 말하고 이어 라비넬에게 물었다. "자네, 결혼했지?"

라비넬은 자기의 결혼 반지를 보고 얼굴이 빨개졌다.

"응, 앙기앙에 살고 있어, 빠리 가까이에 말이야."

"응, 알지, 알아."

대화는 토막토막 끊어졌다. 그저 서로의 얼굴을 바라볼 뿐이었다. 라르망자도 결혼 반지를 끼고 있었다. 그는 이따금 따분한 듯이 눈을 비볐다. 술을 마실 줄 몰랐다. 여러 가지 이야기를 물어 봐도 좋지만, 그게 무슨 소용이 있는가? 라비넬은 남의 생활에 흥미가 없었다.

"일은 순조롭게 되어 가나?" 까디우가 물었다.

"그럭저럭." 라르망자가 대답했다.

"중급으로 그저 쓸 만하고 쾌적한 단층집이면 얼마나 들지?"

"조건에 따라 다르지만, 방 네 개에 욕실이 있으면 2백만 프랑쯤 하지. 물론 최신식 설비를 다 갖춘 욕실이 붙지만 말이야."

라비넬은 웨이터를 불렀다.

"더 놀다 가지 그래."

"아니, 약속이 있어. 실례하네, 라르망자."

그는 두 사람에게 인사로 악수를 했다. 라르망자는 조금 새침한 얼굴을 하고 있었다. 확실히 쓸데없는 말은 물어 보지 말라는 듯한 표정이었다.

"그렇지만 같이 식사쯤은 할 수 있잖나?"

"요다음에 하지." 까디우가 불평하듯 말했다.

"그럼, 꼭 기다리겠어. 생스 다리 가까이에 땅을 샀는데 한 번 보여 주고 싶단 말이야."

라비넬은 종종걸음으로 나갔다. 냉정을 잃은 것이 후회스러웠다. 그러나 껍질이 벗겨진 것처럼 예민할 때, 냉정을 잃었다고 그게 잘못일까? 내 입장에 있으면 누구라도……

시간은 흘러갔다. 그는 차를 레르도르 주유소 방향으로 돌렸다. 급유. 탱크가 가득 찼다. 만일을 위해 휘발유 깡통 두 개에도 기름을 채우게 했다. 그리고 꼬메르스 광장으로 향하여 거래처를 따라 나아가 르 졸리에뜨 광장을 지나갔다. 왼쪽엔 항구와 출항하는 리버티 선의 등불, 그리고 물가에 불 그림자가 비치고 있는 로아르 강이 보였다. 그는 지금처럼 여러 가지 풍경이나 사물을 가까이 느끼고, 또 자기 자신으로부터의 해방감을 강하게 느낀 적은 없었다. 그러나 그의 가슴은 고통으로 뒤틀리고, 신경은 엄한 시련에 견디려고 긴장할 대로 긴장해 있었다. 긴 화물 열차가 지나갔다. 라비넬은 화차의 수를 세었다. 31량. 뤼세느는 이미 병원에서 나왔을 것이다. 일의 마무리는 그녀에게 맡기자. 뭐니뭐니해도 이 일을 꾸민 것은 그녀다. 그렇다! 천막! 그는 접은 천막이 뒤에 실려 있는 것을 알고 있었다. 고개를 돌려 그것을 보았다. 캘리포니아 천막, 캠핑 도구의 상품 견본으로 언제나 손님에게 보여 주는 물건이다. 몸을 일으키니 뤼세느가 보였다. 라바 소울의 구두를 신고 소리없이 다가왔다.

"안녕, 페르낭. 어때요, 고단하지 않아요?"

문도 채 열기 전에 그녀는 장갑을 벗고 라비넬의 손을 잡아 맥을 짚어 보았다. 그리고 뿌루퉁해졌다.

"무척 흥분한 것 같군요, 술 냄새도 나고요."

"안 마시고 견딜 수가 있어야지." 그는 시무룩하게 말하고 힘껏 시동을 걸었다. "사람들 속으로 나가라고 권한 건 당신이잖아."

자동차는 라 포스 강변을 따라 나아갔다. 직공들이 퇴근하는 시간이었다. 동그랗고 조그만 등불이 무수히 밤의 어둠 속에서 지그재그로 엇갈리고 있었다. 자전거를 타고 가는 사람들이다. 조심하지 않으면 위험했다. 그러나 라비넬은 기계 정비는 그리 잘하지 못했지만, 운전은 꽤 잘했다. 그럭저럭 혼잡한 사람들 속을 빠져나갔다. 운반교를 지나고 나니 한결 차를 몰기가 쉬워졌다.

"열쇠 이리 줘요." 뤼세느가 소곤거렸다.

그는 차를 후진시켜 차고에 넣었다. 뤼세느가 문을 닫았다. 라비넬은 실컷 꼬냑이라도 들이켜고 싶은 심정이었다.

"천막" 하고 뤼세느가 말했다.

그녀는 안쪽 문을 열고 귀를 기울였다. 그리고 두 단으로 되어 있는 디딤돌을 넘어 집 안으로 들어갔다. 라비넬은 천막을 차에서 꺼내어 한 번 펴서 둘둘 말았다. 갑자기 소리가 났다. 소름이 끼쳤다. 물…… 욕조에서 흘러나오는 물…… 배수관이 차고 밑을 지나고 있는 것이다. 그는 지금까지 우연히 그 자리에 있다가 몇 번인가 익사자의 시체를 본 적이 있었다. 익사자는 깨끗하지 못했다. 시커멓게 온 몸이 퉁퉁 부풀어 있었다. 낚싯대로 피부에 상처가 나 있었다. 디딤돌을 밟고 넘어 안으로 들어갔다. 적막한 집안. 욕조는 딸꾹질과 훌쩍이는 소리를 내며 비어 갔다. 라비넬은 복도를 지나 식당문 앞에 가서 섰다. 욕실문이 열려 있었다. 뤼세느는 욕조 위에 허리를 굽히고 있었다. 꾸륵꾸륵 소리가 나고, 물이 다 빠진 것 같았다. 그녀는 무언가를 가만히 들여다보았다. 천막이 쓰러졌다. 라비넬은 자기가 놓았는지 천막이 손에서 떨어졌는지 알 수 없었다. 그는 식당 안에서 반회전했다. 포도주의 리터 병은 여전히 테이블 위에 있고 그 옆에 주전자가 있었다. 병째로 숨이 가빠질 때까지 술을 들이켰다. 결국은 결심하여 일을 하지 않으면 안 된다! 그는 돌아가서 천막을 집어들었다.

뤼세느가 말했다.

"편편하게 펴요."

"응?"

"천막 말예요."

그녀는 일찍이 그에게 보인 적이 없는 사납고 언짢은 얼굴을 하고 있었다. 라비넬은 방수 천막을 폈다. 욕실에는 좀 크지만 푸른 양탄자 같았다.

"그리고 어떡하는 거야?" 라비넬이 메마른 소리로 물었다.

뤼세느는 외투를 벗고 소매를 걷어붙였다.

"어떡하는 거야?" 라비넬이 다시 물었다.

"침착해요! 48시간이 지났잖아요." 뤼세느가 말했다.

언어의 이상한 힘! 라비넬은 갑자기 태연해졌다. 미레이유를 냉정하게 대할 수 있다고 생각했다. 어떤가 보고 싶었다. 그래서 빈혈증 환자처럼 욕조에 몸을 굽혔다. 스커트가 두 다리에 찰싹 붙어 있고 팔은 굽었으며, 두 손은 목을 쥐고 있었다…… 아아!

그는 외마디 소리를 지르며 뒤로 물러섰다. 미레이유의 얼굴을 본 것이다. 물 때문에 더욱 진해진 머리칼이 이마와 눈 위에 해초처럼 들러붙어 있었다. 드러난 이빨, 경직한 입술도 보였다.

뤼세느가 말했다.

"좀 도와 줘요."

그는 세면대에 몸을 기대고 서 있었다. 구토증으로 얼굴이 일그러졌다.

"기다려, 잠깐만."

소름이 쭉 끼쳤다! 그러나 생각한 것보다 심하지 않은 것만은 확실했다. 강에 빠져 죽은 사람은 오랫동안 물에 잠겨 있다. 며칠이나 거뭇한 물가에 떠다니어, 얼굴 모양이 완전히 달라져 버린다. 그런데 미레이유는…….

그는 몸을 일으켜 윗옷과 조끼를 벗었다.

"두 다리를 잡아요." 뤼세느가 명령했다.

불쾌한 일은 짐을 더 무겁게 만든다. 물이 철철 흘러서 성가셨다. 아아! 다리는 굳어서 얼음 같았다. 미레이유의 시체를 둘이서 천막 위에 들어내 놓았다. 뤼세느가 싸서 포장한 짐처럼 굴렀다. 두 사람의 발 아래 있는 것은 전깃불에 빛나는 원통형 천에 지나지 않았다. 물이 약간 흘러나왔다. 손잡이로 두 끝을 비틀면 되었다.

두 사람은 앞뒤로 짐을 들고 집에서 나왔다.

"자동차문을 열어 뒀으면 될 텐데." 뤼세느가 말했다.

라비넬은 뒤쪽 문을 열고 간신히 안으로 들어가 짐을 끌어넣었다. 짐은 길어서 비스듬히 놓아야 했다.

"줄로 동여맬 걸 그랬지." 라비넬이 말했다.

이렇게 말하고 그는 곧 후회했다. 과연 세일즈맨다운 말이다. 남편의 말은 아니다. 뤼세느는 그런 사소한 일을 깨달았을까?

"시간이 없어요. 그대로 둬요."

라비넬은 차에서 내려 허리에 힘을 주었다. 자, 끝났다. 조금 감동하고 있었다. 축적된 신경의 힘을 다 소모할 것까지는 없었다. 아직 힘이 남아 있었다. 그 힘은 배출구를 찾아 쓸데없는 동작이 되어 나타나고 있었다. 손가락을 깍지끼었다가 풀기도 하고, 머리를 긁고 코를 풀고 얼굴을 긁고 했다.

"잠깐 기다려요. 치워 놓고 올게요."

뤼세느가 말했다.

"안 돼."

안 된다! 어둑어둑한 차고에서 혼자 기다리고 있을 수는 없었다. 그도 함께 집 안으로 들어갔다. 뤼세느는 식당을 정돈하고, 주전자를 비워서 잘 닦았다. 욕실 타일의 젖은 자리도 훔쳤다. 그리고 옷매무새를 고쳤다. 라비넬은 윗옷에 솔질을 하고 침대를 고쳤다. 깨끗이 정리가 되었다. 그는 모자를 들고, 뤼세느는 장갑을 낀 손으로 미레이유의 핸드백과 외투를 집어들고 마지막으로 다시 살펴보았다. 됐다! 그녀는 돌아보고 말했다.

"기쁘죠, 여보? 그럼, 키스해 줘요."

무슨 소리! 이런 데서 키스라니, 이 여자는 마음이라는 것이 없다. 그는 그녀의 기분을 도무지 이해할 수 없을 때가 있다. 그런 때의 그녀는 언제나 완전한 무의식 상태에 있는 것처럼 여겨졌다. 그는 여자를 복도로 밀어내고 문에 쇠를 채웠다. 그리고 차고로 돌아가 다시 대강 차를 살펴본 다음, 구두 끝으로 타이어를 차 보았다. 뤼세느는 벌써 앉아 있었다. 차를 끌어내고 얼른 차고문을 닫았다. 자기 뒤에 있는 이 차, 누가 지금 들여다본다면······. 다시 불안감이 덮쳐 왔다. 라비넬은 차의 문을 닫고 시동을 걸었다. 차는 정거장으로 향했다. 밝지 않은 길을 골라 제너럴 뷔오 거리로 나갔다. 흐린 유리창 안에 검은 그림자를 흔들거리면서 덜커덩덜커덩 달려가는 전차를 앞질러 포장 도로를 나는 듯이 달렸다.

뤼세느가 말했다.

"그렇게 속력을 낼 건 없어요."

그러나 라비넬은 얼른 이 도시를 빠져나가 인기척이 없는 시골로 들어가고 싶었다. 빨갛고 하얀 주유소를 몇 군데나 지나갔다. 공원들의 집, 공장의 벽. 교외에 들어서니 건널목이 있고 차단기가 내려져 있었다. 반사등이 반짝이고 있었다. 공포가 한꺼번에 덮쳤다.

라비넬은 트럭 뒤에 차를 세우고 헤드라이트를 껐다.

"켜 둬요!"

아무렇지도 않은 것일까, 이 여자는! 기차가 지나갔다. 화물 열차였다. 끌고 가는 것은 구식 기관차였으며, 연기가 밤하늘을 밝게 비치고 있었다. 트럭이 움직이기 시작했다. 앞으로 뻗어나간 길이 넓어졌다. 라비넬은 한 마디라도 기도의 문구를 알고 있으면 기도를 드리고 싶다고 생각했다.

4

라비넬은 자주 야간 드라이브를 했다. 좋아했던 것이다. 혼자서 전속력으로 어둠 속을 돌진해 간다. 스피드를 떨어뜨리지 않고 많은 마을을 내닫는다. 헤드라이트가 비치는 길은 괴이한 인상을 준다. 길은 조용히 파도치는 해협과 비슷하다. 모터보트를 조종하고 있는 것 같은 기분이 든다. 그러다가 별안간 유람용 소형 철도의 가파른 비탈을 내려가는 것 같은 곳이 나온다. 급커브를 도는 곳에 서 있는 흰 전등 표지 기둥을 눈 깜박할 사이에 지나간다. 보석처럼 반짝이는 빛. 마음이 가라앉지 않는 동화의 나라로 마음내키는 대로 들어간다. 운전하는 사람은 마법사다. 지팡이 끝으로 막막한 지평선 안쪽에 있는 여러 가지 정체 모를 물체를 살짝 건드린다. 그러면 금방 불의 촛대, 회갈색으로 빛나는 것, 별의 꽃다발, 태양이 나타난다. 그는 꿈꾸는 육체에서 빠져나간다. 이제 잠의 나라에 떠도는 하나의 영혼에 지나지 않는다. 거리, 초원, 교회, 정거장 같은 것이 소리없이 미끄러져 사라진다. 정말로 거리나 정거장 같은 사물이 있었을까? 그가 사물을 만드는 사람이다. 액셀러레이터를 밟기만 하면 되는 것이다. 변하는 지평선밖에 보이지 않게 된다. 그것은 터널 속처럼 획획 소리내어 자동차와 유리창을 빠져나간다. 그러나 피로한 다리를 조금 당기면 다시 풍경이 바뀌기 시작한다. 정말로 환상의 세계가 나타난다. 많은 영상. 그 가운데 어떤 것은 냉각기나 바람막이 스크린에 착 들러붙은 낙엽처럼 망막에 남아, 같은 속도로 달려가는 동안에는 풀로 붙인 듯이 떨어지지 않는다. 우물, 짐차, 건널목 감시 초소, 약국의 반짝이는 표본병. 라비넬은 밤을 좋아했다. 벌써 앙제르를 지났다. 백미러에는 거리의 불빛이 별처럼 비치고 있을 뿐이다. 불빛은 차가 천천히 흔들리면 되살아난 듯이 반짝이며, 조금씩 백미러에서 사라져 갔다. 길에는 사람의 그림자도 없었다. 뤼세느는 두 손을 소매 속에 가리고 턱을 깃에 묻은 채 묵묵히 앉아 있었다. 낭뜨를 벗어나서는 보통의 속도로 달렸다. 커브도 조용히 돌았다. 뒤에서 흔들거리고 있을 시체가 불쌍해진 것이다. 속도계를 보지 않더라도 평균 50킬로미터 정도로 달리고 있다는 것을 알고 있었다. 이대로 가면 예정대로 날이 밝기 전에 앙기앙에 도착할 것이다. 무사히 도착하면 좋으련만! 조금 전에 엔진이 스톱 상태가 되었었다. 앙제르를 지나고 있을 때였다. 시동을 다시 켜니 금방 괜찮아지기는 했지만, 기계를 잘 손질하지 않은 것은 실수였다! 이런 날 밤에 고장이라도 난다면 그야말로 큰일이다! 아마 간신히 움직여 가고 있는 상태 같았다. 엔진을 조사해 봐야 한다. 두 사람은 대서양 상공을 날고 있는 비행사와 같다. 고장이라도 난다면……

라비넬은 한순간 눈을 감았다. 여러 가지 불길한 생각이 머리에 떠올랐다. 저만큼 빨간 불이 보였다. 트럭이다. 진한 연기를 뿜으면서 길 한가운데에 서 있었다. 간신히 지나갈 여유밖에 없었다. 라비넬은 몸을 일으켜서, 자기 차가 트럭의 헤드라이트 불빛을 정통으로 받고 지나간 것을 알았다. 트럭 운전사가 차 안을 보았을지도 모른다. 라비넬은 액셀러레이터를 밟았다. 엔진이 조금 헐떡이는 소리를 냈다. 카뷰레터 구멍에 먼지가 끼었나 보다. 뤼세느는 아무것도 모르고 졸고 있었다. 그녀는 라비넬의 걱정거리에는 도무지 관심이 없다. 여자다운 데가 거의 없는 기묘한 여자다. 사랑의 행위 때에도……. 어떤 변덕으로 그녀는 그의 여자가 되었을까? 어느 쪽이 먼저 손을 내밀었을까? 처음에 라비넬 따위는 그녀의 안중에도 없는 것 같았다. 미레이유에게만 관심을 가졌다. 그녀는 미레이유를 환자로서보다 친구로서 대했다. 두 사람은 동갑이었다. 라비넬과 미레이유의 사이가 그리 원만하지 않다는 것을 그녀가 눈치챈 것일까? 별안간 그에게 반한 것일까? 그러나 그는 자기가 잘난 남자가 아니라는 것을 알고 있었다. 머리가 좋은 것도 아니었다. 연인으로서는 오히려 시시한 편이었다. 결코 그가 먼저 뤼세느에게 접근하지는 않았다. 뤼세느는 뛰어나고 세련된, 지적인 세계의 인간이다. 블레스뜨 고등학교의 엉터리 교사였던 아버지가 멀리서 야비한 눈으로 바라보던 세계. 처음 몇 주일 동안 라비넬은 그것을 여자의 바람기라고 생각했다. 기묘한 바람기! 진찰실 침대에서 짤막한 포옹, 에나멜을 칠한 옆 테이블에는 번쩍거리는 의료 기구가 놓여 있고 그 위에 가제가 덮여 있었다. 그 뒤 그녀는 그의 심장을 걱정하여 라비넬의 혈압을 잰 적이 있었다. 아니, 걱정했다는 것은 정확하지 않다. 왜냐하면 줄곧 그의 마음에 걸리는 말을 하고, 정말로 그의 건강을 걱정하는 듯한 표정을 짓는 일은 있었지만, 동시에 곧잘 확 밀어내듯이 웃으면서 이렇게 말하고 있었기 때문이다. '걱정없어요, 여보, 절대로 아무것도 아니에요'. 이런 뭐가 뭔지 알 수 없는 태도 때문에 그는 완전히 머리가 이상해져 버렸었다. 처음 만난 날부터 그녀는 장차의 일까지 생각하고 있었다고 하는 편이 사실에 가까운지도 모른다. 먼 앞날의 일까지. 그녀는 공범이 필요했던 것이다. 첫걸음에서부터, 처음 시선이 마주쳤을 때 두 사람은 공범이 되었던 것이다. 세상에서 말하는 사랑이라는 것과는 거의 관계가 없었다. 두 사람이 결부되어 있는 것은 서로 상대편에게 끌려서 서로를 택했기 때문이 아니라, 마음의 어두운 땅에 깊이 뿌리를 박은 그 어떤 것이 작용했기 때문이다. 돈이, 돈만이 뤼세느의 마음을 끈 것일까? 아니, 오히려 금력과 권위, 명령하는 권리였다. 그녀는 힘을 써 보고 싶어했다. 그가 곧 그녀가 하라는 대로 움직이게 된 것도 그 때문이다. 그러나 그 뿐이 아니다. 뤼세느의 마음 속에 일종의 불안 같은 것도 있었던 것이다. 있는지 없는지 거의 모를 불안이지만, 있는 것은 틀림없었다. 무언가 '튀어나와 있는' 사람, 반드시 정상적이라고는 할 수 없는 사람이 갖는 불안이다. 이를테면 라르망자가 정상이라는 뜻에서 라비넬 자신은 정상이 아니다. 그는 사람들 사이에서 사람들과 마찬가지로 살고 있다. 수완 있는 세일즈맨이라는 말까지 듣는다. 그러나 그것은 겉보기뿐이다.

차가 비탈 밑에 이르렀다. 엔진 상태는 확실히 좋지 않았다. …… 나는 무엇을 생각하고 있었을까? 그렇다, 나는 자기 나라를 찾고 있는 도망자처럼 외딴 곳에 떨어져서 살고 있는 것이다! 뤼세느도 무언가를 찾고 고민하고 원하고 있다. 이따금 이 여자는 마치 공포에 사로잡힌 듯이 내 목에 매달릴 때가 있다. 또 당신은 대체 누구예요 하고 묻는 얼굴로 나를 응시할 때도 있다. 우리는 오래 같이 살아 갈 수 있을까? 나는 다만 이 여자와 함께 살고 싶은 것일까?

갑자기 헤드라이트가 눈부시게 비쳐서 브레이크를 밟았다. 자동차가 한 대 재빨리 달려와서 지나갔다. 그리고 또다시 인기척 없는 길, 사람의 키만큼 하얗게 칠한 것 같은 나무들, 길 한가운데를 그어 나간 노란 줄, 그리고 멀리서 보면 큰 돌이나 타르 모양으로 금이 간 시커먼 낙엽. 라비넬은 다시 같은 생각에 잠기기 시작했다. 그는 죽은 사람을 잊고 뤼세느를 잊었다. 왼쪽 다리가 저려 오고, 몹시 담배를 피우고 싶었다. 이 밀폐된 차 안에 있으니 안전한 장소에 있는 느낌이었다. 옛날 학교에 다닐 때 조그만 망토의 단추를 다 끼우고 모자를 푹 눌러쓰고 있으면, 피난처에 들어가 있는 듯한 기분이 들었다. 차 안의 느낌이 꼭 그랬다. 사람들은 이쪽을 볼 수 없지만 이쪽에서는 볼 수 있다. 소년 시절, 그는 자기를 범선으로 보고 갖가지 까다로운 조작을 명령하곤 했었다. "두 번째 돛대의 돛을 돌려라!

삼각돛을 말아라!" 그리고는 허리를 굽혀 순풍을 타고 식료품 가게 쪽으로 가는 것이었다. 그 가게에는 자주 포도주 1리터를 사러 갔었다. 그 무렵부터 그는 어디 다른 곳으로, 무미건조한 설교밖에 하지 않는 어른들의 세계 밖으로 나가고 싶었다. 뤼세느는 다리를 포개고 무릎을 외투로 단단히 감싸고 앉아 있었다.

라비넬은 시체를 운반하고 있다는 현실을 깜박깜박 잊었다.

"뚜르까지 속도를 더 냈더라면 좋았을 텐데."

뤼세느가 똑바로 앞을 쳐다보며 말했다. 라비넬도 몸을 움직이지 않고 무뚝뚝하게 대답했다.

"앙제르 근처에서 길이 나빠지기 시작했잖아. 속력을 더 냈더라면 어떻게 됐을 것 같아?"

그녀가 대꾸를 했으면 한바탕 말다툼이 시작됐을 것이다. 그러나 뤼세느는 주머니에서 지도를 꺼내어 게시판 불빛 쪽으로 몸을 굽혀 들여다보기 시작했다. 그 태도가 또 라비넬로서는 언짢았다. 지도를 조사하다니, 그건 내가 할 일이 아닌가? 내가 이 여자의 서랍에 코를 처박은 일이 있나? 실제로 그는 뤼세느의 아파트를 본 적도 없었다. 두 사람 다 일이 너무 바빴다. 여기저기서 함께 점심을 먹거나, 지나다가 그녀의 진찰을 받는 체하고 병원으로 만나러 가는 정도의 시간이 고작이었다. 대개는 뤼세느가 해변 거리에 있는 그 조그만 집으로 찾아왔다. 두 사람이 미레이유를 죽이는 계획을 짠 것도 그 집에서였다. 나는 뤼세느에 대해서, 이 여자의 과거에 대해서 무엇을 알고 있는가? 그녀는 거의 신상을 밝힌 적이 없었다. 아버지는 엑스 법원의 판사였다고 언젠가 말한 적이 있다. 대전 중에 죽었다고 했다. 아주 심한 빈곤 속에서 죽은 모양이었다. 어머니에 대해서는 한 번도 이야기한 일이 없었다. 화제를 그리로 끌고 가려고 몇 번이나 시도해 보았지만 헛일이었다. 그저 미간을 찌푸릴 뿐이었다. 뤼세느가 어머니와 왕래가 없다는 것은 쉬 짐작할 수 있었다. 아마 집안에 무슨 분규가 있었나 보다. 무슨 일로든지 그녀는 엑스로 돌아간 적이 없었다. 그러나 앙띠브에서 의원을 개업하고 싶다고 말할 정도이므로 남프랑스에 애착을 가진 것만은 틀림없었다. 형제는 없었다. 그녀의 진찰실에는 한 장의 사진이 있다. 아니, 전에 있었다. 말하자면 오래 전에 없어진 것이다. 그것은 아주 아름다운 블론드 머리의 스칸디나비아 계통의 젊은 여자였다. 나중에는 누군지 알게 될 것이다. 결혼하고 나면 말이다. 이 '결혼'이라는 말이 우스웠다. 라비넬은 뤼세느와 결혼한 자기가 어떨 것인지 상상할 수 없었다. 뤼세느와 그, 기묘한 일이지만 두 사람 다 독신자적인 데가 있었다. 또 독신자다운 버릇도 있었다. 그의 그와 같은 버릇은 육체의 일부가 되어 버렸다. 그는 그것을 사랑했다. 그러나 뤼세느의 버릇은 싫었다. 이를테면 그녀의 향수다. 강한 냄새가 났다. 꽃의 향기와 함께 짐승 냄새도 났다. 그리고 말을 하면서 빙빙 돌려 보이는 반지. 은행가나 사업가의 손가락에서 흔히 보는 큼직한 반지다. 또 그녀의 식사 태도. 이빨을 드러내고 게걸스레 씹었으며, 고기는 거의 날것이라야 좋아했다. 그녀의 행동과 말투 속에서는 때로 천박한 것을 볼 수 있었다. 기쁨을 얼굴에 나타내지 않도록 참으로 훈육이 잘된 사람이었으나 버릇없이 웃고 일종의 당돌함과 야비함을 얼굴에 띠며 사람을 응시할 때가 있었다. 손목은 굵고 복사뼈는 두두룩했으며, 가슴에는 거의 유방의 융기가 없었다. 그것은 약간 라비넬의 마음에 걸렸다. 또 그녀는 담배도 피웠다. 혼자 있을 때 냄새가 좋지 않은 가느다란 검은 엽궐련을 피웠다. 스페인에 있을 때 배운 것이었다! 스페인에서 무엇을 했는지 누가 알겠는가! 적어도 미레이유의 과거에는 비밀이 없었다.

  라 프레슈를 지나니 조그만 골짜기가 많이 보였다. 우묵한 곳에서 안개가 떠올라 와 자동차의 유리를 가랑비처럼 적셨다. 가파른 언덕

길을 몇 번이나 기어올라가야만 했다. 이 차의 오일은 형편없는 저질 품이다! 엔진에 소리가 나게 하고 가스만 발생시킨다. 10시 반이었다. 길에는 사람의 그림자도 없었다. 밭에 구덩이를 파고 시체를 묻어도 누구 하나 방해할 사람이 없을 것 같았다. 볼 사람도 알 사람도 없었다. 그러나 묻히는 미레이유가 불쌍하다! 미레이유를 묻을 생각까지 하다니 너무하잖은가. 라비넬은 약간의 미안함을 느끼며 그녀를 생각했다. 왜 그녀는 나와 같은 인간이 안되었을까? 대단한 자신을 가진 한 가정의 주부! 본능적으로 무엇이나 화려하고 장식이 많은 것을 좋아하는 여자. 컬러 영화와 〈쁘리쥐니끄〉〈꾸리에 드 라 팜〉 같은 잡지, 아파트의 조그만 화분에 심은 선인장 같은 것을 좋아했다. 라비넬보다 자기가 더 우수한 인간인 줄 알고서는, 그의 넥타이에 잔소리를 하고 그의 대머리를 놀렸다. 그가 이맛살을 찌푸리고 두 손을 주머니에 찌른 채 어두운 눈으로 방 안을 왔다갔다해도 미레이유는 그 까닭을 알지 못했다.

"왜 그러세요, 여보? 영화 구경이라도 하고 싶으세요? 따분하시면 그렇게 말씀하시잖구."

그러나 그는 따분한 것이 아니었다. 더 나쁜 일이었다! 말하자면 '인생병'에 걸려 있었던 것이다. 차를 몰고 있는 지금도 아직 그 병은 낫지 않았다는 것을 알고 있었다. 끈질긴 병이다. 치료법도 없다. 미레이유는 죽었다. 무엇이 변했을까? 아마 뤼세느와 둘이서 앙띠브에 이사가 살 때까지는 아무것도 변하지 않을 것이다.

넓은 들판이 길 양쪽에 펼쳐졌다. 차가 전혀 나아가지 않는 듯한 착각이 일어날 만큼 넓은 들판이었다. 뤼세느는 장갑을 낀 손으로 차창 유리를 닦으며 단조로운 풍경을 내다보고 있었다. 아득히 먼 지평선에 르 망 시(市)의 불빛이 보였다.

"춥지 않아?"

"아니오!" 뤼세느는 대답했다.

라비넬은 미레이유와 부부생활이 잘 되지 않았다. 뤼세느와는 더했다. 그에게 경험이 모자라는지도 몰랐고, 또 불감증의 여자만 만난 탓인지도 몰랐다. 미레이유는 흥분하는 체해 보였으나 헛일이었다. 그는 속지 않았다. 미레이유는 황홀해지려고 소리를 지르고 매달리고 했지만, 그런 때에도 사실은 조금도 흥분해 있지 않았다. 뤼세느는 그런 체도 하지 않았다. 확실히 그녀는 사랑의 행위가 별로 기분좋지 않은 것 같았다. 그런데 가엾은 미레이유는 남편을 매혹할 의무가 있다고 생각하여 진정으로 그렇게 하려고 애썼다. 그래서 두 사람은 싸우는 것이었다. 그는 이제 미레이유의 어떤 매혹도 사실로 믿지 않았다. 문자 그대로 본정신이 되어야 하는 일이 있다면 그것은 이름도 형태도 없다. 그것은 무게가 있는 것이고 동시에 공허한 것이다. 뤼세느는 알고 있었다. 그녀는 흔히 눈을 크게 뜨고 가만히 쳐다볼 때가 있었다. 그 눈은 확실히 알고 있었다. 미레이유는 사랑을 알고 싶어했듯이 그 무게 있는 것, 동시에 공허한 것도 알고 싶어한 것이 아닐까? 사랑은 마음 속의 그 장소로 향하는 길이 아닐까? 라비넬은 '안개 놀이'를 생각했다. 미레이유를 더 진심으로 사랑했어야 했다. 그녀는 확실히 육감적이고 참으로 여자다웠다! 뤼세느와는 반대였다.

라비넬은 생각을 그만두었다. 이런 생각을 해봐야 그는 기어이 미레이유를 죽이지 않았는가! 그것이 불안의 핵심이었다. 그는 아무리 해도 범죄를 저질렀다는 자각이 생기지 않았다. 범죄란 무서운 것, 훨씬 더 무서운 것처럼 여겨졌다. 거기에는 꼭 야만스러움과 피비린내가 있어야 하는 것처럼 여겨졌다. 그런데 그는 조금도 야만스러운 짓을 하지 않았다. 비수를 쥐거나 권총의 방아쇠에 손가락도 가져가지 않았다. 앙기앙의 그의 책상 서랍에는 총알을 잰 권총이 들어 있었다. 권총을 갖고 다니는 편이 좋다고 하며 권한 것은 사장 다브릴이었다. 여행을 다니는 직업. 밤에 우연히 어떤 나쁜 놈과 맞닥뜨릴지 모르기 때문이라는 것이었다. 한 달이 지나자 이 권총은 서랍 속에 그냥 처박혀 있게 되었다. 권총에 바른 기름으로 서류에 얼룩이졌다. 아무튼 미레이유를 쏘아 죽인다는 생각은 한 번도 해본 적이 없었다.

그에게 만일 죄가 있다면 자질구레한 일련의 사정들, 언제나 무관심했기 때문에 그만 겁쟁이가 되었다는 것이다. 만일 뤼세느의 아버지같이 사람좋은 판사의 신문을 받는다면, 진심으로 "나는 아무것도 하지 않았습니다!" 하고 대답할 것이다. 그리고 아무것도 하지 않은 이상 아무런 죄책감을 느낄 까닭도 없다. 죄책감을 느끼려면 후회해야 한다. 무엇을 후회한단 말인가? 지금 가진 성격이라도 조금씩 후회하란 말인가? 그것은 무의미하다.

이정표가 보였다. 르 망, 1.5킬로미터. 새하얀 주유소를 몇 군데나 지나갔다. 철교 밑을 지나 야트막한 집들 사이를 누비고 나갔다.

"도시 한가운데를 피해서 가나 보지요?"

"아니, 지름길을 택했을 뿐이야. 다른 뜻은 없어."

11시 25분. 사람들이 영화관에서 나와 집으로 돌아가고 있었다. 보도는 젖어 있었다. 엔진 소리가 인기척 없는 거리에 울렸다. 멀리 군데군데 술집의 불빛이 보였다. 왼쪽 광장에 경관이 두 사람 자전거를 타고 지나갔다. 교외에는 가스등이 켜져 있었다. 다시 나직이 늘어선 집들, 주유소, 돌 깐 길을 지나 다시 다리 밑. 위에는 기관차가 지나쳐 갔다. 이삿짐 트럭과 엇갈려 지나갔다. 라비넬은 액셀러레이터를 밟아 속도를 75킬로미터로 올렸다. 곧 라 보스다. 노장 르 로뚜르까지는 탄탄한 길이다.

"뒤에서 차가 와요." 뤼세느가 말했다.

"알고 있어."

그 차의 헤드라이트로 핸들과 계기판이 번쩍였다. 손으로 떨고 싶을 만큼 먼지가 반짝반짝 떠돌았다. 갑자기 앞길이 어두워졌다. 그 차가 앞질러 간 것이다. 무척 빨리 내달아 갔다. 라비넬은 눈이 부셔서, 제기랄 하고 중얼거렸다. 조그마해져 가는 스크린 위의 그림자처럼 순식간에 차는 사라져 갔다. 그때 다시 아득히 멀리 두 줄기 광선을 밀고 나가는 그 차의 엔진 소리가 요란스레 하늘에 울렸다. 적어도 110킬로미터의 스피드다. 마침 이때 엔진이 중얼거리는 소리를 내면서 퍼덕거리더니 그만 멎어 버렸다. 차는 관성으로 굴러갔다. 반사적으로 라비넬은 차를 길가에 갖다대고 브레이크를 밟고는 헤드라이트를 끄고 테일램프를 켰다.

"왜 그래요?" 뤼세느가 강한 소리로 물었다.

"고장이야! 뻔하잖아! 고장이라구. 아마 카뷰레터일 거야."

"곤란하잖아요!"

마치 그가 일부러 고장을 낸 듯한 말투였다. 곧 르 망인데. 왕래가 많은 길가, 그것도 한밤중이다. 라비넬은 차에서 내렸다. 숨이 갑갑해진 것이다. 벌거숭이 나무 사이로 차가운 산들바람이 불고 있었다. 그 소리는 또렷이 놀랍도록 가까이에서 들렸다. 화차가 부딪쳐 와서 연결되는 소리, 그리고 덜거덕덜거덕 일련의 차량들이 흔들거리는 소리까지 똑똑히 들렸다. 경적이 느릿하게 들판을 울려나갔다. 1킬로미터 안에 살아 있는 사람들이, 움직이고 있는 사람들이 있다. 라비넬은 보닛을 열었다.

"플래시 좀 갖다 줘."

그녀는 그것을 들고 와서, 드라이버가 미끄러지도록 기름을 잔뜩 칠한 가열된 엔진 위로 몸을 굽혔다.

"빨리 해요!"

라비넬에게는 쓸데없는 참견이었다. 석유 냄새 나는 숨이 막힐 듯한 증기 속에서 씩씩거리며 수리에 착수했다. 약해 보이는 카뷰레터의 둥근 부분을 손으로 감싸쥐었다. 카뷰레터를 분해하고 몇 군데의 나사를 박아야 했다. 두 사람의 안전이 이 조그만 금속의 하나하나에 달려 있는 것이다. 땀이 라비넬의 이마에서 흘러 두 눈꼬리로 들어가서 따가웠다. 차의 발판에 걸터앉아 조심스럽게 카뷰레터의 부품을 늘어놓았다. 뤼세느는 플래시를 천에 싸서 그 자리에 놓고 길 한가운데로 나갔다.

"거들어 주면 좋겠는데." 라비넬이 말했다.

"확실히 거드는 편이 빠를 것 같군요. 하지만 어떻게 하면 되지요?"

"어떻게 하면 되다니, 뭐가?"

"그럼, 당신은 생각해 보지 않았군요? 제일 먼저 차를 타고 여기를 지나가는 사람이 뭐 도와드릴 일은 없습니까 하고 물어 볼지도 몰라요!"

"그러면?"

"그러면이라뇨? 차에서 내려 도와 주게 되겠죠, 뭐."

라비넬은 많은 미소한 동관(銅管)에 숨을 불어넣고 있었다. 맵고 신 맛이 입 안을 채웠다. 뤼세느의 말은 들리지 않았다. 간신히 한숨 돌렸다.

"경찰에 말예요!"

무슨 말을 하고 있을까, 이 뤼세느는! 그는 눈을 비비고 그녀를 쳐다보았다. 무서운 것이다. 틀림없이 그렇다! 무서워서 못 견디는 것이다! 뤼세느는 차에서 핸드백을 꺼냈다. 움찔 놀란 라비넬은 입에 분무관을 물고 일어나서 얼른 말했다.

"역시 나를 버릴 생각이야?"

"당신, 다 듣고 있었어요, 바보!"

자동차다. 르 망 방향에서 왔다. 재빨리 달려오므로 피할 겨를도 없었다. 광선에 에워싸여 훤하게 차가 노출되어 있으니 벌거벗고 서 있는 듯한 기분이 들었다. 자동차는 검은 덩어리처럼 보였으며, 차츰 커지면서 속력을 늦추었다.

"큰 고장이오?" 하고 명랑한 소리가 외쳤다.

두 사람의 눈에 커다란 트럭의 모습이 들어오기 시작했다. 한 남자가 창문으로 윗몸을 내밀고 있다. 담뱃불의 빨간 점이 한결 두드러지게 보였다.

"아니오! 다 고쳤소." 라비넬이 대답했다.

"귀여운 부인께서 이쪽에 타겠다고 하시면 곤란해서 그러는 게 아니오?"

운전사는 유쾌하게 웃으며 차를 몰았다. 트럭은 스피드를 서서히 올리고 엔진 소리를 내며 멀어져 갔다.

뤼세느는 기분이 울적해져서 살며시 차 안으로 들어갔다. 라비넬은 골이 잔뜩 나 있었다. 뤼세느에게 바보 소리를 듣기는 처음이었다.

"나를 화나지 않게 할 수 없나, 응? 말을 조심하는 게 좋을걸. 이런 서글픈 꼴이 된 건 내 탓만도 아니란 말이야."

아까 뤼세느는 정말로 달아날 작정이었을까? 르 망으로 돌아갈 생각이었을까? 마치 두 사람은 마음이 안 맞는 것 같지 않은가? 달아나면 자기 혼자만 살 수 있을 것 같은 거동이 아닐까?

뤼세느는 잠자코 있었다. 그 태도로 보아 대답을 하지 않을 생각임을 금방 알 수 있었다. 어떻게든지 이 자리만 잘 빠져나가자! 그러나 분해한 카뷰레터를 끼워맞추기는 쉬운 일이 아니었다. 축전지와 차축, 배전반 같은 것은, 간신히 움직이지 않게 해 둔 플래시의 불빛으로는 거의 아무것도 보이지 않았다. 나사가 굴러떨어져서 모래 속에 파묻혀 버릴까봐 여간 마음을 죄지 않았다. 그러나 화가 나는 바람에 오히려 지금까지 느끼지 못한 정확함과 손재주와 육감이 손가락 끝까지 가득찼다. 그는 자동차 주위를 한바퀴 돌고 스타터를 시험해 보았다. 좋다! 엔진은 맑은 소리를 내면서 움직였다. 그리고 아직 연료가 있었지만, 휘발유 깡통을 하나 꺼내어 천천히 탱크에 부었다. 급수차가 두 사람 곁을 지나갔다. 그 헤드라이트가 차 안을, 끈적해 보이는 긴 초록빛 짐을 환하게 비추었다. 뤼세느는 좌석에 웅크리고 앉아 있었다. 그것 보라지. 그는 깡통을 철판 위에 얹었다. 그 소리가 크게 울렸다. 그리고 천천히 문을 닫았다. 출발이다! 12시 반. 라비넬은 액셀러레이터를 세게 밟았다. 어쩐지 명랑한 기분이 되어 있었다. 뤼세느는 무서웠던 것이다. 욕실에 있었을 때보다도, 다른 어느 때보다도 아까는 더 무서웠던 것이다. 어째서일까? 위험은 언제나 같은데. 말하자면 두 사람 사이에 무언가가 갑자기 변한 것이다. 그녀는 배신에 실패했다. 새삼 그 일을 언급하고 싶지는 않았으나, 그녀가 다시 뻔뻔스러운 말을 한 때는 전과는 다른 눈으로 보자고 생각했다.

  급수차의 테일램프가 보이기 시작했다. 곧 그것을 앞질러 미끄러지듯 앞으로 나갔다. 라 보스다. 하늘은 개어 있었다. 총총히 별이 반짝이고, 차창 유리에 비쳐서 서서히 움직여 갔다. 핸드백을 차 안에서 집어들었을 때, 뤼세느는 무엇을 생각했을까? 자기의 사회적 지위와 명예였을까? 그녀는 그를 약간 경멸하고 있었다. 세일즈맨! 그는 그 경멸을 오래 전부터 느껴 왔다. 사람들은 그를 가리켜 꽤 유능하며 세밀한 요령도 알고 있다고 말하고 있었다. 그렇게 멸시당할 수는 없지 않은가!

  노장 르 로뚜르! 음향이 잘 울리는 꼬불꼬불한 거리가 오래 계속되었다. 조그만 다리와 검은 물. 다리를 건널 때 물이 번쩍였다. '초등학교 앞-주의' 밤이라서 수업은 없다. 라비넬은 스피드를 늦추지 않았다. 언덕으로 올라가는 비탈길에 다다랐다. 엔진은 순조로운 소리를 내고 있었다.

아! 헌병이다. 세 사람, 네 사람. 승용차가 비스듬히 서서 무언가 실랑이를 하고 있다. 길가에 차가 몇 대 서 있었다. 광선이 번쩍이고 모든 것이 그림자도 없이 뚜렷하게 드러나 보였다. 장화, 혁대, 얼굴, 모든 것이 노란 페인트 칠을 한 것처럼 밝았다. 헌병들이 손을 흔들었다. 세워야 한다. 라비넬은 헤드라이트를 껐다. 욕조에 있었을 때처럼 갑자기 속이 메스꺼워져서 얼굴이 일그러졌다. 기계적으로 급정거했다. 뤼세느는 계기판 앞으로 몸이 꺾였다. 그녀는 떨고 있었다. 보닛과 차체를 쓰다듬어 나가는 플래시의 불빛밖에 보이지 않았다. 군인의 모자가 차창에 나타났다. 라비넬 바로 옆에 헌병의 눈이 있었다.

"어디서 왔소?"

"낭뜨요. 세일즈맨입니다."

라비넬은 똑똑하게 대답하면 무사할지도 모른다고 생각할 만한 여유가 있었다.

"르 망 근처에서 대형 트럭을 앞지르지 않았나요?"

"앞질렀는지는 모르지만, 기억이 없는데요."

헌병의 눈이 뤼세느 옆을 보았다. 라비넬은 되도록 자연스럽게 물었다.

"갱인가요?"

또 한 사람의 헌병이 뒷좌석을 힐끔 보고 플래시를 껐다.

"밀수요! 마약 증류기를 운반하고 있단 말이오."

"이상한 직업도 다 있군. 내 직업이 그래도 훨씬 낫잖아."

라비넬이 말했다.

헌병은 가 버렸다. 라비넬은 서서히 차를 움직여 한 줄로 서 있는 헌병 앞을 지나 차츰 속도를 올렸다.
"이번엔 틀렸구나 생각했지……."
라비넬이 나직한 소리로 말했다.
"나두요." 뤼세느가 받았다.
간신히 알아들을 수 있는 목소리였다.
"그러나 이 차의 번호는 적었을걸."
"그래서 어쨌다는 거예요?"
정말이다. 그래서 어쨌다는 것인가? 그게 대단한 일인가? 라비넬은 이 야간 여행을 숨기지 않았다. 어느 의미에서는 헌병이 번호를 적어 두는 편이 좋다고 생각했다. 그러면 필요할 때 알리바이를 입증할 수 있기 때문이다. 다만 좀 곤란한 것은 옆에 여자가 앉아 있었다는 것이다. 그러나 헌병이 그런 것까지 기억하고 있을까?
손목시계의 바늘이 단조로운 소리를 내며 시각을 새겨 나갔다. 3시. 4시. 샤르뜨르는 벌써 아득히 남서쪽 저편에 사라졌다. 랑브이에의 커브가 가까워졌다. 여전히 차가 많아지고 있었다. 우유 배달 트럭, 짐차, 우편차, 라비넬은 다른 것을 생각할 여유가 없었다. 눈을 똑바로 뜨고 길을 주시하였다. 베르사유의 입구 거리는 아직 잠들어 있었다. 볼트로 죈 차체를 뚜렷이 알 수 있는 탱크 같은 대형 트럭 뒤에 도로 청소차가 한 줄로 나란히 달려갔다. 라비넬은 묵직한 피로를 두 어깨에 느꼈다. 목이 말랐다.
빌 다블레…… 생 끌르…… 쀠또…… 집이 차츰 촘촘해졌다. 그러나 닫힌 창문에 불이 켜진 집은 아직 없었다. 뤼세느는 헌병의 심문을 받고부터 지금까지 손가락 하나 움직이지 않았다. 그러나 자고 있었던 것은 아니다. 흐린 유리 너머로 똑바로 앞을 쳐다보고 있었다.
깊은 그늘의 공동(空洞), 세느 강. 이윽고 앙기앙 어귀에 주택의

군락이 보였다. 라비넬의 집은 호수에서 머지않은 조그만 동구 밖에 있었다. 거기서 길은 막혀 있다. 커브를 돌아 곧 스위치를 껐다. 차는 소리없이 관성으로 달려갔다. 길이 끝나는 좀 너른 마당에 차를 세웠다. 손이 굳어 열쇠가 잘 쥐어지지 않았다. 간신히 울타리 문을 밀어 차를 안에 넣고는 다시 얼른 문을 닫았다.

오른쪽으로는 조그만 집의 그림자, 왼쪽으로는 지붕이 낮고 육중한 토치카 같은 차고의 그림자. 비탈진 오솔길 아래로 나뭇가지 사이에 오두막이 비스듬히 보인다.

뤼세느는 비틀비틀 차 문의 손잡이를 잡았다. 다리를 한 걸음 한 걸음 움직이며 굽혀 보고 펴 보지 않으면 안되었다. 관절이 마비되어 버린 것이다. 시무룩하고 더없이 언짢은 얼굴이었다. 라비넬은 벌써 라이트반의 뒤뚜껑을 열고 있었다.

"도와 줘!"

짐은 아무 탈도 없었다. 천막 한쪽 끝이 느슨해져서 물에 굳은 한쪽 구두가 나와 있었다. 라비넬이 천막을 끌어당겼다. 뤼세느가 한쪽을 잡았다.

"됐지!"

그녀는 고개를 끄덕였다. 두 사람은 번쩍 들어 몸을 굽히고 오솔길을 내려갔다. 울타리처럼 늘어서 있는 배나무를 따라 걸어갔다. 오두막은 빨래터였다. 거의 움직이지 않는 것 같은 좁은 냇물이 기울어진 오두막 끝에 흐르고 있었다. 냇물은 차츰 넓어지며 둑에 이르러, 거기서 비웃는 소리를 내는 폭포가 되어 굴러떨어져서 다시 크게 돌아 호수로 쏟아져 들어가고 있었다.

"플래시!"

다시 뤼세느가 지시하는 입장이 되었다. 짐을 빨래터의 돌바닥에 내려놓았다. 라비넬이 플래시를 비추었다. 뤼세느는 천막을 펴기 시작했다. 시체가 자연스레 굴러나왔다. 옷은 헝클어지고 구겨져 있었다. 말라서 산발이 된 머리털에 덮인 미레이유의 얼굴은 무서웠다. 이제 살짝 밀기만 하면 된다. 시체는 바닥을 굴러 냇물 반대쪽으로 파도를 밀었다. 한 번 더 밀면 된다. 뤼세느가 발로 밀었다. 시체가 물 속으로 들어갔다. 그녀는 손으로 더듬어 천막을 걷었다. 라비넬이 불을 꺼 버렸기 때문이다. 그녀는 천막을 끌고 가야만 했다. 5시 20분.

"나는 이제 시간이 없어요."

그녀가 속삭였다.

두 사람은 집 안으로 들어가 현관의 양복걸이에 미레이유의 여행용 외투와 망토를 걸고, 식당 테이블에 핸드백을 올려놓았다.

"빨리 해요!" 다시 세력을 되찾은 뤼세느가 말했다. "낭뜨 행 급행은 6시 4분에 떠나요. 그걸 놓치면 큰일이에요."

두 사람은 다시 차에 올랐다. 라비넬은 그때 자기는 아내를 잃은 남자라는 것을 똑똑히 느꼈다.

5

라비넬은 몽빠르나스 역의 층계를 천천히 내려가 가게 입구에서 '글로와즈 베르뜨'를 한 갑 산 다음 '뒤뽕'에 들렀다. '무엇이나 싼 뒤뽕'이라는 우중충한 장밋빛 네온사인이 이른 새벽의 습기 낀 하늘에서 빙글빙글 돌고 있었다. 큰 유리창 안에 등을 돌리고 카운터에 나란히 앉아 있는 손님들과 큼직한 커피 포트가 보였다. 커피 포트에는 밸브와 손잡이와 계기 같은 것이 달려 있고, 웨이터가 하품을 하면서 닦고 있었다. 라비넬은 문 바로 뒤에 있는 자리에 앉아 몸을 쭉 폈다. 이맘때에 이렇게 이 자리에 앉아서 쉰 적이 얼마나 많았던가? 그는 너무 일찍 집에 도착하여 미레이유의 단잠을 깨우지 않으려고 빠리에 들어가기 전에 곧잘 이 가게에 들르곤 했다. 그런 날 아침과 오늘 아침은 조금도 변함이 없건만……

"블랙 커피와 끄로와상 세 개."

별일도 아니었다. 그는 회복기에 있는 병자 같았다. 늑골 언저리와 팔꿈치, 무릎, 온 몸의 근육이 다 욱신거렸다. 조금만 움직여도 피로의 파도가 온 몸에 흘렀다. 머릿속에는 무언가 타는 것이 있어서, 그것이 맥박을 빠르게 하고 눈꺼풀을 무겁게 하고 얼굴 피부를 꺼칠하게 만들고 광대뼈와 턱가죽을 팽팽하게 당기는 것이었다. 자칫하면 이 시끄럽고 꿉꿉한 다방 의자에서 곯아떨어질 것 같았다. 그러나 아직 가장 어려운 일이 남아 있다. 시체를 발견하는 일이다. 그런데 어쩌면 이렇게도 졸릴까! 시체를 발견하면 슬픔에 정신을 못 차리는 시늉을 해야 한다. 어느 의미에서는 지칠 대로 지쳐 있는 편이 오히려 그러기에 더 편리할지도 모른다.

그는 돈을 테이블에 놓고 끄로와상 하나를 집어들어 커피에 찍었다. 커피는 썼다. 생각해 보면 헌병이 차를 세운 것은 비록 차 안에 여자가 있었다는 것이 헌병의 기억에 남는다 하더라도 실은 아무것도 아니었다. 여자는 우연히 태워 준 모르는 사람이라고 하면 된다. 앙제르에서 태워 베르사유에서 내려 준 것으로 하자. 미레이유의 죽음과는 아무 관계도 없는 일이다. 게다가 그가 출장에서 돌아오는 길이었다는 것을 일일이 조사해 보겠는가? 만일 조금이라도 의심이 간다면, 당국은 어쨌거나 그의 알리바이를 조사해 봐야 한다. 그런데 라비넬은 줄곧 낭뜨 지방에 있었던 것이다. 증인은 30명은 나온다. 언제 어디에 있었다는 것을 첫째 누구나 증명해 준다. 추궁당할 틈이라고는 하나도 없다. 4일 수요일——왜냐하면 감시의 결과 정확한 시간까지는 모르더라도 죽은 날은 알게 될 테니까——4일 수요일에는? 가만 있자, 비어 홀 '동굴'에 있었지. 자정이 지날 때까지 그곳에 있었다. 그 웨이터에게 물어 보면 아마 생각날 것이다. 그리고 5일 아침에는 친구들과 만나 이야기하고 있었다. 그런데 왜 이런 생각이 문득문득 떠오르는 것일까? 뤼세느가 기차에 오르기 전에 몇 번이나 되풀이해서 설명해 주었다. 사건의 해석은 자연히 나올 것이다. 부주의로 냇물에 떨어져서 곧 질식…… 그런 것은 언제나 일어나고 있는 일이다. 물론 미레이유는 평소의 복장이다. 그런데 뭣하러 그녀는 빨래터에 갔을까? 걱정없다. 여자가 빨래터에 내려가는 일을 설명하는 데는 구실이 얼마든지 있다. 빨랫감이나 비누를 두고 온 줄 알고 내려갔는지도 모른다. 그러나 아무도 그런 것을 물어 보지는 않을 것이다. 자살이라고 말하는 사람이 있으면 그래도 좋다. 이미 2년이 지났다. 생명보험회사는 지불을 거부하지 못한다. 7시 10분 전. 자, 집에 돌아가야 한다. 라비넬은 세 개째 끄로와상을 아무리 해도 먹을 수가 없었다. 먼저 먹은 두 개도 기름이 끼어 기분 나쁜 끈적한 것이 되어서 아직 입속에 있었으며, 삼킬 수가 없었다. 그는 길가에서 잠시 머뭇거렸다. 버스와 택시가 주위에서 줄을 지어 달리고 있었다. 출근하는 사람들과 교외에서 나온 사람들이 정거장에서 흘러나왔다. 타이어 소리, 발자국 소리, 태양은 아직 낮고 납빛이었으며, 앓는 것처럼 보였다. 빠리의 아침은 슬픔에 차 있었다. 자, 가야 한다!

차는 정거장의 매표소 가까이에 세워 놓았었다. 거기에는 커다란 프랑스 지도가 여객용으로 내걸려 있었다. 지도에는 위에서 아래로, 많은 철도선이 그려져 있었으며 펼친 손바닥과 비슷했다. 빠리~보르도 선, 빠리~뚤루즈 선, 빠리~니스 선…… 운명선, 생명선. 운명! 숙명! 라비넬은 차를 후진시켜 거기서 떠났다. 될 수 있는 대로 빨리 회사에 알려야 한다. 제르망에게 전보치는 것도 잊어서는 안된다. 장례식 절차도 정해야 한다. 미레이유였다면 아마 돈이 안 들게 치르고 싶어하겠지. 교회의 장례식은 아마…… 라비넬은 로봇처럼 차를 운전했다. 그만큼 이 시가와 거리를 잘 알고 있었다. 왕래는 아직 그리 심하지 않았다. 미레이유는 독실한 신자는 아니었지만 미사에는 나갔다. 특히 대축일 미사에 즐겨 나갔다. 오르간과 성가와, 그리고 차려입고 나갈 수 있기 때문이었다. 사순절 동안은 라디오로 리께 신부의 강론을 빠뜨리지 않고 들었다. 언제나 강론의 내용을 이해한 것은 아니었다. 발음이 아름다웠기 때문이다. 게다가 신부는 수용소에 있은 적도 있었다! 끄리냥꾸르의 문. 장밋빛 광선이 어렴풋이 하늘에서 뚫고 나왔다. 만일 영혼이라는 것이 있다면 어떻게 될까? 죽은 자는 살아 있는 자가 보인다고 한다. 지금 미레이유도 보고 있는지 모른다. 그렇다면 그 여자는 내가 악의가 있어서 한 일이 아니라는 것을 알 것이다. 우스운 이야기다. 나는 상복이 한 벌도 없다. 염색집에도 달려가야겠고, 이웃 아낙네들한테 상장도 만들어 달래야겠다. 뤼세느는 낭뜨에서 편안히 지내고 있다. 불공평한 일이다!

라비넬의 생각은 여기서 멎었다. 그의 차 앞에 낡은 승용차 한 대가 달리고 있어서 쉬 앞질러 갈 수가 없었기 때문이다. 에삐네 조금 앞에서 단숨에 앞으로 나갔으나 곧 속도를 떨어뜨렸다.

'자! 나는 낭뜨에서 막 돌아왔다. 아직 아내가 죽었다는 것을 모르고 있다.' 가장 어려운 것은 이것이다, 모른다는 것이다…….

앙기앙. 그는 담배 가게 앞에서 차를 세웠다.

"잘 있었나, 모랑?"

"안녕하세요, 라비넬 씨. 오늘은 늦으셨네요! 보통 더 빨리 도착하시는 것 같던데."

"안개 때문에 늦었지. 얄미운 안개야! 특히 앙제르 근처가 심하더군."

"그래요! 밤새도록 운전을 하셔야 하다니!"

"몸에 배면 아무렇지도 않지. 저, 성냥을 하나 줄까. 동네에는 별일 없었나?"
"아무 일도 없었습니다. 여기야 별일이 있을 수가 없죠."
라비넬은 가게에서 나왔다. 더 이상 눌어붙어 있을 수가 없었다. 여러 사람이면 더 간단하게 '발견'할 수 있을 것이고, 또 덜 무서울 텐데……. 게다가 누가 함께 있었다면 알맞게 증언도 해준다. 아, 마침 잘됐다! 구뜨르 영감이다. 좋았어!
"별일 없으슈, 라비넬 씨?"
"네, 덕분에, 마침 잘 만났습니다. 그렇지 않아도 찾아가려고 하던 참인데."
"무슨 일로?"
"우리 집 오두막이 다 돼서요. 곧 쓰러질 지경입니다. 집사람이 꼭 구뜨르 영감님께 부탁하라고 그래서 말입니다."
"아, 그 구석지에 있는 빨래터 오두막 말씀이군."
"그렇습니다. 잠깐 수고 좀 해주실 수 없겠습니까? 자, 가십시다! 맛있는 포도주를 대접하죠. 아침부터 기분이 그만이랍니다."
"하지만 공사장에 일하러 가야 해서 말씀이야."
"바스 글레느의 술인데요. 양조장에서 직접 샀지요. 잠시 얘기나 나눕시다."
구뜨르는 억지로 차에 밀려 올라타고 말았다.
"그럼, 잠깐만요! 다른 데도 가 봐야 하니까."
복잡한 별장 사이의 길을 차는 달려갔다. 두 사람은 말이 없었다. 라비넬은 법랑판에 르 게 로지(즐거운 집)라고 씌어 있는 울타리 앞에서 차를 세우고 길게 경적을 울렸다.
"아니, 안 내려도 됩니다. 집사람이 열어 줄 테니까요."
"아직 안 일어나셨나 보구려." 구뜨르 영감이 말했다.

"시간이 이렇게 됐는데요. 게다가 토요일이구."
그는 짐짓 웃음을 띠고 다시 경적을 울렸다.
"덧문이 아직 내려져 있는걸요." 구뜨르가 말했다.
라비넬이 차에서 내려 불렀다.
"미레이유!"
이어 구뜨르도 내렸다.
"장에 가셨나?"
"이상한데? 돌아오는 날을 알려 두었는데……. 언제라도 형편만 되면, 돌아오는 날을 알려 놓거든."
라비넬은 울타리를 열었다. 구름이 갈라지며 파란 하늘이 그 사이에 나타났다.
"봄날 같구려." 구뜨르가 말했다. "이 울타리도 상했군요, 라비넬 씨. 녹슬지 않도록 조금 칠만 하면 되겠는데요."
우편함에는 신문이 들어 있었다. 라비넬이 꺼내니 엽서가 한 장 묻어 나왔다.
"내가 낸 엽서구나." 그는 중얼거렸다. "미레이유는 집에 없는 모양이군. 오빠한테라도 갔나? 제르망이 앓고 있나? 전쟁으로 건강이 아주 약해져서요."
그는 집으로 걸어갔다.
"나는 정리하고 내려가겠습니다. 길은 알고 계시지요?"
집 안은 곰팡이 냄새가 나고 꿉꿉했다. 라비넬은 복도의 전등을 켰다. 장밋빛 비단 술이 달린 갓이 씌워져 있었다. 미레이유가 여성 잡지에 난 것을 보고 손수 만든 것이다. 구뜨르는 입구에 서 있었다.
"먼저 가십시오! 곧 갈 테니까."
라비넬은 소리쳤다.
그는 부엌으로 가서 우물쭈물했다. 그리고 구뜨르가 빨래터로 내려가기를 기다렸다. 멀리서 영감이 소리쳤다.
"샐러드에 쓰는 댁의 꽃상추가 아주 좋은데요. 좋은 종자를 구하셨구려."

라비넬은 문을 열어 둔 채 나갔다. 담배에 불을 붙이고 마음을 가라앉혔다. 구뜨르는 벌써 빨래터에 도착해 있었다. 그리고 오두막으로 들어갔다. 라비넬은 오솔길 한가운데서 걸음을 멈추었다. 그 이상은 갈 수가 없었다. 숨을 쉴 수도 없었다. 담배 연기가 콧구멍에서 새어나왔다.

"아, 라비넬 씨!"

구뜨르가 불렀으나 라비넬의 다리는 도무지 앞으로 나아가지 않았다. 소리쳐야 하는가 아니면 울어야 하는가? 아니면 기절한 채 구뜨르에게 매달릴까? 구뜨르가 빨래터 문간에 나왔다.

"라비넬 씨, 보셨습니까?"

라비넬은 어느새 달리고 있었다.

"뭘요? 왜 그러십니까?"

"아니, 뭐, 그리 놀라실 건 없어요. 얼마든지 고칠 수 있으니까. 이것 좀 보슈!"

그는 들보의 한 점을 가리키고, 접는 자 끝으로 북북 긁어 보였다.

"썩었어요, 속까지 다. 서까래를 갈아야겠는데요."

라비넬은 냇물 쪽으로 등을 돌리고 있었는데, 감히 돌아서려고 하지 않았다.

"그래요…… 응…… 그렇군…… 다 썩었군요."

그리고 그는 중얼중얼 무슨 말을 지껄였다.

"게다가…… 벽의 널빤지…… 구석지가……."

구뜨르가 휙 몸을 돌렸다. 라비넬은 서까래에서 눈을 뗐다. 큰 재목으로 짠 들보가 수레바퀴처럼 서서히 기분나쁘게 회전하기 시작했다. '기절할 것 같구나' 하고 그는 마음속으로 말했다.
"시멘트는 괜찮소." 구뜨르가 여전히 변함없는 목소리로 말했다.
"벽 널빤지는, 글쎄요, 어떻게 할까요? 모두 낡았는데요!"
'이 바보야!' 그는 가까스로 서 있었다. 담배가 떨어졌다. 냇물은 빨래터 앞쯤에서 물이 불어 있었다. 바닥의 자갈이 또렷하게 보였다. 둥글고 녹슨 통, 길게 자란 수초, 흘러나가기 전에 물이 차갑게 반짝이는 둑의 끝이 똑똑히 보였다. 구뜨르는 벽 널빤지를 만져 보고 몸을 일으켜 빨래터 안을 둘러보았다. 라비넬은 주위를 가만히 돌아보았다. 눈 앞에는 시들어 가는 풀이 무성한 밭과 황무지가 펼쳐져 있었다. 발 밑에는 세탁용 발판, 검은 재가 가득차 있는 가마솥, 시멘트 바닥, 두 시간 전에 천막을 폈던, 콘크리트만 밋밋하게 된 아무것도 놓여 있지 않은 살풍경한 바닥이었다.

"담배가 떨어졌는데요." 구뜨르가 말했다.

그는 접는 자로 무릎을 탁탁 치면서 담배를 주워 라비넬에게 내밀었다.

"실은" 그는 고개를 들고 말을 이었다. "지붕은 이제 안되겠는데요. 나 같으면 석면 슬레이트로 벽이나 고치고 말겠습니다."

라비넬은 둑 저편의 강을 보았다. 만일 시체가 물에 떠내려갔다면 ——이 가정은 도저히 무리지만——시체는 반드시 둑의 좁은 물구멍에 걸려 있을 것이다.

"2만 프랑만 있으면 깨끗해지겠어요. 아무튼 알려 주시길 잘하셨습니다. 망가진 지가 벌써 오랜걸요. 아주머니가 일하실 때 머리 위로 무너져 내렸을지도 모릅니다. 아니 왜 그러슈, 라비넬 씨? 안색이 좋지 않은데."

"네, 피로해서 그럽니다, 밤새도록 차를 몰아서요."

구뜨르는 칫수를 재고, 크고 넓적한 연필로 봉투에 여러 가지 숫자를 적었다.

"가만 있자, 내일은 일요일이지. 월요일에는 베르디 씨네 집에 수리를 하러 가야 하니까 화요일로 하죠. 화요일부터 일꾼을 보내겠습니다. 아주머니도 그때쯤엔 돌아오시겠지요?"

"글쎄요. 돌아올지도 모르겠고, 안 돌아올지도 모르겠고. 아무튼 그때 형편대로 하겠습니다. 이쪽에서 알려 드리지요."

"그러십쇼."

라비넬은 침대에 누워 눈을 감고 생각을 정리하고 싶었다. 무언가 해야 할 일이, 이해하고 상상해야 할 일이 있을 것이 분명했다. 있을 수 없는 일이다…… 그럴 까닭이 없다! 구뜨르는 천천히 곰방대를 채우고는 너절한 것들 위로 몸을 내밀고 머리를 흔들면서 배나무를 살펴보고 있었다.

"아직도 연기를 쐬지 않았나요, 이 배나무를? 안됩니다! 쇼드롱이 어제 말하던데, 아니 목요일이던가, 아니야, 어제지."

라비넬은 짜증이 나고 소리를 지르고 싶어져서, 구뜨르에게 돌아가 달라고 하고 싶었다.

"먼저 올라가십시오, 구뜨르 영감님. 곧 갈 테니까."

아무래도 텅 빈 빨래터로 돌아가서 다시 잘 살펴봐야겠다. 존재하지 않는 것이 보이는 환각이라는 것이 있는데, 그 반대의 환각, 즉 존재하는 것이 보이지 않는 환각도 있지 않을까? 당연히 보여야 할 것이 보이지 않는 일이. 이런 어처구니없는 일은 있을 수 없다! 라비넬은 꿈을 꾸고 있는 것이 아니었다. 태양 광선이 한 줄기 비스듬히 차갑게 빨래터를 스치고 투사되어 강을 밝게 비추어 모든 것이 죄다 투명해 보였다. 자갈이 휘저어진 것 같지도 않았다. 시체를 어디 다른 몽마의 나라나 아니면 여기와 똑같이 생긴 다른 빨래터에라도 갖다 놓고 와 버린 것일까? 그런데 그리로 가는 길은 도저히 찾을 수가 없다. 구뜨르는 조바심을 내고 있을 것이다. 얄미운 구뜨르……
라비넬은 땀에 젖어 오솔길을 올라갔다. 구뜨르는 부엌에 앉아 있었
다. 제기랄! 가까운 테이블에 모자를 얹어 놓고 앉아 있었다. 그리
고 여러 가지 쪽지를 손 끝에 침을 묻혀가며 분류하고 있었다.
 "서두르실 건 없어요, 라비넬 씨. 아까는 석면 슬레이트가 좋다고
그랬지만, 생각해 보니 보통 양철이 더…….”
 라비넬은 곧 아하, 술을 안 줘서 그렇구나 하고 생각했다. 얄밉기
는! 술을 대접하겠다고 약속해서 이렇게 눌러앉아 있구나.
 "잠깐 기다리십시오, 구뜨르 영감님, 지하실에 갔다 올 테니까.”
 그는 술을 가지러 내려갔다. 나중에 다시 살펴봐야지……. 그렇지
않으면…… 라비넬은 주먹을 불끈 쥐었다. 모호한 공포가 경련처럼
그의 몸을 흔들었다. 그는 지하실 입구에서 으스스 떨며 걸음을 멈추
었다. 지하실! 설마 지하실에 미레이유의 시체가 있을 까닭이 없지
않은가? 이 어이없는 공포는 어찌 된 일일까? 그는 전등을 켰다.
지하실에는 아무도 없었다. 그러나 라비넬은 꾸물거리지 않았다. 선
반에서 술병을 하나 움켜쥐고 층계를 달려 올라왔다. 조용히 움직이
고 있을 수가 없었다. 거칠게 찬장문을 열고서 글라스를 꺼내다가 테
이블가에 병이 부딪쳤다. 마개를 뽑을 때 하마터면 병 모가지를 깰
뻔했다.
 "좀 따르십시오, 구뜨르 영감님. 손이 떨려서 말입니다. 여덟 시간
이나 핸들을 잡았더니…….”
 "쏟으면 아깝죠.” 구뜨르는 눈을 빛냈다.
 "라비넬 씨의 건강을 위해서. 그리고 아주머니의 건강을 위해서…
… 처남께서 앓아 눕지 않았기를 빕니다. 이렇게 습기가 심하니!
나도 다리가 좋지 않아요.”
 라비넬은 단숨에 백포도주를 들이켜 글라스를 비웠다. 그리고 연거

푸 두 잔, 석 잔.

"아이고, 썩 잘 하시는구려!" 구뜨르가 말했다. "드시는 솜씨가 여간 아니신데요."

"피로했을 때는 이것으로 되살아나죠!"

"이런 술이면 송장이라도 되살아나겠지요."

라비넬은 테이블에 앉아 꼼짝도 않았다. 조금씩 머리의 상태가 좋아졌다.

"구뜨르 영감님, 미안합니다만, 아무래도 저, 시간이 없어서⋯⋯ 같이 한 잔 드는 게 싫어서가 아닙니다. 좀, 아시다시피 저⋯⋯."

구뜨르는 모자를 썼다.

"아, 그럼요! 이제 가겠습니다. 나도 공사장에 가서 일을 시작해야 하구."

그는 술병을 기울여 상표를 읽었다. 최고급 순방향 포도주 바스 글레느.

"이 술을 만든 사람에게 인사 전해 주십시오, 라비넬 씨. 이건 아마 대단한 솜씨를 가진 사람 같구려."

입구에서 인사를 나눈 다음, 라비넬은 겨우 문을 닫고 열쇠를 돌리고는 다리를 질질 끌며 부엌으로 돌아가 병에 남은 술을 비웠다. '그럴 까닭이 없다!' 하고 그는 속으로 중얼거렸다. 그의 마음은 아주 맑았다. 잠든 사람의 마음처럼 맑은 것이다. 문이 보인다. 손으로 만질 수 있다. 문이 있다는 것을 알고 있다. 그리고 문을 빠져나갈 수 있다. 자기가 문을 빠져나가고 있는 것을 알 수 있다. 몸 안에 딴딴한 나무의 결을 느낀다. 그것은 아주 자연스러운 일이다. 맨틀피스에서 자명종이 잘게 시각을 새기고 있었다. 그는 낭뜨의 집 식당에 있던 자명종 소리가 생각났다.

'이런 일은 도저히 있을 수 없다!'

라비넬은 일어서서 식당으로 갔다. 미레이유의 핸드백이 그 자리에 그대로 놓여 있었다. 현관에는 외투도 모자도 소리없이 고리에 걸려 있었다. 그는 2층으로 올라갔다. 집안이 휑뎅그렁했다. 숨이 가쁘도록 휑뎅그렁했으며, 아무 소리도 나지 않았다. 그때 라비넬은 자기가 빈 포도주 병 모가지를 몽둥이처럼 쥐고 있는 것을 깨달았다. 뼛속까지 무서웠다. 조그만 소리라도 내면 안 된다는 주의를 들은 것처럼 그는 살며시 병을 바닥에 내려놓았다. 그리고 소리 나지 않게 책상 서랍을 뽑았다. 기름이 밴 천에 싼 총이 여전히 그 자리에 들어 있었다. 그는 권총을 닦고 총신을 당겨 탄환을 쟀다. 찰칵 소리가 나서 그는 돌아보았다. 그것은 무의식적으로 한 동작이었다. 왜 이러는가? 이 권총이 무슨 소용이 있겠는가? 유령을 쏘아 죽이겠단 말인가? 그는 무거운 숨을 쉬고 권총을 바지 주머니에 쑤셔넣었다. 어처구니 없었지만 마음은 좀 가라앉았다. 그는 침대 끝에 걸터앉아 두 손을 무릎 사이에 찔렀다. 어떻게 하면 좋은가? 미레이유의 시체는 냇물에 없다. 이것이 사태의 전부다. 마음 속에 새로운 현실이 차츰 뚜렷이 모습을 드러내기 시작했다. 냇물에도 빨래터에도 집 안에도 없다. 앗, 차고 안을 안 찾아봤구나!

라비넬은 구르듯이 층계를 내려가 오솔길을 달려서 차고로 뛰어들어갔다. 아무것도 없다! 우스웠다. 차고에는 석유 깡통 서너 개와 기름 걸레밖에 없었다. 다른 생각이 라비넬의 머릿속에 번뜩였다. 그는 오솔길을 천천히 걸어갔다. 그와 구뜨르의 발자국은 분명하게 보였으나 미레이유의 것은 보이지 않았다. 라비넬은 자기가 무엇을 찾고 있는지, 무엇을 생각하고 있는지 알 수 없었다. 다만 그때그때의 충격에 따라 움직이고 있을 뿐이었다. 아무튼 몸을 움직여 무언가를 하지 않고는 견딜 수가 없었다. 맥이 빠져서 사방을 둘러보았다. 오른쪽에는 왼쪽과 마찬가지로 황무지가 펼쳐져 있다. 양쪽 이웃에 사는 사람들은 길에서는 르 게 로지의 정면밖에 보이지 않는다. 라비넬은 부엌으로 돌아갔다. 순찰 경관에게 물어 볼까? 이렇게 말하는 것이다. '나는 아내를 죽였습니다. 혹시 시체를 보지 못했습니까?' 이건 희극이다! 뤼세느는? 뤼세느는 아직 기찻간에 있다. 정오 전에는 전화를 걸 수도 없다. 낭뜨로 돌아갈까? 그러나 뭐라고 말한다? 또 시체가 오늘 안으로 어디서 발견되면 어떻게 한다? 낭뜨에 간 것을, 달아난 것을 어떻게 해명한다?

쳇바퀴 돌기였다. 지옥의 쳇바퀴 돌기! 옴짝달싹할 수가 없었다. 라비넬은 시계를 보았다. 10시! 마장따 거리에 있는 근무처 블라슈르유에데 상회에 가야 한다. 라비넬은 조심스럽게 문을 닫고 차에 올라 빠리 가도로 향했다. 날씨는 좋고 상쾌했다.

11월 초인데도 봄날 같았다. 승용차와 엇갈렸다. 그 차는 포장을 접어 놓고 있었다. 타고 있는 사람은 머리칼을 바람에 나부끼며 미소 짓고 있었다. 라비넬은 비참한, 늙은이 같은, 뒤가 켕기는 기분을 느꼈다. 미레이유가 원망스러웠다. 그녀는 짓궂게 배신한 것이다. 그는 실패했지만, 미레이유는 처음부터 보기 좋게 해낸 것이다. 그녀는 이상한 경계선을 훌쩍 넘어가 버렸다. 저쪽으로 가 버려 보이지도 않고 잡을 수도 없다. 길바닥에서 솟아오르는 안개 같다. 환영 같다. 살아 있는 동시에 죽어 있을 수도 있다. 그는 이따금 막연히 그런 것을 생각해 본 적이 있다. 그러나 저러나 시체는 대체 어디로 갔는가?

그의 생각은 착잡하게 되풀이되었다. 졸렸다. 다른 사람이 자기의 마음을 지배하고, 어김없이 몸을 움직여서 거리와 네거리를 정확하게 달리게 하고 있는 것 같았다. 차는 저절로 회사 앞에 가서 서는 느낌이었다.

마장따 거리에서 차를 빠리 시의 중앙 루브르 가까이로 돌렸다. 거의 온 적이 없는 곳이었다. 오늘은 자기 행동을 자신이 제어할 수가 없었다. 그는 숫자의 계산에 몰두했다. 가만 있자, 기차는 11시 20분 혹은 11시 40분에 도착한다. 다섯 시간이 꼬박 걸리지. 그렇다면 11시 10분이다. 병원은 역에서 5분. 뤼세느는 이미 병원에 도착했을 때다. 그는 조그만 식당 앞에 차를 세웠다.

"식사하시렵니까?"

"아무래도 좋아."

"네, 아무래도 좋아요?"

웨이터는 제대로 수염도 깎지 않은 손님을 쳐다보았다. 손님은 손으로 눈을 가리고 있었다. 간밤에 놀아난 인간들 가운데 이런 사람들이 흔하다.

"전화는?"

"저 막다른 오른쪽에 있습니다."

"장거리, 걸 수 있지?"

"카운터에 신청하십시오."

라비넬의 등 뒤에서 주방으로 통하는 문이 쉴새없이 열리고 닫히고 있었다. "오르되브르 셋! 스테이크, 그리로 갖다 드려!" 전화에는 잡음이 들렸다. 뤼세느의 목소리는 거의 알아들을 수가 없었다. 목소리가 멀러서, 아득히 멀러서 들려 왔으므로 주위가 시끄럽게 느껴졌다. 이런 소음 속에서는 도저히 소곤소곤 이야기할 수가 없었다.

"여보세요? 뤼세느? 응, 나야, 페르낭이야. 그런데, 없어졌어. 아니, 아무도 오진 않았어. 사라져 버린 거야. 그 자리에 없다니까, 오늘 아침에 말야……"

누가 뒤에 서서 차례를 기다리고 있었다. 세면대 위의 거울을 들여다보며 화장을 고치고 있었다.

"뤼세느! 여보세요, 내 말 들려? 돌아와 주면 좋겠어. 해산이 있다구? 그런 건 아무래도 좋잖아…… 아니, 나는 제 정신이야…… 마시지 않았어. 완전한 내 정신이야, 아니라니까! 깨끗이 흔적도 없어졌단 말이야. 뭐라구? 당신을 부르려고 꾸며서 이런 이야기를 하는 게 아니야. 응? 그래, 그렇다면 좋지만 말이야. 오늘 밤에 떠나지 못하면 그럼, 내일 12시 40분…… 좋아! 내가 그리로 갈 테니까. 감시하고 있으라구? 뭘 감시해? 나도 모르겠어. 그래, 좋아. 그럼, 내일 만나요."

라비넬은 전화를 끊고 창가의 테이블에 앉았다. 뤼세느의 말도 무리는 아니다. 누가 라비넬에게 이런 전화를 했다고 하자. 아무도 그 말을 믿지 않을 것이다. 그는 쑤셔넣듯이 식사를 하고 다시 차에 탔다. 다시 끄리냥꾸르를 지나 앙기앙으로 향했다. 뤼세느가 하라는 대로 하자. 역시 집에 돌아가서 다시 찾아보자. 이웃 사람들의 눈에 띄어도 하는 수 없다. 시간을 버는 것이다. 특히 아무 나쁜 짓도 하지 않은 듯한 얼굴로, 태연스러운 얼굴로 있는 것이 중요하다.

라비넬은 문을 열었다. 역시 쇠가 채워져 있었다. 왠지 실망을 느꼈다. 무슨 생각이었을까? 실제로 무언가 상태가 달라져 있기를 기대한 것은 아니었다. 그는 고요한 평화와 망각이 필요했다. 약을 한 봉지 먹고 방에 들어가서 문을 닫고, 권총을 옆테이블에 올려놓은 다음 옷을 입은 채 그대로 침대에 누웠다. 곧 짐승처럼 잠에 빠져들어갔다.

6

라비넬은 5시쯤에 눈을 떴다. 몸은 찌뿌드드하고, 위는 무겁고, 얼굴은 붓고, 손은 땀이 배어 있었다. 그러나 '시체는 어떻게 되었을까?' 하고 생각하는 순간 금방 또렷한 대답이 떠올랐다. '도둑맞은 것이다.' 그러자 조금 기분이 가라앉았다. 그는 자리에서 일어나 찬

물로 천천히 얼굴을 씻고 간단히 면도를 했다. 도둑맞았단 말이야, 제기랄! 큰일이다. 정말 큰일이다. 그러나 위험의 질이 달라졌다. 시체 도둑과 타협하면 된다. 몸값을 주면 되는 것이다.

머릿속의 잠의 안개가 깨끗이 사라졌다. 그는 방과 가구와 인생 속으로 다시 들어갔다. 다리를 만져 보았다. 상태가 괜찮았다. 집은 친밀하고 정답게 아무런 신비도 없이 그를 감싸고 있었다. 좀더 침착해야 한다. 그렇지 않으면 어려워진다. 시체를 도둑맞았다! 그것이 틀림없다.

그러나 이 생각을 더 잘 살펴보니, 여러 가지 의문이 꼬리를 물고 일어났다. 시체를 훔친다? 무엇하러? 훔치는 쪽도 대단한 위험을 무릅써야 한다. 바로 옆집에 사는 사람이 범인이라도 어려운 일이다. 문을 나가서 오른쪽 집에는 말이 없고 얌전한 비고가 산다. 나이는 약 50살, 프랑스 국유 철도에 근무. 일과 원예와 트럼프에 여념이 없다. 말투는 누구보다도 조용하다. 그 비고가 시체를 훔쳐? 그런 것은 그로테스크한 이야기다. 그의 부인은 위궤양을 앓고 있었다. 입김만 휙 불어도 넘어질 여자. 왼쪽에는 가구 공장의 경리 뽀니아또우스끼가 살지만, 이혼하여 거의 집에 없다. 사람들의 말로는 집을 팔 생각이란다. 첫째, 비고나 경리가 빨래터의 광경을 보았을 까닭이 없다. 그렇다면 그 뒤에 시체를 발견했단 말인가? 그러나 냇물에 직접 접근할 길이 없다. 앞에 있는 황무지나 들판을 지났다면 모르지만. 아무튼, 범죄를 모른다면 무엇 때문에 시체를 훔치겠는가? 그러니 훔치려면 한 가지밖에 이유가 없다. 공갈이다. 그러나 아무도 생명보험에 들어 있는 것을 알지 못한다. 그렇다면? 한갓 세일즈맨에 지나지 않는 사람을 공갈한단 말인가? 모두 라비넬이 정직한 직장인이라는 것은 알고 있지만, 수입이라야 뻔한 것이다. 하기야 쩨쩨한 돈을 갈취하고 만족해 하는 공갈단 두목도 있기는 하다. 얼마 안되는 수입

…… 금리(金利). 상당히 용기가 필요한 일이지만, 그것을 제쳐 놓더라도 역시 좀 이상하다. 처음 여기에 온 자가 바로 시체 도둑이 될 수 있는지는 알 수가 없다. 라비넬 같으면 그런 용기는 없다.

그는 여러 가지 가설을 세워 보았으나 시원한 추론은 할 수 없었다. 무력감이 다시 그를 엄습했다. 아니, 시체는 도둑맞은 것이 아니다. 그런데 시체가 그 자리에 없다. 그러면 역시 시체는 도둑맞은 것이다. 그러나 도둑맞을 이유가 없다. 라비넬은 왼쪽 관자놀이에 가벼운 통증을 느끼고 이맛살을 찌푸렸다. 이런 때에 앓아 누우면 큰일이다. 어떻게 하면 좋은가, 아아, 어떻게 하면 좋은가?

그는 너무나 괴로워서 혼자 입을 우물거리며 방 안을 왔다갔다했다. 마구 헝클어진 침대의 시트를 펴거나 우중충한 물이 그득 담긴 세면대의 물을 비울 힘도 없었다. 내버려 둔 술병을 치울 힘이 없어 발끝으로 찬장 밑에 밀어넣는 것이 고작이었다. 그는 권총을 쥐고 층계를 내려갔다. 어디로 가는가? 누구를 만나는가? 문을 닫았다. 밤의 어둠이 내리덮였다. 긴 장밋빛 광선이 하늘에 뻗치고 있었다. 어디선가 비행기가 우르릉거렸다. 평범하고 장엄한 황혼이 마음을 슬픔과 미움과 후회로 가득 채웠다. 생 미셸 광장 바로 옆에 있는 그랑조귀스땅 강변에서 처음으로 미레이유와 만났을 때도 오늘의 이 황혼과 흡사했다. 그는 헌 책방 선반을 훑어보고 있었다. 그녀는 맞은편에서 책장을 넘기고 있었다. 두 사람의 주위에 불이 켜지고, 다리 앞 근처에서 경관의 호각 소리가 났다. 이런 것을 생각하다니, 바보 같은 짓! 마음만 더 울적해질 뿐이다!

라비넬은 빨래터로 내려갔다. 시냇물은 둑 언저리에서 약간 거품이 일며 다갈색으로 반짝이고 있었다. 염소 한 마리가 건너편 들판 물가에서 울고 있었다. 우체부의 염소였다. 라비넬은 움찔했다. 우체부의 염소. 아침마다 딸이 염소를 끌고 와서 긴 줄을 말뚝에 맨다. 저녁때

다시 딸이 와서 끌고 간다. 어쩌면……

우체부는 홀아비였다. 아이는 딸 하나뿐이었다. 앙리에뜨라는 이름인데, 대개는 집에 있었다. 조금 지능이 모자라는 아이였다. 그러나 집에서는 부엌일이며 그밖의 집안 일을 맡아했다. 12살 난 아이치고는 잘 꾸려 나갔다.

"말 좀 물어 보고 싶은데, 아가씨."

그녀는 아가씨라는 말을 들은 적이 없었다. 멈칫거리며 대답도 제대로 못했다. 라비넬도 망설였다. 달려왔으므로 잠시 숨을 가다듬고, 자, 뭐라고 말을 꺼낼까 생각했다.

"오늘도 염소를 들판에 끌고 갔었니?"

소녀는 얼굴을 붉히고 겁을 먹는 것 같았다.

"염소가 무슨 잘못을?"

"아저씨는 이 앞에 살고 있어. 르 게 로지에 사는 사람이야. 저 빨래터는 우리 것이지."

약간 사팔뜨기였으므로 그는 두 눈을 번갈아 바라보면서, 어떻게든 알아내려고 했다.

"우리 집사람이 말이야, 거기다 손수건을 널어 놓고 걷는 걸 깜박 잊었잖겠어. 아마 바람에 날아갔나 봐."

무척 터무니없는 구실이지만, 지금의 그는 지쳐서 복잡한 거짓말을 할 수 없었다.

"오늘 아침 빨래터 근처에서 혹시 손수건을 못 봤니?"

갸름하고 여윈 얼굴 양쪽에 단단하게 땋은 머리가 한 가닥씩 늘어져 있었다. 입술을 다물었는데 앞니 두 개가 나와 있었다. 라비넬은 이 소녀와 만난 데에 무언가 비극적인 것이 있는 것 같은 기분이 들었다.

"염소는 시냇물 바로 옆에 매어 놓던데, 빨래터 쪽은 보지 못했

"나?"

"네."

"잘 생각 좀 해봐, 오늘 아침……."

"아니오, 아무것도 없었어요."

"몇 시쯤 들판에 나갔지?"

"글쎄요."

오솔길 안쪽에서 무언가 따닥거리는 소리가 났다. 소녀는 빨개지면서 앞치마를 쥐어짰다.

"어머나, 수프야. 가 봐도 괜찮죠?"

"아암, 괜찮고말고. 얼른 가 봐요."

소녀는 달려갔다. 그도 이웃의 눈을 피하기 위해 그 뒤를 따라 복도로 들어갔다. 부엌 한구석에 줄이 쳐져 있고 수건이 걸려 있었다. 돌아가는 것이 좋겠다. 이런 어린 소녀에게 물어 봐야 아무 소용도 없는 일이다.

"역시 수프였어요. 불에 넘고 있었어요." 앙리에뜨가 말했다.

"많이 넘었어?"

"아니오, 조금…… 아빠는 모르실 거예요."

소녀의 코는 약간 뾰족했다. 코 언저리에 미레이유처럼 주근깨가 있었다.

"화 잘 내시니, 아빠는?"

곧 그는 자기의 질문을 후회했다. 12살이기는 하지만, 나이 먹은 여자 같은 경험을 쌓았을지도 모른다고 생각되었기 때문이다.

"몇 시에 일어나지?"

소녀는 미간을 찌푸리고 땋아내린 머리를 잡아당겼다. 대답을 생각하는 모양이었다.

"어두울 때 일어나니?"

"네."
"곧 염소를 끌고 나가지?"
"네."
"너도 잠시 들판을 산책하니?"
"아니오."
"왜?"

소녀는 손등으로 입술을 문지르고 머리를 돌리면서 무언가 재빨리 지껄였다.

"응?"
"무서운걸요, 뭐."

12살 때는 그도 겁이 많았다. 축축한 어둠, 안개 같은 비, 성당까지 이어져 나간, 쓰레기통이 많이 늘어서 있는 좁다란 길. 언제나 누가 뒤에서 따라오는 기분이 들었었다. 그런 소년 시절에 자기가 어두운 새벽에 염소를 끌고 나가야 한다면……. 그는 어린 나이에 의혹과 불안에 시달리고 있는 소녀의 얼굴을 가만히 들여다보았다. 문득 그는 거기서 소년 시절의 자기 분신(分身)을 본 것 같았다. 아무도 결코 그에게 말해 주지 않은 소년 라비넬의 모습. 자기도 생각하기 싫었지만 언제나 증인처럼 그에게 떠나지 않는 소년 라비넬. 이제 무슨 말을 해야 할지 알 수 없었다. 자기도 냇물에 무엇이 둥둥 떠 있는 것을 본다면…….

그것은 더 이상 물어 볼 수 없는 일이었다. 그것은 마치 두 사람 사이의 비밀 같은 것이었다.

"들판엔 아무도 없었니?"
"네. 틀림없이 아무도 없었어요."
"빨래터에서도 아무도 못 봤구?"
"네."

그는 주머니에서 10프랑짜리 화폐를 꺼내어 소녀의 손을 폈다.
"가져."
"아빠한테 뺏기는걸요."
"잘 숨겨 두지, 뭐."
그녀는 난처한 듯이 고개를 젓더니 주저주저 손을 오므렸다.
"또 너를 만나러 올게" 하고 라비넬은 약속했다.
염소나 빨래터에 관한 이야기는 안한 듯한 얼굴로 사이좋은 친구 같은 말을 남기고 밝은 인상을 주어야만 했다. 밖에 나와서 우연히 우체부를 만났다. 임신부처럼 몸을 뒤로 젖히고 우편 가방을 들고 있었다.
"안녕하세요? 저한테 무슨 볼일이라도 계셨습니까? 선생님한테 속달이 와 있습니다."
우체부가 말했다.
"별로 볼일은 없구, 소개장이 안 왔나 하구 말이오. 나한테 속달요?"
"네, 벨을 눌렀지만 아무도 나오시지 않더군요. 우편함에 넣어 놨습니다. 아주머닌 안 계십니까?"
"빠리에 나갔소."
굳이 대답할 것도 없었으나 지금의 그는 비굴해져 있었다. 누구와도 싸우지 말아야 했다.
"그럼, 실례하겠습니다!"
우체부는 집 안으로 들어가 문을 닫았다.
속달? 나온 지 얼마 안되므로 회사에서 올 까닭도 없었다. 제르망한테서 왔을까? 설마. 그렇다면 미레이유 앞으로 되어 있어야 한다.
라비넬은 밝은 길을 지나 집으로 돌아갔다. 밤이 급속히 차가워지기 시작했다. 머릿속에서 온갖 생각이 빙빙 돌았다. 우체부의 딸은 아무것도 보지 않았다. 무엇을 보았더라도 무엇인지 알지 못했다. 또 만일 알았더라도 잠자코 있을 것이다. 미레이유의 얼굴은 다 안다. 누가 시체를 발견하면 당장 알려 줄 것이다.

그런데 속달은 무엇일까? 시체 도둑이 무슨 교환 조건이라도 적어 보낸 것일까?

봉투가 우편함에 비스듬히 꽂혀 있었다. 라비넬은 부엌의 등불 밑으로 편지를 들고 가서 겉봉을 보았다. 페르낭 라비넬님. 이 필적! 그는 눈을 감고 열을 센 다음 내가 병이 났나, 중병에 걸렸나 하고 생각했다. 그리고는 눈을 뜨고 봉투의 글씨를 들여다보았다. 기억 장애…… 이상(異常) 인격. 옛날 낡은 심리학 책에서 배운 적이 있다 …… 이중 인격, 정신 분열…… 미레이유의 필적이 아닌가! 아아, 이런 어처구니없는 일이! 이럴 까닭이 없다.

봉투는 소중히 풀로 붙여져 있었다. 그는 찬장 서랍에서 나이프를 꺼내어 흉기처럼 쥐고 자줏빛 봉투가 놓여 있는 테이블로 돌아왔다. 테이블에 깐 유포가 전등 빛에 번들거리고 있었다. 나이프 끝으로는 풀로 붙인 봉투 주둥이가 잘 뜯어지지 않았다. 라비넬은 거칠게 봉투를 찢고 단숨에 읽어 나갔다. 내용이 머리에 잘 들어오지 않았다.

……볼일이 있어서 이삼 일 집을 비우겠어요. 하지만 걱정하지 마세요. 별일이 아니니까요. 나중에 이야기하겠어요. 찬장 안에 음식이 들어 있어요. 잼은 남은 것을 다 잡수시고 나서 새 병을 따도록 하세요. 다 쓰고 나면 가스 꼭지를 잊지 말고 꼭꼭 잠그도록 하세요. 당신은 잘 잊으시니까. 그럼, 곧 돌아갈게요!

사랑의 키스를 곁들여서
미레이유

라비넬은 두 번째는 천천히 읽고, 다시 또 읽기 시작했다. 우체국의 잘못이다. 미레이유는 이 주일 초에 볼일이 있어 집을 비웠나 보다. 소인을 보았다. 빠리, 11월 7일 16시. 11월 7일이면 오늘이다! 오늘이면 어때? 미레이유는 확실히 빠리에 있다. 당연하잖은가? 무엇이 목구멍을 막았다. 그는 웃었다. 크게 웃었다. 눈에 눈물이 번졌다. 느닷없이 나이프를 부엌 한쪽에다 던졌다. 칼이 화살처럼 똑바로 날아가 문에 꽂혔다. 라비넬은 꿈틀 놀라며 입을 벌리고 얼굴을 일그러뜨렸다. 천장이 기울면서 부엌 바닥에 머리를 부딪쳤다. 그는 테이블과 가스대 사이에 쓰러져 움직이지 않았다. 입가에서 침이 흘러내렸다.

아마 꽤 오래 기절해 있었던 모양이다. 정신을 차렸을 때 맨 먼저 머리에 떠오른 생각은 나는 죽는구나 하는 것이었다. 그리고 나는 이미 죽은 게 틀림없다고 생각했다. 일종의 혼돈된 피로 속에서 몸이 나타났다. 두둥실 떠 있었다. 무게가 없어진 것처럼 가벼웠다. 섞인 기름과 물이 아래 위로 분리된 상태였다. 몸의 어느 부분에는 해방감과 한없는 경쾌감이 있었으나 다른 부분엔 묵직하고 두툼하고 끈적한 온갖 것이 서로 겹치고 겹친 느낌이었다. 조금만 힘을 내면 엷은 막을 찢고 눈을 뜰 수 있을 것 같은 기분이었다. 그러나 눈은 이미 그의 의사를 따르지 않았다. 아무리 해도 말을 듣지 않는 부분이 있었다. 그리고 문득 창백한 공간을 깨달았다. 지옥과 천국의 사이다. 마침내 해방된 것이다. 두려움없는 완전한 존재가 되어 있었다. 마음속에 아무것도 없는 것은 아니었다. 어떤 형태나 그대로 따르는 액체와 비슷했다. 영혼, 영혼이 된 것이다. 다시 죄다 새로 시작할 수 있다. 시작하다니, 무엇을? 이때는 이런 의문은 조금도 중요하지 않았다. 문제는 이 흰 공간을 바라보고 거기에 몸을 내맡겨서 담그고, 빛이 바닥까지 비치고 있는 광휘를 느끼는 것이었다. 물이 되는 것, 순수한 물이 되는 것. 이번에는 눈 앞에 있는 흰 빛이 황금빛으로 빛나기 시작했다. 아무튼 공간은 아니다. 어두운 부분, 불투명한 넓은 부분이 있고, 거기서 무언가 규칙적인 기계적인 소리, 일찍이 있었을 인생의 소리가 들려 왔다. 흰 빛 속에서 무언가가 움직였다. 검은 점이 펄럭였다. 그것은 하나의 낱말로 표현할 수 있는 그 무엇이다. 그러나 단 한 마디를 지껄여도 이 세상에서 뛰쳐나가 다시는 돌아오지 못할 것이다. 이 위대한 정적감(靜寂感)은 확실한 것이 될 것이다. 온화하고 약간 어두운 기쁨으로 변할 것이다. 그 말이 어디선가 생겨나고 있었다. 아득히 먼 데서 윙윙거리며 다가오고 있었다. 그것은 살며시 와서 느닷없이 사람을 놀라게 한다. 파리!

파리. 그것은 파리였다. 천장에 파리가 한 마리 있었다. 방 구석의 커다란 검은 오점, 그것은 천장이었다. 정적과 차가움 속에서 다시 모두 처음부터 새로 시작하는 것이다. 나는 몸 주위의 타일을 만진다. 나는 얼음처럼 차다. 나는 누워 있다. 나는 라비넬이다. 테이블 위에는 편지가 있다……

아무것도 알려고 하지 않는 것이 좋다. 몰두하지 않는 것이 좋다. 될 수 있는 대로 오래 이 절망적인 무관심을 지니고 있어야 한다. 고되다. 피로하다. 그러나 생각을 하면 안 된다. 조금씩 몸을 움직여 보기만 하면 된다. 몸은 말을 들었다. 손은 생각대로 올라가고, 손가락은 굽었다. 눈은 보고 싶은 것 위에서 시선을 멈추었다. 그리고 사물의 이름을 적어 볼 수도 있다. 가스대, 타일, 틀림없다. 그러나 테이블에는 붉은 자줏빛 종이, 입을 벌린 봉투가 있다. 위험하다! 밖으로 나가야 한다. 벽에 등을 대고 슬금슬금 문간으로 가서 손으로 더듬어 문을 열어 단숨에 닫고는 쇠를 채워야 한다. 자, 이제 저 문 안에서 일어난 일은 아무도 모른다. 아무것도 모르는 것이 좋다. 그 편지의 말은 부풀어올라 따로따로 떨어져서 사방으로 흩어질 것이다.

연결하면 무서운 실루엣이 되는 그 말.

 동네를 나와서 그는 뒤돌아 보았다. 집에 전기를 켜 두어 사람이 있는 것처럼 보였다. 흔히 저녁때 집에 돌아오면 덧문 안에 미레이유의 그림자가 움직이고 있는 것이 보였었다. 그러나 이제 그것은 지나간 일이다. 비록 그림자가 움직이더라도 이제 미레이유를 볼 수는 없다. 그는 정거장으로 갔다. 모자는 쓰지 않았다. 정거장 옆의 까페에서 맥주 두 잔을 들이켰다. 카운터의 웨이터 빅또르는 바빴다. 그렇지 않으면 말을 나누고 싶었다. 그는 눈으로 아는 체하고, 미소를 지었다. 찬 맥주는 알코올처럼 가슴을 태웠다. 달아날까? 무의미한 일이다. 자줏빛 봉투가 한 통 더 경찰서장에게 배달되어 범죄를 폭로했는지도 모른다. 살해된 미레이유가 고발하는 것이다. 안 된다. 이런 것을 생각해서는 안 된다. 플랫폼에는 사람들이 많았다. 사물의 빛깔들이 병들어 보였다. 빨간 신호는 여느 때보다 훨씬 붉고, 파란 신호는 시럽처럼 달콤했다. 매점의 신문은 기름 같은 잉크 냄새가 났다. 사람들도 짐승 같은 냄새를 내뿜고, 열차도 지하철 같은 냄새가 났다. 이것이다! 결국은 이런 식으로 끝나는 것이다. 언젠가는 다른 존재의 숨겨져 있는 것까지 알아야만 한다. 산 자나 죽은 자나 마찬가지다. 우리의 감각은 조잡하므로 죽은 자는 다른 곳에 있는 줄 알고 두 개의 다른 세계가 있다고 믿는다. 그렇지 않다! 보이지 않는 사자(死者)도 거기에 있으면서 여러 가지 자질구레한 일을 계속한다. '가스 꼭지를 잊지 말고 꼭꼭 잠그도록 하세요.' 죽은 자는 그림자의 목소리로 말한다. 연기의 손으로 글을 쓴다. 멍청한 사람은 이런 것이 느껴지지 않지만, 어떤 상태에 놓이면 알 수 있게 된다. 삶과 죽음의 경계에 있으면 되는 것이며, 타는 듯한 극채색(極彩色)의 인생, 소리와 빛깔과 형태의 폭동 속에 있는 인생에 밀착하지 않으면 되는 것이다. 그 편지는 이와 같은 신비의 시작에 지나지 않는다. 놀랄 게 뭐 있는가?

"차표요."

차장이다. 불그스름한 얼굴의 남자로서, 목에 두 가닥의 주름이 있었다. 짜증스러운 듯이 승객들 사이를 누비고 나갔다. 산 사람들 속에 많은 망령이 섞여 있다는 것을 알지도 못하고 있다. 사람은 누구나 자기 분수만 지키고 있을 수는 없다. 미레이유도 곧 나타날 것이다. 그 편지는 예고다. 아직은 모습을 보이고 싶지 않은 것이다. 얌전해서 이삼 일 집을 비우겠다고 말한 것이다. '볼일이 있어서 이삼 일 집을 비우겠어요.' 어린애 같은 거짓말이다. '별일이 아니니까요. 나중에 이야기하겠어요.' 확실히 죽음은 별일이 아니다. 무게와 두께가 바뀔 뿐이다. 차가움도 걱정도 몸이 있다는 연민도 없는 곳이다. 미레이유는 불행하지 않다! 머지않아 죄다 설명해 줄 것이다. 아니, 뭐 그렇게 설명을 들을 필요도 없다. 나는 알고 있으니까. 내 과거를 알고 있듯이⋯⋯. 남들, 아버지나 어머니나 친구들은 언제나 그를 새끼로 묶어서, 단단히 뿌리를 내리고 소중한 것을 만지지 못하게 했다. 시험, 직업, 많은 함정. 뤼세느조차 모르는 일이다. 돈! 돈! 그녀는 그것밖에 생각지 않는다. 돈이야말로 가장 무거운 짐인데도! 앙띠브 이야기를 맨 먼저 꺼낸 것은 그녀가 아니었던가?

밝은 곳이라면, 아주 밝은 곳이라면 완전히 달라질 것이다. 미레이유는 이제 나오지 않을 것이다. 밝으면 별도 보이지 않게 되잖는가? 그래도 별은 여전히 있다. 앙띠브! 미레이유를 죽이는 유일한 길. 말하자면 그녀를 없애는 것이다. 뤼세느는 환히 꿰뚫어 보고 있었던 것이다. 라비넬은 이제야 겨우 그것을 알았다. 이제 달아나고 싶은 생각은 없었다. 빛나는 남쪽으로 달아나고 싶지 않았다. 미레이유가 그를 원망하고 있지 않는 이상, 그럴 필요는 없다. 문제는 공포뿐이다. 심한 공포는 단 한 번의 기회를 노려서 엄습해 온다. 그래서 그것에 익숙해지기 어렵다. 욕조의 일, 굳어서 싸늘해지고 머리카락이 살갗에 찰싹 붙은 채로 죽어 있던 미레이유를 생각하고 떨 정도로는 안될 것이다.

꾸불꾸불한 선로를 열차는 전속력으로 달렸다. 화물 열차, 정거장, 창고 곁을 요란스레 지나갔다. 찻간은 조용히 흔들거리고, 파란 불이 켜져 있었다. 왠지 긴 여행을 떠나온 느낌이었다. 실제로 발차한 지 꽤 시간이 지나 있었다. 산 인간의 도시에 내리는 이상, 행선지는 아무 데도 없는 것이다.

열차에서 내리니 비가 내리고 있었다. 기관차의 연기가 내려와서 흩어졌다. 포터들이 왔다갔다하여 빠져나가기가 힘들었다. 남자와 여자가 달리고, 서로 손을 흔들며 다가서서 껴안고 했다. '사랑의 키스를 곁들여서.' 그러나 아직 미레이유는 그곳에 와 있을 까닭이 없다. 그 시간이 안된 것이다. 공중 전화.

"낭뜨 전화국 부탁합니다!"

부스의 벽에는 낙서, 전화 번호, 음화 같은 것이 그려져 있었다.

"여보세요, 낭뜨국입니까? 병원을 부탁합니다. 뤼세느 모가르 선생 좀 대주십시오."

부스 주위에는 마치 다리 위에서 듣는 강물 소리 같은 군중의 웅성거림밖에 들리지 않았다.

"여보세요! 당신이오? 그 사람이 편지를 보내왔어. 아마 이삼 일 안으로 돌아올 거야. 미레이유 말이야! 미레이유가 편지를 보냈단 말이야. 속달로, 틀림없는 그 사람이라구. 아니, 아니라니까. 내 정신은 말짱하다구. 당신을 괴롭히려고 전화하는 게 아니야. 다만 알아 두라고 그러는 거야. 응, 알고 있어. 하지만 난 말이야, 여러 가지를 알게 됐다구. 아니, 지금 얘기하면 길어지지. 내가 어떡할 참이냐구? 그걸 어떻게 알아…… 응, 알았어, 그럼, 내일 봐!"

가엾은 뤼세느! 언제나 합리적으로 생각하려고 하는 여자다. 그녀도 아마 나처럼 사실을 인정할 것이다. 손가락으로 이상한 것의 맥을 짚어 볼 것이다. 편지를 볼 것이다. 그러나 편지가 그녀의 눈에 보일까? 그것은 틀림없다. 우체부가 그것을 모아 우체국에서 소인을 찍고, 또 다른 우체부가 배달한 것이니까. 그 편지는 확실히 현실에 있다. 그 누구의 이성(理性)으로서도 받아들이기 어려운 것은 그 편지가 갖는 의미뿐이다. 동시에 두 세계 안에서 사물을 생각할 수 있는 사람이 아니면 그것을 모른다.

두낭 거리. 뾰족한 화살처럼 번쩍이는 자동차의 군상. 망령의 론드, 까페는 눈에 보이지 않는 거울이 많아서 안이 한없이 깊어 보인다. 새빨간 동굴 같다. 여기에도 두 세계의 경계선이 달리고 있다. 그것은 거울에 비치는 것과 거울을 가르고 있지만, 아무도 깨닫지 못한다.

밤의 거리는 소용돌이치는 액체 같은 것, 빛과 냄새와 인간을 뒤범벅하여 밀고 내려가는 흙탕물 같은 것으로 차 있었다. 그렇다, 더 똑똑히 말하면 어때? 너는 몇 번이나 자기가 거리라는 이 커다란 바다 밑에서 행방을 잃은 익사체가 된 꿈을 꾼 적이 있지. 또 물고기가 되어 코 끝을 진열장에 갖다대거나, 조류 가운데 있는 교회라는 어량(魚梁)이라든가, 사람의 그림자가 서로 원하고 찾고 어둠 속에서 뒤엉기는 공원이라는 사주(砂洲) 같은 것을 돌아보기를 좋아했지. 욕조라는 착상에 찬성한 것은 물의 연상(聯想)이 아니었나? 미끈하게 반짝이는 수면에 마음이 끌렸기 때문일 테지. 그 밑에서 눈부신 그 무엇이 일어난단 말이야. 너는 미레이유를 이 놀이의 한패거리로 만들었다. 자, 이번에는 네 차례다. 놀고 싶지?

라비넬은 언제까지나 무턱대고 계속 걸어가고 있었다. 이윽고 세느 강변으로 나왔다. 거의 가슴팍까지 오는 돌의 흉벽을 따라 나아갔다.

저만큼 아치 형의 다리가 걸려 있고, 그 아래 기름이 뜬 물에는 빛이 반사하고 있었다. 거리는 적막했다. 산들바람에 수문과 운하의 냄새가 났다. 미레이유는 어딘가에, 밤 속에 녹아들어가 있다. 두 사람은 서로 다른 세계에 들어가 있어서 만나지 못하고 있는 것이다. 각각 성질이 다른 평면에 살고 있는 것이다. 그러나 여러 가지 관계를 가질 수는 있다. 이를테면 서로 엇갈려 가는 두 척의 배처럼 교차하기도 하고, 신호도 주고받을 수 있다.

 미레이유!

 이 이름을 정답게 불러 보았다. 이제 더 우물쭈물하고 있을 수 없는 기분이었다. 이번에는 그가 달아나서 경계선의 거울을 깨고 싶었다.

7

 눈을 떠 보니 호텔 방이었다. 오랜 시간 걸은 생각이 나고, 미레이유의 얼굴이 머리에 떠올랐다. 라비넬은 한숨을 쉬었다. 오늘이 일요일이라는 것을 깨달을 때까지 몇 분이나 걸렸다. 뤼세느가 12시 몇 분인가에 도착하는 것을 보면 일요일이 분명하다. 이미 기차에 타고 있을 것이다. 그녀를 기다리는 동안 무엇을 하고 있을까? 일요일은 모두들 어떻게 보낼까? 일요일은 주와 주 사이의 죽음의 날이다. 시간을 보내기 어려운 날이다. 라비넬은 마음이 급했다. 빨리 시간이 되었으면 좋겠다!

 9시.

 그는 일어나서 옷을 입었다. 그리고 창문을 가리고 있는 바랜 커튼을 걷었다. 흐린 하늘. 아직도 등화관제 때 푸른 페인트를 칠한 것이 섞여 있는 천창(天窓)의 유리. 아무 색다른 것이 없는 조망이다. 그는 아래층으로 내려가 머리에 클립을 낀 여자에게 숙박료를 지불했다. 밖으로 나가 보니 중앙 시장에 가까운 곳이었다. 제르망네 집 가까이다. 제르망네 집에 들러서 나쁠 까닭이 있을까? 시간을 보내기에도 좋다……

미레이유의 오빠는 5층에 살고 있었다. 전등이 고장나서, 일요일의 냄새와 소음 속에서 더듬더듬 5층까지 올라가야만 했다. 사람들은 얇은 벽 안에서 콧노래를 부르고, 라디오 채널을 돌리고, 오후의 권투며 밤의 영화 이야기를 하고 있었다. 우유가 가스대에서 넘어 칙칙 소리를 내고, 아이들이 소리지르고 있었다. 깃을 세운 윗옷 위에다 파자마까지 끼어 입은 사나이와 목걸이를 두른 개를 만났다. 라비넬은 즐거운 일요일에서 제외된 자였다. 일종의 이방인이었다. 열쇠가 문 위에 있었다. 언제나 그 자리에 놓여 있었다. 노크를 했다. 문을 연 것은 제르망이었다.

"어서 오게, 페르낭! 잘 있었나?"

"응, 자네 건강은?"

"좀 나쁜 편이야……. 방 안이 너절한데, 용서하게. 막 일어나서 말이야. 커피 한 잔 하겠나? 체면차리지 말게나!"

앞장서서 라비넬을 방으로 데리고 들어가 의자를 밀어서 권하고 잠옷을 치웠다.

"마르뜨는?" 라비넬이 물었다.

"미사에 갔는데, 곧 돌아올 거야……. 앉아, 라비넬. 자네는 건강한 모양이군. 미레이유의 말을 들으니까 자넨 정말 튼튼하더군. 부럽네! 나는 틀렸어……. 최근에 찍은 내 X선 사진 못 봤지. 자아, 커피 들어, 그 가스에 올려놓았으니까. 나는 사진을 찾아올게."

라비넬은 경계하는 기분으로 유칼리 기름과 약 냄새를 맡았다. 커피 포트 옆에 조그만 냄비가 얹혀 있고 주사기와 바늘이 들어 있었다. 라비넬은 온 것을 후회했다. 제르망은 자기 방에 들어가 사진을 찾으면서 이따금 큰 소리로 말했다.

"사진이야 깨끗하지, 뭐. 의사 이야기는 말이야, 조심만 하면……."

남자가 결혼할 때는 한 여자와 결혼할 뿐 아니라 그 가족과 결혼하고 가족에 관한 모든 것과도 결혼하게 된다. 제르망이라는 속박, 제르망의 고백, 제르망의 세균과도 결혼하게 되는 것이다. 인생에는 거짓이 많다. 어릴 때는 근사한 것으로 차 있는 것처럼 보이는 인생도 어른이 되면…….

제르망은 큼직한 누런 봉투를 들고 왔다. 관청의 사환이 잘 들고 다니는 봉투였다.

"자, 커피 들라구! 점심은 했나? 글레즈 박사는 대단한 사람이야. 이 네거(네거티브—사진의 원판)에서 온갖 결론을 끌어 내거든! 해석을 한단 말이야! 검고 흰 그림자밖에 없잖아. 그런데 그 양반은 마치 책이라도 읽듯이 이 네거에 찍혀 있는 여러 가지 기호를 해독한단 말이야."

그는 창문 앞에서 빠닥빠닥 소리가 나는 네거를 비춰 보였다.

"여기 봐, 심장 위쪽에 있잖아. 이 흰 것이 심장이야. 나도 많이 알게 됐지. 심장 바로 위에 줄 같은 것이 있지. 이 사람아, 너무 멀어. 더 가까이 와서 보게!"

라비넬은 싫었다. 내장이 어떻게 되어 있는지 알고 싶지 않았다. X선이 드러낸 해골을 들여다보고 있으면 언제나 기묘한 불쾌감이 느껴졌다. 사람은 숨겨 놓아야 하는 것이 있다. 그것을 들추어 낼 권리는 아무도 없다. 어떤 비밀을 침범할 권리는 없는 것이다. 이런 괴이한 호기심을 가진 제르망이 라비넬은 마음에 들지 않았다.

"유착(癒着)은 많이 좋아졌지. 조금만 조심하면 된대. 그런 말을 들으면 힘이 난다구! 객담 검사를 보여 줄까. 시험소의 종이를 어디에다 놨지? 마르뜨가 죄다 치워 버린단 말이야. 아직 병원에는 안 보냈을 텐데, 아무튼 좋아, 미레이유에게 알려 줄 테니까……."

"아, 물론이지."

제르망은 사진을 소중히 봉투에 넣고, 기쁜 듯이 또 한 장을 꺼내어 고개를 기울이고 들여다보았다.

"한 장에 3천 프랑이야! 다행히 요양 연금을 늘려 준다지만 말이야. 그야 굉장히 까다롭지만, 의사가 '당신은 적격입니다' 하고 말해 주더군."

열쇠 구멍에 소리가 났다. 마르뜨가 미사에서 돌아왔다.

"오셨어요, 페르낭, 반가워요. 무척 오래 못 뵌 것 같군요."

마르뜨는 어딘가 상냥함 속에 가시가 돋친 듯한 데가 있었다. 모자를 벗고 곱게 베일을 갰다. 언제나 누군가의 상복을 입고 있는 것 같았다. 위엄도 있고 고상하기도 하여 검은 색을 좋아했다. "재수없는 여자야" 하고 사람들은 쑤군거렸다.

"일은 잘 되세요?"

마르뜨는 어쩌면 무슨 실패라도 하지 않았나 하고 의심하듯이 물었다.

"그럭저럭하고 있습니다. 불평하면 죄받지요."

"운이 좋으신가 봐……. 제르망, 자, 물약."

마르뜨는 블라우스를 입고 재빨리 말끔하게 테이블을 치웠다.

"미레이유는 잘 있어요?"

"조금 전에 미레이유를 만났지. 당신이 막 미사에 간 직후였어."

제르망이 말했다.

"무척 일찍 일어나게 됐나 봐."

라비넬은 영문을 알 수가 없었다.

"뭐라고?" 그는 나직이 말했다. "미레이유가 여기 왔어? 언제?"

제르망은 물약을 한 방울씩 세면서 글라스에 떨어뜨리고 있었다. 열, 열 하나, 열 둘. 이마를 찌푸리고 다른 일에 정신을 빼앗기지 않으려 하고 있었다. 열 셋, 열 넷, 열 다섯. "언제냐고?" 그는 텅빈 소리로 대답했다. "글쎄, 한 시간쯤 전이야. 아니, 좀 더 될까. 열 여섯, 열 일곱, 열 여덟."

"밀레유가 여기 왔단 말이지?"

"열 아홉, 스물."

제르망은 스포이트를 솜에 싸서 다시 휴지에 둘둘 말고 얼굴을 들었다.

"응, 미레이유가 왔다니까. 왜, 뭐가 이상한가? 왜 그래, 페르낭? 내가 이상한 소리라도 했는가?"

"아니, 잠깐!" 라비넬은 조그만 소리로 말했다. "잠깐만! 이 방에 들어왔단 말이야? 미레이유를 봤단 말이야?"

"아암, 보구말구! 나는 아직 침대에 누워 있었지. 평소와 조금도 다름없이 들어오더군. 그래! 키스까지 해주던걸."

"틀림없이 미레이유가 키스해 주던가?"

"아니, 왜 그러나, 페르낭? 자네, 좀 이상한데."

다른 방에 가 있던 마르뜨가 돌아와 문지방에 서서 두 남자를 바라보았다. 라비넬은 당황하고 있는 것을 감추려고 케이스에서 담배를 뽑았다.

"안 돼." 제르망이 말했다. "알고 있을 텐데. 의사가 담배 연기는 안 된다더군."

"아 참, 실례했네."

라비넬은 손가락 사이에서 기계적으로 담배를 돌리고 있었다.

"이상한데." 잠시 뒤 라비넬이 입을 열었다. "여기 오다니, 나한테는 그런 말 안했단 말이야."

"내 X선 촬영 결과가 궁금해서 왔다더군."

제르망이 명확하게 말했다.

"뭐 좀 이상한 데는 없었나, 미레이유한테?"

"없던데."

"자네한테 키스했다고 했는데, 그 사람의 피부가 아니, 평소와 다름없던가?"

"무슨 말을 하고 있는 거야, 자네는? 왜 그래, 페르낭? 여보, 마르뜨, 페르낭은 미레이유가 여기 온 것이 믿어지지 않는 모양이야."

마르뜨가 다가왔다. 라비넬은 곧 이 사람은 무언가 알고 있구나 하고 생각했다. 그는 판사 앞의 피고처럼 몸을 굳혔다.

"낭뜨에서 언제 돌아오셨어요, 페르낭?"

"어제입니다, 어제 아침이지요."

"집엔 아무도 없었나요?"

라비넬은 가만히 마르뜨의 얼굴을 쳐다보았다. 전에 없이 그녀의 눈은 날카롭고 입술이 얇았다.

"네, 미레이유는 없었습니다."

마르뜨는 연거푸 고개를 저어 보였다.

"역시 그랬나 보지?" 제르망이 속삭이듯 말했다.

"틀림없이 그래요." 마르뜨가 받았다.

라비넬은 더 이상 참을 수가 없었다.

"얘기해 줘! 제발! 처남이 알고 있는 게 뭐야? 어제 아침 우리 집에 왔었나?"

"농담하지 말아! 이런 몸으로 어떻게 가는가?"

"이야기해 드리는 게 좋겠어요."
이렇게 말하고 마르뜨는 조용히 다른 방으로 들어가 버렸다.
"무슨 이야기지?" 라비넬은 말했다. "뭘 그렇게 망설이나?"
"진정하라구. 마르뜨의 말이 옳아. 자네한테 말해 주는 편이 낫지. 사실은 자네들이 결혼할 때 말했어야 하는 건데. 결혼하면 모든 게 잘 될 줄만 알았거든. 의사도 그렇게 말했구……."
"제르망! 서두는 그만 하고, 시원하게 빨리 이야기해 줘."
"자네를 괴롭히고 싶지 않았던 거야, 페르낭. 말하자면 미레이유는 실종되는 버릇이 있다네."
건너방 안쪽에서 마르뜨가 라비넬을 바라보고 있었다. 그는 그녀의 살피는 시선을 느꼈다. 그는 놀라며 되풀이했다.
"실종? 실종?"
"늘 있는 일은 아니야. 14살 때부터였던가."
"남자와 함께 없어지는가?"
"아니, 아니야. 터무니없는 오해야, 그건. 실종이라고 한 것은 말하자면 훌쩍 집을 나가 버리는 거야. 의사의 얘기로는 무슨 이상 성격이래. 사춘기에 흔히 일어난다는군. 기차를 타고 가기도 하고, 지칠 때까지 걸어다니기도 하는 거야. 그때마다 경찰에 알려야만 했지."
"이웃에선 이상하게 생각했을 거예요."
마르뜨가 고개를 저으면서 말했다.
제르망은 어깨를 움찔해 보였다.
"어느 집에나 걱정거리는 있기 마련이야. 아무리 좋은 가정이라도 말이야. 그 병이 끝나면 풀이 죽고 말지, 가엾게도! 하지만 자기 자신을 어떻게 할 도리가 없는 거야. 병이 발작하면 세상없어도 나가야 하거든."

"그래서?" 라비넬이 물었다.

"그래서…… 요컨대 걱정할 건 없어, 페르낭. 내 느낌으로는 그 병이 다시 도진 거야. 자네 집에서 없어지고, 오늘 아침 불쑥 여기에 나타난 걸 보면……. 이삼 일 안에 틀림없이 돌아갈 거야."

"그럴 까닭이 없어."

"하지만……."

제르망은 한숨을 쉬었다.

"내가 걱정한 것도 바로 그거야. 자네는 믿어지지 않는 모양이지. 마르뜨, 우리 얘기를 곧이듣지 않아, 이 사람은."

마르뜨는 선서하듯이 한쪽 손을 들었다.

"아, 그야 이런 얘기를 들으면 아마 언짢으실 거예요. 나도 미레이유……. 하지만 가엾어요. 그 사람 죄가 아닌걸요. 나도 기회가 있으면 알려 드릴 생각이었어요. 너무 걱정마세요. 하지만 아직 애기는 없으시지만, 언청이를 낳는 사람도 있답니다."

"마르뜨!"

"알아요. 언젠가 의사한테 들은 얘기예요."

또 의사다! 테이블 끝에 있는 X선 사진, 휴지에 싸인 스포이트, 14살 때 집을 나간 미레이유! 라비넬은 두 손으로 머리를 감쌌다.

"이제 그만 해요!" 그는 속삭이듯이 말했다. "머리가 이상해지겠어."

"난 집에 돌아왔을 때 이상하다고 생각했어요." 마르뜨는 계속했다. "나는 제르망처럼 둔하진 않아요. 내가 집에 있었으면 미레이유의 거동이 평소와 다르다는 걸 즉각 눈치챘을 텐데."

라비넬은 담배를 잡아뜯고 있었다. 담배 속이 테이블에 흑백의 얼룩처럼 떨어졌다. 그는 이 부부의 목덜미를 움켜쥐고 두 사람의 머리를 맞부딪쳐 주고 싶었다. 실종! 마치 미레이유가 정말로 실종된 것처럼 말하고 있잖아! 이 손으로 천막에 굴려 준 미레이유. 거짓말이다. 이 두 사람은 결탁하고 있다. 거짓말이다! 제르망은 얼빠진 사나이다. 곧 거짓말이 탄로날 것이다.
"어떤 옷을 입고 있던가?"
제르망은 생각했다.
"가만 있자, 역광으로 봐서 말이야. 모피가 달린 회색 외투를 입고 있었지, 아마. 그래, 틀림없어. 그리고 모자. 이런 계절 치고는 너무 껴입었구나 하고 생각했지. 좀 놀랍더군."
"기차를 탈 생각이었나 보지요." 마르뜨가 말했다.
"아니야! 그렇게는 보이지 않았어. 생각하면 할수록 이상하긴 하지만, 미레이유의 모습은 조금도 변한 데가 없었지. 옛날에 그애가 발작을 일으켰을 때는 신경질을 내고 짜증을 부리고 했었거든. 하찮은 일을 가지고서 울고 말이야. 그런데 오늘 아침에는 얌전하던 걸. 아주 얌전했어……."
라비넬이 손가락을 깍지낀 채 잠자코 있으니, 그는 덧붙였다.
"그애는 좋은 애야, 페르낭."
마르뜨는 페르낭의 뒤에서 냄비를 만지작거리며, 이따금 "그대로 앉아 계세요, 지나갈 수 있으니까" 하고 되풀이했다.
그러나 라비넬은 쉴새없이 의자의 위치를 바꾸지 않으면 안되었다. 그것이 성가셨다. 젖가슴을 드러낸 두 요정이 들고 있는 모양으로 된 금빛 탁상 시계가 10시 20분을 가리키고 있었다. 뤼세느는 막 르 망을 떠났을 것이다. 방에는 서서히 엷은 햇빛이 비치기 시작했으나, 구석은 어두웠다. 가느다란 햇살이 흘러들어와서 벽과 가구와 얼굴을 비추었다.
"자네 마음은 알아." 제르망이 말했다.
라비넬은 소름이 끼쳤다.

"미레이유가 자넬 속인 줄 알고 있겠지, 응?"

바보같이! 무슨 소리를 하고 있는 거야. 나는 희극 배우가 되기는 싫단 말이야.

"그렇게 생각하면 큰 잘못이야. 나는 미레이유를 잘 알지. 때로는 영문을 알 수 없는 짓을 하긴 하지만, 못된 짓은 하지 않아."

"당신도 참!" 마르뜨가 감자를 고르면서 탄식하듯 말했다.

그녀의 그 말은 분명히 '당신도 참! 당신이 여자의 마음을 얼마나 안다고 그래요?'라는 뜻이었다.

제르망은 화난 얼굴을 했다.

"미레이유 말이야, 내 말은. 암! 그애는 집안일밖에, 자질구레한 살림살이밖에 생각지 않는단 말이야. 그애를 보면 금방 알 수 있어."

"하지만 자주 혼자 있었잖아요." 마르뜨가 나직이 말했다. "아니, 책망하는 건 아니에요, 페르낭. 일 때문에 하는 수 없이 여행을 하셔야 한다는 건 알아요. 하지만 젊은 아내로서는 반드시 기분좋은 일이 아니라고 생각해요. 그렇게 집을 비우진 않았다고 말씀하실지도 모르지만. 그야 그렇겠죠. 하지만 어쨌거나 집을 비우시잖아요."

"내가 수용소에 있을 때는……."

이건 정말 두 손 들고 싶은 이야기였다. 스무 번이나 되풀이한 이야기를 제르망은 또 다시 시작하려 하고 있는 것이다. 라비넬은 이제 귀를 기울이지 않았다. 그리고 무엇을 생각하는 것도 그만두었다. 그는 약간 마음이 아픈 꿈 속으로 천천히 흘러들어갔다. 그의 마음과 몸은 따로따로 떨어져 있었다. 마음은 앙기앙으로 돌아가 사람 없는 방을 헤매고 있었다. 만일 그때 누군가가 그 자리에 있었다면, 라비넬을 닮은 흐릿한 그림자가 비틀비틀 걷고 있는 것을 보았을지도 모른다. 정신감응이라는 이상한 영적 현상은 누구나 알 수 있는 것일까? 제르망은 확실히 보았다고 했다! 하기야 망령을 보았다는 사람은 없다. 그런 사람들은 모두 자기 눈 앞에 확실히 살아 있는 현실의 사람이 있는 것으로 확신하고 있다. 죽은 미레이유는 잠이 깨어 아직 무엇이 보이는지 잘 알 수 없을 만큼 주의력이 둔한 오빠를 골라 모습을 나타낸 것이다. 흔히 있는 일이다. 라비넬은 결혼 전에 예약 구독하고 있던 《심령학 평론》에서 그와 비슷한 예를 많이 읽은 적이 있다. 첫째, 그 실종벽이 미레이유에게 영매의 요소가 있다는 것을 증명하고 있다. 그녀는 어떤 암시에나 아주 민감한 성격이었는지도 모른다. 지금도 그렇다! 미레이유에게 살아 있는 형태를 주려면 격렬한 애정으로 그녀를 생각하고 있으면 될 것이다.

"미레이유는 무슨 말을 하던가?"

라비넬이 물었다.

제르망은 수용소의 간호사와 있었던 이야기를 너절하게 늘어놓고 있다가 도중에 이야기가 잘려 좀 골이 난 것 같았다.

"어떤 말을 하더냐고? 무슨 말을 했는지 기억이 없네. 말을 한 것은 나였으니까. 그애가 내 X선 사진이 어떠냐고 궁금해 해서 말이야."

"오래 있었는가?"

"사오 분이야."

"내가 돌아올 때까지 기다리잖고."

마르뜨가 시무룩하게 말했다.

역시 그렇다! 만일 마르뜨가 있었으면 미레이유는 아마 나타나지 않았을 것이다. 초자연의 논리라는 것이다.

"자넨 창문을 열고 미레이유가 어느 길로 해서 돌아가는지 봤는가?"

"아니, 왜 봐야 하나?"

역시 그렇다! 만일 제르망이 누이가 돌아가는 것을 지켜보았더라면, 틀림없이 이 집에서는 나가지 않았다는 것을 알았을 것이다. 이것이 미레이유가 망령이라는 무엇보다도 확실한 증거다!
"그렇게 걱정할 것 없어, 이 사람아." 제르망이 말했다. "내 의견을 듣고 싶은가? 글쎄, 집으로 돌아가 보라구. 그 녀석 틀림없이 집에 돌아와 있을 거야. 자네를 기다리고 있을 거라구. 그애한테 무슨 걱정거리가 있다면, 자네가 위로해 주면 되잖아, 응, 라비넬!"
그는 대범하게 웃으려고 하다가 갑자기 쿨룩거렸다. 마르뜨가 험한 표정으로 남편의 얼굴을 보았다.
"어릴 때 미레이유가 몽유병에 걸린 적은 없는가?"
라비넬이 물었다.
제르망은 우울한 표정으로 대답했다.
"그애는 걸리지 않았어. 나는 몇 번인가 걸렸지. 달밤에 지붕 위를 걸어다닌 일은 없었지만 말이야. 잠꼬대를 하거나 자면서 갖가지 행동을 하곤 했지……. 밤중에 눈을 떠보니 복도에 나와 있었다던가, 다른 방에 가 있었다던가 하는 일은 몇 번이나 있었어. 자기가 어디 있는지 모르는 거야. 그리고 다시 가족이 침대에 뉘어 주고, 손을 잡아 주고 했지만, 그 뒤로는 잠을 자지 않았지."
"재미있게 들으시는 것 같네요, 페르낭."
마르뜨가 큰 소리로 말했다.
"이젠 그 병이 일어나지 않는가?" 라비넬은 개의치 않고 물었다.
"그럼…… 이봐, 한 잔 하자구, 페르낭. 특수한 식이 요법을 하고 있어서 점심은 대접할 수 없네만……."
"집에 돌아가셔야 해요." 마르뜨가 서슴지 않고 말했다. "그 사람을 혼자 내버려 둘 수는 없잖아요."
제르망은 작은 포도주 병과 손잡이가 은으로 된 작은 술잔을 꺼냈다.

"의사의 주의를 잊었어요?" 마르뜨가 말했다.

"상관없잖아! 조금 마시는데."

라비넬은 온 몸의 용기를 모아서 말했다.

"만일 미레이유가 오늘 밤에 돌아오지 않으면, 대체 어떡하면 좋지?"

"나 같으면 집에서 기다리겠네. 그게 좋잖아, 마르뜨? 내일부터 꼭 다시 일하러 나가야 하는 것도 아니고, 라비넬, 이것은 자네가 행복해지느냐, 불행해지느냐의 경계일세. 누이가 돌아와서 집이 비어 있다면 어떻게 되지? 그애의 입장이 되어 보란 말이야. 내 말대로 1주일쯤 휴가를 얻게나. 그리고는 넌지시 여기저기 알아보는 거야. 정말로 실종됐다면, 틀림없이 빠리에 있을 거야. 옛날에도 없어지면 반드시 빠리에 가 있었으니까. 미레이유에게는 빠리가 대단히 매력이 있었던 거야. 그건 굉장했다구!"

라비넬은 더 이상 이야기를 진행시킬 수가 없었다. 결국 아내의 생사는 모르는 채로 끝났다. 세 사람은 건배했다.

"자네의 아내를 위해서, 제르망."

"미레이유의 건강을 위해서."

"곧 돌아오도록 빌면서." 이것은 마르뜨의 말이었다.

라비넬은 단숨에 술을 들이켰다. 아니, 역시 꿈이 아니다. 술이 목구멍을 뜨겁게 했다. 탁상 시계가 11시를 쳤다. 여전히 같은 현실세계에 있다. 그는 자기가 본 것, 손으로 만진 것을 기억한다……. 이를테면 장작받이. 무게가 몇 킬로그램이나 되는 그 장작받이가 현실의 것이 아닐 까닭이 없다!

"미레이유에게 안부 전해 주세요."

뭐? 마르뜨가 배웅을 해주고 있구나. 라비넬은 자기가 언제 의자에서 일어났는지 알지 못했다.

"미레이유에게 내 몫까지 키스해 주라구."

제르망도 소리쳤다.

"그러지."

그는 두 사람에게 큰 소리로 말해 주고 싶었다. '미레이유는 죽었다, 죽었단 말이야, 정말이야. 내가 죽였으니까.' 그러나 참았다. 마르뜨가 무척 기뻐할 것을 생각하니 말할 수가 없었다……

"안녕히 계십시오, 마르뜨. 이제 됐습니다, 길을 알고 있으니까요."

그녀는 층계의 난간에 기대어 내려가는 그의 발자국 소리를 듣고 있었다.

"무슨 일이 생기거든 곧 알려 주세요, 페르낭!"

라비넬은 바 하나가 눈에 띄자 당장 뛰어들어가서 꼬냑을 두 잔 시켜 마셨다. 시간이 임박했다. 그러나 무슨 상관이랴? 택시를 잡아타고 가면 시간 안에 닿는다. 당장 해야 할 중요한 일은 생각을 정리하는 일이다. 자, 나는 지금 바에 있다. 자꾸 다른 생각을 해서는 안된다. 냉정하게 판단해야 한다. 이제 무섭지 않다. 그렇다, 간밤에는 무서웠다. 미칠 것 같은 상태였지. 그러나 그것도 견디어 냈다. 좋아! 사실을 검토해 보자. 되도록 냉정하게……. 미레이유는 죽었다. 그것은 확실하다. 왜냐하면 내가 라비넬이라는 것이 확실하기 때문이며, 내 기억에는 하나도 틀림이 없기 때문이며, 이 손으로 시체를 만졌기 때문이며, 지금 이렇게 꼬냑을 마시고 있기 때문이며, 지금 생각한 것이 모두 실제의 일이기 때문이다. 미레이유는 살아 있다. 이것도 확실하다. 왜냐하면 그 사람이 손수 속달을 써서 부쳤기 때문이며, 우체부에게 배달을 시켰기 때문이며, 제르망이 만났기 때문이다. 제르망의 증언에 수상한 점은 없다. 이것만이 사실의 전부이다! 그러나 미레이유가 동시에 살아 있고 동시에 죽어 있을 수는 없다. 절반은 살아 있고 절반은 죽어 있는 셈이 된다. 말하자면 그 사람은 망령인 것이다. 그것이 당연한 논리다. 이 사실을 굳히려고 하는 것은 내가 아니다. '나'같은 것은 정말로 불확실한 것이다. 추리가 사실을 증명한다. 미레이유는 오빠 집에 나타났다. 아마 곧 또 나타날 것이다. 나는 그것을 인정한다. 왜냐하면 그것이 있을 수 있는 일임을 알고 있기 때문이다. 그러나 뤼세느는 인정하지 않을 것이다. 대학을 나왔으니까. 그 여자의 추론 방법은 다르다. 그렇다면? 대체 우리는 무슨 이야기를 하게 될까?

그는 뼛속까지 추웠으므로 석 잔째를 마셨다. 뤼세느가 없으면……

돈을 지불하고 바를 나와서 택시 주차장을 찾았다. 어물어물하다가는 뤼세느를 만나지 못하게 된다.

"몽빠르나스로 빨리 가 주게."

그는 자리에 몸을 기댔다. 지금까지 생각한 것은 머리가 피로했기 때문이 아닐까 하고 생각했다. 그리고 자기가 막다른 골목에 몰려 있다는 생각이 차츰 강해졌다. 말하자면 쫓기는 사나이다. 몸이 지쳤다. 어제는 미레이유가 보고 싶었다. 만날 수 있을 것 같은 기분이 들었다. 그러나 오늘은 미레이유가 무서웠다. 그녀가 자기를 위협하고 있는 듯한 기분이 들었다. 어떻게 하면 미레이유는 잊어 줄까? 죽은 자는 무엇이나 잊어 버리는 것일까? 또 이런 것도 생각하는군! 마침 차가 섰다. 라비넬은 거스름돈을 받지 않았다. 그는 달려갔다. 사람들을 떠밀어내고 플랫폼으로 달렸다. 전기 기관차가 천천히 들어와서 정차 표지에서 섰다. 객차에서 여행자의 물결이 흘러나와 보도에 퍼졌다. 라비넬은 표를 받고 있는 직원 옆으로 다가갔다.

"낭뜨에서 온 찹니까?"

"네."

까닭 모를 초조가 엄습해 왔다. 발끝으로 서서 목을 뽑았다. 간신히 뤼세느가 눈에 띄었다. 검은 슈트를 입고 베레모를 쓰고 태도가 침착해 보였다.

"뤼세느!"

두 사람은 악수했다. 키스하면 눈에 띄는 자리다.

"그런 얼굴로 사람을 무섭게 만들지 말아요, 페르낭."

그는 울다가 웃는 표정으로 말했다.

"무서운 건 나야."

8

두 사람은 지하철 울타리에 붙어서서 잡담을 피했다.

"호텔에 당신 방을 잡아 둘 시간이 없었어." 라비넬이 변명하듯 말했다. "하지만 둘이서……."

"방이라구요? 나는 오후 6시에는 무슨 일이 있어도 가야 해요. 야간 당직이거든요."

"그래! 당신 설마……."

"설마, 뭐예요? 당신을 버린다는 거예요? 그렇게 말하고 싶죠? 자기가 위험하다고 생각하시는 거죠? 저, 이 근처에 마음놓고 이야기할 수 있는 조용한 까페 없어요? 난 이야기하러 왔으니까요. 당신이 병들었는지 어떤지 확인도 하구."

그녀는 장갑을 벗고 라비넬의 손목을 잡았다. 그리고 통행인의 눈도 아랑곳하지 않고 얼굴을 만지고 볼을 꼬집었다.

"여위셨네, 당신. 피부는 처지고 안색은 좋지 않고, 눈에는 핏발이 섰어요."

이것이 뤼세느의 이상한 힘이었다. 그녀는 남이 어떻게 생각하거나 조금도 구애받지 않고 남이 뭐라고 말하거나 코웃음친다. 두 사람 주위에 신문팔이들이 늘어서서 소리치고 있어도 예사로 맥박을 재고 혀를 들여다보고 신경절을 만져 보고 한다. 그러면 라비넬은 그만 마음이 놓이는 것이다. 뤼세느, 이상한 여자, 부드러움과 모호함의 정반대다. 대담하고 날카롭고 명확하며, 매우 적극적인 성질이라고나 할까? 목소리는 또렷하고, 머뭇거리지 않는다. 이따금 라비넬은 뤼세느처럼 되고 싶었다⋯⋯. 또 어떤 때는 같은 이유로 그녀가 싫었다. 말하자면 뤼세느는 차갑고 매끈매끈한 니켈로 만든 괴이한 외과 수술 기구를 연상시켰다. 그러나 그런 그녀도 오늘은 아마 말문이 막히고 말 것이다⋯⋯.

"레느 거리로 가지." 라비넬이 말했다. "한적한 바가 있으니까."

두 사람은 광장을 가로질러 갔다. 여자가 남자의 팔을 잡고 있었다. 라비넬을 부축하여 그가 넘어지지 않도록 마음쓰고 있는 것처럼 보였다.

"당신 전화, 두 번 다 도무지 알아들을 수가 없었어요. 감이 먼데다가, 당신 말이 빨라서요. 얘기를 종합해봅시다. 어제 아침 당신이 집에 가 봤더니 미레이유의 시체가 없어졌다, 이거죠?"

"응."

그녀가 이 문제를 어떻게 풀까 하고 생각하면서 그는 그녀의 얼굴을 곁눈으로 지켜보았다. 언제나 '뜨거워지지 말고 냉정하기'를 되풀이하여 타이르는 그녀. 두 사람은 한눈을 팔지 않고, 멀리 깊은 골짜기처럼 파르스름하게 빛나고 있는 시가로 시선도 돌리지 않고, 생 제르망 광장 근처를 걸어갔다. 라비넬의 마음은 차츰 가벼워졌다.

이번에는 그녀가 짐을 들 차례다⋯⋯.

"결론은 그리 많지 않아요." 그녀는 말했다. "시체가 떠내려갔을까?"

그는 미소를 지었다.

"불가능해! 첫째, 물이 거의 흘러가지 않고 있는걸. 당신도 잘 알잖아. 그리고 만일 흘러갔다 하더라도 시체는 유출구에서 둑에 걸려 있어야 한단 말이야. 당연히 금방 눈에 띄지. 당신한테 전화를 걸기 전에 여기저기 찾아봤다니까."

"글쎄."

그녀는 미간을 찌푸리기 시작했다. 라비넬은 누르기 어려운 불안은 있었으나, 동시에 그녀를 예상 외의 출제에 놀라 답안을 쓰지 못하고 있는 수험생의 입장에 세운 데 대해 기쁨도 확실히 느끼고 있었다.

"당신에게 공갈을 하려구 누군가가 시체를 훔쳐갔는지도 모르겠네요."

그녀는 자신없는 어조로 말했다.

"불가능해!"

그는 뤼세느의 기를 꺾어 줄 양으로 사정없이 말했다.

"불가능하다고! 그 가설은 나도 잘 검토해 봤지. 정말이야. 우체부의 딸한테 여러 가지로 물어 봤으니까. 아침마다 염소를 빨래터 앞의 들판에 끌고 나오는 아이야."

"그래도 괜찮아요? 수상쩍어하지 않았어요?"

"조심했으니까 걱정없을 거야. 그애는 머리가 좀 모자라거든. 요컨대 그 가설은 성립되지 않는단 말이야. 무엇 때문에 시체를 훔치지? 당신이 말했듯이 나를 공갈하거나 괴롭히기 위해서겠지. 그런데 내가 그런 짓을 한 것을 아는 사람이 아무도 없단 말이야. 알겠어? 시체를 훔치다니, 아, 저기 조그만 까페가 있군. 저기 들어가서 이야기해."

두 개의 화분, 조그만 카운터, 스토브를 둘러싼 테이블 세 개. 주인은 금전 등록기 앞에서 스포츠 신문을 읽고 있었다.

"아니, 점심을 먹으려는 게 아니오. 글쎄, 샌드위치나 먹을까? 그래, 그리구 맥주를 두 잔 주시오!"

주인은 옹색해 보이는 뒷방으로 들어갔다. 라비넬은 의자를 꺼내어 뤼세느를 앉혔다. 다방 앞에 버스가 삐걱거리고 서서는 손님을 두어 사람 내려놓고 다시 떠나갔다. 그 차체의 큰 그림자가 지나갔다. 뤼세느는 모자를 벗고 테이블에 팔꿈치를 세웠다.

"그리고 그 속달 얘기는 뭐예요?"

그녀는 한 손을 내밀어 편지를 받으려고 했다. 그는 고개를 저었다.

"집에 두고 왔어. 하지만 사연은 기억하고 있지. 이런 거야. 볼일이 있어서 2, 3일 집을 비우겠어요. 하지만 걱정하지 마세요. 별일이 아니니까요…… 응! 찬장 안에 음식이 들어 있어요. 잼은 남은 것을 다 잡수시고 나서……."

"뭐라고요?"

"바로 이대로야. 잼은 남은 것을 다 잡수시고 나서 새 병을 따도록 하세요. 다 쓰고 나면 가스 꼭지를 잊지 말고 꼭꼭 잠그도록 하세요. 당신은 잘 잊으시니까. 그럼, 곧 돌아갈게요! 사랑의 키스를 곁들여서……."

뤼세느는 애인의 얼굴을 가만히 들여다보았다. 그녀는 잠시 입을 다물고 있더니 곧 물었다.

"그 사람의 필적이 틀림없어요?"

"물론이지."

"하지만 필적 같은 것은 진짜와 똑같이 흉내낼 수 있는 거예요."

"그래, 하지만 필적뿐이 아니라구. 말투라는 것이 있거든. 틀림없이 미레이유가 쓴 편지야."

"소인은요? 그거, 확실히 진짜 소인이었어요?"

라비넬은 어깨를 으쓱해 보였다.

"그 우체부가 진짜 우체부인 이상은 그렇지!"

"이 경우, 결론은 하나밖에 없어요. 미레이유가 낭뜨로 떠나오기 전에 편지를 낸 거예요."

"소인의 날짜는 어떡하구! 빠리에서 그날에 낸 거란 말이야. 대체 누가 우체통에 넣었지?"

주인이 쟁반에 샌드위치를 담아서 들고 왔다. 그리고 맥주를 갖다 놓고는 다시 열심히 신문을 읽기 시작했다. 라비넬은 목소리를 죽였다.

"그리고 미레이유가 만일 조금이라도 걱정거리가 있었다면 나한테 알려 줬을 거야. 태평스럽게 잼 병 얘기는 하지도 않았을 거야."

"첫째, 낭뜨에 오지도 않았을걸." 뤼세느가 말했다. "그래, 아무리 생각해도 낭뜨에 오기 전에 그런 편지를 썼을 까닭이 없어요."

그녀는 샌드위치를 먹고, 라비넬은 맥주를 반쯤 마셨다. 그는 두 사람의 입장의 괴이함을 처음으로 깨달았다. 뤼세느는 서서히 자신을 잃어가는 것 같았다. 그녀는 샌드위치를 놓고 쟁반을 밀어냈다.

"입맛이 없네요. 당신 얘기, 정말 뜻밖이에요! 그 편지가 전에 씌어졌을 까닭도 없지만, 그렇다고 나중에 씌어졌을 까닭은 더욱 더 없잖아요. 그리고 그 편지를 쓴 사람은 마치 기억을 상실해 버린 것처럼 협박하는 투가 전혀 없단 말이에요!"

"맞았어, 이제 겨우 알았군."

"그게 무슨 뜻이죠?"

"아무것도 아니야. 말을 계속해."

"결국 나도 잘 모르겠어요."

두 사람은 오랫동안 속셈을 살피듯이 서로의 눈을 들여다 보았다. 이윽고 뤼세느는 고개를 갸웃거리며 난처한 얼굴로 말했다.

"아마 가짜일 거야."

이번에는 뤼세느가 졌다. 가짜라니! 그럼, 둘이서 가짜를 죽여서 냇물에 빠뜨렸단 말인가!

"아니야." 그녀는 당장 취소했다. "그런 어처구니없는 일은 있을 수 없어요! 누구 미레이유와 꼭 닮은 사람이 있다 하더라도 당신까지 잘못 볼 까닭이 없잖아요? 나만 하더라도 죽은 그 사람을 내 눈으로 봤는걸……. 무엇보다도 가짜가 제 발로 걸어와서 함정에 빠질 까닭이 없어요!"

그는 뤼세느에게 좀더 생각할 시간을 주었다. 버스가 보도에서 삐걱거리고, 승객들을 승강장에서 태우고 달려갔다. 이따금 손님이 들어와서는 맥주를 주문하고, 가만히 앉아 있는 이 아베끄를 힐끔힐끔 훑어보곤 했다. 정말 먹지도 마시지도 않고 장기라도 두고 있는 것처럼 보이는 아베끄다.

"그뿐이 아니야. 미레이유는 오늘 아침 자기 오빠네 집에도 나타났단 말이야."

어리둥절한 표정. 이어 공포의 빛이 뤼세느의 눈에 떠올랐다. 자신만만한 뤼세느! 그런 그녀도 지금은 공포를 느끼고 있는 것이다.

"오빠 방에 올라가서 키스했단 말이야. 잠시 동안이지만 말도 하고."

뤼세느는 무언가 생각하면서 말했다. "어쩌면 다른 사람일지도 몰라요. 하기야 다름 아닌 제르망이 가짜에 속을 까닭이 없지. 오빠가 미레이유와 이야기를 하고 키스를 했다면, 설마 다른 여자가 똑같은 목소리, 똑같은 말투, 똑같은 걸음걸이, 똑같은 동작을 하는 수도 있을까? 그런 일은 없어! 있을 수 없다구요. 가짜는 소설의 속임수에나 쓰일 뿐이에요."

"하나의 가능성은 있지. 캐털렙시(전신 강직증)야! 미레이유는 정말로 죽은 것처럼 보였지만 빨래터에서 의식을 되찾은 거야."
 그녀는 뜻을 잘 모르는 것 같았다.
 "캐털렙시는 실제로 있다구. 언젠가 책에서 읽은 적이 있지."
 "물에 48시간이나 잠겨 있었는데, 캐털렙시라구요?"
 그녀는 화가 난 것 같았다. 라비넬은 손으로 목소리를 높이지 말라고 신호했다.
 "이봐요. 정말로 캐털렙시였다면, 난 당장 의사 노릇 집어치우고 말 거예요, 알겠어요? 그런 말을 한다면 의학은 이제 과학이 아닌 것이 되고 말아요. 그럴 수밖에……."
 그녀는 마치 아픈 데라도 닿은 듯이 입술을 떨었다.
 "의사가 죽은 사람을 못 알아본단 말이에요? 증거를 보고 싶어요? 내가 뭘 검사했는지 알고 싶어서 그래요? 우리들 의사가 무턱대고 짐작으로 매장 허가서를 쓰고 있는 줄 아나 봐."
 "알았어, 뤼세느."
 두 사람은 눈을 번들거리면서 입을 다물었다. 그녀는 자기의 지식과 지위에 긍지를 가지고 있었다. 그녀는 의사라는 직업을 가지고 있기 때문에 한층 높은 곳에서 그를 지배할 수 있다고 생각하고 있는 것이다. 그렇게 하여 그로 하여금 언제나 두려운 마음을 갖게 하고 싶어하고 있는 것이다. 그런데 라비넬은 하필이면 그런 말을……. 그녀는 그가 사과라도 하기를 기다리듯이 가만히 라비넬을 내려다 보았다.
 "이론의 여지가 없어요." 그녀는 의사의 말투로 말했다. "미레이유는 죽었어요. 마음대로 해석해요."
 "미레이유는 죽었어. 그러나 미레이유는 살아 있다구."
 "난 지금 진지하게 이야기하고 있는 거예요."
 "나도 마찬가지야. 내 생각에 미레이유는……."

뤼세느에게 죄다 말해야 하는 것일까? 그는 자기의 가장 비밀스러운 생각을 그녀에게 털어놓은 적은 없었으나, 아마도 학자적이고 매우 확실한 관찰 방법으로 자기 마음을 환하게 알고 있나 보다고 생각했다. 그는 큰마음 먹고 입을 열었다.
"미레이유는 망령이야."
"뭐라구요?"
"망령이라니까. 때와 장소를 가리지 않고 마음대로 모습을 나타내는 거야…… 사람의 형태를 하고 말이야."
뤼세느는 그의 손목을 잡았다. 그는 빨개졌다.
"나는 아무한테나 이런 말을 하진 않아. 당신한테만 진실된 생각을, 추론을 털어놓는 거야. 나로서는 있을 수 있는 일이라고 생각해."
"당신의 정신 상태, 잘 조사해 볼 필요가 있을 것 같군요." 뤼세느는 속삭이듯이 말했다. "아무래도 무슨 콤플렉스가 있나 봐요. 언젠가 당신, 나한테 말했죠, 당신 아버지가……."
별안간 그녀의 얼굴이 굳어지더니 라비넬의 손목을 꽉 쥐었다. 아플 정도였다.
"페르낭! 내 눈 좀 봐요. 당신 설마 나를 놀리고 있는 건 아니겠죠?"
그녀는 신경질적으로 웃고는 팔짱을 끼고 몸을 앞으로 기울였다. 길에서 누가 보면 여자가 애인에게 입술을 내밀고 있는 줄 알 것이다.
"나를 놀리지 말아요, 네? 나를 속일 참이에요? 미레이유는 죽었어요, 당연하잖아요? 그런데 당신은 그 시체가 되살아나서 빠리 시내를 돌아다니고 있다고 우길 참이군요. 나는 당신을, 그래요, 솔직히 말하면 당신을 사랑하기 때문에 이렇게 괴로워하고 있는

데."

"제발 목소리 좀 낮추라구, 뤼세느."

"이제 무슨 말인지 알 수 있을 것 같아요. 결국 당신은 무슨 말이라도 할 수가 있는 거예요. 나는 그 자리에 없었으니까. 하지만 일에는 넘어서 안될 한계라는 것이 있어요. 자, 이제 똑똑히 말해요! 당신은 무슨 말을 할 참이죠?"

그는 이렇게 흥분하는 그녀를 본 적이 없었다. 노여움으로 거의 말까지 더듬고, 코 언저리에는 납빛 얼룩이 생겨 차츰 번져 나갔다.

"뤼세느! 맹세하지만, 거짓말이 아니야!"

"거짓말이에요! 고집두 참! 난 웬만한 일이라면 참을 수 있어요. 하지만 네모난 것은 둥글고, 죽은 자는 살아 있고, 불가능은 가능하다는 말은 도저히 믿을 수 없어요."

식당 주인은 못 들은 체하고 신문만 읽고 있었다. 아베끄는 진저리나도록 보아 왔다. 이상한 말도 물리도록 들었다. 그러나 라비넬은 자기 뒤에 꼼짝도 않고 앉아 있는 주인의 존재가 마음에 걸려 전표를 흔들었다.

"얼마요?"

샌드위치를 남겨서 주인에게 좀 미안한 생각이 들었다. 뤼세느는 핸드백으로 얼굴을 가리고 화장을 고쳤다. 이윽고 일어나더니 뒤도 돌아보지 않고 밖으로 나갔다.

"이봐, 뤼세느. 맹세코 말하지만, 사실이란 말이야."

그녀는 진열장 쪽으로 얼굴을 돌리고 걸어갔다. 지나가는 사람들이 있어서 라비넬은 큰 소리를 낼 수도 없었다.

"이봐, 뤼세느!"

이거 야단났구나. 시간은 자꾸만 흘러간다! 그녀는 곧 정거장으로 돌아가서 그를 공포와 위험 속에 내동댕이치고 가 버릴 것이다. 지푸

라기라도 잡는 기분으로 그는 뤼세느의 팔을 붙잡았다.

"뤼세느, 나는 내 생각만 하고 있는 게 아니라구……."

"그래요? 그럼, 보험금은 어떻게 됐어요?"

"그게 무슨 뜻이야?"

"뻔하잖아요. 시체가 없으면 보험금도 탈 수 없어요. 말하자면 당신은 보험금 교섭이 잘되지 않았다, 1프랑도 타내지 못했다, 이 말이죠?"

웬 사나이가 들여다보듯이 두 사람의 얼굴을 보았다. 뤼세느가 방금 한 말을 들었을까? 라비넬은 겁에 질려 주위를 둘러보았다. 길바닥에서 이런 말을 하다니, 이거 큰일났구나!

"뤼세느! 내가 얼마나 괴로워했는지 알아 줄 수 없을까? 저리로 가자구."

두 사람은 막 생 제르망 광장을 건너서는 참이었다. 거기서 성당의 뒷길을 걸어갔다. 벤치는 젖어 있었다. 앙상한 나뭇가지 사이로 차가운 가로등 불빛이 비치고 있었다.

시체가 없으면 보험금을 타지 못한다. 라비넬은 문제를 이 각도에서 바라보는 것을 완전히 잊고 있었다. 그는 벤치 끝에 걸터앉았다. 드디어 마지막이다. 뤼세느는 곁에 서서 구두 끝으로 낙엽을 떨었다. 경관의 호각 소리, 차바퀴 삐걱거리는 소리, 커튼을 친 교회의 문 안에서 들려오는 가냘픈 울림 같은 오르간 소리. 모두 내 것 아닌 인생이다! 아아, 이제 라비넬이라는 인간은 없는 거나 같다!

"나를 버릴 참이야, 뤼세느?"

"천만에요. 버리는 건 그쪽이잖아요."

그는 벤치에 레인코트를 폈다.

"여기 앉아. 이제 싸움은 그만두자구, 응?"

그녀는 앉았다. 광장에서 온 여자들이 수상쩍은 듯이 그들을 쳐다보았다. 두 사람은 흔히 보는 연인들이 아니다.
 "나로서는 돈 문제가 아니야. 그건 잘 알고 있잖아." 그는 피로한 목소리로 말했다. "그리고 생각 좀 해봐. 내가 당신한테 거짓말을 했다면, 언제까지나 사실이 밝혀지지 않을 까닭이 없잖아? 당신이 앙기앙에 가서 조사를 해보면 당장 알 수 있는 일인데⋯⋯."
 그녀는 화난 얼굴로 어깨를 옴츠렸다.
 "그럼, 보험금은 제쳐 놓고, 당신 겁이 나서 마지막까지 할 생각이 없어진 게 아니에요? 무서워서 시체를 어디다 숨긴 게 아니에요? 묻어버린 게 아니에요?"
 "그러다간 오히려 내가 더 위험해지게? 그땐 이제 단순한 사고로 그치지 않고 당장 내 자신이 의심을 받게 된단 말이야. 첫째로 속달이 왔느니 미레이유가 오빠네 집에 나타났느니 하고, 거짓말이라면 금방 탄로날 이야기를 왜 지어내겠어?"
 해거름의 쇼윈도에는 불이 켜져 있었다. 자동차의 테일램프도 반짝이기 시작했다. 그러나 광장은 아직 밝았다. 그것은 그가 언제나 무서워하는 '분명찮은 시각'이었다. 어릴 때 일이다. 하루의 놀이가 끝나고 좁은 방에 돌아가 보면, 서서히 어둠이 끼기 시작하는 창가에서 어머니가 뜨개질을 하고 있었다. 어머니의 모습은 하나의 검은 그림자에 지나지 않았다. 그림자의 손은 마치 칼을 움직이고 있는 것처럼 보였다. 그것도 '분명찮은 시각'이었다. 그는 문득 이제 달아날 길은 없다고 생각했다. 마지막이다! 앙띠브!
 "그럼 뭐야, 당신은 만일 보험금을 타지 못한다면 나 같은 건 이제, 이제⋯⋯."
 "당신은 언제나 자기만 생각하는군요. 더 노력해 봐요! 당신은 노력을 하지 않는단 말예요. 그리고는 영문을 알 수 없는 꿈 같은 생각 속으로 도피하고 있어요. 시체가 없어진 건 나도 인정하겠어요.

그러면 당신은 그걸 찾는 노력을 해봤어요? 시체가 저 혼자서 비틀비틀 걸어다니지는 않아요."

"미레이유는 실종하는 버릇이 있었대."

"뭐라구요? 나를 놀리는 거예요?"

물론 그는 자기 말이 얼마나 우스꽝스럽게 들릴지 잘 알고 있었다. 그러나 그 실종벽에는 중대한 의미가 있으며, 시체의 소멸과 어떤 관계가 있다는 생각이 자꾸만 드는 것이었다. 그는 제르망에게 들은 이야기를 했다. 뤼세느는 다시 어깨를 움찔해 보였다.

"그야 살아 있었을 때는 집도 뛰쳐나갔겠죠. 하지만 당신은 미레이유가 죽었다는 사실을 줄곧 잊고 있어요. 편지가 왔다든가, 제르망 앞에 나타났다든가 하는 것은 이제 고려에 넣지 말기로 해요."

이것이 뤼세느 식 표현이다. '고려에 넣지 말기로 해요!' 언제나 이렇다.

"중요한 건 시체예요. 어딘가에 반드시 있어요."

"제르망은 미치지 않았다구."

"난 그런 거 몰라요. 알고 싶지도 않구요. 나는 사실을 기초로 추리를 하죠. 미레이유는 죽었다, 그리고 시체가 없어졌다. 그밖에는 의미가 없어요. 그러니까 무슨 일이 있더라도 시체를 꼭 찾아내야 한단 말이에요. 만일 찾지 않는다면, 당신은 이제 우리의 계획에 흥미를 잃었다는 증거가 돼요. 그렇게 되면……."

이 말은 뤼세느가 혼자서 이 계획을 끝까지 해내고, 그를 버린다는 것을 뚜렷이 의미하는 것이었다. 수단을 입은 수도사가 지나갔다. 그리고 반역자처럼 조그만 문 안으로 사라졌다.

"가능하면 나는 좀 다른 방법으로 찾아보고 싶어요."

뤼세느가 말했다.

"부탁해. 나도 더 찾아볼 테니까."

그녀는 한 번 발을 굴렀다.

"어정쩡하게 찾아서는 아무 소용도 없어요, 페르낭. 당신은 시체가 없어진 게 얼마나 위험한 일인지 모르나 봐. 어차피 당신은 아무래도 경찰에 신고를 해야 할 거예요."

"경찰." 그는 떨리는 목소리로 말했다.

"그래요! 당신 부인이 없어진걸요······."

"하지만 편지가······."

"또 편지! 글쎄요, 필요할 때는 신고가 늦어진 데 대한 구실이 되겠죠. 실종을 잘한다는 말도 그렇고. 하지만 결국은 마찬가지예요. 시간 문제라고요. 아무래도 신고는 해야 해요."

"경찰에!"

"그럼요, 경찰에······. 달리 방법이 없잖아요. 그러니까 나를 믿어요, 페르낭, 당장 찾아봐요. 열심히 찾아보는 거예요. 아! 내가 그렇게 멀리 떨어져 있지만 않아도 내 손으로 꼭 찾아내고 마는 건데!"

그녀는 일어서서 남자처럼 외투의 깃을 꼭 여미고 핸드백을 옆에 꼈다.

"시간이 다 됐어요. 난 찻간에서 서서 가긴 싫어요."

라비넬도 비실비실 일어섰다. 아! 이제 뤼세느를 믿을 수는 없다. 자동차가 고장났을 때부터 이 여자는 나를 버릴 생각이 아니었던가? 그것은 당연한 일이다. 두 사람은 언제나 단순한 파트너, 단순한 공범에 지나지 않는 것이다.

"물론, 무슨 일이든지 나한테 알려 줘야 해요."

"응." 라비넬은 한숨을 쉬면서 대답했다.

두 사람은 미레이유에 관한 이야기밖에 하지 않았다. 그리고 그 이야기를 하고 나니 이제 아무것도 할 말이 없었다. 두 사람은 묵묵히

레느 거리를 올라갔다. 두 사람의 마음은 이제 따로따로 떨어져 있었다. 그녀가 언제 손을 뗄 것인가 알려면, 그저 그녀를 지켜보고 있기만 하면 되었다. 만일 경찰이 의심을 품게 된다면, 그 정면에 서야 하는 것은 라비넬뿐이다. 그런 일은 몸에 배어 있었다. 그는 오랫동안 언제나 '지불하는 쪽'에만 서 왔다.

"당신, 정말 몸조심해야 해요." 뤼세느가 말했다.

"나야 뭐 별로……."

"농담으로 하는 말이 아니에요."

정말이다! 그녀는 농담을 한 적이 없다. 그녀가 편안한 자세로 미소를 지으면서 정답게 군 적이 있었던가? 그녀는 긴 시간을, 몇 주일, 몇 달 앞을 내다보고 살았다. 대개의 사람들은 과거가 피난처였지만 그녀는 미래가 피난처였다. 대체 무엇을 미래에 기대하는 것일까? 무엇인가 일종의 미신 같은 두려움이 있어서 그것을 그녀에게 물어 보지 못했다. 그 미래에 자기가 중요한 자리를 차지하고 있지 않다는 것은 거의 확실한 것 같았다.

"오늘 이야기를 듣고 나는 기분이 언짢아요."

뤼세느는 말했다.

그녀가 무슨 말을 하고 있는지 알 수 있었다. 라비넬은 목소리를 죽이고 말했다.

"그게 있으면 죄다 설명이 되는데."

그녀는 그의 팔을 잡고 약간 그에게 붙어섰다.

"당신은 그 편지를 봤다고 생각하고 있어요, 그렇죠? 이젠 나도 당신에게 무슨 일이 일어나고 있는지 조금은 알게 됐어요. 화를 다 내구, 내가 잘못했어요. 하지만 내가 언제나 의사의 눈으로 모든 것을 보고 생각해야 한다는 건 아시죠. 거짓말쟁이가 따로 없어요. 있는 건 병든 사람뿐이에요. 난 당신이 나를 줄곧 놀리는 줄 알았어요. 지난번 밤의 드라이브를 생각했어야 했는데, 그전에도 여러 가지 일을 해서 당신은 아마 몹시 지쳤나 봐요."
"그러나 제르망은 별로……."
"제르망은 이제 생각지 말아요. 그런 사람의 증언은 절대로 믿을 수 없어요. 당신이 보통 상태만 돼도 먼저 그것부터 인정할 거예요. 브리셰한테 당신을 꼭 한 번 진찰해 달래야겠어요. 그는 당신의 정신 분석을 해줄 거예요."
"하지만, 내가 이야기하는 거야? 의사한테 다 이야기해 버리면 어떻게 되게?"
뤼세느는 고개를 쳐들고 턱을 쑥 내밀었다. 그녀는 브리셰나 정신분석 환자나 다 경멸하고 있다. 선이고 악이고 다 경시하고 있다.
"브리셰가 무섭다면, 나한테 맡겨도 되잖아요. 내가 봐 드리겠어요. 그러면 아마 틀림없이 망령 같은 것은 보이지 않게 될 거예요. 우선 처방을 써 드리겠어요."
그녀는 가로등 밑에 걸음을 멈추고, 핸드백에서 무엇을 꺼내어 써 갈겼다. 라비넬의 멍청해진 마음에 그런 광경이 어이없어 보이고 온통 거짓말처럼 보였다. 뤼세느는 열심히 그를 안심시켜 주려 하고 있다. 그러나 그녀는 아마 다시는 돌아오지 않을 것이다. 이제 그를 만나지 않을 생각이다. 아무 구원도 없는 곳에 그를 버릴 작정이다, 곧 교대병이 온다면서 무인 지대에 버려진 병사처럼.
"자, 대체로 진정제와 비슷한 거예요. 푹 주무시도록 하세요. 지난 닷새 동안 신경을 너무 썼어요. 그러니 어디 견딜 수 있겠어요?"
두 사람은 정거장에 닿았다. 뒤뽕 상점의 네온이 켜져 있었다. 무슨 전조 같았다. 신문팔이, 택시, 그리고 사람들 무리……. 뤼세느는 차츰 남이 되어 가고 있다. 그녀는 잡지를 한 뭉치 샀다. 이런 때 잡지를 읽을 수 있다니!

"나도 같이 가고 싶어."
"여보, 제정신이에요? 당신은 해야 할 일이 있단 말이에요."
그리고 깜짝 놀랄 말을 덧붙였다.
"뭐니뭐니해도 미레이유는 당신 부인이었으니까요."
 그녀는 손톱만큼도 죄책감 같은 것을 느끼지 않는 모양이다. 그는 아내를 죽이려고 했다. 뤼세느는 이익을 반분한다는 약속으로 지혜를 빌려주고 일을 추진했다. 그녀의 책임은 거기까지다. 난관을 돌파하는 것은 그의 책임이다. 그는 미레이유와 나는 똑같이 고독한 인간들이라고 생각했었으나, 조금 전 뤼세느의 말을 들었을 때만큼 놀랍지는 않았다.
 그는 입장권을 사서 뤼세느의 뒤를 따라갔다.
"앙기앙으로 돌아가는 거죠?" 그녀가 물었다. "그게 좋아요. 내일부터 본격적으로 찾아봐요."
"본격적으로라……." 그는 비꼬았다.
 두 사람은 손님이 적은 열차를 따라 걸어갔다. 육교를 건너니 아래쪽에 불빛이 반짝이는 긴 큰길이 보였다. 시가의 불빛은 아득히 멀리, 납빛으로 펼쳐진 하늘 아래로 이어져 있었다.
"회사에다 잘 말해 봐요. 그리고 휴가를 얻도록 해요. 아마 안된다고는 하지 않을 거예요. 그리고 신문도 잘 보구요. 무슨 실마리가 잡힐지도 모르니까."
 이것이 위로의 말의 전부였다. 공허한 말, 침묵을 메우기 위한 말. 두 사람 사이에 당장 허물어져서 어딘지도 모를 심연 속으로 떨어져 버릴 조그만 다리를 놓는 것에 지나지 않는다. 라비넬은 자기의 체면을 위해서라도 마지막까지 해보겠다고 결심했다. 그는 객차를 찾아 니스 냄새가 나는 새 차량에 자리를 찾아 주었다. 뤼세느는 발차 직전까지 플랫폼에 서 있었다. 나중에는 차장이 빨리 타라고 신호했다.

그녀는 라비넬이 깜짝 놀랄 만큼 격렬한 키스를 했다.

"기운을 내세요, 여보, 전화해 주세요!"

기차는 아주 천천히 움직이기 시작했다. 뤼세느의 얼굴이 멀어져 가서 하얀 점이 되었다. 승강구에 서 있는 사람들의 얼굴이 잇따라 지나갔다. 눈마다 라비넬을 보고 있었다. 그는 깃을 세웠다. 기분이 나빴다. 기차는 갖가지 빛깔의 신호가 아로새겨진 먼 하늘로 사라져 갔다. 라비넬은 빙그르르 발꿈치로 돌아서 왔던 길을 걸어갔다.

9

잠이 들기 전에 라비넬은 오랫동안 뤼세느의 말을 생각했다.

"시체가 저 혼자서 비틀비틀 걸어다니지는 않아요." 이튿날 아침 자명종이 울리기 시작했을 때, 문득 그는 그때까지 생각지도 못했던 것을 깨달았다. 그것이 너무나 뻔한 일이라 그는 한순간 얼굴을 찌푸리고 골이 쾅쾅 울리는 것을 참으며 가만히 있었다. 미레이유의 신분증은 핸드백 속에 있다. 핸드백은 앙기앙의 집에 있다. 따라서 시체의 신원을 확인할 것이 아무것도 없는 셈이다. 만일 훔친 사람이 시체를 버렸다면, 만일 그 시체가 발견되었다면……. 그렇다! 신원을 모르는 시체는 어디로 운반되어 가는가? 시체 공시소이다!

라비넬은 얼른 세수를 하고 회사에 전화를 걸어 사 오 일 휴가를 달라고 신청했다. 회사는 쾌히 허가를 주었다. 이어 그는 전화번호부를 들추어 시체 공시소가 있는 곳을 찾았다. 시체 공시소는 정식으로는 법의학 연구소라고 부른다는 생각이 났다. 장소는 망자 광장, 일명 라 라뻬 강변이며, 오스떼를리쯔 다리 바로 옆이었다. 좋아! 이것으로 어쩌면…….

그는 브르따뉴 호텔에 묵고 있었으므로 나오니 바로 몽빠르나스 역전 광장이었으나, 거기서 어느 방향으로 가야 할지 좀처럼 알 수가 없었다. 짙은 초록빛 안개가 광장에 자욱이 끼어 마치 바다 속 같았다. 그 속에서 기묘하게 반짝이는 것이 종횡으로 달리고 있었다. 뒤뽕 상점은 불을 켜고 떠 있는 기선 같았다. 아득히 먼 물 속에서 반짝이고 있어서 거기까지 가려면 꽤 오래 걸어야만 했다. 그는 카운터에 서서 커피를 마셨다.

바로 옆에서 철도원 하나가 안개 때문에 기차가 모조리 늦어지고, 베르사유 가까이에서는 르 망 발 602열차가 탈선했다고 종업원에게 말하고 있었다.

"관상대에서는 이 안개가 이삼 일 더 계속될 것이라고 말하고 있더군. 이건 런던이나 다름없잖은가. 걸어가는 데도 플래시를 들고 다녀야 한단 말이야."

라비넬은 희미한 불안을 느꼈다. 왜 안개가 이렇게? 하필이면 오늘 이렇게 안개가 낀담? 엇갈려 지나가는 그림자의 사람이 살았는지 죽었는지 어떻게 분간하지? 어이없는 일이다! 가슴 속에까지 스며와서 아편 연기처럼 천천히 머릿속에서 소용돌이치는 이 끈적끈적한 안개를 어떻게 막는담? 모든 것이 번갈아 실이 되고 허가 되어간다.

그는 카운터에 돈을 던져 주고는 결연히 보도로 걸어나갔다. 가게의 불빛들이 뒤에서 반짝이고 있었으나 완전히 생기를 잃고 이제 아무 의지도 되지 않았다. 축축한 공간이 횡단 보도에서 앞으로 펼쳐 나가 있었다. 흐릿한 공간을 많은 자동차가 느릿느릿 지나가고, 시력을 잃은 눈 같은 헤드라이트가 움직이고 있었다. 그리고 모습은 보이지 않고 사람들의 발자국 소리만 쉴새없이 들려왔다. 뒤뽕 상점 앞에 택시가 서 있었다. 라비넬은 얼른 올라탔다. 시체 공시소로 가자고 말할 수는 없어서 무언가 뜻도 없는 말을 중얼거리고 있으려니, 운전사가 못마땅한 듯이 귀를 갖다댔다.

"똑똑히 말해 주십시오, 어디로 가시죠?"

"라 라뻬 강변이오."

차가 별안간 움직여 라비넬은 좌석에서 뒤로 벌렁 넘어졌다. 그는 곧 후회했다. 시체 공시소에 가서 어떻게 하겠단 말인가? 뭐라고 말하는가? 그물 속에 들어가는 것이 아닐까? 어디에나 함정은 있으니까. 시체 때문에 얼이 빠졌나 보다. 문득 반두라든가 이상하게 생긴 철망 사용법을 우쭐대며 설명하고 있는 자기 자신의 모습이 머리에 떠올랐다. "알겠습니까, 빵부스러기나 병아리 내장 같은 것을 조금 달아 둡니다. 그리고는 잡초 사이에 내려보내 가지고 곧장 가라앉히는 겁니다. 물고기는 잡히게 되는 줄도 모르고 들어오게 되지요." 어딘가에 그물이 있다.

갑자기 브레이크가 걸리고 타이어가 소리를 냈다. 라비넬은 앞으로 거꾸러졌다. 운전사는 창 밖으로 목을 내밀고, 안개와 그 속의 보이지 않는 통행인을 향해 욕지거리를 퍼부었다. 움찔 움직이고 다시 달리기 시작했다. 운전사는 이따금 소매 끝을 뒤집어 앞유리를 닦고, 쉴새없이 투덜거렸다. 라비넬은 어느 거리를 달리고 있는지, 어느 구역을 지나고 있는지 도무지 알 수가 없었다. 이 택시 자체가 그물의 일부가 아닐까? 뤼세느가 말했듯이 시체는 증발하지 않는다. 미레이유는 자기의 존재를 밝히고 다시 나타날 수가 있다. 그러나 그것은 별문제다. 미레이유와 나와의 문제다. 그러나 시체는? 왜 시체를 훔치고 또 버릴까? 그런 짓을 해서 어쩌자는 것일까? 나를 위협하는 것은 미레이유인가, 미레이유의 시체인가, 아니면 그 양쪽인가? 이렇게 생각하면 문제가 약간 터무니없어지지만, 그러나 달리 어떻게 생각할 수 있겠는가?

오른쪽으로 흐릿하게 불빛이 늘어서서 흔들거리고 있었다. 오스떼를리쯔 역이다. 택시는 방향을 바꾸어 헤드라이트도 소용없는 솜 같은 공간으로 들어갔다. 바로 옆에 센강이 흐르고 있을 텐데, 창문으로는 움직이지 않는 구름 같은 것밖에 보이지 않았다. 택시가 서니 나직한 엔진 소리 정도로는 깨지지 않는 크나큰 정적이 라비넬을 감쌌다. 지하실 술 창고의 정적. 무언가 경고하는 듯한 정적. 차는 안개 속으로 천천히 빨려들어가 사라졌다. 라비넬의 귀에 지붕에 떨어지는 물방울 소리, 진창의 철벅거리는 소리, 조그만 시냇물이 속삭이는 소리, 늪가 같은 모호한 물소리가 들렸다. 그는 빨래터를 생각했다. 손이 권총에 닿았다. 모든 것이 온통 산란하게 허물어져 가는 세계에서 이것만이 오직 하나 의지할 수 있는 든든한 물건이었다. 그는 난간을 손으로 더듬으며 걸어갔다. 안개로 걸음걸이가 위태롭고, 장딴지 언저리에 안개가 실밥처럼 엉겼다. 유사(流砂)에 부딪친 낚시꾼처럼 본능적으로 다리를 쳐들곤 했다. 홀연히 땅에서 솟은 듯 눈앞에 건물이 나타났다. 층계를 올라서니 현관 저 안쪽에 고무 바퀴를 단 운반대가 보였다. 문을 밀고 안으로 들어갔다.

책상과 서류 케이스와 바닥에 큼직한 동그라미를 그리고 있는 초록빛 전등. 가스 스토브에서 물이 가득 든 주전자가 끓고 있었다. 증기와 담배 연기와 안개가 뒤섞여 있었다. 복도는 꿉꿉하게 소독 냄새가 났다. 금몰의 제모를 쓴 직원이 책상에 앉아 있었다. 남자가 또 한 사람 스토브를 쬐고 있었다. 허리 언저리가 닳아서 반들거리는 듯한 윗옷을 입고 있었으나 구두는 새것을 신고 있어서 움직이면 뿌드득 소리가 났다. 두 사람은 주저주저 다가오는 라비넬을 훑어보았다.

"무슨 일입니까?" 직원이 의자에 기대어 물었다.

뒤에 앉은 사나이의 뿌드득거리는 구두 소리가 귀에 거슬렸다.

"아내의 일로 왔습니다. 여행하고 돌아와 보니 집에 없잖습니까. 그래서 불안한 생각이 들어서요."

라비넬이 말했다.

직원은 옆의 사나이와 눈을 끔벅거렸다. 라비넬은 직원이 웃음을 참고 있는 듯한 인상을 받았다.

"경찰에는 신고하셨겠지요, 댁이 어디십니까?"

"앙기앙입니다. 아니오, 아직 아무 데도 알리지 않았습니다."

"그건 안되는데요."

"미처 깨닫지 못했습니다."

"앞으로는 그렇게 하십시오."

얼떨떨해진 라비넬은 뒤에 앉은 사나이를 돌아보았다. 그는 스토브에 손을 쬐면서 엉뚱한 곳을 쳐다보고 있었다. 뚱뚱하게 살이 쪄서, 갈아 끼우게 되어 있는 칼라를 턱으로 거의 덮고 있었다.

"언제 여행에서 돌아오셨습니까?"

"이틀 전입니다."

"부인이 없어진 것은 이번이 처음입니까?"

"네…… 아니, 저, 아닙니다. 어릴 때 이따금 집을 나갔답니다. 하지만 그건 오래 전의 일이고……."

"그래서 결국 뭐가 걱정이지요? 자살인가요?"

"글쎄요."

"성함은?"

차츰 신문하는 투가 되었다. 라비넬은 하마터면 직원에게 대들 뻔했다. 아래위로 그의 모습을 훑어보면서 나불나불 지껄이는 그가 얄미웠다. 그러나 끝까지 참아야 했다.

"라비넬, 페르낭 라비넬입니다."

"부인은? 몇 살이지요?"

"29살."

"키는 큰 편인가요, 작은 편인가요?"

"보통 키지요. 1미터 60센티미터쯤 됩니다."

"머리 빛깔은?"

"금발입니다."

직원은 여전히 의자에 반듯이 기대어 두 손을 책상 끝에 얹어서 균형을 잡고 있었다. 손톱이 짧았다.

라비넬은 흐린 유리를 낀 창문으로 고개를 돌렸다.

"옷은?"

"파란 슈트입니다. 아마 그렇다고 생각합니다."

서투른 말을 했나 하고 생각했다. 직원이 옆에 있는 낯선 사나이를 마치 증인 취급하듯 스토브 쪽을 힐끔 보았기 때문이다.

"자기 부인의 옷도 똑똑히 모릅니까?"

"대개는 파란 슈트를 입지만, 모피를 댄 외투도 입고 해서요."

"남은 옷을 다 살펴보면 알 수 있었을 텐데요."

직원은 모자를 벗어 머리를 긁고는 다시 썼다.

"베르시 다리 밑에서 건진 익사자밖에는 해당이 없는걸!"

"아니! 그럼, 발견됐습니까?"

"그저께 신문에 났지요. 선생은 신문도 안 보시는 모양이구먼."

라비넬은 뒤에 앉은 사나이가 아까부터 자기를 응시하고 있는 것을 느꼈다.

"잠깐 기다리십시오."

직원은 의자를 굽히고 빙그르 돌아 일어서서 문을 열고 나갔다. 문 옆에 행거가 둘 세워져 있었다. 라비넬은 잠시 머뭇거리다가 가만히 앉아 있었다. 뒤의 사나이는 계속 그를 훑어보고 있는 것 같았다. 이따금 들릴락말락 구두가 뿌드득거렸다. 기다리는 것은 무서웠다. 라비넬은 선반에 가지런히 얹혀 있는 많은 시체를 상상했다. 제모를 쓴 직원은 1939년 제 오브리옹이나 금딱지가 붙은 샴페인을 찾는 술 창고의 계원처럼 어슬렁어슬렁 시체의 선반을 살펴보고 있을 것이다. 문이 열렸다.

"이리 오십시오."

복도가 있었다. 에나멜을 칠하고 타일을 깔아서 큰 유리로 칸막이를 한 방을 빠져나갔다. 조금만 소리를 내어도 한없이 메아리가 일어날 것만 같았다. 천장에서 전등이 억세게 번쩍이고 하얗게 반사되어 밝았다. 거래가 끝난 어시장 같았다. 라비넬은 해초 찌꺼기며 얼음 부스러기가 바닥에 흩어져 있어도 놀라지 않았을 것이다. 간수가 운반대를 밀고오는 것이 눈에 들어왔다.

"가까이 가서 보십시오. 무서워하지 말고."

라비넬은 유리문에 몸을 기댔다. 시체가 미끄러지듯이 접근해 오는 기분이었다. 그는 욕조에서 미레이유가 나오는 줄 알았다. 머리칼이 얼굴에 찰싹 들러붙어 있고, 젖은 옷이 넓적다리의 선을 뚜렷히 드러내고 있었다. 딸꾹질 같은 것이 나오려고 했다. 그는 유리 위에 크게 손을 펼쳤다. 입김으로 유리가 흐려졌다.

"자아! 자아!" 직원이 쾌활하게 말했다.

아니다. 미레이유가 아니다. 그러나 미레이유가 아니라서 더 무서웠다.

"어떻습니까?"

"아닙니다."

직원이 눈짓을 하자 운반대는 간수에 끌려서 사라져 갔다. 라비넬은 얼굴의 땀을 문질렀다.

"처음에는 좀 놀라지요. 하지만 부인이 아니라서 다행입니다!"

직원은 라비넬을 사무실로 데리고 돌아가서 의자에 앉았다.

"유감이었습니다. 아니, 이건 인사말이지요. 또 새것이 오면 알려드리겠습니다. 주소가 어딥니까?"

"르 게 로지입니다, 앙기앙의."

펜 끝이 서걱거렸다. 아까 그 사나이는 여전히 스토브가에서 꼼짝도 않았다.

"나 같으면 경찰에 신고하겠는데요."

"대단히 감사합니다." 라비넬은 중얼거리듯이 말했다.

"천만의 말씀."

정신을 차려 보니 밖에 나와 있었다. 다리는 비틀거리고, 귓속이 윙윙거렸다. 안개는 여전히 짙었으며, 빨그스름한 빛이 그 속을 꿰뚫고 물을 들여서, 안개가 두툼한 모슬린, 젖은 천처럼 보였다. 그는 짐작으로 방향을 잡고서 광장을 가로질러 갔다. 자동차는 이제 달리고 있지 않았다. 온갖 소리가 침묵의 공간에 흐르고 있었으나 무언가 일그러진 소리가 되어 혼잡한 도로에서 들려 오고 있었다. 아득히 먼 곳에서 들려 오는 소리도 있고 사라져 버리는 소리도 있었다. 많은 사람의 호위를 받으며 행렬에 참가하고 있는 것 같은, 혹은 장엄한 비밀 장례식에라도 참석하고 있는 것 같은 느낌이었다. 멀리 가로등이 퍼덕거리는 회색 천이라도 씌워 놓은 것처럼 곧 꺼질 듯이 반짝이고 있었다. 미레이유의 시체는 시체 공시소에 없었다. 뤼세느는 뭐라고 말할까? 그리고 보험회사는? 그녀에게 알려야 할까? 라비넬은 걸음을 멈추었다. 가슴이 답답했다. 그때 뿌드득거리는 구두 소리가 들렸다. 바로 가까이였다. 그는 기침을 했다. 구두 소리가 멎었다. 어딜까? 오른쪽일까? 왼쪽일까? 라비넬은 다시 걷기 시작했다. 뿌드득거리는 구두 소리가 몇 미터 뒤에서 다시 들려 왔다. 제기랄! 적도 만만찮구나. 나를 시체 공시소로 유인했단 말이야! 아니, 그럴 리가 없지. 누가 알 까닭이 없잖나.

라비넬은 보도에 가만히 멈추어 서서 하나의 그림자를 보았다. 그것은 멀어져 가서 솜 같은 안개 속에 녹아들어갔다. 이제 지하철 입구는 몇 미터도 되지 않을 것이다. 라비넬은 달리기 시작했다. 몇 개의 사람 그림자, 어리둥절해 하고 있는 얼굴과 엇갈렸다. 사람들의 그림자는 안개 속에서 조각처럼 홀연히 나타나 형태가 허물어져서는 초같이 녹았다. 뿌드득거리는 구두 소리가 다시 들렸다. 나를 죽일 참인가? 안개 속에서 튀어나오는 칼, 일찍이 느껴보지 못한 날카로운 아픔 그러나, 왜? 나는 적이 없다. 미레이유 말고는…… 미레이유도 그렇지, 어찌 적일 수가 있는가? 아니다, 그 사람은 적이 아니다.

 지하철…… 갑자기 사람들의 그림자가 뚜렷이 보이기 시작했다. 그것은 남자와 여자의 모습이 되었다. 외투와 머리칼과 어깨에 온통 잔잔한 물방울이 붙어서 반짝거렸다. 라비넬은 좁은 입구 밑에서 뒤를 밟아 오는 사나이를 기다렸다. 층계 꼭대기에 사나이의 구두가, 이어 주머니가 불룩한 외투가 보이기 시작했다. 라비넬은 플랫폼으로 들어갔다. 사나이도 따라왔다. 이자가 시체를 훔친 놈인가? 지금부터 교환 조건을 내세울 작정인가 보다.

 라비넬은 맨 앞칸에 탔다. 사나이의 외투는 문을 둘 지나서 세 번째 문으로 사라졌다. 라비넬 옆에는 경관이 앉아 〈레끼쁘〉지를 읽고 있었다. "쫓기고 있습니다. 도와 주십시오." 이런 말을 해봐야 놀림을 당할 것이 고작이 아니겠는가? 비록 곧이들어 준다 하더라도, 왜 그러시오 하고 묻는다면 할 말이 없지 않은가? 그렇다, 가만히 있자, 가만히.

 큼직한 포스터를, 정거장을 몇 개나 지나갔다. 전차가 커브를 도는 바람에 라비넬은 경관에게로 몸이 쏠렸다. 경관은 장대높이뛰기 선수가 도약하는 사진을 들여다보고 있었다. 그놈을 빼돌려 버릴까? 그러려면 여러 가지로 노력을 하고 속임수를 쓰고 흥정을 해야 한다. 되어 가는 대로 두고 보는 편이 낫겠다. 내 인생이 그토록 열심히 지킬만한 값어치가 있는가?

 라비넬은 뒤 노르 역에서 내렸다. 뒤돌아보지 않아도 알았다. 사나이는 뒤에 있었다. 사람들이 사방의 길로 흩어지자, 다시 그 뿌드득 거리는 소리가 들리기 시작했다. '저 소리로 놀라게 할 참이구나!' 하고 라비넬은 생각했다. 창구로 가서 앙기앙행 차표를 샀다. 정거장 시계는 10시 5분이었다. 라비넬은 아무도 타고 있지 않은 차량을 찾았다. 이제 이자는 부득이 정체를 드러내어 마지막 패를 보이지 않을 수 없을 것이다. 라비넬은 좌석에 앉아 바로 앞자리를 잡아 두려고 신문을 놓았다. 사나이가 들어왔다. 앞자리를 가리키며 물었다.

"여기, 비었습니까?"

"당신을 위해서 잡아 뒀지요." 라비넬은 대답했다.

사나이는 신문을 치우고 천천히 그 자리에 앉았다.

"전(前) 경시청 경감 데지레 메를랑입니다."

사나이는 속삭이듯이 말했다.

"전?"

라비넬은 저도 모르게 묻지 않을 수 없었다. 조금씩 사정이 납득이 갔다.

"네. 뒤를 밟아, 실례했습니다……."

얼굴이 뻔뻔스러워 보이기는 했지만, 파란 눈이 퍽 맑았다. 굵은 허벅지에 팔꿈치를 세우고, 조끼 주머니에 몸시계 줄을 걸쳐 놓은 모습이 왠지 호인처럼 느껴졌다. 그는 주위를 둘러보고 윗몸을 앞으로 내밀며 이야기를 꺼냈다.

"아까 우연히 선생과 시체 공시소 직원이 주고받는 말을 엿들었지요. 혹시 무슨 도움이 되어 드릴 수는 없을까 하고 생각했습니다. 나는 시간도 많고 형사 생활 25년의 경험이 있지요. 다시 말해서 선생의 경우와 비슷한 예를 많이 보아 왔다는 겁니다. 부인은 행방 불명, 남편은 혹시 죽지나 않았나 하고 걱정한다, 그리고 어느 날 …… 아무튼 선생, 나한테 맡겨 보십시오. 경찰의 힘을 빌리지 않고 해결하는 편이 좋은 경우도 흔히 있는 겁니다."

 열차는 움직이기 시작하여 끝없는 풍경 속으로 천천히 굴러들어갔다. 점점이 흩어진 불빛이 유리창에 비쳤다가는 사라졌다. 메를랑은 라비넬의 무릎을 만지면서 고백하는 사람처럼 목소리를 낮췄다.

 "나는 어떤 종류의 조사를 효과적으로 하는 데 아주 편리한 입장에 있습니다. 아무도 모르게 은밀히 조사할 수 있단 말씀입니다. 물론 비합법적인 행동은 절대로 하지 않지만, 그렇다고 굳이 드러내 놓고 하지도 않지요……."

 라비넬은 문득 뿌드득거리는 구두 소리를 깨닫고 마음이 가라앉았다. 이 메를랑이라는 사람은 아마 좋은 사람인가 보다. 조그만 사건을 해결해 주고 돈이라도 벌자는 생각이겠지. 법의학 연구소에 있었던 까닭도 납득이 간다. 전직 경감이라면 그리 걱정할 것도 없겠지. 그렇다, 마침 안성맞춤으로 잘 나타났다. 어쩌면 용케 시체를 찾아내어…….

 "그래요? 그럼 부탁 좀 드릴까요? 나는 세일즈맨입니다. 원칙적으로 토요일에는 꼭꼭 집에 돌아오지요. 그런데 집에 돌아와 보니 아내가 없지 않겠습니까. 이틀을 기다렸지만, 오늘 아침에는 도저히 기다릴 수가 없어서……."

 "그럼, 몇 가지 여쭤 볼까요?" 메를랑은 다시 주위를 둘러보았다. "결혼하신 지 몇 해나 되십니까?"

 "5년입니다. 집사람은 성실한 성격이라서, 설마……."

 메를랑은 굵은 손을 들었다.

 "잠깐, 내가 질문을 하게 해주십시오! 아기는요?"

 "없습니다."

 "부모님께서는?"

 "돌아가셨습니다. 하지만 도무지 나는……."

"아무튼 나한테 맡기십시오, 나는 이런 일에 밝으니까요. 장인과 장모님은 살아 계십니까?"
"역시 돌아가셨습니다. 미레이유는 친척이라고 오빠 하나밖에 없습니다. 그 사람은 결혼해서 지금 빠리에 살고 있지요."
"좋습니다. 알겠습니다. 혼자서 집을 지키며 생활하고 있는 젊은 부인인 셈이군요. 건강이 나빠지셨다든가, 뭐 그런 일은 없었습니까?"
"없었습니다. 3년 전에 티푸스를 앓았을 뿐입니다. 아주 튼튼한 체질이라서요. 아마 나보다는 훨씬 튼튼할 겁니다."
"시체 공시소에서, 부인이 전에 집을 나가신 적이 있다고 하셨지요? 이번에도 그런 기색이 보이지는 않았습니까?"
"아니오, 미레이유는 언제나 퍽 침착해 보였습니다. 신경질이랄까, 역정을 내는 일은 흔히 있었지만, 그것도 뭐 보통 이상은 아니었습니다."
"그렇군요! 우선 그 점도 내가 어떻게 조사를 해서…… 흉기를 가지셨습니까?"
"아니오, 집에 권총이 있긴 합니다만."
"돈은 가지고 나가셨습니까?"
"아니오, 두고 나간 핸드백에 들어 있습니다. 천 프랑짜리가 너덧 장. 현금은 별로 없으니까요."
"부인은 저, 절약하시는 편입니까?"
"그저 그렇지요, 뭐."
"선생이 모르시는 동안에 많이 모아 두셨는지도 모르지요. 보자, 그게 언제더라, 이런 사건이 있었지요. 그게 1947년이었지, 아마……"
라비넬은 얌전하게 들으면서 물방울이 굴러서 가는 줄이 그어진 유리창을 바라보았다. 안개 속에 조금씩 선로가 보이기 시작했다. 군데군데 반짝이고 있었다. 내가 서투른 짓을 하고 있는 것일까, 아니면 이래도 되는 것일까? 이제 아무것도 알 수 없게 되어 버렸다. 뤼세느의 눈으로 보면 확실히 이래야 한다. 그러나 미레이유의 눈으로 본다면? 그는 움찔했다. 어처구니없는 생각이다. 그러나, 그러나! 미레이유는 이 전직 경감이 개입해 오는 것을 견디낼 수 있을까? 메를랑이라는 사람이 자기 시체를 찾으러 나서는 것을 인정할까? 메를랑은 지리하게 즐기듯이 지껄이고 있었다. 라비넬은 이제 생각이나 예상을 하지 않으려고 애썼다. 그럭저럭 잘될 테지. 경과에 따라 어떻게 해야 되는지 알게 될 것이다.

"네, 뭐라고 했지요?"

"부인은 정말로 아무 서류도 안 갖고 계시나요?"

"네, 신분증이며 선거증 등 모두 핸드백에 들어 있었습니다."

포인트 위에서 전차가 흔들거리고 속력이 떨어졌다.

"다 왔습니다." 라비넬이 말했다.

메를랑은 일어서서 갖가지 종이 조각이 마구 뒤섞여 들어 있는 주머니에서 차표를 찾아냈다.

"우선 머리에 떠오르는 제1의 가설은 가출입니다. 자살하면 시체는 나옵니다. 벌써 이틀이나 지나지 않았습니까……."

그런데 찾아야 하는 것은 그 시체인 것이다. 메를랑에게 이것을 어떻게 설명하면 좋은가? 다시 공포가 고개를 들기 시작했다. 라비넬은 이 뚱뚱한 인간에게 신분증을 보여 달라고 요구하고 싶어졌다. 그러나 그는 아마 이미 완전히 경계를 하고 있을 것이다. 무엇보다도 그런 요구를 해봐야 조금도 놀라지 않을 것이다. 게다가 왜 의심하는가? 전 경감이라는 것도 거짓말은 아닌 것 같잖은가? 이제 어쩔 도리도 없다. 메를랑은 벌써 플랫폼에 뛰어내려 라비넬을 기다리고 있었다. 달아날 수는 없다.

"자, 갑시다!" 라비넬은 한숨을 쉬면서 말했다. "집까지 4분이면 됩니다."

두 사람은 벽에 둘러싸인 것보다 쓸쓸한 안개 속을 걸어갔다. 구두는 아까보다 더 요란스레 뿌드득거렸다. 라비넬은 공포를 누르려고 잔뜩 긴장해 있었다. 그물! 그물에 걸린 것이다. 메를랑은……

"당신은 정말로……"

"네?"

"아니, 아무것도 아닙니다. 이 길로 들어갑시다, 저 끝의 집이 우리 집입니다."

"이 안개 속에서 용케 아시는군요."

"내 집 아닙니까, 경감님. 눈을 감고도 돌아올 수 있지요."

시멘트 길에 두 사람의 발자국 소리가 울렸다. 라비넬은 울타리 앞에서 열쇠를 꺼냈다.

"어떨까요? 우편함에 아무것도 안 들어 있을까요?"

라비넬은 문을 밀고, 메를랑은 우편함 속에 손을 쑤셔넣었다.

"아무것도 없군요."

"있다면 오히려 내가 놀랄 거요."

라비넬이 말했다.

그는 현관문을 열고 얼른 부엌으로 들어가서, 테이블 위의 편지를 감추고 문에 꽂혀 있는 칼을 뽑았다.

"좋은 집인데요. 이런 집이 옛날에는 내 꿈이었지요."

메를랑이 말했다.

그는 두 손을 비비고 펠트 모자를 벗었다. 머리가 꽤 벗겨진 편이었다. 머리 둘레가 모자 자국 때문에 빨갰다.

"그럼, 집을 좀 구경할까요?"

라비넬은 여느 때처럼 부엌의 전등을 끄고 메를랑을 식당으로 안내했다.
"아! 이게 핸드백이군요."
메를랑이 소리쳤다. 그는 그것을 열어 바닥까지 뒤져서 안에 든 것을 죄다 테이블 위에 쏟았다.
"열쇠는 없습니까?"
뭉뚝한 손가락으로 콤팩트, 지갑, 손수건, 루즈, 뜯은 '하이 라이프 담배' 등을 이리저리 헤쳐 놓고 메를랑은 물었다.
열쇠? 라비넬은 그것을 까맣게 잊고 있었다.
"네!" 간단히 대답하고 더 이상 언급하지 않았다. "층계는 이쪽입니다."
두 사람은 2층으로 올라갔다. 침대는 라비넬이 누워 잔 자리가 아직도 오목하게 꺼져 있었다.
"가만 있자. 저 문은 뭡니까?"
"옷장입니다."
라비넬은 옷장을 열어 걸려 있는 옷을 좌우로 헤쳐 보였다.
"없어진 건 없습니다. 모피를 댄 외투 말고는. 그 외투는 염색집에 갖다 주고 싶다고 했으니까, 혹시……"
"파란 슈트는요? 아까 말씀으로는……"
"아, 그렇지, 그 슈트도 없군요."
"구두는?"
"모두 거기 있습니다. 새것뿐이지요. 헌것은 어디 넣어 뒀을 겁니다, 몇 켤레나 되는지는 모르지만."
"저 방은 뭡니까?"
"내 서재입니다. 들어가십시다, 경감님. 치우지를 않았습니다만…… 자, 그 소파에 앉으십시오. 꼬냑이 있으니 한 잔 하십시다. 후끈해질 테니까."

그는 선반에서 병을 집었다. 아직 조금 남아 있었다. 글라스는 하나밖에 없었다.

"앉아 계십시오, 곧 돌아올 테니까. 글라스를 하나 더 갖고 와야겠습니다."

메를랑이 있어서 조금 마음이 놓였으므로 집 안을 왔다갔다할 수 있었다. 그는 아래층으로 내려가서 식당을 지나 부엌으로 들어갔다. 후딱 창문 앞에 섰다. 울타리 뒤에 그림자가……

"메를랑!"

이 외마디 소리는 아마 공포에 가득차 있었던 모양이다. 경감은 새파래져서 구르듯이 층계를 뛰어내려왔다.

"뭐요? 왜 그래요?"

"저기! 미레이유가!"

10

길에는 아무도 없었다. 라비넬은 메를랑이 이미 때를 놓쳐서 달려가 봐야 헛일이라는 것을 알고 있었다.

"정말 부인이었나요, 라비넬 선생?"

경감은 숨을 헐떡이며 돌아왔다. 길 끝까지 갔다 온 것이다.

알 수 없다! 라비넬은 자신이 없었다. 미레이유라고 지레짐작을 해 버렸는지도 모른다. 그는 자기의 정확한 인상을 생각해 내려고 애썼다. 그러나 더 조용히 아무 말도 하지 않고 있고 싶었다. 메를랑은 자꾸만 질문을 퍼붓고, 왔다갔다하고, 쿵쿵 걸어다니고 하여 그를 괴롭혔다. 메를랑 같은 사람에게는 이 집이 너무 작고 너무 빈약한 듯한 느낌이 들었다.

"정신차려요, 라비넬(그는 어느새 '선생'이라는 호칭을 생략하고 있었다), 괜찮소?" 경감은 밖으로 나가 울타리 뒤에 가서 섰다. 큰 소리를 지르지 않으면 멀어서 말을 주고 받을 수 없었다. 이상한 기분이었다. 마치 숨바꼭질을 하고 있는 것 같았다.

"보입니까?"

"안 보입니다."

"여기는요?"

"역시 안 보이는데요."

메를랑은 부엌으로 돌아왔다.

"이것 보시오, 라비넬. 이상하군요, 당신은 아무것도 보지 않은 겁니다. 몸의 상태가 좋지 않은가 봅니다. 아마 문 기둥을 부인으로 잘못 본 게 틀림없어요."

기둥? 그렇군. 멋있는 설명이다, 그러나 그럴 까닭이 없다. 라비넬은 그 그림자가 움직인 생각이 났다. 그는 쓰러지듯이 의자에 앉았다. 이번에는 메를랑이 창문에 가만히 이마를 갖다대고 밖을 내다보고 있었다.

"아무리 해도 알 수가 없는데…… 왜 당신은 '미레이유!' 하고 소리쳤지요?" 경감은 뒤돌아보며 말했다. "설마하니 나를 놀린 것은 아니겠지요?"

"맹세코 사실입니다, 경감!"

어제 뤼세느한테도 맹세를 했었다. 어째서 두 사람 다 나를 믿지 않는 걸까?

"생각해 봐요. 만일 길에 누가 있었다면 반드시 발자국 소리가 들렸을 겁니다. 울타리까지 뛰어가는 데 10초도 안 걸렸으니까요."

"반드시 들리지는 않았겠지요. 당신 자신이 그렇게 투닥투닥 발자국 소리를 내며 달려갔으니까요."

"아뿔사! 그건 내 실수였습니다."

메를랑의 숨결이 거칠어지고, 두 볼이 꿈틀거렸다. 그는 냉정해지려고 애쓰며 담배를 말았다.
 "그래도 나는 잠시 보도에 서서 귀를 기울여 봤는걸요."
 "그래서요?"
 "그래서…… 아무튼 안개 때문 발자국 소리가 들리지 않는 수는 없으니까요."
 이렇게 열을 올리며 토론하여 미레이유가 밤처럼 침묵을 지키고 있다는 것을, 공기처럼 걷잡을 수 없고 감지하기 어렵다는 것을 메를랑에게 설명해 봐야 무슨 소용 있겠는가? 그녀는 부엌의 두 사람 바로 옆에 있으면서, 방해자가 돌아가기를 기다렸다가 모습을 나타낼 작정인지도 모른다. 전 경감에게 망령 수색을 의뢰하다니, 이 얼마나 그로테스크한 일인가! 진정으로 이 메를랑이 무슨 도움이 될 줄 알았던가…….
 "답은 많지 않습니다. 당신은 환각에 사로잡힌 겁니다. 나 같으면 의사의 진찰을 받겠는데요. 죄다 이야기해 버리겠어요. 내 의혹과 공포와 환각을 모두 말이지요……."
 이렇게 말한 뒤 메를랑은 담배 종이에 침을 약간 바르고, 이 집의 분위기를 살펴보기 위해 천천히 벽과 천장을 두루 훑어보았다.
 "이런 집이면 부인으로 봐서는 나날의 생활이 별로 재미가 없었겠는데요. 게다가 바깥양반은……."
 그는 모자를 쓰고 천천히 외투의 단추를 끼우면서 앉아 있는 라비넬을 줄곧 내려다보았다.
 "다만 집에서 나가신 것뿐입니다. 별로 걱정 안하셔도 될 것 같군요."
 대개의 사람들은 아마 그렇게 생각할 것이다. "나는 아내를 죽였다. 아내는 죽었다" 하고 실토하지 않는 한……. 이제 아무도 의지해서는 안된다. 이제 그런 짓은 말아야겠다.
"얼마나 드리면 될까요, 경감님?"
메를랑은 움찍 놀랐다.
"아니, 이건…… 나는 뭐 딱히…… 아니, 저, 하기야 선생이 뭔가 이상한 것을 보셨다니까……."
더 이상은 그 이야기를 꺼내고 싶지 않다! 라비넬은 지갑을 꺼냈다.
"3천 프랑? 4천 프랑?"
메를랑은 담배를 바닥에 떨어뜨리고 밟아 뭉갰다. 갑자기 초라하게 늙고 가난해 보이는 가엾은 모습이 되었다.
"얼마라도 좋습니다……."
메를랑은 조그만 소리로 말하고 주위를 두리번거리며 테이블을 톡톡 치고는 지폐를 쥐었다.
"도와 드리고 싶었습니다만, 결과가 이렇게 돼서, 라비넬 선생……. 그러나 새로운 사태가 벌어지면 곧 달려오겠습니다. 내 명함을 두고 가지요."
라비넬은 메를랑을 울타리까지 배웅해 주고 문을 닫았다. 경감은 곧 안개 속으로 사라졌다. 그러나 구두가 뿌드득거리는 소리는 그러고도 한참 동안 들려 왔다. 과연 아까 그가 한 말은 옳았다. 안개가 짙어도 발자국 소리는 잘 들렸다.
라비넬은 집으로 돌아가 문을 닫았다. 정적이 주위를 감쌌다. 신음 소리가 나올 듯하여 현관 벽에 기댔다. 이번에는 틀림없었다. 무언가가 분명히 움직였던 것이다. 모두들 내가 병이 났다고 말하지만 그렇지 않다. 틀림없이 보였단 말이다. 제르망도 봤다고 했다. 그러나 뤼세느는? 그 사람만은 보지 않았다. 그 사람은 차가운 시체를 만져 보고 조사해 보았다. 죽은 것을 확인했다. 그렇다면?

라비넬은 볼을 꼬집고 두 손을 가만히 들여다보았다. 틀림없다. 사실은 사실이다. 부엌에 들어가 보니 자명종이 자고 있었다. 그는 이것에 일종의 씁쓸한 만족을 느꼈다. 내가 정말로 병이 났다면, 이런 자질구레한 것을 깨닫겠는가? 다시 아까 그 경험을 되풀이하듯이 창문 앞에 가서 서 보았다. 아니! 우편함 철사 안에 흰 것이 보인다!

라비넬은 집에서 나가 잠든 짐승을 몰래 붙잡을 때처럼 천천히 살금살금 걸어갔다. 편지다! 바보 메를랑은 보지 못했던 것이다!

라비넬은 우편함을 열었다. 그것은 겉봉이 아니었다. 둘로 접은 한 장의 종이였다.

전략. 아직도 당신에게 이야기하지 못해서 유감이에요. 하지만 저녁때나 밤에는 꼭 돌아오겠어요. 키스를 곁들여서…….

미레이유가 쓴 것이다! 연필로 갈겨 쓴 것이지만, 그녀의 필적이 분명하다. 언제 이 종이쪽지에 썼을까? 어디서? 무릎에 놓고? 벽에 대고? 미레이유가 무릎이 있다니! 벽이 미레이유의 손에 눌리다니! 그러나 이 종이는? 바쁘게 찢은 듯한 이 종이는 진짜다. 위쪽에 파랗게 인쇄한 글씨가 보였다. 생 브노아 거리, 이게 뭐야, 생 브노아 거리라니!

라비넬은 부엌 테이블에 종이를 올려놓고 주름을 폈다. 생 브노아 거리. 이마가 뜨거웠지만 그럭저럭 이 타격을 견딜 수 있을 것 같았다. 꼭 견디어야 한다. 초조해져서는 안 된다. 큰 가마솥에 압착된 증기처럼 자꾸만 사방에 흩어지려고 하는 생각을 추스러야 한다. 먼저 한 잔 들이키고 보자. 찬장에 꼬냑 병이 있었다. 그것을 쥐고 병따개를 찾았으나 없었다. 제기랄! 우물쭈물하고 있을 수는 없다. 개수대 모서리에 대고 때리니 병모가지가 달아나고 더러운 피 같은 술이 사방에 조금 튀었다. 잔을 쥐고 절반쯤 마셨다. 몸이 뜨거워지고 부푸는 느낌이 들었다. 화산처럼 용암으로 부풀었다. 생 브노아 거리라. 호텔의 주소다. 호텔의 주소가 아니고 무엇이겠는가? 종이쪽지는 메모장에서 급하게 뜯어낸 것이다. 이 호텔을 찾아내야 한다. 그리고, 그리고? 그러면 알 수 있겠지. 미레이유가 방을 얻어서 들어 있을 까닭은 없다. 그 사람은 내가 호텔을 조사하여 찾아내면 아마 기뻐할 것이다. 지금은 아직 분명한 신호를 보내어 자기에게 오게 하기를 삼가고 있는 것이다.

꼬냑을 따랐다. 유포에 흘렸다. 상관 있나. 종교의 비밀 의식에 참례하러 가는 느낌이 강했다. '아직도 당신에게 이야기하지 못해서 유감이에요······.' 확실히 신중하게 전하지 않으면 안되는 비밀 의식은 있다. 미레이유는 이미 그것을 알고 있다! 그러나 그것을 터득하는 데까지는 아직 이르지 못한 것이다. 저녁때나 밤에는 돌아오겠다고 한다. 좋아! 아무려나 이 종이쪽지를 놓아 두려고 일부러 찾아온 것을 보면 여기에는 무언가 중요한 뜻이 있는 것이다. 누구든 그리 간단히 남을 만날 수 없다는 것일까. 유리문이 죽은 자와 산 자를 가르고 있던 그 시체 공시소처럼, 미레이유와 나는 유리 한 장을 사이에 두고 양쪽에서 서로 더듬고 있는 셈인가 보다. 가엾은 미레이유! 이렇게 부르는 말의 뜻을 나는 잘 안다. 미레이유는 조금도 화를 내고 있지 않다. 지금 내가 가기를 기다리고 있는 미지의 세계에서 미레이유는 행복한 것이다. 자기의 행복을 나한테 나누어 주고 싶은 것 뿐이다. 그런데 나는 무서워하고 있다! 그리고 뤼세느는 시체 이야기만 한다. 시체 같은 것은 아무래도 좋다. 시체는 살아 있는 인간이 생각하고 걱정할 뿐이다. 뤼세느는 과학자라 신비를 모른다. 그녀뿐 아니라 세상 사람들은 모두 물질주의자가 되어 버렸다. 하지만 참으로 묘하다, 메를랑이 편지를 보지 못했다니. 아니, 그런 인간에게는 보이지 않는 것이 있는 법이다. 확실히. 자, 가 보자!

2시가 지나 있었다. 라비넬은 차고로 가서 덧문을 열었다. 식사는 뒤로 돌렸다. 몸에 영양분을 취하다니, 쓸데없는 짓이다. 라이트반의 엔진을 걸어 차를 밖으로 꺼냈다. 안개의 빛깔이 변하고 있다. 밤의 어둠이 자욱이 스민 듯이 파르스름한 잿빛이 되어 있었다. 헤드라이트가 끈적한 액체 같은 두 줄기 광선으로 흐릿하게 낀 회색 공간을 꿰뚫었다. 라비넬은 차고를 닫고 여느 때처럼 좌석에 올라앉았다.

기묘한 드라이브다! 땅도 길도 집도 없다. 있는 것은 헤매는 빛과 떠도는 별자리. 차갑고 무한한 안개 속에 떨어져내리는 별똥뿐이다. 그리고 소용이 있는 것은 차바퀴뿐이다. 그것은 귀에 익은 소리를 내어서 옆길과 자갈과 포장한 길, 레일, 그리고 고무를 입힌 듯이 미끄러지는 큰길에 있다는 것을 알려 준다. 협만같이 늘어선 집과 집 사이를 잘 내다보려면 몸을 앞으로 내밀지 않으면 안되었다. 차 안에 있는 라비넬은 나른하고 졸리고 괴로웠다. 생 제르망 광장을 지나고 나서 아무데나 차를 세워 놓았다.

생 브노아 거리! 다행히도 그리 멀지 않았다. 라비넬은 왼쪽 보도를 걸어갔다. 금방 호텔이 나왔다. 단골 손님들이 드는 듯한 조그만 호텔이었으며, 열쇠걸이에 걸려 있는 열쇠는 스무 개도 되지 않았다.

"라비넬 부인이라는 사람, 묵고 있지 않습니까?"

주인이 그의 얼굴을 훑어보았다. 라비넬은 복장도 너절하고, 수염도 깎지 않았다. 첫눈에 수상쩍어 보인 것이 분명했다. 그래도 숙박부를 살펴봐 주었다.

"안 계시는데요. 아마 무슨 착오였나 보지요."

"고맙습니다."

두 번째 호텔. 검소한 구조다. 접수대에는 아무도 없었다. 카운터 옆에 있는 조그만 응접실에 들어가 보았다. 등의자가 서너 개, 나지막한 테이블에 화분, 그리고 낡은 여행 안내서가 놓여 있었다.
"아무도 안 계십니까?"
남의 목소리처럼 방 안에 울렸다. 문득 그는 아무도 없는 이 호텔에서 내가 대체 어떻게 할 참일까 하는 생각이 들었다. 이런 상태라면 누구라도 카운터의 서랍을 뒤지고, 방으로 통하는 층계를 몰래 올라갈 수 있을 것 같았다.
"아무도 없소?"
헌신발을 질질 끄는 소리. 눈물을 글썽거리는 것 같은 늙은이가 부엌 뒤에서 나왔다. 발 아래 꼬리를 쭉 뻗은 검은 고양이가 떨면서 기어오르고 있었다.
"혹시 라비넬 부인이 여기 묵고 있지 않습니까?"
늙은이는 손바닥을 오므려서 귀 뒤에 대고 머리를 앞으로 내밀었다.
"라비넬 부인요!"
"그렇게 소리를 지르지 않아도 잘 들립니다."
늙은이는 절룩절룩 접수대로 걸어갔다. 고양이가 카운터에 뛰어올라가 초록빛 눈을 오므리고 라비넬을 지켜보았다. 늙은이는 숙박부를 펼치고 쇠테 안경을 꼈다.
"라비넬이라…… 있군요, 묵고 계십니다."
고양이의 눈동자는 가느다란 선이 되었다. 추운 듯이 꼬리와 리본을 두른 목을 흰 얼룩이 진 발 위에 올려놓았다. 라비넬은 레인코트와 윗옷의 단추를 끄르고 칼라에 손가락을 쑤셔넣었다.
"라비넬 부인 말입니다."
"알아요, 나는 귀머거리가 아니니까요. 틀림없는 라비넬 부인입니다."
"지금 있습니까?"

늙은이는 안경을 벗었다. 눈물이 가득찬 듯한 눈으로 손님방의 열쇠와 우편물이 들어 있는 많은 칸을 막은 선반을 훑어보았다.
 "외출 중이신데요, 열쇠가 있는 걸 보니."
 늙은이는 어느 칸을 보고 있을까?
 "나간 지 오래 됐습니까?"
 늙은이는 어깨를 으쓱해 보였다.
 "나는 손님들을 감시하고 있을 만큼 한가하지 않아서요. 손님들은 나갔다 들어왔다 하십니다. 내가 알 일이 아니죠."
 "라비넬 부인을 보셨습니까?"
 늙은이는 기계적으로 고양이의 머리를 쓰다듬었다. 눈 언저리에 주름을 잡고 생각했다.
 "가만 있자, 금발은 아니지 아마 젊은 분이야. 모피를 댄 외투를 입었구?"
 "노인에게 무슨 말을 건넸습니까?"
 "아니, 내가 아니라 접수를 보던 내 안사람과 무슨 말을 했었지요."
 "그러면 라비넬 부인이 말을 하는 것을 듣기는 들었군요?"
 늙은이는 코를 풀고 눈썹을 문질렀다.
 "선생은 경찰에서 오셨나요?"
 "아니, 아니오." 라비넬은 당황하여 말했다. "친구입니다. 이삼 일 전부터 찾고 있는 중이지요. 무슨 짐을 들었습디까?"
 "아니오."
 갑자기 함부로 하는 말투가 되었다. 라비넬은 큰맘먹고 마지막 질문을 했다.
 "언제 돌아오는지 아십니까?"
 늙은이는 숙박부를 탁 소리나게 닫고 안경을 초록빛 안경집에 넣었다.
"글쎄 알 수 없는걸. 외출 중인가 하면 들어와 있고, 들어와 있는가 하면 외출 중이니까 뭐라고 말할 수 없소."

몸을 굽히고 절룩절룩 걸어가기 시작했다. 고양이도 그 뒤에서 등을 세우고 벽을 따라 걸어갔다.

"잠깐 기다리십시오!" 라비넬은 소리쳤다. "이 명함 좀 전해 주시겠습니까?"

"그러죠."

늙은이는 정리 선반에 비스듬히 명함을 꽂았다. 19호실이다. 라비넬은 밖으로 나가서 바로 가까이에 있는 카페로 들어갔다. 입 속이 바싹 말라 있었다. 구석진 곳의 테이블을 골랐다.

"꼬냑!"

미레이유는 정말로 그 호텔에 있을까? 늙은이는 틀림없이 있다는 말투가 아니었던가? 짐도 슈트케이스도 없다. 있는가 하면 외출 중이고, 외출 중인가 하면 있다. 아주 적절한 표현이다! 그 늙은이, 자기 집에 묵고 있는 여자 손님의 정체를 알면 뭐라고 할까? 모피를 댄 외투를 입은 여자 손님과 말을 나눈 유일한 사람, 그 늙은이의 아내를 꼭 만나 봐야 한다. 그러나 미레이유는 지금 그곳에 있지 않다. 언제나 이렇게 얼른 보기에 틀림없는 증거가 쉽게 떠오르지만, 그것을 잘 살펴보고 있노라면 의심쩍어지고 가치가 없어지는 것이다.

라비넬은 테이블에 돈을 던져 놓고, 얼른 거리로 나갔다. 안개가 얼굴을 적셨다. 매연과 수채와 썩은 고기 냄새가 났다. 금방 호텔이 나왔다. 현관에 아무도 없었다. 문을 밀고 안으로 들어갔다. 문은 자동 장치로 소리없이 닫혔다. 19호실이라고 쓴 구리 번호표 밑에 열쇠가 그대로 매달려 있고, 명함도 그냥 꽂혀 있었다. 그는 발끝으로 살금살금 걸어갔다. 숨을 죽였다. 찰그락거리지 않도록 열쇠를 벗겼다.

19호실이라면 3층이나 4층이겠지. 층계에 깔아 놓은 카펫은 오래되어 거멓게 번들거렸지만 삐걱거리지는 않았다. 그러나 전깃불은 켜져 있지 않았다. 잠자고 있는 것 같은 이상한 호텔이다! 2층 층계참. 캄캄하다. 그는 라이터를 꺼내어 켜든 손을 앞으로 내밀었다. 갈색 카펫이 어두운 복도로 사라지고 있었다. 방이 한쪽에 너덧 개밖에 없는 것 같았다. 라비넬은 다시 층계를 올라갔다. 이따금 난간에서 몸을 내밀어 아래를 내려다보았다. 저 아래 기분나쁜 창백한 빛 속에 무언가 자전거 같은 것이 보였다. 미레이유는 여기를 좋은 장소로 알고 도망쳐 온 것이다. 그러나 그녀가 도망친다는 것은 우습지 않은가? 오히려 라비넬이야말로 달아날 용기가 있다면……

  3층 층계참. 라이터 불빛으로 방의 번호를 비추어 보았다. 15호…… 17호…… 19호…… 불을 끄고 귀를 기울였다. 어디서 세면대의 물을 빼고 있다. 들어가야 하나? 침대에 흠뻑 젖은 송장이 뒹굴고 있지 않을까? 천만에! 그런 생각을 해서는 안 된다. 그는 침착하게 마음을 가라앉히고, 무언가 다른 하찮은 일에 주의를 집중하려고 했다. 몸이 떨렸다. 누가 방 안에서 귀를 기울이고 있을지도 모른다.

  다시 라이터를 켜고 열쇠 구멍을 찾았다. 쇠를 돌리고 가만히 있었다. 아무 소리도 나지 않았다. 아무것도 걱정할 일이 없는데 이렇게 무서워하다니 어이없지 않은가! 미레이유는 친구가 아닌가. 라비넬은 문 손잡이를 돌리고 방 안으로 들어섰다.

  방 안은 휑뎅그렁하게 어두웠다. 그래서 온 몸의 힘을 다 짜내어 방을 가로질러 커튼을 끌어당기고 천장의 불을 켰다. 너무 밝게 느껴지는 불빛이 초라한 철제 침대, 더러운 천을 덮은 테이블, 페인트를 칠한 옷장, 낡은 소파 같은 것을 비추었다. 그러나 무언가가 그 어떤 것의 존재를 증명하고 있었다. 미레이유의 향수다. 틀림없다. 라비넬은 빙그르 돌면서 천천히 숨을 들이마셨다. 확실히 그녀의 향수다.

냄새가 거의 나지 않는가 하면 갑자기 강하게 풍기곤 한다. 싸구려 코티 향수. 이것을 쓰는 여자는 많다. 단순한 우연의 일치일까? 그러나 세면대 위에 있는 저 빗은?

라비넬은 그것을 집어들고 손바닥으로 무게를 재 보았다. 이것도 우연의 일치인가? 낭뜨의 라 포스 거리 상점에서 산 것이다. 한쪽 끝의 이가 반쯤 빠져 있다. 빠리에 이와 똑같은 빗은 아마 없을 것이다. 자루에 금발 머리칼이 몇 오라기 말려 있다. 그리고 저 조그만 상자뚜껑이 재떨이가 되어 있고, 안에 피우다 만 '하이 라이프'가 들어 있다. 미레이유는 늘 '하이 라이프'를 피웠다. 좋아하지는 않았지만, 그 이름을 마음에 들어했다. 라비넬은 비실비실 침대에 앉았다. 어릴 때 아버지가 내주는 문제를 풀지 못하고 그랬듯이, 베개에 얼굴을 묻고 눈물을 흘리며 울고 싶었다. 지금도 해답을 알지 못하고 있다. 그는 들릴락말락하게 "미레이유…… 미레이유" 하고 되풀이하며, 빗과 반짝이는 금발 머리칼을 가만히 들여다보았다. 이 머리칼만 없더라도 이렇게 비참한 기분은 되지 않았을 것이다. 물론 빛이 바래고 문신처럼 얼굴에 찰싹 들러붙어 있던 다른 머리칼이 생각난 것이다. 지금 여기에 남아 있는 것은 이 빗과 끝에 립스틱이 묻은 담배꽁초뿐이다. 이것들을 해석하여 미레이유가 그에게 무엇을 바라고 있는지 알아내야만 한다.

그는 일어서서 찬장의 서랍을 모조리 뽑아 보았다. 아무것도 없었다. 빗을 주머니에 넣었다. 신혼 때 그는 아침에 곧잘 미레이유의 머리를 빗겨 주었었다. 그 맨살 어깨에 늘어진 머리를 얼마나 사랑했던가! 이따금 입술을 갖다대고, 그 건초 같고 시골 흙 같은 머리의 냄새를 맡곤 했다. 그렇다, 이것이 조짐의 뜻이다! 미레이유는 집에 놓아 둬서는 아무 뜻도 없으므로 갖고 나온 것이다. 그리고 두 사람의 사랑의 나날을 추억하기 위해 이 아무도 모르는 방에 갖다 놓은 것이다. 틀림없다. 미레이유는 말로는 아무 설명도 하지 못한다. 그는 어두운 길을 한 걸음 한 걸음 나아가서 그녀가 있는 곳에 도달하지 않으면 안되는 것이다. 그 종이 쪽지에 만나는 시간이 적혀 있었다. '저녁때나 밤에는 꼭 돌아오겠어요.'

 이제 의심할 수 없었다. 곧 미레이유를 만나게 된다. 눈에 보이기 시작한다. 비밀 의식도 다 끝나 간다. 결혼식은 오늘 밤이다. 열이 나고 또 냉정해졌다. 그는 그녀가 피우다 만 담배를 입술에 가져갔다. 어떤 입술이 그것을 물었는지 알고 싶었다. 그러나 그것을 무는 순간 갑자기 메스꺼워져서 간신히 참았다. 미레이유는 흔히 담배에 불을 붙여서 그에게 주었었다. 라이터 불을 힘차게 붙여 첫 한 모금을 들이켰다. 각오가 되었다. 마지막으로 다시 한 번 방 안을 둘러보았다. 그는 어느새 말로 표현하기 무서운 어떤 결심을 하고 있었다.

 밖에 나가서 열쇠를 돌렸다. 복도 끝에 두 개의 점이 반짝이고 있었다. 좀더 일렀더라면 아마 그는 기절했을 것이다. 그만큼 아까는 긴장해 있었던 것이다. 그러나 이제는 예사였다. 그는 암흑의 밑바닥에서 가만히 자기를 응시하고 있는 그 두 개의 눈 쪽으로 걸어갔다. 층계참에 앉아 있는 고양이였다. 두 개의 창백한 달 같은 눈이 별안간 허공으로 날았다. 라비넬은 이제 층계를 살금살금 내려가지는 않았다. 아래층으로 내려간 고양이는 마음 속을 살피듯이 한 번 야옹하고 울었다. 부엌 문간에 늙은이가 나타났다.

 "안 계시죠?" 늙은이가 나직이 물었다.
 "네." 라비넬은 열쇠를 본디 자리에 걸었다.
 "내가 말하지 않습디까? 외출 중인가 하면 안에 있더라고. 부인이시지, 그렇죠?"
 "네, 내 아내입니다."
 늙은이는 고개를 저으며, 처음부터 이렇게 될 줄 알고 있었다는 듯한 얼굴을 했다. 그리고 자기 자신에게 타이르듯이 말했다.
"여자에게는 많이 참아야 하는 법이라우."
 늙은이는 고양이를 안고 고개를 돌렸다. 라비넬은 이제 침착했다. 방금 살아 있는 인간 사회의 법도로서는 다스릴 수 없는 다른 세계에 들어갔다 나왔다는 것을 알고 있었다. 현관을 지나 밖으로 나갔다. 진한 커피를 연거푸 마셨을 때처럼 가슴이 몹시 빨리 고동쳤다. 안개는 아까보다 더 짙어져 있었다. 폐 속까지 신선해진 것 같은 느낌이 들었다. 안개는 나의 친구다. 온 몸이 안개로 가득차서 조금씩 모습이 사라져 안개 속으로 녹아들어가 버리고 싶었다. 또 하나의 조짐. 안개는 그날 밤 낭뜨에서 시작됐다. 그리고 지금 여기에도 있다, 보호용 울타리처럼. 이런 조짐의 뜻을 모조리 알아야 한다. 그뿐이다.
 라비넬은 자기의 자동차를 찾았다. 안개가 짙어서 속력을 늦추어 앙기앙으로 돌아가야 할 것 같았다. 차가 움직이기 시작했다. 경적을 울렸다. 헤드라이트가 차도에 파르스름한 빛의 띠를 펼쳤다. 5시가 조금 지나 있었다.
 돌아가는 길에는 마음이 가라앉아 있었다. 라비넬은 해방된 기분이었다. 마음의 짐은 이제 아무것도 없다. 있는 것은 끈질긴 안개처럼 지금까지 생애에 줄곧 자국을 남겨온 권태감뿐이다. 시시한 직업, 기묘한 인생. 단골손님에서 단골손님으로, 아페리티프에서 아페리티프로, 그는 뤼세느를 생각했으나 아무 정열도 솟지 않았다. 멀리 있는 뤼세느, 얼굴도 잘 생각나지 않았다. 그녀는 확실히 그를 진리에 접근시키는 데 도움이 되었다. 하기야 그녀를 만나지 않았더라도 언제나 진리를 자기 것으로 만들 수는 있었겠지만.
 클리너가 쓱쓱 소리를 내면서 빠르게 움직이고 있었다. 라비넬은 길을 잃지 않을 자신이 있었다. 확실한 방향 감각으로 안개 속을 나아갔다. 차를 몰고 있는 것은 라비넬 혼자뿐인 것 같았다. 다른 사람들은 무서운 것이다. 그들은 충분한 빛과 많은 신호등이 켜진 길과 교차점의 순경이 필요하다. 라비넬은 처음으로 늘 다니는 길을 버리고 자기의 의사대로 움직였다. 앙기앙에서 만날 사람, 자기를 기다리고 있을 사람은 생각하지 않았으나, 마음이 달콤함과 비참함에 차 있었다. 조금 속력을 올렸다. 실린더 하나가 이상한 소리를 냈다. 평소 같으면 수리 공장에 가서 보여야 할 일이다. 그러나 이제 평소고 뭐고 없었다. 그런 하찮은 물질적인 걱정은 아무 의미도 없는 것이다.

차가 한 대 눈부신 헤드라이트를 비추며 엇갈려 갔다. 한순간 공포감에 휩싸였으나 곧 조용해졌다. 그러나 속력은 늦추었다. 오늘 밤에 사고가 나면 곤란하다. 그는 밝고 또렷한 기분으로 집에 돌아가고 싶었다. 마지막 커브를 조심스레 돌아가니 앙기앙의 막다른 곳에 불빛이 보였다. 조그만 램프보다 흐린 불빛이다. 스위치를 껐다. 그의 집 앞길이다. 약간 한기가 났다. 자동차는 관성으로 움직여 갔다. 울타리 앞에서 브레이크를 밟았다. 안개가 짙었으나, 덧문 안에 불빛이 보였다.

11

덧문 안에 불이 켜져 있다. 라비넬은 조금 망설였다. 이토록 지쳐 있지 않았다면 결국 집 안에 들어가지 않았을지도 모른다. 비명을 지르면서 달아났을지도 모른다. 그는 주머니 속의 빗을 더듬으며, 막다른 길의 끝을 보았다. 아무도 그의 모습을 볼 수 없었을 것이다. 비록 볼 수 있었더라도, 다만 "아아! 라비넬 씨가 돌아왔군." 하고는 금방 다른 일을 생각할 것이다. 라이트반에서 내려 울타리 앞에 섰다. 정말 여느 때와 조금도 다름이 없다. 식당에서 미레이유가 바느질을 하고 있을 것이다. 그녀는 고개를 들고 말할 것이다.

"이제 돌아오세요? 별일 없으셨어요?"

그리고 그는 옷을 갈아입으러 2층으로 가는데, 층계를 더럽히지 않으려고 신을 벗을 것이다. 슬리퍼가 층계 아래 놓여 있을 것이다. 그리고······.

라비넬은 열쇠 구멍에 열쇠를 꽂았다. 집에 돌아온 것이다. 모든 것이 그대로다. 살인 같은 것은 한 적이 없다. 그는 미레이유를 사랑하고 있다. 언제나 미레이유를 사랑했다. 단조로운 생활 때문에 그렇게는 되었지만 그것은 착오였다. 그가 사랑하고 있는 것은 미레이유다. 다시는 뤼세느를 만나지 말자. 그는 집 안으로 들어갔다.

현관에 불이 켜져 있었다. 부엌에는 개수대 위의 전등이 켜져 있다. 문을 닫고 그는 반사적으로 말했다. "나야, 페르낭이야!" 콧구멍을 벌름거렸다. 스튜 냄새가 났다. 부엌에 들어가 보았다. 가스 불에 냄비가 두 개 얹혀 있었다. 불은 가사에 익숙한 사람의 손으로 약하게 조절되어 있었다. 파란 구슬 같은 조그만 불길이 구멍에서 나오고 있을 뿐이었다. 타일 바닥은 청소가 되어 있었다. 자명종도 태엽이 감겨 있었다. 7시 10분을 가리키고 있었다. 온 부엌이 깨끗하게 닦여 있고, 스튜 냄새가 가득차 있었다. 라비넬은 무심코 냄비 뚜껑을 열어 보았다. 양고기 스튜, 그가 가장 좋아하는 요리다. 그가 가장 좋아하는 양고기 요리를 만들고 있다니, 너무나도 가정적이고, 너무나도 상냥한 마음씨가 아닌가. 달콤한 고요, 어딘지 차분한 공기에 차 있다. 그는 무언가 더 극적인 광경과 부딪치는 편이 좋았던 것이다. 그는 찬장에 몸을 기댔다. 머리가 빙빙 돌았다. 뤼세느에게 보여 줘야겠다. 뤼세느? 하지만, 이제······ 그는 매우 깊은 바닷속에서 떠올라 온 잠수부처럼 길게 숨을 내쉬었다. 식당문이 빠끔히 열려 있었다. 의자와 테이블 모퉁이와 파란 테이블보가 보였다. 조그만 사륜마차와 망루의 무늬가 들어 있었다. 페로의 동화가 생각나서 미레이유가 산 아델 클로스다. 그녀는 습기 찬 날에는 대개 집안에 들어박혀

장작을 때는 난로 옆에 앉아 있었다. 라비넬은 문 앞에서 죄인처럼 고개를 푹 숙이고 서 있었다. 안으로 들어갈 수가 없었다. 할 말, 빌 말이 없었다. 그는 몸이 말을 듣게 되기를 기다렸다. 그의 몸은 굳어져서 반항하고, 바닥에 달라붙어 애걸하고, 말없이, 조용한 말없는 투쟁에 몸부림쳤다. 두 사람의 미레이유가 있듯이 홀연히 두 사람의 라비넬이 나타난 것 같았다. 서로를 찾는 두 마음이 있고, 서로에게 반발하는 두 육체가 있었다. 무언가가 식당에서 타닥타닥 튀었다. 불이다. 난로에 불이 타고 있는 것이다. 가엾은 미레이유! 아마 무척 추웠던 모양이다. 당장 욕조의 광경이 떠올랐다. 아니다, 아니다! 그것은 거짓이다!

라비넬은 떨면서 문을 조금 밀었다. 테이블이 잘 보였다. 언제라도 식사를 할 수 있게 되어 있었다. 회양목 냅킨 링에 그의 냅킨이 걸려 있었다. 유리 주전자에 전등 빛이 반짝이고 있었다. 모두가 그립고 무서운 것들뿐이었다.

"미레이유!"

그는 나직이 불렀다. "들어가도 돼?" 하고 물어 보는 어조였다. 미레이유는 어떤 모습을 하고 있을까? 그 전의 얼굴인가, 그 뒤의 얼굴인가…… 머리칼이 찰싹 들러붙었고 콧구멍이 좁아진 얼굴인가, 아니면 유동체 같은 허연 심령의 모습인가? 안된다. 함부로 그런 생각을 해서는 안된다. 늦추면 안 된다. 페달의 발을 늦추면 안 된다는 것은 자전거를 타는 사람의 대사다.

그는 간신히 문을 밀었다. 벽까지 활짝 열었다. 소파가 쓸쓸히 난로 곁에, 구리의 그을음막이 앞에 놓여 있었다. 테이블에는 두 사람분의 식사가 준비되어 있었다. 왜 두 사람분인가? 그러나 두 사람분이 나쁠 까닭이 어디 있는가? 그는 레인코트를 벗어 소파에 던졌다. 아! 미레이유의 쟁반에 종이쪽지가 얹혀 있었다. 이번에는 집에 있는 편지지를 썼다.
 '아주 형편이 좋지 않아요. 먼저 식사를 하세요. 곧 돌아오겠어요.'
 곧 돌아오겠어요! 이 얼마나 신기한 말인가! 일부러 이렇게 쓴 것은 아니겠지만, 그것은 모든 말을 다 하고 있었다. 그는 의심이라도 든 듯이 한 번 필체를 살펴보았다. 미레이유는 왜 마지막 쪽지 두 장에는 서명을 하지 않았을까? 아마 지금 미레이유가 있는 세계에서는 일정한 인격이라는 것이 없기 때문인지 모른다. 개인적인 것은 모두 그림자가 옅어지나 보지…… 그게 틀림없다! 한꺼번에 무거운 짐을, 과거를, 운명을, 자기 이름까지도 버릴 수 있다니! 라비넬은 이제 그만두는 것이다. 자기 아들을 못 살게 군, 그 광기 어린 엉터리 교사의 성을 버릴 수 있게 되는 것이다. 아, 미레이유! 이 얼마나 근사한가!
 그는 나른하게 소파에 앉았다! 이제 마음이 차분하게 가라앉아서 구두끈을 끄르고 난로 불을 일구었다. 불 옆에 있으니 부화기 속처럼 따뜻했다. 미레이유가 돌아오면 죄다 이야기해 주어야 한다. 이야기의 시초는 블레스뜨였지…… 두 사람은 서로 어린 시절의 이야기를 한 적이 없었다. 그는 미레이유에 대해서 무엇을 알고 있을까? 그녀는 24살이 될 때까지 그가 모르는 여성이었다. 그보다 10년 전 아직도 머리를 땋아내리고 있었을 때는 무엇을 하고 있었을까? 혼자서 놀고 있었을까? 숨어서 무슨 놀이를 하고 있었을까? 그녀도 안개놀이를 하고 있었는지 모른다. 어두워지면 무서워했을까? 꿈 속에서 두 개의 낫을 끼워맞춘 것 같은 집게를 쳐드는 식인귀 같은 괴물에 쫓긴 경험이 있을까? 미레이유는 어떤 공부를 했을까? 친구들은? 어린 소녀들끼리 무슨 말을 재잘거렸을까? 왜 미레이유는 느닷없이 집을 뛰쳐나갈 생각이 났을까? 그렇게 멀리 앙띠브까지? 함께 살면서도 두 사람은 서로가 똑같은 정체 모를 병을 앓고 있는 줄을 몰랐던 것이다. 두 사람은 이 고요한, 너무나도 고요한 집에 살고 있었다. 두 사람 다 어디론지, 태양과 꽃과 천국 같은 즐거움이 있는 곳이면 어디든지 가고 싶었던 것이다. 그는 문득 교리문답을 가르쳐 준 마드레느 수녀가 생각났다. 그녀는 무서운 어조로 죄에 대해서 이야기해 주었었다. 뾰족한 모자를 쓴 수녀의 얼굴은 많이 늙어서 이따금 짓궂게 보였다. 그러나 천국 이야기를 할 때는 듣는 사람이 저도 모르게 그 이야기를 믿어 버릴 정도였다. 수녀는 마치 스스로 가 본 것처럼 천국 이야기를 했다. 빛에 가득차 있는 넓은 정원…… 주위에는 동물들이 있다. 부드러운 눈을 가진 얌전한 동물들이다. 게다가 파랗고 흰 보기 드문 꽃들. 그리고 피부가 늘어진 주름투성이의 검은 손에 시선을 떨어뜨리고 마드레느 수녀는 덧붙이는 것이었다.

"천국에서는 전혀 일을 하지 않아도 되는 거예요."

이 말에 라비넬은 슬픔과 기쁨을 함께 느꼈다. 말하자면 그때 그는 자기가 도저히 천국에 갈 수 없다고 느꼈던 것이다.

그는 일어서서 구두를 부엌으로 들고 가 찬장 옆에 있는 선반에 올려놓았다. 슬리퍼는 층계 밑에 가지런히 놓여 있었다. 낭뜨의 르와이얄 광장 근처에서 산 샬랑떼즈 슬리퍼다. 이런 자질구레한 것까지 생각이 난다는 것은 이상한 일이지만, 머리가 너무나도 맑았다. 머릿속에는 갖가지 양상이 그득차 있었다. 그는 가스를 껐다. 입맛이 없었다. 미레이유도 아마 먹고 싶어하지 않을 것이다. 무엇보다도 그녀가 식욕이라는 것이 있을 까닭이 없다. 그는 한 손을 허리에 대고 천천히 층계를 올라갔다. 층계에도 전등이 켜져 있었다. 침실에도 서재에도 불이 켜져 있었다. 마치 집 안에 무슨 경사라도 있는 것 같았다. 두 사람이 처음 이 집에 옮겨왔을 때, 그는 일부러 방마다 전등을 다 켜 놓았었다. 놀라움을 더 크게 하기 위해서였다. 미레이유는 손뼉을 치면서 좋아했으며, 꿈이 아니라는 것을 확인하기라도 하려는 듯이 가구와 벽을 일일이 손바닥으로 쓰다듬으며 돌아다녔었다. 라비넬은 관자놀이 뒤에 약간 아픔을 느끼고, 하는 일 없이 방 안을 왔다갔다 했다. 침대는 말끔히 정돈되어 있었다. 옷장 밑에 빈 병은 이미 보이지 않았다. 서재도 깨끗이 정리되어 있었다. 그는 책상에 앉았다. 여러 가지 빛깔의 서류집게가 수북이 쌓여 있었다. 회사에서 무언가 보고하라는 지시를 받았는데, 무슨 보고였지? 잊어 버렸다. 지금은 그런 것이 다 아득히 먼 곳의 일, 아무 소용도 없는 일이었다. 밖에서 무슨 소리가 났다. 그는 서재에서 침실로 가 길 쪽으로 나 있는 창문 앞에 서서 귀를 기울였다. 사람의 발자국 소리가 나고, 이어 어딘가의 문이 닫혔다. 철도국 직원이 돌아온 것이다.

라비넬은 서재로 돌아왔다. 기습을 당하고 싶지 않아 방문을 모조리 활짝 열어 놓았다. 이렇게 해 두면 미레이유가 미끄러지듯 가볍게 빠져서 들어오더라도 알 수 있겠지. 왜 그는 책상 서랍 속을 뒤적거리고 있는 것일까? 자기 인생을 다시 한 번 되돌아보고 어떤 것이었나 알고 싶어서인가? 아니면 초조하게 기다리는 마음을 달래고 쓸데없이 서류를 정리하여 자칫하면 산만해지기 쉬운 주의력을 집중하기 위해서인가? 아래층에서 시계 움직이는 소리가 가냘프게 들려 왔다. 7시 반이 조금 지났다. 서랍에는 많은 서류가 들어 있었다. 카탈로그, 보고서 초안, 그리고 미끼, 릴 줄, 릴 막대, 모조어(模造魚) 따위의 주문서…… 운하와 못과 강에서 낚시하는 사람들의 사진. 신문 스크랩——노르쉬렐도르의 낚시 대회……. 고올의 낚싯꾼이 다시 12파운드의 송어를 낚았다. 사용한 낚싯줄은……. 오늘 이 밤을 맞이하기까지 이렇게도 많은 헛된 것들이! 시시한 평생! 왼쪽 서랍에는 파리낚시를 만드는 재료. 라비넬은 당장 후회했다. 그는 그 나름으로 기술자였다. 그는 원예 전문가가 새로운 꽃을 만들어 내듯이 새로운 파리낚시를 만들어 냈다. 회사의 카탈로그는 한 페이지를 고스란히 할애하여 원색 인쇄로 라비넬 식 파리낚시를 소개하고 있다. 서랍 속은 칸막이가 되어 있어서 꿩의 깃털이라든가 부드러운 닭털, 조그만 파리낚시 같은 것이 소복소복 구분되어 있었다. 처음으로 밤의 냉기를 쐬고 떨어진 하루살이 같았다. 부드럽게 쌓인 깃털을 보니 마음이 좀 아팠다. 벌레처럼 보이는 파리낚시가 실과 깃털과 금속으로 되어 있다는 것을 알면서도 왠지 기분나빴다. 특히 초록빛 가뢰(가룃과 곤충의 총칭)가 수북이 쌓여 있는 것은 비밀 묘지를 연상시켰다.

　라비넬은 서랍을 닫았다. 파리낚시에 대해서 책을 쓸 참이었는데, 이제 그럴 시간도 없어졌다. 이렇게 되지 않았더라면 책을 쓰게 되었을지도 모르는데……. 아니, 마음을 약하게 먹어서는 안된다. 그는 귀를 기울였다. 너무 조용해서 빨래터 앞의 냇물 소리가 들리는 것 같았다. 틀림없이 헛들은 것이다. 불쾌한 일이다. 어떻게든 이런 것은 생각지 않도록 해야 한다. 그는 또 하나의 서랍에 두 손을 쑤셔넣고 타이프된 서류며 견본류며 복사 서류 같은 걸 뒤적거렸다. 제일 밑에 한 묶음의 처방전이 있었다. 아아, 이렇게 오래된 처방전이! 결혼 전의 것이었다. 그는 한때 식욕이 없어지고 밤새도록 잠을 자지 못하여 입 안에 피 같은 것을 느끼면서 떤 적이 있었다. 암인 줄 알았던 것이다. 한참 만에 다만 암이라는 말에서 그런 병에 걸렸다고 지레짐작하여 무서워했을 뿐이라는 것을 알았다. 그렇게 생각함으로써, 마치 병이 날마다 내장을 마구 침범해 들어가는 것은 당연하다는 식으로 일종의 벌을 자기 자신의 마음에 부과하고 있었던 것이다. 그는 암이 거미 모양을 하고 있다고 생각했다. 유년 시절에 거미를 보고 기절한 일이 있었기 때문인지도 모른다. 블레스뜨의 아파트에서였다. 거미가 있었다는 것 자체가 믿어지지 않을 정도였다. 그런 그가 파리낚시에 흥미를 가지게 될 줄이야…….

　층계가 삐걱거렸다. 라비넬은 가만히 귀를 기울였다. 그 소리는 똑똑히 한 번 들린 뒤로 아래층의 시계 소리만큼도 들리지 않았다. 참나무 층계가 어쩌다가 소리를 낸 모양이다. 문득 켜져 있는 등불이 죄다 불길한 빛 같은 생각이 들었다. 만일 미레이유가 저 서재 입구에 나타난다면? 그의 몸뚱이 속에서 역시 무언가가 삐걱거리고 뚜렷한 소리를 내며 쪼개져서 깜짝 놀라 죽어 버릴 것 같은 기분이 들었다. 그러나 그렇게 생각한다는 것은 무의미하다는 기분도 있었다. 정말로 암이 틀림없다고 생각한 적이 있는데도 오늘날까지 살아 왔다. 그렇게 쉬 죽을 까닭이 없다. 장작받이 두 개를 꼭 써야 했었지……아아, 이제 지긋지긋하다! 지긋지긋해!

그는 몸을 일으켜 소파를 밀어서 소리를 냈다. 억누르는 가위에서 빠져나오기 위한 몸부림이었다. 그리고 그는 방 안을 돌아다니다가 침실에 들어가서 옷장을 열었다. 옷이 네모나게 옷걸이에 걸려 있었다. 강한 나프탈렌 냄새가 났다. 또 이상한 짓을 했다. 무엇을 찾자는 것인가? 문을 발로 쾅 닫아 버리고 층계를 내려갔다. 이 무슨 정적! 평소에는 기차가 달리는 소리가 들린다. 그러나 오늘 밤에는 안개가 모든 생물의 숨을 죽여 놓았다. 그리고 불길한 시계만 움직이고 있다. 9시 15분 전. 미레이유는 이렇게 늦게 돌아온 적이 없다. 그것은 다시 말해서…… 그는 어깨를 움츠렸다. 마치 1인극 같다. 이때 엉뚱한 생각이 떠올랐다. 미레이유에게 무슨 성가신 일이 생긴 것이다…… 사고가! …… 기억이 앞뒤로 바뀌고 뒤죽박죽이 되었다…… 온갖 생각이 꽝꽝 울리고 소용돌이치면서 무겁게 두개골을 짓눌렀다. 그는 식당으로 들어갔다. 난롯불이 다 꺼져 가고 있었다. 지하실에 내려갈 용기는 없었다. 지하실 술 창고에도 그물이 쳐져 있는 것이 아닐까? 어떤 그물? 그물이 어디 있나. 그는 포도주를 한 잔 따라서 조금씩 조금씩 마셨다. 왜 이렇게 늦을까! 다시 2층으로 올라갔다. 나른해서 견딜 수가 없었다. 만일 미레이유가 오지 않는다면 아침까지 기다리고 다시 저녁때까지 기다리고, 그리고 또, 또……. 그는 한계에 다다랐다. 만일 그녀가 오지 않으면, 그가 그녀보다 앞서 가게 된다. 그는 권총을 꺼냈다. 희미한 살의 온기가 옮겨가 있었다. 손바닥에 얹으니 반짝반짝 빛나는 것이 꼭 해롭지 않은 장난감 같았다. 안전 장치를 손가락으로 끌어 올려 보았다. 격철이며 약실의 구조는 잘 몰랐다. 이 검푸른 무기를 가슴이나 관자놀이에 갖다댈 생각은 해본 적이 없었다. 천만에! 이런 식으로는 잘 쏘지도 못하겠다.

권총을 주머니에 밀어넣고 다시 책상 앞에 앉았다. 뤼세느에게 편지를 쓸까? 그러나 그 여자는 내 말을 믿지도 않을 것이다. 거짓말인 줄 알 것이다. 나를 어떻게 생각하고 있을까? 자, 공정히 한 번 생각해 보자! 그 여자는 나를 가엾은 사나이로 알고 있다. 이렇게 되리라는 것을 처음부터 알고 있었다. 나를 경멸하고 있는 것은 아니다. 그러나 역시 경멸은 아니다. 다시 말해서 나를…… 뭔가 묘한 말을 했었지, 뤼세느는…… 그래, 의지 상실자. 기력없는 호인이라는 이야기다! 확실히 그의 정체는 그랬다. 그는 무슨 일이나 남에게 부탁하고 남에게 의지했다. 때로는 그가 전혀 모르고 있는 동안에 남이 다 해주었다. 미레이유도…… 역시 의지 상실자다. 그러나 뤼세느는 언제나 무언가에 마음이 빼앗겨 있었다. 무엇에? 그는 그녀가 쉴새 없이 그를 관찰하여 성격을 규명하려 하고 있는 것을 알고 있었다. 때로는 정말로 상냥한 거동도 보였다. 그녀의 눈은 언제나 기운을 내요 라고 말하는 것처럼 보였다. 그녀는 또 두 사람의 장래에 대해서도 다정하게 이야기해 주었다. 구체적인 이야기는 아니었지만, 말만의 약속 이상의 확실함이 있었다. 미레이유에게도 마찬가지로 상냥했다. 아마 다 죽어가는 자기의 환자에게는 언제나 상냥한 모양이다. 잘 있어, 뤼세느!

그는 정신없이 흩어진 서류를 뒤적거렸다. 사진이 나왔다. 그가 미레이유에게 보냈던 그녀의 사진이다. 그래, 티푸스에 걸리기 며칠 전이었다. 뤼세느의 사진도 있었다. 이것도 대체로 비슷한 때의 것이다. 가장자리가 톱니 모양으로 된 사진 두 장을 나란히 놓고 비교해 보았다. 어쩌면 이렇게도 말랐는가, 미레이유는! 남자아이처럼 홀쭉하고, 앳된 큼직한 눈이 매혹적이다. 그 눈은 렌즈를 보고 있지만, 사실은 그의 어깨 너머로 더 먼 곳을 바라보고 있는 것이다. 그가 무심코 막아서 있는 훨씬 뒤쪽의 행복의 이미지를 보고 있는 것이다. 그가 마치 미레이유와 미레이유가 오랫동안 바라던 그 무엇 사이에 끼어든 꼴이 되었다. 뤼세느는 언제나 보는 그 모습으로 찍혀 있다. 엄하고 인간적인 느낌이 없는 얼굴이다. 어깨는 모가 나고 턱은 좀 무거운 느낌이지만 그래도 미인이다. 일종의 차갑고 가시가 있는 미인이다. 그의 것은…… 그의 사진은 없었다. 미레이유는 사진사가 사용하는 기계를 자기가 만질 생각을 해본 적이 없었다. 뤼세느도 그랬다. 많은 종이와 봉투를 뒤적거려 보았다. 겨우 찾은 것은 증명용 사진이었으며, 누르스름했다. 운전 면허증에 사용한 것이다. 몇 살쯤일까? 스물 한두 살 때였을까? 아직 머리는 벗겨지지 않았다. 여윈 얼굴이다. 희망에 불타고 있는 것 같이도 보이고, 절망할 대로 절망해 있는 것 같이도 보인다. 멍청한 사진이다. 그는 거의 사그라져 가는 사진을 보면서 생각에 잠겼다. 이렇게 비교해 보면 아무도 모르는 하나의 역사가 떠올라 온다. 이제 아마 시간이 어지간히 되었을 것이다. 10시쯤일까? 10시 반일까? 바깥의 습한 공기가 얇은 벽을 뚫고 천천히 스며온다. 추웠다. 소파에 몸을 움츠리고 앉았다. 이제는 생각의 줄거리를 더듬어 나갈 기운도 없다. 얼음 같은 침묵과 억센 빛 속에서 속수무책이었다. 이대로 잠들어 버리는 것일까? 미레이유는 자고 있는 동안에 나타나려는 속셈일까? 그는 간신이 눈을 부릅뜨고 툴툴거리며 일어섰다. 방이 눈에 낯선, 이 세상의 것이 아닌 것처럼 여겨졌다. 좀 잔 게 분명했다. 자서는 안된다, 절대로. 다리를 질질 끌며 층계를 내려가 부엌으로 들어갔다. 10시 10분 전이었다. 피로가 온 몸에 번져 녹초가 되어 버렸다. 몇 날 밤이나 자지 않은 것 같았다. 목이 바싹 마르고 입 속이 버석버석했으며, 몸뚱이 속이 오그라드는 듯한 느낌이었다. 그러나 커피도 커피 뽑는 기구도 찾지 않았다. 그런 일은 아마도 시간이 걸릴 것이다. 다만 외투를 입고 깃을 세웠을 뿐이다. 수염도 깎지 않고 슬리퍼를 신고 있어서 아무튼 기묘한 몰골이다. 아까 그 불이 붙어 있던 가스와 차려져 있는 식탁 같은 것이 모두 환상적이고 무섭게 보였다. 지금은 꿈을 꾸면서 남의 집 안을 걸어다니고 있는 느낌이었다. 위치가 바뀌어 버렸다. 환영은 그 자신 쪽이었다. 살아서 힘차게 뛰어다니고 있는 것은 미레이유였다. 그를 '무(無)' 속으로 떠밀어 넣으려면, 미레이유가 들어오기만 하면 된다.

그는 차츰 걸음걸이를 빨리하여 테이블을 돌았다. 모자를 쓰지 않았는데도 꽉 끼는 모자가 이마를 죄고 있는 느낌이었다. 마침내 기력이 완전히 소모되어 전기를 끄고 2층으로 올라갔다. 침실도 어둡게 해 놓고 서재로 들어갔다. 문을 닫았다. 이제 밑에 내려가지는 않을 것이다. 컴컴한 층계나 부엌에 들어갈 힘이 나지 않을 것이다. 그러나 그럭저럭 소리만은 들릴 것이다.

시간이 흘렀다. 소파에 몸을 움츠리고 라비넬은 조금씩 괴로운 혼수 속으로 빠져들어 갔다. 토막토막 잘라진 추억이 감은 속눈썹 아래에서 꼬리를 물고 지나갔다. 자고 있는 것은 아니었다. 그는 침묵에 귀를 기울이고 있었다. 이따금 바다처럼 울리는 크나큰 침묵에. 그는 난파한 선원처럼 조그맣고 밝은 섬 한가운데 홀로 있다. 그렇다, 그는 난파한 사나이다. 이번에는 그가 물에 빠져서 푸르고 어두운, 물고기가 따라다니는 세계로 내려갈 차례다. 그는 옛날에 자주 투명 인간이 되어 벽을 빠져나가서, 남의 눈에는 보이지 않고 자기는 볼 수 있게 되었으면 하고 바랐었다. 그것은 말하자면 끈질긴 작문이나 시험에서 달아나는 방법이었다. 그 자리에서 모습이 꺼져 버린다. 다른 사람들은 모두 그 자리에 그가 없는 줄 알지만, 그는 죄다 보고 있다. 미레이유가 몇 군데에서 동시에 모습을 나타내는 재능을 갖고 있는 까닭을 알 만하다……

무언가 움직였다.

라비넬은 눈을 한껏 부릅뜨고 손발이 얼어붙는 반수(半睡) 상태에서 가까스로 빠져나왔다. 목을 쭉 뽑고 현실의 세계에 떠올라 왔으나 거기에는 아직도 금방 빠져나온 세계에서와 같은 얇은 막이 걸려 있었다. 그것은 무슨 소리였을까? 마당 쪽에서 들린 것 같았다. 마당이 아니면 입구의 층계다.

멀리서 기적 소리가 들려 왔다. 기차가 지나간 것이다. 아마 안개가 엷어지기 시작했나보다. 이번에는 똑똑하게 들렸다. 문이 닫혔다. 누군가가 손으로 더듬는다. 스위치 소리……. 그는 임종을 맞은 사람처럼 느릿하게 숨을 쉬었다. 목구멍에서 획획 소리가 나고 괴로웠다.

이번에는 부엌문을 미는 소리. 갑자기 폴짝폴짝 뛰는 듯한 발자국 소리가 들렸다. 타이트 스커트 때문인지 성급한 걸음걸이다. 미레이유다. 굽이 타일에 똑똑 울렸다. 다시 스위치 소리. 아래층 부엌의 전등이 자기도 눈이 부신 것처럼, 라비넬은 괴로운 듯이 볼을 실룩거렸다. 정적. 모자를 벗고 있는 모양이다. 모든 것이 그전처럼 천연덕스럽게 진행되고 있다. 미레이유는 식당에 들어왔다.

그는 신음 소리를 내고 숨이 가빠져서 일어서려고 몸을 비틀었다. 미레이유! 안되겠다, 들어올 모양이다. 들어오면 안 된다.

부젓가락 휘젓는 소리. 장작 허물어지는 소리. 그리고 그릇 부딪치는 소리. 잔에 술을 따르는 소리. 온갖 소리가 일어나기 시작했다.

구두를 한 짝씩 떨어뜨리고 슬리퍼로 갈아신는 것 같았다. 슬리퍼 소리가 딸까닥딸까닥 부엌을 지나 층계 쪽으로 오고 있다. 한 계단, 한 계단, 천천히 딸까닥딸까닥 올라온다.

라비넬은 소파에 몸을 움츠리고 눈물을 흘렸다. 일어설 수도, 문간으로 가서 문을 걸어 잠글 수도 없었다. 그는 자기가 살아 있다는 것, 죄인이라는 것, 죽어야 한다는 것을 알았다.

딸까닥, 딸까닥, 딸까닥, 딸까닥, 그것은 차츰 올라와서 층계참에 올라섰다. 달아나야 한다. 자, 경계선을 뛰어넘어 삶의 얇은 널빤지를 뚫자. 그는 주머니 속을 찾았다. 손가락에 힘이 없어져서 자꾸만 주머니 속을 더듬었다.

복도 저편에서 미끄러지듯이 침실 바닥으로 들어온다. 침실의 불이 켜졌다. 서재의 문 밑으로 불빛이 비쳤다. 미레이유는 문 밖에 있다. 바로 밖이다. 그러나 거기에 살아 있는 자가 있을 까닭이 없다. 문을 사이에 두고 두 사람은, 산 자와 죽은 자는 서로 귀를 기울이고 있는 것이다. 어느 쪽이 산 자이고 어느 쪽이 죽은 자인가?

이윽고 문의 손잡이가 서서히 돌기 시작했다. 라비넬은 맥이 풀렸다. 한평생 걸려 이때를 기다렸던 것이다. 지금이 하나의 그림자가 될 때이다. 인간이어야 한다는 것은 참으로 힘든 일이다. 이제 아무것도 알고 싶지 않았다. 미레이유마저도 그의 마음을 끌지 못했다. 그는 최음제 같은 죽음을 삼키기 위해 권총을 입에 물었다. 모든 것을 잊기 위해서였다. 그리고 힘껏 방아쇠를 당겼다.

에필로그

"앙띠브는 아직도 먼가요?"
여자 손님이 물었다.
"앞으로 5분입니다."
차장이 대답했다.
 빗발이 비스듬히 흐르고 있는 유리창으로, 움직여 가는 불빛밖에 보이지 않았다. 급행 열차가 커브를 돌 때, 밝은 차량의 그림자가 땅 위에서 흔들렸다. 바다가 오른쪽인지 왼쪽인지 이제 알 수 없었다. 이탈리아 쪽으로 달리고 있는지 마르세이유 쪽으로 돌아가고 있는지도 알 수 없었다. 심한 소나기가 창유리를 때렸다.
 누군가 중얼거렸다.
"우박이군. 이래서야 남부로 가는 손님이 불쌍한데."
 이 말은 은근히 빗대어 하는 말일까? 여자 손님은 가느다랗게 눈을 뜨고 앞에 앉아 있는 남자를 보았다. 남자는 이쪽을 지그시 바라보고 있었다. 그녀는 두 손을 외투 주머니에 더 깊숙이 찔러넣었다. 그러나 몸의 떨림은 멎지 않았다. 열이 있고 병이 난 것을 누구나 알 수 있을 것이다. 그녀는 앓게 되겠구나 하고 생각했다. 끝까지 해낼 수 없을 줄 알았다. 아까부터 줄곧 그녀 앞에 앉아 있는 남자…… 리옹이나 디종에서부터다. 어쩌면 빠리에서부터인지 모른다. 생각이 잘 나지 않았다. 생각을 쫓아갈 수 없는 불치의 병에 걸린 것이다. 그러나 한 가지만은 확실한 것 같았다. 그것은 기침이 나고 열로 떨고 있는 이상 자기가 감기에 걸린 것이 틀림없다는 것이었다. 감기에 걸렸다면 그것은 물에 잠겨 있었기 때문이다. 이 사실을 호기심 많아 보이는 이 앞자리의 남자가 안다면, 그 나머지는 천막에 둘둘 말려서 보낸 밤의 일까지 죄다 알게 될 것이다. 반드시 병이 난다고는 할 수 없다. 감기에 걸린다면 어이없고 불공평하다. 게다가 가벼운 감기가 도진 것이 아니라서 목숨에 관계된다.

그녀는 기침을 했다. 등이 아팠다. 감기가 원인이 되어 결핵을 앓은 옛친구가 생각났다. 무도회에서 돌아가다가 감기에 걸린 것이다. 모두가 말하고 있었다.

"가엾게도! 바깥양반이 큰일이야! 마누라가 늘 자리에 누워 있어서야……"

기차는 선로가 겹친 곳을 덜컹덜컹 지나갔다. 남자는 일어섰다. 그리고 윙크했다. 정말로 윙크였을까? 눈에 들어간 먼지를 빼내려고 눈을 찡긋거린 것이 아닐까?

"앙띠브로군!" 남자가 중얼거렸다.

기차는 바닥이 빨간 플랫폼으로 미끄러져 들어갔다. 찻간에서 기다리고 있을까. "마누라가 늘 자리에 누워 있어서야……" 이 말이 끈질기게 따라다닐 것 같았다. 이미 따라다니고 있었다. 나직한, 아주 나직한 목소리로 진정으로 동정하듯 이 이야기를 들려 준 사람이 누구더라? 여자 손님은 슈트케이스를 집어들고 비틀비틀 그물 선반을 붙잡았다. 내려가서 마지막 힘을 다하여 현기증과 싸우는 편이 낫다.

에필로그 173

아아, 졸린다, 졸려…….

비는 차가웠다. 플랫폼의 붉은 시멘트 바닥은 끝없이 이어져 있는 것 같았다. 저기 두 팔도 벌리지 않고 가만히 기다리고 서 있는 저 사람의 앞까지 얼마나 걸어가면 될까……. 남자는 이미 보이지 않았다. 마른 핏빛의 플랫폼, 레일을 빛내며 내리고 있는 비, 여기에는 두 여자밖에 없다. 앞으로 10미터, 앞으로 열 걸음…….

"미레이유! 아픈가 보지? 울고 있네?"

뤼세느는 강하다. 기대어도 끄떡도 하지 않는다. 걸어가며 안아서 부축해 주었다. 어디로 가서 무엇을 해야 하는지 그녀는 알고 있었다. 정말로 미레이유는 울고 있었다. 피로와 고통으로…… 바람 소리가 심하여 그녀는 뤼세느의 목소리가 잘 들리지 않았다.

"내 말, 듣고 있어?" 미레이유가 물었다. "그 남자, 따라오지 않아?"

그녀는 거의 까무러칠 지경이었지만, 쓰러지는 몸을 주먹으로 받치고 있는 그 힘찬 손의 느낌만은 똑똑했다.

"손 좀 빌려 줘, 문을……."

지금 말하고 있는 사람은 뤼세느다. 그리고 모든 것이 캄캄해졌다. 그러나 미레이유는 택시를 타고 이어 엘리베이터에 실려올라간 것을 기억하고 있다. 뤼세느의 목소리는 언제나 저 바람 소리가 덮쳐 버린다. 뤼세느는 모든 것이 끝장이라는 것을 모르고 있다. 그것을 알아듣게 이야기해 줘야 하는데, 꼭 이야기해 줘야 하는데…….

"가만히 있어야 해, 미레이유!"

미레이유는 가만히 있었다. 그러나 뤼세느에게 그 말만은 꼭 해줘야 한다, 가장 중요한 것을 설명해 주어야 한다고 생각했다. 그 남자……

"누워 있어요. 아무도 뒤따라오진 않았으니까. 걱정 말아요. 아무도 당신을 알아보지 못했으니까."

바람이 아까보다 약해졌다. 그런데 조그만 램프를 켠 이 조용한 방에 어째서 바람이 불까? 뤼세느는 주사를 놓을 준비를 했다. 싫어! 주사만은 싫어! 이제 지긋지긋해! 나는 이미 진절머리 나도록 약을 먹었잖아!

뤼세느는 이불을 들쳤다. 바늘을 찔렀다. 거의 아픔을 느끼지 못할 만큼 빨랐다. 다시 이불을 덮었다. 이불은 차가웠다. 미레이유는 첫날 밤 몸이 잠겨 있던 욕조가 생각났다. 페르낭은 그때 미레이유가 잠이 든 줄만 알고 있었다. 그리고 두 번째는 미레이유가 벌써 오래 전에 죽은 줄만 알았던 것이다. 갑자기 자질구레한 일들이 한꺼번에 머리에 떠올랐다. 몸이 막대기처럼 굳었었지. 무서웠다. 죽어 있는 것처럼 보이는 것이 무서웠다. 그러나 뤼세느가 천막을 준비해 주어서…… 페르낭은 급하게 싸야 했기 때문에, 물이 뚝뚝 떨어지는 '시체'를 한 번 힐끗 보았을 뿐이다. 그리고 곧 무서운 밤이 시작된 것이다…… 추위, 경련, 그리고 마지막에는 빨래터 앞의 냇물에 비스듬히 밀려 들어갔다. 가슴이 답답해지고, 콧구멍으로 물이 들어왔다. 페르낭이 가 버리면, 정말은 뤼세느가 처방한 약을 그 자리에서 먹어야 했었다……. 아까 미레이유는 뤼세느에게 무엇이든지 하라는 대로 하겠다고 맹세했다. 그렇게 맹세만 해도 그녀는 행복과 안심을 느꼈다. 이마도 아까만큼 뜨겁지 않은 것 같았다. 언제나 뤼세느가 하라는 대로 하고 있으면 되었다! 뤼세느는 이런 때는 이렇게 하는 것이라고 하나하나 어김없는 방법으로 해내지 않았던가! 페르낭의 반응을 지극히 세밀한 것까지 죄다 예언하여 정확하게 맞추지 않았던가? 그는 욕조 앞에서 오래 머물러 있지 못했다. '시체'를 잘 확인해 보지 못했다. 몇 번이나 몇 번이나 추리를 거듭하면서 이상한 망령 사건을 풀지 못했다. 뤼세느는 위험해지면 언제나 뛰어들어서 어김없이 손을 쓰려고 경과를 지켜보고 있었다. 만일 페르낭이 속임수를 간파했다 하더라도 뤼세느와 미레이유에게 무슨 위험이 있었겠는가? 살인은 그가 했다. 뤼세느는 오늘 밤에도 자지 않고 간호해 주고 있다. 침대 위에서 들여다보고 있다. 미레이유는 눈을 감았다. 좋은 사람, 미안해, 뤼세느, 말을 안 듣고, 미안해, 뤼세느, 당신 허락도 없이 오빠를 찾아가고…… 하마터면 모든 게 엉망이 될 뻔했지. 당신을 의심해서 미안해, 한두 번이 아니었어. 당신은 강해, 뤼세느, 그런 일을 한 건 나를 사랑하기 때문인지, 아니면 돈 때문인지 모르지만…….

"잠자코 있어!" 뤼세느가 속삭이는 소리.

어마, 들렸나 봐, 내가 가장 비밀로 하고 있는 것이. 아니면 내가 혼수 상태에서 모르고 큰 소리로 지껄인 것일까? 미레이유는 눈을 떴다. 바로 눈 앞에 흐릿하게 뤼세느의 얼굴이 보였다. 그래서 그녀는 힘을 내려고 했다. 그녀는 큰일을 깜박 잊고 있었다. 아직도 일은 다 끝난 것이 아니다. 미레이유는 이불을 잡고 몸을 일으켰다.

"뤼세느…… 나, 앙기앙의 집, 깨끗이 정리해 놨어. 식당도, 부엌도……. 아무도 수상쩍어할 염려는 없어……."

"라비넬에게 집에 돌아간다는 것을 알린 종이쪽지는?"

"주머니에서 빼냈지, 뭐."

뤼세느는 그것이 미레이유에게 얼마나 고통스러운 일이었는지 알지 못할 것이다. 그 언저리가 온통 피투성이였다. 가엾은 페르낭! 뤼세느는 미레이유의 이마에 손을 얹었다.

"자는 거예요. 그 사람의 일은 생각지 말고……. 천벌이야. 언젠가는 그렇게 될 걸, 뭐. 살아갈 수 없는 사람이었어."

어쩌면 뤼세느는 이렇게도 자신만만할까! 미레이유는 몸을 움직였다. 무언가가 아직도 마음에 걸렸다. 희미하게는 알 수 있었지만…… 그러다가 잠들기 직전에 간신히 또렷한 생각이 떠올랐다. '그이는 조금도 이상하게 생각지 않았던 거야! 자기가 피보험자고, 내가 수령인이 되어 있는 첫 번째 보험에 관해서 전혀 생각해 보지 않았던 거야! 다만 두 번째 보험에 내 서명을 얻는 것만 염두에 두고…….'
속눈썹이 내려갔다. 숨결이 조용해졌다. 조금은 후회한 적이 있었다는 것마저 이제 그녀는 깨끗이 잊어 버릴 것이다.

　벌써 해가 떠 있었다. 혼수 상태가 몇 시간 계속된 끝에 다시 인생이 시작되었다. 미레이유는 머리를 좌우로 돌려 보았다. 몹시 지쳐 있었지만, 마당에 종려나무가 보여서 그녀는 방긋 웃었다. 둥치가 검은 털에 싸인 커다란 종려나무다. 그 부채 같은 잎사귀가 흔들리고 있었다. 조용히 잎사귀들이 스치는 소리가 들렸다. 호화로운 인상이었다. 미레이유는 간밤의 걱정을 이미 깨끗이 잊고 있었다. 그녀는 부자다. 그녀들은 부자다. 2백만 프랑! 보험회사는 이의없이 지불해 줄 것이다. 2년 안에 자살할 경우 지불하지 않는다는 유예 기간이 이번에 왜 문제가 되겠는가? 모두 규칙대로다. 이제 병만 나으면 된다.
　문득 문구 하나가 미레이유의 머리에 떠올랐다. "마누라가 늘 자리에 누워 있어서야." 볼이 좀 붉어졌다. 확실히 그래. 하지만 나는 언제까지나 자리에 누워 있진 않을 거야. 뤼세느가 고쳐 주겠지, 뭐. 그게 그 사람의 직업인걸. 라 포스 강변의 집이 문득 눈 앞에 떠올랐다. 그리고 페르낭이 유리 주전자를 집어드는 광경이……. "마누라가 늘 자리에 누워 있어서야……." 옆테이블에 유리 주전자가 얹혀 있었다. 미레이유는 그것을 바라보았다. 점쟁이가 미래의 운명을 보는 수정 구슬처럼, 주전자는 섬세한 빛을 받아 무지개 빛으로 반짝이고 있었다. 그녀는 수정 구슬로 미래를 점칠 줄은 모른다. 왠지 몸이 오싹해졌다. 이때 문이 열렸다. 그녀는 무언가 나쁜 짓을 하다가 들킨 사람처럼 얼른 눈을 다른 데로 돌렸다.

"안녕, 미레이유, 잘 잤어?"

뤼세느는 검은 옷을 입고 있었다. 미소를 지으면서 남자처럼 성큼성큼 침대에 다가와 미레이유의 손목을 잡았다.

"내 병, 어때?" 미레이유는 속삭이듯이 물었다.

뤼세느는 삶과 죽음의 비율을 재듯이 날카롭게 미레이유의 얼굴을 응시했다. 잠자코 있었다.

"중태야?"

손목을 두른 손가락 밑에서 맥박이 뛰고 있었다.

"오래 가겠는걸."

겨우 뤼세느가 한숨을 쉬듯이 말했다.

"무슨 병인데?"

"조용히 해요!"

뤼세느는 주전자를 집어들고 물을 바꾸러 나갔다. 미레이유는 팔꿈치를 짚고 몸을 일으켜서 조그맣고 깔끔한 얼굴을 반쯤 열린 문 쪽으로 돌렸다. 현관의 밝은 카펫이 보였다. 소리로 뤼세느가 무엇을 하고 있는지 죄다 알 수 있었다. 주전자의 가느다란 목에서 마지막 물이 흘러나왔다. 가벼운 물소리는 이번에는 받는 소리다. 가느다란 목까지 차면 갑자기 그 소리가 달라진다. 한 주전자를 채우는 데 이렇게 오래 걸릴까? 느닷없이 웃다가 금방 쿨룩거리고 말았다. 미레이유는 소리쳤다.

"뤼세느! 나는 아무래도 당신을 믿지 않을 수 없었어. 그럴 수밖에 없는 것이, 마지막까지 당신은 나와 라비넬 둘 중 어느 쪽이든지 마음대로 고를 수 있는 입장이었으니까."

뤼세느는 수도 꼭지를 잠그고 벽에 걸려 있는 행주로 천천히 주전자를 닦았다. 그리고 아주 낮은 목소리로 중얼거렸다.

"내가 망설이지 않고 고른 줄 알아?"

ASCENSEUR POUR L'ECHAFAUD
사형대의 엘리베이터

노엘 칼레프

등장인물

줄리앙 크르토아 수출입 상사 사장
주느비에브 줄리앙의 아내
조르주 주느비에브의 오빠
잔 조르주의 아내
프레드 소위 '실존주의자' 타입의 전후파 청년
테레즈 프레드의 애인
페드로 카라시 브라질 사람
제르맨느 페드로의 아내
샤를 여관 주인
마틸드 샤를의 아내
더니 줄리앙의 여비서
폴 더니의 애인
알베르 '유머 스탠더드' 빌딩 관리인
볼그리 고리대금업자
지브라르 형사

사형대의 엘리베이터

계획

갑자기 가로등이 모두 켜졌다. 주위는 아직도 밝았다. 요즘, 몇 번인가 내린 소나기로 깨끗이 씻긴 아스팔트에 내리비치는 가로등 불빛은 있으나마나였다. 백화점 근처에는 사람들로 붐볐다. 집집마다 창은 열려 있고, 밖은 조용하기만 하다. 모두 나름대로의 토요일 오후를 즐기고 있었다. 그중에는 시골로 주말여행을 떠난 사람도 있었으며 아직 일이 끝나지 않은 사무실 건물 창에는 여기저기 불빛이 새어 나온다. 오스망의 큰 거리에 우뚝 솟은, 왠지 눈에 거슬리는 현대식 '유머 스탠더드' 빌딩 또한 대부분의 층에 불이 켜져 있다.

반쯤 열린 십자모양 창 안에서 한 남자와 한 여자가 마주 보고 있었다.

남자는 금속제 사무용 책상 맞은편의 팔걸이의자에 앉아 있고, 여자는 타이프를 무릎 위에 놓은 채 치던 편지를 마저 끝내려고 기다리는데 그는 좀처럼 이어부르지 않는다.

남자의 턱이 처진다. 골똘히 장래의 일을 머릿속에 그리며 거기서 한 가닥 희망을 찾아내려고 해 본다. 그의 눈은 바로 1미터 앞에 있는 여비서의 모습조차 보이지 않았다.

무의식중에 그는 언뜻 시계를 보았다. 여비서는 생각했다.

'이게 열 번째야. 아무래도 저 태도가 못마땅하단 말야, 입가를 일그러뜨리고.'

갑자기 그녀는 진상을 알아챈 것 같았다.

'연애를 하고 있는 거야! 틀림없어!'

순간 그녀는 어깨를 움츠렸다.

'그럴 리가 없는데. 부인에게 홀딱 반해 있는걸. 틀림없이 여자를 좋아할 것 같지만……'

그녀는 바로 그 점을 똑똑히 확인하려고 스커트를 조금 걷어 올려 무릎 위까지 드러냈다. 그러나 남자는 눈썹 하나 까딱하지 않았다.

방 안에는, 초봄의 나른한 기운과 뭔가를 공모하는 듯한 기분이 뒤섞여 감돌았다. 엷은 어둠과 부자연스런 침묵 속에서 요란한 전화벨 소리가 공기를 꿰뚫을 것처럼 울렸을 때, 두 사람은 깜짝 놀라 펄쩍 뛰었다. 남자는 책상에 몸을 부딪칠 정도로 그 놀라움이 컸다. 다시 또 한 번 벨이 울렸다. 남자는 초조한 듯한 몸짓을 했다.

"좀 받아 봐, 더니."

그녀는 일어나 수화기를 들었다.

"네, 줄리앙 크르토아 수출입상사입니다. 크르토아 씨 말씀인가요? 글쎄요, 아직 계실지 모르겠습니다. 잠깐 기다려 주십시오, 사모님."

그녀는 송화기를 손바닥으로 막고, 소리를 내지 않고 입만 움직여 '사모님' 하고 알렸다. 남자는 조금 움찔하더니 손을 뻗었다.

"여보세요! 무슨 일이야? 아, 고마워……. 그냥, 여기서 일하는 중이야. 늘 말하던 대로……. 으응, 아냐……. 아주 건강해."

그는 잠깐 말을 끊고 이상하게 말투가 달라지는 아내의 음성을 듣고 있었다. 그러다 갑자기 언성을 높이고 말했다.

"그렇지 않아. 대체 뭘 의심하는 거지? 당신도 알고 있잖아, 내가 이렇게 토요일 오후에도 일을 하는 이유를. 오늘 중에는 어떻게든 ……."

그는 마치 그 증인이라도 되어 달라는 것처럼 더니를 돌아다보며 침을 삼켰다. 더니는 먼저 자리로 돌아와 다리를 포개고 앉았다. 그녀는 살짝 웃어 보였다.

"그렇지 않다니까!"

그는 소리를 지르며 여비서 다리에서 눈길을 떼지 않았다.

수화기에서 찌익찌익 하는 소리가 확실히 들렸다. 그는 수화기를 귀에서 조금 떼고 더니에게 어색한 웃음을 빙긋 보냈다.

"절대로 그런 일은 없어, 주느비에브, 내가 확실히 여기에 있는지 없는지 확인하려고 전화를 걸어 본 거지? 그러니까 말야……. 이제 알았지……. 난 여기에 있으니까!"

그는 지껄이면서 여비서의 태도를 가만히 살펴보았다. 여비서가 한쪽 눈썹을 치켜 올리고 비꼬는 눈을 해 보이니까, 그는 머쓱해지는 모양이었다. 아내의 목소리는 더욱더 높아져서 수화기를 귀에서 좀더 떼지 않으면 안 되었다. 이런 때 제삼자가 한방에 같이 있는 것은 어색했다. 그는 더니를 돌아다보았다. 혹 눈치를 채고 옆방으로 물러가지 않으려나? 천만의 말씀이었다. 그녀는 그에게 아무 관심도 없다는 듯이 자못 진지한 표정으로 스타킹을 똑바로 고치고 있었다.

줄리앙 크르토아는 갑자기 기진맥진해진 것 같았다. 더니 따위를 별다르게 생각하지 않았는데, 갑자기 전화고 계획이고 걱정거리고 모두 내던지고 함께 어디로 가서, 그녀의 품 속에서 모든 것을 잊고 싶은 생각이 들었다. 단 한 시간만이라도…… 만사가 잘 처리될 동안

……. 전화에서 그의 아내는 뭔가 묻고 있다. 그는 대답했다.
"응, 좋아. 그렇게 하지."
한바탕 뒤얽힌 말이 너저분하게 계속되는가 싶더니, 이윽고 조금 사이를 두고 똑똑히 아내가 물었다.
"당신, 절 사랑하고 계세요?"
더니가 돌아다보았다. 그녀에게도 확실히 들린 것이다.
"으응, 물론……."
"안 돼요, 줄리앙. 사랑한다고 분명히 말하세요."
그는 몸둘 바를 몰랐다. 여비서는 딴 곳을 바라보는 시늉을 하고 있다. 줄리앙은 신경질이 폭발할 것 같았다.
"제발 부탁이야, 주느비에브! 새삼스럽게 그런 말을……."
"당신 혼자 계신 게 아녜요?"
"응, 그렇다니까. 알겠지? 뭐? 으응, 여긴 걱정 말아. 아까도 말했잖아. 그렇게는 안 돼. 7시까지는 못 돌아갈 것 같은데, 조금 더 늦을 거야……. 6시 반에 중요한 일로 누구와 만나기로 돼 있어. 그래, 그게 좋겠어. 조금 뒤에 다시 전화를 걸어서 내가 여기서 꼼짝도 하지 않은 걸 확인해 보라구!"
그는 거칠게 수화기를 놓았다. 더니는 모르는 체했다. 그러나 스커트는 내리지 않았다.
"결혼 같은 건 하는 게 아냐. 정말이야, 더니." 그는 경련 같은 미소를 띠며 말했다. "아, 그렇지……. 어디까지 했더라?"
"삼가 아룁니다……."
"음, 그렇지……. 삼가 아룁니다……. 실례를 무릅쓰고 서둘러 회답을 드립니다……."
그는 손을 들어 손목시계를 보았다.
더니는 그 페이지의 구석에 '11'이라고 쓰고 그 숫자에 동그라미를 쳤다.

"실례를 무릅쓰고 회답을 드립니다."

더니는 줄리앙이 말한 문구를 되풀이했다.

"……방금 받아 본 편지…… 괄호하고 날짜를 넣으라고."

"언제 날짜 말인가요?"

마치 상대를 깔보는 듯한 말투였으나, 그는 듣고 있지 않았다.

그리고 가벼운 기침을 하더니 창 쪽을 돌아보았다. 밖에는 4월 초의 석양이 아름답게 비치고 있었다. 그는 다시 한 번 시계를 보았다.

"처음에 말씀 듣기로는 카탈로그를 보내 달라는 편지로 알았습니다만……."

"괜찮아, 그런 것은……."

그는 귀를 기울였다. 공간과 벽으로 막힌 빌딩 안에서는 낮게 웃는 소리와 바쁜 듯한 잰 발소리가 차차 높아지고 있었다. 토요일 오후까지 일을 하던 사람들이 돌아갈 채비를 하는 것이다. 더니는 5시 반이 되도록 편지를 완성 못하는 이 사장을 더 이상 참고 바라볼 수 없었다.

"이제 다 됐나요, 오늘은?"

줄리앙 크르토아가 갑자기 벌떡 일어섰기 때문에 하마터면 의자가 뒤집힐 뻔했다.

"응? 음……. 그렇지, 저쪽에 남아 있는 편지를 쳐 줘."

괴로운 듯한 숨결로 그는 창가로 다가갔다. 마치 공기가 완전히 허파의 안쪽까지 들어오지 않는 듯한 느낌이었다.

"그러나 사장님, 이제 곧 6시예요"

더니는 항의하듯 말했다.

그는 몸을 돌리고 일부러 웃는 얼굴을 지으며 대답했다.

"알고 있어, 더니. 그러나 6시 반까지 좀 남아 있지 않으면 안 될 곤란한 일이 있어."

더니가 무슨 말을 하려는데 그가 손을 들어 제지했다.

"나쁘게 생각하지 말아 줘, 응? 매우 중요한 일로, 지금부터 간단히 준비해야 할 일이 있어……. 어떤 큰 사업 관계인데 말야. 나중에 그 서류를 넘겨 줄 테니까, 그러면 더니, 월요일 아침 내가 나오기 전까지 그걸 타이프해 둘 수 있을 거야."

젊은 더니는 완전히 비관한 것 같았다. 그는 자못 아버지처럼 상대의 어깨에 손을 얹고 말을 이었다.

"그렇게 긴 시간은 아냐……. 자, 6시 20분까지만 있어. 정각 6시 20분에 인터폰으로 알리면 바로 돌아가도록 해. 알았지?"

그가 따스한 목소리로 말하자 이가 아름답게 빛났다. 그에게는 분명 매력이 있었고, 자신도 그것을 알고 있으며 그것을 이용하는 방법도 알았다. 더니는 다소 뽀로통한 얼굴로 끄덕거리고 나서 문으로 걸어갔다. 그녀는 벽의 스위치에 손을 댔다.

"전등을 켤까요?"

"아니, 됐어. 켜지 말아 줘. 좀 생각할 게 있어."

"네, 그럼."

그녀가 나가려는 순간, 그는 불러 세웠다.

"더니! 그때까지 누구의 방해도 받지 않도록 해 주었으면 해. 어떤 사정이 있더라도 말야."

"그럼, 만약 사모님에게서 전화라도 있을 때는?"

"이렇게 말해 줘. 난 손님과 면담 중이라고. 무슨 일이 있어도 절대로 안 돼, 6시 반까지는……."

"6시 20분!"

"그래, 6시 20분이야. 그럼 부탁해."

더니가 방에서 나가자 줄리앙은 혼자가 되었다.

벽 저쪽에서는 여전히 웃음소리, 외치는 소리, 왔다 갔다 하는 발소리가 들려 왔다. 그는 자못 만족한 듯한 태도로 몇 번이나 고개를 끄덕거렸으나, 그 얼굴에는 여전히 경련하는 듯한 표정이 떠올라 있었다. 벽의 전기 시계는 6시 17분 전을 가리키고 있었다. 그는 자기 시계를 맞추고, 혀로 마른 입술을 적셨다. 그리고 그 방에 이어진 세면장으로 가 두 손을 정성들여 닦았다. 새 내복을 넣어 두는 장 속에서 손수건 하나를 꺼내어 가슴 포켓에 있던 것과 바꾸었다. 땀이 물방울처럼 이마에 솟았다.

자기 책상으로 가 가운데 서랍을 열고, 새 수표장과 3, 4쪽 분량인 각서 한 통을 꺼냈다.

파리 입구에 위치한 정유 공장 설립

서류를 접어 웃옷 안주머니에 넣었다. 열심히 숨을 들이마시려 했으나 잘되지 않는다. 불안 때문에 공기가 목구멍을 지나가지 못하는 것이다.

"어찌 되거나 처리해 버려야지!"

그는 이를 악물고 중얼거렸다.

겨우 2분쯤이 지났을 뿐이다. 그는 살짝 문께로 가서 더니의 타이프가 있는 대기실과의 사잇문을 조금 열어 보았다.

여비서는 전화에다 귓속말을 한참 하는 중이었다.

"······지겨워 죽겠어요. 6시 20분이 돼야 겨우 도망쳐 나갈 수 있어요. 뭔진 모르지만, 그분, 오늘은 어떻게 된 것 같아요. 전 5시까지 책을 읽었어요. 그 뒤에 편지를 치기 시작했는데, 그것도 도중에 그만두어 버리고······. 마치 뭔가 마음이 들뜬 것 같아요······ 그렇다니까요! 으응, 꼭 그래요! 제 다리를 드러내 보였는데도 전혀 효력이 없어요! 평소에는 살그머니 곁눈질을 해 가며 이상한 눈초리로 보는데 말예요. 으응, 제 짐작으로는 틀림없이 어떤 여자를 하나 손에 넣은 모양예요."

줄리앙의 눈은 만족으로 빛났다. 더니는 자기 혼자 있는 줄 알고, 테이블가에 두 다리를 올려 놓고 이야기를 계속하고 있었다.

"으응, 상당히 잘생겼어……. 키는 상당히 큰 편……. 용모는 잘생겼어요. 네, 알겠지요? 그러나 만나 보지 않고는 모를 것이 그분의 눈이에요. 그야말로 아무리 무리한 부탁을 받아도 싫다고 못할 듯한 눈매예요."

그는 몸을 내밀고 다시 귀를 기울였다. 광대뼈 근처가 꿈틀꿈틀 움직였다.

"우리끼리의 이야기지만, 여자 아이들이 꽤나 걸려들 거예요. 그런데 부인에게 홀딱 빠져 있어요. 아주 귀찮은 부인이지만, 그 부인이 돈을 많이 가졌어요. 부인은 어쨌든 부인의 오빠라는 사람이 말예요……. 그래서 그런지 5분이면 멀다 하고 전화를 걸어 귀찮게 괴롭히는 거예요. '당신, 저를 사랑하세요? 똑똑히 말하세요. 네, 네…….' 이런 타입 아시겠지요? 네, 뭐라구요? 그야 물론이죠. 여성들이 좋아할 형예요. 하긴 저두요. 만약 폴이 없다면 유혹당해 보고 싶지만……."

그는 그곳에 서서 마치 한 마디 한 마디를 음미하듯, 더니의 말이 끊길 때마다 꿈틀하고 가볍게 머리를 움직였다.

"어쨌든, 오늘 밤의 상대에게는 굉장히 열을 올리는 게 분명해요. 열한 번이나 시계를 보던걸요. 그리고 부인에게도 그렇게 말하더군요, 6시 반에 '사업 관계'로 누구와 만나기로 약속했다고요……."

줄리앙은 살짝 문을 닫고, 아직도 수다를 떠는 더니의 목소리로부터 멀어졌다. 6시 15분 전이었다. 그는 망설였다. 그리고 수표장과 정유 사업에 관한 초안을 다시 꺼내어, 입을 벌린 채 눈을 크게 뜨고 그것을 물끄러미 보았다. 그는 갑자기 초조한 듯한 손짓으로 한 서랍에서 자동 권총을 꺼냈다. 그러나 부르르 한번 떨고 나더니, 그 권총을 도로 자리에 넣으며 작은 소리로 중얼거렸다.

"그만두자. 잘될지도 모르고 안 될지도 모른다. 그러나 좌우간……."

그는 깊이 숨을 들이쉬었다. 겨우 공기가 가슴을 부풀게 했다.

"어떻게 하든 잘돼 가게 해야지!" 그는 결단을 내렸다.

그는 창으로 다가가 그 문틀에 올라탔다.

총성

그러지 말았어야 했는데, 그는 12층이나 아래에 있는 도로를 바라보았다. 자동차 헤드라이트가 어둠 속을 둥그렇게 비추며 온갖 방향으로 달려가고 있었다. 가로등 줄이 마치 진주 목걸이처럼 보도를 장식하고 있었다. 갖가지 네온사인의 빛이 뒤섞인, 희미한 광선이 자기쪽으로 비쳐 왔다. 그는 갑자기 그 공간으로 빨려들 것 같은 생각과 싸우며, 이를 악물고 억지로 끌어올리듯이 또 한쪽 발을 창문 틀 위로 들어올렸다.

창틀에 두 손으로 꼭 매달린 채, 두 발끝으로 빌딩 정면의 얇은 돌 출부를 찾아냈다. 그는 서서히 몸을 뻗쳐 빌딩 외벽을 따라 한 걸음 한 걸음 나아갔다. 이 코스는 며칠 전부터 눈에 익혀 둔 것이었다. 두 손의 손가락 끝은 아주 작은 추녀 부분을 단단히 붙들고 있었다. 왼쪽 발이 2, 3센티미터 나아가면 오른쪽 발이 그만큼 따라가고, 거기서 다시 이것을 되풀이했다. 이렇게 해서 앞으로 3미터라는 거리를 건너가지 않으면 안 되었다. 겨우 이웃 창에 이르렀는데 미칠 듯한 공포로 정신이 아찔했다. 그는 그 창을 밀어 열고 방 안으로 뛰어내렸다.
 그것은 새로 연록색으로 칠한 꽤 넓은 사무실인데, 아직 빈 방으로 있었다. 무늬목 마루는 회반죽으로 더러워지고, 페인트 통이 쭉 늘어섰는데, 하얀 먼지가 덮여 있었다. 안쪽에서 'PRIV……'라고 쓰다 만 글자가 보이는 유리문까지 줄리앙은 발부리로 걸어갔다.
 무엇인가 잊었다는 듯이, 그는 갑자기 놀라는 몸짓을 했다. 그리고 열에 들뜬 것 같은 손짓으로 바지 주머니를 더듬어 한 켤레의 얇은 장갑을 꺼내어 손에 끼었다. 그리고 그 뒤로 돌아가, 아까 만진 창문 손잡이를 정성들여 문질렀다. 그 일이 끝나자, 여전히 조심하며 유리문까지 돌아와 그곳에 놓아 둔 신 닦는 매트에 구두 바닥을 싹싹 닦았다.
 장갑을 낀 손으로 그는 천천히 손잡이를 밀어내렸다. 불이 켜진 복도에는 전혀 인적이 없다. 줄리앙은 완전히 침착을 되찾고, 조용히 방에서 나와 뒤로 문을 닫았다. 아무도 없다. 안도의 한숨에 신경이 풀려 누그러졌다. 그는 두세 걸음 앞으로 나갔다. 여기저기 사람들이 주고받는 말소리가 들려 왔다.
 "내 입술 루주를 시험삼아 써 보세요. 아마 근사하다는 걸 알 거예요."
 "이거 보세요, 뜨개코가 조금 풀려 있어요. 자, 보세요……."
 줄리앙 크르토아는 발걸음을 멈추지 않았다. 정말 귀엽단 말야, 이 젊은 아가씨들. 그러나 다음에 만나 보기로 하자. 그는 발걸음을 빨리했다. 여전히 인적은 없다. 모두 예상한 대로 진행되고 있다. 그는 그 계획대로 행동을 계속해 나갔다. 빌딩의 이 부분은 방 하나만 세내어 쓰는 사무실뿐이었다. 대부분의 방들이 토요일에는 잠겨 있다. 맨 끝에 있는 한 방만이 예외로, '볼그리 담보 금융'이라고 쓰인 문 위에 전등이 켜져 있다. 줄리앙은 '흥' 하고 비웃으며, 장갑을 벗어 포켓에 쑤셔 넣고 노크도 없이 들어갔다.

사무용 테이블 위에 상체를 굽히고 있던 중년의 대머리 남자가 얼굴을 들었다. 그 얇고 바싹 마른 입술에는 심술궂은 엷은 웃음이 떠올랐다.

"허이! 당신이었소? 크르토아!"

"아아, 실례하겠어, 볼그리."

문을 닫으며 줄리앙은 말했다.

고리대금업자는 아무런 반응도 나타내지 않았으나, 그 엷은 웃음은 점점 더 비꼬는 투로 변했다.

"이게 무슨 일이야! 당신은 토요일 오후에도 일을 하는 거요, 요즘은?"

"당신도 일하고 있잖아."

"나는 이야기가 다르지. 만약 이 빌딩 주인이 일요일에도 문을 열어 준다면, 난 비록 안식일일지라도 일을 하겠어. 일이 귀여워서 말야, 난."

"돈이 귀여워서라고 하는 게 어때? 그야 나도 마찬가지지만 그런데 그게 당신과 똑같지는 않아……." 줄리앙은 솔직히 시인했다.

침착하지 못한 태도로 볼그리는 땀 밴 두 손을 손수건으로 닦았다. 그 억양이 없고 귀에 거슬리는 목소리가 다시 울려 왔다.

"당신을 정말 잘못 봤어, 크르토아."

"그건 또 무슨 말이지?"

볼그리는 자기가 한 말의 효과를 잘 관찰할 수 있도록 팔걸이의자 등받이에 기대었다.

"난 당신을 무능한 장사꾼으로 생각했어. 성실이라고는 도무지 없는 파산 직전의 엉터리 상인으로, 여자 엉덩이나 쫓아다니는……."

줄리앙은 일부러 웃는 듯이 크게 웃었다.
"그럼 무엇으로 내가 착실해졌다고 생각한다는 거지?"
"당신이 여기에 와 있기 때문이야."
줄리앙은 의아하다는 얼굴을 했다.
"그러나 오늘이 기한이 아냐."
"그런데 언제부터 기한 같은 것을 걱정하게 됐지? 더구나 법률상으로 오늘 밤 12시까지는 괜찮은 거고, 그리고 주말이라는 이유로 월요일 아침까지는 봐줄 텐데 말야."
"봐 달라는 말은 안 했어."
고리대금업자의 표정이 갑자기 굳어졌다.
"돈은 가지고 왔나?"
"아니."
그는 다시 야유하는 듯한 엷은 웃음을 띠며 말했다.
"나도 그러리라고 생각했지만……. 그래, 어떻게 하자는 거지? 계약서를 다시 쓰자는 말인가? 이 이상은 어떻게 할 수가 없어. 난 거래에 있어서는 정확하니까, 크르토아……."
"당신이 요구하는 이자는 별로 정확하지도 않던데!"
"당신도 그것쯤은 각오했을 텐데, 빌리러 왔을 때부터."
"그렇더라도 말야. 현금 400만 프랑을 500만 프랑 어음과 맞바꾸자는 것은 너무 심해."
"쳇, 아무것도 모르는 사람도 아닐 거고! 그 돈을 빌리러 왔을 때는 아직 미성년이었던 모양이군! 너무 웃기지 말아 주었으면 좋겠어. 이쪽에서 사기를 친 것도 아니고 말야. 돈이란 소중한 거야. 그리고 위험 부담도 있지. 만일, 월요일 아침 9시에 어음이 떨어지지 않으면 난 거절 증서를 작성하게 하겠어."
"그런 일로 비용을 쓰지 않아도 좋을 거야. 어쨌든 난 지금 이 자리에서 수표를 뗄 수 있으니까."

볼그리는 놀란 것처럼 눈을 크게 떴다.

"수표?"

"그래, 수표야. 그게 어떤 것인가는 알고 있겠지?"

"농담은 그만두었으면 좋겠어, 크르토아."

고리대금업자는 나무랐다.

"500만 프랑이란 돈을 결코 적은 돈이 아냐. 그럼, 수표를 떼어 받고 그게 현금으로 바꿔질 때까지 어음은 이쪽에서 보관해도 되지?"

"그런 짓을 해서 무슨 소용이 있지?" 테이블에 기대면서 그는 어깨를 움츠렸다. "만일 수표가 부도 나면 수속을 밟아 재판소에 제출하면 되지 않는가……."

볼그리는 미간을 모으며, 어디에 함정이 있는가를 생각해 보았다. 도무지 알 수가 없었다.

"그야 그렇지만." 볼그리는 잠깐 생각하는 것처럼 맞장구를 쳤다.

시간을 얻기 위해 그는 의자에 앉은 채 몸을 비틀어 뒤에 있는 금고를 보더니, 아무 생각도 없는 태도로 그 다이얼을 움직였다. 무거운 문짝이 찰칵 소리를 내며 열렸다. 볼그리의 어깨 너머로 정식 장비용 권총 한 자루가 한쪽 선반 서류 위에 놓여 있는 것을 줄리앙은 얼른 보았다. 고리대금업자의 손가락이 고무줄로 묶은 한 서류 뭉치를 잡더니 그 속에서 문제의 어음을 뽑아 냈다.

볼그리는 금고를 열어 놓은 채, 홱 돌아 줄리앙 쪽을 향했다. 그리고 어음을 테이블 위에 펴 그 위에 손을 얹고, 가만히 줄리앙의 얼굴을 응시하며 경계하는 투로 같은 말을 되풀이했다.

"그야 그렇지만……." 그는 사실 그 어음과 헤어지는 것이 괴롭기라도 한 것처럼 한숨을 쉬었다. "그럼 이 어음을 돌려주기로 하지.

500만 프랑의 수표와 교환으로 말야."
 줄리앙은 주머니로 손을 가져갔다.
 "잠깐, 그 전에" 하고 위협하는 투로 볼그리는 말을 계속했다. "만일 월요일에 은행에서 지불해 주지 않으면, 확실히 말해 두겠는데 난 당장 부도 수표 발행에 대한 고소를 제기하겠어. 그 점은 미리 양해를 구해 놓겠어."
 "어째서 그리 끈질긴가. 내가 일부러 부도 수표를 뗄 정도로 바보라고 생각하나? 그런 짓을 했다간 당신은 주저없이 나를 교도소로 보내리라는 것을 다 알고 있어. 생각해 보면 알 일이잖아!"
 "생각해 보고 있는데 말야. 난 아무래도 모르겠어. 당신은 현재 그만한 돈이 은행에 있단 말이지……." 상대는 솔직이 말했다.
 "그렇게 말하진 않았어."
 "그래! 아니, 알았어!"
 "돈이 없는 편이 더 기쁜 모양이군, 응. 돈을 돌려 받고 싶지 않은가?"
 "천만에. 다만 당신 회사를 손에 넣는 것도 나쁘지 않을 것 같아서."
 "손에 넣어서 어떻게 하겠다는 거지? 그건 상거래 회사지, 고리대금하는 가게가 아냐."
 "새로 가게를 차리고 싶은 거야. 슬슬 무더워지기 시작해서 말야, 여긴."
 두 사람은 굳어진 듯한 엷은 웃음을 입가에 떠올리며, 서로 상대가 어떻게 해서 자기를 속일 셈인가를 알아내려고 한동안 말없이 노려보았다. 볼그리는 방울 같은 땀을 흘리며 땀이 밴 손바닥이 손수건을 적시고 있었다. 그 태도는 줄리앙에게 본능적인 혐오를 느끼게 했으나, 줄리앙은 단 한 가지 욕망이 있을 뿐이었다. 자기 계획을 실행하지 않아도 된다면 모든 것을 단념하고 자기에 대한 승리자의 준엄한 판결에 따르고 싶었다. 그가 먼저 눈을 내리깔며 중얼거렸다.

"대체 그렇게 좋은가, 남을 파산시키거나 파멸시키는 게?"

볼그리는 그렇게 되면 정말 좋겠지만 그런 기분을 꾹 눌렀다.

"난 거래를 하고 있는 거야. 여자 궁둥이나 쫓아다니지는 않아, 난."

갑자기 줄리앙은 간절히 애원하는 듯한 투가 되었다.

"좌우간 좀 들어 봐. 2개월만 연장시켜주면, 난……."

볼그리는 고함을 질렀다. "그건 안 돼! 입에 발린 말로 속이는 수는, 당신에게 돈을 허비하게 하는 여자들을 상대할 때나 써 먹어. 여기선 그 수가 통하지 않아. 슬픈 표정을 짓는 것은 지갑에 관한 일에는 어울리지 않아."

줄리앙은 입술을 깨물었다.

"당신에게 어음을 써 준 그날부터……."

다소 푸념 같은 투로 고리대금업자는 말했다. "일 년이 됐어, 벌써! 벌써 세 번이나 연장시켜 주었어. 그 점을 잊지 말아 주었으면 좋겠어!"

"그때마다 50만 프랑을 치르고 말야. 그 점도 잊지 말아 주게. 볼그리, 좀 들어 보라구. 난 모범적인 사람은 아니었어. 그건 그럴지도 몰라. 그러나 특별히 부정한 짓을 하진 않았고, 그 뒤……."

"그 뒤로는 그야말로 진짜 협잡을 상당히 해왔지. 그중에서도 당신 처남한테서는 상당한 돈을 우려냈잖아. 그러니까 현재 당신 입장으로서는 한두 가지 협잡을 하거나, 아니면……."

줄리앙은 섬뜩해서 갑자기 상체를 벌떡 일으켰다.

"묘한 말을 하는군. 무슨 말이지, 협잡이란?"

"아까의 수표 이야기야. 아마 누군가를 그걸로 속이려는 거겠지만

……."
"어쩌면……." 줄리앙은 시인하는 듯이 말했다. "그러니까 그렇게 되지 않게 할 필요가 있는 거야. 무슨 방법이 있다면 말야."
"방법이 없지. 부덕한 짓을 하려는 사람은 당신이고, 난 내 돈을 받으려고 하는 거니까."
볼그리는 또 한 번 손수건으로 손의 땀을 닦았다. 윤기 없는 그의 웃음소리는 잘 여닫히지 않는 문짝처럼 불쾌한 소리를 냈다.
"자, 서둘러 주게. 틀림없이 또 여자와의 약속도 있을 거고."
"잠깐 묻겠는데 말야. 볼그리, 당신 설마 질투하는 건 아니겠지?"
그 질문에 상대는 펄쩍 뛰었다.
"질투? 대체 뭘 말인가, 어리석게! 엉뚱한 소리를 하는 사람이군!"
줄리앙의 눈은 빛났다. 그는 머리를 흔들었다.
"당신이 늘 여자 이야기만 하는 걸 보면, 난 여러 가지를 알 수 있어. 불쌍하게도 당신은 틀림없이 성불능자야!"
고리대금업자의 안색은 금세 지저분한 갈색으로 변했다. 그는 잠시 당황한 모양이었다. 줄리앙은 똑똑한 태도로 이야기를 진행했다.
"부탁해, 볼그리. 일생에 한 번쯤은 친절을 베풀어 보게. 아마 후회는 하지 않을……."
볼그리의 주먹이 힘껏 테이블을 쳤기 때문에 그의 말은 끊겼다.
"이제 제발이야. 정신 분석을 할 셈이면 다른 곳에 가 보게. 백만 번을 되풀이할 생각이라면 구세군으로 가 보든지. 여기선 분명히 지불을 하거나, 아니면 파산하거나 둘 중 하나를 택하게. 자, 수표를 떼어 주게. 당장 교도소로 보내 줄 테니까."
줄리앙은 쓰러지듯 그 의자에 앉았다. 그리고 새 수표장을 꺼내고 만년필 뚜껑을 뽑았다. 그의 목소리는 냉정을 되찾았다.

"아까 당신은 위험 부담을 안고 있다고 했지. 정말이야. 머지않아 어느 날 아침에 나처럼 심보가 좋지 않은 놈 때문에 마침내 돈을 바치기라도 한다면, 그야말로 모든 사람이 하늘의 은혜라고 감사하겠지！"

볼그리는 갑자기 웃었는데, 너무 크게 웃어서 숨이 막혀 한참 재채기를 했다.

"내 일은 걱정 말게. 몸을 지키는 도구는 가지고 있어." 그는 금고 속의 커다란 권총을 가리켜 보이며 말했다. "깜빡 잘못된 생각을 품는 놈은 조심해야지！"

순간 심한 분노가 볼그리의 마음속에서 불타올랐다. 그는 느닷없이 고무줄로 묶어 놓은 어음 뭉치를 치켜 들었다.

"그런데 잘못된 생각을 품을 만한 패들이 우글우글해！ 모두 빈둥빈둥 노는 녀석들이고, 속이 빤히 들여다보이는 녀석들이지！ 당신이나 당신 같은 패들이 할 수 있는 일이란, 돈이 떨어지면 다급해진 넋두리를 늘어놓으러 오는 것뿐이야！"

볼그리는 어음 뭉치를 테이블 위에 내동댕이쳤다. 콧방울이 실룩거렸다. 줄리앙은 신경이 날카로워져서 하품이 나오는 것을 삼켰다.

"어떻게 된 거야？" 하고 볼그리는 쏘아붙였다. "통 기세가 오르지 않는 모양이군."

이렇게 매도당하고도 줄리앙은 겉으로는 평정을 되찾았다. 그는 어깨를 움츠렸다. 고리대금업자의 견딜 수 없을 정도로 싫은 목소리가 오히려 좋은 효과를 가져다 주었다. 그가 행동을 일으키기 위해서는 증오라는 자극제가 필요했던 것이다.

"당신이 바라던 대로 되었겠지." 줄리앙은 말했다.

줄리앙은 테이블 구석에서 상체를 굽히고는 빠른 솜씨로 수표에 기입했다. 볼그리는 주의깊게 그것을 지켜보았다.

볼그리는 빈틈없다는 투로 말했다. "이봐, 어때. 만일 속일 셈이라면 잘못 생각한 거야. 부도 어음으로 거절 증서를 낸다 해도 2, 3개월은 여유가 있으니까. 그러나 그 수표가 내 손에 들어오면 당신은 훨씬 위험하게 되는 거야."

줄리앙은 수표를 떼어 그에게로 내밀었다.

"주사위는 던져졌어……."

"그건 무슨 뜻이지?"

"할 수 있으면 월요일 아침에 이걸 은행에 내봐."

"지불받을 수 있을까?"

"좌우간 해 보는 거야."

"누가 돈을 내는데, 처남인가?"

줄리앙은 그렇다는 듯이 고개를 끄덕였다.

"얼마나 어리석은 봉일까! 아직도 당신을 신용하고 있나?"

"그게 아냐." 완전히 침착을 되찾은 줄리앙이 대답했다.

"난 그 어음을 오늘 밤에 처남에게 넘겨주겠어. 그러면 처남은 내가 그 어음을 갚은 것으로 생각하게 되지. 그러면 같은 액수의 수표를 떼어 달래서 월요일에 은행 문이 열리는 즉시 내 계좌에 불입하는 거야. 겨우 계략을 알아차리겠나?"

아직 납득을 못한 듯한 태도로 볼그리는 그 수표를 집어 들더니 눈에서 멀리 떼고 그것을 확인했다. 줄리앙의 시선은 금고 선반 위에 놓여 있는 권총으로 돌려졌다.

"된 것 같군." 볼그리는 좀 유감스럽다는 듯이 한숨을 쉬며 말했다. 손가락 끝으로 볼그리는 어음을 상대에게 밀어 주었다. 줄리앙은 그것을 받아 둘로 접어서 주머니에 넣었다. 그러면서 그는 시계를 보았다. 6시 2분 전이었다. 그의 말은 아까보다 조금 빨라졌다.

"그런데 볼그리, 좀 멋진 돈벌이에 당신을 한몫 끼워 줄까 하는데

만약 끼기만 한다면 당신은 고생하지 않고 우리 상사의 사업에 가담할 수 있게 되고……."

"반반으로 말인가?"

그는 하마터면 '응' 하고 대답할 뻔했다. 그런데 시간이 절박했고, 그는 신경이 긴장되어 견딜 수가 없었다. 그러나 이렇게 된 이상 끝까지 해내지 않으면 안 된다.

"잠깐!" 고리대금업자의 경계심을 불러일으키지 않도록, 그는 반대하는 의사를 표명했다.

"한 가지 조건이 있어. 반반도 좋지만, 그 대신 당신 비밀 은행업의 이익도 똑같이 나누도록 해 주어야겠어."

"그런 일은 그리 갑자기 대답할 수 없어, 먼저 어떤 이야긴지 그것을 모르고서는."

"그래서 초안을 가지고 와 봤어."

줄리앙은 그 초안을 꺼내어 그것을 볼그리 앞에 펼쳐 놓았다.

"얼른 보아서는 어리석은 계획처럼 보일지 모르지만 말야. 그러나 웃을 일이 아냐. 그야말로 달리 예가 없는 좋은 사업으로, 나는 이미 충분히 검토해 보았어. 파리 입구에 정유 공장을 만드는 계획이야."

"머리가 어떻게 된 게 아닌가? 큰 회사들이 그런 짓을 하도록 내버려둘 것 같은가?"

"그렇게 생각하지는 않아. 그러나 놈들은 이쪽을 달래기 위해 몽땅 매수하게 되지. 그런데 그러기 위해서는 우선 일을 시작해야 한다 이거야! 그리고 이야기는 간단해. 월요일에 대답해 주면 돼. 그때까지 잘 생각해 보게……. 자, 여길 좀 읽어 보라구……."

그는 테이블을 돌아가 볼그리와 금고 사이에 자리를 잡았다. 그리고는 왼손으로 타이프로 친 서류의 한 페이지를 쭉 가리켜 나갔다.

볼그리는 자세히 읽어 보려고 안경을 썼다. 줄리앙은 열에 들뜬 것처럼 설명을 시작했다.
"누구나 생각이 미칠 듯한 일인데, 사실은 매우 새로운 착상이야. 잠깐 생각해 보더라도 수송비의 절약은 어마어마해! 시작하는데 1,000만 프랑의 돈이 필요해."
"그 돈을 가지고 있나?"
서류에서 눈을 떼지 않고 볼그리는 물었다.
"반은 가지고 있어. 당신이 나머지 반을 내면 돼. 당신은 아까 그 수표를 은행에 돌리지 않고 놓아 두기만 하면 돼. 그것이 당신 쪽의 출자야. 그러면 나는 처남의 수표를 쓰게 되고, 처남은 자기도 모르는 사이에 내 출자자가 되는 거야. 멋진 계략이지. 어때?"
"당신도 제법인데. 전혀 바보는 아니군, 크르토아……."
그 어조에는 경의가 담겨 있었다. 줄리앙은 그것에 대해 아무 대답도 하지 않았다. 복도 쪽에서 갑자기 왁자지껄한 웃음소리와 하이힐 소리가 넘쳐 나왔다. 타이피스트들이 돌아가는 모양이다. 고리대금업자는 불퉁불퉁 투덜거렸다.
"6시구먼. 매번 똑같이 꽥꽥 떠들어. 마음놓고 일도 못하겠다니까……."
그는 다시 열심히 메모를 읽기 시작했다. 사무실 밖은 점점 소란해졌다. 엘리베이터에 못 탄 회사원들이 서둘러 계단을 뛰어내려가는 발소리였다. 볼그리는 규칙적인 간격을 두고 충치 구멍을 혀끝으로 쭉쭉 후볐다. 그리고 손수건을 댄 두 손을 마주 비비고 있었다. 줄리앙은 살그머니 눈을 들고 아까부터 기다리는 일이 빨리 일어나기를 빌었다.
"상 토완 문 있는 데로군?" 볼그리가 묻는다.
"묘지가 바로 뒤켠이야. 부지의 우선권을 얻어 놓고 나서 신문에 광고를 내는 거야……."
 줄리앙은 숨결이 가빠졌다. 오른손이 열려진 금고 문 사이로 미끄러져 들어가 권총 손잡이를 꽉 쥐었다.
 "……외국 자본의 원조로 정유 공장을 설립할 계획이라는 걸 말야. 그리고 나서는 기다리고 있기만 하면 되는 거야……."
 목의 혈관이 불끈 부풀어올랐다. 위층에서 갑자기 귀가 먹을 듯한 소음이 일어났다. 볼그리는 테이블을 '탕' 하고 때렸다.
 "젠장, 이번에는 타이피스트 학원 학생까지 가세했군!"
 줄리앙은 그야말로 울고 싶을 정도였다. 그는 호통을 치는 것처럼 말했다.
 "부지는 국도 가장자리로 묘지에서 1,600미터쯤 떨어진 곳이야……."
 줄리앙은 권총을 자기 허벅지에 딱 붙였다.
 "뭐라고 했나?" 볼그리는 와글와글 시끄러운 가운데 소리쳤다.
 "조금 기다려 주지 않겠나……. 저 바보들이 떠들고 있어서 들리지 않아. 녀석들이 지나갈 때까지 기다려 주게."
 학원이 파한 타이피스트들의 왁자지껄한 행렬이 마침 2층까지 내려와 온 빌딩 안이 마치 기마 행진하는 듯한 소음으로 가득 찬 순간, 줄리앙은 정말 꿈이라도 꾸는 기분으로 지금까지 몇십 번 마음속으로 반복해 왔던 동작을 해치웠다. 권총 총구를 고리대금업자의 관자놀이에 대자마자 사이를 두지 않고 방아쇠를 당겼다. 요란스런 총성은 밖의 소란 때문에 지워져 버렸다. 볼그리는 축 늘어져 앞으로 넘어지고, 동시에 줄리앙은 뿜어 나오는 피보라를 피하려고 옆으로 싹 비켰다.
 서서히 밖의 소음은 작아졌다. 이윽고 주위는 조용해졌다. 살인을 범한 사나이는 그 자리에 우두커니 서 있었다. 그는 자기가 끝내 해

치웠다는 사실을 아직 납득하지 못하고 있었다. 눈물이 한 줄기 깨끗이 면도한 그의 뺨을 타고 흘렀다. 그러나 그는 그것을 깨닫지 못했다.

권총이 그의 손가락 사이에서 미끄러져 카펫 위에 떨어졌다. 줄리앙은 소리를 지르려 했으나 도무지 소리가 나오지 않았다.

한 줄기 피의 흐름이 테이블을 따라 바닥에까지 흘러내려 권총이 있는 데까지 오고 있었다. 줄리앙은 꼼짝도 않고 얼빠진 사람처럼 이 사정없이 다가오는 피를 물끄러미 보고 있었다. 그는 잘 알고 있었다. 만약 그 피에 권총이 잠기게 되면, 그 자기 지문을 지울 수 없게 되어 자살설을 완전히 뒤엎는 증거가 남게 된다……. 그는 정말 초인적인 노력으로 그 마비 상태에서 벗어났다.

급히 장갑을 끼고 권총을 주워 들었다. 그리고 죽은 사람 쪽을 보지 않도록 그쪽으로 등을 돌린 채, 손잡이, 방아쇠 등을 정성들여 문지르고 난 다음에 금고 문과 선반을 손수건으로 닦았다. 그는 어음 뭉치를 집어 들어 주머니에 넣었다. 팔꿈치로 무거운 금고 문을 미니 '찰칵' 하고 닫혔다. 구토증이 치밀어 오르는 것을 참고 그는 볼그리의 손을 잡아, 아직 따뜻한 그 손가락을 손잡이와 방아쇠에 잘 눌렀다. 그리고 그 권총을 카펫 위에 놓았다.

이제 곧 피의 흐름이 그 권총까지 미칠 것이다.

들어올 때 자기 손이 닿았을지도 모르는 문 손잡이나, 테이블 가장자리나 모두 정성껏 손수건으로 닦았다. 그의 수표와 파리 입구에 세울 가공의 정유 공장에 관한 초안도 모두 주머니에 쑤셔 넣었다. 그의 시선은 아마 보기에도 끔찍한 몰골의 볼그리를 여전히 피하고 있었다. 그러나 그 시체는 집요하게 그의 마음을 끌어당겨 아무래도 참을 수가 없었다. 피로 범벅이 된 그 무서운 얼굴을 흘끔 보고 나서 그는 갑자기 의식을 잃어버렸다.

실수

더니는 입을 동그랗게 해서 입술 루주를 한 번 더 바르고, 이번에는 위아래 입술을 꼭다물고 얼굴 화장 전체를 점검했다. 속눈썹 하나가 림멜에 얽혀 눈꺼풀에 들러붙었다.

그녀는 몸을 앞으로 굽히고 손을 거꾸로 해가지고 새끼손가락으로 몇 번이나 위로 쓰다듬어 올렸다.

6시 17분이다. 그녀는 인터폰을 바라보며 잠깐 생각에 잠겼다. 어떻게 할까, 결단을 내려 한 번 눌러 볼까? 아냐, 헛수고야. 사장은 시간을 정확히 지키는 데 있어서는 특별히 까다로우니까. 사무실의 모든 시계를 거의 1초도 틀리지 않게 맞추어 놓을 정도인걸. 도저히 속일 수 없어. 그야말로 기다렸다는 듯이, 약속 3분 전에 인터폰을 눌렀다고 못마땅하게 생각할 게 뻔해.

그녀는 오버코트를 들고 그것을 입기 전에 한참 찬찬히 바라보았다. 이것도 이제 바꿀 때가 되었다. 상당히 오래 전부터 요구한 급여 인상을 줄리앙이 들어주기만 해 준다면 새로 한 벌 맞추겠는데.

그녀는 정말 지겹다는 듯이 머리를 흔들었다. 그녀가 그 문제를 꺼낼 때마다 줄리앙 크르토아는 좀 언짢은 얼굴로 말했다.

"이런 때에 말인가? 하지만 더니, 좀 생각해 보라구! 이렇게 사업이 잘 되지 않아 재정난에 허덕이는 상태인데……."

그러면서도 자기 자신은 태연히 낭비를 했다. 차를 바꾼다든가, 한 번에 다섯 벌씩이나 양복을 주문한다든가, 부인에게 꽃바구니를 선물한다든가, 최근에 손에 넣은 여자를 끌어낸다든가 할 때는, 그의 재정은 끄떡없었다.

"그러나 전 오버코트가 필요한걸요!"

그녀는 익살맞게 우는 시늉을 하며 발을 가볍게 동동 굴렀다.

마치 이에 대답이라도 하듯이 전화 벨이 울렸다.
"줄리앙 크르토아 수출입상사입니다. 네? 아, 사모님이십니까? 네, 계십니다!"
아직 19분이었지만 그녀는 전화를 대 주기로 했다. 1분 에누리하는 것이 마치 복수라도 하는 듯한 쾌감을 자아냈다. 그녀는 인터폰의 단추를 눌렀다. 벨이 줄리앙의 방에 울려퍼진다. 그녀는 손가락을 단추에 댄 채, 그렇게 하면 더 세게 나기라도 하는 것처럼 더 힘주어 눌렀다. 대답이 없다. 그녀는 초조했다. 쳇, 보기 싫은 녀석! 시간이 정각이 될 때까지 대답을 안 하는 거야. 그녀는 분하게 생각하면서도 그 완강함에 탄복하지 않을 수 없었다. 끈기 있는 것과 고집스러움은 흔히 혼동되기 쉽다.
아아, 겨우……. 아니, 틀린데…….
"그대로 잠깐만 기다려 주십시오, 사모님. 사장님이 계신 것은 알고 있어요. 나가시는 걸 보지 못했으니까요. 아마 손을 씻고 계신가 봅니다……. 조금 더 눌러 보겠어요……."
쳇, 이번에는 벌써 6시 20분이 지났는데도 줄리앙은 여전히 전화를 받지 않는다.
"여보세요, 사장님이세요? 벌써 6시 20분입니다만, 사모님 전화를 연결하겠어요."
"고마워, 더니."
그녀는 기계적으로 연결해 주며 생각에 잠겼다. 그 말씨는 마치 피로에 잠긴 듯한 목소리였다. 그녀는 그 목소리에 완전히 마음이 누그러졌다. 뭐든지 용서해 주고 싶어지는 남자도 있는 거로군. 이쪽에서 용서하면 할수록 더욱더 이용만 하니 정말 우스워 죽겠어. 마치 똑같은 타입이야, 폴과……. 어머, 야단났네. 폴이 오페라 극장 담 옆에서 아마 애가 타서 기다리고 있을 텐데. 그러나 어떻게 나간담? 부부끼리의 이야기이니까, 끝도 없이 오래 끌 텐데.

문 아래 틈으로 불빛이 비친다. 마침 잘됐다! 불을 켠 거야. 그녀는 있는 용기를 다해서 노크를 하고 문을 조금 열었다.

테이블 앞에 축 늘어진 채 앉아 창백한 얼굴로 숨을 몰아 쉬면서, 사장은 이상할 정도의 부드러운 목소리로 송화기에 대고 이야기를 하고 있었다. 그야말로 큰 병을 치르고 난 회복기의 환자 같았다. 그 목소리도 겨우 알아들을까 말까 할 정도였다. 눈을 감고 있었다. 심한 피로로 까칠해진 얼굴이 환한 전등 불빛을 정면으로 받고 있었다. 그러나 그 칙칙한 그림자도 그 얼굴에 감도는 일종의 끝없는 평온함 같은 것을 지우지는 못했다. 그는 같은 말을 되풀이하고 있었다.

"아아, 정말…… 정말 당신이 알고 있었다면……."

더니는 어쩐지 쑥스러웠다. 마치 모든 것을 벗고 아무 방비도 없이 목욕하는 모습이라도 엿본 듯한 느낌을 받았다.

그는 참을성 있고 친절하게 전화의 목소리를 듣고 있었다. 매우 멋쩍은 표정으로 더니는 연 문을 손가락으로 다시 한 번 노크했다. 그는 눈을 들고 빙긋 웃었다. 무어라고 말해야 좋을지 몰라, 더니는 팔로 웅변하는 듯한 몸짓을 해 보였다. '이제 돌아가도 될까요?' 그는 상냥하게 몇 번이나 고개를 끄덕거렸다.

"그럼, 월요일에 다시 뵙겠어요." 그녀는 작은 소리로 말했다.

그는 송화기를 가리며 가만히 대답했다. "아아, 그러지. 일요일은 부디 즐겁게 지내요, 더니."

이 말은, 그 목소리의 상냥한 여운과 함께 그야말로 문제의 급여 인상 요구를 단번에 승인해 준 것 이상으로 그녀의 마음을 움직였다. 그녀는 우물거리는 것처럼 중얼거렸다.

"감사합니다, 사장님도 부디."

"아니, 난……." 줄리앙의 표정이 부드러워지고 이마의 주름이 없어졌다. "난 이것저것 모두 내던지고 푹 자겠어, 온 종일……." 그는 다시 전화에 대고 이야기했다. "잠깐 기다려요, 지누. 지금 더니가 돌아가기 때문에 인사하던 참이야. 그래요, 지금까지 둘이서 일했어. 그러나 이제 다 끝났고……."

더니는 헌신적인 심정이 되어 가슴이 뿌듯해져 문을 닫고 그냥 돌아갔다.

수화기를 든 채 줄리앙은 벌렁 누웠다. 이제 아무것도 할 기력이 없어지고 애정으로만 가슴이 꽉 찬 듯한 기분이었다. 그는 주느비에브를 사랑하고 있었다. 그녀가 그것을 잘 알고 있다고 할 수는 없지만, 거기에는 무리도 아닌 이유가 있었다. 그러나 그런 게 뭐란 말인가. 그리고 그런 기분을 언제나 잘 알고 있었던 것은 아니다. 다만 자기는 그것이 그다지 중대하지 않았을 뿐이다. 자기로서도 나중에는 결국 전보다 한층 더 애정으로 가슴이 부풀어 아내에게로 돌아간다는 것을 이미 알고 있었다.

"그래, 이젠 끝났어……. 정말 한시름 놓겠어……. 아니, 당신에게 말해 보았자 소용없겠지만. 귀찮고 위험한 일이라서 말야. 그야말로 대단한 모험을 한 셈이지……. 정말 대단한 모험이었어. 그러나 잘 됐어. 물론 대담하게 했지. 난 당신 일을 생각하며, 난투 중에 필사적으로 뛰어들어갔지……. 앞으로도 당신을 위해서라면 꽤 여러 가지 일을 할 수 있을 거야……." 그의 목소리는 감동 때문에 떨렸다. 그는 아주 친근한 사람이 옆에 있어 주었으면 하는, 견딜 수 없는 욕구를 느꼈다.

"으응, 특별히 용기가 있다는 것은 아니지만 우리가 안심하고 살기 위해서는 흥하든 망하든 해 볼 필요가 있었던 거야……. 성공했다는 것은 백 퍼센트 확실하지……. 그야 그 대신 그를 위한 준비를 하는데, 말도 못해……. 어쨌든 내가 생각해도 잘했다고 보는데."

그는 마음이 맑아졌다. 위험이 지나고 나니까, 그런 '일'을 한 자신이 위대한 사람으로 느껴졌다. 누구나 자신의 위대함은 쉽사리 납득하는 법이다.

자기 자신에 대한 이 관대함이, 자기에게 필요한 그녀를 기꺼이 맞아들이고 싶다는 생각이 들게 한 것이다.

"이제는 지금까지보다 차분해질 수 있겠어, 지누. 당신에게도 얼마나 사랑하고 있는지를 얼마든지 천천히 말해 줄 수 있을 거고……."

주느비에브는 전화를 걸고 있는 싸구려 카페의 불결한 전화 부스 안에서, 행복에 겨워 정신이 아득해질 듯이 몸부림치며 울지 않으려고 자꾸만 코를 훌쩍거렸다.

"네, 그러나 아까는…… 아까는 단 한 번도 그렇게 말해 주시지 않기에 화를 낸 거예요, 미안해요."

그는 뜨거운 목소리로 말했다. "아깐 말야. 타이프로 편지를 한 장 치게 하던 중이었어. 마침 그 일로 말야. 그런데 당신이 전화를 했잖아. 그만 머릿속이 헝클어져서 그랬어. 지금은 다르지."

"그럼 정말이죠? 절 사랑하고 계신 거죠?"

"홀딱 반했어."

"아아! 좋아, 정말 좋아, 당신이…… 용서하세요, 이런 말밖에 못하는 것을. 줄리앙, 당신이 친절하게 그런 목소리로 말하니까, 전 그만 황홀해져서……."

"내 귀여운 아내!"

"네, 뭐라구요?"

"내 귀여운 아내라고 했어!"

"아아, 줄리앙, 일찍 돌아오세요……."

"10분만 더 기다려 줘. 10분 뒤엔 틀림없이 이곳에서 나가 바로 집으로 돌아가겠어. 좀 정리해야 할 서류가 있어……." 그는 어음 뭉치와 수표장과 사업 초안을 주머니에서 꺼내 테이블 위에 던지고, 그것을 바라보며 히죽 웃었다.
"실은 좋은 걸 한 가지 생각했어. 모르겠지? 한 가지 멋진 일을 하려고 생각하는데, 바로 준비해 줘. 둘이서 시골로 가는 거야, 어때?"
그녀는 애가 탔다.
"빨리 와야 해요! 빨리!"
이제 완전히 기분이 풀려, 그는 정말 명랑하게 웃었다.
"10분만 있으면 돼. 그 이상은 기다리게 하지 않겠어. 맹세해."
"여보, 그래서 생각이 났는데, 낮에 당신 한푼도 없다고 했잖아요. 필요한 만큼 돈은 있어요? 뭣하면 조르주에게 부탁해 볼까요?"
"아니, 처남한테 말할 것 없어. 지금도 걸핏하면 이쪽 사업에 참견하고 싶어해서 곤란해. 돈은 걱정 안 해도 돼. 다시 한 번 말하지만 사정이 싹 달라졌어."
"그 기적적인 일 덕분에?"
"기적적이라? 정말 그래. 그럼, 곧 갈게."
"10분이에요, 절대로 늦지 않는 거죠?"
"어떤 십자가를 걸고라도 맹세하겠어. 만약 거짓말이라면 지옥에 떨어져도 좋아."
"그럼, 그렇게 정해요. 저도 좀 좋은 걸로 당신을 놀라게 해 주겠어요."
주느비에브는 서둘러 카페에서 나와 택시를 찾았다. 주차장은 텅텅 비어 있었다. 그녀는 걸어가기로 결심하고 잰걸음으로 시내를 향해 갔다.

줄리앙은 아직도 전화에 손을 얹은 채, 한동안 허탈 상태에 있었다. 이윽고 깊은 한숨을 쉬며, 기운을 차리려는 듯이 몸을 한 번 흔들었다. 그는 일어서서 힘껏 기지개를 켰다. 이제 끝났다. 그것은 틀림없는 사실이다. 볼그리의 죽음으로 끝없는 악몽에도 종지부가 찍혔다. 그 무참한 얼굴, 흐리멍덩하게 뜬 눈과 대머리의 기억을 떨쳐 버리기 위해서 그는 빼앗아 온 서류 있는 대로 돌아와 반신반의하는 눈길로 그것을 물끄러미 바라보았다. 갑자기 그는 밝게 웃었다.

"끝나 버렸다!" 그는 소리쳤다. "이제는 무서워할 것이 없다!"

웃음소리가 뚝 그쳤다. 그렇다, 만약 더니가 아직 옆방에 있다면? 그는 단숨에 뛰어가 경첩이 부서질 정도로 힘껏 문을 열었다. 대기실이 텅 빈 것을 보고 나서야 다시 웃는 얼굴이 되었다.

자, 일이다! 그는 열에 들뜬 사람처럼 자기 양복에 묻은 회반죽이니 먼지를 털며, 그 시체 앞에서 다시 의식을 되찾은 뒤의 어수선했던 전말을 다시 한 번 마음속으로 정리해 보았다. 생각할수록 오싹한 일이었으나, 그러면서도 스스로 감탄했다. 그 고리대금업자의 보잘것없는 작은 사무실에서 도망쳐 나올 용기를 대체 어디서 얻었을까? 다행히 복도에는 사람이 하나도 없었다.

장갑은? 단정히 저기 놓아 두었다. 수화기를 귀에 댄 채, 입으로 벗은 것을 확실히 기억하고 있다. 그렇다면 아무런 증거도 남기고 오지 않은 것이다. 페인트공들이 일하는 방에는 발자국이 뒤죽박죽이 되게 휘저어 놓고 왔다. 그렇게 많은 발자국 속에서 틀림없이 똑같은 내 발자국을 찾아낼 수 있는 자가 있다면 그야말로 보통 솜씨가 아닌 녀석이다. 페인트공들이 토요일 오후는 쉬기 때문에 정말 득을 보았다. 제일 큰 일은 높은 벽에 달라붙어서 언제 끝날지도 모르는 길을 되돌아오면서, 고막을 쿡쿡 찌르는 벨소리를 듣고 당도하는 것이 늦지 않을까 싶어 걱정하던 때였다. 만일 더니가 기다리다 못해, 어쩌서 그가 대답을 않고 있을까 해서 명령을 어기고 들여다보기라도 했다면…….

그는 세면장 거울에 자기 모습을 비춰 보았다. 양복은 조금도 더러워지지 않았다. 자, 이제는 차례차례로 빠지는 것 없이 처치해야 한다. 맨 먼저 장갑이다. 그는 사무용 가위 끝에 그것을 끼고 라이터로 불을 붙였다. 그리고 창가로 가서 그 재를 밖으로 불어 날렸다. 이로써 장갑은 흔적도 없이 사라졌다.

창을 닫고 그는 먼저 자리로 돌아왔다. 갑자기 조용한 노크 소리가 들려 그는 그 자리에 꼼짝 못하고 선 채 평정을 잃었다. 심장은 심한 방망이질을 시작했다. 올 사람이 없다. 아마 볼그리 녀석이 살아 있다면 호통을 치러 올 것이다! 또 노크를 한다.

"들어오십시오."

그 사람은 빌딩 관리인 알베르였다.

"미안합니다, 크르토아 씨. 아직도 계신가 해서요. 이제 모두 돌아가시지 않았습니까? 그래 잠깐 상황을 보러 온 겁니다. 혹시……."

"나도 인젠 돌아가겠어, 알베르."

관리인은 그가 오버코트를 입는 것을 거들었다.

"이런 때 어떤 기분인지 알겠나, 알베르?" 줄리앙은 거듭 말했다. "자네도 역시 이런 기쁨을 느끼겠지? 완전히 자기 일을 끝내고 겨우 자유로운 몸이 되었다고 생각할 때?"

"그게 말입니다, 전 직업 자체가 다르지 않습니까. 그야 기쁘긴 기쁘지요. 그렇지 않다고 할 수는 없습니다. 그러나 다리가 몹시 아프지요, 이튿날까지. 아무래도 늘 서 있어야 하니까요, 우리의 직업은……."

문까지 와서 줄리앙은 어음 뭉치가 생각났다.

"먼저 나가게, 알베르. 곧 뒤따라갈 테니까……."

그는 테이블로 되돌아왔다. 눈을 돌리는 순간 맨 먼저 눈에 띈 것은 서랍 틈으로 번쩍거리는 권총이었다. 그는 그것을 포켓에 넣었다.

"권총을 가지고 돌아가시는 겁니까, 크르토아 씨?"

관리인은 놀란 듯이 말했다.

"응?"

그는 마치 볼그리를 살해하는 현장을 들키기라도 한 듯한 태도로 돌아다보았다.

"으…… 응. 시골에 가기 때문에, 그래서…… 이런 장난감이 필요한 경우가 없지도 않으니까 말야, 요즈음은."

필사적으로 겨우 웃음을 짓고 그는 돌아선 채 살짝 서류를 집어 포켓에 쑤셔 넣고는 방에서 나왔다.

알베르는 다시금 동감하며 묵직이 고개를 끄덕거렸다. 줄리앙은 마음이 가벼워져 휘파람을 불었다.

"꽤 즐거운 것 같군요! 일요일이 기다려진다 그 말씀이군요!"

관리인이 말했다.

"그럼, 여자 중에서 제일 멋진 여자와 주말여행을 가기로 했거든."

관리인은 엘리베이터 문을 열며 조금 입가를 일그러뜨렸으나 아무 말도 하지 않았다. 줄리앙의 호색 행각은 모두가 알고 있다. 줄리앙은 상대의 속셈을 알아차리고 우스워졌다. 절대로, 그야말로 절대로 이 사람은 상상도 못할 것이다. 내가 내 아내를 가리켜서 이야기했다는 것을!

엘리베이터 문은 자동적으로 닫혔다. 알베르가 1층 단추를 누르니까 엘리베이터는 소리없이 움직이기 시작했다.

"난 이렇게 벽에 붙어 있는 엘리베이터는 아주 싫어." 줄리앙은 불평했다. "마치 우물 속에 들어가는 것 같아. 난 옛날 것이 좋아. 한

층 한 층, 바닥이나 계단이 훤히 보였지……. 이거야 말로 숨이 막힐 것 같아."
 "이것이 현대적이라는 겁니다, 크르토아 씨. 그리고 별로 긴 거리도 아니구요."
 벌써 도착했다. 두 사람은 현관 홀을 나왔다.
 "안녕히 가십시오, 크르토아 씨. 부디 일요일을 즐겁게……."
 "이젠 빌딩을 닫아 버리나?"
 "예, 그렇습니다. 당신이 맨 나중이었어요. 이대로 월요일까지 닫아 버립니다."
 "그럼 자네도 일요일을 즐겁게 보내게, 알베르."
 "아, 감사합니다."
 그는 모자로 손을 가져가고, 줄리앙은 출구에서 가슴 가득히 신선한 공기를 들이마셨다. 인생은 멋지다. 그는 조금도 회한을 느끼지 않았다.
 빨간 프리게이트인 그의 차는 보도 옆에 세워 두었었다. 타려고 할 때, 모자를 벗고 공손히 인사하는 알베르가 보였다. 아직도 요전에 준 팁을 기억하고 있는 모양이다. 줄리앙은 손을 흔들어 답하고는 차에 탔다. 출발이다. 잠자고 있던 모터를 돌리기 위해 스위치를 넣지 않은 채 가볍게 두세 번 스타터를 움직인다. 그리고 살짝 키를 돌리면 완료다. 전혀 아무것도 아닌 간단한 호흡인데 효과는 언제나 확실하다. 키를 반도 돌리지 않았는데 벌써 달려 나간다. 좀더 따뜻하게 한 뒤에 출발하자.
 정말 얼마나 주느비에브를 행복하게 할까, 이제부터는! 이제는 괴로움을 주진 않을 것이다, 절대로. 그녀를 체념하지 않으면 안 된다는 걱정을 지금까지 얼마나 했는가. 이제 새로운 생활이 시작되는 것이다. 새로운 사랑의 생활……. 그녀를 이 팔에 안으면 바로 이런 것을 제안해야지. 살짝 그녀의 귓가에 대고 속삭여 주어야지……. '나는 오늘 그야말로 여러 가지를 알았어. 이렇게 하늘의 도움이 있다는 사실은, 곧 내가 아직 당신에게 행복을 줄 수 있는 자격을 가졌음을 말해 주는 거야.'

구두 끝으로 그는 액셀러레이터를 찾았다. 아직도 충분하지 않다. 그는 같은 층에 세든 사람들을 찾아다니는 형사와 자기가 마주 앉아 있는 장면을 상상해 본다.

'볼그리? 볼그리라구요? 통 생각이 나지 않는데요……. 아, 그렇지! 잠깐 기다려 주십시오. 몸집이 작고, 조금 우쭐거리는 듯한, 별로 인상이 좋지 않은 남자가 아닙니까? 호감이 안 가는 얼굴을 하고 있었지요, 우리끼리의 이야깁니다만. 예, 가끔 계단 같은 데서 만났지요. '여어, 안녕하십니까' 하고 인사를 하는 그런 정도랍니다. 고리대금업자라는 말을 누구에게선가 들었습니다만. 글쎄, 누구한테서 들었더라. 아뇨, 나는 그 사람과는 아무런 관계도 없습니다. 첫째 뻔한 이야기지만 상대는 내 이름도 몰랐을 테니까요……. 장부라구요? 웃기지 마십시오, 형사님. 그런 사람들은 장부 같은 건 기재하지 않는 법이죠……. 좌우간 우리 장부든 뭐든 보시면 알 게 아닙니까. 어디를 찾아도 볼그리니 하는 이름과 관계 있는 것이 나올 리가 없으니까요…….'

그 점을 확인하려는 듯이 그는 그 위험한 서류를 포켓에서 꺼내보자마자 파랗게 질렸다. 잘못해서 편지 뭉치를 가져왔던 것이다!

제기랄! 그 어음은! 수표는! 초안은!

모두 태워 버렸던가? 아니, 아닌데. 장갑을 완전한 재로 만들어 바람에 날려 보낸 것은 기억하고 있다. 그 뒤 알베르가 들어왔었다. 그는 그때의 상황을 생각해 보았다. 그때 도중에서 되돌아가 서류를 집으려 했다. 그랬는데……, 그리고 그 알베르 바보 녀석이, 권총 일로 얼뜨기 같은 질문을 했었다. 줄리앙은 흠칫해서 뒤돌아보고, 그리고……. 그는 갑자기 신음소리를 냈다.

어음도 수표도 초안도, 테이블 위 빤히 보이는 곳에 그대로 놓여 있을 것이 틀림없다.

어쨌든 좋다. 그리 당황할 필요는 없다. 기계적으로 그는 시동을 걸었다. 모터는 조용히 소리를 내기 시작하고, 쾌적하고 안일한 감각이 온몸에 넘친다. 아무리 생각해도 다시 한 번 사무실로 올라갈 생각이 나지 않았다. 그런데…….

그렇다, 권총을……. 그는 권총을 포켓에서 꺼내어 차의 장갑 케이스에 넣었다.

별 생각도 없이 그는 기어를 넣고 출발하려 했다. 월요일 아침에 더니보다 먼저 와서, 위험한 서류를 파기해 버리면 될 것이다. 그러나 액셀러레이터 페달에 올려진 발이 문득 멈춰진다. 그런데 청소부들은? 서류를 읽거나 하지는 않겠지. 그러나 만일 그때에 한해, 정말 우연히 읽기라도 한다면? 이보다 작은, 그야말로 모래알 같은 일, 정말 사소한 부주의가 소위 완전범죄를 파탄으로 이끄는 원인이 되지 않는가. 그는 조용히 기어를 되돌리고 다시 보도에 내려 섰다. 관리인은 현관 홀에 없었다. 제자리에 있었던 일이 없으니까, 그 사람은. 그의 손을 빌리지 않고 일을 끝내는 수밖에 없다.

다행히 엘리베이터를 이용하면 빠르다! 그는 엘리베이터 안에 들어가 13이라고 표시된 단추를 눌렀다. 엘리베이터는 거침없이 올라갔다.

이 순간, 관리인 알베르는 지하 2층에 있는 배전판 앞에 다다랐다. 그는 모자를 뒤로 젖히고, 머리를 박박 긁으며 크게 하품을 한 번 했다. 하루의 근무도 끝나고, 마지막 남은 세든 사람도 돌아가고 한 주일이 끝났기 때문에 안전기 핸들을 단숨에 싹 잡아당겨 전류를 끊어 버렸다.
엘리베이터는 11층과 12층 사이에서 딱 정지해 버렸다.

네 사람

줄리앙이 정신을 차려보니, 그는 어둠 속에서 바닥 위에 쓰러져 있었다.

엘리베이터가 갑자기 정지해서 충격이 너무 심했던 것이다. 무릎을 강철 벽에 부딪쳐서 그 아픔 때문에 숨이 막힐 것 같았다.

그는 아픔으로 얼굴을 찡그리며 일어나서 엘리베이터 벽에 등을 기댄 채 한쪽 다리를 문질렀다.

"알베르!" 그는 소리쳤다. 아무 반응도 없었다. 그는 손으로 더듬어 조작판을 찾아 맨 처음에 손에 닿는 단추를 눌러 보았다. 그리고 다른 단추를, 그리고 또 다른 단추를······. 전혀 반응이 없다. 그는 라이터를 켜고 조작판에 '관리인'이라고 표시된 단추를 찾아 내어 그것을 눌렀다. 그리고 멀리서 벨소리가 나지 않나 해서 귀를 기울였다. 아무런 낌새도 없다.

갑자기 미칠 것 같은 생각이 들어, 그는 그 금속제 벽을 걷어찼으나 결과는 무릎 통증이 더 했을 뿐이었다. 그는 저주하는 외침 소리를 지르고, 날뛰며 소리질렀다.

"알베르! 이봐, 대답해, 제기랄! 알베르!"

라이터가 꺼지자 줄리앙은 몽롱한 어둠 속에 갇힌 것을 알았다. 빌딩은 소리 하나 나지 않는 침묵 속에 잠긴 채, 이따금 밖의 도로에서 들리는 웅성거림을 전할 뿐이었다.

지금도 생활은 계속되고 있는 것이다, 바로 옆에서. 이 엉뚱한 우리에서 나가기만 하면 된다. 그는 입술을 꽉 다물고, 주먹을 부르쥐며, 금방 미쳐 버릴 것 같은 공포와 싸웠다······.

주느비에브는 아까부터 족히 10분쯤은 거의 달리다시피 걸었다.
끝내는 옆구리가 아파와 하는 수 없이 걸음을 늦추었다. 그녀에게는
이번 일이 그토록 기쁘고, 이미 그것을 '줄리앙의 귀환'이라는 항목으
로 미래의 추억 속에 접어 넣고 있을 정도였다. 그리고 지금부터 가
서 줄리앙을 놀라게 해 줄 일을 매우 재미있게 여기고 있었다……
그러나 잘못하면 그를 만나지 못할 것이 아닌가? 모처럼의 기습이
실패할지도 모르겠다고 생각하니 눈물이 솟았다. 주느비에브는 걸음
을 빨리했다.

'만약 그이가 나를 사랑하고 있다면 틀림없이 어떤 예감으로 그인
기다려 줄거야. 만약 돌아가 버렸다면 나는 끝장이야.'

이렇게 생각하니까 순간 심장의 고동이 멈춰지는 것 같았다.

'가 버리지 마세요, 줄리앙!'

심장이, 내 심장은 어떻게 생겼는지 줄리앙을 생각할 때나, 혹은
뭔가 육체적인 노력을 하지 않으면 안 될 때마다 꼭 괴로워진단 말
야. 그녀는 어느 쇼윈도 앞에 섰다. 스포츠 용품 가게다. 그녀는 상
제르망 드 프레(센 강 왼쪽 기슭, 보나파르트 거리와 상 제르망 대로와의 교차점에 있는 광장. 속칭 '실존주의 도로'로 불리는 전후파 남녀가 모이는 장소로서 알려졌음)의 최신
유행으로 치장한 젊은 남녀가 눈이 높은 손님 같은 태도로 그 진열품
을 바라보고 있는 것도 알아차리지 못했다.

'모타나'(실존주의자들이 출입하는 카페)에서 빠져 나온 듯한 남자는 그녀의 모습을 평가
하는 눈매로 흘긋 보았다. 좋은 여자로 보기엔 좀 이상한데……. 더
구나 제법 멋을 부리고……. 미친 여자로군!

주느비에브는 그냥 멀어져 갔다.

남자는 동행한 여자 쪽을 돌아보았다.

"자, 어때? 오겠어, 테레즈?"

그는 그 테레즈라는 이름을 유행에 따라 영국식으로 부르고 있는
데, 단지 매끄럽게 '시리자'라고 발음하는 것이었다. 정성들여 풀어놓

은 머리칼은 목줄기 근처까지 늘어져 있었다. 몸에 너무 클 정도의 풀오버가 깡마른 몸을 싸고 있다. 오버코트는 걸치고만 있었다. 어깨 선이 매끈한 회색 양복에 단추를 높직이 달고, 가는 허리 둘레는 느슨하게 맞추었다. 두 손은 바지 포켓에 찌른 채로, 사치스런 격자무늬의 카브라가 달린 검은 바지가 정강이로부터 발목 근처를 딱 졸라매고 있다.

처녀는 대답했다.

"네, 프레드, 지금 가겠어요."

그러나 처녀는 아직 아노락이 진열된 쪽을 계속 바라보고 있었다. 어깨 위까지 늘어진 바삭바삭한 머리칼, 굵은 골뜨기의 두툼한 털 스웨터를 입었어도 확실히 불룩함이 눈에 띄는 귀여운 가슴. 거기다 통스커트 차림의 테레즈는 귀엽다고나 할까, 도발적이라고나 할까. 구별할 수 없는 운치가 있었다. 프레드는 그것을 좋아했다. 무엇보다도 그의 마음에 드는 것은 지금 한창 유행하는 평바닥 구두였다. 이러한 슬리퍼 모양의 구두란 마치 난롯가에서 신는 슬리퍼 같은 친근감을 자아내어, 한 여자를 어느 누구라도 손이 미칠 것 같은 느낌으로 만들어 준다.

그녀는 겨우 프레드를 따랐다. 함께 딱 붙어 가면서도 팔을 끼지도, 손을 맞잡지도 않고 둘은 걸어갔다.

서점 진열대 앞에서 프레드는 경멸하는 듯이 어깨를 움츠렸다.

"정말 알 수 없단 말야. 아직도 책을 쓰는 얼간이가 있으니 말야."

"왜요? 쓰면 안 되나요?"

겁쟁이 같은 투로 테레즈가 물었다.

그는 깡마른 가슴을 쑥 내밀었다.

"그런 것은 문제가 아냐. 도대체 그래서 뭐가 된다는 거야?……이게 문제란 말야. 잡동사니 같은 책을 한 권 내 보라구. 그 다음에는 두 권째를 내지. 그러고 나서 5권째, 10권째, 100권째, 어디까지 가도 다 못 써. 그렇게 되면 결국 어떻게 되지?"

가만히 고개를 숙인 채 그녀는 이 가르침을 가슴에 새겨 넣었다. 프레드의 날카로운 눈이 문득 아까 본 여자에게로 쏠렸다. 그녀는 핸드백을 뒤져 작은 병을 꺼내고 있었다. 그 병에서 알약 한 알을 꺼내 먹었다.

'마약을 하고 있군. 그럴 거라고 생각했지……'

두 사람은 그녀를 앞질러 갔다. 그러나 주느비에브는 마약을 먹은 것이 아니었다. 심장을 가라앉히는 약을 먹었다. 그것도 절대 해가 없는 약을 의사에게 부탁해서 겨우 얻어온 것이다.

아아, 이제 상당히 좋아졌다.

'유머 스탠더드' 빌딩이 보인다.

그녀는 다시 걷기 시작했다. 앞으로 2, 3분이면 닿는다. 그러나 결국 줄리앙이 약속 시간을 어기지 않는다고 어떻게 장담할 수 있다는 말인가? 물론 나를 기다리지 않는다는 말은 아니다. 다만, 그 사람은 나와 만날 때에는 서두는 기색을 보인 일이 없다는 것뿐이다. 아내 같은 사람은 안중에 없는 것이다.

한편 그 사이에, 프레드와 테레즈는 네거리를 돌아가고 있었다. 구세군 전도대 몇 명이 그곳의 보도를 막고 있었다. 기묘한 제모를 깊숙이 쓴 두 여자가 영감에 잠긴 듯한 얼굴로 찬송가를 부르고 있었다. 입술이 움직이는 것은 보이지만, 소리는 통 들리지 않는다. 세 번째 여자는 몸을 앞으로 굽혀 굵은 백묵으로 아스팔트 위에 글자를 쓰고 있었다. 쓰고 있는 내용은 신에 관한 것이다. 그런데 그 동작으로 스커트가 말려 올라가 여자의 엉덩이가 보일락 말락 했다. 프레드는 재미있어 테레즈를 팔꿈치로 쿡쿡 찔렀다.

그것은 테레즈도 보았는데 프레드의 야비함에 불쾌한 생각이 들었다. 그래도 화나는 몸짓만은 꾹 참고 있었다. 그러나 그것이 금방 끝나지 않았기 때문에 상대는 눈치를 챘다. 프레드는 경멸하는 듯 입을 오므렸다.

"흥, 그래……. 신성한 것이 있단 말이지……. 흥, 재미있군. 정말 언제쯤 그 부르주아 근성을 없애 줄 수 있을까!"

그는 말 끝을 끌어당기듯 그렇게 말했으나 그것 때문에 멈춰 서지는 않았다. 테레즈도 마찬가지로 그런 것보다 화제를 바꾸는 편이 좋겠다고 생각했다. 그래서 카페 입구에 내놓은 작은 포스터에 프레드의 주의를 돌리게 했다. 포스터에는 황금의 비를 맞고 있는 한 여자가 그려져 있고 '국영 복권을 삽시다'라고 씌어 있었다.

그녀는 프레드에게 질문했다.

"저 여자가 누구예요?"

"다나에 (그리스 신화에 나오는 여신. 제우스의 사랑을 받고 페르세우스를 낳았다. 그녀가 부친에 의해 감금되었던 청동 탑에 제우스는 황금의 비로 변신해서 숨어들었다) 야." 그는 지루한 듯한 태도로 대답했다.

"다나에? 그럼 저건 무슨 뜻이에요?"

프레드는 잠깐 그 포스터를 쳐다보았다.

"다시 한 번 안아 달라는 거야."

두 사람은 카페 앞을 지났다. 프레드는 모터가 걸린 채 문이 열려 있는 빨간 프리게이트 앞에서 갑자기 멈춰 섰다.

"이런 자들은 혼을 내주고 싶어진단 말야. 모터를 걸어 놓은 채 어디로 가 버렸어! '마음대로 사용할 수 있는 차가 여기 있습니다' 하고 광고하는 거나 마찬가지지. '자, 오세요. 부디 여러분, 자유로이 사용하세요' 하는 식이 아냐!"

그 목소리는 일부러 악당다운 투를 담고 있었다. 그는 농담처럼 덧붙였다.

"한 번 타 볼까?"

테레즈는 펄쩍 뛰었다. 그러나 그런 공포스런 충동 때문에 그것도 조금 전에 핀잔을 받았는데, 또 그런 것을 후회하고 바로 마음을 고쳐먹었다. 프레드의 눈매는 테레즈를 노려보는 듯했다. 그녀는 이 징후를 알았다. 그것은 그녀가 '그만두세요' 하고 말린 것보다 더 나빴다. 완전히 자존심을 자극당한 프레드는 틀림없이 자기는 아무것도 무섭지 않다는 것을 증명해 보이려고 할 것이다.
"난 그런 짓 못할 사람이라고 생각하지?"
"그렇지 않아요. 다만…… 한 대 훔치게 되면 두 대를 훔치게 되고 …… 결국 아무리 훔쳐도 전부는 못 훔치게 되지 않아요?"
그는 입술을 불쾌한 듯이 일그러뜨리고 냉소했다.
"평소에는 별로 지껄이지 않는데 겨우 지껄이는가 싶으면 시시한 소리밖에 하지 않는단 말야. 자, 타라구."
"이 차 임자, 담배를 사러 갔는지도 몰라요, 카페로……."
그는 바라보았다. 카페의 카운터는 텅 비어 있었다.
"타라니까!"
그는 다시 말했다.
망설임도 없이, 자기 자신을 피할 도리 없는 경지에 몰아 넣기 위해, 그는 핸들 앞에 앉았다. 테레즈는 차 저쪽으로 돌아 시키는 대로 올라탔다.
그런데 마침 주느비에브가 빌딩 네거리로 나왔다. 누군가 중년 남자가 그녀에게 인사했다. 그녀는 기계적으로 답례를 했으나 바로 누구인지 알 수 없었다. 마침 50미터쯤 앞에 빨간 '프리게이트'가 보이는 위치였다. 그것을 보니 이제 괴로움 따위는 어딘가로 날아가 버렸다. 그야말로 인생이 멋진 것으로 생각되었다. 줄리앙은 기다려 준 거다! 틀림없이 그럴 거라고 생각하고 있었지! 지금 인사한 사람은 관리인 알베르였지. 조금 빨리 가야지. 자동차 배기통에서 나오는 회색 연기와, 유리 너머로 금방 발차하려는 남편의 목덜미가 보였다.
"줄리앙!"
그녀는 거리 한복판에서 큰 소리를 지른 것이 창피해서 갑자기 뛰어가기 시작했다. 그러나 그녀는 관자놀이의 피가 단번에 고동을 멈추는 듯했다. 기묘한 복장을 한 젊은 처녀가, 스포츠 용품 가게 앞에 있던 그 처녀가 아닌지 몰라. 차 저쪽으로 돌아 문을 여는가 싶더니 익숙한 듯한 태도로 올라탔다. 분명히 아까 그 처녀……. 스커트 단이 풀려 보기 싫게 늘어져 있고…….
줄리앙에게는 숨겨 놓은 여자가 있었구나! 진상을 똑똑히 보고, 그녀의 가슴은 처참하게 찢어졌다.
더구나 그 여자는 더니가 아닌 것이다. 이렇게 괴로움에 잠긴 지금의 그녀로서는, 줄리앙이 여비서를 데리고 있다면 그래도 용납할 수 있었을는지도 모른다. 비록 그 여비서가 평화로운 가정을 위해서는 지나칠 정도로 미인이었다고 하더라도 말이다. 그러나 저 낯선 여자는? 내 나이의 반밖에 되지 않은 처녀가 아닌가!
괴로움으로 그녀는 그 자리에 멈춰 서버렸다. 심한 복수심이 갑자기 그녀를 앞으로 밀어 냈다. 눈알을 뽑아 주어야지, 저런 풋내기 계집애는……. 프리게이트는 주느비에브가 20미터 정도까지 왔을 때 떠났다. 그리고 첫 골목을 돌더니 바로 사라져 버렸다.
주느비에브는 굉장한 소리를 질렀다. 지나가던 어떤 여자가 사정도 모르고 함께 소리를 질렀다. 사람들이 모여들었다. 누군가가 물었다.
"몸이 편찮으신가요, 부인?"
그녀는 입술을 물고 사악한 눈매로 가느다랗게 중얼거렸다.
"아뇨……, 아뇨……. 괜찮아요, 이제. 가슴이 좀 답답했었습니다만 이제 가라앉았어요……. 훨씬 기분이 좋아졌어요, 정말……. 아무것도 아닙니다."

그녀는 그 자리에 가만히 서서 졸도할 듯한 자기를 보고 있던 사람들이 떠나기를 기다렸다. 구경꾼들은 아쉬운 듯이, 그리고 그녀가 픽 쓰러져 주지 않을까 기대하는 태도로 뒤를 흘끔흘끔 돌아다보며 멀어져 갔다.

주느비에브의 마음에는 살인이라도 하고 싶은 분노가 소용돌이쳤다. 모두 가버리고 혼자가 되자 그녀는 더 참을 수가 없어 빌딩 입구로 달려갔다. 그리고 쇠살문에 매달려 그 문을 흔들었다.

그 11층과 12층 사이에서는 줄리앙이 역시 자기가 갇힌 엘리베이터의 금속제 문짝에 몸뚱이를 부딪치고 있었다. 그는 이성으로 설명할 수 없는 미칠 듯한 심정에 사로잡혔다. 어떻게 해서라도 이 밀폐된 우물 같은 곳, 이 무서운 함정으로부터 나가야 한다. 누군가 그의 사무실에 들어가 무서운 범죄의 증거를 발견하지 않는다고 볼 수 없다. 하나의 시체가 감추어진 이 건물 안에 있는 그를 누가 발견하지 않는다고 볼 수도 없다! 그리고 주느비에브는? 주느비에브도 걱정이 되어 그야말로 무슨 생각을 할지 모른다! 그는 소리쳤다.

"알베르! 알베르! 문을 열라니까. 이봐!"

그는 조금이라도 대답 비슷한 소리가 나면 놓치지 않으려고 가만히 숨을 죽인다. 아무 소리도 들리지 않는다. 무서우리만큼 조용하다. 혹시――그러나 아무래도 확실하지 않다――이 우물 밑바닥 쪽에서 무엇인가 물건을 때리는 소리가 들렸는지도 모른다……. 전속력으로 회전하는 모터의 조그맣게 우는 소리가……. 멀리…… 멀리…….

한 경관이 망토자락을 뒤로 제치며 주느비에브 곁으로 다가왔다.

"어떻게 하시려고요, 부인? 벌써 잠겨 있는데요, 모르시겠습니까?"

경관은 이 여자를 연행하고 싶은 충동을 느끼는 듯했다. 여전히 예쁜 옷을 입은 여자들이 서성거리며 못된 짓을 하고 있으니까. 부끄러움에 빨개져 가지고 가슴을 크게 들먹이며 그녀는 고개를 숙였다.
"어디가 아프신가요?" 경관은 물었다.
"아뇨, 아아뇨……."
"그럼, 뭘 하고 계시는 겁니까, 이런 곳에서?"
"남편이……."
더 이상 참을 수 없어 그녀는 중얼거렸다.
"뭐, 남편이? 이 안에 계신가요?"
"아뇨, 지금 지나가 버렸어요……."
"그렇다면 이 안에 들어가실 이유는 전혀 없겠군요. 자, 가십시오, 부인."
그녀는 그 명령에 따랐다. 그녀의 분노는, 실은 자기의 마음속으로부터 솟아나오는 괴로운 생각을 얼버무리기 위한 단순한 행동에 불과했다. '줄리앙은 나를 사랑하고 있지 않은 거야'
이젠 정확히 증거를 잡았다. 지금은 택시로, 좌우간…….
"바렌느 거리 32번지!"
쿠션에 앉은 그녀는 울려고 해도 울 수가 없었다.

센 강 옆의 마르리(파리의 서쪽 15킬로미터, 센 강의 대굴곡점 근처에 있는 작은 도시. 루이 14세가 건설한 베르사유로 가는 큰 송수 장치가 있다)로 가는 가도를 빨간 '프리게이트'는 쾌적한 스피드로 달리고 있었다.

불안

안개처럼 가는 비가 내리고 있었다. 프레드는 어린애 같은 몽상과 승부를 거는 일에 열중하고 있었다. 몸을 앞으로 굽혀 핸들에 찰싹 달라붙어 눈을 가늘게 뜨고 세계 선수권 획득을 목표로 어둠 속을 돌진한다. 테레즈는 호기심에 사로잡혀 있었다. 이 훔친 차 주인의 이름은 무엇일까? 끝내 참을 수가 없어서, 그녀는 팔을 들어 자기 뒤에 있는 차내등을 켰다. 그리고 한 자 한 자 더듬으며 소리를 내어 계기반 위의 이름을 읽었다.

"줄리앙 크르토아……."

"무슨 말이야, 그게?"

프레드는 불쾌하게 중얼거렸다.

"차 임자 이름예요."

"그게 무슨 상관이 있어, 나하고? 응? 줄리앙이라! 얼토당토않은 이름을 끌어내고!"

그녀는 다시 조용해졌다. 프레드와 토론을 한다는 것은 당치도 않은 일이다. 나 같은 사람보다는 훨씬 머리가 좋고 교양이 있는걸. 한편 프레드 쪽에서도 몬트레리(파리 남쪽 30킬로미터쯤 되는 곳에 있는 자동차 경주장)에서와 비슷한 선회에 벌써 싫증이 생겼다. 오토레이스 중에서는 가장 살인적이라고 하는 팬 아메리칸 선수권 대회라고나 한다면 또 다르겠지만. 그는 위세 좋게 사회에 대한 비판을 시작했다.

"줄리앙 크르토아라! 이봐 알겠니? 아마 우리 아버지 같은 타입의 녀석일 거야. 엉뚱한 바보 녀석일 거야. 제법 아버지다운 얼굴을 하고 돈을 많이 가졌겠지. 겨울에는 털가죽 오버코트 나부랭이를 입고 말야. 주식이니, 수당이니 하는 것을 사방팔방에 가지고 있겠지. 손과 머리만을 가지고 살아가는 가난한 사람들을 경멸하는 데는, 그야말로 모든 조건이 갖추어진 녀석이겠지. 응, 그래. 이 녀석 틀림없이 '사업의 귀재'라고 불릴 거야……. 우리 아버지와 똑같아. 그 수로 거들먹거리는 거야."

그 자신도 자기가 부친을 헐뜯고 있는지, 그 미지의 사나이를 헐뜯고 있는지 알 수가 없었다.

"자, 비고 뭐고 쏟아져라! 그래야 일이 재미있어지지. 차라리 산으로 놀러나 갈까!"

손톱으로 슬쩍 튕겨서 그는 와이퍼를 가동시켰다. 그런데 앞유리가 당장 뿌옇게 된다. 이젠 앞이 전혀 보이지 않는다.

"만세!" 그는 소리쳤다. "이렇게 되면 차라리 재미있지. 이봐, 알겠어? 아무리 겉으로 멀쩡한 차를 손에 넣는다 해도 인간성 없이는 살 수 없지. 이런 기분 나쁜 부르주아 도구를 손에 넣어도 말야. 이 얼간이 녀석이 노랭이라서 제대로 움직이는 부품을 사지 않았어. 잘못했다간 우리 얼굴이 깨어질 거야!"

테레즈는 작은 머리로 빨리 생각했다. 차내등을 켜 둔 것이 운전에 방해가 되지 않을까? 그녀는 손을 들어 등을 끄려고 했다. 싱싱한 가슴이 스웨터를 팽팽하게 긴장시켰다. 갑자기 프레드가 테레즈 쪽으로 손을 쑥 내미는 바람에 핸들 잡은 손이 미끄러져 차가 조금 옆으로 밀렸다.

"위험해!"

그는 소리쳤다.

'프리게이트'는 지그재그를 그리며 좌우로 흔들렸다. 테레즈는 구석에 몸을 웅크렸다. 프레드는 겨우 핸들을 고쳐 잡을 수 있었는데, 그 대신 음탕한 생각을 한 불평을 그녀에게 터뜨렸다.

"아! 질이 나쁘군! 질이 나쁘잖아, 이런 짓을 하다니. 정말 바보군! 이봐, 알겠어? 내가 운전하는 법을 알고 있었기에 망정이지, 그렇잖았으면 나무를 껴안고 죽을 뻔했어! 그러면서 너는 사고를 일으키는 것쯤 태연하게 생각하고 있어. 네 불룩한 가슴을 남의 코 앞에 어른거리게 할 생각만 하고!"

아직 공포가 가시지 않아 떨리는 발끝으로 브레이크를 가만히 밟았다. 차바퀴가 끼익 소리를 냈다.

주느비에브는 소리쳤다.

"세워요! 세워 주세요!"

낡은 루노는 급브레이크를 밟으니까, 폐병원(전쟁으로 불구자가 된 사람을 수용한 곳) 앞 광장 쪽으로 미끄러지며 나갔다. 그리고 바렌느 거리로 가는 커브를 지나서 보도 옆에 정지했다. 미꾸라지 수염을 한 운전사는 별로 기분이 좋지 않았다.

"그럴 때는 좀더 일찍 말해 줘야 하는 겁니다, 부인. 좀더 일찍! 느닷없이 큰 소리를 지르면 곤란해요! 대체 어떻게 된 겁니까?"

그녀는 웃어야 할지 울어야 할지 몰랐다.

"좀 생각이 달라졌어요. 그래서 차라리 집으로 갔으면 해서요."

"그래, 어딥니까, 댁이?"

"오트위유의 모리토르 거리예요……. 미안해요. 하지만 갑자기 생각이 났어요. 남편은 곧장 집으로 돌아갔는지도 모르거든요……. 그렇다면 전……."

운전석에서 몸을 비틀어 돌려 운전사는 말똥말똥 그녀의 얼굴을 보았다. 어리둥절해진 그녀는 쓸데없는 설명을 빨리 그만두려고 했는데 오히려 점점 더 횡설수설했다.

"바렌느 거리에는 오빠네 집이 있어요……."

운전사는 기회를 놓치지 않고 울분을 털어놓았다.

"당신 오빠건, 세무서 관리건, 그게 나와 무슨 상관이 있다는 말입니까?"

그녀는 모욕을 당한 것 같아 몸을 굳히고 입을 다물었다.

운전사는 말을 이었다.

"좋습니다, 알았습니다. 오트위유로 가는 거죠?"

"네, 모리토르 거리." 그녀는 차갑게 말했다.

그녀는 입술을 꼭 깨물었다. 이런 하층 계급의 사람들이란 정말…

…. 차는 천천히 오른쪽으로 꺾여 속력을 냈다.

그녀는 히스테릭한 웃음이 치미는 것을 참고 있었다. 이젠 정말 기뻐서 어쩔 줄을 몰랐다. 정말이지 얼마나 바보 같은 생각을 했는지! 사실 빨간 프리게이트는 이 파리의 길 위에 몇백 대나 달리고 있을 것이다. 아까 내 눈 앞에서 출발한 그 프리게이트가 남편 차였다는 증거는 아무데도, 그야말로 절대로 아무데도 없다. 가엾게도 그이는 지금 집에서 기다리다 지쳐 있을 거야. 그이는 혼자 기다리게 해 두면 언제나 술을 마시는걸. 그냥 어쩐지 지루해져서. 그는 공교롭게 알코올에는 약하다. 그녀는 몸을 앞으로 내밀었다.

"빨리 가 주세요, 미안하지만……."

"그것 봐요! 그러니까 잘 생각했어야지요! 처음에 제대로만 말했더라면 벌써 도착했을 게 아뇨. 이 이상은 스피드를 낼 수 없어요. 좌우간 38년형 고물차라서요. 보시는 바와 같이……."

주느비에브는 장갑을 벗었다 끼었다 어쩔 줄을 모르는데, 미꾸라지 수염의 운전사는 요즈음 차와 옛날 차의 면밀한 비교 연구를 하기 시작했다.

"그야 좋은 점도 있지요. 가령 히터 같은 것은 겨울엔 정말 편리하지요. 그러나…… 생활 도구라고 한다면 이것은 좀 다시 봐야 해요. 그렇게 되면 이야기는 전혀 달라지지."

그녀는 듣고 있지 않았다. 오늘 오후 시내에서 자기에게 말을 걸어오던 두 남자 일을 생각하고 있었다. 한 사람은 한참 뒤를 따라오기까지 했었지. 자단색의 테일러드 슈트 때문에 허리가 홀쭉해 보였을 것은 틀림없겠지만. 나는 아직 젊어……. 자기 생활과 다시 화해한 듯한 생각으로 그녀는 빙긋 웃었다. 행복감이라는 것은 종종 속지 않으려는 인간의 집념에 기초를 두는 경우가 있다.

그녀는 마음속으로 줄리앙에게 말했다. '너무 마시면 안 돼요, 여

보, 엉뚱한 짓 하지 마세요, 지금 가겠어요……'

내가 그렇게 의심하고 화낸 것을 솔직하게 털어놓으면 그는 틀림없이 묵직한 얼굴로 부드럽게 나무라겠지. 그리고 손등으로 어깨와 목 사이의 움푹한 곳을 쓰다듬어 주면서 이렇게 말하겠지. '이 바보야! 잘 알면서, 내가 당신밖에 사랑하지 않는다는 것을……' '네, 알고 있어요, 알고 있어요. 정말 왜 그런 생각을 했는지 몰라……' 그리고 그 아가씨는 전혀 줄리앙이 좋아하는 타입이 아니다. 그가 좋아하는 타입은 충분히 성숙한, 모성애가 있는 여자다, 주느비에브 같은. 그는 부드럽게 어리광을 부린다. 남을 돌보는 것을 아주 싫어했다. '내가 그런 계집애에게 마음이 끌리게 된다면 그것은 바로 내가 나이를 먹기 시작했을 때야.' 그렇게 말하고 그는 큰 소리로 웃기 시작했었지. 나는 그야말로 단도로 상처를 도려내는 듯한 생각인 줄도 모르고.

택시는 정차했다. 그녀는 요금을 치르고 지나칠 정도의 팁을 주었다. 너그러운 마음에서가 아니라 무기력한 생각에서였다. 입구까지 오니까 문득 의심이 들었다. 그녀는 돌아다보고 주춤거리며 말했다.

"여보세요, 달리 별일이 없으면 잠깐 기다려봐 주지 않겠어요? 5분쯤…… 어쩌면……"

"댁의 남편이 없을지도 모르니까요? 알았습니다, 갔다 오십시오."

그는, 그 수염으로도 짐작할 수 있듯이 자못 주정꾼 같은 야비한 웃음소리를 냈다. 그녀는 정말 징그러운 녀석이라고 생각했다. 물론 다른 사람이 이쪽 마음을 알 까닭이 없겠지만, 그러나 이 남자는 특히 야비한 듯한 생각이 들었다. 그녀는 자기 열쇠가 좀처럼 보이지 않아 화가 났다. 끝내 벨을 울리니까 하녀가 문을 열었다.

"바깥 양반은 일찍 돌아오셨나?"

"바깥 어른? 바깥 어른 말씀이십니까?"

"응, 그래, 바깥 양반 말야!"
객실 쪽으로 달려가며 그녀는 소리쳤다.
"어머, 아뇨, 마님! 바깥 어른은 뵙지 못했는데요."
달려가던 기세가 순간 꺾이면서 그녀는 그 자리에 우뚝 섰다.
"그럼, 전화라도 있었나?"
"아뇨, 마님. 오늘은 아무 일도 없었습니다."
주느비에브의 모든 기력은 처음 분노할 때에 모두 써 버리고 말았다. 이젠 울 만한 힘밖에는 남지 않았다. 그것도 죽도록 울 만한. 하녀는 말을 이었다.
"저, 왜 그러세요? 어머, 잊고 있었습니다. 아마, 마님 보고……"
갑자기 주느비에브는 심하게 몸을 흔들어 가만히 있으라는 시늉을 했다. 그리고 느릿느릿한 발걸음으로 침실 쪽으로 걸어갔다. 그러나 벌써 외로움에 견딜 수 없게 되었다. 아마 혼자 있을 수 없겠지. 아까 그 택시가…….
그녀는 회오리바람처럼 집에서 뛰쳐나갔다.
"기다려 줘요!"
"아아! 역시! 없었군요?" 운전사는 놀라듯 말했다.
"자, 부질없는 걱정은 하지 않는 게 좋아요, 그쯤으로. 아직도 오빠되시는 분의 집이 있잖아요, 바렌느 거리에. 조금도 울 필요는 없어요, 당신처럼 예쁜 얼굴을 한 분이. 별로 대단한 일은 아닐 거예요, 고작 한때의 이야기로, 결국 잘 처리될 것이 뻔하니까……."
아까 주느비에브는 정말 그를 잘못 보았다. 그도, 그의 수염도, 알지도 못하는 사람이 자기 남편 이상으로 자기 마음을 잘 이해해 주었다.

엘리베이터 바닥 위에 축 늘어져 머리를 뒤로 젖힌 채, 줄리앙은 어떻게 생각을 정리해 보려고 했다. 언제나 전혀 예상할 수 없는 짓을 하는 주느비에브의 일을 생각하면 그는 미칠 것만 같았다. 그 히스테리칼한 여자는, 잘못하면 온 파리가 떠들썩할 큰 소동을 일으킬는지도 모른다!

대체 얼마 동안이나 이 움직이지 않는 엘리베이터 속에 감금된 채 있어야 할 것인가?

그의 머릿속에는 저절로 떠오르는, 그때까지 애써 회피했던 대답이 나타났다. 하루 낮과 이틀 밤, 36시간이다.

월요일 아침이면 알베르가 다시 와서 평소처럼 전류를 넣겠지.

지금부터 그때까지, 나는 어쩔 수 없이 단 혼자 있지 않으면 안 된다. 아니, 완전한 혼자가 아니다. 바로 옆에 죽은 사람이 하나 있다. 볼그리라는 사자가. 설사 내가 사무실 테이블에 있는 서류에 대해서는 잘 설명할 수 있더라도 볼그리를 모른다고는 누구에게도 인정받지 못하겠지. 어쨌든 그렇게 긴 동안 볼그리와 함께 있었던 것이 된다……. 한 사람은 엘리베이터 속, 한 사람은 자신의 보잘것없는 작은 방 안에서. 경찰들이 웃는 소리가 귀에 들려오는 것 같다.

'우리를 누구라고 생각하나? 그만한 시간 동안 쭉 엘리베이터 속에 갇혀 있었다니, 우리가 믿을 줄 알았나?'

빠져 나가야 한다, 무슨 일이 있어도. 이런 어리석은 꼴을 당한 것을 절대로 들키지 않도록 해야 한다. 나와 볼그리 사이에 어떤 관련 같은 것이 절대로 없었던 것으로 해야 한다. 그러기 위해서는 우선 여기서 나가야 한다.

정신없이 그는 금속제 문짝을 몸뚱이로 공격했다. 부딪치는 바람에 어디가 조금 부서지는 소리가 났다. 당장 희망이 솟아나고, 그는 억지로 손가락을 찔러 넣어 그 문짝을 힘껏 뒤로 당겼다. 끼익 소리를 내며 문짝은 서서히 열리기 시작했다.

프레드는 초조해져서 욕을 마구 퍼부었다. 아무리 스타터를 눌렀다 당겼다 해도 이 싸구려 모터는 도무지 움직이려 들지 않는다!

금방 얻어먹은 핀잔으로 아직 머리가 멍해 있는 테레즈는 한마디도 말할 용기가 없었다. 그러나 그녀의 생각으로는 아무래도 프레드가 스위치를 넣어야 할 것 같았다……

"프레드……"

"뭐야, 아직도 무슨 잔소리가 남았어?"

"저어…… 그……"

그러나 말이 나오지 않았다. 그녀는 겨우 키쪽을 가리켜 보였다. 그랬더니 놀랍게도 프레드는 갑자기 웃기 시작했다.

"과연! 아니, 틀림없이……. 이봐, 너도 겉보기처럼 얼간이는 아니구나."

그는 그 겉치레 말을 당장 조절했다.

"제법이야! 너를 다시 봐야겠는데!"

차는 조용히 움직이기 시작했다. 모든 사정은 어찌 되었거나, 그녀는 기뻐서 빨개졌다. 그런데 프레드는 자꾸만 자기 자신이 건망증 있는 사람 취급을 하며, 온갖 부류의 천재들 역시 자기처럼 잘 잊어버리는 버릇이 있다는 이야기를 늘어놓았다. 한층 대담해진 그녀는 좌석 위에 일어서서 차내등을 껐다. 프레드는 칭찬을 쏟아냈다.

"이젠 제법인데. 너하고도 조금은 이야기가 통하게 됐군. 점점 진보해 가는데, 확실히."

테레즈는 아주 기분이 좋았다. 차는 너무 속력을 내지 않도록 적당히 몰았다. 그녀는 이제 겁이 없어졌다.

"자, 어찌 된 거야? 아주 상태가 좋은데, 응? 뭐라고 말 좀 해, 이봐!" 프레드는 재촉했다.

별로 자신은 없었지만, 그녀는 주춤거리며 엄지손가락을 꼿꼿이 세

위 보였다.

"마치 이거야."

프레드는 계속했다. "난 말야, 생활이라는 것을 결국 이런 거라고 생각해. 고물이건 뭐건 제 차가 있어 나가고 싶으면 언제든지 나간단 말야. 시골로 가서 피로한 머리를 식히기도 하고, 잠깐 숨을 고르기도 하고 말야……. 사회라는 게 아무래도 잘못돼 있어. 이 세상에는 마땅히 최저 상태가 보장되지 않으면 안 되는 사람이 있어. 사회 정의라는 점에서 보면 말야……. 집과 사환, 돈, 차……."

그녀는 깊은 감탄을 가만히 억누르는 듯한 눈매로 살짝 상대를 보았다. 얼마나 똑똑한 사람인가! 사실 이런 사람은 가끔 이렇게 한가하게 마음을 쉬게 할 필요가 있어. 그는 말을 이었다.

"바로 그런 것을, 이를테면 우리 아버지 같은 사람은 전혀 모른단 말야. 이쪽에서 털어놓고 의논을 하려 해도 그때마다 자기가 처음 시작할 때의 괴로움을 꺼내면서 황소처럼 일을 했느니, 이 팔 하나로 일을 처리했느니 하고 말한단 말야. 내 시대에는 이렇지 않았다, 자기는 행상을 하고 다닌 일도 있고, 즐기기보다 먼저 일을 생각했다는 둥, 여러 가지 말을 늘어놓지. 한 가지 좋은 걸 가르쳐 주지. 응. 옛 세대에는 결국 야바위꾼들 앞에서 솜씨를 보이기만 하면 됐던 거야. 난 그런 것은 이제 질렸어. 지금은 20세기야. 우리 같은 젊은이에겐 할 일이 산더미처럼 있어……."

그는 핸들을 놓으며 '딱' 하고 이마를 쳤다. 테레즈는 갑자기 숨을 죽였다. 그러나 모든 것은 아무 일도 없이 끝났다.

"그야말로 할 일이 너무 많아 멍청히 기다리고 있을 수가 없어. 그 얼간이들이 한 것처럼 말야. 우리 젊은이들은 시간을 허비하고 있을 틈이 없단 말야. 그야말로 지금 당장 실현하고, 혁신하고, 파괴하고, 재건하려는 거야." 그는 남못지 않은 고민의 빛을 보이며 그것을 한마디로 줄여 말하려고 했다. "요컨대 이것저것 모두 말야."
그녀는 아까부터 물어보고 싶은 말이 혀 끝까지 나오려 했다. 자기 마음을 괴롭히는 중대한 문제다. 그녀는 주춤거리며 말을 꺼냈다.
"아버지는 변상했나요?"
"변상이라니?"
"은행 쪽은?"
"무슨 은행?"
"왜, 그 적립금 말예요."
"무슨 적립금이지?"
어디까지 가도 끝이 없다. 그러나 결국 그가 근무처인 은행에서 적립금을 유용했기 때문에 파면된 사실을 일부러 생각나게 했다. 거기까지 듣더니 그는 과장해서 재미있다는 듯한 소리를 냈다. 좋은 것을 생각나게 해 주어서 굉장한 공을 세웠다는 듯이.
"정말 오랜만이야, 그런 유쾌한 생각을 한 것은. 아버지 얼굴을 보여 주고 싶어. 화가 머리끝까지 나서…… 마지못해 내는 돈을 계산하면서 자꾸만 침을 뱉고 있었어!"
"그래도 정확히 치렀군요?"
그녀는 다짐하듯이 확인했다.
프레드는 곁눈으로 가엾다는 듯이 테레즈를 보았다.
"가엾은 소리를 하지 마, 테레즈! 아버지로서는 어쩔 수 없는 일이 아냐? 자기 훌륭한 가문에 진흙칠을 하는데 가만히 보고 있을 것 같아? 쳇, 천만의 말씀이지. 이봐, 알겠어? 어쨌든 안심해. 내가 한바탕할 때에는 다 갈 곳을 알고 있어. 터무니없는 짓은 안 해. 마치 이 차 같은 거야. 넌 그만두자고 했어. 그런데 그 결과가 잘 되었니, 잘못 되었니, 어느 쪽이야? 무슨 귀찮은 일이라도 생겼어? 말해 보라구, 이래도 잘 되지 않았다고 생각한다면 무서워

말고 말해 봐. 우린 민주주의 국가에 살고 있어. 똑똑히 그렇다고 해. 만약 안심이 안 되면……."
"어머, 그런 일 없어요, 프레드. 난 안심하고 있어요, 진짜로……."
그는 그 말을 끝까지 듣지 않았다. 그리고 그 말이 거짓말이라는 것을 논리적으로 정확하게 증명해 보였다. 그것은 자기 같은 사람들은 거의 그 시대에 앞서 간다는 원칙이다. 따라서 그들은 당연한 논리에 의해, 몰이해와 불신밖에 만날 수가 없는 것이다. 그러나 은행 건은 보기 좋게 한방 먹였다. 왜냐 하면…….
"가르쳐 줄까, 테레즈? 생활이라는 것은 곧 전쟁과 같아. 그런데 프롤레타리아의 무기란 보병이고, 귀족의 무기는 비행기야. 진흙탕 속을 서성거리느냐, 파란 하늘을 나느냐 하는 건 부를 때까지 기다리지 말라는 말씀이야."
테레즈는 멍청히 입을 벌린 채 듣고 있었다.
그는 아주 기분이 좋았다.
"한편으론 내가 대체 어떤 위험을 부담했는가를 알아야 해. 그야말로 제로야. 론샨 경마에서 내 예상이 맞았을지도 모르고, 그렇게 됐다면 난 한밑천 벌어 돈을 도로 돌려 주었을 거야. 아니면 그 예상이 빗나갔을지도 모르지……. 그땐 실제로 그렇게 됐지만 말야. 그래 그 뒤 어떻게 됐지? 내가 경찰을 무서워했던가? 한시도 난 의심하지 않았어, 놈들은 틀림없이 먼저 아버지에게로 몰려갈 것을. 그들은 '잠깐 얼굴을 빌려 주십시오' 하는 거야. 그래서 아버지는 지불해 주었지. 결국 이중의 선행을 한 거야. 그것은 부르주아들이 뭔가 심한 짓을 하면 그때마다 당연한 보상을 받게 해 준 셈이 되니까 말야. 정말이야. 첫째, 내가 은행에 넣어 달라고 했느냐 말야, 아버지가 넣었지. 그렇다면 아버지가 지불하는 것이 당연하지. 난 은행 같은 건……. 너도 알고 있잖아. 내 적성에 맞는 일은 그저 작가 아니면 영화야. 노벨 문학상이냐 할리우드냐 이거야. 어쨌든 천성적인 제작자야, 난. 그야말로 한 1,500만 프랑만 내 손에 쥐어 준다면 이것 보라는 듯이 해 내겠어. 어때, 단돈 1,500만 프랑이야! 내가 그 이야기를 했더니 아버진 하마터면 졸도할 뻔했어. 아마 처음에 2프랑이라는 돈으로 시작했다나, 아버진? 부르주아의 가정이라는 것은 정체가 빤해. 언제나 예술가의 희망을 방해한단 말야."

그는 어둠 속에서 그녀의 눈이 꼼짝 않고 자기에게 쏠리고 있음을 느꼈다. 그는 심장이 뜨거워져 모든 인류와 화해한 듯한 생각이 들었다. 그래서 조용히 말했다.

"그러나 아버진 아마 굉장히 호통을 쳤을 거야!"

"하지만 다 치르지 않았어요. 그것이 중요한 일이에요."

"넌 걱정할 필요가 없었어. 정말이야. 이봐, 알겠어? 나보고 불초한 자식이라는 거야. 그래서 난 부모한테 신세지는 것도 그만두어 버렸어. 불초한 사람은 저쪽이야. 내가 뭘 요구했다는 거야. 겨우 1,500만 프랑 아냐. 가장 적절한 필름을 만들기 위한 최소한도의 금액이야. 그 뒤로는 누구의 신세도 안 져."

그는 조심스럽게 차를 운전하면서 꿈꾸듯 눈을 빛냈다.

"제기랄, 테레즈, 1,500만 프랑이야. 난 꼭 손에 넣어 보이겠어, 그 돈을……. 그러면 어떻게 하는지 아니, 응, 테레즈?"

그녀는 그 말을 건성으로 듣고 있었지만, 그러나 역시 듣고 싶은 말이었다.

"어떻게 하죠?"

"리츠(파리의 호화스런 호텔)에 방을 빌리고 말쑥하게 차리는 거지."

"나하고 결혼하고?"

"물론이지. 그러나 그렇게 돼도, 이것은 역시……. 잠깐, 뭐랬더라 이런 걸 보고? 아, 그래 '귀천혼(貴賤婚)'이라고 해 두어야지."
"대체 그게 무슨 말이에요?"
"비밀로 해 두는 거야. 이것은 곧 위대한 남자가 서민 계급의 여자와 결혼할 경우에만 하는 일인데."
"하지만 무엇 때문에요."
그녀는 장래 두 사람의 결혼 사실을 숨겨야 한다는 것에 몹시 마음이 상했다. 그는 국가적인 방침이라는 것을 들어 설명했다.
"내 입장으로서는 벌써 결혼했다고 알려지면 모든 것이 무너져 버리거든. 위대한 제작자란 신화 같은 거야. 모든 처녀들이 그 뒤를 쫓아다니며 언젠가는 결혼해 줄 것으로 알고 있고, 그러는 사이에 출자자를 끌어다 주게 되는 거야."
그는 그녀를 설복한 줄 알았다. 그러나 실은 그녀를 몹시 슬프게 만들었다. 그녀는 웅크리고 앉아 몰래 울고 있었다.
"왜 그래, 응?"
"당신은 틀림없이 나를 속일 거야, 그런 처녀들을 상대로!"
너무나 천진한 그녀를 보고, 그는 갑자기 심한 욕설을 퍼부었다.
"쳇, 부르주아 근성을 드러내지 마!"
차는 마르리의 가는 지류들이 모여 있는 지대를 지나는 참이었다.

정면 옆벽에 발을 걸고 버티며, 줄리앙은 최후의 노력을 시도했다. 한 번 싹 당겼더니 엘리베이터의 문짝은 술술 열렸다.
그는 팔을 뻗어 빠져 나갈 수 있는 틈을 찾아 내려 했다. 손은 매끈하고 찬 평면에 부딪쳤다. 그는 라이터를 켜 보았다. 작은 불꽃에 비춰진 것은 전혀 틈이 없는 흰 벽면이었다.

비애

 어리둥절해하는 하녀의 안내도 기다리지 않고, 주느비에브는 느닷없이 식당으로 뛰어들어갔다.
 그녀는 소리쳤다.
 "조르주! 저 큰일 났어요. 줄리앙이 절 속이고……."
 그녀는 깜짝 놀라서 입을 꼭 다물었다. 아이들이 입을 딱 벌리고 자기 얼굴을 보고 있다. 오빠 조르주는 내리던 스푼을 도중에서 멈춘 채였고, 올케는 화가 울컥 치미는 듯 냅킨과 스푼을 내던졌다. 부부는 흘끔 마주 보았다. 조르주가 눈을 내리깔았다. 주느비에브는 심장이 어는 듯했다.
 "그렇다고 그런 식으로 들어오는 법이 어디 있어요, 남의 집에."
 마음을 억누르면서도 강하게 울리는 목소리로 잔이 나무랐다.
 그리고 아이들에게 말했다.
 "어서 인사해요, 고모에게……."
 주느비에브는 건성으로 조카들에게 키스해주며, 눈물로 흐려진 눈으로 애원하듯 조르주를 바라보았다. 그러나 조르주는 완강히 고개를 숙이고 있다가 귀찮은 듯이 일어섰다.
 "객실로 가자."
 그녀는 온몸을 부들부들 떨며 그 뒤를 따랐다. 잔은 정말 질색이라는 듯이 머리를 흔들었다. 하녀가 변명하려고 했다.
 "마님이 말씀하시기를……."
 "이제 물려도 돼요." 잔은 그 말을 막는 것처럼 말했다. "난 아이들을 재우고 오겠어. 베르나르, 장포르, 자, 자야지!"
 아이들은 한마디 불평도 없이 그 말을 따랐다. 집 안 공기는 폭풍을 안고 있었다.
 객실에서는 주느비에브가 자기의 불행한 이야기를 끝내려 했다. 조르주는 조금 숨결이 빨라지고 미간을 찌푸리며 가만히 듣고 있었다.
"전 보았어요, 조르주, 똑똑히 보았어요……. 그 젊은 창녀가 차에 올라타는 것을……."
"가엾은 주느비에브." 조르주는 입을 열었다. 그는 식당 문을 흘긋 보고 나서 한숨을 쉬고 목소리가 잘 나오게 하려고 헛기침을 했다. "그래, 그렇다면?"
평정을 가장하기 위해 그는 파이프에 담배를 채우고 불을 붙인 다음, 무관심한 태도를 무너뜨리지 않으려고 노력했다.
"'그렇다면'이라니요?" 주느비에브는 연기하듯이 외쳤다. "그러니까 줄리앙은 저를 속여 왔단 말이에요."
그는 더 소리를 낮추도록 손짓으로 신호하고 말을 계속했다.
"꽤 오래 전부터야. 너도 이제 그런 일에는 익숙할 때도 됐는데……."
"아아, 조르주!"
그것은 가슴을 찢는 듯한 절규이며 도움을 바라는 비명이었다. 그는 그 목소리에 가슴이 막혀 갑자기 팔을 폈다. 주느비에브는 눈물을 흘리며 매달렸다. 그는 귀찮은 듯 부드럽게 그 어깨를 두드렸다.
그는 같은 말을 되풀이했다.
"가엾게도. 그 사람은 믿을 수 없다는 걸 너도 잘 알잖아……. 줄리앙은 그런 남자야……."
누이동생의 눈물을 보는 것은 그로서도 괴로웠다. 그는 쭉 주느비에브에게는 아버지 대신이었다. 그러나 지금은 그렇게 마음 쓸 여유가 없었다. 그는 아내가 언제 들어올지도 모르는 문간을 쉴 새 없이 곁눈질로 살펴보았다.
"누구 한 사람 절 사랑해 주지 않는 거예요!"
주느비에브는 눈을 손수건으로 누르며 훌쩍거렸다.

그는 중얼거렸다. "그럴 리가 있나, 바보로군. 그게 너의 나쁜 버릇이야. 누구 한 사람! 모두가! 절대로! 언제든지…… . 자, 이제 그만, 그만! 그렇게 언제나 연기하듯 이런 짓을 하면 어떻게 하니?"

주느비에브가 그에게서 몸을 떼었을 때 조르주는 안도의 숨을 쉬었다. 그는 자기 누이동생을 안고 있는 모습을 누가 보기라도 한다면 그야말로 죄악이 되는 것 같았다. 주느비에브는 한층 세차게 울었다.

"절대로 결혼하는 게 아니었어요, 나보다 젊은 남자와…… ."

"이제 끝난 이야기야…… . 그리고 줄리앙은 너를 사랑하고 있어, 그 나름 대로의 방법으로. 어쨌든 너도 되도록 그의 마음을 알아주어야…… ."

"그렇지 않아요! 절대로 결혼하는 게 아니었어요, 그런 사람과…… ."

"그 이야기는 아가씨가 알아 들을 정도로 충분히 했잖아요!"

방에 들어오자마자 잔이 쏘아붙였다.

두 사람은 잔이 문 여는 소리를 못 들었기 때문에 황급히 그쪽으로 얼굴을 돌렸다. 조르주는 누이동생을 위로한 것이 나쁜 일 같은 생각이 들어 아내로부터 간단한 눈짓을 받자 그쪽으로 가서 그녀와 함께 긴 의자에 앉았다. 그녀는 마치 그의 행동거지를 지도라도 하려는 듯 남편의 손을 잡았다. 아직 매우 아름다운 여자로, 거의 거칠어지지 않은 용모에 뭔지 모르게 의지적인, 그리고 비통한 그림자를 띠고 있다. 부부와 마주 보며 팔걸이의자에 혼자 앉아 있는 주느비에브는 마치 피고와 같은 느낌이 들었다.

"대체 이번에는 무슨 일예요?"

억양 없는 평소 목소리로 잔이 물었다.

주느비에브는 입술을 깨물었다. 조르주가 대답했다.

"줄리앙을 사무실로 마중 나갔다가 창녀와 함께 나가는 걸 보아 버렸대."

주느비에브는 숨이 막힐 듯했다. 그렇게 요약되어 버리니까, 자기 사건도, 자기 비탄도 통 떠들 만한 것이 못 되었다. 자기 생애의 비극 따위는 전혀 무시되고 있었다.

"그것뿐이라면 좋아요!" 주느비에브는 소리쳤다. "하지만 그보다 10분 전에 전화를 걸었을 때 그인 정말 친절했어요. 그 친절하기란 정말로……. 그래서 전 꼭 그렇게 생각해 버렸어요……."

눈물이 넘쳐서 그녀는 더 말을 계속할 수가 없었다. 올케인 잔이 침착하게 주석을 달았다.

"정석이죠. 남편네들 중에는 그런 짓을 하기 전에 친절하게 구는 사람이 많아요. 그와는 달리 나중에 친절하게 대하는 형도 있지만." 그녀가 엄한 눈매로 흘끔 조르주 쪽을 보니까, 그는 어색하게 웃었다. "남편들도 양심의 보상은 하고 싶은 거죠……. 단 자기들에게 제일 형편이 나쁘지 않을 때에 말예요. 내가 아는 사람 중엔 여자와 헤어지면 아내에게 선물까지 사갖고 돌아오는 사람이 있어요."

조르주가 물고 있던 파이프 대공이 '짝' 하는 소리를 내며 깨졌다. 주느비에브의 눈에는 두 사람의 모습이 눈물의 장막을 통해 희미하게 보였다. 잔은 일어서서 다른 파이프를 가지러 파이프걸이로 가면서 태연하게 이야기를 계속했다.

"제일 재미있는 사실은 때에 따라 선물이라는 것이, 그 여자와 관계했던 기간과 정비례하는 수가 있어요."

그녀는 다시 자리에 앉으며 자기 손가락에 낀 멋진 다이아 반지를 물끄러미 바라보았다. 조르주는 새 파이프에 힘껏 꽉꽉 담배를 채웠다. 마침내 참을 수가 없어 그는 격한 말투로 쏘아붙였다.

"무슨 쓸데없는 소리만 하는 거야, 잔! 그런 말을 해서 주느비에브를 슬프게 할 생각이라면 집어치워. 주느비에브는 그렇지 않아도 진절머리가 날 지경으로 슬퍼하고 있어. 만일 그것이 나에 대한 빈정거림이라면 당신도 잘 알잖아. 난 당신을 한 번도 속인 일이 없으니까……. 나에겐 그럴 틈이 없어!"
잔은 차갑게 비꼬는 웃음을 살짝 입가에 띤다.
"여러 가지 수법이 있으니까요, 아내를 속이는 데도." 그녀는 말했다. "너무 일에 대한 것만 생각하는 사람도 있고, 그리고 또…… 집안 사람들 일만……."
조르주는 어깨를 움츠렸다. 그는 정말 진절머리가 났다. 늘 말다툼만 하여 무엇이 된다는 말인가?
"결국 말이야, 주느비에브. 나보고 어떻게 해달라는 거지? 줄리앙을 찾아서 멱살을 잡아 끌고 와 설교를 해달라, 그거냐?"
그는 따지듯 물었다.
"그런 건 저도 몰라요! 제가 여기 온 것은 이 세상에서 혈육이라고는 오빠밖에 없기 때문이에요! 그리고 전 도저히 집에서 얌전하게 기다릴 순 없었어요, 줄리앙이 바람 피우고 돌아오는 것을……."
"설사 돌아온다고 하더라도 그렇죠." 잔은 심술궂게 덧붙인다.
조르주가 권했다. "좋아, 그럼 여기 있도록 해. 그리고 가끔 전화를 걸어 그 작자가 돌아왔는지 어떤지 물어 보라구. 그렇지, 어쩌면 벌써 돌아왔는지도 몰라. 잠깐 확인해 보고 올게."
덕분에 기분 전환이 될 것을 좋아하며 조르주는 객실에서 나갔다. 두 여자의 귀에 그가 전화 다이얼을 돌리는 소리가 들렸다. 갑자기 잔이 성큼성큼 시누이 앞으로 다가와 딱 막아섰다.
"좀 들어 봐요, 주느비에브. 난 이제 조르주를 아가씨의 시시한 싸움에 끌어들이는 것을 원치 않아요. 이번이 마지막으로 해 줘요.

조르주가 얼마나 아가씨를 사랑하고 있는지, 당신은 그걸 알고 이용하는 거예요. 아가씨 일을 걱정하기 시작하면 저인 평소와는 전혀 달라져 버리거든요……."

주느비에브는 팔걸이의자에 자그맣게 웅크렸다. 무서웠던 것이다. 잔의 꼭 누르는 듯한 잔혹한 목소리가 귀에 윙윙 울리는 듯했다. 현관에서 조르주의 낮은 음성이 들려 왔다.

"도무지 받질 않는데……."

주느비에브는 그의 보호 아래로 도망쳐 들어가려는 듯이 조금 몸을 움직이려 했다. 그러나 눈앞에 있는 잔의 꼿꼿한 몸뚱이에 기가 죽어 말을 건네는 것으로 참았다.

"하녀가 아마 부엌에 있나 보죠……."

"더 기다려 보세요, 여보. 누군가 분명히 있을 테니까요."

잔이 소리쳤다.

조금 있다가 잔은 다시 주느비에브 쪽으로 상체를 구부렸다.

"우리 부부는 불행해지지 않으려는 노력만으로도 꽤나 고생을 해요. 아시겠어요? 아가씨에겐 아가씨 가정이 있고, 나에게도 내 가정이 있어요……. 우리 부부는 말이에요, 주느비에브……. 어떻게든 노력을 해서…… 하다못해……."

그녀는 목구멍이 막힌 것처럼 숨이 가빠졌다.

"하다못해 아가씨에게 너무 질투를 느끼지 않도록 하고 싶어요. 알았어요?"

잔의 눈은 번들거렸다. 그 태도는 좀 지나치게 말한 것을 꺼림칙하게 생각하는 듯했다. 주느비에브는 입 안에서 우물거리는 것처럼 말했다.

"하지만 내가 어떻게 했다는 거예요, 잔? 나에게 질투를 느낀다니! 난 이렇게 불행한 여자인데……. 그야말로 내 것이라곤 아무것도 없어요. 그래도 당신들은 재산도, 가정도, 아이들도 있고, 사랑하고 사랑 받는 남편도 있잖아요……."

잔은 이마에 손을 대더니 뭐라고 설명할 수 없는 몸짓을 했다. 떨고 있었던 것이다. 잠시 그 시선은 허공을 헤맸다. 그러고 나서 가쁜 숨결로 그녀는 다시 말을 시작했다.

"당신이야 괴로웠던 일은 없잖아요. 일을 한 일도 없고, 모든 게 당신에게는 당연한 권리예요. 조르주나 줄리앙이 당신에게 하나도 부자유스럽게 한 일이 없으니까요. 생활 같은 것은 당신에게 있어서는 쥐어 짜기만 하면 젖이 나오는 암소 같은 거예요. 내가 질투를 느끼는 것은 그 점이에요. 난 아무리 작은 거라도 손에 넣으려면 필사적으로 노력하지 않으면 안 돼요. 더구나 대개는 아무 소득도 없는 결과로 끝나 버려요. 나는 사람이 가질 수 있는 최소한도로서 체념하고 있어요. 그런데 당신은 최대한도를 요구하고 있어요. 더구나 아무 불평 없이 이루어질 것으로 알고!"

주느비에브는 머리를 흔들었다.

"그렇게 마음 편한 게 아녜요. 줄리앙과 산다는 것은……."

"주느비에브, 당신이 그를 그렇게 만든 거예요. 정말 당신 탓예요, 당신 한 사람의……. 그에 대해서 늘 변덕스런 말만 하고, 우는 시늉을 하거나, 돈을 탐내거나 해서 전혀 무책임한 짓을 하고 있잖아요? 당신 같은 사람이 없다면 줄리앙도 혹시……."

그녀는 갑자기 입을 다물고 상체를 꼿꼿이 세운 다음 먼저대로 평정하고 엄연한 태도로 되돌아갔다. 조르주의 발소리가 들린 것이다.

조르주는 들어오자마자, 아주 쾌활하게 보이려는 듯한 말투로 말했다.

"아직 돌아오지 않았다는군. 그러나 오늘 밤 너무 늦게 돌아온다면, 그야말로 이상한 일인데?"

잠깐 손목시계를 들여다보고, 그는 두 팔을 벌려 아내와 누이동생을 감쌌다.
"7시 반이군. 어때, 우리 셋이서 영화 구경이나 갈까?"
잔은 애써 웃는 얼굴을 지으며 주느비에브에게 부드럽게 권했다.
"정말 좋은 생각이에요. 그러나 둘이 갔다 오세요, 괜찮으시다면. 난 아이들과 함께 있는 편이 좋겠어요."
"몸이 좋지 않아?"
조르주는 걱정스러운 듯이 물었다.
"아뇨, 별로……. 머리가 조금 아플 뿐이에요. 그러지 말고 기분도 바꿀 겸 갔다 와요, 주느비에브, 오빠하고 같이. 영화를 보는 사이에 줄리앙도 돌아오겠지요. 그렇게 되면 이쪽에서 줄리앙을 기다리게 해 줄 수 있잖아요."
주느비에브는 말없이 손수건을 물고 있었다. 조금 전, 겁에 질린 생각은 없어져 버렸다. 그녀는 자기가 당연히 받아도 되는 위로의 말을 가로채인 듯한 생각이 들었다. 갑자기 둑을 터뜨린 것처럼 울음이 터져 가슴을 들먹이고 숨이 막혔다. 만약 이 두 사람이 위로하는 것을 자기 눈으로 보고도 기쁨을 맛볼 수 있다고 확신할 사람이 있다면 기꺼이 죽어 보여도 좋을 정도였다. 그들의 그 무관심한 태도를 바꿔 놓기 위해서는, 반드시 무엇인가 말하거나 행동하지 않으면 안 된다.
"전 이혼하려고 생각해요!"
그녀는 소리쳤다.
잔이 한 발짝 앞으로 나가, 오빠와 누이동생 사이에 끼여들어 꾸짖듯이 말했다.
"거짓말예요, 그야말로 뭔가 동정을 얻으려는."
그러나 주느비에브는 그 말을 듣고 있지 않았다. 그리고 잔보다 비탄에 젖기 쉬운 조르주를 몰아세웠다.

"네에, 조르주, 이번은 진심이에요. 거짓말은 안 해요. 이제 두 번 다시 줄리앙을 만나고 싶지 않아요. 지금까지 너무 괴로움만 당한 걸요……."

그녀는 두 손으로 얼굴을 가리더니 다시 슬피 울었다. 조르주는 자칫 그 울음에 질 듯했는데, 아내의 눈초리에 걸려 망설였다. 그 눈초리가 며칠 동안이나 계속될 뾰로통한 얼굴의 예고편인 것을 잘 알았기 때문에 어찌할 수 없다는 몸짓을 해 보였다.

"좋아, 알았어. 그럼 이혼하라구, 지누. 하지만 지금은 토요일 밤이니…… 월요일에 당장 이야기를 진행시키기로 하자……."

주느비에브는 천천히 얼굴을 들었다.

"이대로 저를 내쫓는 거예요?"

"그럴 리가 있나. 누가 너를 내쫓겠니. 다만, 어쩔 도리가 없잖니, 지금 당장은." 그는 애가 타는 듯 말했다.

그녀는 원망스러운 듯이 일어났다. 그리고 그가 어깨를 움츠려 보이자, 크게 위엄을 보이며 출구까지 갔으나 어떻게 할 수 없는 분함에 숨을 몰아쉬며 멈춰 섰다. 그녀는 줄리앙에게 대항하기 위한 직접적인 협력자가 필요했던 것이다. 혼자서 계속 괴로워해야 할 것을 생각하니 정말 오싹했다.

끝으로 꼭 한 가지 방법이 있을 뿐인데 그녀는 그것을 사용하기를 주저하지 않았다.

"제가 이혼하고 싶은 건 저를 위해서가 아니에요. 오빠를 위해서예요, 조르주. 이걸 말해 두지 않고는 견딜 수 없어요. 사실 오래 전부터 늘 그것이 가슴에 걸려……."

조르주는 한숨을 쉬었다.

"줄리앙도 대부분의 상인들과 마찬가지야…… 사정에 쫓기면 무슨 짓을 했을지도 모르지만……."

245

"역시 제가 생각했던 대로군요!"

주느비에브는 기뻐 뛸 듯한 말투로 말했다.

"오빠는 아무것도 모르고 계세요!"

그에게로 달려가더니, 그 투구로 둘러싼 듯한 무관심한 태도에서 겨우 급소가 발견된 것이 기뻐 그녀는 느닷없이 오빠의 목에 매달렸다.

"그 200만 프랑 건을 알고 있어요. 그이가 작년에 오빠한테 빌려 가서 약속 날짜에 갚지 않은 돈 말이에요."

조르주는 섬뜩한 듯 쩔쩔 맸다. 승리했음을 안 주느비에브는, 물어 뜯을 듯이 노려보는 잔 앞에서 장갑을 벗었다. 마침내 목적을 이룬 이상, 지금까지의 심한 슬픔 따위는 어디론가 사라져 버렸다. 자연히 웃음이 떠오르고 아름답게 갖추어진 얼굴이 드러났다.

"오빠는 그 200만 프랑이 필요했었죠. 무슨 권리를 산다든가 해서…… 줄리앙에게 그 말을 하려 집에 오셨지요……. 잘 기억나지는 않지만……, 아마 바루파라이소의 짐을 싣는다든가 하며……."

"그 해면(海綿) 말이에요?" 잔이 옆에서 참견했다.

조르주는 머리를 조금 끄덕거렸다.

"그인 돈이 있었어요, 조르주! 그런데도 한푼도 없다고 했어요. 실은 투자할 구멍을 찾고 있었던 거예요!"

조르주는 갑자기 방 안이 너무 어두워진 것처럼 느꼈는지, 초조한 듯한 손짓으로 난로 위 선반의 스탠드를 켰다.

"그런데 어땠어요? 마침 그때 오빠가 멋진 일을 가르쳐 주지 않았어요? 그인, 바로 말하자면, '오빠의' 돈으로 '오빠의' 해면을 가로채 버린 거예요. 그 쪽에는 모르는 척하고……. 아시겠어요?"

조르주는 안색이 변했다. 순간적으로 심장의 고동이 멎는지, 그는 반사적으로 가슴에 손을 얹었다. 잔이 달려갔다.

"여보, 흥분하지 말아요……."
"내버려 둬!"
그는 갈라진 목소리로 대답했다.
주느비에브는 기회를 놓칠세라 다시 이야기를 계속했다.
"그 뒤에 갚은 그 돈은, 바로 그 이익의 일부였던 거예요. 그런데 그뿐이 아녜요. 오빠의 보험금 말이에요. 왜 그 수하물을 보험에 들지 않았어요, 그이 중개로?"
"어딘가에 그것을 전문으로 하는 아는 사람이 있다고 해서…… 같은 값이면 그 사람에게 이익이 돌아가게 하자는 거였는데, 그렇지 않았니?"
"정말 오빠는 호인이에요……."
"빌어먹을! 정확히 보험 증서는 받았지만 말야. 한두 번이 아냐. 열 번이나 돼!" 조르주는 울부짖었다.
"그럼, 열한 번째예요, 속은 것은……. 잘은 모르지만 90만 프랑이라던가 하는……."
"미국제 트랙터 말야?"
그는 앓는 소리를 했다.
"그거예요……."
"어쨌다는 거야, 그게? 정확히 해상 사고에 의한 손해 청산까지 해 주었는데!"
"그만두세요! 해상 손해는 단 9만 프랑 안팎이 아녜요……."
조르주는 힘없이 옆에 있는 의자에 주저앉았다.
"그러나 그렇게 되면…… 만일에 막중한 손해라도 생기면……."
"오빠가 손해예요! 오빠 혼자만 호된 꼴을 당하는 거예요! 트랙터에는 보험금이 전혀 붙어 있지 않았어요."
새삼 오싹해지는 생각 때문에, 조르주의 이마에는 식은땀이 흘렀다. 가슴에 화가 치밀었다. 그는 움켜쥔 왼쪽 주먹을 오른쪽 손바닥에 쳤다.
"너무했군!" 그는 신음하듯 말했다.
갑자기 일어서더니 퀭한 눈으로 손을 흔들며, 그는 누이동생을 증인으로 세우기라도 하려는 듯 말했다.
"그런 짓을 해 놓고 지난 주에도 뻔뻔스럽게 부탁을 하더군, 다시 500만 프랑만 빌려 달라고!"
"500만 프랑?" 주느비에브는 놀랐다.
"그렇다니까! 어쩔 생각인지……. 정말 사람을 우습게 알고 있어!"
"그런데 그 돈을 어떻게 할 셈이었을까요?"
"알게 뭐야! 뭐라고 또 허풍을 떨더군." 어쩐지 불안해서, 그는 아내를 안심시키려는 듯 말했다. "한 푼도 빌려 주진 않았지만, 물론! 그러나 이제 다시는 그런 짓을 하지 못하게 하겠어! 단연코!"
그는 달려 나갔다. 주느비에브와 잔은 그 자리에 우두커니 선 채 멍청해 있었다, 여러 가지 복잡한 생각 때문에.
"겨우 마음이 가라앉았지요, 이로써?" 잔이 물었다. "마침내 저이가 당신 일을 걱정하게 됐으니까."
"그런데 어디 갔을까?"
"나한테 물어보았자 별수 없어요."
잔이 피로에 매우 지친 듯 얼굴을 돌렸다.
"저이가 화나면 그야말로 무슨 짓을 할지 몰라요. 아마 줄리앙을 찾으러 갔는지도 모르죠, 두들겨 패 줄 생각으로……."
갑자기 무서워져서 주느비에브는 얼굴을 일그러뜨렸다.
"안 돼요!"
이번에는 그녀가 밖으로 뛰어나갔다, 큰 소리로 오빠 이름을 부르면서.

밀어

 작은 휴대용 나이프로, 줄리앙은 플라스틱 마루판 한 장의 나사못을 뽑는 데 성공했다. 그리고 손으로 더듬어 그 마루판을 들어 올렸다. 설레는 기대로 몸이 떨렸다. 엘리베이터에는 케이블과의 연접선 보전을 위해 어딘가에 구멍이 있을 것이다. 그는 오랫동안 손끝으로 천장을 조사해 보았다. 아무것도 없다. 그러고 보면 그런 구멍은 마룻바닥 외에는 없을 것이다.

 조금은 운이 좋았다. 마침 바닥이 들어 여는 뚜껑으로 되어 있었다. 그는 그 주위를 먼저대로 고쳐 놓고 정신이 아찔해질 듯한 기쁨을 느끼며 그 손잡이를 찾아 앞으로 쓱 당겼다. 뚜껑이 열렸다. 착 가라앉은 듯한 공기가 엘리베이터 안으로 '쏴아' 하고 들어온다.

 한 손을 짚으며 무릎을 꿇고 몸을 내밀어서 그는 다른 한 손으로 엘리베이터 아래를 더듬어 보았다. 운좋게 케이블을 찾아내면 그것을 타고 1층까지 내려갈 수 있다. 그러나 손끝에는 아무것도 닿지 않았다. 그는 바닥에 엎드려 구멍으로 한쪽 어깨를 들이밀며 기를 쓰고 찾았으나 소용 없었다. 막고 누르고 있던 신경의 발작이 차차 다가온다. 아무리 해본들 무슨 소용이랴. 결국 아무것도 없는 것이다. 케이블은 틀림없이 그의 손이 미치지 않는 벽면을 따라 통해 있는 모양이다.

 어둠 속에서 그는 잠깐 눈을 감았다. 단 한 가지 해결 방법은 팔 화이트(1910년대에 활약한 미국 모험 영화 여배우)의 모험과 같은 방법인데, 손으로 매달려서 위험을 무릅쓰고 몸을 흔들어 발끝으로 벽을 찾아내는 일이다. 그리고 케이블을 발로 걸어 끌어서 당기는 일이다…….

 다시 자유로운 몸으로 되돌아갈 수 있을지 모른다는 기대가, 비록 생명의 위험은 있을지라도 그의 마음에 새로운 정열을 불어 넣었다. 라이터를 켜면서 그는 그 깊숙한 구멍의 상황을 살펴보려고 했다.
 캄캄한 구멍이 한없이 이어지고, 라이터의 조그마한 불꽃은 빛을 던지기는커녕 끝없는 어둠에 삼켜지고 말았다. 그는 무심결에 외쳤다. 자기에게는 육체적으로 그런 용기가 없었고, 도저히 성공할 것 같지 않다는 것도 알고 있다. 어쩔 수 없이 솟아나는 떨림에 견딜 수가 없어, 그는 벌렁 누워 온몸을 부들부들 떨며 묘한 웃음소리를 냈다. 그것이 깊숙한 구멍의 벽에서 벽으로 야유스런 울림이 되어 되돌아왔다.

 프리게이트는 희미한 불빛이 비친 간판 아래에 섰다. '숙박, 요리, 리라장(莊)'이라고 적혀 있다.
 "어때, 찬성인가?"
 프레드가 물었다.
 혼자 생각에 잠겨 있던 테레즈는 갑자기 움찔했다.
 "뭘요?"
 "뭐라니, 여기서 주말을 보내자는 거야. '리라장'에서 말야. 이게 이 여관 이름인 모양인데, 난 좋다고 생각되는데……"
 흐린 유리 너머로 철책 대문 같은 것이 희미하게 보인다. 그녀는 차에서 내리고 싶지 않았다.
 "잠겨 있어요."
 그녀는 반대했다.
 "넌 몰라. 이런 여관은 일 년 내내 영업을 해. 좌우간 와!"
 그는 자기 쪽 문을 열려고 했다. 그녀는 그것을 말렸다.
 "프레드! 잠깐……. 응, 어때요, 이대로 돌아가는 게?"
 놀라움과 분노로 청년은 눈을 크게 부릅떴다.

"농담하지 마! 넌 그런 것밖에 생각 못해? 돌아가? 어디로 돌아가지?"

"주말을 보내려면 내가 있는 곳이라도 되잖아요?"

"사양하겠어! 미미 팬슨(뮈세의 《미미 팬슨》이란 제목의 단편 소설 여주인공. 청순하고 귀여운 바느질하는 처녀)의 지붕 밑 방 같은 곳!"

"그리고 내일은 극장에 가요."

"그 돈은 어디서 나지?"

"그렇군요……. 그럼, 여기는…… 어떻게 치르죠?"

"아직 그 정도 여유는 있어, 내일 밤까지는. 좌우간 그렇게 꾸물거리지 마. 앞일 따위는……."

"프레드……, 부탁이에요……"

그는 웃었다.

"바보군. 절대로 무서워하지 말란 말야. 나를 믿고 있으면 돼. 다 방법을 찾아 내 보일 테니까."

"어떤?"

"좌우간. 대체 어쩌자는 거지?"

"난 무서워요, 프레드."

이런 고백을 받고 보니 그는 대답이 막혔다. 그것은 자기도 두려웠기 때문이다. 그러나 그는 그것을 인정할 수는 없었다. 그런 짓을 하면 질서를 존중하는 부르주아적인 관습을 받아들이는 것이 된다. 그래서 그녀를 안심시키기 위해 자신도 없으면서 이렇게 말했다.

"그렇지! 아버지에게 전화를 걸기로 하자. 수표나 뭘 보내 주겠지. 꼴사나운 소동이 일어날까 봐서 말야."

이 논법이 테레즈를 납득하게 한 것처럼 보이지는 않았다.

"그리고 잘못했다간 귀찮게 돼요. 이 차는 훔쳐 온 거니까."

이 말은 프레드에게 효력이 있었다. 그는 한쪽 눈썹을 치켜 올리고 깊이 생각하는 듯했다.
 "그건 틀림없어. 좋아, 당장 탐험 계획을 세우지, 눈 깜짝할 사이에. 우선 하지 않으면 안 되는 기본적인 관찰이란 게 있어, 이런 경우엔."
 재빨리 주위를 둘러보니 뒷좌석 위에 단정히 개켜 둔 레인코트가 눈에 띄었다. 그의 싱싱한 얼굴은 당장에 밝아졌다.
 "보라구, 이것으로 만사 해결이야. 중요한 것은 만일의 경우, 나중에 얼굴을 모르게 하는 일이야. 알겠어? 그러니까 넌 내 웃옷을 머리부터 푹 쓰는 거야……. 비가 오기 때문이라고 하고 말야. 나는 이 레인코트를 입고 녀석의 모자를 쓰고 있으면 아무도 얼굴을 모를 거야……. 그리고 나서 밝은 곳에서는 얼굴을 똑똑히 드러내지 않도록 주의하면 돼. 어디 기다려 봐……."
 그는 장갑 넣은 케이스 속을 뒤지더니 권총을 발견하고, 그것을 재미있다는 듯이 흔들었다.
 "그리고 만일 여관 주인 영감이 아는 체하고 떠들어 대면, 응, 어때?"
 "프레드, 부탁이니 거기 두어요. 그걸…… 그런 건 만지지 말아요……."
 "쳇, 젠장!" 권총을 먼저 자리에 도로 넣으며 그는 투덜거렸다. "너라는 사람은 배짱없는 걸로는 누구에게도 뒤지지 않아. 농담도 할 수 없다니까. 자, 가자구. 그러나…… 빈틈 없이!"
 차의 양쪽 문이 '탕' 하고 소리를 냈다. 집 안에서 창 하나의 커튼이 걷히고 그 다음에 입구의 문이 열리는가 싶더니, 젖은 자갈을 밟는 발소리가 들려 왔다. 비는 그쳤다. 그러나 공기는 으스스했고, 나뭇가지에서는 아직도 물방울이 떨어졌다. 여관 주인은 손님이 몸을 푹 싸고 있는 것을 보고도 별로 수상하게 생각하지 않았다.

'마침 잘 오셨습니다!' 하는 마중 인사 대신에 그는 과장되게 말했다.

"마침 방도 따뜻해졌네요."

"미안하지만 차를 뜰로 들여다 주지 않겠나?"

가성으로 프레드가 말했다.

여관의 현관 홀은 제법 멋지게 꾸며졌고, 팔걸이의자니 낮은 테이블이 늘어서고, 한층 높게 한 카운터에서는 여주인인 듯한, 쾌활해 보이는 뚱뚱한 여자가 계산을 하고 있었다. 여주인은 넘칠 듯한 웃음을 띠었다.

"어서 오세요! 정말 날씨가 좋지 않습니다. 그러나 내일은 아마 해 구경을 할 수 있겠지요……. 맑아진다고 하니까……. 관상대의 ……."

그녀는 갑자기 입을 다물었다. 새로 온 손님이 질풍처럼 지나쳐 버렸기 때문에 의아한 생각이 든 것이다. 그녀는 반쯤 일어나며 불안한 듯이 물었다.

"주무실 건가요?"

프레드는 테레즈를 팔꿈치로 찔렀다. 테레즈는 허둥지둥 말했다.

"네에, 주말여행을 왔어요."

계단 아래의 어두운 곳에 다다랐기 때문에 두 사람은 그다지 조심하지 않아도 되어 훨씬 너그러운 태도를 보였다. 여주인의 둥근 얼굴에는 다시금 빙긋 상인의 웃음이 떠올랐다.

"아아, 그렇습니까! 다 알고 있습니다." 그녀는 집게손가락으로 조금 위협하는 듯한 시늉을 해 보이며, 제법 어머니 같은 말씨로 덧붙였다. "신혼여행이겠지요, 아마!"

"그래요."

프레드가 대답했다.

여관 주인이 입구의 문으로 모습을 나타냈다.

"8호실로 안내해 드려, 마틸드. 마침 준비가 돼 있으니까……. 지금 차를 넣고 오겠습니다, 손님."

주인은 어둠 속으로 사라졌다. 여주인은 계산대 위에 있던 석유 램프에 불을 붙이며 이렇게 주석을 달았다.

"2층 전기가 잠깐 정전이라서요. 그러나 그런 경우를 대비해 준비가 다 돼 있습니다, 보시는 바와 같이……. 여행에 운치를 곁들이도록……. 훨씬 분위기가 살아나지요, 이 불 쪽이……. 상관 없으시겠지요, 아마?"

"조금도! 정말 그 편이 훨씬 운치가 있군." 프레드가 말했다.

테레즈를 가리기 위해 프레드는 한층 강하게 찬성을 표하듯 엄지손가락을 세우고 눈짓해 보였다. 여주인은 석유 램프를 높이 치켜들고 눈앞의 계단을 오르기 시작하면서 계속 지껄였다.

"그렇지 않다면 저희들과 함께 1층에서 주무셔도 좋겠습니다만. 요즘은 손님이 적어서 말씀입니다. 시즌 무렵과는 달라서요. 그러나 주무시는 기분은 만점일 것입니다. 그리고 이 집 주인의 요리 솜씨로 말씀드리면 그야 뭐……. 그것도 이상할 건 없습니다. 파리에서 여러 병원의 주방장을 했었으니까요."

여주인은 방이 쭉 늘어선 2층 복도로 들어갔다.

"그리고 난로도 피워 놓았으니까, 기분이 어떠신지 계셔 보십시오. 그건 그렇고, 식사는 하셨습니까? 뭐, 간단한 거라도 갖다 드릴까요?"

"네에, 홍차를." 테레즈가 대답했다.

"그리고 토스트와 버터와 치즈를 부탁해요." 프레드가 덧붙였다.

"그리고 마멀레이드이겠지요." 여주인이 그것을 가로채듯 말했다. "정말 이상하다니까요, 요즈음 젊은분들은, 모두 살찌지 않으려고 저녁 식사 대신에 언제나 아침 식사 같은 것만 드시니 말이에요. 곧 갖다 드리겠습니다……. 자, 다 왔습니다."

8호실 문을 열고, 여주인은 먼저 들어가 난로의 선반 위에 램프를 놓았다. 프레드와 테레즈는 불빛을 등지고 들어갔다. 방은 넓고 실내 장식도 산뜻했으며 꽤 정취가 있었다. 매우 낮고 널찍한 침대는, 창의 커튼이나, 세면대와 변기를 얌전하게 가리고 있는 막과 같은 사라사로 덮였다. 굉장히 큰 노르망디풍의 옷장이 하나. 이것이 꽉 찰 정도의 옷가지를 가지고 다니는 손님은 그렇게 많지 않을 듯하다. 테이블 하나에 의자가 둘, 그리고 볼테르형의 큰 팔걸이의자가 하나.

"마음에 드십니까, 이 방?"

여주인이 비위를 맞추는 듯한 말씨로 물었다.

너무 멋져서 눈을 크게 뜨며 테레즈는 두 손을 마주 잡았다.

"네에, 아주요. 참 좋은 방이에요."

"그것 정말 다행이군요. 그럼, 전 물러가겠으니 두 분 부디 정답게 지내세요. 바로 홍차와 토스트를 준비해서……. 그리고 그것을 가져올 때 숙박계를 가져오겠으니, 좀 써 주시겠지요? 아뇨, 뭐, 저희들 사정 때문에 부탁드리는 게 아니니까, 정말 참……."

"그럴 것 없어요. 당신네들이 기입해 주세요……."

프레드가 말했다.

"뭣하시면 그렇게 하겠습니다만……. 저희들로서는 손님 일에 너무 끼여들지 않는 것도 장사의 한 가지 유의 사항이니까요. 그리고 손님의 마음을 꿰뚫어 보아야 합지요. 뵙기에 두 분 다 나쁜 짓이라곤 파리 한 마리도 못 죽일 것 같구요. 그야말로 가만히 있는 파리도……." 여주인은 웃었으나 통 반응이 없자 웃음을 그쳤다. "하지만 경찰이 정말 까다롭답니다……."

프레드는 눈가에 웃음을 빙긋 드러내며 테레즈를 보았다. 그리고 천천히 침착하게 한 마디 한 마디를 잘라 말했다.
"파리 시 모리토르 가 118번지, 줄리앙 크르토아 부부."
테레즈는 하마터면 소리를 지를 뻔했다. 다행히 마틸드는 이미 문간 가까이에 가 있었다.
"줄리앙 크르토아 씨와 부인이시군요. 좋습니다. 그럼, 또 곧……."
여주인은 밖에서 문을 닫았다. 이제 두 사람뿐이다. 프레드는 레인코트를 사납게 벗어 내던지고, 두 발을 모아 침대 위로 뛰어올랐다.
"아이고 맙소사, 겨우 한 가지 일이 끝났군! 의외로 간단하잖아!"
그는 그대로 벌렁 누웠다.
"왜 그래? 뭐라고 말 좀 해! 계획대로 됐나, 안 됐나? 응, 어때? 일류지, 그렇지?"
조금 긴장이 풀려 즐거워진 듯이, 테레즈는 프레드의 모습을 말똥말똥 바라보았다. 그녀는 생각했다. '정말 어린애 같은 사람이야!' 그러면서도 그의 교활성, 좋은 머리, 늘 주위를 떠들썩하게 만드는 수법 등에 그녀는 완전히 감탄했다. 프레드는 두 손을 내밀었다.
"키스하러 와 줄래, 귀여운 수호신에게?"
그녀는 살그머니 다가갔다. 문의 빗장을 질러 놓지 않았기 때문에 아무래도 차분할 수가 없었다. 그는 바느질 처녀 같은 면이라고 프레드는 말하겠지. 그녀가 손에 닿는 곳까지 왔을 때 프레드는 그 손목을 잡아 자기 몸 위에 쓰러뜨리고 탐하듯 그 신선한 입술에 키스했다. 그녀는 힘없이 몸을 맡겼다. 남자의 손은 여자의 스웨터 밑을 더듬기 시작했다. 테레즈는 몸을 홱 제치며 흐느끼듯 말했다.
"프레드! 좋아……."
갑자기 그는 섬뜩해져 테레즈의 몸에서 손을 떼고 가만히 귀를 기울였다. 밖에서 프리게이트의 기어 박스가 여관 주인의 서투른 손에 함부로 다루어져 분한 듯 삐걱거리는 소리를 냈다.
"녀석, 내 차를 부숴 버리겠군!"
테레즈의 손바닥이 그의 목덜미를 세게 눌렀다. 그는 '후욱' 숨을 쉬고는 다시 그녀의 입으로 덤벼들었다. 그의 손가락은 한쪽 유방 끝에 닿았다. 테레즈는 기분 좋은 듯 훌쩍거리기 시작했다. 프레드는 잠깐 그녀로부터 몸을 떼고 묘하게 코를 문질렀다. 그는 늘 그렇듯이 욕정이 싹트면 코끝이 근질거려 왔다. 그는 다시 그녀를 안는가 싶더니, 얼굴 표정이 싹 굳어지고, 그 젊은 얼굴에 순간 남성다움이 생겼다. 그의 근육의 떨림은 차츰 그녀에게도 전해졌고, 거기서 여자는 눈을 들어 그의 얼굴을 보았다. 그녀는 자기 연인이 확실한 남자가 되는 이 순간이 특히 좋았다.

아래층에서는 여주인이 쟁반에 컵을 늘어놓고 있었다.
"발을 닦아요, 샤를." 그녀는 돌아온 남편에게 엄하게 재촉했다. "당신은 온통 뜰의 진흙을 날라 오니까. 그런데 여보, 혹시 차를 넣는 동안 차의 명찰을 보지 못했어요?"
"보았지." 그는 불쾌하게 퉁명스런 목소리로 말했다. "줄리앙 크르토아야."
"그럼, 안심이에요. 나에게 말한 이름과 같아요. 하지만 조심에는 조심이라는 말이 있잖아요. 왜 그래요, 그렇게 부은 얼굴을 하고?"
그는 부은 얼굴로 그녀 옆에 다가왔다.
"모처럼 좋은 기분으로 한가하게 지내고 있었는데……."
"안됐어요. 그러나 이것으로 이번 주의 비용이 나오겠지요……."
"그것도 정확히 계산할 수 있는 돈을 가지고 있다면 별문제지만."

"차를 가졌는데, 설마 빈손은 아니겠지요."

여주인은 홍차 포트에 더운 물을 부었다. 샤를은 토스트 하나를 집더니 시치미를 떼고 버터를 칠했다.

"정말 굉장한 발명이야, 토스트란 건. 오래된 빵도 모두 팔 수 있으니 말야."

마틸드는 딱딱한 얼굴로 쟁반을 멀리 밀어 놓았다.

"다 먹지 말고 조금은 남겨 두라구요." "뭐, 그렇게 마음 쓸 필요 없어." 그는 머리를 조금 흔들고 천장 쪽을 가리켜 보였다. "선생들은 달리 할 일이 있어, 덥석덥석 먹기보다는 말야."

"비열하기 짝이 없군요. 그런 걸 어떻게 알아요?"

"당신이 램프를 놓아 두었기 때문에 그림자가 비쳐."

"정말? 그래서 당신 꾸물거렸군요. 정말 호색 늙은이 같으니! 그러나 흥분해도 소용없어. 처녀에게는 젊은 남자가 있으니까, 당신 같은 사람은 거들떠보지도 않아요."

주인은 어깨를 움츠리고, 남은 한 입을 삼키면서 중얼거렸다.

"어쨌든 상대는 결혼한 여자야."

"어쩌면 아닌지도 몰라요." 여주인은 비밀인 것처럼 속삭였다. "당신이 외출용 넥타이와 같이 만들어 주지 않는다는 토끼가죽 코트를 걸어도 좋지만, 그 여자는 그 사람 부인이 아녜요. 당신 보지 못했어요? 그 사람들이 마치 남의 눈을 피하는 듯한 행동을 하는 걸?"

"그런 게 나와 무슨 상관이야?"

그는 손을 뻗어 또 한 개의 토스트를 집으려 했다. 여주인은 그 손을 딱 때렸다.

"이제 그만두세요."

쟁반을 집어 들고 그녀는 계단 쪽으로 향했다. 마치 건성인 것처럼 기계적인 손짓으로 주인은 나가려는 아내의 엉덩이를 손바닥으로 딱 때렸다. 아내는 웃으면서 쟁반을 반듯이 고쳐 들었다.
"바보같이! 젊은 사람들을 보더니 묘한 생각이 들어요?"

"프레드, 프레드, 당신 나를 사랑하고 있어요?"
그 목소리에는 심한 불안이 담겨 있었다. 이때만은 프레드도 잘난 체하는 얼굴을 해 보이지 않았다. 힘이 쏙 빠진 그의 얼굴은 깨끗하고, 놀라울 정도로 싱싱했다. 소년이라고 해도 좋을 정도다. 그는 몇 번이나 끄덕거렸다. 문에서 노크 소리가 들렸다.
"들어가도 좋습니까?" 마틸드가 문 밖에서 묻는다.
테레즈는 당황해서 어쩔 줄을 몰랐다.
"아, 잠깐만, 지금 곧……."
그녀는 알몸으로 침대에서 뛰어내려 레인코트를 주워 들고 그것에 팔을 꿰었다. 프레드는 그 사이에 매무새를 고쳤다.
"들어오세요."
여주인은 겸손을 가장한 태도로 방 안에 들어왔다. 테레즈는 매우 어색해서 뭐라고 변명하지 않으면 안 될 것 같았다.
"아주 편한 꼴을 하고 있었네요. 전 그만 옷이 몽땅 젖어서……."
이렇게 말한 테레즈는 갑자기 프레드의 말이 생각나 얼른 얼굴을 돌렸다. 프레드는 침대에 누운 채 베개 뒤로 얼굴을 감추었다. 그러나 여주인에게는 달리 할 일이 있었다. 여주인은 아무렇지도 않은 듯이 온 방 안에 너저분하게 흩어진 그녀의 속옷을 눈여겨보았다. 테이블 위에 쟁반을 놓으며 그녀는 나이 든 사람이 젊은이들에 대한 질투를 감추려는 무관심한 얼굴을 해 보였다.
문 있는 데서 자못 알았다는 듯한 눈짓을 해 보이며 방에서 나가더니, 그녀는 급히 계단을 뛰어내려갔다.

"샤를! 내가 뭐랬지요?"
샤를은 놀라서 돌아다보았다.
"글쎄, 기억 못하겠는데……."
"역시 부인이 아니었어요."
"자기 입으로 그렇게 말하던가?"
"아뇨, 그렇진 않았지만 난 속옷을 보았거든. 그 앤 아무것도 아닌 보통 처녀였어. 당신도 봐 보라구요, 그 슬립을……. 남자는 그만한 차를 가지고 있으니까 상당한 지위에 있을 게 틀림없는데 말야! 그리고 첫째…… 브래지어를 하고 있지 않아요."
"그래서 어쨌다는 거야?" 샤를은 의아하다는 듯한 얼굴을 했다.
"그러니까요. 결혼한 여자는 모두 브래지어를 하거든요. 그 앤 틀림없이 놀이 상대일 거예요. 부인이 아네요."
그녀는 단정하듯 말했다.

프레드는 다짜고짜 토스트에 덤벼들었다.
"나를 사랑해요?" 테레즈는 다시 물었다.
그는 웃으며 그녀의 모습을 바라보았다. 조금 슬픈 듯한 눈매로 날씬하고 연약한 몸에 쿨렁쿨렁한 레인코트를 걸치고 있는 모습은 마치 주인을 잃은 들개 같았다.
"일은 적당한 때에 하라는 말이 있잖아. 우선 먹어."
그는 대답했다.
"난 먹고 싶지 않아요."
그녀는 자기가 불행한 듯한 생각이 들어 부드럽게 위로를 받고 싶었는데, 토라져 보이거나 할 용기는 없었다. 프레드와의 사이는 언제나 이런 식으로 결코 변하는 일이 없었다. 그녀가 컵에 홍차를 따라 주니까, 그는 그것을 들어 단숨에 마셔 버렸다. 그러고 나서 이번에는 토스트에 치즈와 잼을 칠해 우적우적 먹기 시작했다.
 "너를 사랑하려면 우선 무엇보다도 체력을 회복해야지."
 그는 침대를 턱으로 가리켜 보이며 말했다.
 그녀는 빙긋 웃는 것이 고작이었다. 프레드의 시원스럽고 자신만만한 태도를 여전히 과대평가하고 있었다. 그가 컵을 놓자, 그녀는 그 손을 잡아 입술을 댔다. 그리고 그 손에 부드럽게 볼을 문질렀다.
 "이상한 애야." 프레드는 그러는 것이 자기를 너무 좋아하기 때문이라고 생각하며 의기양양하게 평했다. "너에겐 영국식 점액질이라는 게 없어, 아무리 생각해도. 너의 정열은 금방 넘쳐 버린단 말야. 마치 황급히 따른 조끼의 맥주 거품처럼……."
 그는 토스트를 입으로 가져가다가 문득 이 표현에 생각이 미쳤다.
 "어때, 이건 나쁘지 않은 이미지인데 말야, 응……. 황급히 따른 조끼의 맥주 거품이라……. 넌 별로 감탄하지 않니?"
 그녀는 어떻게든지 그 말에 장단을 맞추려 했으나, 아무리 해도 마음이 내키지 않았다. 그는 마침내 화를 냈다.
 "흐흥. 그래! 대체 뭐가 못마땅한 거지, 아직?"
 "못마땅한 건 없어요, 프레드. 정말이에요."
 "그럼, 어째서 그런 얼굴을 하고 있어? 그렇지 않아. 이봐, 알겠어? 난 너를 위해 열심히 노력하고 있는 거야……. 암, 그렇고말고. 그렇지 않았다고는 못하겠지. 설마 나만을 위해서 이런다고 생각하지는 않겠지! 나는 주말엔 사색을 하며 보내기를 좋아해. 너 때문에 난 이렇게 했어. 차도 훔쳤고, 주말의 시골 여행도 떠나 왔고 말이야."
 테레즈는 화냈을 때의 그가 좋았다. 어쩐 까닭인지 모르지만 화를 내는 것은 남성적인 특질의 하나로 되어 있다. 자기도 깨닫지 못하는 사이에 그녀는 레인코트의 틈새로 한 손을 찔러 넣어 자기의 배를 쓰다듬고 있었다. 그리고 무의식의 연상 작용으로 주춤거리며 입을 열었다.

"이제 곧 결혼하는 거죠?"

프레드는 두 잔째의 홍차를 마시려 하다가 하마터면 사레들릴 뻔했다.

"또 시시한 걸 묻고 있어! 그런 거 알게 뭐야, 내가!"

그녀는 그에게로 조금씩 다가붙으며 덮어놓고 졸라댔다.

"그러나 나를 사랑하고 있잖아요? 그렇게 말했잖아요, 나하고 결혼하고 싶다고!"

그는 생각할 여유를 갖기 위해서 토스트를 크게 한 입 베어 물었다. 그로서는 자기 이야기를 진실하게 들어 주는 단 한 사람의 인간에게 이제 와서 체면을 손상할 일은 할 수 없었다. 테레즈는 볼테르형 팔걸이의자에 발을 대고 앉았다. 레인코트가 걷혀 두 무릎이 어둑어둑한 속에서 눈부시게 드러났다. 프레드는 입 안의 것을 삼킴과 동시에 생각을 정했다. 그리고 방 안을 왔다 갔다 하면서 몸짓을 섞어가며 지껄이기 시작했다. 그림자는 그가 램프에서 멀어질수록 커지며, 벽 위에서 춤을 추었다.

"정말 어이가 없군! 난 부르주아 사회의 기반을 때려 부수기 위해 목숨을 바치고 있어. 그야말로 위에서 아래까지 뿌리째 뽑기 위해서 말야. 그런데 너는 결혼 따위의 이야기만 끄집어내고 있어. 대체 너는 나 같은 생각을 못하느냐 말이다. 때로는 자기 개인의 이익을 뒤로 돌리고 일반의 이해라는 걸 생각해 보는 게 어때?"

실제로 그는 조금도 화를 내고 싶지 않았다, 테레즈가 무척 귀여웠기 때문에. 그는 어깨를 움츠리고 팔걸이의자의 팔걸이에 앉아 드러난 테레즈의 무릎에 손등을 댔다.

"그런 일이 너에게 어쨌다는 거야, 넌 이대로는 행복하지 않니?"

"행복해요, 프레드. 다만 한 가지……."

"걱정하지 마! 우리들 일을 생각하는 거야. 이렇게 함께 있잖아."

프레드의 목소리는 갈라지며 손이 테레즈의 알몸에 찰싹 눌려 있었다. 테레즈는 감동 때문에 고꾸라질 듯했으나 몸을 굳히고 저항했다. 그는 묘하게 연기하듯 대사까지 섞어가며 지칠 줄 모르고 지껄였다. 그것은 자기를 대단한 인간이라고 믿기 위해서는 그 자신의 욕정만큼 상대방 여자의 욕정이 필요했고, 그녀에 대해서는 자기 말이 그녀 마음을 마비시킨다는 것을 알았기 때문이다. 그녀가 여전히 몸을 늦추지 않고 있어서 그는 자기 마음속 촉진 과정이라는 항목에 있는 방법을 써먹을 셈으로 입술에 덤벼들어 키스하려 했다. 보통 때라면 키스해 주면 테레즈는 멍해져 버린다. 그런데 이번만은 그걸 뿌리치며 필사적인 태도로 그녀는 같은 질문을 되풀이했다.

"프레드! 결혼해 줄 거야?"

"물론이지." 그는 마음이 급해져서 쏘아붙였다. "그럼 됐지. 그렇지 않아?"

그는 그녀를 붙잡아 억지로 입술을 눌러대며 이 뜻밖의 저항을 없애려고 했다.

"부르주아적이라도 상관없어요?" 그녀는 덤벼드는 그로부터 몸을 빼며 그녀는 다짐을 두었다. "프레드, 똑똑히 대답해 줘요……. 나를 버리거나 하진 않겠지요?"

그런 말을 듣고는 프레드의 허영심이 참을 수 없었다. 그는 벌떡 일어섰다.

"이런 상황에서 너에게 확실히 대답을 하다니, 그건 위엄도 뭣도 내버리는 것과 같아. 어디 내가 말해 주지. 테레즈, 너의 머리로는 도무지 알 수 없을 테니까. 양심에 관한 점에서는 우린 피차 아무 부담감도 없는 거야!"

그는 그러면서 토스트를 한 조각 베어 먹고 다시 계속했다.
"피차 빌려 준 것도 빌린 것도 없어. 난 너를 상대로 해서 즐겼어. 너도 마찬가지로 즐겼을 거야. 그렇지 않다고는 못하겠지. 양심의 문제로 말한다면 결국 그런 이야기가 되는 거야."

열심히 이해하려고 고개를 갸웃거리며 레인코트의 가슴을 풀어 헤친 테레즈의 모습은 정말 반할 정도로 사랑스러웠다. 그는 훨씬 태도를 누그러뜨리고 그 손을 잡아 손바닥에 입을 맞추며 농담을 해 보았다.

"사실로 말한다면, 나는 빌려 준 것이 있다고 해도 좋아. 왜 그 내 슬로건이 있잖아. '그렇다, 그러나 프레디는 더 능숙하게 사랑한다!'"

그는 갑자기 웃더니 그녀 앞에 무릎을 꿇고 다시 그녀를 안았다. 테레즈는 잠자코 하는 대로 두었으나, 그것에 끌려 들어가려고 하지는 않았다. 빨리 결말을 짓고 싶어서 그는 마침내 타협했다.

"물론 너와 결혼해. 아버지를 머리끝까지 화나게 하기 위해서라도 말야."

"확실히 약속하겠어? 맹세하겠어, 프레드?"

그는 눈을 부릅떴다.

"대체 어쩌자는 거야, 테레즈?"

겨우 상쾌한 기분으로 되돌아간 그녀는 기쁨의 눈물로 눈동자를 적시며 빙긋 웃었다.

"나 임신했어요, 프레디."

그는 멍청해져서 말도 못했다. 두 팔이 저절로 늘어지고 말았다. 이번에는 그녀가 팔걸이의자에서 무너지듯 미끄러져 내려와 카펫 위에 웅크린 채 그에게 꼭 달라붙었다.

"난, 아주 약해요, 프레디……. 아주 부르주아적이에요, 아직도…

…… 나로서는 그렇게 하지 않으려고 하지만, 그러나…… 아무리 생각해도 난 혼자서 키울 용기가 없어요……."

곡예

모리토르 거리의 집 현관에서 주느비에브는 마치 바람 때문에 길을 잃은 돛단배처럼 얼이 쏙 빠져 가지고 우두커니 서 있었다. 쓸쓸히 그녀는 오빠의 얼굴을 바라보았다. 그는 윤기 없는 얼굴로 아직도 숨을 헐떡였다. 손으로 간단한 신호를 보내어 하녀를 내보내고 나서 그는 털썩 주저앉았다.

"자, 이제 납득이 가겠지, 이것으로? 줄리앙은 돌아오지 않았어……. 너도 그 눈으로 본 대로야." 그는 말했다.

그녀는 '네' 하고 대답하려 했으나 대답이 나오지 않았다. 기대한 기적이 일어나지 않은 괴로움에 말이 목구멍에 걸려 버린 것이다. 조르주는 불쾌하게 얼굴을 돌렸다.

"정말 고생스러운 소동을 피웠어. 마치 미친 사람처럼 계단까지 나를 뒤쫓아와서 아마 틀림없이 돌아왔을 거라며 이웃이 모두 놀랄 정도로 시끄럽게 떠들고, 나도 또 멍청하게 그 말에 끌려서……."
그는 귀찮은 듯이 일어섰다.
"그럼 잘 자, 주느비에브, 될 수 있는 대로 자도록 애쓰는 거야."
그녀는 문간에서 그를 붙잡았다.
"돌아가세요?"
조르주는 크게 끄덕거렸다.
"돌아가 자겠어. 여기가 별로 좋지 않아서……." 그는 손가락으로 심장을 가리켰다.
"전 그렇게 생각했는데, 오빤 틀림없이……."
"그 녀석을 두들겨 패 줄 생각이었다는 거니? 그야 그 녀석이 있었다면 그랬을 거야. 그러나 그것보다는 우선 내 몸을 소중히 하는 편이 좋으니까 말야……."

그는 그녀가 가엾어져서 애써 웃음을 지으려고 했다.

"그런 슬픈 얼굴을 하지 마라. 내일 잠에서 깰 무렵에는 남편하고 화해도 돼 있을 거고……."

그는 누이동생의 얼굴이 심한 분노로 일그러지는 것을 보고 갑자기 입을 다물었다. 주느비에브는 말이 빨리 나오지 않는 모양으로 띄엄띄엄 소리쳤다.

"절대로 싫어요! 아셨어요? 절대로 싫어요! 혹 그이가 이미 돌아와 있었다면 모르지만. 하지만 저에게 이런 짓을 하다니! 전 절대로 용서 못해요! 네, 가지 말아요, 조르주. 저를 혼자 있게 하지 말아요, 부탁이에요. 네? 옛날 일을 생각해 줘요. 오빠는 저를 늘 돌봐주겠다고 파파에게 약속했잖아요……."

"너를 혼자 있게 하는 건 아니잖아."

그녀는 열에 들뜬 것처럼 다그쳤다.

"사실은 제가 하는 말을 못 믿으시는 거죠. 솔직히 말씀하세요."

"그럴 리가 있나, 믿고 있어……. 곧 이혼할 셈이겠지. 그렇지, 우리 둘이서 변호사에게 의논하러 가 보자, 월요일에. 어때?"

"그 말이 아녜요! 그이가 한 일 말이에요, 오빠에 대해서……."

조르주의 대답도 기다리지 않고 그녀는 자기 방으로 달려가더니, 제정시대풍 작은 책상 서랍을 모조리 빼고는 거리낌없이 종이쪽지들을 내던지기 시작했다.

"뭘 찾고 있지?" 뒤쫓아온 조르주는 물었다.

"그이 장부요. 진짜 장부 말이에요. 회사에서는 세금 때문에 모두 속이는 거예요. 오빠도 그렇고, 그이가 희생물로 삼고 있던 출자자 모두를 말예요."

조르주는 조금 불안한 듯이 미간을 찡그리고 문간에 서 있었다. 그녀는 세 권의 두툼한 수첩을 그에게 내밀었다.
"자, 펼쳐 보세요."
그는 아직 믿지 못하는 듯했다.
"굳이 자기의 독직 행위를 일부러 적어 둘 필요는 없을 것 같은데."
그녀는 갑자기 웃었다.
"정말 조르주 오빤 꽤 단순하군요. 결국 자기가 틀리지 않게 하기 위해서예요! 그이는 들어오는 돈이나, 나가는 돈이나 모두 엉망으로 뒤죽박죽이거든요. 이번에는 누구에게서 빌려야 하는지 그것조차 모를 정도로 엉망이었어요. 밤에 저에게 이것을 읽어 주며 둘이서 웃곤 했어요."
조르주가 비통한 얼굴이 되는 것을 보고, 그녀는 그 말을 일부분 취소했다.
"오빠는 달라요. 정말 거짓말이 아녜요. 우리가 오빠를 웃음거리로 삼은 적은 한 번도 없어요. 그런 것은 제가 용서 안 해요."
맹렬하게 달라붙듯이, 그녀가 오빠의 팔 안에 뛰어들자 조르주는 꼭 껴안았다.
"네, 알고 있죠? 제가 오빠를 얼마나 사랑하는지, 얼마나 소중히 생각하고 있는지. 저를 그런 사기꾼 손에 맡겨 두지 말아요. 언젠가는 틀림없이 전 살해될 거예요. 그런 짓을 하고도 남을 사람인걸요……."
"자, 자, 흥분하지 말고, 지누……."
그는 평정을 바라는 마음과 아기자기한 애정의 틈에 끼어 그녀의 머리칼을 다정하게 쓰다듬어 주었다. 마치 이것저것 모두 파괴해 버리려는 듯한 주느비에브의 태도가 그로서는 무서웠다.

"좌우간 내 말을 들어 봐. 하룻밤 자고 나면 좋은 생각이 떠오르는 법이야. 월요일에 다시 잘 생각해 보기로 하자. 무엇을 하거나 그때까지는 어떻게도 할 수 없으니까. 그래도 역시 네 생각이 변하지 않는다면, 바로 이혼 청구 수속을 밟기로 하고……. 우선 그때까지는 이 일은 덮어두자구." 그는 수첩을 돌려 주려 했으나, 그녀는 받으려 하지 않았다. "자, 넣어 둬. 그 사람이 내가 이걸 본 것을 모르게 해 두어야지."

주느비에브는 조용히 이야기를 하려고 노력한 결과 마침내 성공했다.

"오빠는 또 히스테리가 시작되었다고 생각하시는군요. 천만의 말씀이에요. 잘 보세요. 전 모든 것을 다 알고, 틀림없는 생각을 말하고 있으니까요. 이제 전 결심을 바꾸지 않을 거예요. 저로서는 확실히 기정 사실과 대결할 생각이에요. 그러니까 그이의 장부를 오빠에게 넘겨 드린 거예요. 그런 사람, 감옥에 넣어야지."

"너에게 이익은 없을 거야, 그런 짓을 해도."

"좋은 이혼 사유가 돼요."

그는 그녀의 뺨을 콕콕 찔렀다.

"너는 정말 단순하군. 결혼한 상대가 사기꾼이라는 사실만으로는 결혼 관계가 해소되지 않아. 그것과 이것과는 전혀 관계가 없는 일이야. 이혼 사유로는 현행범이 아니면 안 돼."

"그럼, 당장 그 범죄 현장을 덮치러 가요."

"어디로?"

그녀는 손가락을 물며 가만히 생각했다.

"틀림없이 몽마르트에 있을 거예요. 가 봐요."

조르주는 크게 팔을 벌리고 답답하다는 몸짓을 했다.

"우리가 범행을 확인해 봤자 소용이 없어. 경찰에서 해야지."

"아, 좋은 생각이 있어요. 경찰에 남편의 수색원을 내보면?"

조르주는 질려서 침대 가장자리에 털썩 주저 앉았다. 그리고 느닷없이 누이동생 손목을 잡아 자기에게로 끌어당겼다.

"진심이겠지, 이 이혼 이야기는?"

"네, 조르주."

"네 가슴에게 잘 물어 봐, 지누. 그것은 네가 정말로 꼭 그렇게 하고 싶다면, 나도 당연히 나서겠어. 지금까지 나는 언제나 줄리앙에 대해서는 소극적으로 대했어. 어떻게든지 너를 행복하게 해 주고 싶어서 말야. 그러나 네가 만약 그런 남자는 이제 싫다고 한다면, 난 그 남자가 너에게서 떨어지도록 계획적으로 행동하겠어."

"저, 진심이에요, 조르주. 그 사람을 곤란하게 만들고 싶어요. 감옥에 넣어주었으면 해요."

"그럼, 알았다. 자, 가자." 조르주는 이렇게 말하며 일어섰다.

그러나 벌써 그녀는 불안한 태도를 보였다.

"어디로요, 대체?"

"네가 말한 것은 아주 좋은 생각이야. 네가 남편의 수색원을 내는 거야. 그래 수색 결과, 만일 그 사람이 창녀와 함께 있는 것이 발견되면, 형사들의 증언이 현행범과 같은 효력을 발휘할 거야. 차 넘버를 단서로 한다면 그까짓 거야 그리 어려운 일도 아니겠지."

"그럼, 그것은?" 그녀는 수첩을 가리키며 물었다.

"내일 당장 고소하겠어."

"지금 당장 하세요, 조르주. 오빠는 너무 인정이 많아요. 또 그 사람을 불쌍하게 여길 것 같아요. 조금도 불쌍하게 생각할 것이 없는데."

"그런 일이 없으리라고 볼 수는 없지. 그러나 앞으로 그 사람이 불쌍해지는 일이 있더라도 일단 결심한 이상, 난 반드시 그 사람을 너에게서 떼어놓고 말겠어. 경우에 따라서는 네가 싫다고 하더라도 말이야. 어때, 지금이라면 취소할 수도 있어. 아직 아무것도 하지 않았으니까."

그는 주느비에브의 시선을 사로잡으려고 했으나, 그녀는 눈을 돌렸다.

"취소할래?" 조르주는 마음을 끌어 보았다.

그녀는 눈물에 젖은 눈으로 그를 올려다보았다. 그 태도에서 평정을 잃은 마음을 짐작하고, 그는 갑자기 가슴이 죄는 느낌이었다.

"어때, 이 일은 내일 아침에 다시 의논하기로 할까?"

"어떻게 하시겠어요, 오빠 지금부터?"

"아까 말한 것처럼 돌아가서 자야겠어."

"그럼, 저는요?"

"글쎄, 그런 걸 물어도……."

그녀의 결심은 그 자리에서 정해졌다.

"싫어요, 조르주. 취소하지 않겠어요. 저를 두고 가지 말아 줘요."

그는 수첩을 오버코트 주머니에 찔러 넣고는 그녀를 끌듯이 하며 재촉했다.

"자, 경찰서에 가자. 조심해서 잘 말해야 돼. 남편이 오늘 밤 집에 돌아오지 않았다는 걸 말야. 전화로 시간 약속을 했다는 말은 해도 좋지만 차로 떠나는 것을 보았다는 이야기는 하지 않도록 특히 조심해야 돼. 알았지?"

"네, 알았어요."

두 사람은 손을 맞잡고 함께 밖으로 나왔다, 옛날 그녀가 오빠와 나란히 걷던 시절처럼.

무기력한 인간에게 있어서는 때로 집착이 의지를 대신하는 수가 있다. 줄리앙은 모험을 시도해 보려고 결심했다. 케이블을 따라 내려가는 것이다. 학생 시절 체조에서 갈채를 받던 추억이 그를 용감하게 했다. 교사가 동아줄을 사용하는 연습을 시키려면, 대개의 경우 줄리앙을 시켜 시범을 보이게 했었다.

그는 오버코트를 벗을 때는, 그래도 발 밑에 크게 입을 벌리고 있는 구멍에서 등을 돌렸다. 이윽고 크게 심호흡을 한 다음, 먼저 앉아서 다리를 늘어뜨리고, 그리고 구멍 속으로 몸을 밀어넣었다.

발 밑에 아무것도 없는 공간을 느끼고는 그는 몸이 저려 오는 듯해서 현기증이 가라앉을 때까지 한참 팔꿈치를 괴고 버티었다.

엘리베이터의 좁은 면적으로 보아 이렇게 하는 것만으로도 구멍의 벽에 닿을지 모르겠다고 줄리앙은 생각해 보았다. 뒤로 몸을 뻗으면서 그는 발끝으로 벽을 찾았다. 안 된다. 도저히 미치지 않는다. 그는 입술을 깨물었다. 드디어 최후의 수단을 써 보는 수밖에 없다. 다행히 몸 상태는 매우 좋다. 그의 상체, 그리고 머리가 서서히 구멍 속으로 들어갔다.

들어서 여는 뚜껑의 미끈미끈한 가장자리를 단단히 움켜잡고 매달리고 보니, 갑자기 무서워져서 모든 것이 끝나 버린 듯한 생각이 들었다. 손을 놓아, 자기의 몸이 끝없이 떨어져 아래에서 납작하게 찌그러져 버리는 것 같았다. 악몽에서 깨어난 순간, 그는 자기가 아직도 그대로 있는 것이 이상하게 생각되었다.

심한 불안에 숨결이 빨라지기는 했지만 분명히 살아 있다. 본능적으로, 심장이 심하게 고동치는 것을 가라앉히려고 그는 주느비에브와 함께 시작할 평온하고 행복한 생활을 머릿속에 그렸다. 볼그리에 관해서는 생각하지 않았다. 오로지 자유를 되찾았을 때의 일만을 생각했다……. 이 감옥과 같은 곳에서 탈출할 수만 있다면!

부르르 마음 설레는 떨림이 그의 근육을 스쳤다. 그는 팔을 당겨

상반신을 일으켜 보려고 시도했다. 잘 되었다. 몸의 상태는 완전하고 마음대로 움직였다. 그는 똑바로 앞을 향해 발을 차올렸다. 발이 갑자기 맹렬하게 벽에 부딪쳤고, 그 반동으로 그는 하마터면 손을 놓칠 뻔했다. 그러나 노리는 목표가 발이 미치는 곳에 있음을 발견한 기쁨으로 공포도 잊었다. 그러고 보면 가능성이 있는 것이다! 남은 일은, 세로로 깊숙한 네 벽을 살펴 케이블을 찾기만 하면 된다.

첫 번째 시험은 실패로 끝났다. 그 벽은 처음부터 끝까지 매끈했다. 그는 일을 조직적으로 할 생각으로 다시 위로 올라가 다시 한 번 팔꿈치를 짚고 몸을 쉰 다음, 이번에는 오른쪽 벽을 살펴보기로 했다. 그리고 어둠 속으로 몸을 내렸다.

이윽고 야수와 같은 외침이 그의 목구멍에서 솟아 나오고, 그는 하마터면 긴장이 탁 풀려 버릴 듯했다. 무엇인가 그의 구두 끝에서 움직인 것이다! 그는 마치 그네 연습이라도 하는 것처럼 몸을 흔들었다. 그렇다, 확실히……. 이젠 의심할 여지가 없다. 케이블은 그곳에 있었고, 그는 그것을 찾아낸 것이다. 눈물이 그의 뺨을 흘러내렸으나 그는 그것을 깨닫지 못했다. 구멍 가장자리에 걸린 손가락은 온몸의 중량을 지탱하느라 핏기를 잃어 하얗게 되었다. 왼발을 앞으로 차올리는 순간, 장딴지에 가볍게 닿는 것을 느끼고 흥분한 나머지 그는 정신이 아찔해지는 것 같았다. 케이블이다! 케이블을 붙잡은 것이다. 조심조심 그는 그 발을 앞으로 끌어 당겼다. 조금만 더 하면 그 케이블을 쑥 끌어당겨서 허벅지에 감을 수가 있다. 그러고 나서 하늘의 도움인 그 동아줄을 손안에 쥐는 일은 어린애 장난 같은 것이다.

손 쪽은 흥분 때문에 잊고 있었는데, 마침 그때 왼손을 갑자기 놓쳤다. 콱 숨이 막혀 그는 어둠 속에서 눈을 감았다.

오른손 하나로 매달린 채, 그는 주느비에브를 향해 구원을 청했다. '당신을 위해 한 짓이야…….' 그의 모든 신경은 머릿속에 집중되었다. 그는 이제 숨을 쉴 용기도 없었다. 그리고 왼손이 저절로 어깨 위를 더듬어 구멍 가장자리를 찾아내고 먼저대로 그곳을 잡은 것도 알지 못했다. 확실히 의식을 되찾은 것은 바로 그때였다. 죽은 것처럼 지쳐서 그는 꼼짝도 못했다. 짧고 빠른 그 숨결은 캄캄한 정적을 오싹할 듯한 생기로 채우고 있었다.

머리는 피로에 지친 채, 그는 겨우 몸을 위로 끌어올리는 데 성공했다. 떨리는 무릎이 엘리베이터 바닥에 닿는 순간, 온몸의 힘이 빠져 버렸다. 그는 숨이 끊어질 것 같았다. 반쯤 정신을 잃고 멍해서 푹 고꾸라졌다.

경찰서는, 파리의 여느 경찰서와 마찬가지로 게시판에는 종잇장이 처덕처덕 붙어 있고, 음울하고 나른한 느낌이었다. 담당 경찰은 졸리는지 하품을 하면서 진술서를 받아썼다. 주느비에브는 온몸이 부들부들 떨렸다. 조르주가 쉴새없이 말을 거들어 주지 않으면 안 될 지경이었다.

"크르토아라면 마지막이 S요, 아니면 Y요?"

계원은 눈을 비비며 물었다.

"OIS입니다."

조르주가 급히 대답했다.

"전화를 걸어 온 것은 몇 시경이었지요?"

"뭐요?"

주느비에브는 통 듣고 있지 않는 모양이었다. 조르주는 입술을 깨물었다.

"몇 시경에 줄리앙이 전화를 걸어 왔지요?"

"그인 전화를 걸어 오지 않았어요……."

경찰은 갑자기 정신이 드는 듯한 얼굴을 하고, 살짝 그녀의 얼굴을 훔쳐 보았다. 조르주는 격려하듯 말했다.
"그러나 말야, 나보고 그렇게 말하지 않았어. 너흰 전화로 이야기하고……."
"그래요, 제가 전화를 건 거예요."
경찰은 다시 서류 위로 몸을 구부렸다.
"6시 반이에요." 조르주가 말했다.
"그래, 그 이후로는 보지 못했단 말이지요?"
조르주는 주느비에브가 대답하기를 기다렸다. 그녀는 멍청해 있다. 이 온통 법률적인 공간에 겁이 난 것이다. 이번에도 또 그가 말했다.
"그렇다니까요. 아무데도 없습니다. 집에도, 사무실에도, 우리 집에도, 아무데도 없어요."
"그러나 어딘가에 있겠지." 경찰은 단지 그것만 말했다.
"언제쯤 알려 주실 수 있을까요?"
"글쎄 그것은…… 흔히 4, 5분이면 아는 일도 있지만…… 시의 병원이나 시체 안치소로 전화를 걸어 보고…… 그때의 운이지요."
경찰은 확실치 않은 몸짓을 했다.
주느비에브는 훌쩍훌쩍 울기 시작했다.
"미안하지만 연락은 우리 집으로 해 주시지 않겠습니까. 누이동생은 그때까지 우리 집에 와 있도록 할 테니까요. 혼자는 놓아 둘 수가 없어서요. 이런 상태로는……."
"그쪽 주소는?" 여전히 졸린 태도로 경찰은 중얼거렸다.

줄리앙은 다시 아까의 행동을 반복하기 시작했다. 그러나 어느 쪽이 목표했던 벽인지 기억나지 않았다. 겨우 그 벽을 찾아냈다. 하는 수 없다.
필요한 만큼 다시 해 보는 것이다. 이마에 땀을 흘리며 그는 다시 위험한 곡예를 시작했다.

두 번째 시도 때 케이블이 끌어당겨졌다. 떨리는 발로 그것을 단단히 몸 한가운데로 밀어붙였다. 그는 아주 기뻐서 조금 마음을 늦추고 쉬었다.

급속히 계획이 짜졌다. 케이블에 달라붙은 손을 아래로 아래로 바꿔 쥐면서 지하실까지 내려가, 다시 전원을 킨다. 자기 사무실로 들어가 위험성이 있는 서류를 파기한다. 그렇지, 조심해야지! 내가 엘리베이터 안에 있었던 흔적을 지워 버리고, 철수하기 전에 전류를 끊는 일도 잊지 않도록 해야 한다. 그러나 집에 돌아가 주느비에브에게는 뭐라고 꾸며댄다?

'그건 나중에 생각하자!'

그는 이번에야말로 단단히 케이블을 붙잡았다. 그의 가슴은 규칙적으로 부풀었다 다시 오므라든다. 두 손은 같은 리듬으로 번갈아 케이블을 놓았다가 다시 조금 아래를 잡는다. 결국, 그는 물질에 대한 인간의 우월성을 증명한다는 일에, 일찍이 경험한 적이 없는 도취를 느끼고 있었다. 완력과 이성을 겸비하고 있다는 생각이 그를 의기양양하게 했고, 그는 하나도 후회하지 않았다.

갑자기 케이블에 감은 발이 무엇인가에 부딪쳤다. 몇 번이나 알아차렸으면서도 전혀 생각하지 않던 하나의 상상이 번개처럼 그의 머리를 스쳤다. 엘리베이터 아래쪽에서 케이블이 U자형을 이루고 막힌 것이다. 종점이다! 이젠 다 틀렸다.

이렇게 목표가 가까운 곳에 있는데도 말인가?

그러나 나는 어느 정도의 높이에 있는 것일까? 내려온 거리를 재는 것은 생각지도 않았다. 9층쯤일지도 모르나, 혹 1층에 와 있는지도 모른다! 이대로 떨어지면 어떻게 될까?

머리가 혼란스럽다는 사실과 탈출 가능성을 꼭 믿는 생각에 무턱대고 사로잡혔기 때문에 그는 아주 초보적인 간단한 계산을 못하고 있었다. 전부 펴면 케이블은 대략 13층 분의 길이가 될 것이다. 엘리베이터 상자는 위에 있으니까, 케이블이 꺾인 곳은 대개 7층 근처까지 와 있을 것이다.

 이 결론을 인정하면 결국 탈출을 체념하는 게 된다. 아니면 모든 것을 포기하고 떨어져 죽는 것이다. 그는 지면으로부터 2, 3미터 되는 곳에 있다고 생각하고 싶었다. 케이블을 몇 겹이나 팔에 감고, 그는 허공에 매달려 발을 버둥거렸다. 발끝에 딱딱한 지면이 닿기를 바라면서. 아무런 반응도 없다. 더구나, 어쩌면 목표로부터 2, 3센티미터 되는 곳에 있는지도 모른다. 자기의 잔혹한 운명에 맹렬한 분노가 솟아올랐다. 한 번 뛰어내려 놈을 혼내 줄까? 그 '놈'이란 대체 누구냐? 그의 머리에는, 팽이처럼 빙글빙글 돌면서 떨어져 죽어 가는 자기의 모습이 스쳐 갔다……. 죽는다……. 대체…… 언제냐?

 몸을 한 번 흔들어, 그는 케이블의 구부러진 곳에 다시 앉는 데 성공했다. 뭔가, 딸꾹질인지 흐느낌 같은 것이 안에서 솟아오르고 온몸이 경련을 일으켰다. 제일 좋은 경우라고 하더라도, 그는 다시 케이블에 매달려 먼저 자리까지 도로 올라가지 않으면 안 된다. 이 비참한 생명을 위험한 곳에 드러내며.

 주느비에브는 완전히 기운을 잃었다. 눈물조차 나오지 않았다. 이마에 주름을 잡고, 딱딱한 눈으로 노려보듯 하고 있는 조르주의 태도가 무서워졌다. 경찰서에서 나와, 그는 그녀의 팔을 잡았다.
 "빨리 가자, 상당히 시간을 허비했으니까."
 "이번에는 어디로 가나요?"
 "곧 알게 돼."
 그는 그녀를 차 안에 밀어 넣고 밤의 교통망 속을 운전해 갔다. 그의 마음은 누이동생을 가엾게 여기는 생각으로 꽉 찼다. 그러나 어떤 종류의 외과 수술은 꼭 해 주어야 했다. 외과 의사로부터 누구나 듣는 말이다. 그렇지만 그는 그녀의 얼굴을 볼 용기가 없었다. 잠자코 있자니 도저히 견딜 수가 없었다.

"집에 와 있어, 일이 완전히 처리될 때까지."

"네, 조르주."

그는 핸들에서 손을 떼어, 그녀의 손을 두세 번 다정하게 두드려 주었다.

"그런데 말야, 너는 여러 가지 질문을 받는 경우가 있을지도 몰라. 이야기가 엇갈리지 않도록 해. 지금 진술하고 온 말은 외고 있지?"

"네."

"별로 어려울 건 없어. 너는 아무것도 모르는 거야. 알겠지? 10시까지 기다려 보고 나서 수색원을 낸 거다. 그것도 단지 사고라도 나지 않았나 걱정이 돼서 말야. 잘 기억해 둬. 하긴 나도 옆에 있겠지만."

"네, 조르주."

자기를 혼자 내버려 두지 않는다면, 그런 걱정거리는 이차적인 문제가 된다.

조르주는 말했다. "알겠니? 그렇게 해두면 이혼이 수월해져. 너는 전혀 아무것도 몰랐던 사람이 돼야 해. 남편이 나를 속이고 있다고는 의심해 본 일도 없다. 그런 것을 꿈에도 모르고 있던 불행한 여자가 되는 거야."

"알고 있어요, 조르주. 다만……."

조르주는 갑자기 사납게 핸들을 꺾었다.

"'다만' 어쩌고 할 때가 아냐! 설마 생각이 달라진 건 아니겠지?

미리 똑똑히 말해 두지만, 만약 그렇다면 난 이제 너를 두 번 다시 보자 않을 거야!"
"그게 아녜요."
"그럼 무슨 일이야?"
"전 문득 생각이 났어요……. 혹시 그 사람 정말 사고가 났는지도 모르잖아요."
"그렇다면 경찰에서 바로 그렇게 말할 거야."
차는 콘도르세 거리에서 뛰어나온 오토바이를 피하려고 옆으로 미끄러졌다. 마르티르 거리 쪽은 가파른 고갯길로 되어 있어서 이쪽에서 앞을 양보하는 수밖에 없었다.
"하마터면 부딪칠 뻔했군, 저 바보 같은 자식."
그는 화가 나는 듯이 중얼거렸다.
"조르주, 어째서 몽마르트 같은 델 가요?"
그는 오늘 일에 진절머리가 나서 '휴' 한숨을 쉬었다.
"혹시 선생이 있는 곳이라도 알아 내서 그것을 탐정에게 가르쳐 주면, 그만큼 일이 진척될 테니까. 너 꽁무니를 빼는 것은 아니겠지?"
"네, 걱정 마세요."
그녀는 대답했다.
'메도라노'(몽마르트르의 서커스 흥행장.)에서 차는 왼쪽으로 구부러지고, 외주도로(外周道路, 파리 시내의 제일 바깥쪽과 가까운 곳을 둥그렇게 달리는 큰 도로. 여기서는 크리시)로 나왔다. 주느비에브는 조금 후회하는 것처럼 중얼거렸다.
"네, 그렇게 생각지 않아요. 이대로……."
조르주는 격분했다.
"이봐! 몇 번 말해야 알겠어! 그럴 바에야 처음부터 하지 않았어야지! 몇 번이고 다짐을 두지 않았어. 이젠 나 하는 대로 맡겨 뒤."

피가르 광장은 자동차와 보행자로 붐볐다. 조르주는 차를 그곳 약국 앞에 대고, 두 사람은 각각 자기 앉은 쪽에서 내렸다. 서둘러 오빠 옆으로 가려다가 주느비에브는 차에서 내리는 순간 다리를 위까지 드러냈다. 미국 흑인 병사 몇 명이 당장 몰려와 쭉 둘러서서 온 거리 사람들이 놀랄 듯한 목소리로 놀렸다. 조르주는 그녀의 팔을 잡고 질질 끌듯이 데리고 갔다.

꽉 찬 혼잡 속을 헤치며 가는 데 두 사람은 힘이 들었다. 특히 조르주가 누군가의 뒷모습에 낯이 익은 듯해서 그 뒤를 쫓기 시작했을 때는 그 혼잡이 점점 심해졌다.

어느 나이트클럽 앞에서 몇 명의 사람들이 강렬한 조명에 비춰진 스트리퍼들의 입체 색채 사진을 곁눈질로 보고 있었다. 두 사람은 이 예술 애호가들 옆을 돌아가기 위해 차도로 내려 걷지 않으면 안 되었다. 그런데 그때 한 남자가 뜻도 모를 말을 중얼거리며 옆으로 다가왔다. 조르주는 그 남자의 눈에 띄지 않았다. 주느비에브는 그 사람을 거지라고 생각하고 핸드백을 열었다. 이번에는 낯선 남자 쪽에서 그 행동을 그녀가 비밀 거래를 승낙한 것으로 잘못 알았다. 그래서 자기 상품의 훌륭함을 자랑하기 위해서 이 여자 손님에게 그 일부를 보일 셈으로, 손바닥에 감추고 있던 한 장의 사진을 내보였다. 순간 구토증이 치밀었다.

"조르주!"

금방 실신할 듯 그녀는 소리쳤다.

상대방 남자는 당장 사라졌다. 조르주가 되돌아와 그녀의 팔을 붙잡았다.

"단 일 분도 혼자 두지 못하겠군! 무슨 일이 있었니, 또?"

그녀는 심히 떨리는 손을 내밀며

"저기……저 사람이…….."

"줄리앙이니?"

"그게 아녜요……. 저 사람이 다가와서……. 아아, 기분 나빠!"

조르주는 화가 치미는 것을 겨우 누르고 택시를 세웠다.

"너와 같이 다니다가는 아무 일도 못하겠다. 자, 돌아가. 그러는 편이 나아. 잔한테 그렇게 말하고 손님 방에서 자라구. 돌아가서 어떤 상황이었는지 이야기해 줄 테니까 안심하라구."

그녀는 싫었다. 그러나 동의도 기다리지 않고, 조르주는 그녀를 차에 밀어 넣고 운전기사에게 말했다.

"바렌느 거리로 부탁해요……."

불처럼 뜨거워진 두 손이 피투성이가 되어 줄리앙은 엘리베이터 상자에 이르렀다. 그리고 숨을 헐떡거리며 푹 고꾸라졌다. 잠시 무서운 현실도 통 느낄 수 없었다. 서서히 명료한 의식이 되돌아왔다. 그는 드러누운 채 옆을 향했다. 담배 한 개비…….

그렇게 생각하니, 담배를 피우고 싶다는 생각이 모든 것을 억눌렀다. 오버코트 주머니에 담배가 있을 것이다. 떨리는 손으로 그는 오버코트를 바닥 위에 펴고 찾아보았다. 전혀 손을 대지 않은 담배가 한 갑! 이렇게 되니, 그는 이것을 농담으로 얼버무리려 애썼다. 마치 저 그리운 전쟁 때 같지 않은가, 응? 월요일 아침까지의 배급이다. 고맙게도 신은 담배라는 것을 내려주었다……!

'디스크 블루'의 하얀 담뱃갑이 어둠 속에서 희미하게 보인다. 그는 서투른 손짓으로 담뱃갑을 뜯으려고 애를 태웠다. 조금 손을 잘못 놀리는 찰나, 어둠 속에 보이던 희망의 작은 갑은 미끄러져 떨어지고 바닥에 부딪쳐 튕겨졌다. 줄리앙의 손이 그것을 누르려고 했는데, 겨냥을 잘못해 누르지를 못했다. 공교롭게도 그 손이, 들어서 여는 마루 뚜껑 구멍의 가장자리에 얹혔던 담뱃갑을 밀어 버려, 담뱃갑은 그 가장자리 위에서 익살을 부리듯 흔들흔들 흔들렸다. 그리고 아주 짧은 순간 보이더니 이윽고 사라져 버렸다.

  망연한 생각으로 꼼짝도 못하고 열린 뚜껑 위에 웅크리고 앉아, 줄리앙은 무서운 정적 속에서 숨을 죽였다. 아주 희미한 소리가 들려 왔다. 아래쪽에서 아득히 멀리……. 담뱃갑이 지면에 닿은 것이다.

  그것을 듣고 줄리앙은 주먹으로 마루판을 두드리며 미친 사람처럼 와락 큰소리로 울기 시작했다…….

  프레드와 테레즈는 손을 맞잡고 자고 있었다. 자고 있을 때의 두 사람은 천사처럼 깨끗한 얼굴을 하고 있었다.

휴가

  TT 부문 번호판을 단 쟈가르의 새 차가 어마어마하게 큰 흰 트레일러를 끌고, 그 차체를 진동시키며 베르사유 거리를 달려가고 있었다. 핸들을 잡은 페드로 카라시는 도로에 마음을 쓰며, 동시에 백미러에 비친 아내의 태도에도 주의를 게을리하지 않았다. 그녀는 굳이 뒷자리에 타겠다고 했다. 그는 불안했으나 일부러 쾌활한 표정으로 이야기했다.

  "어때, 당신은 그렇게 생각하지 않아? 사실 묘하단 말야, 이건. 자전거를 앞질러야겠다고 생각하면, 그때 틀림없이 다른 차가 옆에서 불쑥 나와요. 더구나 꼭 어중간한 곳으로 말야."

  그녀는 대답을 하지 않는다.

  "기분은 괜찮나, 제르매느? 어때, 이 공기는? 정말 좋은 휴가를 즐길 수 있어!"

  아내는 눈썹 하나 까딱하지 않는다. 싸늘하고 딱딱한 눈매로 작은 거울 속에서 이쪽 시선을 노려보는 바람에 페드로는 눈을 내리깔고 말았다. 그는 갑자기 오싹해졌다.
 한참 동안 두 사람은 말없이 차를 몰았다. '뭔가를 수상스럽게 여기는 것일까?' 그는 생각해 보았다. 핸들을 잡은 손을 꼭 쥐고 그는 입술을 적시고 다시 화해의 손을 내밀어 보려고 했다.
 "왜 그래? 당신 기쁘지 않아, 휴가 가는 게?"
 아무 대답도 없다. 다만 그 눈동자가 생각을 담고 백미러 속에서 이쪽을 쏘아보고 있을 뿐이다. 도저히 상대할 수 없는 눈매다. 그는 완전히 기가 꺾였다. 무엇을 해도 헛수고인 것이다. 그는 턱을 싹 끌어당기고 군침을 삼켰다. 이 이상 파고들어도 아무 소용 없다.
 그는 큰 소리로 다시 말을 건넸다.
 "저, 아가씨, 서방님에게 좀 웃어 줄 수 없어요?"
 옛날, 두 사람의 결혼 생활이 행복했던 때에는, 그의 고국의 더듬거리는 사투리를 제르맨느는 재미있어했었다. 그런데 지금은 아무 반응도 없다. 그는 광대놀음이 창피해져서 자기 입장의 비참함에 그만 입을 다물어 버리고 싶었다. 그러나 그는 참고 다정한 목소리로 말했다.
 "이봐 제르맨느, 당신이 뒤에 타고 싶다고 한 말은 좀 자려는 게 아니었나? 그렇게 마치 자선 단체의 부인 회장처럼 가만히 앉아만 있으려면, 영감 옆에 와서 나란히 앉아 주어도 되지 않아."
 이만큼 경쾌하게 말하는 데 상당히 힘이 들었다. 그는 아무리 해도 거짓말을 못하는 사람이었다. 한 가지 거짓말을 하려다가 자꾸자꾸 이어지는 말에 끌려, 하려던 거짓말을 하지 못하고 그만 속내를 드러내고 만다. 이 제르맨느의 태도는 무엇을 의미하는 것일까. 틀림없이 그녀는 자기들의 실제 행선지를 알고 있는 모양이다. 그는 뭔가 죄를 범하고 있는 듯한 꺼림칙함을 느끼고 절망적인 생각이 목구멍에 치밀어올랐다. 그에게는 지금 단 한 가지 소원밖에 없었다. 차를 세우고, 이 팔에 아내를 안아 들고, 그리고 단념하지 않으면 안 되는 이 몸의, 따스함과 친절을 다시 한 번 느끼는 일이다. 그는 몸을 한 번 흔들고 마음을 고쳐 먹었다. 자기 기분 따위에 젖어 있을 권리는 없는 것이다. 비록 자기는 아무리 괴로워도 제르매느에게는 그라스(니스의 서쪽 40킬로미터. 남프 랑스의 지중해에 가까운 소도시)의 양친 집에 닿을 때까지 그 뒤로 어떻게 된다는 것을 눈치채지 못하게 해야만 한다.

"내일 점심때쯤 아버지, 어머니를 만날 수 있어. 당신 기쁘지 않아?"

본능으로 그의 발은 차츰 세게 브레이크 페달을 밟았다. 뒤에서 밀리는 무겁고 덩치 큰 차체를 충격 없이 정지시킨다는 것은 쉬운 일이 아니다.

"내 옆으로 와요, 제르매느. 그러는 편이 훨씬 편히 이야기할 수 있지 않아, 응?"

그의 조종은, 차는 잘 되었지만 아내 쪽은 실패로 끝났다. 그녀의 입은 굳게 닫혀 있었다. 그는 아무것도 모르는 척하고 스위치를 끈 뒤 차에서 내려 기사풍의 인사를 하며 또다시 농담으로 얼버무리려 했다.

"마님, 어서 이리로……."

제르매느는 움직이려 하지도 않는다. 그는 이제 그녀의 그런 태도를 모르는 척하고 지나쳐 버릴 수 없었다.

"응, 왜 그래! 상당히 오래 전부터 이 휴가를 기다렸잖아? 실제로 어제만 해도 트레일러와 차를 샀을 때 당신은 아주 기뻐했어! 벌써 몇 년이나 아버지와 어머니를 만나뵙지 못했고 말야. 이렇게 멀리서 오지 않았어. 그런데 갑자기 어떻게 된 거야? 확실히 말해 보라구."

그는 차에 올라가 옆에 앉아 그녀의 손을 잡았다. 제르매느는 쌀쌀한 몸짓으로 그 손을 끌어들였다.

"제르매느! 왜 화가 났어? 내가 뭘 잘못했다는 거야?"

그녀는 그를 향해 조금 입을 열다가 갑자기 아무 말도 하지 않았다. 그리고 페드로의 손을 손톱 자국이 날 정도로 꼭 쥐는가 하더니, 눈에서 눈물이 넘쳐 흘렀다.

"말해 봐요, 응, 어떻게 된 거야?" 페드로는 다그쳤다.

그녀는 흐느껴 울며 그에게 안겼다. 그리고 입을 내밀어 그에게 키스하려 했다. 그는 눈을 감고 그 키스를 피하려 했다. 순간 마법의 효력은 사라져 버렸다.

"내가 싫어지셨군요." 그녀는 소리쳤다. "틀림없이 그럴 거라고 생각했어요."

"무슨 소릴 하는 거야? 어떻게 그런 말을 할 수 있지, 제르매느? 당신을 위해서라면 난 이 세상의 모든 것을 포기해도 좋아. 그것은 당신도 알고 있을 게 아냐. 당신이 싫어지다니, 이렇게 좋은 당신이……."

말이 속삭임으로 변함에 따라 그녀는 서서히 풀어지고 조용해져 남편 어깨에 머리를 기대었다. 그는 그녀의 목덜미를 부드럽게 문질러 주고 있었는데, 그녀는 그 목덜미를 점점 오므리며 더 안에까지 손가락을 넣어 주기를 바라는 눈치였다. 그러나 몇 달 전부터, 그 일을 안 뒤로부터는 그는 도저히 할 수 없었다. 그녀를 팔에 끌어안고 기쁘게 해 주면, 좋은 줄은 알고 있다. 그러나…….

"페드로!" 그녀는 속삭였다. "나를 괴롭히면 싫어요."

"하지만 당신이 혼자서 자기를 괴롭히고 있잖아, 제르매느. 나는 아무 말도 하지 않고, 아무 짓도 하지 않았어. 그런……."

"어째서 내 키스를 피했어요?"

그녀는 눈을 번들거리며 퍼붓듯이 말했다.
"그럼, 어째서 화가 나 있지, 오늘 아침부터?"
그렇게 말한 찰나, 그는 그것을 후회했다. 제르매느의 눈동자는 오므라들고 양쪽 입가에 깊은 주름이 잡혔다. 그녀는 와들와들 떨기 시작했다.
"제르매느!" 그는 외쳤다.
그는 두 팔로 그녀를 안아 그 떨림을 그치게 해 주려고 힘껏 죄었다.

멀리서 열어 젖힌 차 문 너머로 보면 마치 그가 억지로 그녀에게 키스하려고 하는 것 같이 생각되었다.
"자아, 저쪽으로 가요. 보지 말아요. 저런 거 싫어요!"
프레드의 손을 끌며 테레즈는 말했다.
"정말 웃겨, 저런 바보 같은 것들이." 프레드는 비웃었다. "여자가 싫어할 때는 하지 말아야지. 너한테 내가 뭘 억지로 한 일이 있었니?"
"없어요. 하지만 어서 가요."
그는 마지못해 그녀의 뒤를 따라왔다. 문득 다른 생각이 그의 가슴에 떠올랐다. 그는 중얼거리듯 말했다.
"틀림없이 브라질 사람일 거야."
"모르죠. TT의 번호판도 어쩌면 다른……."
"주의를 주는 거라면 나중에 해. 흙받이에 조그만 기가 달려 있는 것을 못 봤어? 저건 브라질 사람이야."
아침부터 그는 불쾌했다. 그러기에 걸음을 빨리해서 성큼성큼 앞으로 걸어갔다. 테레즈는 그 뒤를 따르면서 그의 그런 기분을 알 것 같아 방해하지 않도록 했다. 그러나 마침내 애인의 의향을 똑똑히 확인해 볼 필요가 있었다. 무뚝뚝한 얼굴로 프레드는 그녀를 기다리며 빨리 오라고 심한 몸짓으로 신호를 보냈다. 그녀는 프레드의 팔에 매달렸다.

"이제부터 어쩌지, 프레드?"

"그래, 넌 모르겠지?" 그는 갑자기 신경질이 나는 듯 말하며 그 질문을 피했다. "정말 굉장한 꼴이 됐어, 우리의 프랑스라는 나라는! 지금은 외국 사람들만이 날뛰고 있어. 어디 한 번 말해 보라구. 도대체 무엇을 하러 찾아오는 걸까, 저 외국 녀석들은?"

"그렇게 흥분하지 말아요."

그는 마음을 가라앉히기로 하고 씁쓸하게 중얼거렸다.

"정말이야. 그렇다고 뭐가 달라질 것도 아냐."

갑자기 솔직한 애정을 느끼고 그는 테레즈의 허리에 팔을 둘렀다. 그리고 그녀의 목덜미에 살짝 키스했다. 그가 이렇게 자연스러운 생각에 끌려들거나 너무나 빨리 인생을 알았다고 생각하던 옛날 소년의 모습으로 되돌아가면, 테레즈는 그가 자기 뱃속에 든 또 하나의 아이와 구별되지 않는 것처럼 감동하고 마는 것이었다.

"나에겐 너밖에 없어. 너 한 사람뿐이야, 테레즈." 그는 속삭였다.

그렇게 하니까, 또 느닷없이 어젯밤부터 피하려고 하던 그 일이 문득 떠올라 이제까지 경험한 일이 없는 심한 공포가 창자에 스며든다.

"아이라니!"

하늘을 향해 복수를 맹세하듯 주먹을 휘두르며 그는 소리쳤다.

"아이라니, 젠장 무슨 소리야! 나더러 어떻게 하라는 거야, 아이 같은 걸?"

그녀는 정색을 하고 그의 소맷부리를 꽉 잡고 똑바로 그의 얼굴을 응시했다.

"그럼 나는 어쩌죠?" 그녀는 극히 당연하다는 말투로 물었다.

뜻밖에 약점을 찔린 프레드는 난처한 듯이 엷은 웃음을 띠며 다시 한 번 힘껏 그녀를 끌어안았다.

"그야 너나 나나 마찬가지야. 응, 그렇잖아? 제기랄, 이게 무슨 꼴이야. 아버진 나를 때려 내쫓을 거야. 뻔한 일이지!"

"그럴 리 없어요, 프레디."

"뭐, 뭐라구? 그럴 리 없다구?"

"그래요. 아버지는 당신을 때려 내쫓거나 하진 않아요. 나를 집에 들여 놓지 않을 뿐이겠죠. 아버지가 아무리 나쁘게 말해도 당신을 집에서 내쫓지도 않고 먹여 살려 주기도 할 거예요……."

프레드는 그녀의 어깨를 잡았다.

"옳거니! 난 남이야. 어찌 되건 편히 살 것이라는 말이지. 아내와 새끼가 북풍 속에서 죽어 가고 있는데 말이지. 서투른 멜로드라마처럼 말이야? 너 그렇게 생각하는 거지, 나라는 사람을?"

그녀는 떨리는 손을 그의 머리에 댔는데. 그녀의 긴 속눈썹 그늘에는 눈물이 반짝였다.

"그렇게 생각 안 해요, 프레드. 그렇지만 가끔 그렇게 입 밖에 내면 마음이 편해져요."

그녀는 발끝으로 서서 그에게 키스했다. 그러고 나서 둘은 다시 걷기 시작했다.

"어디서 돈을 마련해 오죠?"

테레즈는 물었다.

그는 주먹을 불끈 쥐었다.

"돈이라! 언제나 돈이야! 지긋지긋한 물건이야. 돈이란! 내게 그것만 있다면 어떤 일이고 해치울텐데 말야."

"프레드, 쓸데없는 생각 말고 똑똑히 이야기해요. 당신은 돈이 없으니까 어떻게 마련해야죠."

"내가 그런 걸 어디서 마련한다는 거야? 그건 저기 있어, 봐, 저기 말야!"
그는 뒤쪽 멀리 떨어져 있는 트레일러를 가리켰다.
"보라구 저걸. 돈 같은 것에 자유롭지 못할 것 같아, 저것들이? 외국 녀석들만 날뛰고 있다고 아까도 말했지만 말야. 쟈가르 차에 100만 프랑이나 하는 트레일러, 그리고 여자까지 페세타(스페인의 화폐 단위)의 위력으로 끌고 나와 뒷 좌석에서 욕보이고 있어……. 정말이야! 나에게 그것이 조금만 있어도 테레즈, 내가 어떻게 할지 너는 짐작도 못하겠지?"
그녀는 한숨을 쉬며 허리를 감아 끄는 대로 얌전하게 따라갔다. 프레드를 상대로는 끝까지 토론할 수가 없다. 그는 눈을 뜬 채 꿈을 꾸며 계속 지껄였다.
"우선 리비에라 근처로 가지. 둘이서 말야. 거기서 시나리오를 완전히 써요. 그리고 파리로 돌아와 세트 촬영에 착수하는 거야. 그래, 가르쳐 주지만 너에게 필요한 것은, 알겠어, 곧 너의 역할이란…… 그렇지, 좀 기다려. 조금 생각해 보자구……."
"어머니 역?" 그녀는 말해 보았다.
그는 현실로 돌아와 결단을 내렸다.
"이봐, 돌아가자! 진지한 이야기를 할 수 없어, 널 상대로는."
두 사람은 말없이 뒤로 돌아, 방금 걸어온 길을 되돌아가기 시작했다. 해는 따뜻하게 비치고 화창한 기운이 넘치고 있었다.

외국인 페드로는 다정하게 아내에게 이야기했고, 그녀는 서서히 마음이 가라앉았다.
"…… 그리고 말야, 우리가 결혼했을 때, 왜 확실히 약속했잖아. 언젠가 프랑스로 데리고 돌아가겠다고. 당신은 남편을 따라 그렇게 먼 곳까지 온 것을 후회했어? 마침내 이렇게 그날이 온 거야. 우린 벌써 당신 나라에 와 있어. 이제 곧 당신은 가족들과 만날 수 있는 거야. 모두가 당신을 기다리고 있어, 저쪽에선. 모두 대환영해 줄 거야. 그러고 보니 돌아온 탕아 같군, 응?"

흘러 나오는 말을 들으며 그녀는 눈을 깜박깜박했다. 그는 그녀를 좌석 위에 눕히고, 얼른 얼굴에 손을 대며 우는 모습을 보이지 않으려고 옆을 향했다.

"페드로." 그녀가 불렀다.

그는 눈물을 닦고 나서 돌아다보았다.

"왜 그래?"

"나, 핸드백을 짐과 함께 트레일러에 두고 온 모양이에요. 갖다 주겠어요?"

그녀는 빙긋 웃었다. 페드로는 물끄러미 그 얼굴을 지켜보았다. 정말 반해 버릴 듯한 멋진 얼굴이다.

"응, 지금 갖다 줄게."

단숨에 그는 하우스 카의 차 내로 달려갔다. 제르매느의 슈트케이스는 분명 거기 있었지만, 핸드백은 아무데도 없었다. 그는 차의 앞창으로 다가갔다. 앞창 유리를 두드려 아내를 일으켜 핸드백을 어디에 두었는지 손짓으로 물으려 한 것이다. 그런데 이쪽 높은 차 위에서 얼른 보니까 제르매느가 그 핸드백을 자기가 숨겨 놓은 구석에서 시치미를 떼고 끌어낸다. 그리고 그것을 열고 아주 작은 권총을 한 자루 꺼내더니 장탄 장치를 조사한다.

식은땀이 그의 이마에 솟았다. 아마 보고 있다는 낌새를 챈 모양이다. 그녀는 핸드백을 닫고 돌아다보았다. 페드로는 유리 너머로 겨우 웃음을 지어 보였다. 제르매느는 핸드백을 보이며 '미안해요' 하는 듯이 입을 오므렸다. 그는 손짓으로 그까짓 것 괜찮다는 의미를 전달하고, 포도주 한 병을 치켜들어 보였다. 제르매느는 고개를 끄덕거렸다.

그는 차 내로 돌아와 두 손으로 얼굴을 가리며 잠자리 위에 털썩 주저앉았다. 어떻게 해야 할까? 대체 어떻게 해야 할까? 벌써 백 번도 더 같은 질문을 되풀이해 왔다.

문득 아내의 발소리에 그는 얼굴을 들었다. 그리고 곧 일어나 바쁜 듯이 움직이고 다녔다.

"뭘 하고 있어요, 페드로?"

"너무 날씨가 좋아서 말야, 테이블과 등의자를 내놓고 밖에서 식전 술이나 한잔 할까 하고……."

프레즈는 테레즈가 너무 느리게 걷는다고 잔소리를 늘어놓았다.

"언제까지 걸어도 닿지 못하겠어, 이렇게 걸어서는 말이야! 그러니까 차로 가자고 했는데 그걸 듣지 않고 걷자고 했어! 흥, 무서워서 말야……"

이 '무섭다'는 말만 나오면 그는 언제나 얼굴을 찡그렸다. 그의 목소리는 차가워졌다.

"너 먼저 들어가. 너는 얼굴을 기억하거나 말거나 별 상관이 없어. 그러나 나는 어쨌든…… 그리고 어떻게 잘해서 입구에 아무도 없게 한 뒤에 나에게 신호해. 식사는 방에서 하겠다고 말해 둬."

남편의 행방

사나이는 피로한 듯 윤기 없고 꾀죄죄한 몰골을 하고 있었는데, 형식적으로 신분증명서를 꺼내 보였다.

"지브라르 형사입니다. 수색원 건으로 왔는데요."

하녀는 그만 허둥지둥 황급히 객실로 뛰어들어갔다.

"나리! 나리, 경찰입니다."

조르주는 잔과 주느비에브 쪽을 향해 비꼬는 말씨로 중얼거렸다.

"아이고, 겨우 왔군! 어찌 되었거나 사법 조직이란 것이 있긴 있군, 프랑스에도."

주느비에브는 여전히 허탈한 상태로 있었다. 잔이 형편없이 쏘아붙인다.

"그런 얼굴 하지 말아요. 그야 괴로운 줄은 알아요. 하지만 당신은 정말 이혼할 셈이지요? 응? 그렇다면……."

주느비에브는 부르르 떨었다.

"경찰이라니, 무슨 창피야!"

"한동안 기분이 나쁘겠지만 그걸 이겨 내야만……." 그녀에게 힘을 북돋우듯 조르주가 말했다. "자, 지누, 가는 거야."

"오빠도 와 주시는 거죠?"

"곧 갈게, 걱정하지 마."

입구에서 형사는 걸터앉아서 침통한 얼굴로 발을 흔들고 있었다. 주느비에브가 나타나니까 형식적으로 잠깐 일어서는 시늉을 하더니, 곧 다시 앉는다.

"일요일인데도 폐를 끼치게 되어 죄송합니다, 부인. 당신이 주느비에브 조르주이시죠, 크르토아 씨의 부인인?"

그녀는 불안으로 가슴을 두근거리면서 말없이 고개를 끄덕거렸다. 그이 신상에 아무 일도 생기지 않았으면 좋으련만……. 상대는 단순하게 질문을 계속했다.

"바깥 어른의 수색원을 내셨지요?" 그는 때묻은 수첩을 들여다보았다. "어제, 토요일 22시 40분에?"

거기까지 듣고 그녀는 조금 겁먹은 듯한 소리를 질렀다.

"그이를 찾았습니까? 죽었겠지요, 틀림없이?"

그녀는 손을 꼬았다.
지브라르는 흐리멍덩한 눈으로 흘끔 그녀를 쳐다보았는데, 그 눈매에는 가볍게 놀라는 빛이 나타났다.
"아니, 부인, 이건 단지 보충 조사입니다."
주느비에브는 무너지듯 의자에 앉았다. 형사는 생각했다. '묘한데……. 기대에 어긋난 모양이야, 주인이 죽지 않았다는 것이.' 그는 다시 말을 이었다.
"당신이 남편과 마지막으로 만난 것은, 같은 토요일 저녁 18시 30분이었습니다. 틀림없지요?"
"그것은 좀 정확하지 않은데요." 전투 준비(?)를 갖추고 나온 조르주가 옆에서 말했다.
"어머 그렇지 않아요! 전, 시간 약속을 했었거든요……."
주느비에브는 항의했다.
"좌우간 내게 맡겨 둬." 조르주는 그 말을 막고 지브라르 쪽을 보며 말했다. "누이동생을 만난 것이 아닙니다. 전화로 이야기를 나눈 거죠. 좀 사정이 다른 게 아닙니까!"
형사는 연필심을 핥으면서 끄덕거렸다.
"흠, 옳거니." 그는 자기가 주석을 덧붙이듯 중얼거리며 정확해진 사실을 적어 넣는다.
"그래, 바깥 어른은 어디 계셨나요, 그때?"
"늘 있는 사무실이죠. 오스망 로의 유머 스탠더드 빌딩입니다만, 빌딩이 있는 곳은……."
상대가 손을 들고 '알고 있습니다' 하는 시늉을 해 보였기 때문에 그녀는 그대로 입을 다물고, 상대가 자기의 진술을 적어 넣는 모습을 바라보았다.
"바깥 어른께서 다른 곳에서 전화를 걸어 온 게 아니라는 사실은 확실합니까?"

"제가 건걸요."

지브라르는 알았다는 듯한 얼굴을 해 보였는데, 곧 그런 기개도 없어진 것처럼 변명을 하며 발목을 주무르기 시작했다.

"토요일 낮부터 계속 서 있었기 때문에. 그래서 그만……."

"일요일에 근무를 하시는군요, 이렇게." 자기는 민주적인 정신을 갖고 있음을 알리는데 꼭 알맞을 정도로 조르주가 상냥하게 말했다.

"윤번제로 돼 있지요. 이게 없으면 곤란하죠. 죄 짓는 쪽에서는 일요일도 쉬지 않으니까요."

그는 또 연필을 빨았다. 주느비에브는 그의 이가 놀랄 만큼 희다는 것을 알았다.

"그래서 그 이후로는 바깥 어른을 만나지 못하셨군요?"

주느비에브는 울지 않으려고 필사적인 노력을 하며 말없이 고개를 끄덕였다.

"아무 소식도 없구요?"

지브라르는 다그쳐 물었다.

"전혀 소식도 없고 실마리도 못 찾았습니다."

조르주가 대답했다.

형사는 수첩을 덮었다. 조르주는 한 발짝 앞으로 나섰다.

"그런데 어떻습니까, 그쪽에서는 뭔가 알았습니까?"

"아직 별로. 지금부터 착수하게 되니까요!"

수첩을 가리켜 보이고 나서 주머니에 넣으며 지브라르는 말했다.

조르주는 위압적인 태도로 책망했다.

"그럼, 24시간이나 지났는데도 당신들은 아무것도 하지 않고 무엇 한 가지 손대지 않았다는 말인가요? 대단하군! 정말 훌륭하군요, 프랑스 경찰은!"

지브라르는 나른한 듯이 어깨를 움츠렸다.
"시의 병원이나 각 경찰서에는 통보해 두었습니다. 그 이상을 바라는 것은 무리입니다. 좌우간 굉장히 많으니까요, 이런 종류의 '행방불명'이. 특히 토요일 밤에는……. 그 때문에 좀처럼 손이 나지를 않습니다. 대개 한밤중이 지나면 처리가 되지만."
주느비에브는 터져 나오려는 외침을 막으려고 입에 손을 댔다.
"이런 말은 부인을 모욕할 셈으로 하는 게 아닙니다. 그러나 남자란 말입니다. 부인께서도 그런 것은 아시겠지만……"
형사는 해명했다.
그녀는 더 이상 참을 수가 없었다. 갑자기 두 손으로 얼굴을 가렸으나 흘러 나오는 눈물을 참으려고 하지는 않았다. 조르주는 난처한 얼굴을 했다. 지브라르는 입술을 깨물며 그만 바보 같은 말을 만회하려고 했다.
"그중에는 월요일 아침이 아니면 돌아오지 않는 사람도 있죠, 그것이……. 뭐, 그렇게 걱정할 것까진 없습니다. 왜 그렇게 이성을 잃으십니까, 부인? 혹 바깥 어른이 계신 곳을 알고 계십니까?"
그녀는 궁지에 몰린 짐승처럼 얼굴을 번쩍 쳐들었다. 조르주가 빨리 끼어들었다.
"그런데 형사님, 잠깐 곁들여 말하겠는데 그……. 나는 내일 아침 검찰청 문이 열리는 대로 당장 사기죄로 고소를 제기할 작정입니다, 누이동생 남편에 대해서."
"예, 사기죄로 고소를요? 그러나 그것은 내가 관계하는 일이 아니라서……"
그는 조르주의 얼굴을 응시한 채 그렇게 말하며 그 틈에 두 다리를 쭉 뻗어 걸터앉은 몸을 편한 자세로 했다.
"아니오. 간접적으로나마 관계가 있을 것입니다. 결국 누이동생 남편에 관한 일이니까요. 줄리앙은 내 돈을 사기쳐 먹었어요."

"조르주, 그만두라니까요. 그런 일, 이분에게는 관계 없는 일이에요."

"천만에요, 부인. 이 세상에서 세 종류의 인간에게만은 무슨 일이고 필요한 모든 것을 반드시 털어놓지 않으면 안 됩니다. 곧 의사와 고해 신부와 경찰입니다. 그래, 크르토아 씨가 당신의 돈을 사기쳤다고 하면, 결국 그것 때문에 도망쳤다는 말씀이시군요?"

"그렇지 않습니다. 줄리앙은 내가 그걸 알고 있다는 사실을 아직 모르고 있으니까요."

"그래요. 그러면 앞으로 고소를 제기하실 거로군요?"

"그렇습니다. 정식으로 기소할 작정입니다. 내일 아침 당장에요. 그 사실을 발견한 것이 토요일 밤 늦어서였으니까요. 그래서……."

"옳지, 그렇겠군요." 그는 '후욱' 하고 깊은 한숨을 쉬었다. "따라서 그 점은 알아 주시겠지만, 우리로서도 이전에는 아무것도 알 도리가 없었습니다. 그러나 당신 쪽에서 이렇게 정확하게 이야기해 주셨으니……."

그는 얼마쯤 활기를 띠었다.

"당신 생각으로는, 그럼 이 실종과 사기와의 사이에 무슨 관계가 있을 듯하다는……."

주느비에브는 분연한 태도로 그것을 막았다.

"절대로 그런 일은 없어요! 전화로 확실히 그렇게 말한걸요."

"아니, 잠깐……. 잘 생각해 보십시오, 부인. 법적으로 보면 말입니다, 여자를 데리고 가출을 했다면 돈을 가지고 도망친 것보다는 죄가 가볍고 하니까……."

"주느비에브." 조르주가 옆에서 말했다. "그런 것을 어떻게 생각할 수 있지?"
 지브라르는 여유 있게 의자 등받이에 기대어 주의 깊게 들었다.
 "오빠는 아무것도 모르고 계세요."
 주느비에브는 말했다.
 "왜 그런 말을 하는 거야, 이제 와서?"
 주느비에브는 심한 분노 때문에 말이 나오지 않는 것 같았다. 형사는 얼굴을 마주 보며 다투고 있는 오누이를 말똥말똥 바라보았다. 그는 다시 수첩을 꺼냈다. 주느비에브는 흥분한 어조로 헐떡거리며 말했다.
 "하지만 그인 제가 오빠에게 장부를 넘겨 준 걸 모르고 있잖아요!"
 "그렇더라도, 이제는 진퇴양난이라는 걸 알았을 테니까."
 "알고 있긴요! 기억하세요? 그인 확실히 저에게 이렇게 말했어요. '일은 잘됐어. 모든 일이 훌륭하고 순조롭게 진행되었어'라고요."
 "그야 그렇지, 결국 도망칠 준비에 대한 걸 말했겠지."
 "그렇다면 저에게 그런 말을 해 주었을 거예요." 그녀는 소리쳤다. "이제부터 우리 두 사람은 행복해질 수 있다고 말했어요! 그이와 저하고 말예요!"
 "너를 구슬리기 위해서였어! 그때엔 벌써 딴 여자와 만날 약속을 했던 거야."
 주느비에브는 갑자기 풀이 죽는 듯했다. 잠시 침묵이 계속된 뒤, 지브라르가 그 침묵을 깨고 온화한 목소리로 말했다.
 "당신 의견으로는 실종이 아니라, 실은 도망이라는 말씀이군요."
 역습을 받은 충격으로 아직도 흥분해서 조르주는 형사 쪽으로 향했다.

"어쨌든 사실이 웅변으로 말해 주고 있어요. 매제는 내 돈을 사기 쳤어요. 증거가 모두 드러나 내 손에 들어와 있어요. 한편 그와 때를 같이 해서 이 남자는 아내와 시간 약속을 해 놓고 도망쳐 버린 겁니다……"
"여자를 데리고……." 지브라르가 그 말을 이어 받았다.
"알고 계시군요, 그럼!" 주느비에브가 갑자기 소리를 질렀다.
"그렇지 않습니다, 부인. 오빠께서 지금 그렇게 말씀하시지 않았습니까. 왜 그 일을 똑똑히 말씀하시지 않았습니까, 어제 진술할 때?"
조르주가 옆에서 끼여들었다.
"잠깐, 나에게 이야기할 기회를 주시오, 형사님. 그 사정을 설명하겠습니다. 누이동생은 매제가 여자와 함께 없어진 게 아닌가 생각하고 있어요. 그것이 솔직한 우리 심정입니다. 그래서 우리로서는 경찰의 손으로 매제를 기습해서 그 여자 이름을 알아 주었으면 했던 겁니다. 아시겠습니까, 예? 그러니까, 누이동생은 이혼하려는 겁니다. 내일 당장 변호사에게 의논하러 갈 작정입니다."
"그럼, 그것 때문이군요, 부인. 당신이 이렇게 오빠 댁에 와 계신 것은."
"뭐, 그런 것은 아무것도 아니지만 말이죠." 조르주는 중얼거렸다.
"아니, 알았습니다. 그러나 부인이 그 뒤 부인의 집에 가 보시지 않았다면 크르토아 씨가 그쪽으로 귀가하지 않은 걸 어떻게 아십니까?"
"설사 돌아오거나 안 오거나 누이동생은 이제 그런 산적 같은 남자는 상대하고 싶지 않답니다." 조르주는 소리를 높였다.
주느비에브의 눈이 번쩍 떠졌다.
"뭔가 알고 계시군요, 형사님. 그인 돌아온 거죠, 네?"

그녀는 미칠 듯이 기대에 사로잡혔다. 이젠 완전히 용서해 줄 마음이 생겼다. 지브라르가 대답할 틈도 없이 그녀는 오빠에게 말했다.
"그인 돌아온 거예요, 네! 고소를 하지 말아줘요. 전 보석도, 털가죽도, 집도 모두 팔고 교외에 가서 사는 한이 있더라도 오빠 돈은 꼭 갚겠어요. 정말 약속하겠어요."
어떻게 했으면 좋을지 몰라 조르주는 쩔쩔 맸다.
"무슨 바보 같은 소릴 하는 거야, 주느비에브! 형사님은 한마디도 그런 말을 하지 않았잖아. 네가 생각하는 것 같은 그런……."
"나는 모리트르 거리에도 가 보았습니다만 부인, 주인께서는 안 계셨습니다. 그러나 일단 돌아왔다가 다시 나가셨는지도 모르니까요. 그러니까 돌아가 보시면……."
"하녀가 있을 텐데요!" 주느비에브는 안타깝게 신음하듯 말했다.
"그렇다면 알 수 있겠지요!"
다시 한 번 냉수를 뒤집어쓰듯 희망을 잃게 된 주느비에브는 극단에서 극단으로, 관대한 마음에서 심한 복수욕으로 변하는 일에 죽도록 지쳐 있었다.
"괜찮습니다. 걱정하지 마십시오." 형사는 일어서면서 말을 이었다. "지금 댁에는 아무도 없습니다. 나는 오랫동안 벨을 눌러 보았으니까요."
"오늘은 하녀가 외출하는 날이에요."
마치 선전포고라도 하듯 주느비에브는 설명했다.
"마지막으로 또 한 가지, 잠깐 묻겠습니다. 바깥 어른의 사진이 있을까요, 부인? 그게 있으면 수사에 큰 도움이 될 텐데."
"집에는 있습니다만……."
"내가 한 장 찾아오지요."
조르주가 상냥하게 응했다.

그는 결연한 걸음걸이로 나갔다. 주느비에브는 지브라르의 눈을 피하려고 하면서 그 눈이 움직이지 않고 자기에게 쏠리고 있음을 느꼈다. 지브라르는 물었다.
"오빠를 좋아하지 않겠지요, 크르토아 씨는?"
천천히 주느비에브의 머리가 좌우로 흔들렸다.
"그것도요! 제가 나빠서일 거예요!" 그녀는 그것을 시인했다.
"당신은 어떻습니까, 부인?"
조금 어리둥절한 꼴로 그녀는 눈을 들었다.
"저 말인가요?"
"예, 당신 말입니다. 당신은 남편을 사랑하고 계신가요?"
이 몸집 작은 사나이가 갑자기 인간적인 따스함을 지닌 것처럼 생각되었다. 그녀는 자칫 그 목에 매달려 겨우 만날 수 있었던 자기 마음을 알아 주는 사람의 어깨 위에서처럼 울어 버릴 것 같았다. 그때 조르주가 돌아와 한 장의 스냅 사진을 형사에게 내밀었다. 그 사진을 그녀는 얼른 보았다.
"어머, 안 돼요! 이것은 수염을 깎지 않았어요, 마치 산적 같아요, 그 사진은!" 그녀는 불평했다.
"산적인걸!" 조르주가 힘있게 단언했다.
지브라르는 사진을 주머니에 넣고 나서 고개를 숙였다.
"그럼, 이만……."
그는 주느비에브에게 호의적인 마음을 보이려고 그녀의 시선을 찾았다. 그러나 그 시선을 붙잡을 수 없었기 때문에 어쩐지 어색해져서 그만 쓸데없는 변명을 늘어놓았다.
"그러면 오늘도 하루가 지났습니다. 나도 겨우 집에 돌아갈 수 있게 됐습니다."
문득 생각난 일로 표정을 밝게 하며 조르주는 손을 들었다.

"잠깐 기다려 주십시오. 근무가 끝나면 당신도 평범한 보통 시민이 되겠지요. 예, 지……."
"지브라르입니다."
"지브라르 씨, 그리고 확실히 서약을 하고 증언도 할 수 있겠군요. 다른 사람과 마찬가지로?"
"증언이라구요?"
주느비에브가 불안한 듯한 얼굴을 했다.
"그렇지, 네 가정을 확인해 보고 싶은 거야."
형사의 눈이 빛나더니 곧 먼저대로 되었다.
"그것을 개인 자격으로 해 달라는 말씀이군요, 말하자면?"
"그렇습니다. 부탁드려도 좋겠습니까?"
"그야 뭐, 해도 좋습니다만, 귀찮은 일만 없다면!"
"그것은 보증합니다."
"조르주! 대체 무슨 짓을 할 셈예요?"
"넌 그런 걸 걱정 안 해도 돼! 그럼, 잠깐."
그는 다시 질풍처럼 뛰어나갔다. 형사는 주느비에브의 팔을 살짝 눌렀다.
"걱정하지 마십시오, 부인. 인생에서는 어떤 일이고 어떻게든 잘 수습되게 마련입니다."

불안한 사랑

여관 주인 부부는 홀의 팔걸이의자에 의젓하게 앉아서 일요일 점심 뒤에는 언제나 큰 마음 먹고 마시기로 되어 있는 칼바도스의 작은 잔을 조금씩 핥았다.
"아무래도 안심이 되지 않는데."
갑자기 마틸드가 말을 꺼냈다.

샤를은 한쪽 어깨를 조금 올리고 말없이 묻는 듯한 시늉을 했다. 마틸드는 천장 쪽을 턱으로 가리켜 보인다.

"저 연인들 말예요. 아무래도 하는 짓이 마음에 들지 않는데요."

"어떤 짓이야?"

"확실히는 말 못하겠는데 말예요. 절대로 얼굴을 보여 주지 않거든요. 당신은 알아보겠어요, 길에서 저 사람들을 만나면?"

"길에서는 어떨지 모르지만 다시 여기 온다면 알지."

"좌우간 샤를, 당신 생각으로는 아무렇지도 않다고 생각하나요? 마치 절대로 얼굴을 보이지 않으려는 사람들 같은데요? 방에는 마치 숨듯이 들어가고 언제나 그늘지거나 어두운 곳에 있고 말예요. 식사를 가지고 가면 마침 창으로 경치를 내다보는 것처럼 이쪽으로 등을 돌리는 거예요."

"당신은 틀림없이 재미보러 온 사람들일 거라고 하잖았어. 처녀를 끌어내 왔다면 얼굴을 모르게 하고 싶은 것도 무리는 아니잖아……."

그녀는 아직도 납득할 수 없는 듯 말없이 고개를 흔들더니 잔의 술을 단숨에 들이켰다.

"대체 뭘 하는 것일까, 저렇게 방에 처박혀서?"

소리없는 웃음이 주인의 어깨를 흔들었다. 그녀는 분해서 발을 동동 굴렀다.

"보고 오세요!"

"좋아, 원하던 바야……."

주인은 천천히 일어나 살그머니 계단을 올라갔다. 열쇠 구멍으로는 불충분하긴해도 침대 위에 누워 있는 두 몸뚱이가 보였다.

샤를은 조금 숙연해졌다.

"가엾게도! 푹 잠이 든 모양이군."

프레드는 자고 있지 않았다. 속눈썹 사이로 그는 자기 옆에 누워 있는 테레즈의 모습을 지켜보고 있었다. 오후의 정적 속에서 그는 뜻하지 않은 이 일이 어떤 결과를 불러일으킬까를 생각해 보았다. 자기들에게 아이가 생기려고 하는 것이다! 어떤 일일까, 아이가 생긴다는 것은?

뜨거운 공기가 방 안으로 흘러들어와 테레즈는 모포를 걷어 차냈다. 작은 젖이 드러났다. 벌써 그것에 정신을 빼앗긴 프레드는 몸을 내밀었다. 자기 몸에 시선이 쏠려 있는 낌새에 그녀는 눈을 떴다. 그리고 빙긋 웃으며 자기의 납작한 배를 내보였다.

"내가 어떤 몸매가 될 것인지 생각해 보는 거죠, 앞으로 2, 3개월 지나면?"

"음……." 갑작스런 물음에 그는 우물거렸다. "정말 묘한 기분인데. 아니, 넌 모르겠지만, 그러나 난, 그…… 뭐랄까……. 그러니까 ……."

"자기 책임이란 거겠죠?"

그에게는 그 말이 재미없었다. 그러나 테레즈의 날씬한 팔이 목에 감겨 오자, 그는 그녀를 꼭 끌어안았다.

"난 당신을 의지하고 있어요, 프레드. 당신밖에 의지할 사람이 없어요. 당신이란 사람이 없다면 난 그만 마지막이에요."

무의식적인 술책으로 그녀는 온갖 농간을 부리며, 비록 자기의 몸뚱이가 연인의 마음을 가장 깊이 휘저어 놓은 순간이라도 좋으니, 어떻게든지 확실한 약속을 받으려고 애썼다. 프레드는 탄성을 지르고 어깨의 움푹한 곳에 입을 댔다…….

여관 주인은 어쩐지 거북해져서 군침을 삼키며 뒤로 물러났다. 아래로 내려오니, 아내가 당장 질문을 퍼부었다.

"어때요, 보고 왔어요?"

그는 익살맞은 얼굴을 했다.

"난 당황해서 열쇠 구멍에서 눈을 떼고 왔어. 정말 격렬하던데, 그 나이쯤에는!"

"들킬 뻔했나요?"

"천만에!"

"그럼, 어떻다는 거야! 그 사람들 뭘 하고 있어요?"

샤를은 킬킬거리며 웃었다.

"대체 뭘 하리라 생각해? 그야 우리네와는 전혀 다르지, 물론……." 그는 익살맞게 한숨을 쉬었다.

두 사람은 어쩐지 흥이 돋는 듯 눈길을 교환했다. 그녀는 뺨이 빨개져 일어섰다. 알코올이 돌면 언제나 그런 모양이다. 길게 기지개를 켜는 그녀를 그는 살짝 바라보았다. 그녀는 문득 그 응시를 깨닫고 느닷없이 웃었다.

"뭐예요, 호색가처럼! 그보다 이리 와서 접시 씻는 거나 거들어요. 자, 그러는 편이 나을 거예요, 이상하게 머리를 흥분시키는 것보다는!"

"머리를 말야?" 일부러 시치미를 떼고 그는 물었다.

그가 그녀의 허리를 안았다. 두 사람은 더더욱 신명이 나 웃으며 부엌 쪽으로 사라졌다.

테레즈는 프레드의 팔 안에 조용히 누워 있었다. 몸을 움직이지 않으려고 열심히 노력하는데도 어쩐지 걱정이 되고 몸이 떨려 견딜 수 없었다. 이런 일에 있어서는 적당한 시기를 잡아야 한다는 직감력이 그녀에게는 아직 없었다. 마침내 그녀는 참을 수가 없어졌다.

"아직도 대답해 주지 않는군요, 내 질문에, 프레드."

질문이라는 말을 들으면 그는 본능적으로 경계하는 마음이 생긴다. 그래서 갑자기 불안한 듯이 몸을 떼고는 침대의 나무 가장자리에 머리를 기대며 물었다.

"어떤 질문이지?"

"당신을 믿어도 좋으냐 그 말이에요?"

"무슨 일로?"

"아이 일로요."

그녀는 끈기 있게 덧붙였다.

"쳇, 또 그 얘기야?"

테레즈는 앞뒤 구별도 없이 마구 떠들어댔다.

"봐요, 프레디! 애를 대체 어떻게 하라는 거예요, 나 혼자서? 난 어떻게도 할 수 없어요!"

"이제 그만해, 알고 있어. 네 마음을 통 알 수가 없어, 어째서 나를 의심하는 건지." 두 손을 목덜미로 돌리며 그는 내치듯 말했다.

그는 어쩐지 함정이 있는 듯한 생각이 들어, 직접 대답을 피하면서 자기의 불안한 마음을 느끼지도 않은 분노로 위장하려고 했다.

"의심하진 않아요, 프레드. 오히려 꼭 믿고 있어요. 당신은 틀림없이 자기의 의무를 훌륭하게 완수해 줄 거라고요."

"이봐, 그만둬! 어쩐지 묘한 말을 하는군. 내 의무라고? 그 다음에는 뭐라고 할 거야, 대체?"

그녀는 꼿꼿이 몸을 일으키더니, 차분한 시선을 꼼짝 않고 남자의 눈에 쏟았다. 프레드는 바로 눈을 돌렸다.

"너는 정말 눈치가 없군, 테레즈! 네가 말하는 의무라는 것에 따르겠다고 난 말하고 싶지 않아. 어쨌든 넌 말하는 방법이 좋지 않아. 간단한 재량 문젠데 말야……."

"그 재량이라는 게 지금에 와서 나를 내치는 일인가요?"

그녀는 차갑게 물었다.

그는 이에 대해 갑자기 고자세로 나서려 했으나, 결단이 곧 내려지지 않았다. 그 뒤에는 너무 늦었다. 그래서 그는 같은 말을 백 번도 더 했다는 어른스러운 태도로 나가려 했다. 그로서는 무엇보다도 싸움을 하고 싶지 않았기 때문에 그녀를 끌어안으면서 농담처럼 말했다.

"난 때때로 널 너무 과대평가하거든. 너를 지적으로 내 수준까지 끌어올렸다고 생각한단 말야. 그런데 느닷없이 그런 유행에 뒤떨어진 표현을 끌어내면 단번에 와르르 무너지는 듯해! 정신을 차려 보면 넌 여전히 싸구려 소설 속에 나오는 바느질 처녀란 그거야. 6개월 전, 처음 만났을 때와 마찬가지로 말야!"

"그래도 나를 사랑해 주는 거죠?"

"바보군! 설마 사랑하지 않는다고 생각하는 건 아니겠지."

그는 그녀가 더더욱 자기 팔 안에 파고드는 것을 느끼고는 마음 속으로부터 숙연해지고 말았다.

"난 걱정이에요, 프레드······."

"뭐가 걱정이지?"

"그저 사랑만으론 안 되는 게 아닌가 해서요, 이번 경우는. 이제 곧 뱃속의 아이가 태어날 것이고, 그렇게 되면 그 아이에게도 아버지라는 사람이 필요하게 될 텐데······."

"누구에게나 아버진 있지. 당연한 결말이지." 그는 그녀의 귀에 속삭이면서 그녀를 조용하게 하려고 그 귓가를 살짝 물었다. "물론, 그 애는 나를 믿어도 돼. 그렇게 끈덕지게 말할 것까진 없어. 그런데 나보고 어떻게 해 달라는 거지, 응? 어떤 뜻이야, 나를 믿는다는 말은? 믿기로 한다면 우리 아버지 쪽이 믿을 만하지 않아?"

"당신 아버진 아무런 관계도 없어요, 이 일에는."

그녀는 의지를 굽히지 않고 쏘아붙였다.
"넌 모르겠니! 뭐라고 해도 돈을 가진 사람은 아버지야! 그런데 지금으로서는, 아버진 우리의 결혼에 반대하고 있어."
"아버지께서도 사정을 아신다면……."
"그런 사정 따윈 말도 못해. 넌 정말 아무것도 읽은 게 없는 모양이군. 이런 경우에 부르주아들은 가장 심한 짓을 하는 법이야. 양심의 가책을 받고 가슴이 답답해지는 따위의 일은 전혀 없단 말야, 그자들은!"
테레즈는 두 손으로 얼굴을 가리더니 온몸을 떨며 흐느낀다.
"내 어디가 안 된다는 거야, 응? 아버진 내 얼굴조차 모르지 않아요."
프레드는 자신이 좀 부끄러워져서 다시 몸을 가까이 하고 그녀를 끌어안았다.
"말해 두겠는데 말야, 아버진 너에 대해선 아무 말도 하지 않았어. 그런 이야기가 아냐. 나보고 먼저 확실한 직장을 잡으라는 거야."
"그야 나 역시 그래요! 당신이 똑똑히 제구실 하기를 원해요. 자기가 일해서 자기가 꾸려 나갔으면 해요. 늘 남의 도움을 빌리거나 무턱대고 위험한, 그런…… 그런……."
그 말에 기분이 상했지만 자못 위엄 있는 태도를 잃지 않으려는 듯한 그를 보고 그녀는 우물거렸다.
"자, 망설일 것 없어! 그 다음을 말해 봐. 그런 뭐야?"
"하지만 프레디!"
아주 기가 꺾인 그녀는 슬픈 듯이 상반신을 폭 숙였다. 그는 자기가 일으킨 그 슬픔을 가만히 보고 있을 수가 없어, 더욱 악당다운 태도를 취하는 것으로 도피처를 삼았다. 그는 가슴을 쳤다.
"또 시작했군! 즉, 내가 멜로드라마 속의 악당이라 이거지? 내가 가르쳐 준 건 아무 도움도 되지 않아. 넌 아직도 부패하고 쇠퇴한 사회의 법으로 사람을 판단하는 거야……. 나를 다른 놈들과 마찬가지로 무기력한 부류로 따진단 말야. 내 물질적 능력이 사상의 높이에 알맞지 않다는 걸 이유로 해서! 정말 외톨이야! 난 외톨이야!"

그는 이마에 역력히 새겨진 실망의 빛과 금방 폭발할 듯한 분노 뒤에 숨어서 이것 보라는 듯이 외면하는 태도로 실내를 종횡으로 걸어 다니기 시작했다. 테레즈는 그의 그런 태도에 구애받을 수 없었다. 그가 침대 앞을 지나치려 할 때, 그녀는 그의 손목을 잡았다.

"프레드, 우리들 아이가 생기는 거예요!" 자기도 사건의 당사자임을 느끼게 하는 이 '우리들 아이'라는 말을 듣고, 그는 어른스럽게 가장한 가면을 단번에 벗고 프레드라는 본 모습을 드러냈다. 곧 너무나도 무거운 짐을 눈앞에 두고 어쩔 줄 몰라 하는 소년의 모습이다. 그것은 눈 깜짝할 사이의 일이었는데 테레즈는 그것을 벌써 깨닫고 잡고 있던 손을 놓았다.

"프레드, 정말 부탁이에요. 남자다운 사람이 돼 줘요……."

그는 엉덩이를 얻어맞고 힘없이 반발하는 것처럼 테레즈의 알몸을 가리키며 농담으로 얼버무리려 했다.

"아직 15분도 되지 않았어. 넌 잘 모르겠지만……."

"아, 나도 지금까지는 그렇게 생각하고 있었어요. 그런데 여자와 자는 것만으로 남자가 될 수는 없어요."

"농담 마. 그렇담 아이는 내 아이가 아닌가?"

"당신 아이예요. 그러나 여자에게 아이를 배게 하는 것만으론 안 돼요. 그런 건 누구나 할 수 있는 일인걸요……."

그는 자신을 솔직하게 마주 볼 용기가 없었다. 유일한 활로는 여전히 사회에 대한 권리를 주장하는 길이었다. 그는 덮어 놓고 그 길을 향해 돌진했다.
 "어차피 이렇게 될 것이었어, 난."
 그는 두 손을 높이 들며 소리질렀다.
 "제기랄! 누구나 여자와 자고 있어, 누구나 말야! 왜 너 봤지. 오늘 아침, 길을 지날 때 그 외국 사람 둘 말야. 대체 뭘 하고 있었다고 생각해, 그들은? 그 300만 프랑이나 하는 쟈가르 안에서? 그런데 뭐야! 재난은 나처럼 불행한 인간에게만 내려져. 그것들이 아니란 말야."
 "어떤지 알 게 뭐예요. 원치 않는 일이 있는지도 모르잖아요, 그 사람들도!" 그녀는 쏘아붙였다.
 그녀는 침대 위에 무릎을 꿇은 채 처음으로 공세를 폈다. 그녀는 노한 표정으로 아름답게 날씬한 몸을 떨며 자기의 아이를 지키고, 자꾸만 도망가려 하는 애인을 다시 끌어당기려고 힘주어 말했다. 그는 그녀 쪽에서 자기에게 맞서는 것을 느끼고 당황했다.
 "그야 물론 그들에게도 원치 않는 일이 있을지도 모르지." 똑똑하지 못한 음성으로 그는 동의했다. "다만 그들은 그에 맞설 수가 있어. 그 점을 잘 알아야 해. 그것들에게는 돈이 있어. 나와는 다르단 말야!"
 그는 그녀를 안으려 했다. 테레즈는 몸을 뿌리치고 여세를 몰아 말했다.
 "어떻게 알아요, 돈이 있다는 것을? 네?"
 "너처럼 세상 물정을 모르는 소녀가 아닌 다음에야 외국 사람이 휴가를 검소하게 보내기 위해 일부러 프랑스에 찾아왔다고 생각하는 사람은 없어. 그뿐 아니라, 놈은 그 돈을 몸에 지니고 있단 말야. 그 뚱뚱한 돼지 같은 녀석!"
 이야기를 뭔가 전문적인 문제로 끌고 가는 것은 그에게 있어 이상적인 전환법이었다. 그는 자기 이론을 강조하듯이 손등으로 손바닥을 치면서 바로 늘어놓기 시작했다.

"넌 그런 식으로 아무것도 모르는 주제에 무슨 일에나 참견을 하는데, 외국 사람이란 건 자기 돈을 몽땅 가지고 고국을 떠날 수는 없는 거야, 법률상으로는. 그런데 그 자들은 어떻게 하는지 아나? 암거래라는 수법을 쓰는 거야. 저쪽에나 이쪽에나 암거래 상인이라는 게 있어. 역시 외국 사람으로 이자가 놈들의 어음 금액만큼의 프랑을 그들에게 넘겨주는 거야. 그런데 말야, 그자들에게는 프랑스의 은행에 계좌를 만들 자격이 없어. 그러니까 싫건 좋건 자기 돈을 언제나 몸에 지니고 다닐 수밖에 없는 거야. 좌우간 한 번 그들의 지갑을 보라구. 틀림없이 불룩할 거야. 내기를 해도 좋아. 200장 또는 300장쯤의 지폐가 들어 있을지도 몰라. 어때, 이만하면 알겠지, 너 같은 바보라도?"

그의 머리로는 이 논증으로 그녀의 입을 결정적으로 막았어야 했는데, 테레즈는 느닷없이 일어나 그의 앞에 알몸으로 서서 격한 어조로 말했다.

"그것이 어쨌다는 거예요! 설사 그 사람이 포켓에 100만 프랑을 가지고 있었던들 그것이 이쪽과 무슨 관계가 있는지, 말을 좀 해봐요!"

프레드의 눈의 근육이 느른해졌다.

"무슨 말이지, 그것은?"

"결국 말예요, 당신은 어젯밤부터 내 질문에 대답하기를 피하고 있다는 말예요……." 그녀는 깊이 숨을 들이마셨다. "프레드, 당신은 비겁자예요!"

순간 그의 손이 그녀의 뺨을 세차게 때렸다. 둘 다 서로 멍해졌다. 그는 그렇게 쉽사리 때려 버린 자기 손을 바라보았고, 그녀는 혹시나

하던 일을 그가 그렇게 빨리 실행한 것에 놀라고 있었다.
"차라리 여기를 때리는 게 어때요?"
자기 배를 가리켜 보이며 그녀는 짓눌린 듯한 목소리로 중얼거렸다.
"하다 못해 아이를 낙태시킬 정도는 할 수 있을지 몰라요! 당신이란 사람은 그런 짓이나 할 재간밖에 없으니까."
같은 손이 다시 날아왔다. 테레즈는 그 타격으로 비틀거렸다. 그는 그녀를 안아 세우려고 했는데, 거의 자기 의사와는 반대로 주먹이 그녀의 가냘픈 어깨를 밀어내어 그녀는 쓰러졌다. 그녀는 소리도 지르지 않고 눈물도 보이지 않았으나 이쪽 속마음을 꿰뚫어 보는 것처럼 갑자기 명석해진 그 시선이 그로서는 견딜 수 없었다. 그러나 폭력으로 다스린 이 지배로부터는 지금까지 몰랐던 쾌감이 솟아올랐다. 그는 발로 한 번 걷어찼다. 테레즈의 입에서 신음 소리가 나는가 싶더니, 몸뚱이가 빙그르르 돌아서 다시 배가 이쪽을 향했다. 그는 앞뒤 구별 못하고 마구 때렸다.
그가 겨우 손을 멈추었을 때는 이미 힘이 다 빠졌을 때였다. 그는 갑자기 자신이 부끄러워져서 한 손을 얼굴에 대면서 그곳에 웅크리고 있는 벌거벗은 작은 몸뚱이를 보지 않으려고 했다. 얻어맞은 그 얼굴에는 두 개의 눈이 비로소 깨달은 사실에 아직도 번뜩이고 있다. 그는 이를 악물고 얼굴을 돌렸다.
"이것으로 넌더리가 났으면 좋겠어."
그녀는 아무 대답도 하지 않았다. 청년은 냉혹한 성질은 아니었다. 갑자기 부드러운 감정이 가슴에 넘쳐 왔다. 아무 말도 하지 않고 그는 테레즈를 침대 위로 옮겼다. 테레즈는 그대로 꼼짝도 하지 않았으나 눈은 여전히 그의 얼굴을 응시했다.
"이것도 모두 결국 그 자식들 탓이야……. 그 쟈가르 따위를 몰고 다니는 자식의······." 그는 중얼거렸다.

그는 그 외국인이 있던 방향을 돌아보며 주먹을 내밀고 호통을 쳤다.

"똥 같은 자식! 상놈의 자식!"

아무 소용도 없는 이런 공격, 아무 효과도 없는 이런 증오에 의해서 그의 언짢았던 기분이 모두 토해졌다. 그는 원래의 위엄을 되찾으려는 태도로 이렇게 단언했다.

"내가 해야 할 일은 알고 있어. 돈은 어떻게 해 보겠어. 우는 건 집어치워."

그는 휙 테레즈에게로 등을 돌리더니, 창가로 가서 불쾌한 표정으로 서 있었다.

"돈이란 정말 징그러운 물건이야!"

그는 결정적인 어조로 중얼거렸다.

불신

신문을 펼쳐 읽는 시늉을 하면서 페드로는 슬쩍 아내의 태도를 살폈다. 아내는 아까부터 허탈한 사람처럼 꼼짝도 하지 않고 말도 하지 않았다. 그런데도 그가 신문으로 눈을 돌리면, 곧 제르매느가 물끄러미 이쪽을 응시하는 낌새가 느껴진다.

어떻게 하면 또 히스테리를 일으키지 않게 하고 그녀의 권총을 빼앗을 수 있을까? 그는 너무나 그녀를 사랑하기 때문에 도저히 정면으로 부딪칠 생각이 들지 않았다. 그녀는 예상할 수 없는 엉뚱한 태도로 나오기가 일쑤였다.

"신문 보겠어?" 대화의 실마리를 만들려고 권하는 듯한 몸짓을 하며 그는 물었다. "안 보겠어?"

그는 신문을 놓고 테이블 위의 플라스틱제 커피포트를 잡았다.

"어때, 커피 좀 더 줄까?"

어색함을 빙긋 웃음으로 얼버무리며 자기 컵에 커피를 가득히 따르고, 겨우 그 자리를 어름어름 넘겼다. 그는 다시 말을 계속했다.

"재미있는 이야기군. 우리는 점점 더 양키 흉내를 내게 되었어. 고국에서도 자기 집에 전화를 끌어 놓고 싶어하는 여자들이 생겼대. 북아메리카와 똑같단 말야. 그곳에선 창녀들이 손님을 꾀는 데 전화로 하고 있다니까."

그는 일부러 웃어 보였으나 아무 반응도 없었다. 그런데 느닷없이 제르매느가 얼굴을 들더니 웃기 시작했다. 아무래도 참을 수 없다는 듯한 웃음을. 그런 모양에 그는 커피포트를 든 채 흠칫해서 우뚝 섰다. 그녀는 그칠 줄 모르고 웃었다. 페드로의 턱이 싹 당겨진다. 어떻게 하지 않으면 안 된다. 그는 아직도 들고 있던 커피포트를 내려놓고 테이블을 한 바퀴 돌아 느닷없이 제르매느의 따귀를 후려쳤다. 웃음이 그치고 두 어깨가 오므라들더니, 그녀는 깊은 한숨을 쉬며 다시 허탈 상태로 빠져들고 말았다. 그는 그녀 앞에 털썩 무릎을 꿇고 그 스커트에 얼굴을 묻더니, 어린애처럼 울기 시작했다. 퀭한 눈으로 그녀는 그의 목덜미를 쓰다듬었다.

"난 잠깐 요 근처를 거닐다 오겠어. 같이 가겠어?"

프레드는 말했다.

테레즈는 가만히 그를 응시한 채 고개를 저었다. 그는 어깨를 움츠렸다.

"좋아, 그럼 도중에 귀찮은 자가 없는지 잠깐 보고 와. 조금은 거들어 줄 생각을 해 보라구. 아무것도 하지 않고 가만히 있지만 말구. 잘 알잖아, 내가 저 사람들에게 얼굴을 보일 수 없다는걸."

한 마디도 말을 하지 않고 그녀는 일어서더니 레인코트를 걸쳤다.

복도에는 아무도 없었다. 그녀는 계단 중간까지 내려가 귀를 기울였다. 샤를과 마틸드의 목소리가 조리장 근처에서 가느다랗게 들렸다. 손을 들어 그녀는 프레드에게 내려와도 좋다는 신호를 했다. 프레드는 곧 그 신호에 따랐다.

어둠이 밀려 왔다. 목덜미를 쓰다듬던 손이 갑자기 멈추었기 때문에 페드로는 눈을 들었다. 제르매느는 잠이 든 것 같았다. 그는 살짝 그 손에 키스하고 그 몸을 두 팔로 안아올렸다. 그녀는 축 늘어져 몸을 맡기면서도 핸드백은 꼭 안고 있었다. 그가 트레일러 쪽으로 걸어가니까, 그녀는 속삭였다.
"옛날에는 곧잘 이렇게 안아 주었어요, 페드로……."
그녀는 남편의 가슴에 더욱 깊이 몸을 묻는다.
"기분 좋아요……."
별 힘도 들이지 않고 그는 그녀를 차 안으로 옮기고 발로 문을 닫았다.
그는 그녀를 잠자리 위에 내려 놓고 그 옆에 앉았다.
"어때, 조금은 나아졌나?"
그녀는 장난스럽게 외면했다. 그는 당황했다. 희미한 빛이 창에서 비스듬히 흘러들어 제르매느의 눈에 맺힌 눈물 한 방울을 반짝 비추었다. 그는 몸을 굽혀 다정하게 그 눈물에 입맞췄다. 그녀는 그를 붙잡았다. 그는 그녀를 안은 채 살짝 누웠다. 두 사람은 그대로 좁고 작은 침대 위에 가만히 누워 있었다. 페드로는 두 사람의 포옹이 옛날에는 지금과 어떻게 달랐었나를 생각해 보았다. 상당히 오랜……, 아니, 그렇게 오래는 아니다. 6개월이나 7개월 정도일까? 그 애가 죽었기 때문이었다. 제르매느가 '이상'이 생기기 시작한 때부터였다. 그는 그 생각을 떨쳐 버리고 평정을 되찾아 이 순결한 포옹을 계속했다.

 갑자기 밝은 빛이 멍해 있던 두 사람을 꿈에서 깨어나게 했다. 빛은 모터의 폭음을 수반하며 차의 연약한 안벽을 폭파하는 듯했다. 폭음은 급속히 높아졌다. 조금 공기가 흔들리고 트레일러가 약간 위아래로 흔들리는가 싶더니, 한 대의 자동차가 지나가고 트레일러는 다시 어둠 속에 남겨졌다. 페드로는 침대 위에서 몸을 일으켰다.
 "당신, 다른 여자가 좋은 거죠? 그렇지 않아요?"
 제르매느가 쉰 목소리로 물었다.
 "응?"
 그는 아직도 놀라움에서 깨어나지 않았다. 그리고 기계적으로 스위치에 손을 뻗어 불을 켰다. 제르매느는 눈이 부신 듯 빛을 막으려고 눈 위를 손으로 가렸다. 그러나 그렇게 하면서도 그의 얼굴을 보려고 했다.
 "당신 기억하세요, 옛날에 나보고 하던 말을? 몸을 허락치 않는 여자란 조금도 불을 때지 않은 난로 같은 거라고……."
 브라질 사람인 페드로도 겨우 깨달을 수 있었다. 그러나 그는 아무 대답도 할 수 없었다. 제르매느는 그에게 있어 이제는 여자가 아니었다. 그는 그녀를 사랑했다. 그러나 사정이 달라져 버렸다. 그녀에 대해서 보통 아내에게처럼 자기의 사랑을 증명해 준다는 일은 그의 힘으로는 절대로 할 수 없음을 똑똑히 확인하고 있었다. 그는 자기의 눈빛을 알아차리지 못하도록 얼굴을 돌렸다.
 "어때요, 아무 말도 하지 않을 거예요?"
 먼저와 같이 쉰 목소리로 그녀는 다시 말했다.
 그는 그녀 옆으로 다가가서 그 두 손을 잡았다.
 "제르매느, 난 단 한 번도 당신 외의 여자를 사랑한 일이 없어. 절대 거짓말이 아니야."

그녀는 험악한 얼굴로 손을 끌어들이고는 뭔가 통렬한 말을 퍼부으려고 했다. 그러나 아무 말도 찾을 수가 없어 그녀는 바닥 위에 미끄러져 떨어졌던 핸드백을 집어들더니, 부들부들 떨면서 그것을 열었다. 페드로는 안색이 변했다. 핸드백 일을 깜빡 잊고 있었다! 그녀를 침착하게 하려고 노력하던 나머지, 그것을 빼앗아 둘 절호의 기회를 잃고 만 것이다. 이제 와서는 모든 일이 끝났다고 그는 생각했다. 그녀는 그 권총을 꺼내서 쏘겠지…….

"제르매느! 내 말을 믿어 주겠지, 응?"

그는 입 속에서 우물거리듯 말했다.

그는 숨을 죽였다. 그녀는 초조하게 핸드백 속을 뒤적거렸다. 그러나 그녀가 꺼낸 것은 손수건으로, 단지 눈물을 닦기 위해서였다.

너무 흥분했기 때문에 그는 털썩 주저앉아 버렸다.

"페드로, 그건 나도 믿어요."

갑자기 형세가 바뀌었기 때문에 그의 기분도 바뀌었다. 그는 도무지 뭐가 뭔지를 몰랐다. 그녀는 지금 빙긋 웃으며 정성들여 얼굴에 분을 바르고 있다.

"그건 믿어요, 과거의 일에 대해서는…….'"

이번에는 루주를 집어 들면서 그녀는 덧붙였다.

그녀는 입술 윤곽을 그린 뒤 입술을 서로 밀어 붙이는 것처럼 하곤 작은 거울을 들여다보더니, 느닷없이 분연한 얼굴이 되어 콤팩트와 루주를 핸드백에 던져 넣으며 소리쳤다.

"그러나 현재와 장래의 일로 봐선 당신은 거짓말쟁이에요! 난 다 알고 있으니까!"

그녀는 다시 핸드백 속을 뒤적거리기 시작했다. 이번에는 페드로도 주저하지 않았다. 그는 그녀에게 덤벼들었다. 그녀는 몸부림쳤다.

"놓아요! 이젠 싫어요, 당신 같은 사람! 놓지 않으면……."

그녀는 힘을 다해서 저항했다. 마음이 들뜬 그는 갑자기 죽음의 공포를 느끼고, 그녀의 팔을 눌러 버리려고 했다. 밀치락달치락하는 사이에 그의 팔꿈치가 스위치에 닿았다. 다시 캄캄해진 속에서 두 사람은 여전히 밀치락달치락했는데 무엇 때문에 그러는지 그는 잠시 알 수가 없어졌다. 문득 누른 손가락이 핸드백에 닿았기 때문에 그는 다시 생각났다. 벌써 그때, 제르매느는 그의 손을 뿌리치고 다시 불을 켠 다음 머리를 흐트리고 숨을 몰아쉬었다. 엄한 표정을 한 그녀는 한 손으로 핸드백 속을 뒤지며 뒷걸음질을 쳤다.

"그렇게 쉽사리 할 순 없어요!" 그녀는 표독스럽게 말했다. "다 알고 있어, 왜 프랑스에 돌아왔는지. 너무 지나칠 정도로 잘 안단 말예요. 당신은 나를 성가시니까 떨쳐 버리려는 거예요. 그리고 새 연인들에게로 날아가려는 거예요. 하지만 난 그런 수에는 넘어가지 않아요, 알겠어요? 그럴 바엔 차라리……."

페드로는 꼼짝도 하지 않았다. 그리고 이제는 기진맥진해서 체념해 버린 듯한 마음으로 그녀의 얼굴을 응시했다.

"하면 될 게 아냐? 처음 계획대로."

맥 풀린 말씨로 그는 중얼거렸다.

그로서는 차라리 죽는 것을 바랐다. 사실 자기 가슴에 뜨거운 집착을 품게 하는 모든 것을 잃어버린 지금, 대체 무엇 때문에 끈질기게 살려고 한단 말인가?

그녀는 천천히 핸드백에서 손을 꺼냈다. 그 얼굴에는 흉포한 기쁨의 빛이 떠올랐다. 그는 더 이상 싸울 힘도 없어서 가만히 눈을 감았다. '자, 쏘라구. 그로써 결말이 지어지면 좋아.'

"어때요, 이것은? 기억에 없다고 할 건가요?"

제르매느가 소리쳤다.

그가 눈을 떠 보니까, 한눈에 알 수 있는 편지를 그녀는 눈앞에 들

고 있었다. '아내의 부모에게서 온 답장이다! 아마 어젯밤 내 포켓에서 뽑아낸 모양이다.'

그녀는 편지를 펼쳐 들고 소리를 내어 읽었다.

"……'자네도 불쌍하군 페드로, 필시 괴로워하고 있을 것으로 생각되네'……. 대체 뭘 써 보냈어요, 그분들까지 설복하려고? 저쪽에서는 당신이 괴로워하는 것만이 문제고, 내가 어떤 쓰라림을 당해야 하는가는 전혀 문제삼지 않은 것 같잖아요……. 자, 봐요, 이래요……. '정말 자네 말대로야. 딸은 여기 우리 곁에 있으면 그다지 불행한 생각을 하지 않아도 되겠지. 어린 시절을 보낸 남프랑스에서, 육친 곁에서 사는 거니까……. 이곳에 오면 캬네의 프라제르 박사 병원에 꼭 가두어 둘 작정이네'……."

그녀의 손이 편지를 꼬깃꼬깃하는가 싶더니, 그것을 그의 얼굴에 집어 던졌다.

"꼭 가두어 둘 작정이네……. 즉 당신은 나를 가두어 둘 작정인 거예요. 틀림없이 그래요. 그런 뒤에 좋아하는 여자를 만나러 가겠지요. 나를 떨쳐 버릴 수만 있다면 어떤 방법이라도 좋다고 생각하는 거예요, 내가 방해가 되니까. 그야말로 나를 정신병자로 만들어 놓고라도 말예요."

페드로는 두 손으로 얼굴을 가렸다. 정말 온갖 계책이 다 틀어진 기분이었다. 그에게는 이제 그녀가 무엇을 시작하고 무슨 말을 할 것인지 예상도 할 수 없었고, 그녀의 현재 상태를 구해 줄 방법도 떠오르지 않았다. 제르매느는 갑자기 흐느끼면서 그의 팔 안으로 몸을 던졌다.

"거짓말이에요, 네, 페드로? 거짓말이죠, 내가 정신병자라는 게? 네, 말해 주세요. 내가 의지할 사람은 이 세상에서 당신 한 사람밖에 없어요, 페드로."

"그렇고말고. 당신은 정신병자가 아냐. 나도 당신 말고 좋아하는 여자는 없어."
"그렇다면 남프랑스 같은 곳에 데리고 가지 말아 줘요, 부탁해요."
"여기서 묵기로 할까, 오늘 밤은! 그리고 차 안에서 자기로 하지. 지금도 변함없는 연인끼리의 기분으로 말야. 내일 또 어떻게 할 것인지 생각해 보기로 하고……."
"네에, 네에. 정말 약속해 주는 거죠?"
"맹세해."
그녀는 바닥 위에 앉아 남편의 발에 상체를 기댄 채 축 늘어졌다. 희망이 솟아오름과 동시에 페드로의 마음에는 몸을 보호할 본능이 되살아났다. 핸드백은 아내 겨드랑이에 끼워져 있었다. 몸을 움직이지 않도록 하고 그는 그것을 빼내어 자기 몸 뒤로 슬쩍 밀어 넣었다.
"내가 미쳤다고 생각한다면 어째서……."
그녀는 다시 말을 시작했다.
그는 그 말을 막았다.
"미쳤다고 생각하지 않아, 제르맨느. 당신은 심한 쇼크를 받았기 때문에 요양을 하지 않으면 안 되는 거야. 규칙적인 생활로 건강을 회복해야만 돼. 다시 옛날처럼 행복한 생활을 할 수 있도록 말야."
"그럼, 왜 '가둔다'는 말이 씌어 있나요?"
"다만 조심성 없게 그런 말을 쓰신 게지."
그녀는 잠깐 말이 없더니, 다시 물었다.
"하지만 나를 가둔다고 한다면 어째서 브라질의 당신 곁에 가두지 않았나요? 어쩌자고 이런 트레일러 같은 것을 준비하고 휴가라고 연극을 했나요?"
"오래간만에 당신이 좋아하는 부모를 만나게 하고, 어렸을 때 자란 지방에서 살게 해 주려고 한 거야. 솔직히 말해, 당신은 브라질을 별로 좋은 곳이라고 생각한 적이 없었잖아. 언제나 프랑스를 그리워했어. 그리고 말야, 전부터 휴가 때 이쪽으로 피서를 오자고 여러 번 이야기한 일이 있었고, 그래서……."

그는 갑자기 누가 창유리에 얼굴을 찰싹 붙이고 있는 낌새를 느끼고, 벌떡 일어나 문을 열었다. 어둠 속에서 황급하게 뛰어가는 발소리가 들렸다. 검은 그림자가 나무 사이로 사라졌다.

"그런 짓을 하면 부끄럽지 않나? 이 불량배야!"

페드로는 호통을 쳤다.

프레드는 얼굴을 붉히고 칵 침을 뱉었다.

"불량배는 너야, 이 외국인 새끼야!"

그는 작은 소리로 중얼거렸다.

멀리서 그는 그 외국인이 트레일러의 문을 다시 닫는 것을 확인하고, 비탈의 흙덩이를 마음껏 걷어차며 여관 쪽으로 멀어져 갔다.

"뭘하고 있는 거야?"

페드로는 물었다.

제르맨느는 작은 옷장을 열고 둥글게 만 침낭을 꺼내어 그것을 옆에 끼고 있었다.

"저 말예요, 나쁘게 생각하면 싫어요. 보시는 바와 같이 난 아주 냉정한 마음으로 당신의 말을 모두 믿어요. 그런데 이 안에서 난 아무래도 침착해질 것 같지 않아서요……."

"잘 모르겠는데 무슨 말인지?"

"나, 밖에서 자려고 해요, 숲 속에서."

"그런데 왜?"

그녀는 조금 답답하다는 시늉을 해 보였다.

"난 걱정이 돼요. 어쩌구 저쩌구 해도 내가 잠든 사이에 다시 출발하려는 게 아닌가 싶어서."
그는 그녀의 마음을 거스르고 싶지 않았다.
"좋아. 그럼, 이렇게 하면 어때? 그 침낭을 이리 줘. 내가 숲 속으로 갈 테니까."
제르매느가 갑자기 웃었다.
"안 돼요, 페드로. 그렇게 하면 역시 당신은 나를 미친 사람으로 여기는 게 돼요."
"어째서야?"
"간단한 일이 아니겠어요. 자는 사이에 나를 가두어 버리고, 운전석에 올라타려고 생각하면……."
그녀는 그의 코끝에 입을 맞추고 문 앞에서 "안녕히 주무세요" 하는 인사를 한 뒤 땅 위로 뛰어내렸다.
"좋은 꿈 꾸세요, 페드로."
그는 한동안 그 모습을 지켜보았다. 틀림없이 나무 그늘의 어둠 속에서 무서워져 돌아올 것이라고 그는 생각했다. 그러나 아내의 그림자는 무성한 가지 사이로 사라져 버렸다. 그녀가 든 손전등의 작은 불빛이 적당한 장소를 찾기라도 하는 듯이 이곳 저곳을 비추는가 싶더니, 이윽고 그것도 꺼져 버렸다. 아니면 숲 사이로 들어가 보이지 않는 것인지도 모르겠다. 그는 한숨을 쉬고 침대로 돌아와 누웠다. 바로 옆에 아내가 잊고 간 핸드백이 있어, 적이 안심이 되었다.

프레드는 숨을 가쁘게 쉬며 여관에 당도했다. 주인 부부가 조리장에서 열심히 저녁 준비를 하는 모습이 뜰에서 보였다. 그는 현관 문을 밀고 단숨에 계단의 어둑어둑한 곳으로 뛰어갔다.
마틸드는 힘이 든 손짓으로 냄비를 불에 올려 놓는다.

"당신은 뭐래도 좋아요, 샤를. 좌우간 재미없어요, 저렇게 조심하며 얼굴을 보이지 않으려고 하다니. 당신의 크르토아 나리는 말예요!"
주인은 갈라지는 목소리로 웃었다.
"그게 말야, 당장에는 별로 원만하지 않으신 모양이야."
"어떻게 그런 걸 알죠?"
"그렇지 않고서야 처녀를 데리고 나갈 게 아냐? 그리고 처녀 쪽은 얼굴도 똑똑히 보여 주고 말야. 상당히 귀여운 애야, 정말이지."
"저렇게 바람처럼 들락날락하는 것이 정말 본처가 무서워서 그런 줄 아세요?"
"그렇게 생각해도 별로 틀리지 않을 것 같은데······."
프레드는 2층에 올라와 문을 조금 열었다. 석유 램프 빛으로 침대에 누워 있는 테레즈가 보였다. 그녀는 꼼짝도 하지 않았다. 그는 살그머니 방을 가로질러 다시 창가로 가, 밖의 그 쟈가르 차 쪽을 바라보았다.

페드로는 재떨이에 담배를 비벼 끄고 손목시계를 보았다. 10시 반이다. 그는 밖을 바라보며 혹시 제르매느가 돌아오지 않을까 해서 상황을 살폈다. 그러나 이래서는 아무것도 보이지 않는다. 그는 불을 껐다.
침묵과 고독. 나뭇가지가 가끔 미풍에 밀려 휘어진다.
그는 불쾌한 기분으로 침대로 돌아왔다. 권총을 갖고 있다니, 그녀는 왜 그런 엉뚱한 생각을 했을까. 이런 때에 감추는 편이 낫다. 그는 아내의 핸드백을 열었다. 그리고 손가락으로 더듬으며 루주, 콤팩트, 여권 등 그 밖에도 여자가 보통 가지고 다니는 그녀들의 공공연한 비밀을 쉽게 밝혀 주는 갖가지 물건을 차례로 제치면서 찾았다.

욕설이 갑자기 그의 입에서 튀어 나왔다. 그는 핸드백에 든 것을 몽땅 모포 위에 쏟고 초조한 듯이 그것들을 헤쳐 보았다. 그리고 잘 살펴보기 위해 불을 켰다. 결국 권총은 없었다.

그녀는 아마 저녁때 들여다보러 왔던 그 부랑자를 그가 쫓아 버리는 사이에 권총을 다른 곳에 챙겨 둔 모양이다.

방문객들

모범적인 여비서인 더니도 사생활에 있어서는 적당히 모순된 점을 지닌 근대 여성이었다. 그녀는 즉석에서 결말을 짓는 방법이 좋은 것을 믿음과 동시에, 또 옛날부터 좋은 방법이라고 전해지는 일의 효력도 믿고 있었다. 그중에서도 뚜렷한 점은 책상 위에서의 화해라는 것이었다. 그녀는 발을 한 번 탁 차서 구두를 벗어 던지고 슬리퍼를 신었다.

"옷 안 벗어요?" 그녀는 폴에게 물었다.

폴도 어두운 얼굴을 하고 일부러 토라진 사람처럼 연거푸 담배에 불을 붙였다. 그는 몸을 한 바퀴 휙 돌리며 소리질렀다.

"안 벗겠어! 아직도 잔소리 듣는 게 모자라나!"

그 매정하게 힐책하는 말이 튀어 나왔을 때, 더니는 여자가 브래지어 단추를 풀 경우의 매력적인 몸짓으로 가볍게 상체를 구부리고 두 팔을 뒤로 돌리는 참이었다. 사랑도 각각 그 사람 특유의 기호라는 것이 있다. 폴과 더니는 곧 마스트에 올리는 반기처럼 슬픈 듯한 웃음을 빙긋 보여 주었다.

"네, 부탁이에요. 무슨 할 말이 있으면 빨리 하세요. 벌써 밤이 이슥한데 아침 일찍 회사에 나가지 않으면 안 돼요, 난."

그는 자신의 왕자다운 행동을 마치 어린아이의 변덕 정도로 취급당하고 보니, 그녀가 미워지기도 했고 귀엽기도 했다.

"이쪽도 마찬가지야. 잊지 말아 주었으면 좋겠어."
그는 순간적으로 좋은 말이 생각나지 않아 쏘아붙였다.
표면상으로는 완전히 정복된 듯 보이면서 자기의 미모로 곧 승리할 것을 기대하는 여죄수처럼 데니는 옷을 벗다 말고 욕망을 부채질하는 싱싱한 모습으로 그에게로 다가갔다. 그리고 그의 목에 팔을 감고는 투기장에서 사자에게 질문을 던지는 그리스도교 순교자를 연상하게 하는 목소리로 말했다.
"이것이 부드러운 처사인가요, 어제부터 토라지기만 하고?"
크고 딱딱한 유방이 벗다 만 브래지어로 겨우 가려져 있어 폴을 더욱 흥분시켰다. 그는 이 경우 말다툼하고 싶은 생각은 털끝만큼도 없어, 대답 대신 입 안에서 신음했다. 그녀는 애원하듯 자못 단념해 버린 것 같은 태도로 계속했다.
"우린 매주 꼭 하루 반밖에는 함께 지낼 수가 없어요. 모처럼의 시간을 헛되게 보내지 않도록 해요!"
바로 그 점에 있어, 그는 자신도 동감이라는 증거를 보여 주려고 했다. 그것이 그녀가 노리는 점이었다.
"싫어요, 놓아요, 당신은 너무 들볶아요."
그녀는 몹시 자존심이 상해 그 손을 뿌리치며 중얼거렸다.
이 익숙한 기교는 결과적으로 폴을 자극시켰을 뿐이었다.
"또 시작했군! 기다리고 있었습니다. 언제나 대가를 치르고 말거든, 당신에게는!"
그녀는 침대로 파고들어 알몸 위에 얌전하게 모포를 끌어 덮었다.
"대가? 어떤 대가예요? 이상한 말을 하는군요."
"흥, 무슨 말이든지 하라구! 부인께선 슬쩍 스트립을 자랑하시거든. 그리고 이쪽이 적당히 흥분이 되는가 싶으면 이내 신문을 퍼붓는단 말야!"

더니는 글자 그대로 구름 위에서 떨어진 듯한 얼굴을 했다.
"그런 소리? 거짓말이에요! 당신이 먼저 토라졌잖아요."
"그렇지 않아!" 그는 소리질렀다. "그런 말을 하는 게 아냐. 당신은 내 말을 뭐든지 다른 뜻으로 받아들여."
"그럼 똑똑히 설명을 해요, 폴."
"바로 그렇다니까! 덮어 놓고 설명만 요구하거든. 이쪽은 모처럼 ······."
"그런데 뭐가 나빠요, 그것이?" 그녀는 소리쳤다. "내가 알고 있잖으면 곤란하잖아요, 당신에게 어떤 일이 있었는지!"
벌써 굴복하는 모양으로 그는 체념한 듯한 몸짓을 했다.
"바로 그 말씀이 지당하십니다! 항상 그렇듯이요. 당신 말은 정말 논리적이야. 공교롭게 그 논리가 나의 논리와는 반대일 뿐야!"
그렇게 말하면서도 현실적인 그는 그 작은 다툼을 유효하게 이용하고 옷을 벗기 시작했다. 그렇다면 그는 돌아가지 않을 셈이다. 안심한 더니는 모포 따위는 상관없이 일어나더니 위압적인 말씨로 말했다.
"그럼, 속에 있는 말을 모두 털어놓겠어요?"
"아니, 말하지 않는 편이 나아."
그것도 지당한 이야기인 것이, 남자란 바지를 벗기 시작하는 순간부터 열세에 몰리기 마련이다.
"그래요? 말하지 않는 편이 낫다구요! 별로 용기 있는 방법이 아닌 것 같군요!"
아픈 곳을 찔려 휙 돌아보는 순간, 그는 발이 얽혀 하마터면 쓰러질 뻔했다.
"용기가 있는 방법이란 뭘까? 이쪽에서 사장에게 말을 꺼내야 한다는 말이겠지?"

더니는 유방을 다치지 않게 조심하며 가슴을 쳤다.
"내가? 내가 사장에게 말을 꺼낸다는 말인가요? 그런 식으로 또 무엇을 창작하실 작정이세요?"
그는 바지를 다 벗고 그것을 단정히 개어 침대의 요 밑에 깔았다.
"발견하는 거야!" 그는 냉소했다. "발견하는 거야, 창작이 아니고……."
"서브타이틀은 어때요? 난 별로 신랄한 편이 아니지만……."
"자기가 별로 신랄하지 않다고 하는 인간을 난 신용하지 않아, 좌우간……."
"요다음에 사전을 잘 봅시다……." 더니는 말을 마쳤다.
폴은 그 경구를 마음속에 간직했다가 언젠가 사교석상에서 이용할 수 있도록 그것을 연구하고 정리하려 했으나, 더니는 그의 목표한 효과가 싹트기 전에 짓이기는 독특한 방법을 알고 있었다. 그는 금방 그녀를 죽여 버릴 듯한 기분이었다.
"그게 아니었어. 당신이 줄리엣에게 이야기한 것은 어쨌든!"
그는 정신없이 떠들어댔다. 강력한 몸짓으로 그녀는 그것을 억누르는 것처럼 하며, 벽과 벽 저편의 '당신이 나를 사랑하지 않는다는 것을 알 필요도 없는' 옆방 사람들 쪽을 가리켜 보였다. 그녀는 언제나 상대를 압도하는 방법을 쓴다.
"그것은 어쨌든." 폴은 낮은 목소리로 땅땅거렸다. "놈에게 허벅지를 드러내 보였다는 걸 모른다고 하지는 않겠지. 그 두루뭉실하고 방종한 부자 선생에게 말야. 난 이제나 저제나 당신을 기다리고 있는데 말야……."
"틀림없이 줄리엣이죠." 더니는 뭔가 생각하는 듯 중얼거렸다.
그녀는 잠깐 생각해 보고, 단 한 마디로 그 여자 친구를 처리했다.
"하는 짓이 지저분해!"

"지저분한지 아닌지는 모르지만, 어쨌든 그 사실은 시인하겠지?"
"천만에! 그건 거짓말이에요! 정말 당신이란 사람은 그런 꼴을 보여 드리고 싶군요. 종교재판소가 있던 시대라면 당신은 정말 굉장한 출세를 했을 거예요!"
"당신에게 알맞은 시대라면 그렇지, 고대 그리스 시대일 거야. 그 시대 창부들의……."
 벨 소리가 두 사람을 그 자리에 코를 맞댄 꼴로 우뚝 서게 했다. 두 사람은 서로 마주 보았다.
"당신은 그대로 있어요. 내가 잠깐 보고 오겠어요. 이런 시간에 누가 왔는지 모르지만." 그녀는 실내복을 걸치며 말했다.
 침실 문을 뒤로 닫고 그녀는 방이 둘에 부엌과 좁은 현관이 딸린 아담한 아파트를 가로질러 갔다.
 문을 열자마자 그녀는 바로 그 사람이 크르토아 부인인 것은 알았으나, 뒤의 남자 두 사람은 모르는 사람이었다. 그중 한 사람이 또 한 사람을 팔꿈치로 찌르니까 찔린 쪽은 마치 마지못해 내는 것처럼 신분증명서를 내보였다. 그녀에게는 거기에 씌어진 '경찰'이라는 글자밖에 눈에 띄지 않았다.
"무슨 일이 생겼나요?"
"아주 형식적인 것입니다만." 지브라르가 질렸다는 태도로 대답했다.
 더니는 평정을 되찾았다.
"무슨 일이 있었나요, 사모님?"
 주느비에브는 말을 하려고 입을 열었으나 대답할 수가 없었다. 그 대신 흠뻑 젖은 손수건을 눈에 대고 흐느끼기 시작했다. 조르주는 자기 마음을 누르고 있기가 힘이 들었다.
"우리로서는 그렇게 믿어도 좋을 만한 이유가 있습니다만 당신은 지금 혼자 계시는 것이 아니라고 생각됩니다만……." 그는 말했다.

"그것이 어떻다는 건가요? 그런 일이 당신들에게 관계가 있나요?" 더니는 엄하게 쏘아붙였다.

"그런데 말입니다. 실은 그게 우리들에게도 관계가 있는 일입니다!"

그는 확실히 알 수 있는 몸짓으로 지브라르를 재촉, 안으로 들어가게 하려고 했다. 더니는 그들의 앞을 막았다.

"어디를 가시는 거예요?"

"경찰서에서 왔는데요." 형사는 우물거리듯 말했다.

"경찰은 질색이에요! 저도 그렇게 세상 물정을 모르진 않아요. 영장은 가지고 계신가요? 안 가지셨군요. 영장이 있더라도 어차피 새벽까지 기다리게 했을 테지만!"

지브라르는 조르주에게 어떻게 할 수 없다는 몸짓을 해 보였다.

"그러기에 그렇게 말한 겝니다, 조르주 씨."

"자, 들어가게 해 주시렵니까, 못해 주시겠습니까?"

"못 들어갑니다."

남자들은 결단을 내리지 못했다. 거기 선 채 지브라르는 오버 단추를 열심히 만진 끝에 겨우 풀었고, 조르주는 분노를 억누르려고 애썼다. 더니는 이 광경을 내려다보며 혼자 즐겼다. 주느비에브가 훌쩍거렸다. 젊은 더니는 갑자기 주느비에브가 가엾어졌다.

"무슨 일이 있었는지 말씀해 주시지 않겠어요, 사모님?"

"남편이 행방불명이 되었어요, 더니!"

놀란 외침이 여비서의 입에서 나왔다. 그녀가 황급히 입에 손을 대자 실내복 앞자락이 열렸다. 조르주의 눈은 금방 튀어 나올 듯이 크게 떠졌다. 지브라르는 더니의 마음이 움직이기 시작한 것을 재빨리 포착했다.

327

"결국, 그 일로 찾아뵙게 되었습니다."

더니는 실내복 앞자락을 다시 여몄다.

"그래, 무슨 일인가요?"

"그 사람을 돌려 주었으면 합니다!" 조르주가 대답했다.

"대체 무슨 이야기예요? 이건 마치 귀머거리나 미친 사람이 이야기하는 것 같군요."

"아무래도 당신의 협조가 필요합니다. 당신은 장본인을 만난 마지막 분이니까요, 그렇지요?"

형사가 입을 열었다.

그녀는 옆으로 몸을 비켜 그들을 거실로 들어가게 했다. 지브라르는 벌써 침실 쪽으로 돌진하기 시작하는 조르주를 한 손으로 말렸다.

"몇 시경에 그분과 헤어지셨습니까?"

"어제 저녁에 말입니까? 6시 20분이었어요."

"당신은 언제나 그렇게 정확하십니까, 시간에 관해서?"

"그분 쪽에서 그렇게 시간을 잘라 지정하셨어요."

문에 귀를 대고 폴은 이야기를 엿들으려 했다. 띄엄띄엄 대화의 일부가 들려올 뿐이다. 갑자기 목소리가 높아졌다. 더니가 화가 난 모양이다.

"아무리 뭐라 해도 천만의 말씀입니다! 그렇게 생각하다니, 당신들 그야말로 정신이 어떻게 된 거로군요!"

폴로서는 주느비에브의 단조로운 푸념이 무슨 말인지 통 알 수 없었다. 그 대신 조르주의 말은 똑똑히 들렸다.

"좋아요, 그럼 우리 확인해 보기로 합시다!"

"그런 짓은 못합니다!"

더니가 외쳤다.

갑자기 문을 열었다. 조르주는 반 이상 몸을 구부린 채, 열쇠 구멍으로 엿듣고 있던 낯선 남자를 보고 완전히 기가 질렸다. 그는 알아듣지 못할 변명을 입 안에서 중얼거리더니, 입을 벌린 채 가만히 서 있었다. 폴로서는 엄밀히 제한된 집안끼리의 경우 외에는 절대로 참을 수 없는 일이 하나 있었다. 우스운 꼴을 보인 일이다. 충동적으로 그는 느닷없이 침입자의 얼굴에 주먹을 날렸다. 조르주는 뒤로 비틀거렸다. 주느비에브는 비명을 질렀고, 더니는 피식 웃었다. 지브라르는 조르주의 몸을 붙잡으며 슬쩍 그 귀에 속삭였다.

"무슨 짓을 당해도 가만히 있어야 합니다. 당신이 지나친 짓을 했으니까요."

더니는 분노를 폭발시켰다.

"이제 마음이 가라앉으셨겠지요, 그만하면? 좋아요! 내일이면 그다지 유쾌한 얼굴을 하고 있진 못할 테니까요. 이 일은 이것으로 끝나지 않습니다. 똑똑히 말씀드려 두겠어요! 전 반드시 고발하겠어요. 그리고 그쪽 가짜 형사님, 당신도 두고 보라구요! 정말 이런 법이 어디 있어요!"

그런 그녀도 점점 심하게 우는 주느비에브 앞에서는 태도를 누그러뜨렸다.

"어쨌든 당신을 위해서는 잘됐군요! 그러나 이제 모두 돌아가 주세요."

그들에게는 뜻밖의 고마운 말이었다. 더니는 묵묵히 그들을 보내고 문을 '탕' 닫았다. 그녀는 잠깐 입구에서 그들이 주고받는 말에 귀를 기울였다. 언어맞은 남자는 크르토아 부인이 그녀의 '직감'이라고 한데 대해 불평을 토했다. 지브라르는 두 사람을 말을 못하게 하고 억지로 끌고 가려고 했다.

그녀는 어깨를 움츠리고 엿듣던 자리를 떠났다.

폴은 자존심이 강해 보이는 턱을 경멸하는 듯이 쏙 젖히고 기다리고 있었다.
"그러고 보면 나만이 아닌데, 당신이 사장과 잔다고 생각하는 사람은?"
두 손을 허리에 대고 그녀는 잡아먹을 듯이 그의 얼굴을 응시했다.
"당신은 시시한 소리만 하는군요. 이젠 됐잖아요, 그걸로 끝났으니까. 오늘 밤 남은 시간을 말다툼으로 허비하는 짓은 그만둡시다."
그녀는 실내복을 벗어 침대 위에 던지고, 연인의 허리에 매달렸다.
"어지간히 시간을 허비했군요, 폴!"
두말 못하도록 그녀는 마지막 결단을 내리듯 말했다.

어둠 속의 총소리

갈 길이 막힌 바람은 여관 난로 속에서 기분 나쁜 소리를 냈다. 방 안은 어둡고 답답했다. 가끔 비가 내리는 거리에는 회색의 짙은 안개가 군데군데 얼룩처럼 찰싹 달라붙어 있었다.

프레드는 모포를 걷어 버리고 목을 돌려 테레즈가 자고 있는지 어떤지를 보려고 했다. 그러나 확실히 알 수 없다. 숨결만은 규칙적으로 그녀의 어깨를 들먹이고 있다. 그는 땀으로 흠뻑 젖은 베개 위로 고개를 되돌렸다.

아무리 해도 잠이 오지 않았다. 마치 생활이라는 것이 현재로서도 웬만큼 귀찮다는 사실을 증명이나 하듯 그런 어리석은 말다툼을 했다. 테레즈는 자기 마음에 단단히 쇠라도 채워 놓은 듯, 그 싸움 이후로 전혀 말을 하지 않았다. 부글부글 화가 치밀어 그는 이를 갈았다.

'쳇! 내가 남자가 아니라구? 그러면서도 모두 내가 결말을 지어야하다니! 죄다 말야!'

훔친 차 때문에 경찰에 붙잡히지 않게 새벽 일찍 파리로 돌아갈 것, 여관 계산을 끝낼 것……. 대체 어떻게 해서? 테레즈와 아기라는 큰 문제의 해결책을 찾아낼 것! 아버지와 부딪쳐 볼 것……. '이런 걸 해내지 못하면 난 남자가 아니다!'

어쨌든 일시로나마 그걸 타개하는 방법은 돈을 손에 넣어야 한다. 정말 얼마나 세상 물정을 모르는 여자일까, 이 테레즈란 애는. 사실은 여기서 버린다 해도 잔소리할 처지가 아니겠지! 그러나 그렇게 하면 정말 앞으로는 나 혼자가 되겠지! 프레드는 죽는 것은 상관없지만 그 대신 뒤에 남은 사람들이 그것 때문에 얼마나 유리해졌는지 똑똑히 자기의 눈으로 볼 수 없다면 죽을 수도 없다는 그런 인간의 부류에 속해 있었다.

또다시 그는 침대의 또 한쪽을 노려봤다. 틀림없이 테레즈는 편히 잠들었던 것이다. 지금 자기 책임을 벗어나 그것을 내 등에 밀어 붙여 놓고! 지긋지긋하다! 정말 지겹게 만드는군!

그는 한쪽 발을 먼저 침대에서 내려놓고 이어 또 한쪽 발을 내려 침대 맞은편으로 돌아가 잠들어 있는 여자 위에 몸을 굽혔다. 요게 자는 척하고 있는 것일까? 테레즈는 가만히 눈을 감고 편안한 숨소리를 내고 있다. 그는 창가로 가 커튼을 열고 불타는 듯한 이마를 찬 창유리에 댔다.

밖은 완전한 어둠의 세계였다. 젖빛 희미한 광선이 바람에 흔들리는 해골 같은 4월의 나뭇가지를 어렴풋이 떠오르게 했다. 가끔 나무 껍질의 움푹한 곳에 괸 빗방울이 반짝반짝 신호처럼 흔들린다. 뜰 구석에는 '프리게이트'가 정글 속의 야수처럼 웅크리고 금방 무슨 먹이를 향해 덤벼드는 것처럼 보였다.

프레드는 부르르 몸을 떨고 어깨의 움푹한 곳에 아플 정도로 테레즈의 향수를 느꼈다. 그는 돌아다보았다. 테레즈는 아까부터 전혀 움직이지 않는다. 그녀가 세상 모르고 잘 수 있다는 사실이 그로서는 화가 났다.
 '저게, 저는 잠을 자고 있어. 그러면서 나보고는 남자가 아니래! 좋다, 두고 보라지…….'
 이렇게 되면 하는 수 없다는 몸짓을 하고 그는 옷을 입기 시작했다. 문득 양말을 신다가 한쪽 다리를 세운 채 그는 움직임을 멈췄다. 테레즈가 한숨을 쉬더니 몸을 뒤쳤다. 얌전하게 자는 얼굴이 밖에서 비치는 광선 속을 가로지르고 어둠 속으로 사라져 버렸다. 프레드는 양말을 다 신고 창의 커튼을 내렸다.
 구두를 손에 들고 그는 살짝 문을 열었다. 테레즈의 눈꺼풀이 꿈틀꿈틀 움직였으나 그는 아무것도 깨닫지 못했다. 그가 복도로 나가 버리자, 그녀는 벌떡 몸을 일으켜 걱정스러운 얼굴을 하며 추운 듯이 가슴으로 모포를 끌어올렸다.
 밖에 나간 프레드는 차 있는 데로 가서 브레이크를 늦추었다. 프리게이트는 경사진 자갈길을 둔한 소리를 내며 미끄러져 갔다. 그는 문의 쇠울타리 앞에 차를 세우고 다시 차에서 내렸다. 그리고 무거운 문의 문짝을 당기니까 쇠가 맞닿아 삐걱거리는 소리가 났다.
 아래층 방에서 하나의 커튼이 조금 열렸다. 여관 여주인이 놀라는 소리를 지르는가 싶더니, 그 소리가 당장 분노로 바뀌었다.
 "샤를! 일어나요, 큰일났어요! 당신 손님이 도망치는 참이에요!"
 편안히 잠을 깬 마음 착한 주인은 창가로 달려가 머리를 긁었다.
 "어떻게 된 걸까? 펑크가 났나? 어째서 차를 몰지 않을까?"
 "소리가 들리면 곤란하니까 그렇죠! 자, 빨리 가 봐요, 샤를. 저 조무래기를 되끌고 와야 해요."
 그녀는 주인을 문으로 밀어 냈으나 그는 반대했다.
 "좀 기다려. 생각해 봐야지! 잘못했다간 엉뚱한 실수를 저지르게 되니까. 당신, 처녀는 보았나?"
"처녀도 틀림없이 차 안에 있을 거예요."
"그러고 보니 처녀는 못 본 게로군. 우선 확인하고 와, 처녀가 방에 남아 있나 없나를?"
"당신, 어떻게 된 게 아녜요? 무엇 때문에 그런 짓을 하죠?"
"그 사람들은 오늘 오후에 싸웠어. 왜 당신도 알잖아? 그 사람 혼자서 나갔었잖아! 이번에도 또 혼자 드라이브를 하러 가지 않는다고는 장담 못해."
"이런 시간에 말예요? 그런 생각을 하는 사람은 당신뿐일 거예요! 괜히 움직이기 싫으니까 그런 말이나 하구……."
"우선 가 보라구. 선생이 문을 여는 사이에 보고 올 수 있어."

 그녀는 급히 계단을 뛰어올라갔다. 그리고 젊은 두 사람의 방 앞까지 가서 잠깐 망설이다가 문의 손잡이에 가만히 손을 얹었다.

 손잡이가 도는 것을 보고 테레즈는 프레드가 돌아온 줄 알고 다시 누워 눈을 감았다. 마틸드는 침대 속의 테레즈를 보고 안도의 숨을 쉬며 소리가 나지 않게 문을 닫았다.

 프레드는 그 사이에 문을 조금 열어 놓은 채 차도로 나갔다.

 더러워진 창유리 너머로 샤를은 프레드의 모습에서 눈을 떼지 않았다. 아내가 돌아오는 소리를 듣고 그는 물었다.

"어때?"
"그게 말예요, 그대로 있어요!"

 샤를은 정말 질색이라는 듯이 돌아보았다.

"보라구! 누구 말이 옳아?"
"당신이에요! 확실히 졌어요, 당신에게!"

 샤를은 프레드가 운전석에 엉덩이를 걸친 채 엔진을 걸지 않고 차를 움직이려고 발로 지면을 차고 있는 쪽으로 다시 한 번 눈을 돌렸으나, 그런 것에는 흥미를 잃은 듯이 침대로 돌아가며 중얼거렸다.
"모처럼 좋은 꿈을 꾸는 참인데 깨워 놓고 있어……."
여주인이 그 말을 가로챘다.
"그 꿈 속에서는 나 대신 그 처녀가 잠자리 속에 있었겠지, 틀림없이."
그는 모포 속으로 파고들어갔다.
"진지한 얘기는 도무지 할 수 없어, 당신을 상대론."

입을 벌리고, 괴로운 듯한 코고는 소리를 내고, 눈부신 광선을 받아 눈꺼풀을 오므리며 줄리앙 크르토아는 악몽에 시달리고 있었다. 머리가 엘리베이터의 모서리에 괴어 있어 그는 몸을 움직일 수 없었다. 꿈 속에서 '그만둬' 하고 소리치는 순간 잠에서 깨어났다.

그는 숨을 몰아쉬며 방금 꾼 악몽의 마지막 환영을 떨어내 버리려는 듯이 머리를 흔들었다. 수염이 자라고 머리칼은 헝클어졌으며, 손으로 얼굴을 문질렀기 때문에 뺨에 기계 기름이 묻은 그의 모습은 마치 죽기 직전의 사람 같았다.

갑자기 그는 펄쩍 뛰었다.
"불빛이다!" 그는 소리쳤다.
불이 켜져 있었다. 그는 뛰어 일어나 비틀거리다가 겨우 몸을 꼿꼿이 세우고, 뭐든지 상관 없이 처음 손에 닿는 조종판 단추를 눌러 보았다.

아무 변화도 생기지 않았다. 그는 한층 더 힘을 주어 열에 들뜬 사람처럼 세게 눌렀으나 아무 효과도 없었다. 그때 문득 생각이 나서 조종판을 들여다본 순간, 그는 갑자기 쉰 목소리로 웃었다. '정지'라고 쓰인 단추를 누르고 있었던 것이다.

그가 손가락을 떼었더니 불이 꺼졌다. 그는 호통을 쳤다.

"불을 켜, 제기랄!"

순간 의식이 뚜렷해졌다. 틀림없이 야경꾼이 순회를 하는 거겠지. 그 사람이 외치는 소리를 듣고 찾아다니다가 먼저 볼그리의 시체를 발견하고, 엘리베이터 속에 있는 살인범을 발견한 것이다……. 드디어 마지막이다.

본능적으로 야경꾼의 눈을 피하려는 듯이, 그는 두 팔을 벌리고 엘리베이터 벽에 몸을 찰싹 붙였다. 아득히 멀리 아래층 입구의 타일 위에서 울리는 말소리가 들렸다. '아무 소리도 듣지 못했으면 좋으련만…….' 바싹 마른 입술을 안쪽으로 무는 것처럼 하고, 그 지긋지긋한 금속 벽에 들어박힐 정도로 몸을 밀어 붙이며 그는 가만히 귀를 기울였다.

이상한 밤의 정적 속에서 입구의 문이 닫히는 소리가 똑똑히 들렸다. 그때에야 겨우 그는 숨을 쉴 용기가 생겨 우선 허파 속이 빌 정도로 긴 한숨을 쉬었다. 이윽고 서서히 뒤로 젖혀지는 것처럼 그 몸뚱이가 미끄러져 떨어지는가 싶더니, 경련과도 같은 흐느낌이 온몸을 흔들었다.

"재수 좋게 피했다!" 그는 자기 목소리를 듣고 싶어 흐느끼면서 소리쳤다…….

긴장을 푸는 듯한 바보 같은 웃음이 다시 치솟았다. 그는 그것을 참으려고 하지도 않았다.

"자, 이제 힘을 잃지 않아도 된다" 하고 소리를 높였다. '하고 싶으면 말도 할 수 있고!' 하고 떠드는 것처럼. "이제 나 혼자다. 뭐든지 하고 싶은 짓을 할 수 있다!"

그는 협박하는 듯한 태도로 불쑥 일어섰는데, 그 순간 자기가 미쳐 가고 있다는 것을 깨달았다. 그는 얼굴을 두 손으로 감싸고, 의지의 힘을 필사적으로 짜내며 제정신을 찾으려고 했다.

"자, 조금…… 차분해져서……. 침착해야 돼."

그는 자기 마음을 격려했다.

소매를 들어 그는 땀이 밴 이마를 닦았다.

지금 대체 몇 시나 됐을까. 그의 손목시계 야광바늘들은 3시를 가리키고 있었다. 오전 3시인가, 오후 3시인가? 그것도 며칠의 낮인가, 밤인가?

턱이 아팠다. 그는 이제 힘이 다 빠져서 온몸이 욱신욱신했다. 목덜미는 응어리지고 딱딱하여 도무지 자유롭게 움직이지 못할 정도였다. 그는 다시 앉아 두 다리를 안고 그 무릎에 턱을 괴었다.

단 혼자. 어쩌면 죽어 있는 것이 아닐까?

죽는다는 게 이런 것인가? 자기 구멍 속에 혼자 있다가 누군가 다른 사람이 바로 옆을 지나면, 곧 몸을 숙이지 않으면 안 되는 그런 것일까? 더 나쁜 감옥에 갇힐 것을 염려한 나머지 현재의 감옥에서 해방되는 것을 거부하지 않으면 안 되는 그런 것일까?

그는 자기 몸을 꼬집어 보았다. '아니다, 난 살아 있다. 이건 죽어 있는 게 아니다. 그럼, 지옥일까.'

그의 뺨이 부풀었다. 그는 한숨과 함께 원한을 토해 냈다. 그리고 자기 신세가 절로 눈물이 나올 것 같아서 운명을 저주했다.

운명? 그러나 그것은 단지 실패에 대한 자기 변호가 아닌가? 그것이 거론되는 때는 언제나 패배의 경우에 한정된다. 승리를 얻으면 인간은 그것을 자기의 공으로 한다. 패배하면 운명에게 죄를 뒤집어 씌운다.

그는 자기 최면으로 기력 같은 것을 되찾았다. '나는 스스로 자신의 운명을 만들어 가는 거다. 견디기만 하면 되는 거다. 강한 인간은 결국 이런 것으로 구별되는 법이다.'

그런데 담배가 한 개비만 있었으면…….

그는 다시 진흙 같은 잠에 빠지고, 다시 악몽의 세계로 되돌아갔다.

바람 때문에 트레일러는 덜컹덜컹 흔들리고 차축 위에서 삐걱거렸다. 마치 바다 위에 떠 있는 듯했다. 페드로는 침대 위에 앉아 창유리 너머로 아내가 사라진 방향을 바라보고 있었다. 어두워서 거의 보이지 않았다. 그는 작은 소리로 저주하는 말을 중얼거렸다. 그녀에게 그런 생각을 가지게 한 채 혼자 버려둘 수는 도저히 없다. 정말 바보 같은 짓을 했다. 더구나 비라도 내린다면!

그는 비틀비틀 일어나 발끝으로 슬리퍼를 찾아 신고 밖으로 나갔다. 그리고 관목이 우거진 숲 앞에 우뚝 서서 불렀다.

"제르매느!"

그는 어디선가 대답이 들려 오지 않을까 해서 귀를 기울여 보고 두세 걸음 나아가 다시 불렀다. 아무런 낌새도 없다.

손으로 나뭇가지를 헤치며 그는 더 안쪽으로 들어갔다. 그러나 깊은 관목 숲이 손전등 빛을 가로막아 버린다. 이런 어둠 속에서는 도저히 그녀를 찾아낼 수 없다. 그는 기운이 빠졌다. 가시 덩굴에 걸려 복사뼈 껍질이 벗어졌다. 그는 애가 탔다. 그러는 사이 큰길로 나왔다. 트레일러에서 10미터쯤 떨어진 곳이었다.

"하는 수 없다!" 그는 체념하고 차로 돌아왔다.

그러나 아무래도 잠을 이룰 수가 없었다.

제르매느는 밤이슬에 흠뻑 젖어 덜덜 떨면서 눈을 떴는데 완전히 깬 듯하면서도 아직 꿈속의 기분에 젖어 있었다. 그 꿈은 언제나 전혀 달라지지 않았다. 페드로가 그녀를 우리에 가두고 아이를 떼어 버려서, 그녀는 우리 살 사이로 팔을 내밀고 아이를 부른다. 남편은 비웃는다. 그리고 느닷없이 호통을 치는가 싶더니 아이의 모습을 지우듯 없애 버린다. 그래서 그녀는 권총을 쥐고……. 그런데 꼭 거기서 깨고 만다.

언제나처럼 잠이 깬 상태로 돌아오기가 무섭게 그녀는 급히 페드로를 찾았다. 그런데 오늘 밤에는 그가 없었다.

그녀는 바람이 윙윙거리고 나뭇잎이 흔들리는 소리에 가만히 귀를 기울였다. 머리 위에서는 부채질을 하는 듯한 가지들의 커다란 숨결 속에서 자연의 생명이 튕겨지고 웅성거리고 살아 있다. 침낭이 우리처럼 그녀의 몸을 죄고 있었다. 그녀는 권총을 손에 꼭 쥐어 자기 가슴에 댔다. 바스락하는 소리가 바로 옆에서 들려 그녀는 무서운 나머지 큰소리를 질렀다. 그리고 당장 침낭 속에서 기어 나와 일어서서 떨며 권총을 앞으로 내밀었다.

"거기 있는 게 누구예요?"

어둠 속에서는 아무 대답도 없었다. 이제는 힘이 다한 느낌으로 그녀는 옆의 나무 줄기에 기대었다. 한 장의 잎사귀가 간지럽게 몸에 닿았다. 턱을 부들부들 경련시키며 그녀는 신음했다. '페드로!'

프레드는 프리게이트를 비탈길 훨씬 위쪽에 세웠다. 그는 가만히 입술을 깨물며 마음을 가라앉혀 순서를 잘 생각해 보려고 애썼다. 그러나 아무래도 결심이 서지 않았다.

페드로는 다시 침대 위에 앉아 담배에 불을 붙였다.

제르맨느가 보니 먼 나뭇가지 사이로 작은 빛이 흔들리고 있었다. 남편의 라이터 불인지도 모르겠다. 그녀는 그 방향으로 달려 나갔다. 그러나 불꽃은 꺼져 없어지고 그녀는 숲의 둘레를 멀리 돌아서 가지 않으면 안 되었다. 그녀는 스스로의 공포에 정신 없이 발을 가시 덤

불에 찔리면서 달렸다.

 '헤드라이트를 꺼야지.' 프레드는 생각했다. 그리고 스위치를 튼다고 틀었는데, 거꾸로 불이 켜졌다. 그는 바로 껐다.

 숨가쁘게 뛰고 있던 제르매느는 갑자기 길 위로 나왔다. 길은 최근 내린 비에 젖어 아직 마르지 않았다. 마치 회색의 곧은 상처 자국이 한 줄기 숲에 새겨진 것 같았다. 무엇인가 그녀의 뒤에서 움직였다. 그녀는 갈피를 못 잡고 권총 방아쇠에 손가락을 걸며 휙 돌아다보았다. 몸은 점점 더 떨리고 세찬 분노가 치밀어올라, 꿈에서 우리 안에 있을 때처럼 온몸이 긴장되었다. 비탈길 꼭대기 쪽 3,400미터쯤 되는 곳에서 두 개의 눈과 같은 불이 켜지는가 싶더니, 이내 또 꺼져버렸다. 틀림없이 페드로가 나를 발견하고 길을 가르쳐 주는 거겠지. 그녀는 그 방향으로 다시 덮어놓고 달려 나갔다.

 차에서 열 걸음쯤 되는 곳에서 프레드는 멈춰서지 않으면 안 되었다. 추위에 떨고 있으면서도 땀을 줄줄 흘렸다. 기계적으로 크르토아의 레인코트를 단단히 몸에 감으면서 그는 부르르 몸을 떨고 생각했다. '뭔가 잊은 게 있을 듯하다. 그런데 뭘까? 가령 알몸으로 되어 있기라도 한다면 지금과 같은 느낌을 받았겠지.' 문득 한 가지 생각이 머리에 번뜩였다. 그는 차로 달려가 그저께 밤에 장갑 케이스 속에서 본 권총을 손에 들었다. 그 권총을 손에 쥐니까 세상에 무서울 것이 없는 힘이 솟았다. 조금만 더 있었으면 카우보이식으로 권총을 집게손가락에 걸고 빙글빙글 돌려 보일 뻔했다. 장난은 그만두자, 지금은 절박한 때다……. 출발하려던 그는 헐떡거리는 숨결과 황급한 발소리를 듣고 흠칫해서 그 자리에 섰다. 경동맥이 심하게 뛰기 시작하고 입 안의 침이 바싹 말랐다. 누군가가 그에게 뛰어 덤벼들었다. 신음처럼 가느다란 외침이 그의 목구멍에서 튀어 나왔다. 만약 소리를 지를 수 있었다면 그야말로 큰소리를 지를 뻔했다.

"페드로…… 페드로……." 그 누군가는 엉엉 울었다.

그는 이 침입자를 밀어제치려 했으나 상대는 그의 손을 잡고 놓지 않았다. 권총을 쥔 오른손으로 그는 느닷없이 후려치고는 몸을 날려 도망쳤다. 권총 소리가 울렸다. 프레드는 탄환이 어깨 끝을 스치는 것을 느꼈다. 또 한 발은 그의 귀밑을 윙 지나갔다. 그래서 그는 정신 없이 방아쇠를 당겼다. 한 발, 두 발, 그 누군가가 푹 고꾸라졌다. 프레드는 멍하니 서 있었다. 제르매느는 땅바닥에 엎드린 채 슬픈 소리로 울부짖었다.

"페드로…… 페드로……."

'뭐라고 하는 것일까?' 프레드는 속으로 생각했다.

최초의 총소리에 막 잠이 들려던 페드로는 깨었다. 그는 뛰어 일어났다. 제르매느다! 두 번째의 총소리가 들렸을 때는, 그는 벌써 밖에 나와 외치고 있었다.

"제르매느!"

그는 소리가 난 쪽으로 귀를 기울이고, 뭔가 하나 꼼짝도 하지 않는 모습을 희미하게 보았다. 그러나 그가 다가가니까 그 모습은 분명 제르매느인지 홱 몸을 돌려 도망치려고 한다. 페드로는 아내 몸에 걸려 비틀거리는 순간, 그 그림자를 간단히 붙잡았다.

"제르매느, 나야. 제르매느, 자, 마음을 가라앉히고……."

그는 그녀에게로 가 그녀와 몸싸움을 하지 않으면 안 되었다. 아마 그녀는 발작 때문에 제정신이 아닌 모양이다.

"이쪽으로 줘요, 제르매느, 그 권총을……. 자, 이리 줘……."

'탕' 하고 굉장한 소리가 났다. 그는 처음에 제르매느가 후려친 줄로 알았다. 그러나 바로 깨달았다.
"안 돼, 제르매느! 그만둬!"
또다시 그의 바로 옆에서 총성이 울렸다……. 페드로의 정수리에서 무엇인가 파열하는가 싶더니, 그의 손가락이 굳어졌다. 그의 입술은 괴로운 듯이 겨우 중얼거렸다.
"이리 줘, 그……."
순간 세 번째 굉음이 그의 말을 끊어 버렸다. 그는 뒤로 벌렁 넘어지더니 입 가득히 피를 물었다. 목구멍에서 '색색' 소리가 났다.
'가엾은 제르매느, 당신은 무슨 짓을 저지른 거야? 누가 당신을 돌봐 주나, 이제부터?'
그가 제르매느라고 생각하고 있는 그림자는 그의 위에 몸을 굽히고 몹시 흐느꼈다…….
'가엾은 제르매느…….'

줄리앙은 포켓 속에서 담배 찌꺼기를 얼마쯤 찾아냈다. 참을성 있게 손가락 끝으로 그것을 집어 내어 둥글게 한 손바닥 위에 모았다. 그리고 밀회용 수첩 한 페이지를 찢어 내어 담배 한 개비를 말았다. 아주 가늘었지만 전혀 없는 것보다는 나았다.
라이터로 그것에 불을 붙였으나 한 모금도 제대로 못 빨았다. 불이 종이에 단번에 붙어 다 타 버린 것이다.

새벽의 도주
나이를 먹은 여관 주인의 심장은 마치 두꺼비의 목구멍처럼 심하게 뛰었다. 정말 테레즈의 태도는 이쪽을 기다리고 있는 듯했다. 예쁘고 귀여운 얼굴을 가만히 쿠션 위에 기대고 있다. 긴 속눈썹 사이로 조금 장난스러운 눈빛마저 내다보이고 있는데, 샤를로서는 도무지 의미를 짐작할 수 없는 시선이었다. 손가락 하나가 놀리듯이 베개 속에서 내밀어지더니 그를 보고 오라고 손짓했다. 샤를의 심장은 계속 세 번쯤 고동이 멈추었는데, 그러나 그는 다시 한 번 재촉을 받을 때까지 기다리지 않았다.

성급한 손짓으로 처녀의 몸을 가리고 있는 모포를 벗기는 순간, 그는 기대가 어긋나 갑자기 펄쩍 뛰었다. 제기랄, 마틸드는 손님 침대에 무턱대고 모포를 덮는단 말야!

테레즈의 눈은 점점 비꼬는 빛을 띠었다. 그녀는 전혀 움직이려고 하지 않았다. 샤를은 침대 가장자리에 걸터앉았다. 정말 홀딱 반해 버릴 만한 처녀. 다시 성급히 두 장째의 모포를 끌어당겼더니 석 장째의 모포가 나타났다. 그 어리석은 실패를 그녀가 웃기 시작했기 때문에, 그는 그것을 막기 위해 그 큰 손을 그녀의 입에 대었다. 그리고 또 한쪽 엄지손가락으로 아내가 자고 있는 옆방 칸막이 벽을 가리켜 보였다. 테레즈는 대답 대신에 낄낄거리고 웃는가 싶더니, 완전히 제정신이 아닌 듯 몸에 걸친 것을 모두 벗어 던지기 시작했다. 두 사람의 초조한 동작은 리듬이 고르지 못한 진동을 침대에 전했다. 두 사람은 쌓인 모포 속에서 기를 쓰고 뒤얽혔는데 아무래도 그것을 풀 수가 없어, 모포를 사이에 한 채 그냥 서로 끌어안으려고 했다. 조상 전래의 수성(獸性)이 그들 속에 살아 있었다. 어떻게든지 결말을 내야만 했다. 승리의 쾌감에 그는 살갗 근처가 오싹오싹하는 듯했다. 그는 지금 눈앞에 있는 한 장이 마침내 최후의 베일임을 깨달았다. 그 아래에 테레즈의 알몸이 있는 것이다. 그의 손가락이 그 마지막 방해물의 가장자리를 움켜잡았을 때, 그의 근육은 터질 것처럼 긴장해서 그 소리가 들릴 정도였다! 그런데 마틸드가 그를 불렀다. 먼 곳에서 부르는 소리와도 같았고, 가까운 곳에서 부르는 소리와도 같았다.

"샤를! 샤를!"

그는 몸을 한 번 뒤흔들고 사납게 쏘아붙였다.

"귀찮아……."

몸을 내던지고 입가를 심술궂게 일그러뜨리며 테레즈는 비열한 태도로 냉담하게 말했다.

"자, 바보 같은 늙은이, 똑똑히 굴지 못하겠어!"

최후의 힘을 다해서 몸을 들어 올리는 순간, 영감은 쿵 하고 떨어지는가 싶더니 피로와 기대에 어긋난 것 때문에 녹초가 되어 잠자리 위에서 눈을 떴다. 마틸드가 그의 어깨를 잡고 흔들며 다시 같은 말을 되풀이했다.

"자, 아직도 똑똑히 굴지 못하겠어, 바보 같은 늙은이!"

그는 현실로 돌아온 것이 아직 아쉬운 기분으로, 입 가득히 괸 군침을 겨우 삼켰다.

"제기랄! 하필 이런 대목에 일부러……."

마디 선 손이 빨간 눈을 비볐다. 바싹 마른 입술을 혀로 적셨다. 그는 분연히 호통을 쳤다.

"대체 무슨 일이 생겼어? 불이라도 났나?"

마틸드는 어깨를 움츠렸다.

"돌아왔어요."

"누가 돌아왔다는 거야?"

"그 남자예요. 줄리앙 크르토아인지 뭔지 모르지만 말야. 봐요, 들리지 않아요?"

정말 들린다. 귀를 기울이니까 벽을 통해 끈질긴 지속력으로 모터의 울음소리가 확실히 들린다. 갑자기 그는 화가 났다.

"그게 어쨌다는 거야? 나하고 그런 것이 무슨 관계가 있단 말야?

나를 잠자코 자게 둘 순 없어?"
마틸드는 비난하는 빛을 담은 눈으로 그를 응시했다.
"우스갯소리를 하고 있을 때가 아녜요. 당신의 그 선생이 전속력으로 와서 차에서 내려 뛰어왔는데, 모터를 살려 둔 채 있단 말예요, 알겠어요?"
"아니."
여주인은 경멸하듯 입을 삐쭉거렸다.
"당신과 내기를 해도 좋은데, 그 남자 틀림없이 여자를 데리러 온 거예요⋯⋯. 몰래 말예요, 겨우 알아 듣겠어요? 알겠지요? 자아, 일어나요."
샤를은 깊은 한숨을 쉬었다. 마틸드라는 여자는 뭔가 한 가지 일이 머리에 달라붙으면 그만이다. 우울한 기분으로 그는 바지를 입기 시작했다.

잠이 덜 깬 듯한 태도로 테레즈는 옷을 입었다. 마침 스커트의 훅을 채우는 참이었다. 보통 때라면 그런 때 프레드는 가만히 그녀의 모습을 바라본다. 그런데 오늘 밤에는 이쪽으로 등을 돌린 채, 초조하게 창 밖의 들판을 열심히 둘러 보았다.
"빨리 해!"
그는 불쾌하게 말했다.
"네에, 이제 곧 끝나요" 그녀는 울상을 지으며 열심히 스커트의 훅을 채우려고 했다. "하지만 난 뭐가 뭔지 모르겠어요⋯⋯."
"네가 그걸 아는 날엔⋯⋯."
그는 옆으로 다가와서 그녀가 스웨터 입는 것을 거들면서도 모양이 좋은 유방을 거들떠보지도 않았다. '대체 어떻게 된 것일까, 이 사람은?' 그녀는 마음속으로 궁금히 여기며 문득 어젯밤의 싸움을 생각해 냈다. '그랬어, 싸움을 했어.' 그녀는 벌써 오래 전에 그런 원망은 잊고 있었다.

"이제 곧 아침 4시야. 넌 그런 걸 생각하지 않는단 말야. 그리고 훔쳐 온 차도 말야. 아마 생각해 보지도 않았겠지. 내가 모든 것을 해야 하니. 하나에서 열까지 내가 머리를 써야 하니, 원. 달리 얼마든지 생각해야 할 일이 있다는데도 말야. 날이 새기 전에 차를 시내까지 타고 가서 버려야 한단 말야. 어때, 알았니?"

물론 그녀도 알고 있었다. 알고 있는 정도가 아니라, 어쩌면 그보다도 더 앞일까지 생각하고 있는지도 몰랐다.

"그래, 여긴? 어떻게 지불할 셈이지요?"

"필요 없는 걱정은 안 해도 돼. 좌우간 빨랑빨랑 하라구. 네가 할 일은 그것뿐이야."

테레즈는 맨발에 구두를 신었다.

"준비는 다 됐어요."

프레드는 그녀의 손을 와락 잡더니 그 손을 끌며 앞장 섰다. 그리고 복도가 조용한 것을 보고 안심하며, 그대로 그녀의 손을 끌고 계단 있는 데까지 갔다. 두 사람은 손으로 더듬으며 계단을 내려가, 어둠 속에 줄무늬를 드러내고 있는 니스 칠한 버드나무 세공의 팔걸이 의자에 부딪치지 않도록 하며 현관 홀을 가로질러 갔다. 테레즈는 불안해서 숨이 막힐 듯한 기분이었다.

'여관 사람들이 잠에서 깨지 않았으면 좋으련만. 깨어 있다면 큰 창피를 당할 텐데!'

프레드의 뒤를 따라 뜰로 나서려는 순간, 여주인의 목소리가 울려, 그녀는 그 자리에 우뚝 서고 말았다.

"안 돼요, 당신들. 밤도망을 치려면 좀더 일찍 일어나야지. 주말에는 5,000프랑 받습니다, 우리 집에선."

테레즈는 하마터면 모든 것을 털어놓을 뻔했다. 우린 돈을 가지고 있지 않다고, 그리고 남의 차를 훔쳐 왔기 때문에 그걸 제자리에 갖다 놓아야 한다고…….

프레드의 손이 그녀의 어깨를 꽉 눌렀기 때문에 겨우 여관 사람들에게 비밀을 털어놓지 않아도 되었다. '정말 혼자서 모든 것을 생각해 주는군' 하고 그녀는 생각했다.

"5,000프랑이죠?"

프레드는 가성으로 밖에서 물었다.

테레즈는 두 손을 맞잡고 빌었다. '하느님, 부디 프레드에게 돈이 마련돼 있도록 해 주십시오!

"……한 분에 대해서랍니다!"

이렇게 덧붙인 사람은 쉰 목소리의 샤를이었다.

테레즈는 열린 문으로 보며 깜짝 놀라고 있었는데, 프레드는 포켓에 손을 집어 넣고 안을 뒤지고 있었다. 정말 어떻게 된 게 아닐까 하고 그녀는 생각했다. '그런 짓으로 이 사람들을 속이려 해 봤자 도저히 안 될 텐데…….' 그러나 이 파렴치한 가장 행위를 일단 시인해 버리니까 이어서 일어난 기적에도 젊은 그녀의 마음은 별로 놀라지 않았다. 프레드는 꼬깃꼬깃한 1만 프랑짜리 지폐 한 장을 꺼내어 그녀에게 내밀었다. 테레즈가 그것을 마틸드에게 주었더니, 마틸드는 낚아채듯 받았다.

"서비스료는 포함되지 않았는데요." 마틸드는 말했다.

프레드는 다시 주머니에 손을 집어 넣더니 뭔지 모양이 확실치 않은 종이 묶음을 꺼냈다. 그리고 상대에게 얼굴을 보이지 않으려고 더욱 얼굴을 돌렸다. 이윽고 2,000프랑만을 뽑아 먼저 지폐와 같은 경로를 통해 넘겨주고, 그는 나머지를 도로 집어넣었다.

"자, 그럼 나가십시오!"

그녀는 끝까지 불쾌한 태도로 말했다.

젊은 두 사람의 귀에는 그 뒤 샤를이 아내의 싸울 듯한 태도를 누그러뜨리는 듯한 말이 들려 왔다.

"그리고 또 생각이 나면 언제든지 오십시오. 똑같은 대접을 해 드리겠습니다."

그러나 마틸드는 끝까지 상대를 찍소리 못하게 말했다. 아침의 차가운 공기를 헤치고 그 말이 젊은 두 사람의 귀를 때렸다.

"그래요, 환한 대낮에 말야. 살금살금 숨지 말고, 어떤 얼굴을 하고 있는지 보이게 부탁해요!"

쇠울타리 문이 소리를 내고 닫히자, 마틸드는 홱 돌아섰다.

"뭐야, 망령 든 늙은이! 당신은 근처에 잠시라도 여자 아이가 어른거리면, 그야말로 우리가 가난뱅이가 되는 줄도 모르고 오금을 못 쓰니 큰일이야!"

그는 마틸드가 가진 돈을 낚아채어 그녀의 코 끝에서 흔들며 말했다.

"잔소리를 할 게 뭐 있어? 이렇게 계산을 해 받았으면 됐지!"

그녀도 그 말에는 대꾸할 말이 없었다. 그가 공격에 나섰다.

"어쩌자고 언제까지나 불을 켜지 않는 거야? 마치 나쁜 짓이라도 음모하고 있는 것 같잖아, 이렇게 캄캄하게 해 놓은 채로!"

이렇게 말하자마자 상대의 대답도 기다리지 않고 그는 안으로 걸어갔다. 불이 켜지는 순간, 그는 마침 거울 앞에 있었기 때문에 바지의 단추도 제대로 안 꿰고 털 셔츠 앞이 벌어져 흰털 섞인 가슴이 들여다보이는 늙은 남자의 모습을 거울에서 볼 수 있었다.

"꼴 좋군!" 마틸드가 놀렸다.

"당신은 어떤데, 그럼? 당신은 좋은 꼴이었다고 생각해? 밤도망이니 뭐니, 괜히 떠들어 대고?" 그는 쏘아붙였다.

마틸드는 웃음을 터뜨렸다.
"자신이 그 꼴을 보았다면요."
"똑똑히 보았어……."
그도 따라 웃었다. 그리고 아내의 엉덩이를 탁 때린 다음 허리를 안 듯이 하고 나란히 거울에 비친 자기들의 모습을 턱으로 가리켜 보였다.
"그런데 이렇게 하고 보니 꽤 멋진 부부가 아닌가, 어때?"
그는 덤벼드는 시늉을 해 보였다. 마틸드는 그저 겉으로만 거절하는 시늉을 했다.
"좀 기다려요. 어쩌자는 거예요……."
"좋지 않아, 여보……. 중요한 것은 자기의 분수를 아는 일이야. 어떤 일에는 나이를 너무 먹었지……."
"그건 말하자면 그 처녀 이야기겠죠, 네?"
"그리고 어떤 일에는 아직 그대로 젊지……."
"그것이 곧 나라는 말이죠?"
두 사람은 팔짱을 끼고 웃으며 천천히 침실로 돌아갔다. 현관 홀은 강렬한 조명을 받은 채 한동안 텅 비어 있었다. 이윽고 샤를이 속바지 한 장 차림으로 다시 나타나는가 싶더니 불쾌한 태도로 화가 난다는 듯이 중얼거렸다.
"언제나 싫은 일은 내가 해야 된단 말야!"
그는 불을 끄고 잰걸음으로 아내 곁에 돌아갔다.

빨간 프리게이트는 시속 100킬로미터로 파리를 향해 서부 자동차 도로를 달리고 있었다.
"그렇게 달리지 말아요. 난 무서워요."
테레즈는 애원하듯 말했다.

"만일 붙잡히게 되면 이보다 훨씬 무서운 꼴을 당해……. 훔친 차에 타고서 말야!"

핸들에 덮치듯 하고 그는 헤드라이트 저편의 어둠 속을 뚫어져라 보고 있다.

"일부러 오토바이 경관에게 걸리기 쉬운 방법을 취하는 거나 마찬가지예요, 이렇게 어둠 속으로 돌진하는 것은."

그는 대답을 하지 않았으나 속도를 늦추었다.

"아버님을 만나고 왔나요?" 그녀는 물었다.

"아버지를? 어째서? 언제?"

"언제라니……. 아까요, 나갔을 때 말이에요……."

"아, 그럼 넌 자고 있지 않았어?"

"숙박료 줄 돈을 아버님이 주셨나요?"

"아버지가? 너, 아마 어떻게 된……."

다음 말이 끊겼다. 열심히 무엇을 생각하느라고 이마에 주름을 잡고 있더니 한참 후에 그는 이상하게 서두르는 투로 말을 이었다.

"응. 아버지를 만나서 모든 사정을 털어놓았어. 그래, 아버지가 준 거야. 열, 아니 그게 아니고 열 다섯 장 정도를."

그는 그녀의 얼굴을 볼 뻔했으나 그렇게 하지 않는 편이 좋겠다는 생각으로 도로를 응시한 채 지금 한 말을 보충했다.

"1만 프랑짜리 한 장하고 1,000프랑짜리 다섯 장이야."

두 사람 사이에는 한참 동안 침묵이 흘렀다. 테레즈가 그 침묵을 깨뜨렸다.

"아버님에게 우리 이야기도 했나요?"

어색해져서 그는 좌석 위에서 몸을 틀었다.

"정말 그 얼굴을 보여 주고 싶었어. 한밤중에 잠에서 깬 아버지 얼굴을 말야! 넌 모처럼 좋은 구경거리를 놓친 셈이야, 정말이야.

깜짝 놀라서 두말없이 돈을 내주지 않겠어?"
 그는 농담으로 얼버무리려 했으나 아무래도 마음이 내키지 않았다. 그녀는 끈덕지게 다짐을 두었다.
 "지금은 다 알고 계시는군요?"
 "알고 있다니, 뭘?"
 그는 신경질을 폭발시켰다.
 "당신과 내 일 말예요."
 그는 대답도 없이 점점 침착성을 잃고 몸을 움직였다. 이쪽 마음을 발가벗기는 듯한 그 눈매에 당황해서 잘못했다가는 불필요한 말을 할까 봐 걱정이 되었다. 자기 한 사람의 가슴속에서마저 이미 답답해지고 있는 그 진상을 폭로해 버리는 결과가 될지도 모르겠다는 생각에 떨고 있었던 것이다.
 "그런데 이 차를 어떻게 하지? 이봐, 어때?"
 마침 터널로 들어섰을 때였다. 그걸 벗어나면 상 크루(파리 서남부에 있는 같은 이름의 거리와 공원으로 통하는 센 강 위의 다리)가 있다.
 "글쎄, 모르겠는데요. 난 처음부터 이런 생각을 했는데, 처음 훔쳤던 장소에 그대로 갖다 두는 게 어떨지 몰라." 테레즈는 말했다.
 프레드는 몇 번이고 열심히 끄덕거렸다.
 "나쁘지는 않은 생각인데. 그건⋯⋯ 그건 나쁘지 않아⋯⋯."
 그 어린애 같은 말씨에 마음이 동한 그녀가 그에게로 몸을 기대었는데, 그의 몸이 떨리고 있었다. 그는 자기 고독 속에 테레즈가 이렇게 온기를 가져다 주는 것을 고맙게 여겼다.
 "넌 차 같은 걸 걱정하지 마⋯⋯. 곧 새것을 사줄게. 조금만 기다려⋯⋯."
 그렇다면 역시 아버님에게 이야기한 모양이야. 그러면서도 그렇다는 말을 안 한단 말야. 여전히 자존심이 있는 거야. 어둠 속에서 그녀는 빙긋 웃었다. 그런데 어째서 이렇게 계속 떨고 있을까? 그녀는 그것을 물어 볼까 하다가 그만두었다. 프레드의 어깨는 마치 겹치는 피로에 견디지 못하는 듯 축 늘어졌다. 그리고 자꾸 딸꾹질을 한다. 한 대의 트럭이 지나치며 이쪽 차 안을 강한 빛으로 비추었다. 그는 울고 있었다.

"왜 그래요, 프레드?"

"아무것도 아냐……. 아, 아무래도 졸려서 못 견디겠어. 그뿐이야."

그가 갑자기 이렇게 떨리는 어린애 같은 이상한 목소리를 내는 것을 들으니까 그녀는 가엾어졌다.

"잠깐 쉬어요……."

"어디서? 아무데도 갈 곳이라곤 없어."

"우리 집에서요." 그녀는 권했다.

"고마워, 테레즈. 넌 좋은 애야……. 정말 좋은 애야……."

그는 잠깐 차를 세우고 그녀를 끌어안으면서 속삭였다.

"나를 외톨이로 만들면 안 돼……. 난 너 없이는 살 수 없어……."

"그거야 나도 마찬가지예요. 나도 당신 없이는 살 수 없어요. 프레드, 나에게는 아무래도 남자가……."

"남자?" 그는 높은 소리로 외쳤다. "난 남자가 아닌가? 돈을 마련해 주지 않았나?"

"아, 아니, 분명히 해 주었어요."

확실히 어젯밤의 싸움이 그에게는 몹시 자극이 되었다. 그녀는 그 일을 사과하려고 했다.

"정말 미안했어요, 프레드. 그런 짓을 하다니. 마음속으론 그렇게 생각하지 않아요……."

그는 연인의 어깨에 입을 묻었다. 그녀에게는 그의 말이 겨우 들렸다.
 "그런 짓은 하는 게 아냐……. 남자를 참을 수 없을 정도로 몰아세우다니……. 절대로 그러는 게 아냐……."
 "걱정 말아요, 프레드……. 인젠 절대로 그러지 않을게요."
 그는 그녀의 뺨을 쓰다듬었다. 무엇인가가 피부를 스쳤다. 손목시계가 그의 손목에 채워져 있었다. 그녀는 그것을 보고 분개했다.
 "프레드! 당신은 아버님 시계를 훔쳐 왔군요, 틀림없이."
 프레드의 태도는 그녀를 말할 수 없이 놀라게 했다.
 "아버지 같은 거 망해 버려야 해! 그래 망해 버려. 아버지도, 너도! 난 얼토당토않은 질문을 받는 게 질색이야! 그런 건 이젠 지긋지긋해. 알았니! 지긋지긋하단 말야!"
 느닷없이 사납게 기어를 삐걱거리면서 그는 차를 몰기 시작했다. 그는 질풍처럼 차를 몰았다. 그녀는 말을 걸 용기가 없어졌다. 아마 그녀는 잘 모르지만 자기 나름대로 이미 사실을 깨닫고 각오를 정한 때문이었는지도 모른다.
 프리게이트는 베르사유 로에 이르고 있었다.

탈출

 전등이 켜졌다. 이번 경우는 줄리앙 크르토아의 머릿속에서 갑자기 불이 켜진 느낌이었다. 그는 갑자기 일어서더니 숨을 죽이고 눈을 가린 채 멍하니 있었다. 또 야경인가? 그는 기계적으로 손목시계를 보았다. 5시 30분. 이것은 대체 무엇을 의미하는가? 36시간 동안 중단한 끝에 자기의 생활이 다시 시작된 것이라고 하더라도 그에게는 갑자기, 그리고 쉽사리 믿어지지 않았다.
 관자놀이께 혈관이 심하게 맥박쳤다. 혼란한 생각 속에서도 벽 저쪽에서 들려 오는 희미한 생활의 웅성거림에 무의식적으로 일깨워져 갑자기 하나의 광경이 머리에 떠올랐다. 수위나 혹은 청소부가 엘리베이터에 타려고 단추를 누른다. 그리고 그의 모습을 발견한다……. 절대로 그런 일이 있어서는 안 된다!

운명의 힘을 얕잡아 보지 않으려는 듯이 조금 떨리는 손으로 그는 13층의 단추를 눌렀다. 정말 기적처럼 소리도 없이 매끄럽게 엘리베이터는 움직이기 시작했다.

엘리베이터는 섰다. 그러나 그는 밖으로 나갈 용기가 없었다. 이건 너무 달콤한 이야기다. 틀림없이, 뭔가 함정이 있을 것 같다. 어떤 함정일까? 아, 그렇다! 자기가 그 동안 쭉 이 빌딩에서, 더구나 볼그리의 시체 가까이에 있었다는 사실을 절대로 다른 사람이 눈치채지 못하게 해야 한다.

갑자기 들키지 않도록 계단 높이에서 문을 닫아 버리고, 그는 리놀륨을 들어올리고 어둠 속에서 라이터 빛에 의지하여 들어올리는 뚜껑의 나사가 죄어진 상태를 조사해 보았다. 그는 아무래도 다소 소홀히 한 일을 열에 들뜬 사람처럼 정성들여 다시 조정했다. 나이프 끝이 부러졌다. 부러진 끝이 어디론가 날아갔다. 그는 귀중한 시간을 몇분인가 소비해서 그것을 찾아 주머니에 넣었다. 이번에는 지문이다. 그는 손수건으로 금속판이며 바닥 문에 묻은 흔적을 닦아 냈다. 만들어 피우려던 예의 담배 부스러기를 발끝으로 문의 골 속에 밀어 넣었다. 어차피 청소부가 청소기와 젖은 걸레로 구석구석 닦겠지만, 그러나 주의에 주의를 거듭해야 한다.

그는 오버코트를 열심히 털어 만약에 누구를 만나더라도 너무 더러워진 꼴을 보이지 않으려고 했다. 완전히 준비가 끝나자 그는 귀를 기울였다. 전혀 아무 소리도 들려 오지 않았다. 바퀴소리가 나지 않도록 살짝 문을 옆으로 밀었다. 밖에 나와 보니까 아무도 없었다. 그는 두세 걸음 걷다가 이렇게 다시 자유의 몸이 된 것에 멍하면서 또 귀를 기울였다. 아무런 낌새도 없었다. 그는 자기 사무실로 달려갔다.

테이블 위에 아무 일 없이 놓인 어음 뭉치와 수표와 초안을 보고 그는 자칫 기분이 나빠질 것 같았다. 모두가 이 종이쪽지 때문이다! 그것을 파기하려고 들어올린 순간, 하필 이런 좋지 않은 때에 위 경련이 생겨 그는 몸을 구부리고 괴로워했다. 그는 배를 꼭 누르고 금방이라도 소리치고 싶은 아픔을 참았다.

질질 끄는 듯한 발소리가 밖에서 들려 와, 그는 얼굴 정면에 주먹을 얻어맞은 것처럼 움찔하고 정신을 차렸다. 핏기가 싹 가신 얼굴로 우두커니 서서 그는 가까워 오는 발소리를 들었다. 그리고 마지막 힘을 짜내어 급히 달려가 열쇠 구멍의 쇠를 돌렸다. 정말 아슬아슬했다. 발소리는 문 앞에서 멈춘 것이다.

그는 벽에 찰싹 붙어서 가만히 숨을 죽였다. 손잡이가 몇 번이나 돌려졌다. 위의 아픔은 사라져 버렸다. 이 새로운 위험은 매우 용이하지 못한 것이 확실해졌다. 복도에서는 끈질기게 밀었다 당겼다 하고 있다. 줄리앙은 입술을 깨물었다. 바보처럼 무른 이 쇠통을 바꿔 두는 것을 미처 생각하지도 못했었다. 손잡이는 여러 방향으로 움직여지고 누군가가 문을 흔들어 본다.

"뭐, 찾으실 물건이라도 있습니까?" 여자의 목소리가 들렸다.

"그게, 실은 잘 모르겠는데 말야……."

알베르다! 대체 뭘 하겠다는 것인가? 여자 청소부는 비굴한 웃음 소리를 냈다.

"아저씨는 언제나 재미있는 일만 하셔!"

"아니, 장난이 아냐. 그런데 나도 이제 나이를 먹어서 말야. 오늘 아침 여기에 도착했을 때 이 방 주인의 자동차가 있는 것 같아서 말야. 그래서 그 주인이 확실히 방에 있는지 어떤지 확인해 보려고 한 거야……. 그런데 토요일 저녁 때 그 사람이 돌아가는 것을 똑똑히 이 눈으로 보았으니 이상하단 말야." 알베르가 대답한다.

"그런 것이 무슨 증거나 되겠어요. 오늘 아침 일찍 왔었는지도 모르잖아요, 일 때문에." 여자가 받았다.

"그런 타입의 사람이 아냐." 수위는 일축했다. "그리고 어떻게 들어왔는지 물어 보고 싶어. 입구가 모두 잠겼는데 말야."

그들은 멀어져 갔다. 줄리앙의 귀에 멀어져 가는 두 사람의 목소리가 들렸다.

"나를 찾고 있었나?" 알베르가 묻는다.

"네에. 페인트칠이 이제 끝났는지 어떤지 몰라서요."

"다 끝났어. 이제 가구만 들여 놓으면 돼."

"그렇다면 거기부터 시작하겠어요, 우리 조는. 틀림없이 먼지나 쓰레기투성이가 돼 있을 테니까요."

줄리앙은 그 다음 말을 들을 수 없었다. 그는 히스테릭하게 손을 비볐다. 다행이다! 그렇게 되면 그가 옆방을 지나온 최후의 흔적도 지워져 버린다. 소리 없는 웃음이 그의 얼굴에 감돌았다. 처음부터 끝까지 신의 가호가 자기에게 따라다니고 있었다는 것을 그는 깨달았다. 그리고 갑자기 다시 배에 손을 댔다. 고통이 다시 찾아온 것이다.

그는 몸을 질질 끌고 사무용 책상에 가서 서류를 태우고 그 재를 창에서 뿌려 내버리고 나서 안도의 숨을 쉬었다. 겨우 끝났다!

그는 알약 하나를 입에 넣었는데 좀처럼 넘어가지 않아 물을 마시려고 세면장으로 갔다. 문득 세면대 위의 거울에 비친 모습을 보니, 볼은 더러워진 수염으로 덮이고, 눈은 초췌해서 검은 기미가 생겼고, 오버코트 깃에는 얼룩이 묻어 마치 산적 같았다. 그는 양복 솔을 꺼내어 열심히 문질러 보았다. 깃은 그래도 어떻게 되었는데 여러 군데에 묻은 기계 기름 얼룩이 도무지 없어지지 않는다. 그는 오버코트를 벗어 털어 보았다. 마치 카펫이라도 터는 것처럼 먼지가 나왔다. 아무리 생각해도 이런 꼬락서니가 된 오버코트를 입고는 아무데도 갈 수 없었다. 그는 그것을 옷걸이에 걸고 메모지 한 장을 뜯어서 갈겨 썼다.

'더니, 미안하지만 오는 대로 곧 내 오버코트를 세탁소에 맡겨 줘 …….'

그는 잠깐 망설였다. 더니에게는 이 메모가 토요일 저녁 때 씌어진 것으로 알게 하지 않으면 안 된다. 그는 덧붙였다.

'주말은 매우 따뜻한 날씨가 될 것 같군. 난 차 안에 둔 레인코트를 입고 가겠어.'

그 종이쪽지를 핀으로 오버코트에 달고 그는 방에서 나왔다.

그러나 곧 그는 다시 돌아와 문을 열었다. 청소부 한떼가 복도 구석에 나타나 새로 페인트를 칠한 방 쪽으로 오는 것이었다. 그는 그 사람들의 발소리와 이야기 소리를 가만히 들었다. 그리고 모두 방 안으로 들어갔으리라고 생각될 무렵 다시 방에서 나와 급히 엘리베이터 쪽으로 갔다. 그러다가 문득 생각을 바꿨다. 아무래도 위험이 너무 크다……. 그래서 발소리를 죽이고 계단을 내려가기 시작했다. 청소부들의 말소리가 청소기의 윙윙거리는 소리에 지지 않겠다는 듯 높게 그에게까지 들려 왔다.

3층까지 왔을 때였다. 갑자기 굉장히 떠드는 소리가 들려 왔다. 볼그리 건이다! 그는 솟아오르는 공포에 지지 않으려고 계단 난간에 매달렸다.

아래 쪽에서 수위가 지르는 소리가 들려 왔다.

"이봐, 무슨 일이야?"

대답은 13층에서 울려 왔다.

"올라오세요, 빨리 알베르 씨!"
"하지만 왜 그래?"
"큰일났어요! 정말 큰일이!"
 청소기 소리가 그쳤다. 위에서는 사람들의 외침 소리, 서로 이야기하는 소리가 났다. 아래에서는 알베르가 청소부들이 위층으로 가는데 엘리베이터를 사용한다고 투덜거렸다. 엘리베이터는 거의 들리지 않을 정도의 소리를 내며 아래로 내려가기 시작했다.
 줄리앙은 엘리베이터를 이용하지 않은 것을 마음속으로 축복했다. 아플 정도로 신경을 곤두세우고 피부가 터질 정도로 턱을 굳히고 그는 가만히 기다렸다.
 밑에 닿자마자 엘리베이터는 다시 움직였다. 알베르가 올라탄 것이다. 지금이라면 무사히 빠져 나갈 수 있다. 그는 아주 빨리 뛰어나갔다.
 그는 길로 뛰어나가 계속 달렸다. 카페 모퉁이에 있는 자기 차에서 두 발짝쯤 떨어진 곳까지 와서 그는 흠칫 섰다. 눈앞의, 조금 비에 씻긴 보도 위에 50센티미터 크기의 백묵으로 쓴 글자가 늘어선 것을 어린애 같은 불안에 사로잡히며 읽은 것이다.
 '하느님은 당신을 찾고 있다!'
 그는 그보다 작게 쓰인 문구에 눈을 돌려 보고 갑자기 뒷걸음질쳤다. 구세군의 구호 아래에 부랑자나 누군가가 이렇게 써 넣었다.
 '나는 모퉁이의 카페에 있다.'
 그러나 줄리앙은 뺨이 꿈틀꿈틀 떨릴 뿐 좀처럼 웃을 수가 없었다. 겨우 자기 차의 운전석에 앉은 다음 '후유' 하고 숨을 쉬며 지금까지의 일들을 머릿속에서 다시 한 번 더듬어 보았다. 아무것도 잊은 것은 없을까?
 서류는?…… 재가 되었다.

볼그리는?…… 자살했다.
엘리베이터는?…… 아무 흔적도 남기지 않았다.
지문은?…… 모두 지웠다.
오버코트는?…… 세탁소에…….
그는 싸늘한 새벽 공기에 몸을 부르르 떨고 뒤로 손을 뻗어 레인코트를 끌어당겨 어깨에 걸쳤다. 그리고 스타터를 잡아당겼다.
스타터 모터를 활짝 열어 비행기 같은 폭음을 울리면서, 차의 스피드를 제1속으로 올리고 처음 모퉁이를 오른쪽으로 구부러져 황급히 왼쪽으로 방향을 바꾼 순간, '하느님은 당신을 찾고 있다!'라고 쓰인 글자가 눈앞에 보였다. 그는 어깨를 움츠렸다. 이 저주받은 빌딩으로부터 멀어지지 않으면 안 된다! 발끝으로 힘껏 액셀러레이터를 밟고 그는 그 한 구역을 한 바퀴 빙글 돌았다. 그리고 하마터면 또다시 같은 길로 들어갈 뻔했는데, 마지막 순간에 방향을 바로잡고 오스망 로를 쭉 달려갔다.
리슈루 거리와 도르오 거리의 교차점까지 와서 그는 방향을 잘못 잡은 것을 알고 홱 뒤로 돌아 아까보다도 침착한 마음으로, 그러나 크게 길을 돌아 되돌아왔다. 다행히 이 시각에는 길에 별로 사람이 없었다. 떨지 않으려고 그의 손은 핸들을 꽉 잡았다.

악의 꽃
잔은 가냘프게 울리기 시작한 전화 벨 소리에 몸을 틀어 바로 수화기를 집어 들었다. 마치 잠들지 않았던 것 같이 보였다.
"여보세요? 네?"
남편 조르주가 옆에서 눈을 비비며 말했다.
"누구야?"
그녀는 전혀 모르겠다는 몸짓을 해 보였다.

"대체 어디로 거셨습니까, 그쪽에선?"

조르주는 그녀의 손에서 수화기를 낚아채더니 송화기에 대고 노기 섞인 음성으로 고함을 쳤다.

"뭡니까, 도대체? 이런 시각에 사람을 깨우는 법이 어디 있습니까!"

수화기가 찌익찌익 소리를 냈다. 조르주가 갑자기 놀라는 빛을 나타내자 잔은 불안해졌다.

"나쁜 소식?"

"지브라르 씨입니까?" 조르주는 물었다. "그런데 무슨 용건입니까?"

"어떻게 된 거에요, 조르주? 뭔가 나쁜 소식이에요? 줄리앙에 관한 건가요?"

손을 한 번 흔들어 그녀에게 말을 못하게 한 다음, 그는 이제 완전히 잠에서 깬 모양으로 가만히 전화를 듣고 있었다.

"좀 묻고 싶은데요. 그러나 이렇게 잠을 깨워 놓고 설마 이쪽에서 이상한 일이 없느냐는 것만 물을 셈은 아니었겠지요?"

그는 겨우 말했다.

"아니, 그렇습니다. 그런데 확실히 확인해 볼 필요가 있으니까요, 아무래도." 지브라르는 대답했다.

"틀림없을 거에요. 줄리앙을 찾아 낸 거에요!" 잔이 말했다.

그는 송화기를 손으로 막고 아내 쪽을 돌아다보았다.

"잠자코 있지 못하겠어! 그렇지가 않아. 알겠어? 그렇지가 않단 말이야. 아직 찾지 못했어!…… 여보세요! 방해가 되지 않는 시간까지 좀더 기다릴 수 없었을까요, 확인을 하더라도?"

"아아, 그렇게 말씀하시지만요, 나도 실은 자고 있는데 누가 깨웠어요!"

"그런 것은 이유가 되지 않습니다……. 예, 뭐라구요? 깨웠다구요? 왜 그랬지요?"

"다 알고 있어요, 다……. 틀림없이 찾은 거예요. 그런데도 당신에게는 말하지 않으려는 거예요!" 잔이 울먹였다.

"대체 무슨 일입니까, 당신을 깨웠다면?"

"아니, 아무것도 아닙니다. 좀 다른 사건으로 말입니다. 별일은 아닙니다만…….."

조르주는 몹시 애가 타는 모양으로 아내 쪽을 돌아보고 '그것 봐' 하는 몸짓을 해 보였다.

잔은 그것을 부정하는 표시로 손가락 한 개를 화가 난 듯이 움직였다.

"엉터리 같은 말을 하는 거예요. 틀림없이 시체수용소에서 거는 걸 거예요. 물어 보시라구요. 물어……."

조르주는 정말 질색이라는 시늉을 했다.

"정말 부탁이야, 잔. 아무것도 들리지 않아……. 아니, 아내보고 한 말입니다. 좀 똑똑히 말해 주십시오, 지브라르 씨. 무슨 일이 생긴 겁니까?"

"별로 아무 일도, 방금 말씀드린 대로입니다. 조르주 씨, 잠깐 물어 보고 싶었을 뿐입니다. 크르토아 씨의 소식이 있었는지. 그런데 크르토아 씨의 부인은 쭉 그곳에 계신가요?"

"물론 여기 있습니다만, 잠깐 기다려 주십시오……."

그는 잔을 침대 밖으로 밀어 냈다.

"좀 확인해 보고 와, 주느비에브가 방에 있는지. 빨리……."

잔은 그 말에 따라 초조하게 슬리퍼를 찾아 신고, 실내복을 걸치고 방에서 나갔다. 그런데 입구에서 마침 그곳에 온 하녀와 마주쳤다.

"무슨 일이 있었습니까, 마님?"

"아니, 크르토아 마님은 돌아가셨나?"

"글쎄, 모르겠는데요……."

잔이 문을 열었다. 모포를 턱까지 덮고, 주느비에브는 편안히 자고 있었다.

"어머, 이런! 이 집에서 자고 있는 사람이라곤 주느비에브뿐이 아냐?" 잔은 어처구니가 없어 소리쳤다.

그녀는 큰 소리를 내며 문을 닫으려다가 하녀가 의아한 눈매로 자기를 지켜 보는 것을 깨닫고 애써 웃음을 지으려 했다.

방에 돌아와보니, 조르주가 뭔가 열심히 입씨름을 하고 있었다.

"잠깐 기다려 주십시오, 형사님. 아무리 해도 확실히 모르겠는데……."

지브라르는 참을성 있게 같은 말을 되풀이했다.

"당신이 압수하셨다는 수첩 말입니다. 줄리앙 크르토아의 비밀 장부라든가 하는……."

"아아……."

"당신은 지금도 역시 매제를 고소할 생각으로 계신 거죠, 그렇지 않습니까?"

"물론 그런데요……."

"그렇다면 이야기는 아주 간단합니다. 그쪽에서는 별로 수고를 안 하셔도 됩니다. 내 동료가 지금 곧 그것을 받으러 갈 테니까요. 도르마르라는 사나이입니다. 이름을 잊지 마시기 바랍니다. 도르마르입니다."

"도르마르라구요? 알았습니다. 그런데 아무래도 모를 일은……." 그는 잔이 침대가에 서 있는 것을 깨달았다. "아, 집사람이 왔습니다! 당장 대답하겠습니다, 누이동생이 잠자리에 있었는지, 어떤지."

잔은 어깨를 움츠렸다.

"분명히 있어요, 푹 잠이 들어서……."

"보세요. 말한 대로지요, 형사님. 누이동생은 자고 있습니다. 이 집에서 한 발짝도 나가지 않은 거죠. 그래, 이번에는 당신 이야기를 들려주었으면 하는데……."

"수고하셨습니다." 지브라르는 대답했다.

"여보세요! 여보세요!"

놀라서 입을 오므리며 마치 이런 버릇 없는 처사에 대한 해명을 요구하겠다는 듯이 조르주는 말없이 그 수화기를 노려보았다.

"대체 어떤 속셈일까? 끊어 버렸어."

"뭔가 당신에게 숨기고 있는 거예요."

다시 잠자리에 들며 잔이 말했다.

"대체 무엇을 숨긴다는 거야? 시체 수용소에서 발견됐다는 것 말야? 그렇다면 수첩 따위가 필요 없을 게 아냐."

"무슨 수첩이에요?"

"그 녀석의 장부야. 내가 넘겨 주기로 돼 있어, 다른 형사가 오면."

"당신, 아직도 줄리앙을 파산시킬 결심이세요?"

조르주는 두 손을 번쩍 들었다.

"그런 걸 나보고 물어 봤자 몰라. 대체 뭐라고 대답해야 되지?"

잔은 휙 돌아다보았으나 곧 평정을 되찾고 말했다.

"어쨌든 저쪽에서 뭔가 잡았다면 무슨 소식이 없었느냐고는 전화로 묻지 않았을 거예요."

조르주는 조금 콜록거렸다.

"그럴지도 모르겠군. 자, 이제 자라구. 아직 꽤 이르니까."

그는 모포를 어깨 위에 걸치더니 몇 번이고 몸을 뒤척이며 깊은 한숨을 쉬었다.

"지긋지긋하군!"

"그런 전화를 걸어 온 것은 무슨 뜻일까요?" 잔이 물었다.

"알 게 뭐야! 죄 없는 사람을 새벽에 깨우는 게 재미있는 모양이지."

"그런데 저쪽에서 아무 말도 하지 않았어요, 주느비에브가 잠자리에 있는지 내가 보러 간 사이에?"

"응, 아무것도. 당신도 들었던 것, 당신도 알고 있는 것 말고는. 정말 어떤 희생을 치르더라도 감옥에 처넣고 싶은데 말야, 그 비열한 사람을!"

"그럼, 물론이죠. 모든 죄는 그에게 있으니까요! 저, 본성을 감추고 얌전한 체하는 누이동생 쪽에는 아무 죄도 없으니까요! 자기가 그를 거기까지 몰아 넣은 것도 아니며, 그런 불의한 짓을 하도록 간접적으로 만든 것도 아니겠지요! 그러면서도 저 방자한 사람 덕분에 온 세상이 뒤집힐 듯한 소동을 치르고, 별로 남보다 근성이 나쁘지 않은 그가 가엾게도 경찰에 쫓겨 다니는 거예요, 마치 악인처럼!"

"확실히 악인이 아닌가! 얼마나 내 돈을 사기쳤는지 당신은 알지도 못해!"

"인젠 그만둬요! 제발 그런 이야기는 되풀이하지 말아요. 난 곰곰이 생각했어요. 그의 부인이고, 그를 사랑한다는 그 여자가 그런 서류를 당신에게 넘겨 주다니, 정말 비열한 사람이에요, 당신 누이동생은!"

조르주는 자리 위에서 반쯤 몸을 일으켜 심한 기세로 말하는 아내를 깜짝 놀란 듯한 눈매로 지켜 보았다.

"그런데 결국 당신에게 어떻게 했다는 거야, 주느비에브가?"

"나에게는 아무것도 하지 않았어요. 하지만 우리 부부나 줄리앙에 대해서예요."

"한마디로 처세술을 통 모르는 가엾은 여자인 거야."

"과연 처세술은 모르는지 몰라도, 그 대신 남의 생활을 휘저어 놓는 데는 숙달된 사람이에요. 그리고 뭐든, 정말 뭐든지 사정에 따라서는 큰 소동까지도 모두 자기 중심으로 움직이려고 하니까요!"

그는 더 다투려고 했으나, 그 낌새를 잘라 버리듯 그녀는 단호히 팔을 저었다.

"자, 주무세요. 아무리 싸워 보았자 소용없는 걸요."

그는 그 이상 다투려고 하지 않았다. 그녀가 이런 눈매로 이런 소리를 하기 시작하면 서로 등을 돌린 채 두 사람은 호흡을 가다듬으려고 노력했다.

조금 뒤에 그는 살짝 물었다. "잠들었어?"

그녀는 대답을 하지 않았다. 그러나 그 눈은 크게 뜨고 있었다.

프레드는 코고는 소리를 내기 시작했다.

테레즈는 두 손을 머리 뒤로 돌린 채, 자기 방의 작은 천장을 바라보았다. 군데군데 칠이 벗겨졌다. 그녀는 한숨을 쉬었다. 이 방이 그녀에게는 마음에 들었다. 방의 어느 부분도 돈이 없는 사람다운 애정과 연구로 꾸며져 있었다. 프레드의 손으로 큰 변동이 가해진 뒤에도 역시 그랬다. 모든 것이 청결하고 말끔하며 단정히 정돈되어 있었다. 벽 가의 소파와 침대, 그리고 키친 코너⋯⋯. 가스 풍로가 놓인 흰 나무 테이블 옆에 작은 수도꼭지가 달린 소꿉놀이 같은 개수대가 있다. 경사진 지붕의 두 개의 잘린 곳 사이에 끼워진 창, 그리고 그곳에 놓아 둔 꽃⋯⋯.

전에는 20권쯤의 책이 꽂혀 있던 책꽂이에는, 두툼한 책이 단 두

권 외롭게 남아, 《콘사이스 옥스퍼드 사전》과 가지런히 있다. 이 사전은 프레드가 영어와 프랑스어의 비교 연구론을 쓰려고 결심했을 때 산 것이다. 그의 연구는 오랜 시일이 지나도 〈신사 협약의 언어학〉이라는 표제 말고는 진척된 게 없었다.

확실한 이유도 없이 테레즈는 이것이 자기 방을 보는 마지막 기회라는 생각이 들었다.

'도저히 그럴 틈은 없었어. 파리에 가서 아버님을 만나고 돌아오다니. 프레드는 거짓말을 한 거야.'

아버지가 지금 테이블 위에 번지르르하게 놓인 금시계까지 일부러 주어 보낼 이유는 털끝만큼도 없었다.

돌이켜 생각해 보면, 간단한 한 가지 사실이 강하게 마음에 떠오른다. 프레드는 아버지가 1만 프랑짜리 지폐 1장과 1,000프랑짜리 지폐 5장을 주었다고 했다. 그러나 그가 가지고 있던 지폐 뭉치는 훨씬 부피가 컸다.

한쪽 팔을 괴며 그녀는 가만히 프레드의 자는 얼굴을 쳐다보았다. 동정을 구하듯 조금 입을 벌린 채 어쩐지 괴로운 표정을 하고 있다. 눈꺼풀을 몹시 찡그리고 있는 모습이 마치 앞뒤 생각없이 현실을 보지 않으려고 커튼을 닫은 듯한 느낌을 주었다. 그쪽으로 등을 돌려, 그녀는 침대 옆 의자 위에 놓여진 프레드의 옷에 손을 뻗어 주머니를 뒤져 보았다. 지갑이 하나. 프레드는 그런 것을 갖고 있지 않았다. 아버지한테서 얻었을까? 그렇게 생각해도 좋을 것이다.

그녀는 그것을 먼저 자리에 되돌려 놓으려다가 문득 생각을 다시 했다.

지갑 왼쪽 부분은 지폐를 넣게 되어 있었고, 또 한쪽인 오른쪽 부분은 증명서나 사진을 넣어두는, 속이 비쳐 보이는 몇 개의 포켓으로 되어 있었다. 그 사진 한 장에 찍힌 부부의 모습에서 그녀는 바로 짚이는 것이 있었다. 자기도 그것을 예기하고 있었다는 생각마저 들었다. 노숙하고 있던 남자와 그 부인이다. 아무 놀라움도 느끼지 않았다. 놀라운 점은 마르리를 도망쳐 나왔을 때부터 자기가 그것을 알고 있었다는 느낌을 지금 깨달은 것이다.

"프레드!" 그녀는 한껏 비난을 담은 말씨로 살짝 중얼거렸다.

자고 있는 프레드는 입을 다문 채, 갓난 강아지가 꿈이라도 꾸는 듯한 신음 소리를 냈다. 그녀는 지갑을 놓고 떨면서 두 손을 맞쥐었다. 그리고 두 발을 침대 밖으로 내놓아, 바지 뒷주머니에 손을 넣고 지폐 뭉치를 끌어냈다. 1만 프랑짜리 지폐가 몇십 장이나 된다. 그녀는 슬프다는 감정도 없이 울면서 '그래서야 너무 달콤한 이야기다. 최후는 어차피 이렇게 되는 거다' 하고 어렴풋이 짐작하는 듯했다. 마음이 단순한 사람들에게 특유한 운명을 체념하는 듯한 마음으로, 자기가 그렇게 하고 있다는 것도 깨닫지 못하고 자꾸만 손가락으로 눈물을 닦았.

"뭘 하고 있어?"

프레드가 눈을 뜨지 않고 혀 꼬부라진 목소리로 물었다.

"아무것도 하지 않아요? 자고 있어요. 네, 천천히……"

그는 그녀 쪽으로 등을 돌리고 다시 규칙적으로 코를 곤다.

테레즈는 금시계를 집어 들었다. 스위스제로 굉장히 정교한 시계다. 그녀는 케이스에 씌어진 매우 잔 글자를 읽어 보았다. '페드로에게, 당신의 제르맨느로부터.' 흐느낌이 목구멍에 치솟아올랐다. 그녀는 개수대로 달려가 토하려고 했다. 그러나 넘어오지는 않았다.

그녀는 슬립 하나만 입었기 때문에 새벽 공기가 찼다. 그러면서도 그녀의 몸은 흠뻑 땀에 젖어 있었다. 두 손으로 머리를 감싼 채, 그녀는 잘 생각해 보려고 했다. 아직도 그 시계를 쥐고 있었기 때문에 귓가에서 재깍재깍 소리가 났다. 그녀는 견딜 수가 없었다. 열어 제친 창으로 그녀는 주위의 지붕을 둘러보았다. 그리고 팔을 크게 뻗는 가 싶더니, 그 위험한 증거물을 자기가 감싸려는 사람으로부터 되도록 멀리 내던졌다. 시계는 난간에 부딪쳐 튀고, 똑바로 도르르 떨어져갔다.

 살갗을 찌르는 아침 공기 속으로 몸을 내밀어 보았으나, 아래쪽은 전혀 보이지 않았다. '하는 수 없지. 저것을 무엇과 결부시켜서 생각하는 사람은 없겠지.' 그녀는 생각했다.

 살짝, 프레드가 깨지 않도록 그녀는 아주 조용히 성냥을 그어 가스에 불을 붙였다. 파랗고 작은 불꽃이 새벽녘의 어둠 속에 흔들렸다. 테레즈는 접시 하나를 집어 들었다. 접시 끝이 옆에 말리고 있던 커피 접시에 부딪쳐 소리가 났다. 그녀는 돌아다보았다. 그러나 프레드는 여전히 자고 있었다.

 그녀는 아직도 자기가 어떤 결심을 하고 있는지를 모르고 있었다.

 두세 장씩으로 나누어 그녀는 지폐에 불을 붙여 그것을 접시 위에 놓고 완전히 타도록 했다. 그 돈만 있으면 현재 처한 어려움을 헤쳐 나갈 수 있는데도 소멸시켜 버리는 일에 조금도 후회하지 않았다. 다음은 지갑과 그 속에 든 것들 차례다. 가죽 부분은 좀처럼 불이 붙지 않았다. 반대로 셀로판으로 된 포켓은 힘들지 않았다.

 접시를 들고 그녀는 어둡고 인기척이 없는 지붕 바로 아래층 복도로 나갔다. 그리고 계단 올라가는 곳에 있는 화장실까지 가서 문을 안으로 잠그고 재를 변기 속에 비우고 물을 내렸다. 심한 감동에 그녀는 정신이 아득해졌다. 주위가 빙글빙글 돌기 시작해서 그녀는 문의 흐린 유리에 이마를 기대었다. 그리고 한 손으로 자기 배를 문지르며 중얼거렸다.

 "아냐, 아직 안 돼, 아가야······. 이제 곧 끝날 테니까······."

 방에 돌아와 그녀는 접시를 헹구고 정성들여 닦은 뒤 제자리에 갖다 두었다. 물을 만졌기 때문에 손가락이 얼음처럼 차가웠다. 그녀는 손을 가스 불꽃에 쬐었다. 그리고 다시 한 번 슬립 위로 아직 형태를 이루고 있지 않은 자기 아이를 쓰다듬어 주며 한없이 다정한 말씨로 속삭였다.

"넌 정말 운이 나쁘구나. 그러나 어차피 너에게는 파파 같은 사람이 있을 리 없었어⋯⋯. 그저 큰형 같은 사람이겠지, 조금 머리가 이상한⋯⋯."

기계적으로 그녀는 불을 껐으나 가스의 마개에서는 손을 떼지 않았다.

주위를 둘러본 그녀는 풍로에서 가느다랗게 가스가 새는 소리를 듣고 자기가 가스 마개를 다시 연 것을 알았다. 돌아다보는 그녀의 눈은 보이지 않는 아픔 없는 죽음이 흘러 나오고 있는 검고 작은 구멍을 응시하고 있었다. 전혀 아무것도 느낄 수 없었다. 그녀의 머리와 가슴속에 무엇인가가 희미하게 형태를 이루기 시작했으나, 그것이 기쁨인지 슬픔인지 잘 몰랐다.

가만히 응시하던 것을 뿌리치는 듯한 몸짓을 하고 그녀는 프레드가 자고 있는 침대로 갔다. 그리고 모포를 밀어 제치고 입술을 살짝 연인의 가슴에 대었다. 프레드는 꼼짝도 하지 않았다. 여전히 맨발로 무슨 금지된 짓을 하는 때의 어린아이 같은 장난기 어린 얼굴로, 그녀는 선반 속에 개어 놓은 석 장의 모포 뒤에서 한 권의 《악의 꽃》을 찾아 냈다. 자기가 아직도 이런 '바느질 처녀에게 어울리는 책'을 읽는 것을 본다면 프레드는 화를 내겠지.

책을 손에 든 채, 그녀는 자못 만족한 듯한 태도로 프레드의 옆에 누웠다.

그녀는 한동안 그러고 있었는데 문득 정신을 차려 보니 창이 열려진 채로 있었다. 그녀는 어깨를 움츠리고 나서 달려가 그 창을 닫았다. 프레드가 몸을 움직이며 불퉁거렸다.

"아직 안 끝났어, 응?"

"아니, 다 끝났어요. 완전히 끝났어요."

그녀는 얌전하게 잠자리로 들어가 출산 후에 친척이나 친구의 방문을 받는 임산부처럼 몸을 눕혔다. 그녀로서는 죽음의 방문을 맞기 위해서였다. 그녀는 책을 폈다. 224페이지이다. 옛날부터 언제나 변함없이 애독해 온 페이지다.

그녀의 입술에 아련한 웃음이 빙긋 떠올랐다. 두 개의 표제가 나란히 있다. '서로 사랑하는 남녀의 죽음', '가난한 사람들의 죽음', 거기다가 장의 소제목은 '죽음'.

본능으로, 그녀는 입을 벌려 숨을 들이마시더니 소리를 내지 않고 웃었다. '바보야, 난.' 그녀는 읽었다.

깊이가 묘혈과 비슷한 긴 의자와,
아련한 향기 그윽한 요를 우리는 가졌다.
기이한 꽃이여, 탁상에서 향기를 뿜으라.
우리를 위해, 아름다운 이국 하늘이 피운 꽃이여.

잠깐 현기증이 났다. 그녀의 눈은 다른 또 한 페이지로 옮겨 갔다.

그것은 한 사람의 천사랍니다. 신기한 힘을 가진 손 속에 수면과 정신이 아득해질 듯한 달콤한 꿈을 가져다 주고,
가난하고 벌거벗은 사람들의 침대를 꾸며 준답니다……

"가난하고 벌거벗은……" 하고 그녀는 다시 뇌었다. 갑자기 모포를 걷어 버리고 프레드의 몸뚱이를 보더니, 자기가 아직 슬립을 입은 채로 있는 것이 무슨 모독을 당하는 듯해 화가 나서 그녀는 그것을

머리 위로 벗었다.
 "야단인데, 그 시계……."
 그러나 그녀의 생각은 흔들렸다. 그런 것은 자기를 맞으려 하는 이 환상의 커다란 구멍 속에서는 실로 보잘것없는 일인 것이다……. 환상 밑에서 그 환상도 사라져간다……. 단두대의 환영조차도…….

 그 시계는?
 일찍 일어난 한 가정부가 시장에 가는 도중에 그것을 주워 일부러 먼 길을 돌아 경찰에 갖다 주었다. 프랑스에도 아직 정직한 사람들이 있었다. 물론 시계는 부서져 있었다.

 책이 테레즈의 무릎에서 미끄러져 떨어졌다. 그녀는 프레드에게로 찰싹 달라붙어 그 몸뚱이를 두 팔로 안았다. 그녀의 머릿속에서는 연인과 아기가 뒤죽박죽이 되었다. 그렇게 정성껏 사랑해 온 이 몸뚱이에서 어떤 상쾌한 온기가 솟아 올랐다. 무엇인지 욕망을 초월한 깨끗하고 영원한 것이. 반쯤 의식을 잃어 가며 그는 무엇인가 중얼거렸다. 그녀는 그 몸을 흔들어 주고 머리칼을 쓰다듬어 주었다.
 "자, 어서 자요, 사랑스런 사람……. 아무것도 걱정하지 않아도 돼요. 엄마가 모두 처리했으니까. 인젠 아무도 몰라. 아무것도 알 리가 없어, 아무것도……."
 그녀는 힘껏 '아무것도!' 하고 소리쳤다. 그러나 그 입에서는 아무 소리도 나오지 않았다. 그런데 그녀는 그것을 알 수 없었다.
 '쉭쉭' 하는 가스 소리가 아침의 정적 속에서 방안 가득 퍼져 갔다.

엘리베이터형 인간
 조르주 5세 거리 끝에서 줄리앙 크르토아는 빨간 신호를 지나칠 뻔하다가 갑자기 급브레이크를 밟았다. 차는 완충 장치 위에서 뛰고, 그는 가슴이 메스꺼워졌다.

한 경관이 타이어 소리에 돌아다보았다. 줄리앙은 피가 날 정도로 입술을 깨물었다.

'조심해야지. 이것이 시련이다. 아무것도 걱정할 것은 없어. 아무도, 아무것도 알 리가 없다.'

경관은 웃는 얼굴로 그에게 다가왔다. 줄리앙의 턱은 멈추지 않고 떨리어 아팠다.

"왜 그래요, 당신 아직 잠이 덜 깬 모양인데요?"

그는 우물쭈물 중얼거렸다.

"그게, 저…… 일찍 나서면 그만 아무래도……."

상대는 입을 내밀었다.

"거기다 몹시 서둘기까지 하시고, 수염도 아직 깎지 않으신 것 같은데……. 어쨌든 그런 위법은 아직 규칙에도 정해져 있지 않으니까……."

신호는 파랑으로 바뀌었다. 반외투 차림의 경관은 팔을 거만하게 한 번 흔들고 줄리앙에게 그대로 가라고 재촉했다. 차 안의 줄리앙은 어리둥절해 가지고 손발의 움직임을 잘 조정하지 못했다. 기어 박스가 화난 듯한 소리를 냈다.

"좀 조용히 해요! 차를 목 졸라 죽일 것도 아닐 텐데, 이만한 일로!" 경관은 놀렸다.

"그게 그만……." 뭐라고 변명하고 싶은 생각에서 줄리앙은 우물거리며 말했다. "기차 시간 때문에요. 그래서 그만……."

경관은 이미 그의 말을 듣지 않고 근처에 있는 신문 가판대에 놓인 신문의 새 타이틀에 시선을 돌리고 있었다. 기어가 기적적으로 달그락 소리를 내며 들어가고 차는 앞으로 뛰어나갔다. 그러나 이번에는 모터가 말을 듣지 않았다.
"선생은 아직 잠에서 덜 깼어요." 손가락에 입김을 불어 따뜻하게 하려는 신문팔이 여자에게 경관은 속삭였다.
"어제보다도 더 추워졌군요. 정말 이런 사람은 어떻게 생겼을까요?" 여자는 말했다.
그녀는 쌓아둔 신문 뭉치 위의 '시간외 속보'라고 기록된 기사를 가리켰다.
'캠프 중인 부부 참살, 살해범은 도주'
"이거 보셨습니까?"
경관은 머리를 저었다. 신문팔이 여자는 설명을 덧붙였다.
"이런 것을 생각해 내는 사람도 있으니 말입니다……. 이런 시기에 캠프라니!"
"그러나…… 날씨는 나쁘지 않았으니까. 그리고 달력이 늦은 거죠. 캠프하는 사람들이 성급한 게 아니라……."
"그럴까요, 이거야……. 그런데 범인은 도주했답니다……."
흰 장갑을 낀 손으로 경관은 그녀를 달랬다.
"뭐 걱정할 것 없어요. 붙잡혀요. 열심히 감시하고 있으니까, 이쪽은……."
한가한 걸음걸이로 라르마 광장 모퉁이의 자기 초소로 돌아가며 문득 보니, 아까의 그 빨간 프리게이트가 라르마 다리 앞에 서 있다. 억지로 움직이려는 스타터의 미친 듯한 소리가 여기서도 들린다. 그는 줄리앙 쪽으로 걸어갔다.
줄리앙은 그가 오는 것을 백미러로 알았다. 온몸이 벌벌 떨렸다. 그는 마음속으로 되풀이 했다.
'시련이 아직도 계속되고 있다. 힘을 내라구. 이 테스트를 통과하면 넌 이제 사는 거다.'

경관은 바로 옆에까지 왔다.
"그런 짓을 하면 안 돼요. 그래서 카뷰레터가 엉망이 돼 버려요!"
줄리앙은 얌전하게 복종했다.
'이 사람이 알 리가 없다. 누구도, 아무것도 알 리가 없다!'
"스피드를 세컨드로 올려 봐요. 내가 밀어 줄 테니까."
경관이 말했다.
"그럼, 그렇게 해 보죠. 기어를 넣을 때가 되면 말해 주십시오……."
"좋아요, 해 봅시다……."
옆을 떠나려다가 경관은 문득 의심이 솟아나는지 이마를 찡그렸다.
"아무래도 뭐야, 몹시 서두르시는 것 같은데요, 당신. 이것으로 두 번씩이나 고장이 났지 않아요? 면허증은 가지고 있겠지요?"
"물론입니다."
"보여 주시오."
경관은 갑자기 진지한, 준엄할 정도의 태도를 했다. 줄리앙은 황급히 이쪽 저쪽 주머니를 뒤져서 필요한 증명서를 꺼냈다. 경관은 사나운 눈매로 그것을 조사했다. 줄리앙은 손톱을 꼭 깨물었다.
"됐어요." 경관은 면허증과 차의 감찰을 그에게 돌려 주었다. "틀림없이 카뷰레터야."
줄리앙은 숨도 못 쉴 지경이었다.
"자, 해 봅시다." 경관은 다시 한 번 말했다. "그럼 알았죠, 세컨드로 올려 놓고 내가 말하면 바로 기어를 넣는 겁니다."
흰 경찰봉을 겨드랑이에 끼더니, 그는 뒤쪽 트렁크에 손을 얹고 버티었다. 차 바퀴가 천천히 돌기 시작했다. 경관은 숨을 헐떡거리며 계속 밀었다. 그리고 다리 중간쯤까지 와서 소리쳤다.
"자, 됐어요!"

빨간 프리게이트는 덜컹덜컹 움직였고, 파란 연기가 배기통에서 뿜어 나왔다. 경관은 그 자리에 멈춰 선 채 손수건을 꺼내어 손을 닦았다.
"어때요, 역시 카뷰레터였지?" 그는 소리쳤다.
그러나 차는 전속력으로 달려 나갔다. 경관은 경멸하듯이 입을 삐죽거렸다.
"뭐, 괜찮아. 고맙다는 인사쯤은 할 법한데, 그런데!"

모리토르 거리에서는 지브라르가 어마어마한 포치에 몸을 숨기고 있었다. 그는 너무 추워 자기 직업을 저주했다. 갑자기 자동차 닿는 소리를 듣고 그는 꺼진 담배 꽁초를 던져 버렸다. 틀림없는 빨간 프리게이트다. 그는 차 넘버를 확인해 보고 만족한 태도를 지었다.
서두르는 듯한 사나이가 자동차에서 내려오더니 그의 옆을 지나치며 변두리와는 인연이 없는 곳에서 만난 부랑자를 볼 때의 불쾌하고 재빠른 눈초리로 흘끔 그를 보았다. 형사는 사나이가 건물 안으로 들어가는 것을 그대로 보내고, 조르주가 준 사진을 현관 불빛으로 살펴보았다. 이윽고 두 팔을 펴더니 가만히 휘파람을 불었다. 한 남자가 달려왔다.
"놈입니까, 대장? 제정신이 아니군요, 돌아오다니!"
"모두가 제정신이 아냐, 사건에서는, 도련님. 통 까닭을 알 수 없는 사건이야. 그러나 본능이라는 것이 어떤 것인지 겨우 알았겠지, 이젠?"
"어째서입니까? 꽤나 불퉁거리지 않았습니까? 이곳에 잠복하라고 부장이 말씀하셨을 때는!"
"그러니까 말야, 결국은 그런 거야, 직업이라는 건. 그럼, 여기 있어. 난 착수할 테니까."

젊은 조수는 손을 마주 비비고 그 손을 따뜻하게 하려고 겨드랑이 밑에 찔렀다.

줄리앙은 녹초가 되어 입구의 문 앞에서 생각에 잠긴 듯했다.

"잠깐 실례합니다만……."

낯선 남자는 슬쩍 신분증명서를 내보였다. 줄리앙은 움찔하는 몸짓을 억누를 수가 없었다. 지브라르는 침울하게 웃었다.

"당신이 분명히 줄리앙 크르토아 씨죠?"

"예, 예예, 그런데요?"

그는 입가를 경련하면서도 싱긋 웃었다.

"뭐, 특별한 일은 아닙니다만. 부인께서 토요일 밤에 당신의 수색원을 내셨어요, 그래서……."

줄리앙은 당황한 얼굴을 했다.

"집사람이?"

그는 그녀를 잊고 있었다.

"옳지, 가엾게도…… 틀림없이 걱정했겠지요. 내가 집을 비운 채……." 그는 말을 끊었다. 되도록 말을 삼가야 한다. 좌우간, 아무도 아무것도 알 리가 없다. "바로 안심시켜 주어야지."

그는 문을 열고 아파트 방 안으로 한 발 들여 놓으며 돌아다보았다.

"여러 가지로 폐를 끼쳤습니다."

그러나 상대는 여유 있게 한 발을 문지방에 걸치고 문을 닫지 못하게 했다.

"부인은 안 계십니다."

"이상한 말씀 마십시오! 머리가 어떻게 되신 게 아닙니까?"

"그건 내가 아닙니다, 유감스럽게도, 부인은 오빠 댁에 계십니다."

"조르주 집에? 무슨 생각을 하는 거람!"

그는 초조한 듯이 머리를 흔들었다. 이 머릿속에는 아무리 애써도 자기의 생각이 전부 들어가지 않는다. 온갖 생각이 교착되어, 여기저기서 튀어 나와 마치 감옥 안에 있듯이 두개골 안벽에 충돌한다.
"그게 말입니다. 부인은 이혼 소송을 제기하실 모양입니다."
형사가 말했다.
"그런 바보 같은 소리가 어디 있습니까!"
그는 안으로 뛰어들어가며 소리쳤다.
"주느비에브!"
"소용없어요. 부인은 계시지 않습니다. 다시 한 번 말씀드리지만 오빠 댁에 계십니다."
줄리앙은 마침내 주저앉지 않을 수 없었다. 무엇보다도 볼그리의 이름을 입 밖에 내지 말아야 한다. 대체 이것이 무슨 이야기일까? 게다가 이 바보 같은 녀석이 쉴 새 없이……. 응? 무슨 말을 하는 거야?
"조르주 씨는 그분대로 또 당신을 고소하려고 하신답니다, 사기죄로."
"뭐라고요?"
그는 펄쩍 뛰며 침실 문을 열고 들어가, 열에 들뜬 사람처럼 작은 테이블 속을 뒤지기 시작했다. 그의 등 뒤에서 침착한 목소리가 유감스럽다는 여운을 띠고 들려 왔다. 그것은 마치 자백이라는 피할 수 없는 결말로 그를 몰아붙이는 것 같았다.
"당신의 비밀 장부를 찾으신다면 내 동료 한 사람이 지금 그것을 초심 재판소의 검사에게로 가져가는 중이라고 생각됩니다만."
줄리앙은 돌아보려고 하지도 않았다. 우선 태연한 표정을 가장할 필요가 있다. 이쪽 사건은 실제로 크게 중요한 것은 아니다. 중요한 것은 볼그리의 일이다. 그리고 그 일에 관해서는 누구도 아무것도 모른다. 자기 말고는, 그리고 죽은 본인과. 엘리베이터 건 외에는 모두가 잘 되었는데…….

"부인이 폭로해 버리셨어요, 오빠에게. 모든 것을 전부 넘겨 주신 겁니다." 지브라르는 말을 계속했다.

줄리앙은 조금도 동요하지 않았다. 그렇게 크게 중대하지는 않다, 이쪽 일은. 지브라르는 아직도 손을 늦추지 않았다.

"이런 게 인생이니 어쩔 수 없지요. 당신으로서는 모든 것이 한꺼번에 밀어닥쳐 얼굴도 들지 못할 지경이겠지만요. 부인에게는 버림받고, 처남에게는 사기로 고소를 당하고……. 또 우리까지 찾아와서 불쾌한 꼴을 당하지 않으면 안 되니까요, 마르리 사건으로……."

형사는 조금 콜록거리고 소리를 가다듬었다.

"요컨대 당신은 완전히 궁지에 빠진 겁니다, 크르토아 씨."

그는 줄리앙이 이쪽으로 얼굴을 돌린 순간 뭔가 안도하는 태도가 보여 몹시 놀랐다.

"뭐! 돈의 실패야 돌이킬 수 없는 것도 아니니까요."

'상당히 만만찮은 놈이구나' 하고 형사는 생각했다.

"괜찮을까요? 잠깐 전화를 걸고 싶은데."

지브라르는 대답도 기다리지 않고 탁상 전화의 수화기를 들더니 번호를 돌렸다. 줄리앙은 자기 생각을 정리하려고 했다. 주느비에브를 설복할 것. 이건 별 힘도 안 든다. 조금 지겨운 일임에는 틀림없지만. 뭐, 그럼 되는 거야. 조르주도 고소는 하지 않겠지. 가짜 장부 건? 그런 거야 법규대로 벌금을 물면 끝난다. 조르주가 결국은 그것을 치르게 되겠지. 줄리앙의 태도를 살피고 있던 지브라르는 그가 빙긋 웃는 것을 보았다.

"여보세요, 응? 너야 마르세르? 지브라르야. 마로아의 감시를 풀어도 돼, '유머 스탠더드' 빌딩 쪽은. 그래, 지금 자택에서 붙들었는데 말야. 그야 그렇지, 지브라르 선생께선 언제나 냄새를 잘 맡으니까. 부장에게 알려 줘, 지금 데리고 간다고. 그리고 담당 형사들을 보내 주었으면 하는데, 모리토르 거리의 차를 압수하러……. 크르토아 선생께선 차를 운전하고 오셨어…… 그럼 또 나중에……."

그는 전화를 끊었다.

"자, 가십시다. 크르토아 씨."

줄리앙은 버티었다.

"나를 체포하는 겁니까? 영장은 가지셨나요?"

지브라르는 해명 대신에 두 손을 펴 보였다.

"틈이 없었습니다. 모든 일이 너무 갑자기 진행되어서요. 아침 5시였으니까요, 사건이 발견된 시각이. 6시 15분 전에 난 잠자리에서 쫓겨나 곧장 온 것입니다. 사무실에도 들르지 않고."

"그런 경위는 이야기로서는 아주 좋습니다만 그러나 나로서는 동행을 거절할 수도 있습니다."

"물론 그렇습니다……. 나는 당신 몸에 손을 댈 권리가 없습니다!"

"그렇다면 섭섭히 생각 마십시오……."

그는 재빨리 문께로 가더니 벌써 계단을 내려가고 있었다. 그의 뒤에서 지브라르가 서두르는 기색도 없이 따라 내려왔다. 줄리앙은 포치 아래에서 한 남자와 부딪쳤는데 남자는 정중하게 물었다.

"내 동료를 보지 못하셨습니까, 위층에서?"

"지금 틈이 없습니다. 실은……."

"틈은 얼마든지 있을 것입니다, 크르토아 씨."

따라붙은 지브라르가 참견했다.

"자, 어서 앞으로."

그는 밖으로 나왔다. 지브라르가 힘 있게 문을 당기니까, 문은 '탕' 하고 소리를 냈다.

그 쇼크는 마치 전류처럼 줄리앙의 몸 안을 꿰뚫었다. 그 문은 마치 자유를 되찾았다는 그의 꿈이 차단됨을 상징하는 것처럼 딱 닫혔다.

이 특징 있는 소리는 다음 날도 또 다음 날도, 그 뒤로 쭉 그의 마음에 들러붙어 떨어지지 않았다. 딱 닫힌 문의 이미지도 또한 마찬가지였다.

택시에 올라탄 뒤 지브라르는 그에게 조간 신문을 내밀며, 시간 외 속보의 짧은 기사를 가리켜 보였다. '마르리 숲에서 캠프 중인 두 사람을 참살······.' 마르리······. 마르리라니? '범인은 도주'

"왜 이런 것을 보여 주지요?"

지브라르는 아무 말도 하지 않고 묵묵히 차 문을 끌어당겼다. 문은 소리를 내며 닫히고, 줄리앙은 갑자기 펄쩍 뛰었다.

한 개의 쇠살문이 그의 뒤에서 또 소리를 내며 닫혔다. 그럼 민사 소송에서도 사람을 구치할 수 있다는 말일까?

누군가가 소리쳤다.

"문을 닫아! 바람이 들어와."

"지금 닫겠어, 지금. 그렇게 떠들지 마!"

어디선가 또 다른 문이 소리를 내며 닫혔다. 그는 열심히 냉정을 유지하려고 애썼다. '내가 스스로 지껄이지 않는 한 녀석들은 아무것도 알 수 없다.' 다만 이렇게 무턱대고 여러 문이 소리를 내며 닫히지만 않아 주었으면 좋겠는데.

점심 때쯤, 수프와 함께 석간 신문 제1판을 문살 사이로 받았다. 그는 하마터면 아무 생각 없이 지나쳐 버릴 뻔했는데, 제1면의 반을 메운 기사가 있었다.

캠프 중인 두 사람, 마르리 숲에서 살해되다!

'대체 무슨 생각으로 이런 3면 기사에 관한 것을 귀찮게 들고 나오는 것일까?'

경찰 당국, 살인범 체포

'잘된 일이다!'
 신문을 펴는 순간, 목을 졸리는 듯한 외침이 목구멍에 걸렸다. 큰 타이틀 아래에 자기 사진이 실려 있다. 주느비에브는 보기 싫다고 했지만 조르주가 그대로 받았던 사진이다. 그는 쇠 창살을 두 손으로 잡고 열심히 그것을 흔들었다.
 "억울한 죄야! 열어 줘!"
 교도관이 달려왔다.
 "그렇게 고래고래 소리지르지 마. 취조 때에 잘 이야기하면 돼. 나에게 이야기해 보았자 어쩔 수도 없는 일이야……."
 그는 판자 침상 위에 다시 축 늘어져 주저앉았다. 교도관은 복도 문을 탕 울리며 나갔다. 줄리앙은 갑자기 움찔하고 몸을 떨더니 엉엉 울기 시작했다.

그로부터 쭉 몇 시간 동안 그는 열심히 자기 마음에 타일렀다. 침착해야 한다. 한 마디도 지껄이지 말아라. 너는 이제 살아난 것이다. 이런 어리석은 잘못은 누구의 눈에도 확실히 인정될 것이고, 그동안에 볼그리 사건은 착착 처리되어 버리겠지. 이것은 있을 수 없는 일이다. 너는 그 지긋지긋한 엘리베이터에서 한 발짝도 나가지 않았으니까. 그러나 특히 그 엘리베이터 건은 이야기하지 않도록 해야지. 유머 스탠더드 빌딩, 엘리베이터, 볼그리……. 이것은 금기다.

그의 맞은편 방에서 '탕' 하고 문이 닫히는 듯한 소리가 났다. 그는 호통쳤다.

"그만둬. 그렇게 문소리 같은 걸 내지 마, 제기랄!"

맞은편 독방의 키가 큰 흑인은, 여전히 춤을 추며 장밋빛 손바닥을 치며 박자를 맞추고 있었다.

줄리앙은 귀를 막았다.

경감——설마 예심 판사는 아닐 것 같은데——은 꽤 젊은데 냉정하고 곰상스런 남자 같았다. 딱딱한 칼라를 달고 소매에도 풀을 빳빳이 먹였다. 아마 계급 사회의 손윗사람인 '구(舊) 프랑스인(보수적인 프랑스인)'의 비위를 맞추기 위해서일 것이다. 줄리앙은 겉보기에 평정을 되찾은 듯했다.

"이 사건에는 어딘가에 무서운 잘못이 있습니다. 비극적인 오해라고 할까요. 신문을 주어서 보니까 놀랍게도 내가 체포된 것은 그야말로 무서운 범죄, 처참한 범죄를 저지른 때문으로 돼 있습니다만, 그런 범죄는 나는 절대로……. 아시겠습니까? 절대로 범하지 않았습니다!"

그는 입을 다물었다. 그 말에 대한 상대의 반응은 전혀 없었다. 그리고 눈에 띄지 않을 정도로 간단한 신호를 보내니까, 안쪽 테이블 앞에서 한 남자가 일어나 옆으로 다가오며 줄리앙의 레인코트를 펼쳐 보였다.

"이 레인코트는 당신 것인가?"

"예. 그런데 왜 그러지요?"

"확실히 이거지, 지난 주말에 당신이 입었던 것은?"

그는 자칫 '아뇨, 나는 오버코트를 입고 있었습니다'라고 말할 뻔했다. 자못 자기의 말에 자신이 있는 듯 그는 큰소리로 똑똑히 말했다.

"바로 그렇습니다. 오버코트는 회사에 두고 왔습니다. 비서에게 세탁소에 내주라고 부탁하고. 왜냐하면……"

"당신 오버코트 같은 것엔 난 조금도 흥미가 없어. 당신에게 묻는 건 확실히 이 레인코트를 입고 있었느냐 어떠냐 하는 거야. 토요일 밤과 일요일 하루, 그리고 일요일 밤부터 월요일 아침 사이에."

"입고 있었습니다." 그는 조금 기분이 상해서 대답했다.

관리는 만족한 듯한 태도를 보였고, 줄리앙은 귀를 쫑긋 세웠다. 함정에 조심해라. 놈들은 책략을 쓰고 있으니까.

남자는 레인코트를 저쪽으로 가지고 가더니 한 자루의 권총을 가지고 돌아왔다.

"이 권총을 기억하나?"

줄리앙은 경계하는 눈으로 가만히 그 권총을 보며 돌이켜 생각해 보았다. 볼그리는 그 자신의 권총으로 살해되었다. 이탈리아제로 베레타라던가 하는 이름이었지. 그리고 내 것은 상테춘느 제작소 제품이고……. 아무래도 이 총은 내 것 같은데. 그러나 여러 가지 책에서 읽은 바로는 경찰이라는 곳은 정신차리지 않으면 백로를 까마귀로 구워 삶아 버린다는 곳이야.

"어때, 이 권총, 기억에 있는가?"

"손에 잡아 보아도 될까요?"

"잡아 보게."

그는 그것을 집어 들고는 여기저기 쓰다듬으며 잘 조사해 보았다. 의심의 여지가 없었다.

"확실히 내 권총입니다."

"그것을 최후로 본 것은 언제지?"

"토요일 저녁때입니다." 그는 주저없이 대답했다. "그때는 주머니에 들어 있었는데……. 그 뒷일은 잘 기억나지 않습니다. 그대로 몸에 지니고 있었던가……. 아니면 차에 있는 장갑케이스에 넣어 두었던가……."

그는 그 다음 질문에는 대답하지 않았다……. 주머니라고 한 것은 오버코트 주머니를 말함이니까. 지금은 오버코트와 레인코트가 좀 뒤죽박죽이 되어서 대답하기 전에 그 점을 확실히 해 두는 것이 좋다.

그리고 상대편도 끈질기게 묻지 않았다. 그것만으로 만족한 모양이었다.

뜰에 빨간 프리게이트가 얌전하게 보관되어 있었다. 신문이 시작되었다. 천편일률적으로…….

"이 차는 당신 것인가요?"

또다시 무슨 함정이 있을 듯해서 그는 넘버 플레이트니, 왼쪽 헤드라이트 유리에 금이 간 것, 담뱃불 때문에 재떨이 옆의 계기반 칠이 벗겨진 것, 뒷자석의 끈이 끊어져 있는 상태 등을 세밀히 살펴보았다.

"그렇습니다. 틀림없이 내 차입니다." 한참 뒤에 그는 시인했다.

그들은 다시 방으로 돌아갔다. 줄리앙은 아무래도 당한 것 같이 생각되었다. 무엇을 당했는지는 모른다. 그러나 아직 완전히 져버린 것은 아니다. 이쪽은 자기가 그 불행한 캠프 중인 부부를 살해하지 않았다는 사실을 알고 있다! 마르리라는 곳에는 발을 들여 놓은 일조차 없다. 마르리로 가려면 파리의 어느 문으로 나가야 하는지조차도 모른다…….

"줄리앙 크로토아, 당신을 이하의 죄상에 관해 혐의가 있는 것으로 인정합니다. 1956년 4월 27일부터 28일에 이르는 야간, 세네 오아

즈 지방 마르리 르 로아에서 브라질 국적을 가진 페드로 카라시 및 타리벨 출생의 그 처 제르매느 두 명에 대하여 흉기를 휘두르고 야간 습격을 가하여 계획적인 모의에 의한 강도 및 살인을 수행한 죄……."

그는 끝까지 다 듣고 나서 침착하게 선언했다.

"나는 그 고발에 대해서 강하게 이의를 신청합니다. 나는 그 가엾은 사람들을 죽이지 않았습니다. 그런 짓을 하고 싶어도 할 수가 없었습니다."

그는 파멸의 심연으로 생각되는 가장자리에서 가까스로 발을 멈춰 섰다. 그것은 엘리베이터라는 싸울 여지가 없는, 그러나 위험하기 짝이 없는 알리바이를 분명히 하는 일이었다.

그날 밤, 진짜 감옥에서 맞이한 최초의 밤에 그는 우선 당면한 정황을 검토해 보았다. 지금으로서는 자기가 싸워야 할 적을 알고 있고, 더구나 그 적은 개의할 가치가 별로 없는 것으로 생각된다. 변호사는 상당히 똑똑한 사람 같았다. 그에게 지껄이게 해 두고 자기는 가만히 있어야 한다. 그리고 꼭 주느비에브를 만나게 해 달래야지. 원인은 그 여자가 질투심으로 나를 이런 곤경에 몰아 넣지 않았는가? 그것은 그녀가 나쁜 것이 아님은 알고 있다. 그렇다고 내가 나쁜 것도 아니다! 주느비에브에게는 조심해야 한다. 변호사도 마찬가지다. 볼그리에 관해서, 엘리베이터에 관해서는 절대로 아무 말 하지 말아야 한다. 마르리 건 따위는 곧 소멸되겠지. 가만히 내버려두어도 저절로 해결될 사건이니까…….

그는 좀처럼 잠을 이룰 수가 없어 선반으로 된 잠자리 위에서 자꾸만 몸을 뒤쳤다. 그리고 몇 번이나 웃고 싶어졌다.

"나라는 인간은 겁쟁이 패의 고리대금업자나 비슷해! 결국 엘리베이터형 인간이지!"

그러고 나서 그는 마음속으로 자기를 힐책하듯이 중얼거렸다. '한 마디도 하지 말아야 한다. 그러면 모든 일이 구슬을 굴리듯 술술 해결되는 거다.'

가짜 주사위

신문, 반대 신문, 감정, 대질……. 며칠 동안이나 줄리앙은 끝까지 굴하지 않았다. 고발된 낱낱의 조목에 대해서는 무죄라는 유리한 점 때문에 자신에 찼고, 공포에 떨면서도 계속 싸웠고 땅바닥에 꼭 달라붙어 조금씩 조금씩 후퇴할 뿐이었다.

"토요일 밤엔 어디에 있었습니까?"

"그것은 대답할 수 없습니다."

"그리고 일요일 밤엔?"

"대답할 수 없습니다."

판사는 변호사를 향해 말했다.

"당신은 변호사로서 다른 변호 수단을 택하도록 의뢰자에게 권하는 게 어떻습니까!"

변호사는——이 사람은 상당히 잘 변호해 준다——그를 돌아다보았다.

"그 부정 진술을 제발 버려 주십시오, 크르토아 씨. 제발 부탁입니다!"

"결국은 그렇게 해서 어느 부인의 명예를 감싸주는 것처럼 보이려는 겁니까!" 경멸하는 투로 판사가 지적했다.

"자, 크르토아, 여기까지 온 이상 정말 어느 부인이 개입되었다면 그걸 말해 버리는 겁니다. 그러는 편이 나아요. 이제 와서 명예니 뭐니 찾을 때가 아닙니다! 그 부인의 평판과 바꿔치기로 당신 목이 날아가는 판입니다."

변호사는 견제를 시도했다.

"좀 더 시간 여유를 주어 그가 감싸고 있는 부인이 자진해서 나설 때를 기다려 보십시오, 판사님. 요컨대 크르토아는 신의를 존중하는 남자로서 이러는 것이니, 그렇다면……."

"그런 부인이 있을 리 없습니다. 당신도 그것을 나만큼 잘 알고 있어요. 그렇다면 달리 누군가를 감싸고 있는가 하면……."

"나는 아무도 감싸고 있지 않습니다. 나도 정의의 신을 믿고 있습니다. 내가 그런 범죄를 저질렀다고 증명할 수가 없을 것입니다. 이유는 간단합니다. 내가 저지르지 않았으니까요."

줄리앙은 침착하게 말했다.

끌려 나갔다, 다시 연행되어 왔다. 감방, 예심 판사실. 제일 놀란 것은 증인들이 그의 얼굴에 낯이 익다고 한 일이었다. 그 나이가 든 부부는 대체 어디서 나타난 사람들일까?

"자, 크르토아." 판사는 말했다. "여기에 당신을 마르리에서 보았다는 두 사람의 증인이 있습니다. 토요일 밤과 일요일 낮, 그리고 일요일 밤에 말이죠."

빛을 정면으로 받고 있던 줄리앙은 조금 위치를 옮겨 그 남편과 아내를 잘 보았다. 두 사람은 입을 내밀며 열심히 눈짓으로 의논했다. 남자는 망설이는 모양 같았다.

"대개 키나 몰골은 비슷합니다만, 그러나 얼굴을 감추고 있었기 때문에……."

"제가 말하겠어요. 우리 같은 장사를 하고 있으면 자연 남의 마음을 읽는 기술 같은 게 몸에 배어 있는데요. 저는 확실히 이 사람이라고 말씀드리겠습니다." 여자가 나섰다.

변호사라는 사람은 아무리 작고 보잘것없는 사실이라도 들추어 그것을 과장해서 문제삼는 데는 실로 빈틈이 없었다.

"잠깐 기다려 주십시오. 그 이야기에는 모순이 있는 것 같군요. 당신의 진술에 따르면, 첫째 그때는 정전 중이었고, 둘째 그 인물은 조심스럽게 얼굴을 감추고 있었다고 했습니다. 그래서 잠깐 묻고 싶은데, 그런 정황 아래서 어떻게 그런 단정적인 말을 할 수 있지요? 더구나 남편분은……"

마틸드는 자못 상대를 내려다보듯이 빙긋 웃었다.

"여자가 남자보다 뛰어난 점이죠, 변호사님. 바로 육감이라는 것입니다."

"안됐습니다만 부인, 법은 사실을 요구하는 겁니다!"

"사실은 이제 충분하지 않습니까?" 판사가 묻는다. "그 차는 어떻습니까? '수수께끼'의 숙박객이 자칭한 크르토아라는 이름, 범행에 사용된 흉기, 그리고 마지막으로 레인코트를 잊지 말아 주었으면 좋겠습니다."

그들은 모두 무엇을 생각하고 있었을까, 그 레인코트로? 변호사는 다행히 머리를 흔들었다.

"그렇더라도 두 사람의 증언이 서로 상쇄되는 것에는 변함이 없습니다. 부인은 그렇다고 하고 남편은 그렇지 않다고 말하니까요."

그랬더니 샤를이 화를 내어 얼굴이 빨개졌다.

"아니, 그건 틀립니다! 난 그렇지 않다는 말은 하지 않았어요. 그렇다고 단정하지 않았을 뿐입니다."

"조금 뉘앙스가 있을 겁니다." 의기양양하게 마틸드가 덧붙였다.

이 두 사람은 줄리앙의 신경을 날카롭게 만들었다. 아내가 남편을 팔꿈치로 쿡쿡 찌르면서 다시 지껄였다.

"내가 가르쳐 줄까요, 샤를? 왜 당신이 어리둥절해 하는지? 그때와 복장이 달라졌기 때문이야. 우선 첫째로 그땐 자라목 스웨터를 입고 있었고, 또 늘 레인코트를 걸친 모습밖엔 보지 않았으니까 말예요."

"자라목 스웨터라고요?" 변호사는 버럭 소리를 질렀다. "그것 보라구요. 아마 나의 의뢰인은 그런 옷을 가지고 있지도 않을 겁니다."

줄리앙은 어깨를 움츠렸다. 이럴 바에야 좀더 잘 부탁해서 많은 경험을 쌓은 더 교활한 변호인을 붙여 달라고 할걸 그랬다.

"아니, 그렇지 않습니다. 확실히 한 벌 가지고 있습니다. 시골에 갈 때 곧잘 입었습니다."

"더구나 마침 그 시골에 갈 셈이었으니까 말입니다. 빌딩 수위에게 똑똑히 그렇게 말했었지요?"

"그러니까, 그 점은 그렇지 않다고 하지는 않습니다! 다만 내가 회사에서 직접 떠났다고 한다면 그런 옷을 입고 갈 수 없었을 것입니다. 그 스웨터는 집에 있었고, 그때는 회색 와이셔츠를 입고 있었으니까요. 체포되었을 때 입고 있던 그 와이셔츠입니다."

"당신 행적의 자세한 점에 관해서는 나중에 검토해 보기로 하고, 당신이 수위에게 했다는 말로 이야기를 되돌려 봅시다. 당신은 분명 이렇게 말했습니다……. 잠깐만……." 그는 조서를 살펴보았다. "응, 이거군……. '난 여자 중에서 제일 멋진 여자와 주말을 보내기로 돼 있어'……."

줄리앙은 미간을 찡그렸다.

"그렇습니다, 아마 그런 것 같은……."

판사는 변호사를 돌아보았다.

"당신 의뢰인은 완전히 자승자박이군요. 이제 고생하실 필요 없습니다!"

"그렇게는 안 됩니다! 크르토아의 이야기로는, 그가 생각하고 있던 그 멋진 여자라는 사람은 자기 아내였습니다!"

"그렇다면 그 아내를 데리고 가지 않은 것은 어찌 된 까닭일까요?"

줄리앙은 금방 웃음이 터져 나올 듯했다. 이 사람들은 시시한 데서 막히는군. 내가 그녀를 데리고 가지 않은 것은, 마침 그때는 갇힌 꼴이 되어서 저……. 번쩍 정신이 들어 필사의 노력으로 자신을 억제했다. 그리고 가까스로 입을 봉하고 지껄이지 않았다. 젠장! 하마터면 엘리베이터 이야기를 폭로해 버릴 뻔했군. 그 사이, '제일 멋진 여자'와 자라목 스웨터를 놓고 격한 논쟁이 벌어지고 있었다. 그때 판사가 승리한 듯이 말했다.

"당신 말을 그대로 채택하겠습니다만, 변호사님. 부인은 그때 스웨터가 집에 있었는지 어떤지 확실한 말을 못하고 있습니다. 그런데 이것은 당신의 의뢰인도 확실히 인정하는 일입니다만, 그의 사무실에 딸린 작은 방에 속옷이 든 옷장이 있었어요……."

변호사는 이미 토론의 밑천마저 다 없어져 버렸다. 그래서 '정말 고집스럽게 사리가 어둡군' 하는 몸짓을 하며 우선은 토론을 그쳤다. 그리고 여관 주인을 돌아보았다.

"서로 의견이 결정되었겠군요. 당신은 즉 중립의 입장을 취하는 거겠지요, 크르토아가 그 장본인인가에 대해서?"

샤를이 대답할 틈도 없었다. 마틸드가 노골적으로 변호사를 무시하고 판사에게 말을 걸었다.

"아마 남편도 좀더 확실한 말을 할 수 있을 거예요, 이 사람이 레인코트를 입은 모습을 보여주신다면."

"응, 좋은 생각이에요! 잠깐 입어 보세요, 크르토아."

그는 진절머리가 난다는 듯이 혀를 차며 시키는 대로 했다. 그런데 레인코트를 입고 보니 왼쪽 어깨 근처에 찢긴 곳이 있었다. 아마 어디에 긁힌 모양이었다.

"자, 잘 봐요. 그래, 이 사람인가요?"

여관 주인은 열심히 눈을 가늘게 떴다가, 머리를 이쪽 저쪽으로 갸웃거리다가 하면서 이모저모로 뜯어보았다. 참을 수가 없어서 줄리앙이 놀렸다.

"자, 어때요, 난가요?"

기분이 상한 마틸드가 즉석에서 쏘아붙였다.

"틀림없습니다! 이 사람입니다."

그러나 샤를은 가만히 입술을 깨물었다. 아내는 재촉했다.

"어떻게 된 거예요, 똑똑히 말해요. 봐요, 확실히 그렇잖아요?…… 생각해 봐요……."

주인은 두 팔을 들었다.

"글쎄, 그렇지만. 어쨌든 그땐 어두운 구석에 숨듯이 하고, 얼굴을 돌리고 있어서……." 그는 마틸드에게 꾸중을 했다. "당신도 알잖아! 그 사람은 마치 사람을 피하듯 자기 얼굴을 보이지 않은 것을! 그리고 당신도 말했잖아, 아마 남의 눈을 피해 즐기는 패 같다구……. 그래서 그렇게……."

"글쎄 말야, 그것이 터무니없는 생각이었던 거예요."

마틸드가 막았다.

"그때문이 아니었던 거야, 그렇게 인상을 숨기려고 한 것은."

"아니, 잠깐! 멋대로 결론을 내려선 곤란합니다!"

변호사는 소리쳤다.

"부인 말씀은 지당하군요." 판사가 단정하듯 말했다. "즉 크르토아는 범행을 계획하고 있었고, 나중에 얼굴이 기억된다면 재미없다고 생각한 겁니다……."

두 사람은 심하게 다투었다. 마틸드는 의기양양한 얼굴로 그 이야기에 끼어들었다. 그리고 시종 '네, 판사님, 피차 머리가 좋은 상대라면 바로 이야기가 통합니다……' 하는 듯 점잖은 웃음을 빙긋 띠었다. 줄리앙은 무언가 확실치 않은 생각이 몽롱하게 머릿속에 감돌았다. 아, 겨우! 옳지, 알았다!

"잠깐 말씀드릴까요? 나의 틀린 생각이 아니라면 수사 결과로는 캠프 중인 그 사람들은 일요일 아침에 왔다고 했지요? 그렇다면 내가 미리 토요일 밤부터 '범행을 계획'할 수는 없었을 게 아닙니까?"

그는 자신이 생각해도 잘한 말이라고 생각되었다. 그러나 어째서 변호사가 그런 겁에 질린 얼굴을 하는지, 어째서 판사가 큰 일을 벌리고 만족한 듯 빙긋 웃으며 심술궂은 빛으로 자기에게 다가오는지 통 까닭을 알 수 없었다.

"그럼, 마르리에 간 것을 시인하는 건가요?"
"아뇨, 천만에! 그런 뜻으로 말한 게 아닙니다."
"단순한 가정입니다, 판사님. 시인한 것이 아닙니다."
변호사가 외치듯 말했다.
"당신의 의뢰인은 잘못해서 꼬리를 내보였어요."
"아냐! 아냐! 아녜요!"

줄리앙은 목이 쉴 정도로 떠들었다. 필사적인 노력을 했다. 자기 변호사란 사람은 늘 열세에만 몰렸다. 그만큼 그 자신의 긴장도 날카로워졌다. 어쨌든 자기의 구제는 자기 혼자의 어깨에 걸려 있다고 느꼈다.

"판사님, 그런데 내 질문에는 아직 대답을 안 하셨는데요?"
"그 대답은 곧 '무엇인가' 범행을 계획하고 있었다는 것으로 족합니다. 간단한 이야기지요."

줄리앙은 어느 의미에서 이중인격자였다. 그의 일부는, 이 조작된 고소 사실을 완전히 때려부술 수 있는 진상의 폭로를 꼭 막는 데 몰두했다. 그의 다른 일부는 진상을 알고 있다는 강점으로, 사람들이 그런 오해를 둘러싸고 진지하게 토론하는 모습을 재미있어하며 바라보고 있었다. 정말 우스꽝스러운 이야기다. 이제 곧 잘못을 깨닫게 되겠지.

아무 생각 없이 그는 레인코트 단추를 채우려다가 갑자기 소리를 질렀다.

"단추가 하나 떨어졌는데!"

변호사는 또 한 번 펄쩍 뛸 것 같았다.

"마음 쓰지 않아도 됩니다. 다 찾아 두었으니까."

판사가 간사한 목소리로 말했다.

"그래요? 차 속에서 말인가요?"

"아니, 피해자 한 사람의 손 안에서입니다."

줄리앙은 안색이 변했다. 판사는 손을 늦추지 않고 샤를을 향해서 말했다.

"그만하면 됐습니다. 당신은 이 용의자가 기억에 있는지 없는지 확실치가 않은가 보군요. 그러나 이 사람이 입은 레인코트는 확실히 기억에 있다 그거죠?"

"그거라면 확실합니다. 최후에 보았을 때, 어깨의 그 찢어진 곳도 똑똑히 보았으니까."

"언제 알았지요?"

"제일 마지막 땝니다. 일요일의 한밤중이었지요."

"더 정확히 말씀드리자면, 월요일 새벽입니다만."

마틸드가 덧붙였다.

"잘 알았습니다, 부인. 그런데 당신들은 또 한가지 점에 관해서도 둘다 같은 의견이시군요. 즉 문제의 어깨 찢어진 곳이 그 이전에는 찢어지지 않았던가요?"

"그렇습니다. 처음 보았을 때는, 이런 레인코트라면 내가 입어도 좋겠다고 생각했을 정도니까요." 샤를이 말했다.

"이분 것은 모두 해졌거든요……." 마틸드가 덧붙였다.

"이것으로 모두 끝났습니다. 대단히 수고하셨습니다."

마틸드는 이렇게 간단히 일을 끝내는 것이 오히려 마땅치 않은 태도였다. 그녀는 남편과 함께 나갔다. 문이 소리를 내며 닫혔다. 줄리앙은 갑자기 펄쩍 뛰었다가 다시 앉았다. 판사는 변호사를 향해 여유있는 어조로 이렇게 말하는 참이었다.

"어떻습니까, 변호사님? 이로써 계획된 모의 추정이 매우 유력해졌지요."

변호사는 인간의 증언이라는 것이 신뢰할 만하지 못하다는 것을 들어 반박하고, 판사는 다시 레인코트 이야기를 꺼냈다.

줄리앙은 연행되어 나가며 마음속에 한 가지를 명기했다. 그 레인코트는 네소스의 웃옷(피할 수 없는 해악이라는 뜻. 헤라클레스의 아내 티아니나가 반인반마의 켄타우로스인 네소스에게 속아 물뱀의 독혈이 배인 웃옷을 남편에게 입혔고, 그 독때문에 헤라클레스가 마침내 죽었다.)인 것이다. 그는 다시 끌려 나왔다. 그는 위험을 피하기 위해 비상 수단을 취하려고 결심했다.

"나는 한 가지 점만 거짓말을 했습니다. 주말에는 레인코트를 입고 있지 않았습니다."

그 뒤, 오버코트는 벌써 세탁되어 있을 것이다. 판사는 히죽 웃고 더니를 불러들이게 했다. 여전히 뉘우치고 삼가는 일도 없이 더니는 다리의 효과를 시험하려 했다.

"전 사장님께서 오버코트를 입고 나가실 거라고 생각했거든요. 그런데 그렇지 않았어요. 월요일 아침에 와 보니까 간단한 메모가 돼있고……."

그 진술로 본다면 결국 월요일 아침에는 오버코트가 회사 사무실에 있었기 때문에 줄리앙이 입고 있지 않았던 것이 된다. 더니의 말에 의해서 모든 것이 명백해졌다. 그는 레인코트를 입고 나간 것이다. '정의'의 신은 더니의 협력을 감사하고 물러나가게 했다.

줄리앙은 그 뒷모습을 눈으로 쫓으며 화풀이로 엉덩이가 납작하고 다리가 깡마른 여자라고 생각해 보고 다시 신문자를 향해 말했다.

"당신이 끌어내신 결론은 옳은지도 모르겠습니다만, 실은 월요일 아침에 나는 더니보다 먼저 회사에 갔었습니다."

"이제는 별 말을 다 하는군……"

판사는 그에게 말을 잇게 하지 않았다. 사람들은 그를 연행해 나갔다.

감방에 돌아가 줄리앙은 자기가 점점 비상 수단으로 깊이 들어간다고 생각했다. 오버코트 문제, 회사 사무실에 다시 간 일……. 아무래도 위험하지 않을까? 여러 가지 점에 대해서 이렇게 한 가지, 또 한 가지씩 양보해 나간다는 일은?

다시 호출되는가 했더니, 이번에는 자기 정면에 알베르가 있었다.

"알베르 시류, 당신은 크르토아가 토요일 저녁 6시 반에 빌딩에서 나가는 걸 보았겠지요. 크르토아는 오버코트를 입고 있던가요, 아니면 레인코트를 입고 있던가요?"

수위는 턱 밑에 손을 댄 채 눈을 감고 입술을 내밀었다.

"글쎄요, 조금 기다려 주십시오, 판사님. 잘 생각이 안 나서……"

"잘 생각해 보십시오……"

"그래 보고 있습니다만. 다만 크르토아 씨는 늘 회색 옷을 입고 계시거든요. 이게 뚜렷하지가 않아서……. 그리고 그 시간엔 벌써 어두워졌고 해서……"

"해가 지면 어느 고양이고 회색이 된다고 하니까!"

변호사가 농담을 했다.

줄리앙은 감사하는 것처럼 그의 얼굴을 흘끔 보았다. 그러나 판사는 그것으로는 만족하지 않았다.

"잘 생각해 보라구요, 시류……."

"내 느낌을 말해 보라고 한다면 판사님, 아마 레인코트였다고 생각합니다."

판사의 손바닥이 테이블 위를 탕 쳤다. 줄리앙은 펄쩍 뛰었다. 변호사는 기를 썼다.

"신문 기사에 영향을 받은 증인의 단순한 느낌일 뿐이 아닙니까! 고발은 정확한 사실에 의해서 행해져야 합니다."

판사는 몸을 뒤로 젖혔다.

"정확한 사실이라고요? 아마 이만큼 갖추어져도 아직 모자란단 말씀이겠지요? 범행에 사용된 흉기는 어떻습니까? 그리고 저 차는? 레인코트의 단추는?"

변호사는 무슨 말을 하려 했으나 그것을 판사가 막으니까 오히려 안도하는 듯한 태도를 했다.

"그리고 크르토아는 왜 자기가 오버코트를 입고 있었다는 사실을 바로 진술하지 않았을까요? 결국 자기가 레인코트 차림이었던 것을 본 사람이 나타나서 그 레인코트가 당신이 주장하시는 '정확한 사실'의 하나가 되어 버렸기 때문인 것입니다. 오버코트를 입고 갔었다는 것을 그가 생각해 낸 것은!"

그는 갑자기 평정을 되찾고 자리에 앉으며 최후의 일격을 가했다.

"좋습니다, 변호사님. 그가 오버코트를 입고 나갔다는 것을 인정하기로 합시다. 그래, 어떻습니까? 그 자신의 고백에 의하면 레인코트는 차 안에 있었으니까요. 따라서 그것을 입고 싶으면 입었을 것이 아닙니까……."

이렇게 되면 꼼짝도 못한다. 판사는 자못 점잔을 빼고 그 이상은 추궁하지 않았다. 그러나 눈앞의 사람들의 어깨가 내려감에 따라 차츰 가슴을 젖혔다.
 "이 건에 관해서는 곧 확실한 결말이 날 것입니다. 시류, 어떻습니까? 크르토아는 월요일 아침에 빌딩에 있었습니까?"
 "아까도 말씀드렸습니다만, 판사님, 나는 사실 그렇게 생각했습니다……"
 문득 마음이 술렁거렸다, 한편으로는 희망, 한편으로는 실망을 예감하면서.
 "그러나 확실히 확인해 보고 나서 틀린 생각이었다는 걸 알았습니다." 수위가 말을 잇자 지금까지의 감정이 당장 뒤바뀌어 버렸다. "베르나르 아주머니도 그때 함께 있었습니다."
 "맞습니다, 이것도 그 사람의 진술이 있습니다. 수고했어요. 그런데 크르토아, 이번에는 어떤 진술을 할 셈인가요?"
 "알베르는 잘못 생각했던 것이 아닙니다." 똑똑한 어조로 줄리앙은 말했다. "나는 내 방에 있었습니다. 알베르는 열심히 문을 열려고 했습니다만, 나는 꼼짝도 않고 있었습니다."
 "왜?"
 "왜라니요? 그야, 즉……"
 그는 입을 다물었다. 함정이다! 지옥의 밑바닥 같은 함정에 빠질 위험이 있다. 그는 여전히 이 엉뚱한 마르리 사건은 저절로 해명될 일이라는 희망을 안고 있었다. 그리고 볼그리 일은 입 밖에 내서는 안 된다고 생각했다. 그러나 마르리 쪽도 그에 못잖은 함정으로, 한 발짝 내디딜 때마다, 그의 발밑에 커다란 입을 벌리고 있었다. 그는 숨을 헐떡이며 출구를 찾는다. 어디로 가려고 해도 문이 덜컹 닫혀 버린다. 한쪽 문이 조금 열렸는가 하면 당장 누군가가, 또는 무엇인가가 그의 코앞에서 덜컹 닫아 버린다.

곳곳의 문은 점점 높은 소리를 내며 닫히게 되고, 그의 몸, 그의 뇌수의 제일 깊은 곳까지 울려퍼졌다. 그러나 그는 용케 견디고 있었다. 그의 신경은 약해졌다. 몸은 야위고 얼굴 표정은 초라해졌다. 그는 늙어 가고, 먹는 것이 도무지 위에 들어가지 않는 것 같았다. 두 번쯤 판사 방에서 기분이 나빠진 일이 있었다. 그것도 꾀병으로 처리되었다. 변호사는 이제 항쟁하려고 하지도 않았다.

끌려 나갔다가는 다시 끌려 들어왔다. 그는 이제 그림자처럼 초라해지고 말았다. 그러나 그는 용케 견디었다. 자기 혼자 있을 때마저도, 하긴 그는 실제로 외톨이였다. 주느비에브는 그로부터 떠나가 버렸다. 조르주는 무관심을 나타내고 있었다. 변호사는 벌써 절망하고 말았다.

그는 외톨이이고, 그리고 자기 혼자를 상대로 아직도 논쟁했다. 곧 자기가 만들어 내려던 운명과 논쟁하고 있는 것이다. 그의 코앞에서 던져지는 가짜 주사위 속에 머물고 있었다.

몇 장의 사진을 강제로 보았다. 한 남자와 한 여자다.

"이 사람들을 알겠습니까?"

그는 갑자기 흐느낀다.

"몰라! 몰라! 전혀 몰라!"

끌려 나왔다가는 다시 끌려 갔다.

변호사는 정신 감정을 요구했다. 그는 이제 힘이 다 빠진 듯이 얌전히 감정을 받았다. 그는 책임 능력이 있는 자라고 감정되었다.

수없이 많은 문이 있는 지옥의 현관은 주위로부터 점점 좁아졌다. 그는 우유 컵 속에서 다리와 날개가 들러붙어 버린 한 마리의 파리였다. 정의의 여신이 친 거미줄에 걸린 한 마리의 파리였다.

그러나 그는 견디고 있었다.

10일이 지났다. 5월 8일이 되니까 이제 문소리가 나지 않았다.

봄의 날씨가 바람을 이겨 냈는지, 아니면 그의 무죄가 승리를 거두었는지.

 특히 이렇다고 할 확실한 낌새는 없었다. 그러나 판사는 자기 말에 전처럼 확신이 없는 듯했고, 변호사는 밝은 얼굴을 했다. 사람들은 그에 대해서 지극히 정중했다. 판사는 일부러 일어나서 의자를 권하기도 했다. 줄리앙은 죽을 정도로 축 늘어졌지만, 그래도 기쁜 생각이 들었다.

 "크르토아 씨……." 판사가 '씨'라고 했겠다! 이것은 좋은 징후다! "크르토아 씨, 여러 가지 새로운 사실이 나타나서……."

 판사는 말하기 어려운 모양이었다. 변호사가 옆에서 도왔다.

 "다시 말해서 당신을 보석으로 하자는 이야기인데요……."

 그는 자기 눈매에서 석방을 원하는 필사적인 몸부림을 읽히지 않으려고 눈을 감았다.

 "물론, 그러한 사실에 대해서는 다시 조사를 거듭할 필요가 있고, 당신도 마땅히 아직 2, 3일은 신병을 맡아 두지 않으면 안 되겠습니다만……."

 판사는 헛기침을 했다. 줄리앙은 그의 말을 듣고 있지 않았다. 자기를 여기서 내어 놓아 주기만 하면, 그들이 무엇을 발견했느냐 하는 것 따위는 어찌 되든 상관이 없었다.

 "……다만, 잠깐 오늘 어떤 분과의 대질만 해주었으면 합니다. 그것이 끝나면 그 뒤로는 가만히 두겠습니다."

 들어온 사람은 조르주였다. 마치 온 밤을 울어 새운 듯이 눈이 부었다. 줄리앙은 일어나 두 손을 내밀며 그 쪽으로 걸어갔다. 그랬더니 조르주는 화가 나는 모양으로 느닷없이 매제에게 덤벼들려 했으나 겨우 자신을 억제하고 얼굴을 돌리며 내뱉듯이 말했다.

 "비열한 놈이야!"

줄리앙은 입술을 물고, 그리고 빙긋 웃었다.

"꼭 갚겠어, 그 돈은. 여기서 내주기만 한다면 열심히 일해서 꼭 갚겠어."

판사와 변호사는 잠깐 눈짓을 교환했다. 줄리앙이 방에서 끌려 나가는 사이에 변호사가 큰 소리로 말하는 것이 들렸다.

"내가 그렇게 말하지 않았습니까, 판사님. 나로서는 하여간 그 일만은 아무래도 납득이 가지 않았습니다. 즉 그 스웨터 건 말인데요! 한편 또 나의 의뢰인은 형태학적으로 말해 전혀 그런 종류의 인간과는……."

"정말 지당하신 말씀입니다……."

생각에 잠긴 듯한 투로 판사는 대답했다.

그날, 줄리앙은 식욕이 왕성하게 식사를 했다. 기력도 회복되었다. 변호사가 협의차 찾아왔을 때, 그는 신이 나는 태도를 보였다.

"그럼 당신들은 모두 한 사람도 빠짐없이 알았겠군요, 내가 아니었다는 것을. 그런데 대체 누굽니까, 결국에 있어?"

"지금 수사 중인데……. 아직도 모르고 있습니다……."

줄리앙은 의외로 생각했으나 그런 기분을 너무 확실히 깨닫게 해서는 안 된다고 생각했다. 아직도 여전히 경계하고 있는 것이다. 이 변호사가 정말 자기 편이라는 증거는 아무 데도 없었다.

"저, 변호사님, 한 가지 부탁이 있는데요, 집사람과 면회할 수 있도록 주선해 줄 수 없습니까?"

상대는 미간을 모았다.

"이 마당에 말입니까?"

"별로 지장은 없겠지요?"

"아무래도요……. 그러한 것에 대한 호흡이라는 게 있으니까요, 어쨌든."

"호흡이라구요! 어디에 필요합니까, 그런 것이?"

그러나 그는 끈덕지게 말하지는 않았다.

"당신도 아시겠지만 이건 좀 델리킷한 문제이고……."

변호사가 말했다.

'그렇겠지…….' 줄리앙은 고개를 끄덕거렸다. 그것은 매우 델리킷한 일임에 틀림없어. 다만 실제에 있어서 그는 그런 것쯤은 아무것도 아니었다. 그는 내일이나 모레의 일밖에는 생각하지 않았다. 이곳에서 나가…… 자유로이 숨을 쉴 수 있을 때의 일밖에는…….

"당신 처남 댁의 분쟁에 관해 이야기를 듣고 싶습니다만." 위태로운 화제에서 멀어지는 것이 기쁜 듯 변호사는 말을 바꿨다. 그러더니 곧 얕은 곳을 피하려다가 깊은 곳에 빠진 것을 깨달은 듯한 태도를 했다. "좌우간 조금 있다가…… 기분이 더 좋아지시면."

"그 점이 상당히 염려가 되는데, 저쪽은 약속만으로는 납득이 안가는 게 아닐까요?"

"주느비에브 보고 이야기하라면 그야말로 새끼손가락 끝으로 적당히 마무리지어 버립니다."

변호사는 전혀 이야기를 못 알아 듣는 모양이었다.

"그런데 말입니다, 크르토아 씨. 당신은 그녀가 모두 이야기해 버렸다는 사실을 고려하고 계시지 않는 것 같군요. 그녀는 판사를 면회하러 왔어요."

"아아…… 그래요." 줄리앙은 조심스럽게 중얼거렸다.

다행히 변호사는 그 이상 추궁하지 않고 마음을 놓은 듯 일어났다.

"그 일에 대해서는 다시 의논하기로 합시다. 오늘은 이만 실례하겠습니다. 기쁜 소식을 드리고 가는 것만으로 하고……."

"고맙습니다……."

잠자리에 누운 채 그는 이해하려고 애썼다. '그녀'가 말해 버렸다고 한다. 누굴까? 주느비에브일까? 더니일까? 어쩌면 그 호텔의 여주인이 진술을 바꾸었는지도 모르겠다.

뭘 쓸데없는 것을 걱정하고 있어! 어쨌든 괜찮지 않은가, 여기에서 나가기만 한다면.

그는 아주 잘 잤다.

다시금 예심 판사 앞에 끌려 나왔는데, 그의 면전에는 조르주와 잔이 있었다. 이런! 잔도 왔군. 잔의 얼굴은 굳어져 있었으나 침착한 것 같았다. 조르주는 기가 푹 꺾여 있었다.

"줄리앙! 전 모두 말해 버렸어요. 정직하게 이야기했어요. 범행이 있은 날 밤 우린 함께 있었다는 사실을!" 잔은 매우 빠르게 말했다.

그는 눈앞에 안개가 낀 것 같은 기분으로 옆 의자에 털썩 주저앉았다. 잔이? 그런 말을 하다니, 정말 미친 짓이다. 모두 어색한 듯한 태도를 하고 있었다, 잔 말고는. 조르주는 낮고 찌그러진 듯한 목소리로 덧붙였다.

"나에게도 내 가정이라는 것은 있었어, 줄리앙. 자네는 거기에까지 독수를 뻗쳤어. 그래서 나의 가정을 파괴해 버렸어. 나는 이제 영원히 자네를 용서할 수가 없어."

"이것은 법이 관여할 수 없는 문제라서요, 조르주 씨. 부디 양해를 바랍니다. 크르토아, 조르주 부인은 자진해서 자네를 위해 이 알리바이를 제공하신 건데, 당신은 지금까지 그것을 밝히기를 거부했습니다. 그것이 신의를 존중하는 인간으로서의 생각에서였다는 것은, 솔직이 말해서 나도 인정하지 않을 수 없습니다. 그런데 당신은 당신의 애인인 조르주 부인과 만나고 있었다는 것을 시인합니까? 처음에는 토요일 밤, 그리고 다음에는 일요일 밤에?"

줄리앙은 머리에 말이 들어오면 순간적으로 그 의미를 잃어버렸다.

401

그야말로 물에 빠져 죽게 된 인간이 사납게 날뛰는 바다 위에서 하늘이 도운 한 장의 판자를 찾아낸 것 같았다.
 그는 깊이 숨을 들이마셨다. 한마디 '예' 하면 자기는 구원받을 수 있다는 것을 어렴풋이 알 듯했다. 그래서 그는 그 말을 입 밖에 냈다.
 "예."
 조르주는 두 손으로 얼굴을 가리고 울기 시작했다. 잔은 '후유' 안도의 숨을 쉬었다.
 왜 그녀는 이런 짓을 하는 것일까? 왜 나는 죄도 없는 조르주의 행복을 파괴하는 것일까?
 '나는 비열한 놈이다' 하고 그는 생각했다. '그러나 비록 비열해도 살아 있을 수 있다!'
 "크르토아!" 판사는 말을 계속했다. "그 이틀 밤을 당신은 애인과 어디서 만났는지 말해주었으면 좋겠는데요."
 "예?"
 "어디에서 조르주 부인과 만나고 있었지요, 그 이틀 밤 동안?"
 그가 잔을 보니까, 잔은 무슨 말을 하고 싶어했는데, 잘못했다간 실수를 한다고 주의하려는 것 같았다. 어떻게 말해야 하나? 죽음과 같은 침묵이 이 숨막히는 장면의 네 사람 위에 무겁게 덮여 있었다.
 "그 질문에는 대답할 수 없습니다."
 잔은 안도의 숨을 쉬었고, 판사도 한숨을 쉬었다.
 "어찌 된 겁니까, 크르토아. 당신은 처남 가정의 평화를 되오록 파괴하지 않으려고 노력했었는데…… 당신이 침묵을 지키는 데는 그만한 이유가 있을지도 모른다는 것은 나도 잘 알지만, 그러나 수사가 여기까지 진척된 이상……"
 조르주가 갑자기 일어나더니 맹렬한 기세로 판사의 말을 막았기 때문에 줄리앙은 무심결에 의자에서 몸을 뺐다.
 "그런 일이 있을 수 없어! 절대로 있을 수 없어! 당신은 그런 짓을 할 여자가 아냐!"
 "그렇게 말한다면 줄리앙 역시 그런 범죄를 저지를 사람이 아녜요!" 그녀는 쏘아붙였다.
 "하지만 우린 잠시도 당신 옆을 떠나지 않았잖아. 어떻게 해서 언제 줄리앙과 만났지?"
 지금까지 그렇게도 엄하고 결백한 사람이었던 잔이 자기를 구해 주려고 마치 지금까지 쭉 정숙한 아내의 생활을 하면서도 오직 오욕투성이가 되기를 꿈꾸고 있었다는 듯이 싸늘하고 무관심한 투로 또다시 거짓말을 했다.
 "당신들 나갔었잖아요. 당신도, 주느비에브도 토요일 밤에 줄리앙을 찾으러 간다며."
 "잠깐 실례입니다만, 부인. 범행은 일요일 한밤중에 있었는데요……." 판사가 말했다.
 "두 사람은 또 나갔어요, 판사님. 줄리앙의 비서인 여자 집에 간 거예요. 시누이는 자기 남편이 그 여자와 관계를 맺고 있다고 생각하고 있었거든요."
 줄리앙은 끌려 되돌아갔다. 변호사는 이야기하는 동안 전혀 입을 열지 않았었는데, 조금 떨어져서 따라왔다. 그는 꺼림칙한 듯한 어조로 중얼거렸다.
 "이런 이야기는 확실히 향기롭지 못한 일입니다. 그러나……."
 마침 그때 예심 판사실 문이 열리고 또다시 격분에 날뛰는 조르주의 음성이 들려 왔다.
 "이젠 끝까지 하겠어. 알았나, 이 자식……. 철저히 결말을 지어 주겠어, 난……."

누군가가 문을 닫았다. 그 소동이 줄리앙의 마음을 괴롭혔다. 그러나 그때 변호사의 끝말이 그를 안심시켰다.
"……이로써 당신은 궁지를 벗어난 셈입니다."

침대 위에서 그는 자기 생각을 모조리 불러 모아 정리해 보았으나 아무래도 확실한 것을 모르겠다. 아니면 처남댁이 몰래 자기를 사랑하고 있었다고 생각할 수밖에 없다. 그 잔이! 이쪽은 그런 일을 미처 생각도 해 본 일이 없는데……. 더구나 자기의 불행한 신상을 위로해 줄 사람이 꼭 필요했을 때 와 준 사람이 그녀인 것이다. 주느비에브가 아니다. 자기의 정부 가운데 누구도 아니다. 단 한 사람, 이 여자만이 찾아와서 자기에게 손을 뻗쳐 준 것이다…….

그녀라면 용모도 괜찮다. 그는 자유의 몸이 된 뒤의 생활을 그녀 곁에서 보내는 것을 상상해 보았다. 그녀는 조르주와 헤어지겠지…….

일종의 행복하고도 울적한 듯한 마음으로 그는 자기의 미래 생활을 상상하기를 단념하고 그 변호사의 말에 생각을 집중했다.
"……이로써 당신은 궁지를 벗어난 셈입니다."

파국

그런 뒤에 다시 모든 것이 단번에 무너져버리고 말았다. 조르주가 끝까지 체념하지 않았던 것이다. 그에게 질문 공세를 받고 힐책당한 끝에, 하녀는 마님이 한 발짝도 집 밖에 나가지 않았다는 것을 실토했다.

이 나쁜 소식을 그에게 알려 준 사람은 변호사였다. 싫다고 도리질하는 어조로, 어떤 종류의 경멸도 담고…….

"그 여자는 당신을 재판에서 구하기 위해 거짓말을 했다는 것을 마침내 시인했습니다. 당신의 애인이 아니었다는 사실까지 시인하고 있습니다. 그러나 남편분은 그 말을 믿지 않더군요, 당연한 일이지요……. 어쨌든 그 부부는 이제 결코 행복해질 순 없을 겁니다. 당신 덕분에 말입니다."

왜 이렇게 나쁜 일만이 겹치는 것일까! 사람들의 온갖 노력 뒤에 남겨지는 것이 언제나 불행한 일뿐이라는 것이 사실이란 말인가?

줄리앙은 다시 악몽의 세계를 되찾았다. 끌려나갔다가는 다시 끌려 들어오고, 곳곳의 문이 다시 소리를 내기 시작했다. 지금은 아주 작은 소리도 그의 신경을 괴롭혔다. 예심 판사는 그의 유죄를 의심했다는 일로 화를 내고 있었다. 변호사는 변호를 해도 보람이 없어 그에게 화를 냈다.

범행의 현장 검증이 행해졌다. 구경꾼들은 조금 떨어진 곳에서 헌병의 제지를 받았다. 그가 호위에 둘러싸여 오니까, 군중은 욕설을 퍼부었다. 그는 비틀거리고 울음을 터뜨렸다.

"거짓말은 않습니다. 나는 마르리로 오려면 마이요 문으로 나온다는 것조차 몰랐습니다."

그에게 레인코트가 입혀졌다. 그리고 손가락 사이에 권총이 끼워졌다.

"자, 해 보라구……."

그는 자기 자동차에 밀려 들어갔다가 다시 끌려 나왔다. 머리가 깨어질 것 같았다. 그는 두세 걸음 걸어 보이지 않으면 안 되었다.

"됐어, 거기서…… 쏘는 거야……. 이봐, 쏘라니까!"

그는 그 말에 따른다……. 그 앞쪽을 향해 겨냥한다…….

"이번에는 몸을 돌려 달려가……. 서! 거기서 총알을 맞고 서는 거야……."

"아니, 맞은 게 아냐. 총알은 아주 슬쩍 스친 것뿐이야……."

그들은 그 점에 관해서 서로 논쟁했다. 그는 과연 멈춰 섰는가? 서지 않았는가? 누군가가, 혹은 피해자의 총알이 먼저 발사되었는지도 모른다는 의견을 비춘다. 있음직하지도 않은 일이다. 그러면 그 장소에서 권총을 움켜쥐며 그는 어떻게 했는가? 이번에는 아마 남편이 그에게 덤벼든 모양이다. 한 임시 배우가 줄리앙과 격투하는 흉내를 내보인다. 그 남자의 손이 레인코트의 단추를 잡는다. 그 떨어진 단추. 이런 모든 일이 마치 잔혹하고 못된 장난 같다. 이번엔 판사가 소리친다.

"이봐, 멀 꾸물거리고 있어요. 쏘아요, 크르토아!"

그는 완전히 정신이 몽롱해져서 마치 어린아이처럼 입 끝으로 '팡, 팡' 소리를 냈다. 격분한 외침이 군중 속에서 일어났다. 한 호위가 트레일러의 문을 소리내어 닫았다. 그는 소리를 지르고, 털썩 고꾸라졌다. 그리고 히스테리 환자처럼 굴러다니면서 몸을 방비할 아무런 방법도 없이 그저 온몸의 신경이 녹초가 되어 버리기를 기다릴 뿐이었다. 그런 꼴을 주위 사람들은 잘못 생각했다.

"간질병 발작이다!"

"뭘 이 사이에 물려야지, 혀를 물지 않도록."

의사가 주사 한 대를 놓아 주어 그는 잠 속으로 빠져들었다. 답답하고 결정적인 잠 속으로…….

끌려 나왔다가는 다시 끌려 들어갔다. 대체 이것은 영원히 끝나지 않는 것일까?

그는 문이 두려워 구부리고 오므라들며 문지방을 넘고, 손을 내밀어 문이 소리를 내지 못하게 했다.

"오늘은 마침내 사건이 고비에 이르게 되는데 말입니다. 조금 놀라게 해 줄 것이 있어요."

또 사진이었다. 이 사진은 그에게 어렴풋이 생기를 되찾게 해 주었다. 상 제르망 드 프레 근처에서나 볼 수 있는 이상한 복장을 한 굉장히 예쁜 처녀였다. 그는 즐거운 듯이 그 사진을 바라보았다. 그리고 갑자기 현재의 사정을 생각해 내고 어름어름 물었다.

"나는 이 처녀를 알고 있나요?"

자기의 현재는 박탈되고, 자기 것도 아닌 과거를 조작당하고, 자기의 미래는 멀어져 가려고 했다. 무슨 일이거나 그것을 안다는 것 따위가 어떻게 자기의 자유로 될 수 있겠는가? 판사는 고개를 끄덕거리고 만족한 듯한 태도로 천천히 말했다.

"당신은 이 처녀를 죽인 거죠."

그리고 조금 손을 들어 변호사의 형식적인 약한 반박을 제지했다.

"나중에 듣기로 하겠습니다, 변호사님. 크르토아, 이 처녀를 알겠습니까? 미리 말해 두지만 이 처녀가 당신과 함께 있는 것을 세 사람의 증인이 보았습니다."

"그렇다면……"

그는 이제 그렇지 않다고 말할 용기가 없었다. 엄연히 존재하고, 그리고 자기를 그 패에서 밀어내는 사람들 모두의 일치된 견해에 대해서는 자기 생각 같은 것은 정말 아주 미미한 소수 의견에 불과했다.

"크르토아 부인을 불러 들여 주게."

주느비에브다! 그는 흥분으로 몸을 떨었다. 그녀는 쏘는 듯한 눈으로 줄리앙을 노리는 오빠 조르주의 부축을 받고 눈을 깔며 들어왔다. 줄리앙이 자기 아내에게로 걸어가려고 하니까 사람들은 막았다. 주느비에브는 아주 약해진 목소리로 탄원하듯 말했다.

"부탁이에요, 줄리앙. 제가 하지 않으면 안 되는 일을 이 이상 괴롭게 만들지 마세요."

그녀는 변했다. 이제는 연기하듯 과장된 몸짓에 의지하려 하지 않았다. 고뇌가 그녀를 때려 눕혀서 완전히 나이 먹은 여자로 만들어 버리고, 그 모습에서는 어제까지의 얼마간의 자취가 겨우 보일 뿐이었다.

"지누……."

그녀는 머리를 흔들었다.

"전 벌써 당신을 용서해 드리고 있어요, 줄리앙. 하지만 당신은 너무 심한 짓을 했거든요. 주위 사람들에게……."

"난 아무것도 하지 않았어! 아무것도 하지 않았단 말야, 지누…….."

조르주는 누이동생을 돌보아 앉게 했다. 판사는 그녀를 위해 물 한 컵을 가져오게 하고, 그리고 조심스럽게 그 사진을 보였다.

"이 여자가 틀림없어요. 확실히 그 애예요. 그때 차에 올라타는 것을 본……." 주느비에브는 말했다.

"차라니, 누구의……?"

"당신 차입니다, 크르토아." 판사가 옆에서 말해 주었다.

"지누, 잘 생각해 보고 말해 줘. 난 정말 맹세해, 우리 두 사람의 그야말로 가장 신성한 것을 걸고."

주느비에브는 울기 시작했다.

"당신에게는 아무것도 없지 않았어요? 신성한 것이라곤, 줄리앙!"

그녀는 판사를 돌아다보았다.

"전, 그때 알았었는데, 그 여자의 스커트 단이 풀려 있었어요."

말릴 틈도 없이 그는 느닷없이 달려들어 아내의 손에서 그 사진을 낚아챘다. 그는 명백한 사실을 싫어도 인정하지 않을 수 없었다. 과연 스커트 단이 풀려 있었다. 똑똑히 증거가 나타난 셈이었다. 주느비에브는 거짓말을 하는 것이 아니었다. 그러나…… 그렇다면 자기는? 증거라니, 무슨 증거야? 그는 자신 없이 입 안에서 중얼거렸다.

"누굽니까, 이 사람은?"

"당신 상대자죠, 주말 동안의, 크르토아!"

그는 머리가 몽롱해져서 관자놀이를 손가락으로 누르며 다시 앉았다. 신문을 계속하는 소리가 희미하게 들렸다. 도중에 잠깐 변호사는 주느비에브에게 확인해 보려고 했다. 처녀가 탔을 때 줄리앙이 차 안에 있었다는 것이 확실한가? 확실하다. 차 뒷창의 유리 너머로 그의 목덜미가 확실히 보였다…….

신문은 끝났다. 판사는 점잖은 태도로 주느비에브를 배웅했다. 줄리앙이 걱정하는 것이라고는 단 한 가지였다.

"부탁합니다, 문을 살짝 닫아 주십시오."

갑자기 일어서며 변호사가 외쳤다.

"크르토아! 제발 부탁이니 연극은 그만두고 사실대로 말해 주게."

줄리앙은 물끄러미 그의 얼굴을 응시하면서도 그 모습이 보이지 않았다. 자기 아내까지도 자기의 범행이라고 말하고 있다. 아마 그것이 사실이겠지. 그는 판사의 말도 듣고 있지 않았다. 들어 본들 무슨 소용이랴. 그러나 그렇게 생각하면서도 문득 한 가지 사실이 강하게 머리에 번득였다. 그와 함께 떠났다는 그 젊은 처녀는…… 그 처녀라면 줄리앙이 자기 곁에 있었는지 어떤지 똑똑히 알고 있을 것이 아닌가?

"출구다! 출구가 생겼다!" 그는 영감에 사로잡힌 듯 소리쳤다.

가슴속에서 커다란 희망이 솟아올랐다. 사실이라는 것은 그렇게 언제까지나 우롱당하고 있을 수 없다.

"판사님, 그 처녀를 불러 주십시오. 내 얼굴을 보면 틀림없이 상대는 내가 아니라고 말할 것입니다."

변호사는 큰 소리를 내며 입을 딱 벌리고, 판사는 테이블 위를 똑똑 두드렸다. 처음에는 가볍게 똑똑 하는 소리였으나, 그것이 차츰 음량이 늘어 도저히 견딜 수 없을 정도로 됐다. 줄리앙은 겁나는 마음에 지지 않으려고 안간힘을 썼다. 판사는 그에게 만만찮은 놈이라고 했다.

"당신이 그것을 알 까닭이 없다는 것은 인정해도 좋지만, 그러나 내가 아까 말하지 않았습니까, 그 처녀는 당신이 죽였다고."

"죽였다고요? 그 처녀는 죽었습니까?"

그것도 별로 놀랍지는 않았다. 자기 혼자만이 아는 진상에 대해서 그에 반하는 어떤 사실이라도 그는 이젠 아무 괴로움도 없이 받아들일 생각을 하고 있는 것이었다.

"죽었다고는 하지만 간접적이었다는 것은 인정합니다. 당신이 어디서 어떻게 테레즈 비로아와 알게 되었는지 그것은 아직 모릅니다. 그러나 좌우간 당신은 그 처녀를 유혹한 겁니다. 당신은 이러지도 저러지도 못할 처지에 있었습니다. 금고는 텅텅 비었고, 처남이나 그 밖의 사람들에게는 많은 빚이 있었지요. 그것도 그 사람들의 돈을 실컷 사기한 끝에 말입니다……. 그러나 당신은 그녀와의 밀회만은 단념할 수가 없었습니다. 마르리에서 캠퍼 부부가 있는 것을 보고 일석이조의 명안이 당신 머리에 똑똑히 떠오른 거죠."

"판사님, 그 결론은 좀 너무 성급한데요." 변호사가 말했다.

"그렇게 생각하십니까, 변호사님? 호텔업자는 때로 문간에서 엿듣는 좋지 못한 버릇을 갖고 있지요. 밀회하는 두 사람이 묵고 있는 방에서 마틸드가 엿들은 대화는 나와 마찬가지로 당신도 알고 계실 겁니다. 당신의 의뢰인은 금전의 암거래 방법을 종횡으로 해설하고 있었다지 않습니까. 그리고 카라시의 수중에는 적어도 2, 300만 프랑의 돈이 있을 거라고 하더라니까요."
"그것은 충분한 금액일까요?"
대체 무슨 이야기를 하고 있는 거야, 두 사람은?
"그렇습니다, 변호사님. 불행한 테레즈는 크르토아의 아이를 배고 있었습니다. 그리고 크르토아도 그것을 알고 있었어요. 테레즈가 마침 그날 마르리에서 털어놓은 겁니다. 돈은 없고, 추문은 두렵고, 크르토아는 미칠 것만 같았습니다. 그래서 하다못해 낙태시킬 만한 돈이나마 정부를 위해 손에 넣고 싶었을 것입니다. 이것이 범행의 동기입니다."
무의식중에 줄리앙은 자기에 관한 이 이야기에 흥미를 갖기 시작했다. 그는 귀를 기울였다.
"불행히도 테레즈라는 처녀는 요즈음 흔히 말하는 비교적 부르주아 기질을 가진 처녀였지요. 프레드 무라란이란 사나이를 사랑하고, 이 사람과 내연 관계를 유지하며 언젠가는 정식으로 결혼하려고 했던 것입니다. 이 비극적인 주말 여행에서 돌아와 테레즈는 자기 연인에게 모든 것이 이야기하고, 그리고 가엾게도 이 젊은 두 사람은 스스로 죽음을 택한 것입니다."
"내 탓으로……?"
줄리앙은 묻는다기보다 오히려 확인하는 것 같은 투로 말했다.
"네, 바로."
판사는 시계 하나를 내보였다. 줄리앙은 어름어름 그것을 만져 보았다. 확실히 진짜 시계다. 시계 케이스에 '페드로에게, 당신의 제르매느로부터'라는 글자가 보인다……
"이것은 당신의 피해자 한 사람이 가지고 있던 시계입니다. 당신은 그것을 빼앗아서 유쾌하게 즐기게 해 준 대가로 테레즈 비로아에게 준 거겠지요. 죽기 전에 테레즈는 그것을 창으로 내버린 겁니다. 일생을 더럽혔다고 생각되는 사건에 관계가 있는 물건 따위는 아무것도 남겨 두지 않으려고 말입니다."
판사는 후욱 숨을 몰아쉬고 변호사를 위해 주석을 달았다.
"빈곤에 의한 매춘이라는 흔히 있는 비극의 일례지요……. 그러나 이 덕분에 사건의 진상을 완전히 입증할 수가 있었지요."
줄리앙은 문득 자기가 머리를 가볍게 흔들고 있음을 깨달았다. 이로써 최후의 문마저 자기에게는 닫혀 버린 것일까?
그의 머릿속에서 어렴풋이 어떤 작용이 일어났다. 생각이 점점 확실해지고, 오욕의 등급이라고나 할까, 그런 것이 세워졌다. 볼그리 살해도 이 흉악한 범죄와는 비교할 바가 못 되겠지.
"사실을 말씀드리겠습니다." 그는 입을 열었다.
그는 자기가 이야기하는 목소리에 놀랐다. 서기의 펜은 '차렷' 자세를 취하고 있었다. 변호사는 입을 벌린 채 다물 줄을 몰랐다. 판사는 무슨 소리를 하거나 한마디도 믿지 않겠다는 각오를 정한 듯한, 아무렇지도 않은 얼굴로 여유 있게 팔걸이의자 등받이에 몸을 기댔다.
"나는 그 주말을 유머 스탠더드 빌딩의 엘리베이터 안에서 보냈습니다."
그의 말을 속기하고 있던 펜은 저절로 멈췄다. 변호사는 벌렸던 입을 닫고, 판사는 지금까지의 여유 있는 자세로부터 몸을 일으켰다.
"우릴 놀리고 있나요, 크르토아?"
아무리 생각해도 너무했다. 줄리앙은 갑자기 벌떡 일어나 두 팔을 올리며 떠들어댔다.
"나는 볼그리를 죽였습니다! 알았습니까! 그 자를 죽인 것은 납니다! 그때문에 나는 주말을 엘리베이터 안에서 보낸 겁니다!"
그는 둑을 튼 것처럼 지껄여 대고, 여러 가지 자세한 사실을 늘어

놓았지만, 그것이 서로 엇갈렸다.

"조용히 하세요! 명령입니다, 조용히 하라구요!"

"싫습니다! 말하도록 해 주십시오! 이 이상 참을 수가 없습니다!"

함께 있던 사람들은 질렸다는 듯한 눈짓을 교환했다. 그는 방에서 끌려 나갔다.

독방 안에서 그는 자기의 자백을 전부 구술하고, 그리고 기다렸다. 그는 행복한 생각마저 들었다. 그렇게 자백하고 나니 후련했다. 그렇게 함으로써 그도 자기 자신의 생활을 영위하는 산 사람들 속으로 복귀할 수 있는 것이었다.

그 다음날부터는 그는 의기양양하게 머리를 들고 판사 앞에 나타났다.

"크르토아!" 판사가 말했다.

"당신이 또 한 가지의 범행으로부터 몸을 지키기 위해 역수로 나오려고 끌어낸 범행이라는 것은, 분명히 신문의 탐독벽과 결부된 왕성한 상상력이나, 또는 자기가 용의자로 되어 있는 사건보다는 흉하지 않은 살인 사건으로 복역하고 싶다는 생각이나 그 두 가지 중의 한 가지에서 나온 행위입니다."

이 말에 판사는 자신이 만족한 듯, 조끼의 겨드랑이에 손가락을 걸고 걸어다녔다.

"그렇지만 그건 그렇다치고, 법정은 언제나 당신의 진술을 들을 용의가 있어. 단, 당신이 자기가 주장하는 사실에 관해서 다소라도 정황 증거를 제공할 수 있다는 것을 조건으로 해서 말입니다."

"증거 같은 것은 없습니다, 판사님. 나는 그것을 전부 인멸해 버렸어요, 공교롭게도. 그것은 설마 이런 죄를 받게 되리라는 것을 몰랐기 때문이었습니다……"

판사는 그에게 끝까지 말을 시키지 않았다. 그리고 변호사를 돌아보며 말했다.

"이로써 당신도 이제 납득이 가시겠지요, 변호사님?"

"그러나 어쨌든 내가 자백하고 있지 않습니까!"

줄리앙은 놀라는 얼굴을 했다.

변호사는 동요되는 모양이었다.

"좌우간 나의 의뢰인 말을 끝까지 들어 주십시오……."

"좋도록!" 화가 나는 태도로 판사는 대답했다. "그러나 우리 수중에 있는 모든 증거는, 크르토아를 마르리 살인 사건의 범인으로 지적하고 있으니까요."

그는 재미없다는 듯이 자기 테이블의 서랍을 '쾅' 하고 닫았다. 줄리앙은 손으로 귀를 막으며 애원했다.

"문 소리를 내지 말아 주십시오! 무엇을 해도 좋습니다. 다만 문 소리만은 내지 말아 주십시오!"

판사는 화난 몸짓을 하고, 마치 도살당하는 짐승 같은 이 외침을 뿌리쳤다.

"다신 정신 착란을 일으키는 흉내는 내지 말아주십시오, 부탁입니다. 정신 감정에서 당신도 백 퍼센트 책임 능력이 있다고 인정되었으니까 말입니다. 과연 엘리베이터라는 착상에는 나도 머리가 숙여집니다. 확실히 기술적으로는 가능한 일이지요. 그것도 확인해 보았습니다. 그러나 안된 이야기지만 실제로는 있을 것 같지도 않은 일입니다. 특히 수집된 증언을 맞추어 보면……."

변호사는 줄리앙 쪽으로 몸을 굽히고 깊이 친절을 담아 말했다.

"당신이 죽였다고 하시는 볼그리는 자살한 겁니다, 크르토아 씨. 나는 조서를 자세히 살펴보았어요. 당신이 무슨 단서를 제공해 줄 수만 있다면 좋겠는데 말입니다. 줄거리가 통하는 어떤……."

줄리앙은 가만히 생각을 집중해 보려고 했으나 도무지 그게 안 되었다.

변호사는 말을 계속했다.

"판사님, 그러나 볼그리의 자살을 확정할 만한 증거라는 것이 전혀 없잖습니까. 가령, 나는 스스로 죽음을 택합니다, 운운…… 하는 상투적인 그런 유서 같은 것도 없고……."

"그 점은 나도 시인합니다." 판사는 침착하게 대답했다.

변호사는 '거 보라구' 하는 만족한 듯한 격려하는 듯한 외침 소리를 내며 줄리앙을 보았다. 그도 그것이 기뻤다. 이 폭주 열차가 다시 궤도로 돌아오는 것이다. 이것은 어쨌든 실제의 이익이다…….

"그 점은 인정합니다만, 그러나 한 가지 조건이 있습니다. 즉, 크르토아가 그 엘리베이터라는 동화를 철회하는 것입니다. 그럴 경우에는 나는 기꺼이 인정하겠습니다. 크르토아가 볼그리를 살해하고, 그 범행을 자살처럼 위장했다……. 그렇지요, 크르토아?"

그는 몇 번이나 고개를 끄덕거렸다. 판사는 히죽 웃었다.

"그리고 그것만으로는 만족하지 못하고 피에 굶주린 그의 마음은 도무지 가라앉지 않아 다시 마르리까지 갔다……. 만약 이것이 원하는 결론이라면, 나로서는 그야말로 바라는 바로, 이 조서에 비밀 금융업자 살해 사건을 추가할 수 있어요!"

"그러나 엘리베이터 건이 있지 않습니까, 판사님."

크르토아가 울먹이는 소리를 냈다.

"어리석은! 그런 이야기는 모두 조작한 겁니다. 볼그리가 죽은 것은 시체 해부로 토론의 여지없는 결과가 나왔는데, 5시 반에서 6시 반 사이입니다. 당신 여비서의 증언은 크르토아, 실로 명백합니다. 당신은 그 시각에는 한 발짝도 방에서 떠나지 않았다는 겁니다."

"기다려 주십시오……. 잠깐 기다려 주십시오……. 잘 생각해 보아야지."
"좋습니다. 잘 생각해 보십시오. 그러면 좀더 나은 지혜가 떠오를지도 모르지요, 이 다음에는."
판사는 동의했다.
그는 일어섰다.
"그러나 이제 없겠지요, 이 다음이⋯⋯."
그의 손은 자기 가슴 앞의 공간을 잘랐다, 마치 그 '없는' 것을 잘라내는 식칼처럼.
줄리앙 크르토아는 결국 피할 수 없는 파국, 그리고 마침내 받아들여진 파국에 직면한 인간의 이상한 평정함을 느꼈다. 모든 문은 하나의 예외도 없이 굳게 닫혀 버렸다. 이제는 새로이 두려워하지 않으면 안 되는 것은 하나도 없었다. 한 마디도 하지 않고, 거칠고 사나운 짓도 하지 않고, 이제 그런 것은 무섭지 않다는 것을 자기에게 증명해 보이기 위해서 그는 그 방문 앞으로 가서 그 문을 열고, 그리고 힘껏 '탕' 하고 닫았다. 그러나 그는 갑자기 펄쩍 뛰지 않을 수 없었다.
그는 연약한 목소리로 진술했다. "판사님, 이로써 마지막입니다. 이제 아무것도 없습니다. 나 자신도 당신과 나와 어느 쪽이 옳은지 알 수 없어졌습니다. 중요한 것은 나에게는 장래라는 것이 없다는 일입니다. 이것은 어느 의미에서 마음이 편해지는 일입니다. 마치 거래에서 현금 결제를 한 것처럼⋯⋯. 정말입니다⋯⋯. 끊임없이 희망을 걸고, 또 걸고⋯⋯ 그 결과⋯⋯."
그는 쓸쓸하게 빙긋 웃으며 말을 이었다.
"희망이라는 것은 말하자면 신용 대부 같은 것입니다. 절망이라는 것은, 이건 현금입니다."

불가사의한 수수께끼와 공포의 지그재그

《악마 같은 여자》는 삐에르 부알로(Boileau Pierre, 1906~1988)와 또마 나르스쟉(Narcejac Thomas, 1908~1988)이 함께 쓴 첫작품이다.

이 두 사람이 함께 글을 쓰기 전에 1906년 빠리에서 태어난 피에르 부알로는 재소자 갱생 사업에 관계하는 동안 범죄자에 대한 지식을 많이 얻게 되어 본격적인 미스터리소설을 쓰고 있었고, 1908년에 태어나 본디 대학 교수였던 나르스쟉은 신랄한 이론가로서 미스터리 소설을 쓰는 동시에 《미스터리소설 미학 입문(1947)》과 《플러프 (fluff)의 종말(1949)》 등의 평론집을 써내고 있었다. 이 가운데 《플러프의 종말》은 하드보일드 파 미스터리소설이 프랑스 독서계에 그 맹위를 떨치는 데 화가 치밀어 피터 체니며 해들리 체이스의 작품을 규탄한 긴 논문이다.

이와 같이 본격 미스터리소설가인 부알로와 신랄한 논객이자 조르주 심농에 경도되어 분위기를 중심으로 묘사하는 글들을 써내고 있던 나르스쟉은 서로 뜻이 맞아 소설의 공동 집필을 시작하게 되었다. 1952년에 씌어진 《악마 같은 여자》를 첫 작품으로 하여 대표작만을 들어도 54년의 《사자(死者) 중에서(D'entre les morts)》, 55년의 《암이리(Les louves)》, 56년의 《저주(Maléfices)》, 58년의 《기사(技師)는 숫자를 아주 좋아한다(L'ingénieur aimait trop les chiffres)》, 67년의 《죽음은 말한다, 무섭다고(La mort a dit:peut-être)》 등이 있다. 그리고 1964년에는 영국, 미국, 프랑스의 미스터리소설사 개관과 미스터리소설에 관한 여러 문제를 포괄한 《미스터리소설론(Le Roman policier)》을 두 사람의 이름으로 출판하였는데, 이 책은 귀중한 문헌으로서 널리 읽혀지고 있다.

두 사람의 공동 집필이니만큼, 이들의 작품에는 여러 가지 종류가 있다. 《기사는 숫자를 아주 좋아한다》는 본격적인 미스터리소설이고, 《저주》——이 작품은 부알로, 나르스잭의 최대 걸작으로 일컬어지고 있다——는 공포소설이라 불리는 아주 불가사의한 소설이며 그밖에 심리 서스펜스적인 소설도 있다. 그러한 여러 가지 종류의 미스터리소설에 도전하는 그 무한한 가능성이 실로 훌륭하다고 말하지 아니할 수 없다.

그런데 부알로, 나르스잭은 본격 미스터리소설을 가리켜 사도(邪道)라고 가차없이 탓하는 이론을 펴고 있다. 본격 미스터리소설을 가리켜 그들은 '로망 프로블렘'이라는 말로 표현하고 있는데, 그것은 요컨대 '하나의 소설은 하나의 문제인 것일까. 논리에다 최고의 지위를 부여해 버린 순간, 수수께끼가 그것에 의하여 침식되고 파괴되는 것을 막을 수단이란 아무것도 없게 되고 말았다. 수사가 소설을 파괴하는 것을 막을 도리가 없어져 버린 것이다' 하는 말을 속에 품고 있다. 따라서 그들이 작품에서 중점을 두고 있는 것은 논증보다도 공포감인 듯하다.

물론 공포를 노리는 소설과 논증이 전개되는 소설은 서로 아주 다르다. 그리고 또한 어느 쪽이 더 나은가는 읽는 이 개개인에 따라 모두 다를 것이다. 불가능한 일이 명쾌한 이론에 의하여 해결되는 데 매력을 느끼는 사람과 공포를 맛보고 싶어하는 사람 등 여러 가지 타입의 독자들이 있기 때문이다. 그러므로 '로망 프로블렘'——이 말의 올바른 번역은 '문제 소설'이 아니고, 이 경우에는 '수수께끼'를 뜻하고 있다——은 좋지 않다고 일방적으로 단정내리는 일은 좀 난폭한 사고방식으로 여겨질지도 모른다. 따라서 부알로와 나르스쟉은 물론 본격 미스터리소설가는 아니지만, 그렇다고 해서 공포소설가 또는 범죄소설가라고 이름붙일 수도 없다. 그들의 소설은 대개 첫머리에서 불가사의한 수수께끼에 찬 사건이 일어나고, 그에 이어 일종의 서스펜스가 전개되며, 해결에서 모순과 파탄에 이르는 작품이 많다. 그런데 《악마 같은 여자》는 그런 비난을 받지 않는 걸작이다.

이 작품은 영화로 만들어져 많은 관객의 눈길을 끌고 그 이름을 널리 떨치기도 했는데, 영화는 원작과 조금 다르게 만들어졌었다. 원작에서는 여자가 사라지고 남자가 죽지만, 영화에서는 남자가 사라지고 여자가 죽었던 것이다. 그리고 《악마 같은 여자》는 영화의 제목이며, 원제는 《이제는 존재하지 않는 사람(Celle qui n'était plus)》이다.

또한 여기에는 주인공 두 사람 외에 여의사도 등장하고 있는데, 이 소설에서는 그 직업이 반드시 여의사라야만 될 필연성이 있다. 이 소설을 읽으면 마치 한 편의 멜로드라마를 보는 듯한 느낌이 짙다.

부알로와 나르스쟉이 공동 집필하는 방법은, 한 사람은 스토리를 생각해 내고 다른 한 사람은 그것을 써 나가는 형식을 취하고 있는 듯하다. 문장의 흐름으로 보아 두 사람이 번갈아 가며 썼다고 보기는 어렵기 때문이다.

프랑스의 오래된 미스터리소설 총서로서 '마스크 총서'라는 것이 있어 전쟁 중에도 계속 한 달에 두 권씩 출판하고 있었는데, 거기서 주는 아주 권위 있는 미스터리 대상으로서 '로망 데방튀르' 상이라는 것이 있다. 그런데 1936년에 부알로가 《바쿠스의 휴일(Le Pepos de Bacchus)》로 이 상을 받고, 그보다 10년 뒤인 1948년에는 나르스잭이 《사자(死者)는 여행 중(La Mort est du Voyage)》으로 역시 이 상을 받았다. 결국 부알로가 조금 선배인 셈이다.

두 사람의 문장을 각기 그 작품으로 서로 대비해 보면 부알로는 본격 미스터리소설을 주로 쓰며 문장의 묘미가 좀 떨어지고, 나르스잭은 그 반대라 할 수 있다. 이로써 본격 미스터리소설을 비방하는 그들 중의 한 사람이 완고한 본격 미스터리소설가라는 내부적인 모순에 빠져들게 되고 말지만…… 따라서 수수께끼의 골격은 부알로가 만들어 내고, 거기에다 나르스잭이 공포의 맛을 가미했으리라는 결론이 되지 않을까.

영화 〈사형대의 엘리베이터〉로 우리 나라에서 낯익은 노엘 칼레프 (Noël Calef, 1907∼1968), 본명 니심 칼레프는 1907년 9월 29일 불가리아에서 태어났다. 오스트리아 빈에서 대학 교육을 받았는데, 전공은 경제학이었다. 대학을 졸업하고 나서 유럽 여러 나라를 여행, 이집트, 이탈리아, 스페인에서 살다가 프랑스에 정주했다. 어릴 때부터 영화를 몹시 좋아한 그는 외국 영화의 대사를 처음으로 프랑스 어로 옮긴 사람 가운데 하나였다. 1938년 무렵부터 모리스 델프레라는 별명으로 영화계에서 조감독, 배우, 시나리오 작가 등 다방면에 걸쳐 활동했다.

그는 영화 일에도 종사했는데, 소설은 제2차 세계대전 중 독일군의 포로가 되어 소일삼아 쓴 것이 계기가 되었다. 전후에는 일반 소설, 범죄 소설, 라디오 드라마 등을 집필하는 한편, 미국, 스페인, 이탈리아 문학을 번역하기도 하여 다채로운 활약을 했다. 그런데 그의 명성이 높아지기 시작한 것은 《그 아이를 죽이지 말라(1956)》가 파리 경찰국상을 수상하고 아세트 출판사에서 나온 뒤부터이다.

파리 경찰국상은 프랑스의 3대 미스터리소설상 중의 하나인데, 칼레프가 받은 상금은 5만 프랑이었고, 심사위원은 미스터리의 대가 피엘 베리, 자크 데크레를 포함한 12명으로 구성되어 있었다. 마지막까지 남은 칼레프의 경쟁작은 화이얼 사에서 출판될 예정인 《사형대의 엘리베이터》였는데, 이것도 칼레프의 작품이라는 사실을 심사위원들은 알지 못했다. 두 작품이 모두 1급 서스펜스 스릴러인데 《그 아이를 죽이지 말라》가 수상된 것은 경찰 활동이 잘 묘사되어 있기 때문이다.

그가 창조한 서스펜스 소설은 시나리오 라이터 출신답게 영화적 인상이 짙다. 《사형대의 엘리베이터》도 아무도 없는 빌딩에서 엘리베이터 안에 갇힌 주인공의 급박한 상황 설정과 중도에서 멈춘 엘리베이터라는 강렬한 효과는 다분히 영화적인 수법이다. 작품은 대개가 자기 추구형이며, 테마는 매우 독창적일 뿐 아니라, 스토리가 신선하고, 문체도 특이하다. 칼레프는 자기의 단편 〈우유 병〉이 영화화된 것을 보고, 영화로 쉽게 옮길 수 있는 소설을 써 보고자 결심했다. 그리하여 그는 이에 가장 적합한 것이 미스터리소설 형식임을 깨달았던 것이다.

《사형대의 엘리베이터》는 1960년 프랑스의 신인 루이 마르 감독에 의해 모리스 로네와 잔 모로 주연으로 영화화되었다. 당시 파리를 방문 중인 미국의 재즈 트럼펫 연주자 마일즈 데이비스의 즉흥 연주 녹음은 한층 주인공의 초조한 기분과 서스펜스 넘친 분위기의 효과를 더해 주었다. 원작과 영화를 비교할 때 여러 가지 차이점을 볼 수 있는데, 이것은 미스터리소설의 형식과 영화의 표현 양식과의 차이점이기도 하며, 매우 흥미 있는 문제를 제시하고 있다.

노엘 칼레프는 주간 문예지 〈레 누벨 리트렐〉과의 대담에서 미스터리에 대한 견해를 다음과 같이 피력했다.

'어떤 범죄가 이루어져, 그 수수께끼가 최후에 이르러서야 해결되는 형식의 미스터리소설은 이제는 아무런 의미도 없다고 생각한다. 범인을 최후까지 숨겨 두자고 작가에게 요구하는 독자는 이제 없는 것이다. '누가 죽였는가?'는 '왜 죽였는가?'라는 문제가 되어 버렸다. 요컨대 미스터리소설은 인간을 묘사하는 것이다.'

칼레프의 작품 목록은 다음과 같다.
《너는 아는가, 이 나라를(Comais-tu le pays, 1945)》
《양심과의 해후(Recontres avec la conscience, 1946)》
《아델, 위선의 얘기(adèle ou le Roman de l'hypocrisie, 1947)》
《보복을 위한 포로 수용소(Camp de représailles, 1947)》
《바이올린과 기타(Le violon et le Guitar, 1950)》
《우유 병(La Bouteille de lait, 1953)》
《나는 영화를 택했다(J'ai choisi le Cinéma, 1954)》
《최초의 돌(La Première pierre, 1956)》
《그 아이를 죽이지 말라(Echc au porteur, 1956)》
《사형대의 엘리베이터(Ascenseur pour l'échafaud, 1956)》
《특사 청원(Recours en grâce, 1957)》
《트리프틱(Triptyque, 1958)》
《복수(La Vengeance, 1958)》
《그림자의 미끼(La Proie pour l'ombre, 1958)》
《신문 제일면의 피(Du sang à la une, 1958)》
《초판의 수(Gambit, 1958)》